AF300875

Patricia Carlyle liebt seit frühester Jugend historische Liebesromane, vor allem, wenn diese mit einer Prise Abenteuer und Spannung gewürzt sind. Was lag da näher, als irgendwann selbst mit dem Schreiben solcher Romane anzufangen? Nach dem Studium englischer Literaturwissenschaft arbeitete Patricia Carlyle zunächst als literarische Übersetzerin und freiberufliche Lehrerin. Nebenher verfasste sie weitere Romane, die nun nach und nach veröffentlicht werden. Patricia Carlyle ist verheiratet und hat zwei erwachsene Kinder.

Patricia Carlyle

Sehnsucht nach Charleston

Roman

Überarbeitete Neuausgabe Dezember 2020

© 2020 dp DIGITAL PUBLISHERS GmbH

Made in Stuttgart with ♥
Alle Rechte vorbehalten

SEHNSUCHT NACH CHARLESTON

ISBN 978-3-96087-348-1
E-Book-ISBN 978-3-96087-345-0

Copyright © 2019, dp Verlag
Dies ist eine digitale Neuausgabe des bereits 2019 beim dp Verlag,
ein Imprint der dp DIGITAL PUBLISHERS GmbH, erschienenen Titels *Ruf meines Herzens* (ISBN: 978-3-96087-872-8).

Copyright © Juli 2018, im Selfpublishing
Dies ist eine überarbeitete Neuausgabe des bereits Juli 2018 bei im Selfpublishing erschienenen Titels Sehnsucht nach Charleston (ISBN: 978-1-98317-059-1)

Covergestaltung: Miss Ly Design
Umschlaggestaltung: ARTC.ore Design
Unter Verwendung von Abbildungen von
shutterstock.com: © oksana2010, © kzww, © DarkBird,
© Serge Skiba, © Anastasiia Malinich, © Winai Tepsuttinun,
© Ironika
Korrektorat: Katrin Gönnewig
Satz: dp DIGITAL PUBLISHERS
Druck und Bindung: Books on Demand GmbH, Norderstedt

1

Vivian Darcy war unzweifelhaft eine interessante Erscheinung. Sie war nicht schön, doch die Lebendigkeit ihres Gesichts glich kleine Unregelmäßigkeiten aus. Für ein klassisches Profil war ihr Kinn zu ausgeprägt, ihr Mund zu eigensinnig, und auch die Sommersprossen auf ihrer geraden Nase entsprachen nicht dem herrschenden Schönheitsideal. Umso ausdrucksvoller waren ihre braunen, von dichten Wimpern umrandeten Augen, die einen reizvollen Kontrast zu ihrem goldblonden Haar bildeten. Das Haar fiel ihr in vollen Locken über die Schultern, die von einem weißen Tuch bedeckt wurden. Vivian hatte eine gute Figur. Sie wusste es und war stolz darauf, und obwohl sie nur ein Kleid aus billigem Leinen trug, wirkte sie doch elegant, da sie sich äußerst gerade und aufrecht hielt. Vivians schmale Taille wurde betont durch den perfekten Sitz des Mieders und den sich weit bauschenden Rock. Nach der herrschenden englischen Mode geschneidert, war der Rock nur knöchellang und ließ kleine schwarze Schnallenschuhe an Vivians Füßen erkennen. Geraffte Stoffpartien sorgten hinten für die nötige Fülle.

Vivian lebte jetzt, im Juni 1779, seit zwei Jahren bei ihrem Onkel, Sir William Bannister, auf dessen Landsitz Oakfield in Hertfordshire, England. Als sie an diesem Abend nach dem Dinner ihrem Onkel in seinem Arbeitszimmer gegenüberstand, funkelten ihre dunklen Augen vor Erregung. Sie bemühte sich, möglichst gleichgültig zu erscheinen, doch dies gelang ihr nicht.

„Es kommt überhaupt nicht in Frage, dass du ausgerechnet jetzt nach Amerika fährst!", tobte Sir William. „Dir ist wohl nicht klar, dass dort drüben Krieg herrscht?"

„Natürlich ist mir das klar", entgegnete Vivian mit trotzig vorgerecktem Kinn. „Aber dieser Krieg war schon längst in Gange, als Tante Sophie und ich damals Charleston verließen, um nach England zu segeln. Die Schiffsreise verlief völlig glatt, und ich weiß nicht, warum es jetzt nicht gut gehen sollte."

Sir William hielt in seinem Auf- und Abgehen inne und warf seiner Nichte einen finsteren Blick zu. Nachdenklich strich er mit einer Hand durch die trotz seines Alters bemerkenswert dichten grauen Haare, die er zu einem Zopf im Nacken zurückgekämmt hatte. Seine Haarpracht war bei weitem das Attraktivste an ihrem Onkel, fand Vivian, denn mit einem rundlichen Gesicht, hellblauen, wässrigen Augen und einer leicht vorgebeugten Haltung wirkte er ansonsten eher durchschnittlich.

„Du weißt genau, dass ich als Familienoberhaupt die Verantwortung für unsere Familie trage!", grollte Sir William. „Und als Kind meiner verstorbenen jüngsten Schwester gehörst du dazu, ob du willst oder nicht! Deine Tante Sophie hat ganz recht daran getan, dich nach dem Tode deines Vaters heim nach England zu bringen!"

„England ist nicht meine Heimat!", begehrte Vivian mit blitzenden Augen auf. „Und wenn ich hundertmal zur Familie gehöre!"

„Du bist die Enkelin und Nichte eines Baronets!", beharrte Sir William. „Dein Platz ist in der englischen Gesellschaft!"

„Ich gehöre nach Charleston! Mein Vater war Amerikaner!"

Sir William schnaubte verächtlich, und sein großer, untersetzter Körper bebte vor unterdrücktem Zorn. „Zum Donnerwetter, Vivian, ich habe genug davon! Es kommt nicht in Frage, dass du in diese Rebellenhochburg zurückkehrst! Die Bannisters waren stets treue Untertanen des Königs. Wir haben immer unsere Pflicht dem Vaterland gegenüber getan!"

Vivian biss sich nervös auf die Lippen. „Ich weiß, wie pflichtbewusst du bist, Onkel William. Und ob du es glaubst oder nicht, ich weiß es zu schätzen, dass du mich ohne zu zögern aufgenommen hast, als Tante Sophie mich hierherbrachte. Aber trotzdem wünschte ich, du würdest –"

„Ganz recht, ich habe dich aufgenommen! Und du kannst mir glauben, es war mehr eine Last als ein Vergnügen, plötzlich die Verantwortung für ein junges, achtzehnjähriges Mädchen zu tragen!"

Vivian straffte den Rücken. „Das ist mir vollkommen klar! Und gerade darum dachte ich, du würdest froh sein, wenn ich –"

„Ich sollte froh sein, wenn du gehen willst, aber ich bin's nicht!", murrte Sir William.

Vivian blinzelte verblüfft. „Das tut mir leid, Onkel William. Wirklich, ich dachte, du hättest nicht viel für mich übrig."

„Papperlapapp! Deine Mutter war meine Lieblingsschwester, und du bist ihr sehr ähnlich. Aber das tut im Grunde nicht das Geringste zur Sache. Eine Bannister gehört nicht in die Kolonien!"

Vivians Temperament flammte erneut auf. „Ich bin keine Bannister, sondern eine Darcy! Und sobald ich volljährig bin, werde ich ein Schiff finden, das mich nach Hause nach Charleston bringt!"

Sir William schüttelte tadelnd den Kopf und verschränkte die Arme hinter dem Rücken. Wie so oft versuchte er, seiner Aussage mehr Gewicht zu verleihen, indem er mit einer Erwiderung zögerte. Vivian fand das höchst albern. Sie wusste, dass ihr Onkel dieses Getue einigen Parlamentsmitgliedern, deren Reden er sich regelmäßig anhörte, abgeguckt hatte.

„Mein liebes Kind, du wirst kaum ein Schiff finden, das dich sicher nach Amerika bringt", versetzte Sir William schließlich mit einem selbstzufriedenen Lächeln, das seine ausgeprägten Hamsterbacken noch zusätzlich betonte. „Du weißt doch bestimmt, dass keine Handelsschiffe mehr nach drüben fahren? Nur Kriegsschiffe laufen noch amerikanische Häfen an, um unsere kämpfenden Truppen mit Nachschub zu versorgen. Selbst dir müsste klar sein, dass kein Reeder so verrückt sein wird, noch Schiffe zu diesem Unruheherd zu entsenden. Die Handelsgesellschaften könnten nicht einmal mehr ihre Waren absetzen, da diese amerikanischen Rebellen alles boykottieren, was englisch ist. Außerdem ist der Handel mit den Kolonien verboten."

„Das weiß ich alles, Onkel William. Ann hat alles in ihrem letzten Brief aus Charleston, der vorige Woche ankam, ausführlich beschrieben. Und genau das ist der Grund, weshalb ich endlich fortwill! Je länger ich warte, desto schwieriger wird es!“

„Es kann nicht schwieriger werden, als es schon ist. Es ist nämlich schlichtweg unmöglich!“

„Nein, das ist es nicht!“, widersprach Vivian heftig. „Ann schreibt, man müsste lediglich über Jamaika reisen, denn Jamaika ist englisch, was bedeutet, dass der Schiffsverkehr dorthin reibungslos abläuft.“

„Was, zum Teufel, willst du auf Jamaika?“, polterte Sir William.

„Ann schreibt, dass man von dort aus wahrscheinlich weiterreisen könnte nach Martinique oder Saint Domingue. Diese beiden Inseln sind französische Kolonien und betreiben regen Handel mit amerikanischen Gesellschaften, genau wie einige der Inseln, die in niederländischem Besitz sind. Ann schreibt, viele Amerikaner sind trotz des Krieges reich genug, sich Luxuswaren wie Seide, Porzellan und andere teure Dinge leisten zu können. Es lohnt sich daher für amerikanische Schiffe, die Blockade der Engländer zu durchbrechen, um zu den Westindischen Inseln zu segeln und von dort teure Güter in die amerikanischen Kolonien zu bringen. Bestimmt würde mich eines dieser Schiffe mitnehmen.“

„Blockadebrecher!“, ätzte Sir William. „Die bringen nicht nur Luxuswaren, sondern vor allem Waffen in die aufständischen Kolonien! Dieses Halunkenpack hat es nicht anders verdient, als von unserer Royal Navy versenkt zu werden! Es kommt nicht in Frage, dass du auf einem Blockadebrecher mitfährst!“

Vivian reckte das Kinn vor. „Dann werde ich eine andere Lösung finden. Wo ein Wille ist, ist auch ein Weg, hat mein Vater immer gesagt."

„Das werden wir ja noch sehen! Außerdem weiß ich sowieso nicht, warum du dich unbedingt diesen Aufständischen anschließen willst. Wie ich schon sagte, bisher hat unsere Familie ihre Pflichten als Untertanen gegenüber dem König von England stets erfüllt. Deine Haltung ist daher nicht bloß unverständlich, sondern im höchsten Maße skandalös."

Vivian schluckte einen empörten Kommentar herunter und entgegnete halbwegs versöhnlich: „Onkel William, ich weiß, wie sehr du dem König ergeben bist, und mir ist klar, wie wenig dir meine Einstellung gefällt. Aber ich glaube, dass ich ein Recht habe, selbst zu entscheiden, was ich tue. Die Familie meines Vaters hat seit mehr als einhundert Jahren in Amerika gelebt. Ich denke, es ist daher nur natürlich, dass ich mich als Amerikanerin und nicht als Engländerin fühle."

„Ein Recht zu entscheiden!", höhnte Sir William. „Gütiger Himmel, Kind, du bist noch nicht einmal volljährig! Und selbst wenn du es wärst – keine unverheiratete englische Lady trifft ihre eigenen Entscheidungen! Dafür ist ihre Familie da!"

Lieber Himmel, wann würde ihr Onkel endlich begreifen, dass sie keine englische Lady, sondern Amerikanerin war?, fragte sich Vivian mit einem Anflug von Verzweiflung. Sie atmete tief durch. „Bitte, Onkel William, lass mich gehen! Ich würde bestimmt ein Schiff finden, mit dem ich reisen könnte! Immerhin fahren noch genügend Schiffe zu den Westindischen Inseln, und von dort aus ist es nicht mehr weit nach Amerika."

„Amerika, Amerika! Ich habe allmählich genug von deinem Amerika!", tobte Sir William. „Am besten gehst du jetzt zu Bett! Wenn du erst einmal darüber geschlafen hast, wirst du schon zur Vernunft kommen."

Vivian warf ihrem Onkel einen resignierten Blick zu. „Du irrst dich, Onkel William. Ich werde meine Meinung nicht ändern. Aber wenn du es wünschst, ziehe ich mich jetzt zurück auf mein Zimmer."

„Ja, und zwar sofort", stimmte Sir William energisch zu. „Es ist ohnehin schon spät genug."

„Wie du meinst, Onkel William", seufzte Vivian und machte sich auf den Weg zur Tür. „Dann wünsche ich dir eine gute Nacht."

Sir William nickte geistesabwesend. „Ja, danke. Und – Vivian: Lord Wimsey kommt morgen Vormittag und bringt einen Gast mit. Du wirst daher keinen Ton von diesem Rebellengefasele laut werden lassen, sonst schicke ich dich sofort auf dein Zimmer, dass das klar ist! Ich brauche wohl nicht zu betonen, dass Lord Wimsey dem König ebenso treu ergeben ist wie unsere eigene Familie. Es wäre also äußerst peinlich, wenn du deinen Mund nicht halten kannst!"

Vivian unterdrückte den Impuls, heftig zu widersprechen, und schlug die Augenlider nieder. „Wie du meinst, Onkel William."

Sir William warf ihr einen misstrauischen Blick zu. „Du wirst nicht von den Kolonien reden?"

Sie legte die Hand auf die Klinke und atmete tief durch. „Nein, Onkel William."

„Dann geh jetzt zu Bett."

„Jawohl, Onkel William."

Sir Williams wütender Ausbruch ließ sie zusammenfahren: „Herrgott nochmal, kannst du nichts anderes mehr sagen als ‚jawohl Onkel William, nein Onkel William‘?“

Vivian spürte, wie ihr eine unangenehme Röte in die Wangen schoss. „Verzeihung, Onkel William, ich wollte nicht –“

„Schon gut, schon gut“, winkte Sir William ungeduldig ab. „Sieh zu, dass du ins Bett kommst!“

Vivian stammelte hastig einen weiteren Gutenachtgruß und eilte zur Tür hinaus.

Augenblicke später war sie in ihrem eigenen Zimmer, dem einzigen Ort im Haus, wo sie sich einigermaßen wohlfühlte und entspannen konnte. Anders als die meisten Räume des alten Anwesens, deren Düsterheit Vivian bedrückte, war ihr Zimmer hell und freundlich eingerichtet. Vor den bodentiefen Fenstern hingen zartgelbe Vorhänge aus fließender Seide, und der Himmel über ihrem Bett war im gleichen Farbton bespannt. Vivians Mutter hatte dieses Zimmer als junges Mädchen bewohnt, und Vivian dankte ihr im Stillen für die geschmackvolle Einrichtung und die heitere Atmosphäre, die der Raum ausstrahlte.

Eigentlich war es noch nicht spät, und sie war nicht wirklich müde. So setzte sie sich für eine Weile auf die Kante ihres Bettes und versuchte nachzudenken. Das Gespräch mit ihrem Onkel ging ihr nicht aus dem Kopf. Sein Verhalten hatte sie überrascht. Sie hatte nicht damit gerechnet, dass ihr Wunsch, in ihre Heimat zurückzukehren, ihn so aufregen würde. Eigentlich hätte er froh sein müssen, sie loszuwerden, überlegte sie verwundert. Doch vielleicht hatte ihr Onkel nach zwei

Jahren des Zusammenlebens nach und nach doch den Schock überwunden, sich um diese plötzlich aus der Fremde aufgetauchte Nichte kümmern zu müssen. Ihr Plan, nach Amerika zurückzukehren, gefiel ihm jedenfalls gar nicht, soviel stand fest.

Gedankenverloren griff sie nach ihrer auf dem Nachtschrank liegenden Bürste und fuhr damit energisch über ihre dichten, goldblonden Locken. Sie würde sich nicht von ihrem Onkel daran hindern lassen zurückzukehren! Er hatte kein Recht, sie an ihrer Heimkehr zu hindern! Doch noch während sie sich dies einzureden versuchte, wusste sie schon, dass das nicht stimmte. Ihr Onkel konnte sie daran hindern abzureisen, genau wie ihre Tante sie zwei Jahre zuvor daran hatte hindern können, in Charleston zu bleiben. Solange sie nicht volljährig war, konnten ihre Verwandten entscheiden, was mit ihr geschah, ganz egal, ob es ihr gefiel oder nicht. Frustriert ließ sie die Bürste sinken und starrte missmutig ihr Spiegelbild an.

Schließlich seufzte sie und beschloss, am nächsten Tag weiter nachzudenken. Inzwischen doch ein wenig müde, machte sie sich für die Nacht zurecht. Sobald sie ihr Batistnachthemd übergezogen hatte, schlüpfte sie unter die Daunendecke, denn in ihrem Zimmer war es trotz des warmen Juniwetters empfindlich kühl. Solange die Sonne schien, waren die Temperaturen recht angenehm, doch sobald die wärmenden Strahlen bei Sonnenuntergang verschwanden, ließen die dicken Mauern des alten Landsitzes kaum noch Wärme ins Zimmer. Noch ein paar Augenblicke blieb Vivian wach, nachdem die Kerze ausgeblasen war und Dunkelheit sie einhüllte. Nur der Mond, der durch einen schmalen

Spalt zwischen den Vorhängen zu sehen war, spendete noch ein wenig Licht. Vivian fragte sich, wie viele Meilen er wohl entfernt sein mochte. Doch wie groß die Entfernung auch war, es erschien ihr vor dem Einschlafen leichter, den Mond zu erreichen als ihre Heimat.

Als Vivian am nächsten Morgen erwachte, schien die Sonne in ihr Zimmer. Der Schlaf hatte ihr gutgetan, und der ihr angeborene Optimismus war zurückgekehrt. Noch im Nachthemd zog Vivian die Vorhänge auf. Das schöne Wetter verlangte geradezu nach guter Laune.

Beschwingt ging sie eine halbe Stunde später zum Frühstück hinunter. Sir William war noch nicht heruntergekommen, er stand für gewöhnlich nicht vor zehn Uhr morgens auf. Vivian war froh darüber, ermöglichte es ihr doch, nur schnell etwas zu essen und dann einen Spaziergang durch den Park zu machen. Wenn sie mit ihrem Onkel gemeinsam frühstückte, musste sie oft auf ihren Spaziergang verzichten, da ihr Onkel es nicht guthieß, wenn sie bei kühlen Temperaturen aus dem Haus ging.

Heute war es so herrlich warm, dass Vivian ihren Spaziergang keine Minute länger aufschieben wollte. Doch gerade, als sie sich erhob, ging die Tür auf und Sir William trat in das Frühstückszimmer.

Vivian warf ihm einen verblüfften Blick zu. „Guten Morgen, Onkel William. Das ist ja eine Überraschung, dass du schon auf den Beinen bist. Du stehst doch sonst nicht so früh auf!"

„Es ist wohl meine Sache, wann ich aufstehe", brummte Sir William. „Geh du lieber in den Park, als schon am frühen Morgen vorlaute Reden zu führen!"

Ach du liebe Güte, dachte Vivian, ihr Onkel war ihr offenbar immer noch böse! Unter diesen Umständen war es wohl besser, wenn sie ihn sich selbst überließ. Eilig schritt sie zur Tür.

„Wenn du zurückkommst, zieh dich bitte um. Um zehn Uhr wird Lord Wimsey hier sein. Er will mit dir reden."

Vivian wandte sich verblüfft um. „Mit mir? Warum denn das?"

„Das wird er dir selbst sagen. Geh jetzt. Ich brauche noch einen Augenblick Ruhe."

Vivian hätte gern noch weitere Fragen gestellt, doch wenn ihr Onkel in einer Stimmung war wie dieser, war es klüger zu gehorchen. Sie legte sich ihr Schultertuch um und verließ den Raum. Durch einen langen, dunklen Flur gelangte sie zur Eingangshalle und zur Haustür.

Endlich im Park atmete Vivian erleichtert die saubere Luft ein. Der Duft von Frühlingsblumen lag in der Luft, Flieder- und Rhododendronbüsche säumten die Parkwege, und auf den Blumenbeeten blühten die ersten Rosen. In den Wipfeln einzelner Buchen zwitscherten ein paar Vögel, und von irgendwoher war das Klopfen eines Spechts zu hören. Vivian liebte diese friedliche Stimmung am frühen Morgen, doch heute hatte sie keinen Sinn dafür, denn zu sehr beschäftigte sie die Frage, weshalb Lord Wimsey mit ihr reden wollte. Er war zwar mit Sir William eng befreundet, doch mit Vivian hatte er sich noch nie lange unterhalten. Unablässig kreisten daher ihre Gedanken um seinen bevorstehenden Besuch. Gleichzeitig versuchte sie sich einzureden, dass gar kein Grund zur Aufregung bestünde, denn gleichgültig, was Lord Wimsey ihr zu sagen wünschte, es konnte nichts von Bedeutung sein.

Sie war noch vollkommen in ihre Gedanken versunken, als eines der Hausmädchen erschien, um ihr mitzuteilen, dass Lord Wimsey angekommen sei und Vivian in einer halben Stunde im Salon erwartet werde. Vivian war sich gar nicht bewusst, dass sie schon länger als eine Stunde die breiten Parkwege entlangspaziert war. Erschrocken, wie schnell die Zeit verstrichen war, eilte sie auf ihr Zimmer. Rasch erfrischte sie sich und wechselte kurz das grobe Leinenkleid, das für einen Spaziergang im Park genau richtig gewesen war, gegen ein luftiges Kleid aus zartgelbem Musselin, das für den Empfang von Besuchern besser geeignet war. Vor dem Hinausgehen warf sie einen prüfenden Blick in den Spiegel. Ja, sie sah adrett und ordentlich aus, ihr Onkel würde sich ihrer nicht zu schämen brauchen.

Noch bevor Vivian die Tür zum Arbeitszimmer ihres Onkels öffnete, drangen Sir Williams und Lord Wimseys Stimmen an ihr Ohr. Auch wenn sie die Worte nicht verstehen konnte, hatte sie den Eindruck, dass die Herren erregt debattierten. Sie überlegte kurz, ob sie an der Tür lauschen sollte, um vielleicht schon im Voraus etwas von dem zu erfahren, was Lord Wimsey ihr zu sagen hatte. Sie widerstand der Versuchung, legte die Hand auf die Türklinke und drückte sie resolut hinunter. Schwungvoll trat sie ein, nur um sofort darauf überrascht stehenzubleiben.

Im Arbeitszimmer saßen drei Männer: Sir William, Lord Wimsey und ein Vivian unbekannter Mann. Erst jetzt erinnerte Vivian sich, dass ihr Onkel von einem weiteren Gast gesprochen hatte, den Lord Wimsey hatte mitbringen wollen. Wie hatte sie das nur vergessen können! Immerhin kam es selten genug vor, dass sich Gäste nach Oakfield verirrten! Ein wenig überrumpelt von der Anwesenheit des Fremden blinzelte Vivian kurz, doch dann sammelte sie ihre Sinne und musterte den Besucher umso aufmerksamer.

Der Mann mochte etwa Mitte bis Ende zwanzig sein. Da er saß, konnte Vivian nicht genau erkennen, wie groß er war, doch schätzte sie ihn auf mindestens einen Meter fünfundachtzig. Er war elegant gekleidet, wirkte aber weder übertrieben stutzerhaft noch affektiert. Unter einem dunkelblauen Gehrock blitzte ein strahlend weißer Kragen hervor, und seine langen Beine steckten in enganliegenden, hellgrauen Breeches und hohen, blankpolierten Reiterstiefeln. Er war schlank und hatte herrlich breite Schultern. Dunkle, zu einem gepflegten Zopf zurückgebundene Haare umrahmten ein markant geschnittenes, schmales Gesicht, aus dem strahlend blaue Augen hervorleuchteten. Eine dunkle Augenbraue war leicht hochgezogen, und ein schwaches Lächeln umspielte feingeschwungene Lippen. Voller Gelassenheit musterte der junge Mann Vivian von Kopf bis Fuß. Belustigung sprach aus seinem Blick, doch auch Bewunderung.

Errötend wurde ihr bewusst, dass sie den Fremden eingehender betrachtet hatte, als es sich für eine junge Dame gehörte. Sie riskierte einen Seitenblick auf ihren Onkel, um zu sehen, ob er etwas mitbekommen hatte. Doch Sir William war viel zu vertieft in sein Gespräch mit Lord Wimsey. Augenscheinlich hatte er nicht einmal bemerkt, dass seine Nichte den Raum betreten hatte. Der Einzige, dem ihre Anwesenheit auffiel, war der fremde Gast, der Anstalten machte, sich zu erheben. Vivian wusste, wie ungehalten ihr Onkel darauf reagierte, wenn er in einer Unterhaltung gestört wurde, sodass sie eilig den Kopf schüttelte. Rasch nahm sie auf einem Stuhl neben der Tür Platz und enthob damit die anwesenden Herren der Notwendigkeit aufzustehen, solange sie als Dame stand. Wiederum war es einzig der Fremde, der von ihrem Verhalten Notiz nahm und sich mit einem vergnügten Funkeln in den Augen und einem kurzen Nicken entspannt zurücklehnte.

Daraufhin wandte Vivian ihre Aufmerksamkeit dem Gespräch zu, das sich wieder einmal um den Unabhängigkeitskrieg der Amerikaner zu drehen schien. Bei diesem Thema konnten sich sowohl ihr Onkel als auch Lord Wimsey immer wieder ereifern, doch auch der Unbekannte mischte sich nun mit einer wohlklingenden, tiefen Stimme in das Gespräch ein:

„Sie sollten den Kampfgeist der Amerikaner nicht zu gering einschätzen, Lord Wimsey", kommentierte er eine abfällige Bemerkung Lord Wimseys über die Bevölkerung der amerikanischen Kolonien. „Immerhin haben die Amerikaner vor nicht allzu langer Zeit schon einen bedeutenden Krieg gewonnen."

„Ich wüsste nicht, welchen Sie meinen könnten", schnaubte Lord Wimsey verächtlich.

„Wirklich nicht?" Der Fremde verzog spöttisch den Mund. „Sollte es Ihnen entgangen sein, dass die Amerikaner im Jahre 1759 den Krieg gegen die Franzosen gewonnen haben? Anderenfalls hieße Pittsburgh heute immer noch Fort Duquesne, und kein Engländer könnte noch irgendeinen Anspruch auf dieses Gebiet erheben."

„Das ist zweifellos richtig“, gab Lord Wimsey widerstrebend zu. „Doch scheint es nun wiederum Ihnen entgangen zu sein, dass dieser Sieg einzig und allein Sir Pitt zu verdanken ist. Und der ist immerhin Engländer. Ohne englische Führung wären die Kolonisten niemals imstande gewesen, die Franzosen zu schlagen. Genauso wenig werden sie es jetzt schaffen, derartig zusammenzuhalten.“

Der Fremde wirkte nicht sehr überzeugt, wie Vivian an seiner hochgezogenen Augenbraue zu erkennen glaubte. Unwillkürlich fragte sie sich, wer er sein mochte, dass er so gut über die amerikanischen Kolonien Bescheid wusste. Ihre anfängliche Vermutung, er wäre ein vornehmes Mitglied der englischen Oberschicht, hatte sie schon nach seinen ersten Worten verworfen. Nicht nur fehlte der für Engländer typische Akzent, über den sie sich insgeheim so gerne lustig machte. Auch sprach ein echter Brite – diese Erfahrung hatte sie gemacht – niemals von den Engländern, sondern benutzte stets das stolze ‚Wir‘. Doch so sehr sie auch rätselte, allein an seiner Sprache und an seinem Äußeren ließ sich seine Herkunft nicht ableiten.

Zu ihrer Enttäuschung ließ darüber hinaus offenbar auch sein Interesse für das Gesprächsthema bereits nach, denn unvermittelt stand er auf und lenkte achselzuckend ein:

„Wie Sie meinen, meine Herren, ich will Ihnen nicht weiter widersprechen. Aber da hier schon seit geraumer Zeit eine junge Dame anwesend ist, wäre ich dankbar, wenn Sie mich vorstellen könnten.“

Sir William räusperte sich, unangenehm davon berührt, Vivians Eintreten nicht bemerkt zu haben, und erhob sich schwerfällig von seinem Sessel. „Hm, ja, vorstellen", brummte er, „selbstverständlich. – Vivian, darf ich dich mit Captain Dupont bekannt machen. Captain Dupont, meine Nichte Vivian Darcy."

Aha, Dupont, dachte Vivian, während sie dem Captain lächelnd entgegentrat. Das klang französisch! Und Captain war er, wie interessant! Aber war das nun ein militärischer Titel, oder war der Mann gar ein Schiffskapitän? Natürlich war ihr klar, dass sie nicht einfach neugierige Fragen stellen durfte. Und dennoch: Was machte ein französischer Captain, gleich welcher Art, in Kriegszeiten in England?

Captain Dupont verbeugte sich unterdessen formvollendet, ergriff ihre ausgestreckten Finger und deutete einen Handkuss an. „Es ist mir ein außerordentliches Vergnügen, Sie kennenzulernen, Miss Darcy."

„Ganz meinerseits, Captain Dupont", murmelte Vivian, während ihr bei seiner Berührung unvermittelt ein warmes Prickeln über den Rücken lief. Die Geste des Captains, die eigentlich nichts weiter war als ein Zeichen von Höflichkeit, brachte sie völlig überraschend aus der Fassung, und sie spürte zu ihrer Verlegenheit, dass sie errötete. Sie schob es der Tatsache zu, dass sie bisher nur selten als vornehme Lady behandelt worden war und daher übertrieben heftig auf die galante Art des Captains reagierte. Jedoch überwand sie ihre Verlegenheit schnell und begann sich darüber zu amüsieren, wie überzeugt dieser Mann von sich zu sein schien. Das Lächeln, das seine Lippen umspielte, schien Bände zu sprechen von seinen vielen Eroberungen, genau wie das Leuchten seiner blauen Augen. Doch obwohl sie überzeugt war, es hier mit einem ausgesprochenen Schürzenjäger zu tun zu haben, glaubte Vivian, auch echtes Interesse in dem Blick des Mannes zu entdecken, was ihre eigene Neugier nur verstärkte.

Gern hätte sie ein paar Worte mit dem jungen Captain gewechselt, doch die formelle Vorstellung war kaum vorüber, als Sir William auch schon vorschlug, Vivian solle Lord Wimsey in den Garten begleiten, und er selbst werde sich um Captain Dupont kümmern. Es blieb Vivian nichts anderes übrig, als den Wünschen ihres Onkels Folge zu leisten, zumal sie wusste, dass er Lord Wimsey die Gelegenheit geben wollte, ungestört mit ihr zu reden.

Captain Dupont deutete eine weitere Verbeugung an, als Vivian an Lord Wimseys Arm zur Zimmertür schritt. Für den Bruchteil einer Sekunde wirkte er überraschend ernst, doch dann blitzten seine blauen Augen erneut voller Belustigung. Mit einem Anflug von Verwunderung blinzelte sie und fragte sich, ob sie sich die flüchtige Nachdenklichkeit in seiner Miene nur eingebildet hatte. Ohne eine Antwort auf diese Frage zu finden, nickte sie im Hinausgehen noch einmal freundlich, ehe Lord Wimsey die Tür hinter sich zuzog.

Sobald sie mit Lord Wimsey im Garten angelangt war, begann Vivian sich erneut zu fragen, was der langjährige Freund ihres Onkels von ihr wollen könnte. Doch Lord Wimsey schwieg beharrlich und schritt gedankenverloren neben ihr her. Je weiter sie sich vom Haus entfernten, desto angespannter fühlte Vivian sich. Sie wunderte sich, warum es Lord Wimsey so schwerzufallen schien, die passenden Worte zu finden.

„Nun, Miss Darcy, Ihr Onkel wird Ihnen sicher gesagt haben, dass ich mit Ihnen zu reden wünsche", leitete er sein Anliegen endlich wenig einfallsreich ein.

Als Vivian dieses bestätigte, fuhr Lord Wimsey kopfnickend fort: „Sie wissen vielleicht, dass ich Ihre von mir sehr verehrte Tante Sophie in Vermögensfragen berate. – Oh, ich verstehe, Sie wissen das nicht? – Nun, das spielt keine Rolle, denn wie dem auch sei, Ihre Tante hat mich beauftragt, Sie, Miss Vivian, über Ihre eigene finanzielle Lage in Kenntnis zu setzen."

„Meine finanzielle Lage?", fragte Vivian verwundert.

Lord Wimsey zog bedeutungsvoll die buschigen Augenbrauen hoch. „Sie wissen sicher selbst am besten, Miss Darcy, dass das wenige Geld, das Sie nach dem Tode Ihres Vaters erbten, gerade zur Deckung Ihrer Reisekosten reichte, als Sie Amerika verließen, um nach England zu kommen. Da Sie somit bei genauerer Betrachtung mittellos sind, wenn man von Ihrem geerbten Stadthaus in Charleston einmal absieht, hat Ihre Tante Sie als Erbin ihres eigenen bescheidenen Vermögens eingesetzt. Sie wissen ja, dass Ihre Tante Sophie kinderlos ist. Außerdem wird Ihnen künftig ein monatlicher Betrag von zwanzig Pfund ausgehändigt werden."

Vivian blinzelte verblüfft. „Oh. Das ist ... sehr großzügig von Tante Sophie."

„Ich muss Sie nichtsdestotrotz darauf hinweisen, Miss Darcy, dass die Erbschaft an die Bedingung geknüpft ist, dass sie beim Ableben Ihrer Tante in England leben. Anderenfalls geht das Erbe an die anderen Nichten und Neffen Ihrer Tante. Auch die monatlichen

Zahlungen würden sofort eingestellt werden, sollten Sie England verlassen. Haben Sie das verstanden?"

„Selbstverständlich. Meine Tante weiß genau, wie sehr ich mich nach Amerika sehne! Offenbar versucht sie, mich mit der Aussicht auf eine Erbschaft dazu zu bringen, in England zu bleiben." Vivian reckte das Kinn vor und holte tief Luft. „Verstehen Sie mich nicht falsch, Mylord, ich weiß die Großzügigkeit meiner Tante wohl zu schätzen. Aber ich werde mich nicht von ihr bestechen lassen!"

„Sie sollten sich das in Ruhe überlegen", gab Lord Wimsey sehr ernst zurück. „Ihrer Tante Sophie liegt nur an Ihrem Wohlergehen."

„Davon bin ich überzeugt", gab Vivian widerstrebend zu. „Allerdings verstehe ich nicht, weshalb Tante Sophie so viel daran liegt, dass ich in England bleibe. Meine Tante und ich sehen uns nur noch selten, seit ich bei Onkel William lebe. Auch wenn ich meine Tante sehr gern habe, beschränkt sich unser Kontakt fast ausschließlich auf Briefe. Und die kann ich auch von Charleston aus schreiben."

„Gewiss, Miss Darcy. Aber, wie gesagt, Sie sollten in Ruhe darüber nachdenken. Wenn ich Ihnen einen Rat geben darf, bleiben Sie in England. Was wollen Sie schließlich in diesem fremden Land voller Wilder und Aufständischer?"

„Es ist meine Heimat!", begehrte Vivian verärgert auf. Doch dann besann sie sich und setzte ruhiger hinzu: „Wie auch immer, Lord Wimsey, ich danke Ihnen, dass Sie sich die Mühe gemacht haben, mir die Wünsche meiner Tante zu übermitteln."

Lord Wimsey nickte. „Wie gesagt, Ihre Tante will nur Ihr Bestes. Was die Zahlungen betrifft, so erhalten Sie die ersten zwanzig Pfund im nächsten Monat. Ich nehme doch an, dass Sie dann noch im Lande sind?"

„Ich fürchte, ja."

Ein Lächeln huschte über Lord Wimseys zerknautschtes Gesicht. „Nehmen Sie es nicht so schwer, liebes Kind. Sie werden sehen, wenn Sie erst einmal lang genug hier sind, werden Sie feststellen, dass es sich in England viel angenehmer leben lässt als in Ihrer Wildnis."

Vivian ersparte sich einen weiteren Widerspruch und lächelte pflichtschuldigst.

Sie ließ Lord Wimsey allein ins Haus zurückkehren. Mit Sicherheit hatte Lord Wimsey auch ihrem Onkel von Tante Sophies Verfügungen erzählt. Sie scheute davor zurück, sich mit Sir William darüber auseinanderzusetzen zu müssen. Andererseits war es meistens besser, unangenehme Dinge hinter sich zu bringen. Mit einem Seufzer wandte sie sich daher um und machte sich, ihren Gedanken nachhängend, auf den Weg zurück zum Haus.

Zu ihrer Überraschung begegnete sie auf dem Weg zum Eingang dem fremden Captain, der gerade aus der Tür trat. Sie konnte nicht umhin festzustellen, dass er unter freiem Himmel nahezu verheerend attraktiv wirkte. Sein schmales, gutgeschnittenes Gesicht war braungebrannt, und seine dunklen Haare glänzten in der Sonne. Noch dazu war seine Körpergröße tatsächlich beeindruckend, obgleich er schlank und muskulös war. Seinen Bewegungen haftete etwas sehr Bestimmtes, Energisches an, als er mit weit ausholenden

Schritten auf sie zukam. Der Titel eines Captains passte zu ihm, überlegte Vivian. Sie konnte sich sehr gut vorstellen, wie dieser Mann Befehle gab. Erneut fragte sie sich, ob er dies als Schiffskapitän oder als Offizier beim Militär tat.

„Was für ein netter Zufall", lächelte Captain Dupont, als er bei ihr angelangt war und vor ihr stehenblieb. „Ich wollte gerade in den Garten hinaus. Würden Sie mir die Freude machen und noch ein paar Schritte mit mir gehen, Miss Darcy?"

„Gern", stimmte Vivian strahlend zu, erinnerte sich verspätet daran, dass von englischen Ladys etwas mehr Zurückhaltung erwartet wurde, und ergänzte schnell: „Aber nur ein paar Schritte."

„Hervorragend!", freute sich Captain Dupont, und sie setzten sich gemeinsam in Bewegung.

Vivian legte den Kopf schief und lächelte den Mann an ihrer Seite verlegen an. „Sie müssen entschuldigen, Captain Dupont, dass ich vorhin so plötzlich in Ihr Gespräch mit meinem Onkel und Lord Wimsey hineingeplatzt bin. Mein Onkel hatte zwar erwähnt, dass er einen Gast erwartet, aber ich hatte es völlig vergessen. Sie müssen mich für sehr unhöflich halten."

Er warf ihr einen belustigten Blick von der Seite zu. „Nicht im Geringsten. Das Gespräch nahm sowieso gerade eine etwas ... nun, ungeplante Wendung. Ihre Unterbrechung kam gerade recht."

„Wirklich? Ich hatte eher den Eindruck, dass Sie an dem Thema sehr interessiert waren!"

Er zuckte die Achseln. „Nicht mehr als an anderen Themen auch." Enttäuscht blinzelte sie, doch da setzte er schon hinzu: „Andererseits habe ich gehört, dass Sie aus den Kolonien stammen. Insofern ist das Thema vielleicht doch interessanter, als ich vorhin dachte."

Sie hatte das Gefühl, sie würde bis zu den Fußspitzen erröten. „Es wundert mich, dass mein Onkel Ihnen erzählt hat, wo ich herkomme. Normalerweise ist es ihm nämlich eher peinlich, und er versucht, es zu verheimlichen."

„Ein Engländer, wie er im Buche steht!", lachte Captain Dupont. „Aber wenn es Sie beruhigt: Es war nicht Ihr Onkel, der mir erzählt hat, wo Sie herkommen."

Überrascht blieb sie stehen und sah ihn mit großen Augen an. „Nicht mein Onkel?"

„Nein, nicht Ihr Onkel."

„Und wer dann, wenn ich fragen darf?"

Er zögerte mit der Antwort. Vivian hatte den Eindruck, dass er aus einem unerfindlichen Grund verärgert war. Jedoch hatte sie das Gefühl, dass sich sein Ärger nicht gegen sie richtete. Schließlich zuckte er die Achseln. „Um ehrlich zu sein, ich erinnere mich nicht so genau. Ich glaube, ich hab's mal irgendwo aufgeschnappt."

„Aufgeschnappt! Wie kommen Sie dazu, sich mit irgendjemandem über mich zu unterhalten?"

„Sie wissen doch, wie das so ist in der Gesellschaft. Es wird immer wieder gern über den ein oder anderen geklatscht." Er registrierte ihre Empörung und lachte leise. „Aber es besteht wirklich kein Grund zur Aufregung, Vivian. Ich habe nur Gutes über Sie gehört. Nebenbei gefragt, macht es Ihnen etwas aus, wenn ich Sie hin und wieder Vivian nenne?"

„Nein", entfuhr es Vivian, ehe sie sich bremsen konnte. Im selben Augenblick war sie erstaunt über sich selbst. Vor einer halben Stunde erst hatte sie diesen Mann kennengelernt, und schon war sie bereit, sich von ihm vertraulich anreden zu lassen. Lieber Himmel, dachte sie, wenn ich nicht aufpasse, hat der mich bald um den kleinen Finger gewickelt!

„Nein", wiederholte sie daher etwas zögerlicher und setzte sich langsam wieder in Bewegung. „Aber finden Sie es passend, diese Frage schon bei unserer ersten Begegnung zu stellen?"

„Nicht unbedingt, doch spielt das eigentlich kaum eine Rolle, solange Sie nichts dagegen haben", entgegnete er mit einem fröhlichen Grinsen und schlenderte gemächlich neben ihr her. „Außerdem lässt Ihre spontane Antwort darauf schließen, dass Ihnen Ehrlichkeit wichtiger ist als heuchlerische Höflichkeit und Etikette."

Sie warf ihm einen skeptischen Blick unter den Wimpern zu. „Woher wollen Sie das wissen? Sie kennen mich doch gar nicht!"

Seine blauen Augen blitzten. „Vermutlich nicht. Und dennoch scheint mir Ihr Temperament geeignet, Sie das, was Sie denken, auch sagen zu lassen."

Verwirrt blinzelte sie. „Nun, ich weiß zwar nicht, wie Sie zu dieser Einschätzung kommen, aber ... Sie haben recht: Verlogenes Getue mag ich tatsächlich nicht."

Captain Dupont hob vielsagend eine Braue. „Sehen Sie."

Sie konnte nicht anders, sie musste lachen. „Oh ja, ich sehe! Und vor allem sehe ich, dass Sie mich gerade sehr erfolgreich manipulieren. Ich sollte Ihnen jetzt eigentlich sagen, dass es sich für eine englische Lady nicht gehört, sich von einem fremden Gentleman schon nach so kurzer Bekanntschaft vertraulich anreden zu lassen!"

Er warf ihr einen prüfenden Blick zu. „Ist es das, als was Sie sich fühlen? Als englische Lady?"

„Was für eine seltsame Frage", merkte Vivian irritiert an. „Wollen Sie etwa sagen, ich wäre keine Lady?"

„Gott bewahre!", stöhnte Captain Dupont lachend auf. „Für wie ungalant halten Sie mich! Ich wollte lediglich feststellen, wo Ihre Sympathien liegen. Beim englischen König – oder auf Seiten der amerikanischen Rebellen?"

„Warum wollen Sie das wissen?", fragte sie verwundert.

„Reine Neugier", entgegnete er mit einem Augenzwinkern.

Vivian schüttelte ratlos den Kopf. Doch da sie nicht wusste, was sie erwidern sollte, kam sie zurück auf ihr ursprüngliches Thema: „Also gut, Sie dürfen mich Vivian nennen, auch wenn es sich eigentlich nicht gehört. Aber im Gegenzug müssen Sie mir dann auch Ihren Vornamen verraten."

„Gérard. Mein Vorname ist Gérard."

Vivian warf ihm einen scharfen Blick zu. Irgendwie hatte sie den Eindruck, dass für den Bruchteil einer Sekunde das selbstsichere Lächeln aus seinen Augen gewichen und ein Schatten über sein Gesicht gehuscht war. „Gefällt Ihnen Ihr Vorname nicht?", fragte sie verblüfft.

„Wie kommen Sie denn darauf?"

„Weil Sie kurz gezögert haben, ehe Sie ihn aussprachen."

Seine Augenbraue zuckte in die Höhe, und er musterte sie mit einem seltsamen Gesichtsausdruck. „Sie sind eine bemerkenswert scharfe Beobachterin."

„Also stimmt es? Ihnen gefällt Ihr eigener Name nicht?"

Er zuckte scheinbar gleichmütig die Achseln. „Wer kann sich seinen Namen schon aussuchen. – Wissen Sie eigentlich, dass Sie wunderschönes Haar haben?"

Aus der Fassung gebracht, vergaß Vivian kurz, was sie eigentlich hatte erwidern wollen. Mühsam sammelte sie ihre sieben Sinne. „Gérard Dupont", murmelte sie und sah ihn forschend an. „Das klingt sehr französisch. Sind Sie Franzose? Und was machen Sie in England, wenn Sie es sind?"

„Oh, ich bin gewissermaßen geschäftlich hier", entgegnete er ausweichend. „Haben Sie Ihre goldenen Haare eigentlich von Ihrer Mutter geerbt, oder sind Sie als Einzige in Ihrer Familie mit dieser Pracht ausgestattet?"

„Captain Dupont, Sie versuchen, vom Thema abzulenken!", schalt Vivian mit einem verlegenen Lachen in der Stimme.

„Und wollen Sie mich dafür etwa tadeln?", grinste er. „Sie müssen zugeben, dass Sie wunderschöne Haare haben. Ich kenne zwar in meiner Heimat viele hübsche Mädchen, aber keines hat so prachtvolle Haare wie Sie."

„Du meine Güte! Flirten Sie mit jedem Mädchen, das Ihnen begegnet, gleich so heftig?"

Er lachte leise. „Sie glauben, ich flirte?"

„Allerdings. Und wenn ich es nicht glauben soll, müsste ich denken, dass Sie sehr hartnäckig versuchen, irgendwelchen Fragen von mir auszuweichen!"

Seine Braue zuckte erneut hoch. „Warum sollte ich das tun? Es wäre albern, oder etwa nicht? Und davon abgesehen: Ich möchte den Mann sehen, der beim Anblick Ihrer goldenen Locken nicht ins Schwärmen gerät. Also, haben Sie diese herrlichen Haare von Ihrer Mutter?"

„Oh, Sie sind unmöglich", lachte Vivian.

„Dann beantworten Sie mir eine andere Frage", lächelte er. „Warum leben Sie hier auf diesem abgelegenen Landsitz? Sollte eine junge Lady Ihres Standes nicht eigentlich die Londoner Saison genießen, um sich einen passenden Ehemann zu angeln?"

„Finden Sie diese Frage nicht ein wenig indiskret?"

„Absolut. Aber da wir vorhin festgestellt haben, dass Ihnen Verlogenheit zuwider ist, kann ich doch nicht so tun, als würden Sie mich nicht interessieren!"

Sprachlos starrte sie ihn an. Dann schüttelte sie lachend den Kopf. „Captain Dupont, ich glaube wirklich, Sie sind der dreisteste Mann, der mir je begegnet ist!"

In seinen Augen funkelte es belustigt. „Wie Sie meinen. Trotzdem interessiert es mich, warum Sie hier leben."

Sie seufzte. „Es hat sich so ergeben. Obwohl ich zugeben muss, dass ich nicht sonderlich glücklich darüber bin. Aber ich glaube, ich sollte Sie besser nicht mit meiner Lebensgeschichte langweilen."

„Warum nicht?", fragte er ruhig.

Sie blinzelte verblüfft. „Sie wollen doch nicht allen Ernstes behaupten, dass es Sie wirklich interessiert, warum ich bei meinem Onkel lebe?"

„Doch, das tut es. Wenn ich genauer darüber nachdenke, würde ich sogar sagen, dass ich Ihre Lebensgeschichte ausgesprochen gern hören würde."

„Das meinen Sie nicht ernst!", lachte Vivian.

„Oh doch, und ob." Augenzwinkernd setzte er hinzu: „Schließlich kann ich nicht auf mir sitzenlassen, dass ich nur dreiste Fragen stellen kann. Glauben Sie mir, ich bin ein ebenso guter Zuhörer wie Fragesteller."

„Ach, ich weiß nicht", entgegnete Vivian zögernd.

„Und warum nicht?"

„Ich kenne Sie doch gar nicht!"

„Das ist wahr, und ich kenne Sie nicht. Aber ich würde Sie gern besser kennenlernen. Da wäre Ihre Lebensgeschichte sicher sehr hilfreich. Außerdem wäre es mir ein Vergnügen, Ihrer sanften Stimme zu lauschen."

Sie lachte. „In London gibt es bestimmt sehr viele Ladys, deren sanften Stimmen Sie lauschen könnten!"

Seine Augen blitzten amüsiert auf. „Gewiss. Trotzdem kann ich Ihnen versichern, dass mich Ihre Geschichte vielmehr interessiert als die irgendeiner Dame der Londoner Gesellschaft."

„Die Londoner Ladys sind bestimmt sehr hübsch und anmutig."

„Nicht so hübsch wie Sie", lächelte er.

Sie blinzelte verlegen und versuchte, das Thema zu wechseln. „Erzählen Sie mir von London. Ich bin erst ein einziges Mal da gewesen, wissen Sie. Onkel William hält nicht viel von Ausflügen in die Stadt."

„Das würde ich gern tun, aber ich kenne mich selbst nicht allzu gut in London aus. Was interessiert Sie denn?"

„Ich dachte, Sie kämen aus London?", stellte sie überrascht fest.

Er schüttelte den Kopf. „Nein, ich bin nur zu Besuch dort."

„Dann leben Sie auf dem Land?"

„Wenn ich zuhause bin schon. Leider war ich lange nicht mehr dort."

„Warum nicht? Fühlen Sie sich zuhause nicht wohl?"

„Ich fühle mich zuhause sogar sehr wohl", widersprach er achselzuckend. „Nichtsdestotrotz bin ich seit längerem nicht mehr da gewesen."

„Und warum nicht?", wiederholte sie ihre Frage. „Was machen Sie denn, dass Sie so lange von zuhause fort sein müssen?"

„Nichts Besonderes." Er blickte ausdruckslos in die Ferne. „Die Umstände erfordern es nun einmal, dass ich oft auf Reisen gehen muss. Auch wenn ich gern öfter zuhause wäre."

„Wo sind Sie denn zuhause? In Frankreich?"

Mit einem breiten Grinsen schüttelte er den Kopf: „Ich bewundere Ihre Hartnäckigkeit, aber wir wollten eigentlich von Ihnen reden. Kommen Sie, diese Bank hier sieht doch sehr einladend aus. Setzen wir uns, und dann erzählen Sie mir von sich und Ihrer Familie."

Widerstrebend nahm Vivian auf der schmiedeeisernen Gartenbank im Schatten einer hohen Kastanie Platz. Captain Dupont setzte sich mit ein wenig Abstand daneben und ließ den Blick nachdenklich in die parkartige Landschaft gleiten. Verlegen glättete sie ihre

Röcke und überlegte, ob sie ihm wirklich Einblick in ihr früheres Leben gewähren sollte. Der Captain selbst war offenbar nicht bereit, viel von sich preiszugeben, was sie ein klein wenig ärgerte.

Unvermittelt wandte er ihr den Blick zu und sah sie sekundenlang forschend an. Mit einer Ernsthaftigkeit, die sie ihm gar nicht zugetraut hätte, bemerkte er ruhig: „Ich würde wirklich gern mehr über Sie erfahren, Vivian. Aber wenn es Ihnen widerstrebt, sich mir anzuvertrauen, können wir das Thema auch lassen. Sie müssen mir nichts erzählen, wenn Sie nicht wollen. Es war absolut nicht meine Absicht, aufdringlich und neugierig zu sein. Ich hatte lediglich gedacht, Sie würden vielleicht gern von Ihrer Heimat reden."

Sie blinzelte, überrascht von seinem Einfühlungsvermögen. „Ehrlich gesagt, eigentlich gibt es nichts, was ich lieber täte, als Ihnen von meiner Heimat zu erzählen! Sie können sich nicht vorstellen, was für eine Sehnsucht ich nach Hause habe. Aber niemand hier in England will irgendetwas von Amerika hören! Ich wäre so froh, wenn ich einmal von Charleston und meinem Leben reden könnte. Aber ich will Sie wirklich nicht langweilen."

„Warum sind Sie so überzeugt, dass Sie mich langweilen würden? Warum lassen Sie es nicht einfach drauf ankommen?"

„Wenn Sie wirklich meinen ...", willigte sie mit einem Anflug von Nervosität in der Stimme ein.

„Ganz bestimmt", versicherte er nachdrücklich.

Vivian lachte und sah ihn skeptisch an. Captain Dupont seinerseits lehnte sich entspannt zurück, streckte die langen Beine aus und blickte sie erwartungsvoll an.

„Nun gut", seufzte Vivian. „Eigentlich gibt es gar nicht so viel zu erzählen. Ich bin in Charleston geboren worden, wissen Sie. Mein Vater arbeitete dort als Anwalt. Vorher hat er in England studiert. Mein Onkel James, Onkel Williams jüngerer Bruder, war ein Studienfreund von ihm. Irgendwann brachte Onkel James meinen Vater zu Besuch mit nach Oakfield. So lernte mein Vater meine Mutter kennen. Soweit ich gehört habe, war es Liebe auf den ersten Blick."

„Klingt romantisch", lächelte Captain Dupont.

„Das muss es wohl auch gewesen sein", stimmte Vivian gedankenvoll zu. „Allerdings war die Familie meiner Mutter zunächst wohl nicht sehr begeistert von der Idee, dass sie einen Amerikaner heiraten wollte. Sehen Sie, meine Mutter war das Nesthäkchen der Familie und der Liebling ihrer Geschwister. Onkel William behauptet sogar, sie wäre seine Lieblingsschwester gewesen. Und meine Tante Sophie soll tagelang geweint haben, als meine Mutter schließlich nach dem Studienabschluss meines Vaters und der Hochzeit mit meinem Vater nach Charleston zog. Aber da meine Mutter mit meinem Vater glücklich war, haben sich schließlich wohl alle damit abgefunden. Bis meine Mutter dann drei Jahre später bei der Geburt meiner beiden Brüder starb."

„Brüder?", fragte Dupont verblüfft, sodass Vivian verwundert die Stirn runzelte.

„Zusammen mit meiner Mutter starben sie bei der Geburt", erklärte sie traurig. „Es waren Zwillinge."

„Das tut mir sehr leid."

Vivian atmete tief durch. „Meine Mutter hatte in ihren wenigen Jahren in Charleston Freundschaft mit einer anderen jungen Frau geschlossen. Ihr Name ist Ann Welsey. Sie ist für mich nach dem Tod meiner Mutter zu so etwas wie einer Ersatzmutter geworden. Sie war es auch, die meinen Vater nach dem Tod meiner Mutter aus seiner Lethargie gerissen hat. Verstehen Sie, er hat meine Mutter sehr geliebt. Für ihn muss eine Welt zusammengebrochen sein, als sie starb. Aber er fing sich und sorgte sehr gut für mich."

„Mit Ann Welseys Hilfe?", bemerkte Dupont fragend an.

„Ja, mit ihrer Hilfe und der ihrer Familie. Sie hat einen wunderbaren Mann und drei großartige Söhne, wissen Sie. Die drei Jungs sind für mich beinahe so etwas wie richtige Brüder."

Dupont lächelte, und sie fuhr seufzend fort: „Dann tauchte plötzlich Tante Sophie in Charleston auf. Nachdem sie vom Tod meiner Mutter erfahren hatte, wollte sie für mich sorgen. Ihre ursprüngliche Absicht war es wohl, mich nach England zu holen, aber davon wollte natürlich mein Vater nichts wissen."

„Also blieb Ihre Tante in Charleston?"

„Ja, ganz recht. Es fiel ihr nicht leicht, glaube ich. Aber mit der Zeit lebte sie sich ganz gut ein und führte meinem Vater den Haushalt. Sogar mit Ann kam sie später halbwegs zurecht und ließ sich von ihr manchen Ratschlag auf dem Gebiet der Kindererziehung geben. So kam es, dass ich trotz des frühen Todes meiner Mutter sehr wohlbehütet aufwuchs. Unter Anns Anleitung lernte ich Lesen und Schreiben. Tante Sophie brachte mir das Nähen und Sticken bei und manch andere Kunst, die eine junge Dame ihrer Meinung nach beherrschen musste. Um meine Fertigkeiten zu vervollkommnen, wurde ich dann im Alter von vierzehn Jahren auf eine erstklassige Schule für Mädchen aus besserer Gesellschaft geschickt."

Captain Dupont zwinkerte ihr zu. „Wo Sie lernten, eine wohlerzogene, junge Lady zu werden?"

Sie lächelte unterdrückt. „Nun ja, vermutlich nicht ganz erfolgreich. Sehen Sie, ich ging sehr gern zur Schule, aber noch mehr freute ich mich, wenn die Ferien kamen und ich nach Hause fahren konnte. Dann ritt ich mit Anns Söhnen um die Wette, kletterte auf Bäume und missachtete zu Tante Sophies Entsetzen so ziemlich alles, was ich an gutem Benehmen gelernt hatte. Sie können sich nicht vorstellen, wie schockiert meine Tante war, wenn ich Treppen hinunterstürmte, statt hinabzuschreiten, oder mit den Jungen die Gegend erkundete, statt mit anderen jungen Mädchen meines Alters beim Tee zu sitzen."

„Das klingt, als hätten Sie eine sehr glückliche Kindheit gehabt", lächelte der Captain.

„Oh ja, und wie", seufzte Vivian. „Meine Tante fand mein Benehmen zwar ungeheuerlich, aber mein Vater war sehr verständnisvoll. Und zum Glück hat Ann ihn in seiner Haltung immer unterstützt."

„Diese Ann – Sie haben Sie sehr gern, oder?"

„Ja. Die Welseys waren immer meine zweite Familie, verstehen Sie. Ich wäre nach dem Tod meines Vaters so gern bei ihnen geblieben. Ich habe Tante Sophie angefleht und gebettelt – aber es hat alles nichts genützt. Sie brachte mich hierher zu Onkel William."

„Wieso hat sie sich nicht selbst weiter um Sie gekümmert?", wunderte sich Captain Dupont. „Ich meine, wenn sie Sie schon aus Ihrer vertrauten Umgebung und Ihrer Heimat gerissen hat. ..."

„Tante Sophie ist in Charleston nie ganz heimisch geworden. Und angesichts der Umstände, unter denen mein Vater starb ..."

Dupont hob fragend eine Braue.

„Ich weiß nicht, ob ich Ihnen das alles erzählen sollte", zögerte Vivian.

„Wenn ich Sie recht verstehe, starb Ihr Vater keines natürlichen Todes", überging er ihren Einwand.

Vivian atmete tief durch und entschloss sich, ihm auch die restliche Geschichte zu erzählen. „Als ich siebzehn Jahre alt war, starb überraschend der ältere Bruder meines Vaters. Er war kinderlos, sodass mein Vater die Familienplantage erbte, die sein Bruder bewirtschaftet hatte. Sie lag nicht weit von Charleston entfernt am Ashley River. Beim Tode meines Großvaters fünfzehn Jahre zuvor soll es eine gut gehende Baumwollplantage gewesen sein. Doch mein Onkel hatte es in wenigen Jahren geschafft, sie vollkommen herunterzuwirtschaften. Mein Vater beschloss daher, als er von der Erbschaft erfuhr, Tante Sophie und mich in Charleston zurückzulassen und die Plantage erst einmal in Augenschein zu nehmen. Kurz nach seiner Ankunft auf Summerville schrieb er uns einen Brief. Offenbar übertrafen die Zustände auf der Plantage noch seine schlimmsten Befürchtungen. Die Felder waren überschwemmt, das Haus baufällig, Vieh war überhaupt keines mehr vorhanden. Auch die Diener waren alle fort. Mein Vater schrieb uns, dass er in ein paar Tagen nach Charleston zurückkehren würde, um notwendige Materialien für die Instandsetzung zu besorgen. Doch bevor er wieder abreiste, wurde er ermordet."

Sichtlich erschüttert, murmelte der Captain: „Das tut mir sehr leid. Möchten Sie weiterreden? Oder tut es Ihnen zu sehr weh?"

Vivian schluckte. „Wir haben nie genau erfahren, was wirklich in den Tagen passiert ist, die mein Vater noch auf Summerville blieb. Dem Bericht der Behörden zufolge war mein Vater noch auf der Plantage, als zwei Landstreicher in die Ställe eindrangen. Mein Vater hat sie vermutlich dabei überrascht und wurde von den Landstreichern erschlagen. Er ... er muss sofort tot gewesen sein, wurde uns gesagt."

Ihr standen Tränen in den Augen, und sie konnte nicht weitersprechen. Captain Dupont langte zu ihr herüber und drückte ihre Hand. Sie war sich der Unschicklichkeit seiner Geste bewusst, und doch war sie seltsam tröstlich. Mit zitternder Stimme fuhr sie fort: „Wir machten uns damals größte Sorgen, als wir tagelang nichts mehr von meinem Vater hörten. Später erfuhren wir, dass seine Leiche erst nach einigen Tagen entdeckt worden war, weil Summerville abseits von allen Hauptstraßen und Wegen lag. Erst als der Notar, der meinem Vater noch einige Unterlagen wegen der Erbschaft vorbeibringen wollte, nach ein paar Tagen auf Summerville eintraf, fand er meinen Vater und verständigte die örtlichen Behörden. Die Beamten erinnerten sich daraufhin an zwei Landstreicher, die sich seit einigen Wochen in der Gegend herumtrieben und schon auf verschiedenen Anwesen eingebrochen hatten. Zwei Wochen nach dem Überfall auf Summerville wurden sie bei einem anderen Einbruch gefasst.“

„Haben die Landstreicher den Mord an Ihrem Vater gestanden?“

Sie nickte. „Ja, und sie wurden dafür gehängt. Aber das macht meinen Vater auch nicht wieder lebendig.“

„Sie vermissen ihn sehr, nehme ich an?“, fragte Captain Dupont, und in seiner Stimme schwang aufrichtiges Mitgefühl mit.

„Ich ... ich kann noch nicht einmal sein Grab besuchen. Er ist in Charleston beerdigt. Tante Sophie hätte mich nicht fortbringen dürfen.“

„Sie wollte sicher nur Ihr Bestes“, versuchte er zu trösten.

„Ich weiß“, seufzte Vivian. „Ich wünschte trotzdem, sie hätte mich in Charleston bei Ann bleiben lassen.“

„Vielleicht glaubte sie, Sie würden in einer fremden Umgebung schneller über den Tod Ihres Vaters hinwegkommen.“

„Ja, vermutlich“, stimmte Vivian nachdenklich zu. „Aber da irrt sie sich. Dennoch verstehe ich meine Tante, auch wenn sie es vermutlich nicht glaubt. Ich weiß, dass sie nach dem Tode meines Vaters keinen Grund mehr für sich sah, in Amerika zu bleiben. Sie hatte schon seit langem unter heftigem Heimweh gelitten und hielt nach Vaters Tod die Zeit für gekommen, mit mir nach England zurückzukehren. Ich weiß, dass Vaters Tod sie sehr bekümmerte. Und obendrein hatte sie fürchterliche Angst.“

„Angst? Wovor?“

„Nun, sehen Sie, die amerikanischen Kolonien hatten sich inzwischen von England losgesagt. Meine Tante fürchtete, wegen des Krieges irgendwann nicht mehr nach England zurückkehren zu können. Charleston war zwar noch nicht blockiert, aber das konnte ja noch kommen. Meine Tante hielt es daher für zwingend nötig, so schnell wie möglich abzureisen. Vielleicht hätte sie es sogar ohne Vaters Tod getan, nur dass ich dann hätte bleiben können. Meine Tante fühlte sich nämlich schon lange nicht mehr wohl in den Kolonien. Genauer gesagt, seit amerikanische Rebellentruppen die englischen Truppen bei Lexington und Concord angegriffen hatten.“

Dupont nickte gedankenverloren. „Ja, das Land war danach in ständiger Unruhe. Kein Wunder, dass Ihre Tante besorgt war.“

Vivian wunderte sich kurz, woher er das wusste, fuhr aber fort: „Meine Tante sagte immer, der Revolutionsgeist würde sich ausbreiten wie eine Seuche. Mit der offiziellen Lossagung von England kam sie nie klar. Das Herz meiner Tante schlägt für England, und jeder in Charleston wusste das. Sie hatte immer Angst, man würde ihr das irgendwann übelnehmen. Vor allem, nachdem der Versuch englischer Schiffe, Fort Moultry zu nehmen, jämmerlich gescheitert war.“

„Weil dadurch Charleston fest in Rebellenhand geriet?“

„Ja, ganz recht. Sie wissen offenbar gut Bescheid.“

Er zuckte die Achseln. „Nur, was jeder so weiß.“

Sie warf ihm einen verwunderten Blick zu. „Nun, wie auch immer. Meine Tante fürchtete ständig, dass die Rebellen auch Angriffe auf ihre Person starten könnten. Es half nichts, dass wir ihr alle wieder und wieder erklärten, dass der Anteil der Königstreuen in den südlichen Landesteilen relativ groß war. Sie fühlte sich trotzdem immer mehr wie eine Aussätzige und glaubte es nur Vaters patriotischer Gesinnung und seinem öffentlichen Bekenntnis zu den Rebellen zu verdanken, dass ihr noch nichts geschehen war. Mit seinem Tod änderte sich ihrer Meinung nach ihre Lage daher dramatisch.“

„Weshalb sie mit Ihnen nach England heimkehrte“, nickte er.

„Ja. Es war nicht ganz einfach. Von Charleston aus fuhren keine Schiffe mehr nach England, und ich hoffte schon, dass wir bleiben würden. Doch unter großen Mühen fand meine Tante jemanden, der uns nach Norden brachte, von wo aus wir in See stechen konnten. Drei Monate nach Vaters Tod war ich in England.“

„Wo Ihre Tante Sie bei Ihrem Onkel abgeliefert hat.“

Vivian lachte kurz. „Ja, aber daran ist nur ihr Gerechtigkeitssinn schuld!“

„Was hat das mit Gerechtigkeit zu tun?“, wunderte er sich.

„Nun, es ist nicht etwa so, dass meine Tante mich plötzlich weniger gerngehabt hätte, glaube ich. Sie war nur einfach überzeugt, dass es Onkel William guttun würde, wenn jemand bei ihm lebt. Sehen Sie, mein Onkel lebt im Allgemeinen sehr zurückgezogen. Meine Tante fürchtete, er wäre einsam.“

Mit zuckenden Mundwinkeln fragte er: „Und was hat Ihr Onkel zu dieser gutgemeinten Beglückung gesagt?“

Seine gute Laune wirkte ansteckend, und sie lachte. „Ich glaube, er wäre dieser Beglückung lieber entgangen. Doch seine Versuche, meine Tante davon zu überzeugen, dass ich bei ihr besser aufgehoben wäre, schlugen in jeder Hinsicht fehl. Meine Tante war felsenfest davon überzeugt, dass ihm ein wenig weibliche Gesellschaft guttun würde. Sie beschwichtigte ihn zunächst damit, dass ich nur ein paar Wochen bleiben sollte, solange, bis sie ein geeignetes Stadthaus für uns beide gefunden hätte. Doch wie es sich zeigte, war meine Tante äußerst wählerisch. War ihr das eine Haus zu klein, war ihr das nächste zu groß. Kein Haus hielt ihrem prüfenden Auge stand. Schließlich nistete sie sich im Hause meines Onkels James ein, ihres jüngeren Bruders, der in London lebt und dort ein angesehener Anwalt ist.“

„Und für Sie war kein Platz bei Ihrem Onkel James?“

„Ich weiß es nicht genau. Tante Sophie behauptet, sie hätte mich gern nachgeholt, aber ich weiß nicht, ob sie das ernst meinte. Ich glaube eher, sie ist ganz zufrieden, dass ich jetzt bei Onkel William lebe. Und Onkel James hat immerhin vier fast erwachsene Kinder. Ich nehme an, da ist kein Zimmer frei, das er mir hätte geben können.“

Vivian atmete tief durch und erhob sich. Auch Captain Dupont verließ seinen Platz auf der Bank, und sie setzten sich gemeinsam schlendernd in Bewegung. „Sie sehen also“, schloss sie, „dass ich nicht freiwillig hier in England bin. Doch solange ich nicht volljährig bin, kann ich nicht fort, weil mein Onkel mich nicht gehen lassen will.“

„Sie meinen also, Sie würden nach Amerika zurückgehen, wenn Sie könnten?“

„Natürlich würde ich zurückgehen“, entgegnete Vivian energisch. Sie hielt kurz inne und betrachtete sinnend die roten und gelben Rosen, den schlichten, mit vielen Rasenflächen angelegten Park und die bunten Blumenbeete. „Sie ahnen ja nicht, wie sehr ich mich zurücksehne! Nach den Baumwoll- und Reisfeldern, dem Geruch nach dumpfen Sümpfen und den weiten unberührten Landflächen." Sie bemerkte den nachdenklichen Ausdruck in Captain Duponts Augen und versuchte ihm zu erklären, was sie empfand: „England ist schön. Aber es ist so ganz anders als Amerika. Hier ist alles ordentlich, jedes Feld hat seinen Eigentümer. Wenn man innerhalb Englands reist, weiß man immer, dass man bald auf die nächste Ortschaft oder zumindest ein bewohntes Haus stoßen wird. Das ist in Amerika ganz anders. Dort kann man tagelang reisen, ob in einer Kutsche oder auf einem Boot, ohne dass man einen Menschen trifft. Das ganze Land ist wild. – Und dann Charleston! In Charleston spürt man das pulsierende Leben. Der salzige Geruch des Meeres, das Glockengeläut von Sankt Michael, das zu Charleston gehört, solange ich denken kann – all das ist wundervoll." Sie merkte, wie die Begeisterung mit ihr durchging, und lächelte den Captain entschuldigend an. „Ich weiß nicht, ob Sie das verstehen können, wenn Sie Charleston nicht kennen. Aber für mich ist es einfach die schönste Stadt auf Erden."

Captain Dupont hatte Vivian lächelnd zugehört. Seine langen, schmalen Finger spielten mit einem Lindenblatt, das er gepflückt hatte. Vivian fiel auf, wie sonnengebräunt und kräftig seine Hand wirkte. „Ich denke schon, dass ich Sie verstehe", entgegnete er gedehnt. „Dort, wo man geboren wurde, ist es immer am schönsten."

„Vielleicht", pflichtete Vivian ihm niedergeschlagen bei.

Er lächelte ihr aufmunternd zu. „Kopf hoch, Vivian! Sie werden eines Tages zurückkehren."

„Nett, dass Sie mir Mut machen wollen, aber ... wieso sind Sie da so sicher?"

„Weil aus jedem Ihrer Worte eine solche Sehnsucht spricht, dass Sie gar nicht anders können, als irgendwann zurückzukehren."

Sie blinzelte verblüfft. Jeder, dem sie in den letzten zwei Jahren von ihrem Wunsch nach einer Rückkehr nach Charleston und Amerika erzählt hatte, hatte das als vorübergehende Träumerei abgetan und ihr versucht einzureden, dass sie in England viel besser aufgehoben wäre. Und nun stand hier dieser nahezu wildfremde Mann und vermittelte ihr zum ersten Mal das Gefühl, verstanden zu werden!

Sie hob den Kopf und begegnete Duponts Blick, der gedankenverloren auf ihr ruhte. Er wirkte so ganz anders als am Anfang ihres Gesprächs, als er ihr mehr oder weniger als unverbesserlicher Schürzenjäger erschienen war. Eigentlich gefiel ihr diese ernste Seite an ihm beinahe noch besser. Zaghaft lächelte sie ihn an.

Der Captain erwiderte ihr Lächeln mit einer herzlichen Wärme in den Augen. Instinktiv machte Vivian einen Schritt auf ihn zu, sodass sie sehr dicht vor ihm stand, als sie leise fragte: „Und was ist mit Ihnen? Sehnen Sie sich auch nach Hause, wo auch immer es ist?"

„Ja, manchmal."

Vivian entging nicht sein jäh unwilliger Tonfall, und sie fragte sich, warum es ihm so widerstrebte, über seine Heimat zu sprechen. Sie war kurz davor, ihn

genau das zu fragen, doch unvermittelt änderte sich
sein Gesichtsausdruck erneut, und er schlug mit einem
Bedauern in der Stimme vor: „Lassen Sie uns zum Haus
zurückkehren, Miss Darcy. Ihr Onkel und Lord Wimsey werden sich bestimmt schon fragen, was wir hier
draußen so lange treiben. Außerdem habe ich noch einige Dinge zu erledigen, so gern ich auch weiter Ihre
nette Gesellschaft genießen würde."

Leicht verwundert, dass er ihre Unterhaltung so abrupt beendete, nickte sie und fragte sich dabei, was ein
Fremder in dieser Gegend schon zu erledigen haben
könnte. Dupont schien ihre Gedanken zu erraten, denn
er lachte noch einmal auf und erklärte: „Ich muss
Briefe schreiben, kleines Fräulein Neugier. Und mein
Pferd braucht Bewegung."

Verblüfft runzelte Vivian die Stirn. „Sie sind nicht mit
Lord Wimsey in der Kutsche gekommen?" Gleichzeitig
ärgerte sie sich, dass sie das ‚Fräulein Neugier‘ protest-
los auf sich sitzenließ. Denn schließlich hatte der Captain bisher weit mehr über sie erfahren als sie über ihn.

„Ich lass mir lieber auf dem Rücken eines Pferdes den
Wind um die Nase wehen", erklärte er mit einem unterdrückten Lächeln. „In der Kutsche hätte ich mich nur
gelangweilt."

„Oh. Nun – das verstehe ich", räumte Vivian ein. „Ich
reite selbst sehr gern." Doch auch wenn sie vorgab, ihn
zu verstehen, war sie doch verblüfft. Captain Dupont
war heute Morgen erst angekommen. Wieso brauchte
sein Pferd da Bewegung? Die Frage brannte ihr auf der
Zunge, aber sie schluckte sie hinunter, um ihm nicht
noch einmal Anlass zu geben, sie für neugierig zu halten.

Dupont gab sich den Anschein, ihre Verwirrung nicht zu bemerken, und bot ihr augenzwinkernd seinen Arm. „Darf ich Sie dann also ins Haus geleiten, Miss Darcy?“

Lächelnd schüttelte sie den Kopf. „Nein, gehen Sie nur allein. Ich würde lieber noch etwas länger durch den Garten streifen.“

„Wie Sie wünschen, Miss Darcy. Es war mir ein Vergnügen, mit Ihnen zu plaudern.“

„Captain Dupont!“, hielt sie ihn noch einmal auf, als er eine Verbeugung andeutete und sich abwenden wollte. „Sehen wir uns wieder?“

Er ließ sich Zeit mit der Antwort und ließ seinen Blick noch einmal in aller Ruhe bewundernd über ihre schlanke Gestalt gleiten. Schließlich lächelte er, mit einem seltsamen, undeutbaren Ausdruck in den glitzernden Augen. „Ich nehme an, wir sehen uns beim Dinner, Miss Darcy.“

Das war es nicht, was sie gemeint hatte. Und sie war sich sicher, dass der Captain das ganz genau wusste! Doch offenbar wollte er ihre Frage nicht beantworten. „Nun, dann ... dann bis zum Dinner, Captain Dupont.“

Er nickte kurz, dann wandte er sich ab und machte sich mit energischen, federnden Schritten auf den Weg zurück ins Haus.

Im Schatten einer großen Eiche stehend, betrachtete Vivian gedankenverloren die sich entfernende Gestalt. Sie war noch nie einem so virilen und gleichzeitig so viel Gelassenheit ausstrahlenden Menschen begegnet. Mit einer bemerkenswerten Mischung aus Humor und Einfühlungsvermögen hatte Captain Dupont es geschafft, dass sie sich in seiner Gegenwart so gelöst und lebendig wie schon lange nicht mehr gefühlt hatte.

Noch dazu war es dem Mann gelungen, jeder ihrer Fragen auszuweichen, während sie ihm bereits ihre gesamte Lebensgeschichte anvertraut hatte. Kopfschüttelnd fragte sie sich, woran es lag, dass sie ihm so schnell ihr Vertrauen geschenkt hatte. Widerstrebend gestand sie sich ein, dass sie sich stärker zu ihm hingezogen fühlte, als vermutlich klug war. Captain Dupont war bei weitem der interessanteste, humorvollste und faszinierendste Mann, der ihr in ihren jungen Jahren bisher begegnet war, und das nicht nur, weil sie ihn geradezu umwerfend attraktiv fand. Doch er war mit Abstand auch der rätselhafteste Mensch, den sie kannte.

Seufzend machte sie sich nach ein paar Minuten dann doch auf den Weg ins Haus. Es war einfach albern und lächerlich, zu viele Gedanken an einen Mann zu verschwenden, dem sie aller Wahrscheinlichkeit nach so bald nicht wieder begegnen würde, wenn er erst abgereist war. Dass er der Beantwortung der Frage, ob sie sich wiedersehen würden, ausgewichen war, war immerhin aufschlussreich genug. Obendrein hatte sie im Laufe ihrer Unterhaltung den Eindruck gewonnen, dass Dupont keineswegs ein Bekannter ihres Onkels war, was einen weiteren Besuch des Captains auf Oakfield eher zweifelhaft erscheinen ließ. Unwillkürlich fragte sie sich, warum er überhaupt nach Oakfield gekommen sein mochte. Er hatte erwähnt, dass er häufig geschäftlich unterwegs wäre. Aber was für Geschäfte sollte ein Captain mit Sir William machen, der sich für nichts anderes als seine Ländereien und Politik interessierte?

Sie erreichte das Haus und öffnete sehr nachdenklich die Tür. Mit einem kurzen Blick auf die große Standuhr in der Halle stellte sie erschrocken fest, dass es schon beinahe Zeit für das Mittagessen war und sie sich umziehen musste. Der Besuch des Captains hatte ihren Tagesablauf auf Oakfield auf angenehme Art durcheinandergebracht, und sein persönliches Interesse an ihr hatte sie überrascht. Sie war gespannt, ob die Zukunft noch mehr Überraschungen bereithalten würde. Beinahe hoffte sie, dass es so wäre.

Der Gegenstand von Vivians geistigen Betrachtungen saß derweil an einem schweren Schreibtisch aus alter Eiche in einem der zahlreichen Gästezimmer von Oakfield und ließ seinen Blick in Gedanken versunken aus dem halbhohen Fenster hinter dem Schreibtisch schweifen. Doch sein Blick blieb nicht an der lieblichen Schönheit der englischen Landschaft mit ihren Feldern und Hecken hängen, die sich vor seinen Augen erstreckte, sondern an der schlanken, eleganten Gestalt, die sich gerade mit zögernden Schritten dem Hauseingang näherte. Offensichtlich, überlegte er mit einem Lächeln, hatte die entzückende Miss Darcy ihre Pläne geändert und verzichtete nun doch darauf, noch länger durch den Garten zu streifen.

Mit einem unterdrückten Grinsen fragte er sich, ob die junge Dame gerade ebenso viele Gedanken an ihn verschwendete wie er an sie. Doch dann schüttelte er über seine eigene Dummheit den Kopf. Statt nämlich den Brief zu schreiben, den er dringend nach Frankreich abschicken musste, saß er da und träumte vor sich hin! Dabei war es kompletter Irrsinn, in seiner augenblicklichen Lage auch nur einen einzigen Gedanken an ein mögliches Wiedersehen mit einer zumindest zur Hälfte englischen Lady zu verschwenden! Und selbst wenn sie nicht die Nichte eines britischen Baronets wäre, blieb trotzdem die Tatsache, dass ihn bald die Weite des Ozeans von ihr trennen würde. Ganz davon abgesehen, dass er wirklich wichtigere Dinge zu tun hatte, als ein Techtelmechtel mit der kleinen Lady einzugehen, mochte er sie auch noch so reizvoll finden.

Gedankenverloren ließ er die Schreibfeder sinken, als Vivian beim Öffnen der Haustür aus seinem Sichtfeld verschwand. Zu dumm, dass Vivian Darcy und er sich nicht unter anderen Umständen begegnet waren, überlegte er mit einem bedauernden Kopfschütteln. Wäre er ihr zuhause in der Heimat vorgestellt worden, hätte er ihr den Hof machen können. Aber wie die Dinge lagen, war daran nicht einmal im Traum zu denken!

Er unterdrückte kurz ein spöttisches Lachen. Bei Gott, er kannte wirklich genug hübsche Frauen in seiner Heimat! Warum, um alles in der Welt, fing er jetzt an, sich von dem Gedanken niederdrücken zu lassen, dass er Vivian Darcy vermutlich so schnell nicht wiedersehen würde? Sie war noch nicht einmal im klassischen Sinne schön! Aber sie war auf verwirrende, fesselnde Art hübsch und lebendig und obendrein von einer impulsiven, warmherzigen Natur, die ihn faszinierte. Zumal sie auch noch gebildet und intelligent wirkte, was er durchaus zu schätzen wusste. Tatsache war jedenfalls, dass er sich noch nie so stark zu einer Frau hingezogen gefühlt hatte wie zu ihr. Vermutlich lag es nur an dem enthaltsamen Leben, das er zurzeit führte, versuchte er sich zu beruhigen. Und dennoch: Als er sich von Lord Wimsey nach Oakfield hatte mitnehmen lassen, um einem Freund einen Gefallen zu tun, hätte er um nichts in der Welt damit gerechnet, dass der jungenhafte Wildfang, als der ihm Sir Williams Nichte beschrieben worden war, als betörend hübsche Lady entpuppte! Wildfang – das war ja vielleicht noch vorstellbar, aber jungenhaft? Bei Gott, Vivians weibliche Rundungen waren verführerisch genug, um selbst einen Mönch in Versuchung zu führen! Und dann die Leidenschaft und Begeisterung, mit der sie von ihrem Leben in Charleston sprach – ob sie die auch aufbrachte, wenn sie –

Der Federkiel in seiner Hand schnappte mit einem Knacken entzwei, und er zuckte zusammen. Mit zusammengekniffenen Augen starrte er auf den dicken Tintenfleck, der die Schrift auf dem halbfertigen Brief unleserlich machte. Zum Teufel auch, er konnte mit dem Schreiben von vorne anfangen, und das nur, weil er drauf und dran war, sich den Kopf verdrehen zu lassen! Er musste wirklich völlig den Verstand verloren haben! Es war so schon riskant genug, was er hier trieb, auch ohne weitere Komplikationen!

Kopfschüttelnd langte er nach einem neuen Blatt Pergament, nahm sich eine andere Feder und tunkte sie in das Tintenfass. Nun gut, es war nicht zu ändern: Miss Vivian Darcy war reizend und attraktiv, und wenn die Umstände anders wären, würde er sie vielleicht wiedersehen wollen. Aber die Umstände waren nun einmal nicht anders. Es wurde also Zeit, dass er sich Miss Darcy aus dem Kopf schlug und endlich den Brief schrieb, von dem nicht nur sein eigenes Schicksal abhing, sondern indirekt auch der Erfolg oder Misserfolg seines Auftrags. Auch wenn seine niederen Instinkte das anders sahen, gebot die Stimme der Vernunft, dass er sich seiner Aufgabe, deren Misslingen ihn

möglicherweise gar in Lebensgefahr bringen könnte,
mit allen ihm zur Verfügung stehenden Mitteln und
jeglicher Energie widmete. So scheuchte er mit eiserner
Willenskraft das Bild von zwei lachenden braunen Augen und goldblonden Locken aus seinem Kopf, beugte
sich über den Schreibtisch und fing an zu schreiben.

2

Die Gäste verließen Oakfield am nächsten Vormittag. Zusammen mit ihrem Onkel stand Vivian auf der breiten Treppe vor dem Eingang des Hauses und verabschiedete sich mit einem verwirrenden Gefühl des Bedauerns von Captain Dupont und Lord Wimsey. Nach ihrem Gespräch mit dem Captain am Vortag hatte sich keine Gelegenheit mehr ergeben, mit ihm allein zu sein. In Gegenwart ihres Onkels und Lord Wimseys war Captain Duponts Verhalten ihr gegenüber freundlich und untadelig gewesen. Doch zu weiteren persönlichen Worten war es nicht mehr gekommen.

„Was wollte Captain Dupont eigentlich auf Oakfield?", fragte Vivian ihren Onkel, während sie dem sich entfernenden Reiter und Lord Wimseys Kutsche hinterherblickte. „Woher kennst du ihn überhaupt?"

„Kann nicht behaupten, dass ich den Burschen kenne", schnaufte Sir William. Kopfschüttelnd schritt er die Treppe hoch. „Offenbar hatte er Wimsey gebeten, ihn nach Oakfield begleiten zu dürfen. Da Wimsey nichts dagegen hatte, konnte ich ihm ja kaum die Gastfreundschaft verweigern."

„Er hat darum gebeten, herkommen zu dürfen? Warum? Was hat ihn denn an Oakfield interessiert?"

„Woher soll ich das wissen?“, brummte Sir William. „Wimsey meinte, Dupont hätte behauptet, noch nie einen richtigen englischen Landsitz gesehen zu haben. Offenbar war er neugierig, wie wir hier so leben.“

„Wie seltsam“, murmelte Vivian und folgte ihrem Onkel ins Haus. „An Oakfield ist doch nichts Besonderes.“

„Mein liebes Kind, Oakfield hat jede Menge zu bieten, auch wenn du dich noch so sehr bemühst, das zu übersehen! Nichts ist so schön wie die wunderbare Landschaft von Hertfordshire! Aber deine unsinnige Vorliebe für das wilde Land, aus dem du stammst, macht dich offenbar blind für weniger dramatische Landstriche!“

„So habe ich es nicht gemeint, Onkel William“, korrigierte Vivian hastig. „Ich frage mich doch nur, was ein Mann wie Captain Dupont an Oakfield reizvoll finden mag.“

„Nun, anders als du offenbar scheint der Mann einen Sinn für die wahre Schönheit unserer Gegend zu haben“, murrte Sir William und marschierte in die Bibliothek, wo er sich auf seinen Lieblingssessel sinken ließ. „Auch wenn das etwas überraschend ist, wenn man bedenkt, dass er ein Franzmann ist.“

„Er ist also wirklich Franzose?“, horchte Vivian auf, da sie ihre eigene Vermutung bestätigt sah. „Seltsam, er hatte überhaupt keinen Akzent.“

„Nein, nicht sehr ausgeprägt“, stimmte Sir William zu. „Obwohl seine Aussprache schon ein wenig anders war. Erinnerte mich irgendwie an deinen bedauernswerten amerikanischen Singsang.“

Vivian schluckte eine verärgerte Erwiderung herunter und fragte stattdessen: „Wenn Captain Dupont

Franzose ist, was macht er dann in England? Ich meine, angesichts des Krieges zwischen England und Frankreich."

„Nun, genau genommen ist Dupont wohl nur Franzose mütterlicherseits, wie Wimsey erwähnte", räumte Sir William widerstrebend ein. „Väterlicherseits stammt Duponts Familie irgendwo aus der Nähe von Brüssel. Was aber auch nicht viel besser ist, wenn du mich fragst. Denn nur, weil sich die belgischen Niederlande noch nicht offiziell im Krieg mit uns befinden, heißt das nicht, dass sie nicht klammheimlich auf Seiten der Amerikaner und Franzosen stehen würden! Ich zumindest traue niemandem, dessen Muttersprache Französisch ist, so viel steht fest!"

Vivian schüttelte milde lächelnd den Kopf. „Wie du meinst, Onkel William. Aber egal, ob Dupont nun Belgier oder Franzose ist, wieso ist er hier?"

„Wimseys ältester Sohn hat ihn am Ende seiner Grand Tour in Antwerpen kennengelernt und schnell Freundschaft mit ihm geschlossen. Nach ein paar vergnügten Tagen in Brüssel hat er Dupont in sein Elternhaus nach London eingeladen. Und Dupont hat offenbar nicht gezögert, die Einladung anzunehmen. Hatte wohl gerade genügend Zeit zur Verfügung, da er vom Dienst beurlaubt war."

„Dann ist Captain Dupont also Soldat?", vergewisserte Vivian sich und setzte sich ihrem Onkel gegenüber auf einen Lehnstuhl.

„Ja, bei irgendeiner niederländischen Einheit", bestätigte Sir William. „Vorübergehend vom Dienst befreit, um eine Verletzung auszukurieren, wie Wimsey mir anvertraute."

„Er wirkte überhaupt nicht krank", wunderte Vivian sich.

„Wird wohl schon eine Weile her sein, dass er verwundet wurde", tat Sir William ihren Einwand ab. „Nichtsdestotrotz solltest du dir den Mann besser aus dem Kopf schlagen, und das nicht nur wegen seiner gallischen Herkunft. Er wird nicht mehr lange im Land sein."

„Oh!", entfuhr es Vivian mit einem plötzlich dumpfen Gefühl in der Magengegend. „Muss er … zurück zum Militär?"

„Nicht dass ich wüsste. Wimsey meinte, Dupont hätte Vorkehrungen getroffen, um nach Westindien zu segeln. Er soll eine Passage nach Jamaika gebucht haben."

„Ich verstehe", murmelte Vivian. Sie wusste selbst nicht, weshalb es sie so bedrückte, dass der Captain England verlassen würde. Im Grunde war ja nichts anderes zu erwarten gewesen.

„Mach dir nichts draus, Kind", versuchte Sir William sie in einem Anfall von Mitleid zu trösten. „Der Bursche sieht sowieso viel zu gut aus, und noch dazu zur Hälfte Franzose! Hat bestimmt in jeder größeren Stadt auf dem Kontinent irgendeine Geliebte! So einer ist nichts für eine englische Lady."

„Vermutlich nicht", pflichtete Vivian ihrem Onkel widerstrebend bei, auch wenn sie nicht überzeugt war. Doch im Grunde hatte Sir William natürlich recht, es war besser, wenn sie sich Captain Dupont aus dem Kopf schlug. Halbherzig versuchte sie sich einzureden, dass sie seine Abreise nur bedauerte, weil sie die Wiederkehr des alltäglichen Einerleis bedeutete. Wahrscheinlich dauerte es nun wieder ewig, bis sie andere

Menschen zu Gesicht bekam, von gelegentlichen Besuchen von Sir Williams ebenso vertrockneten wie langweiligen Freunden einmal abgesehen. Doch insgeheim wusste sie, dass ihre Niedergeschlagenheit einen anderen Grund hatte.

Zumindest was Vivians Befürchtung betraf, die nächsten Wochen würden langweilig werden, irrte sie sich. Zwei Tage nach der Abfahrt Lord Wimseys und Captain Duponts ließ Sir William Vivian in sein Arbeitszimmer kommen und teilte ihr mit, dass ein Brief seiner Schwägerin Elise Bannister eingetroffen wäre.

„Elise hat eine Einladung Lady Ashleys zum Verlobungsball ihrer Tochter erhalten", erklärte Sir William mürrisch. „Sie möchte, dass wir nach London kommen und mit ihr und James zusammen dorthin gehen."

Vivian hielt kurz den Atem an. „Zu einem Ball? – Oh, wirklich, Onkel William, das wäre phantastisch!"

„Ich weiß nicht", zögerte Sir William. „Ich gebe zu, ich habe deine Tante Sophie und Elise in einem Brief um Rat gefragt, was ich mit dir machen soll, weil du hier offensichtlich so unglücklich bist. Aber muss es denn gleich ein Ball sein!"

„Oh, Onkel William, bitte, lass uns gehen!", flehte Vivian mit einem hoffnungsvollen Blick in Sir Williams skeptische Miene. „Es wäre so schön! Endlich einmal unter Menschen sein und tanzen! Es ist so lange her, dass ich das letzte Mal getanzt habe. Das war noch auf der Mädchenschule in Charleston. Oh, bitte, Onkel William, lass uns hingehen!"

Sir William spielte nervös mit dem Schürhaken des Kamins. Die ihm abverlangte Entscheidung bereitete ihm offensichtlich Unbehagen. Unruhig schabte er mit der Spitze seines Pantoffels über den Parkettfußboden.

„Nun gut", willigte er widerstrebend ein. „Ich weiß, dass es für dich auf unserem schönen Landsitz tatsächlich ein bisschen einsam ist. Vermutlich müssen wir dich wirklich unter Menschen bringen. Elise meint, es wäre überfällig, dass wir dich in die Gesellschaft einführen. Wahrscheinlich hat sie recht."

„Dann nehmen wir die Einladung an?", strahlte Vivian.

„Es wird uns wohl nichts anderes übrig bleiben. Wenn es dir wirklich so wichtig ist ... Allerdings fürchte ich, du hast kein geeignetes Kleid für einen solchen Anlass."

„Das stimmt", musste Vivian einräumen. „Das einzige Ballkleid, das ich je besessen habe, ist in Charleston geblieben, weil wir nicht viel Gepäck mitnehmen konnten."

„Nun, der Ball ist erst in zwei Wochen. Ich nehme doch an, dass eine gute Näherin es schaffen würde, in dieser Zeit ein vernünftiges Kleid anzufertigen. Wichtig ist, dass du anständig angezogen bist! Niemand soll sagen, der alte Bannister lasse seine Nichte in Lumpen laufen." Noch ehe Vivian zu einer Erwiderung ansetzen konnte, strich Sir William mit dem Zeigefinger seine Stirn entlang und setzte hinzu: „Es ist wohl das Beste, wenn du dich gleich auf den Weg nach London machst. Ich werde dir einen Brief für Sophie und Elise mitgeben. Sie sollen dich zu einer erstklassigen Modistin bringen, damit sie dir ein Kleid anfertigt. Das nötige Zubehör können sie dir auch besorgen. Wer weiß, in der

richtigen Garderobe kannst du dir mit deinem Aussehen vielleicht sogar einen Viscount angeln."

„Onkel William!", protestierte Vivian mit einem Lachen.

„Ich werde Horace sagen, dass er die Kutsche vorfahren lassen soll", brummte Sir William. „Er kann dich begleiten."

„Es ist wirklich nicht nötig, dass der arme, alte Horace
mich begleitet!", widersprach Vivian mit fröhlich blitzenden Augen. „Wenn ich den Einspänner nehme,
kann ich gut allein fahren!"

„So weit kommt es noch! Eine junge Lady allein in der
Stadt! Mag ja sein, dass das in deinem Amerika geht,
hier jedenfalls nicht! Ganz davon abgesehen, dass du
dich in London überhaupt nicht auskennst. Nein, du
nimmst Horace mit. Er ist ein alter, treuer Bediensteter,
und er wird dich sicher hin- und zurückbringen."

„Gerade wegen seines hohen Alters würde ich ihm die
Fahrt lieber ersparen, Onkel William. Horace verlässt
doch Oakfield genauso ungern wie du, was kein Wunder ist bei seinen über siebzig Jahren. Warum gibst du
mir nicht einen von den jüngeren Dienern mit, der –"

„Ach was, für was ist der Bursche denn sonst gut!", unterbrach Sir William murrend und zog an der Klingel-
schnur. „Du fährst mit Horace oder überhaupt nicht.
Und das ist mein letztes Wort."

Ein paar Stunden später verließ Vivian zusammen
mit ihrer Tante Sophie und Elise Bannister den eleganten Modesalon, den Elise für ihre Einkaufstour ausgesucht hatte. Vivian war überwältigt gewesen von den
vielen Materialien und Farben, welche die Schneiderin
ihr zur Auswahl vorgelegt hatte. Letzten Endes hatte sie

sich für einen Ballen zartblauer Seide entschieden. Auf Elises Anraten sollte das Kleid mit blassgoldener Spitze verziert werden. Die Schneiderin und Vivian wählten gemeinsam das entsprechende Zubehör aus. Selbst ein Paar passender Tanzschuhe und ein hübsches Reticule konnte Vivian in dem Modesalon erstehen. Ihre Tante Sophie steuerte noch ein paar Haarbänder und Schleifen bei, sodass Vivians Ausstattung für den Ball komplett war. Vivian dankte beiden Tanten mit einem strahlenden Lächeln.

„Du wirst so schön aussehen!", seufzte Sophie, was ihr ein zustimmendes Lächeln Elises einbrachte. „Ich bin so froh, dass William sich endlich entschieden hat, dich in die Gesellschaft einzuführen. Die Gentlemen werden sich um dich scharen. Einen Viscount zu ergattern, ist das Mindeste, wonach du streben solltest!"

„Lieber Himmel, Tante Sophie!", widersprach Vivian lachend. „Ich habe nicht die geringste Absicht, nach einem passenden Ehemann Ausschau zu halten! Du weißt doch, dass ich sowieso nach Charleston zurückmöchte. Da wäre ein Mann nur hinderlich."

„Ach, du großer Gott! Hast du dir diese Narretei immer noch nicht aus dem Kopf geschlagen!", stöhnte Sophie und schüttelte den Kopf.

Vivian warf ihrer Tante einen vorwurfsvollen Blick zu, sagte aber nichts. Neben der kleinen und rundlichen, geschmackvoll gekleideten Elise wirkte Sophie mit ihrer dürren, hochgewachsenen Gestalt und dem strengen Knoten im Haar genau wie die ältliche Jungfer, die sie war. Doch Vivian wusste, dass sich unter ihrem unscheinbaren Äußeren ein herzliches Wesen verbarg.

„Und jetzt kommst du mit zu uns zum Essen!“, bestimmte Elise Bannister, nachdem sie das Geschäft verlassen hatten. Elise hatte eine sehr energische und gleichzeitig mütterliche Art, die Vivian ein wenig an Ann Welsey erinnerte.

„Ich weiß nicht recht“, zögerte sie. „Onkel William erwartet mich eigentlich nachmittags zurück.“

„Ach, lass den alten Kauz doch ruhig einmal ein bisschen warten“, lachte Elise. „Er weiß doch, wo du bist. Und es wäre wirklich schön, wenn du noch ein wenig bleiben könntest. Mein Bruder ist endlich einmal wieder in London, und ich würde ihn dir gern vorstellen. James wollte ihn zum Essen mit nach Hause bringen.“

„Dein Bruder? Der Reeder?“

„Genau der“, lächelte Elise. „Ich würde mich so freuen, wenn ihr euch endlich einmal kennenlernen würdet! Bisher hat es ja leider nie geklappt, weil John so viel auf Reisen ist. Lass uns die Gelegenheit nutzen, Vivian.“

„Na ja, warum eigentlich nicht“, stimmte Vivian zu. „Letztendlich wird Onkel William ja wohl nichts dagegen haben.“

Im Wagen der Bannisters fuhren sie gleich darauf zum Russel Square, wo die Bannisters ein elegantes Stadthaus bewohnten. Das Gebäude gefiel Vivian. Ein schwerer, massiver Türklopfer aus Messing prunkte an der Eichentür, und auf den Fensterbänken standen Blumentöpfe mit Geranien.

Ein adrett gekleidetes Hausmädchen öffnete die Tür, während sie noch die Treppe emporstiegen. „Schön, dass Sie zurück sind, Madam. Mr. James und Ihr

Bruder, Mr. Chapman, sind gerade vor ein paar Minuten eingetroffen.“

„Oh wunderbar!“, strahlte Elise. „Wie schön, dass James John überreden konnte zu kommen. Du musst nämlich wissen, Vivian, dass mein Bruder sich immer schrecklich rarmacht. Manchmal glaube ich, er lebt nur für seine Geschäfte und seine Schiffe. Als ob es nichts Wichtigeres im Leben gäbe! Er müsste heiraten, vielleicht würde er dann endlich sesshaft werden! Aber er behauptet von sich, keine Zeit zu haben, sich eine Frau zu suchen. Hin und wieder frage ich mich, ob er überhaupt mal eine ansieht. Ich fürchte wirklich, er macht sich nichts aus Frauen.“

Vivian lächelte verständnisvoll. Sie konnte sich gut vorstellen, dass Elise sich eine nette Schwägerin in ihrem Alter wünschte. Aber für einen Mann mittleren Alters war es bestimmt nicht mehr so leicht, die richtige Frau zu finden. Natürlich hatte sie keine Ahnung, was für ein Typ Mr. Chapman war. Aber wenn er seiner Schwester auch nur ein wenig ähnlich war, war er vermutlich klein und untersetzt, was es möglicherweise für ihn nicht leichter machte, eine Frau zu finden.

Elise war jedoch mit den Gedanken schon wieder woanders. Sie zeigte Vivian, wo sie sich vor dem Essen die Hände waschen konnte und führte sie anschließend in das Speisezimmer. „Der Rest der Familie wird gleich hier sein“, erläuterte Elise, während sie ein paar Blumen zurechtzupfte, die auf dem Tisch standen. „Wir haben nämlich die Angewohnheit, pünktlich um zwölf Uhr dreißig zu essen.“

Vivian setzte zu einer Antwort an, wurde aber durch den Eintritt zweier Herren und eines jungen Mädchens unterbrochen. Elise eilte auf die drei zu. „James, stell dir vor, dein Bruder hat doch tatsächlich Vivian nach London geschickt, um sie für den Ball bei den Ashleys einkleiden zu lassen! Ich habe sie natürlich zum Essen eingeladen!"

Vivian und ihre Cousine Margaret, die einzige Tochter der Bannisters, begrüßten sich unterdessen mit einer herzlichen Umarmung. Über die Schulter ihrer Cousine hinweg blickte Vivian neugierig zu den beiden Männern hinüber. Der ältere von beiden war James Bannister, ihr Onkel. Seine Ähnlichkeit mit Sir William war unverkennbar, auch wenn er schlanker war und eine freundlichere Miene zur Schau trug. Der hochgewachsene jüngere Mann neben ihm jedoch, das sollte Elise Bannisters Bruder sein? Vivian blinzelte verblüfft.

Sie wusste nicht viel über John Chapman, aber sie hatte sich Elises Bruder immer als gesetzten Herrn um die fünfzig vorgestellt, eben irgendwie im Alter ihrer Tanten und Onkel. Aber dieser Mann hier war bestimmt nicht einmal dreißig! Außerdem hatte Elise behauptet, ihr Bruder mache sich nichts aus Frauen. Das konnte Vivian sich nun von diesem Mann wahrhaftig nicht vorstellen. Tausende von Lachfältchen um seine grüngrauen Augen herum schienen von Tausenden von Blicken zu sprechen, die er schönen Frauen zuwarf. Dafür sprach auch die Art und Weise, wie er sie in diesem Augenblick musterte. Mit sichtbarem Interesse und Vergnügen ließ er seinen Blick sekundenlang über sie gleiten. Was er sah, schien ihm zu gefallen, worauf zumindest das bewundernde Lächeln in seinen Augen schließen ließ. Vivian spürte, wie sie gegen ihren Willen errötete.

John Chapman registrierte ihre Reaktion auf seine Musterung und lächelte. Vivian fand, dass er es auf eine sehr charmante Art tat, und ihre Verlegenheit wich einem amüsierten Kopfschütteln. Wie konnte Elise Bannister nur glauben, dass ihr Bruder als ewiger Junggeselle enden würde! John Chapman wirkte selbstbewusst und sympathisch, war wesentlich jünger, als Vivian gedacht hatte, und sah mit seinen lebhaften grüngrauen Augen und dunkelblonden Haaren auch ausgesprochen gut aus. Wenn dieser Mann noch nicht verheiratet war, lag es bestimmt nicht daran, dass ihn keine Frau wollte!

Noch während sie ihre Beobachtungen machte, kam ihr Onkel James mit ausgestreckten Armen auf sie zu, ergriff ihre Hände und schüttelte sie kräftig. „Ja, liebe Vivian, wie freue ich mich, dich zu sehen! Es wird höchste Zeit, dass mein Bruder, der alte Griesgram, dich mal aus Oakfield fortlässt!"

Vivian lachte glücklich. „Ja, ich freue mich auch. Wie schön, dich zu sehen, Onkel James."

Ihr Onkel nickte eifrig, dann stellte er ihr John Chapman vor. Wie es von einem Geschäftsmann nicht anders zu erwarten war, verfügte dieser über vollendete Manieren, die mit einer natürlichen Herzlichkeit gepaart waren.

Augenblicke später stürmten ihre drei Cousins Anthony, Stuart und Henry ins Speisezimmer. Henry war mit neunzehn Jahren der Älteste, es folgten jeweils im Abstand von einem Jahr Anthony, Margaret und Stuart. Vivian fühlte sich im Kreise dieser Familie so wohl wie lange nicht mehr. Selbst das alberne Gekicher ihrer Tante Sophie, das ihr in Charleston immer auf die

Nerven gegangen war, erschien ihr hier besser erträglich.

Die gesamte Mahlzeit über ging es lustig zu. Die Stimmung aller war ausgezeichnet, und es wurde über alles Mögliche geredet. Als sie beim Nachttisch angekommen waren, stellte Elise schließlich eine Frage, die Vivian aufhorchen ließ:

„Übrigens, John, erwartest du nicht bald wieder eines deiner Schiffe aus Westindien? Ich könnte wieder ein paar Gewürze gebrauchen."

John Chapman schüttelte amüsiert den Kopf. „Aber da brauchst du doch nicht zu warten, bis ein Schiff kommt, Elise. Du weißt genau, dass ich immer genug Vorräte für Freunde und Verwandte im Lager habe!"

„Ja, ja, ich weiß, aber ich vergesse es immer. Aber wie dem auch sei, dann werde ich dir gleich morgen aufschreiben, was ich brauche."

„Sehr gut." Er zwinkerte seiner Schwester belustigt zu. „Und falls ich das, was du brauchst, nicht im Lager habe, kannst du gern mit nach Jamaika oder Indien kommen und dir aussuchen, was dir fehlt. Ich habe vor, in ungefähr drei Wochen in See zu stechen."

Elise wehrte die scherzhaft gemeinten Worte lachend ab. Vivian aber legte ihren Löffel beiseite und fragte: „Mr. Chapman, Sie besitzen wirklich eigene Schiffe, die nach Jamaika segeln, und fahren auf ihnen mit?"

„In der Tat", lächelte John Chapman, offenbar erfreut über ihr Interesse. „Als mein Vater noch lebte, fuhren drei Schiffe für ihn. Ich hab's geschafft, die Flotte auf das Doppelte auszudehnen."

„Ja, und das, obwohl John es wirklich nicht nötig hätte!", bemerkte Elise mit einem Stirnrunzeln. „Johns und mein Onkel, Viscount Ashburn, ist kinderlos geblieben, und John wird eines Tages seinen Besitz und den Titel erben."

„Elise, du weißt genau, wie gleichgültig mir das ist", tadelte John kopfschüttelnd. „Im Augenblick bin ich nichts weiter als der bürgerliche Händler John Chapman. Und es ist gut möglich, dass sich daran nie etwas ändert, falls Onkel Hugh doch noch heiratet und Vater eines kleinen Stammhalters und Erben wird."

„Mit fast siebzig?", lachte Elise. „John, das glaubst du doch selbst nicht! Du bist sein Erbe, daran wird sich nichts ändern. Und wenn du erst ein Viscount bist, wirst du dein Händlerdasein aufgeben müssen, ob es dir gefällt oder nicht."

„Das wird sich zeigen", versetzte John Chapman achselzuckend. „Denn selbst wenn ich eines Tages ein Lord sein sollte, so werde ich nicht alles aufgeben, bloß weil Londons feine Gesellschaft meint, Handel und Geschäfte wären anrüchig."

„Anrüchig?", fragte Vivian verblüfft. „Was ist denn anrüchig daran, wenn Sie Handel treiben? Von irgendetwas müssen Sie doch schließlich leben!"

John lachte unterdrückt. „Ganz recht, Miss Darcy. Und das ist genau der Grund, weshalb ich sehr froh bin, dass mein Vater als jüngerer Sohn nicht auf Kosten seines reichen Bruders leben wollte, sondern die Reederei aufgebaut hat!"

„Vivian, du kommst aus den Kolonien, du verstehst das vermutlich nicht", erklärte Elise seufzend. „Aber in England ist es so, dass ein Aristokrat sich nicht als Händler betätigt. Wer in der Gesellschaft etwas auf sich hält –"

„Elise, deine Gardinenpredigten über die Pflichten eines angehenden Viscounts sparst du dir besser", unterbrach ihr Bruder mit einem warnenden Unterton und setzte dann, an Vivian gewandt, lachend hinzu: „Sie müssen nämlich wissen, Miss Darcy, meine Schwester meint, da sie so viel älter ist als ich, müsste sie mich ständig bemuttern und mir Vorhaltungen über meinen Lebensstil machen."

„Wenn unsere Mutter nicht bei Johns Geburt gestorben wäre, da sie schon viel zu alt zum Kinderkriegen gewesen war, wäre das nie nötig gewesen", konterte Elise verärgert. „So aber musste ich Ersatzmutter spielen. Schließlich konnte ich John doch nicht einzig der Erziehung durch Gouvernanten überlassen!"

Vivian lächelte. „Ich bin sicher, dass du das im Großen und Ganzen sehr gut gemacht hast."

„Hat sie auch", grinste John. „Und wenn Elise irgendwann auch noch aufhören würde, mir vorzuhalten, dass ich mich meinem künftigen Stand angemessen verhalten und heiraten müsste, würde ich es irgendwann vielleicht auch gebührend zu würdigen wissen, was sie für mich getan hat."

„Ungezogener Bengel!", schimpfte Elise, aber mit einem Lachen in der Stimme.

John schüttelte grinsend den Kopf, dann wandte er seine Aufmerksamkeit wieder Vivian zu, die ihn gespannt ansah. „Mr. Chapman, um noch einmal auf unser vorheriges Thema zurückzukommen: Wie häufig kommt es denn eigentlich vor, dass Sie ein Schiff auf große Fahrt schicken?"

Er ließ seinen Löffel sinken und warf ihr einen amüsierten Blick zu. „Das kommt ganz darauf an, wohin es geht. Ich treibe Handel mit Westindien, aber auch mit Indien. Da sind die Fahrtzeiten unterschiedlich lang. Meistens dauert eine Tour ungefähr sechs Monate."

„Sechs Monate bis Jamaika?", stöhnte Vivian auf.

„Großer Gott, nein!" Die Belustigung stand John Chapman deutlich ins Gesicht geschrieben. „Ein Schiff braucht ungefähr sechs Monate, um hin- und zurückzusegeln. Die genaue Fahrtdauer hängt von den Winden ab."

Vivian lächelte erleichtert. „Oh, ich verstehe. Und nehmen Sie auf Ihren Schiffen auch Passagiere mit?"

Er wirkte überrascht von ihrer Frage und runzelte die Stirn. „Selten. Sehen Sie, wir haben nur wenige Kabinen an Bord, der meiste Platz ist für die Waren vorgesehen. Aber zwei, drei Leute können wir schon unterbringen, allerdings ohne großen Luxus. Es kommt trotzdem nicht oft vor, dass jemand auf unseren Schiffen reist. Eine Seereise ist kein Vergnügen, das Essen ist eintönig, Wasser oft knapp. Hin und wieder brechen Krankheiten aus, und die Gefahr durch Piraten sollte man auch nicht unterschätzen. Wer nicht unbedingt reisen muss, tut es auch nicht."

„Von dir abgesehen!", tadelte Elise.

Er zuckte die Achseln und grinste. „Von mir abgesehen."

Vivian lachte, aber sie spürte, dass ihre Tante Sophie ihr unruhige Blicke zuwarf. Doch sie ließ sich davon nicht beirren. „Sagen Sie, Mr. Chapman, nehmen Sie eigentlich nur männliche Passagiere mit? Oder könnte auch eine Frau mitsegeln?"

„Nun, es gibt einen gewissen Aberglauben, was Frauen an Bord eines Schiffes betrifft", schmunzelte er.

„Aber die Schiffe der meisten Reedereien sind Handelsschiffe, und die Reeder sind auf Profit angewiesen. Sie können es sich nicht leisten, wählerisch zu sein. Vorrangig befördern die Schiffe zwar Fracht, aber manche Handelsschiffe nehmen auch regelmäßig Passagiere mit, vor allem die, die mehr und größere Kabinen haben. Und da spielt es keine Rolle, ob es sich um männliche oder weibliche Passagiere handelt."

„Und ... die amerikanischen Kolonien – werden die auch noch angelaufen?"

Noch bevor John Chapman antworten konnte, registrierte Vivian die erstaunten Blicke ihrer Familie. Ihre Tante Sophie ließ scheppernd ihren Löffel fallen und stieß ein empörtes „Aber Vivian!" aus.

Vivian blinzelte unbehaglich. Vielleicht war sie mit ihren Fragen zu weit gegangen. Was war, wenn die Bannisters und Mr. Chapman ebenso eingefleischte Royalisten waren wie Sir William und Tante Sophie? Womöglich würden sie sie im nächsten Augenblick eine Rebellin schimpfen!

Doch Elise lachte nur: „Aber Vivian, wer will denn in diesen Zeiten freiwillig nach Amerika? Dort ist doch Krieg!"

John Chapman ignorierte den Einwurf seiner Schwester und ging mit einem geduldigen Lächeln auf Vivians Frage ein: „Es gibt Kriegsschiffe, die zu den Kolonien segeln und manchmal auch Passagiere mitnehmen. Hauptsächlich Verwandte der in den Kolonien stationierten Soldaten und Offiziere."

Vivian seufzte. „Ja, natürlich. Eigentlich hätte ich mir das ja auch denken können."

John Chapman nickte. „Man muss gute Gründe haben, wenn man in diesen Zeiten in die Kolonien reisen will, Miss Darcy. Wer keinen triftigen Grund vorweisen kann, kann schnell in den Verdacht geraten, Verrat an der Krone üben zu wollen. Auch für uns Reeder ist der Handel mit den amerikanischen Kolonien inzwischen verboten. Das erschwert natürlich den Handel. Vor dem Ausbruch der Rebellion, da nahmen wir oft eine Route über Afrika nach Westindien, dann an die nordamerikanische Küste und zurück nach Europa. Doch im Augenblick geht das nicht. Wir müssen warten, bis die Rebellion niedergeschlagen und ein normaler Handel wieder möglich ist."

Vivian versuchte sich ihre Enttäuschung nicht anmerken zu lassen. Doch sie wusste, dass ihr das nicht besonders gut gelang.

Als sie sich eine Stunde später von den Bannisters verabschieden wollte, wurde sie von Elise noch um ein kurzes privates Gespräch in ihr Boudoir gebeten.

„Sag mal, Vivian, was sollen diese Fragen über Westindien und Amerika?", begann Elise ohne Umschweife, kaum dass sie die Zimmertür hinter sich geschlossen hatte. „Hast du etwa immer noch vor, wieder nach Charleston zurückzukehren? William schrieb zwar in seinem Brief an Sophie, dass du ihn neulich um die Rückreise gebeten hast. Aber wir hatten alle gehofft, das wäre eine vorübergehende Laune gewesen."

„Es ist keine Laune", erklärte Vivian bestimmt. „Es gibt nichts, was ich mir so sehr wünsche wie eine Heimkehr zu Ann und ihrer Familie nach Charleston."

„Aber du hast doch deine Familie hier!"

„Ja, natürlich, ich weiß. Aber – lieber Himmel, ich habe euch alle doch erst kennengelernt, als ich schon achtzehn war! Und meine Heimat ist nun einmal Charleston! Und wenn der Krieg jetzt immer weiter voranschreitet, dann – wer weiß, vielleicht kann ich dann irgendwann überhaupt nicht mehr zurück!"

Elises Hände lagen ruhig in ihrem Schoß, und sie hatte die Augen niedergeschlagen. Dann folgte ein langer prüfender Blick. Schließlich beugte sie sich vor und langte nach Vivians Hand.

„Nun, auch wenn es mir schwerfällt, das zu sagen, aber ich glaube, du bist alt genug zu entscheiden, was du willst, Vivian. Zum Teil kann ich deine Beweggründe sogar verstehen, obgleich es mich traurig stimmt, dass du fortwillst."

„Es ist ja nicht so, dass ich euch alle nicht gern hätte", seufzte Vivian. „Aber –"

„Du brauchst nichts weiter zu sagen", lächelte Elise und atmete tief durch. „Ich verstehe dich. Dennoch liegt es nicht an mir, zu entscheiden, was mit dir geschehen soll. Alles, was ich tun kann, ist, mit deinem Onkel William zu reden. Auch wenn du dir nicht zu viel davon versprechen solltest."

„Oh, Elise, das würdest du tun?"

„Ja, und ich rede auch mit John. Vielleicht helfen ja seine Kontakte als Reeder, um dir eine Schiffspassage nach Jamaika zu besorgen, wenn es wirklich das ist, was du willst. Obwohl es mir Sorgen macht, wie du von dort aus weiterreisen willst. Aber auch da werde ich John fragen."

„Elise, ich ... ich weiß nicht, was ich sagen soll!"

„Sag lieber nichts, sonst fange ich noch an zu weinen!“, stöhnte Elise mit einem traurigen Lachen. „Und falls das Ganze klappt, musst du mir versprechen, sofort nach deiner Ankunft in Charleston zu dieser Ann Welsey zu gehen, damit sie sich um dich kümmert.“

„Ann hat versprochen, mir zu helfen, wenn es mir gelingt, nach Hause zu kommen“, erklärte Vivian hoffnungsvoll.

„Immerhin“, seufzte Elise und setzte dann nachdenklich hinzu: „Und noch etwas: Wir brauchen einen Begleiter für dich, wenn du auf Reisen gehen willst. Es ist ausgeschlossen, dass eine englische Lady alleine reist. Das würde dein Onkel William niemals erlauben. Und ich könnte es auch nicht gutheißen.“

„Einen Begleiter“, murmelte Vivian. Wo, um alles in der Welt, sollte sie einen Begleiter hernehmen? Doch das musste sich irgendwie finden!

Elise brachte noch eine ganze Reihe weiterer Punkte vor, die geklärt werden müssten, ehe Vivian ihre Reise antreten könnte, doch Vivian hörte kaum noch zu. Zu groß war ihre Freude, eine Verbündete für ihre Pläne gefunden zu haben. Voller Dankbarkeit verabschiedete sie sich kurz darauf von Elise Bannister und ihrer Familie. Elises Versprechen, bald nach Oakfield zu kommen und mit Sir William zu reden, erfüllte sie auf der ganzen Heimfahrt mit Freude.

Zwei Tage vor Lady Ashleys Ball kam Vivians Kleid an. Eine der Näherinnen aus dem Salon brachte es persönlich vorbei und ließ es Vivian vor dem großen Spiegel in ihrem Zimmer überziehen, um den Sitz zu überprüfen. Vivian glaubte sich in dem Traum aus zartblauer Seide und goldener Spitze kaum wiederzuerkennen. Der spitzenverzierte Ausschnitt war wesentlich tiefer, als sie es gewohnt war, und ließ sie auf ungewohnte Weise erwachsen wirken. Die Näherin hatte das Mieder ansonsten so schlicht wie möglich gehalten und gerade dadurch den edlen Charakter des Stoffes betont. Vivian war begeistert, wie eng sich das Mieder um ihre schmale Taille schmiegte und wie fließend der mit einem goldenen Spitzenüberwurf verzierte Rock um ihre Knöchel schwang. In diesem Kleid fühlte sie sich tatsächlich ein wenig wie die aristokratische, englische Lady, als die ihr Onkel sie immer sehen wollte. Sie freute sich so sehr über das Kleid, dass sie beschloss hinunterzugehen, um ihrem Onkel ihr neues Erscheinungsbild zu präsentieren.

Sir William war bei ihrem Anblick tatsächlich beinahe ebenso begeistert wie sie selbst. Endlich, so meinte er, sähe Vivian einmal nicht aus wie eine verwilderte Rebellin, sondern wie eine vollendete englische Lady. Vivian war von seinem Lob gerührter, als sie zugeben mochte. Vor sich hin lächelnd, zog sie sich auf ihr Zimmer zurück und freute sich auf Lady Ashleys Ball, den ersten Ball, den sie in England besuchen durfte.

Dann endlich war der große Tag da. Vivian fieberte dem Abend entgegen. Doch der Tag hielt noch eine Überraschung bereit, denn Vivian und Sir William hatten gerade ihr Frühstück beendet und gingen gemeinsam in die Halle, als der Butler die Haustür öffnete und Elise und Sophie Bannister hineinließ.

„Was, zum Henker, macht ihr denn hier?", begrüßte Sir William seine weiblichen Verwandten.

„Guten Morgen, William", strahlte Elise, ohne sich von seiner unwirschen Art beeindrucken zu lassen. „Du hast bestimmt nicht mit unserem Besuch gerechnet! Aber das macht nichts, wir werden nicht lange bleiben. Was mich betrifft, so möchte ich nur kurz mit dir reden, und Sophie hat die Gelegenheit genutzt, dich einmal wiederzusehen."

„Ja, das stimmt", nickte Sophie eifrig. „Und auch ich muss dringend mit dir sprechen, William. Es ist sehr wichtig. Wirklich, sehr wichtig!"

Sir William blickte ratlos von einer aufgeregten Lady zur anderen. „Ja, du meine Güte, was kann denn so wichtig sein?"

„Das, mein Lieber, werde ich dir unter vier Augen mitteilen", versetzte Elise energisch und ergriff seinen Arm. Unter Sir Williams entrüstetem Blick und Sophies empörtem Schnauben führte sie ihn zu seinem Arbeitszimmer.

Freundlich bat Vivian ihre Tante in den Frühstücksraum und bot ihr eine Tasse Tee an. Sie freute sich, ihre Tante zu sehen, doch ihre Versuche, eine Unterhaltung in Gang zu bringen, scheiterten an Sophies Einsilbigkeit. Ungeduldig glitt Sophies Blick immer wieder zur Tür. Schließlich schüttelte sie entnervt den Kopf.

„Ich weiß, warum Elise unbedingt mit William allein reden will", jammerte sie. „Sie will ihn überreden, dich in die Kolonien gehen zu lassen. Und sie weiß, dass ich dagegen bin."

„Ach Tante Sophie", seufzte Vivian und stellte ihre Teetasse zurück auf die Untertasse. „Warum nur willst du nicht verstehen, wie gern ich nach Hause zurückkehren würde?"

„Weil du hier zuhause bist, Kind! Du bist eine englische Lady, wie deine Mutter!“

„Nein, Tante Sophie, das bin ich nicht. Bitte versteh das doch.“

„Ich hatte so sehr gehofft, dass du in England glücklich werden würdest“, klagte Sophie. „Ich hatte gehofft, du würdest dein Heimweh irgendwann überwinden.“

„Es ist nicht nur Heimweh“, entgegnete Vivian leise. „Ich gehöre einfach nicht hierher.

Sophie sah sie lange und ernst an. Dann lehnte sie sich müde zurück und seufzte. „Ich glaube, ich habe alles falsch gemacht. Vielleicht hätte ich dich nicht zu William geben sollen. In London hättest du interessante Menschen kennengelernt. Vielleicht hättest du dich dann besser eingelebt. Aber du warst so böse auf mich, dass ich dich nach England gebracht hatte.“

„Und deshalb hast du mich nicht bei dir leben lassen?“, fragte Vivian erstaunt. „Weil du glaubtest, ich wäre dir böse?“

„Ich dachte, es wäre besser. Und hier auf Oakfield ist es doch so schön! Ich war als junges Mädchen immer glücklich hier.“

„Ach, Tante Sophie“, lächelte Vivian, erhob sich und schloss ihre Tante fest in die Arme. „Ich habe dich sehr lieb, Tante Sophie. Und ich bin dir auch nicht mehr böse. Aber ich möchte wirklich nach Charleston zurück. Dort ist mein Zuhause und meine Heimat, so wie es für dich Oakfield und England ist.“

Sophie blinzelte und nickte bekümmert. „Ja, ich fürchte, ich kann nicht länger die Augen davor verschließen, dass es so ist. Ich hätte dich nicht fortbringen dürfen. Aber du warst noch so jung.“

„Du bist mir nicht böse, dass ich zurückmöchte?“

„Nur traurig. Aber das lässt sich wohl nicht ändern“, seufzte Sophie.

Vivian drückte sie noch einmal an sich. „Sei nicht traurig, Tante Sophie. Ich weiß ja noch gar nicht, ob ich wirklich zurückkehren kann.“

Sophie brachte ein Lächeln zustande. „So wie ich Elise kenne, wird daran bald kein Zweifel mehr bestehen.“

Augenblicke später öffnete sich die Tür, und Sir William und Elise traten ins Frühstückszimmer. Die Stirn ihres Onkels war in griesgrämige Falten gezogen, Elises Augen jedoch strahlten.

Sir William räusperte sich. „Nun, also, Vivian ... meine liebe Schwägerin hier hat gerade einige heftige Attacken gegen mich geführt“, brummte er. „Sie hat mich zwar nicht in allem überzeugen können, aber ... in einigen Punkten hat sie wohl recht.“

Vivian starrte ihren Onkel wie vom Donner gerührt an. „Du meinst ... willst du damit sagen, du hast zugestimmt, dass ich nach Hause darf?“

„Nur unter bestimmten Bedingungen!“, stellte Sir William umgehend klar. „Nur wenn diese erfüllt sind, kannst du meinetwegen in diese elendigen Kolonien zurückkehren.“

„Oh, Onkel William!“, jubelte Vivian. Mit weichen Knien ließ sie sich auf einen Stuhl sinken.

Elise stand lächelnd neben Sir William, der unbehaglich blinzelte. Sophie dagegen war sehr blass, als sie leise feststellte: „Dann werden wir Vivian also wirklich verlieren!“

„Aber ihr verliert mich doch nicht", protestierte Vivian lachend. „Wirklich, Tante Sophie, ich werde euch, so oft es geht, schreiben!"

„Sophie, du weißt es ebenso gut wie ich", bemerkte Elise tadelnd. „Wenn wir Vivian jetzt hier festhalten, wird sie uns ein Leben lang böse sein. Und sobald sie volljährig ist, geht sie sowieso. Ist es da nicht besser, wir lassen sie jetzt mit unserem Segen gehen?"

„Vermutlich", schniefte Sophie, die ihre Tränen nicht länger zurückhalten konnte. „Trotzdem weiß ich nicht, wie das mit der Reise gehen soll. Eine junge Lady wie Vivian kann doch unmöglich allein so weit reisen! Das geht doch nicht!"

„Natürlich geht das nicht", konterte Sir William. „Deshalb habe ich ja auch gesagt, dass Vivians Abreise an ganz bestimmte Voraussetzungen geknüpft ist."

Vivian fuhr nervös mit den Fingern über ihre Röcke. „Was für Bedingungen sind das denn, Onkel William?"

„Nun, Elise hat mir erklärt, dass es keine Schiffsverbindungen in die Kolonien gibt, sondern nur bis Jamaika. Wenn du von dort aus zu den französischen Inseln weiterreisen willst, brauchst du vermutlich ein amtliches Schreiben, das du dem Gouverneur von Jamaika vorlegen kannst, damit er dir die Weiterreise gestattet. Ich werde Wimsey um Hilfe bitten. Er hat einen Sitz im Oberhaus und kann hoffentlich ein solches Schreiben beschaffen. Aber das kann natürlich eine Weile dauern."

„Ja, natürlich", nickte Vivian verständig. „Ist das alles?"

„Absolut nicht", brummte Sir William. „Wir alle sind uns einig, dass du nicht allein reisen kannst. Du brauchst einen Begleiter. Ich selbst kenne niemanden, der so verrückt sein würde, in die Kolonien zu reisen – von dir selbst einmal abgesehen. Wir werden uns also zunächst auf die Suche nach einer geeigneten Person machen müssen. Von daher kann es durchaus noch eine Weile dauern, bis du tatsächlich fortkannst."

Die Stimme Sir Williams klang triumphierend. Vivian ahnte, dass er fest damit rechnete, ihre Rückkehr nach Charleston noch für längere Zeit verhindern zu können. Ihr Onkel runzelte daher die Stirn, als Vivian am Ende seiner Erklärung fröhlich zu lächeln begann.

„Oh, du kennst sehr wohl jemanden", stellte sie klar. „Er will zwar nicht bis nach Amerika, sondern nur nach Jamaika. Aber die restliche Strecke wäre nicht mehr weit und ich könnte sie bestimmt ohne Begleitung bewältigen."

Sir Williams buschigen Brauen zogen sich bedrohlich zusammen. „Und wer, bitte schön, sollte das sein?"

„Captain Dupont", strahlte Vivian. „Du hast mir selbst erzählt, dass er eine Schiffspassage nach Jamaika gebucht hat."

„Captain Dupont!", donnerte ihr Onkel. „Beim Zeus, Vivian, wir kennen den Burschen doch überhaupt nicht! Glaubst du, ich lasse meine Nichte mit irgendeinem dahergelaufenen französischen Windhund reisen?"

Vivian spürte, wie ihr vor Ärger sehr heiß wurde. „Es ist wohl kaum angemessen, Captain Dupont als dahergelaufenen Windhund zu bezeichnen, Onkel William. Mir erschien der Captain als gebildeter, wohlerzogener Gentleman. Und obendrein hat ihn Lord Wimsey bei uns eingeführt, der zu deinen engsten Freunden gehört. Das sollte doch wohl Empfehlung genug sein!"

Derart arrogant von seiner eigenen Nichte gemaßregelt, schien Sir William kurz davor, vor Wut zu explodieren. Doch schnell kam Elise einer Äußerung von ihm zuvor:

„Hast du berechtigte Gründe für deine Einschätzung, dass der Mann ein Windhund ist, William?", fragte sie stirnrunzelnd.

Sir William schnaubte verächtlich. „Ach was! Die brauche ich nicht! Vivian hat recht, der Bursche ist gebildet und wohlerzogen und macht den Eindruck eines Gentlemans. Aber er ist Ausländer und sieht obendrein viel zu gut aus! Das ist Grund genug, ihn als Reisebegleitung für Vivian abzulehnen!"

Überraschenderweise mischte sich Sophie mit leiser Stimme in die Auseinandersetzung: „Mein lieber William, wir haben Vivian schon so viele Steine in den Weg gelegt. Vielleicht sollten wir einmal damit anfangen, in ihrem Sinne zu denken."

„Zum Teufel, Sophie, wovon redest du?", schnappte Sir William verärgert.

„Ich rede davon, dass du angekündigt hast, Vivian die Erlaubnis zur Heimreise zu geben. Ich war dagegen, dass sie in die Kolonien zurückkehrt, wie du sehr wohl weißt. Aber wenn es nun einmal beschlossene Sache ist, dass sie abreisen darf, sollten wir ihr die Reise auch so angenehm wie möglich machen. Und wenn dieser Captain Dupont ein Gentleman ist, dann weiß ich nicht, warum er nicht als Reisebegleiter in Frage kommen sollte!"

„Ich sagte schon, weshalb er nicht in Frage kommt!“, bellte Sir William. „Der Mann ist Franzose!“

„Du hast selbst gesagt, nur zur Hälfte!“, erinnerte Vivian ihren Onkel.

„Und wenn schon!“, brummte Sir William. „Die Belgier in Brüssel sprechen Französisch und sind mit Sicherheit ebenso leichtlebig wie richtige Franzmänner! Die haben die gleiche Mentalität, glaub’s mir! Es gibt keinen Unterschied! Und außerdem wissen wir so gut wie nichts über den Burschen!“

„Wir wissen, dass er mit Lord Wimseys Sohn befreundet ist“, erklärte Vivian energisch. „Lord Wimsey hätte ihn doch bestimmt nicht als Gast in sein Haus aufgenommen und mit nach Oakfield gebracht, wenn er nicht vertrauenswürdig wäre.“

„Wenn Lord Wimsey ihm vertraut, haben wir keinen Grund, dem Captain zu misstrauen“, stellte Sophie kategorisch fest. „Wie du weißt, bin ich mit Wimsey eng befreundet. Er hat eine gute Menschenkenntnis.“

„Verdammt, Sophie, aus dir spricht doch nur das schlechte Gewissen, weil du es warst, die Vivian hierhergebracht hat!“, murrte Sir William.

„Ganz recht, ich habe ein schlechtes Gewissen, auch wenn ich damals geglaubt habe, das Richtige zu tun. Aber das hat nichts mit der Entscheidung zu tun, ob Captain Dupont als Reisebegleitung für Vivian geeignet ist oder nicht!“

„Also, ich weiß nicht“, warf Elise mit einem Stirnrunzeln ein. „Selbst wenn Dupont mit Wimseys Sohn befreundet ist, bleibt immer noch die Tatsache, dass wir nichts über ihn wissen. Wer weiß, ob er wirklich niederländischer Abstammung ist. Sein Name klingt jedenfalls verdächtig französisch. Ich glaube wirklich nicht, dass wir Vivian diesem Mann anvertrauen sollten. Wie wäre es, wenn –"

„Oh Elise, ich hätte wirklich nicht gedacht, dass ausgerechnet du mir jetzt in den Rücken fallen würdest!", klagte Vivian. „Ich dachte, du würdest mich verstehen!"

„Nun, das tue ich ja auch", seufzte Elise. „Ich finde nur, dass wir einen anderen Reisebegleiter auswählen sollten."

„Und woher sollten wir den nehmen?", bemerkte Sophie. „Wie William vorhin ganz richtig feststellte, werden wir abgesehen von diesem Dupont kaum jemanden finden, der in diesen Zeiten freiwillig in die Kolonien reist!"

„Das sehe ich anders", widersprach Elise. „Meiner Meinung nach wäre es das Beste, wenn wir –"

„Oh, Elise, bitte!", jammerte Vivian. „Es wäre doch alles viel einfacher, wenn wir nicht erst lange suchen müssten! Captain Dupont ist wirklich ein anständiger Mann, davon bin ich überzeugt, ganz gleich, welcher Nationalität er angehört! Und für sein gutes Aussehen kann er doch nun wirklich nichts!"

Elise warf ihr einen langen, seltsam prüfenden Blick zu. Schließlich seufzte sie. Sie war nicht überzeugt, das sah man ihr an, dennoch nickte sie zögernd. „Nun gut. Wenn es denn unbedingt so sein soll ..."

„Und wie, zum Teufel, wollt ihr es anstellen, Dupont dazu zu bringen, Vivian mitzunehmen?", grollte daraufhin Sir William. „Wenn ihr nämlich glaubt, dass ich einen Tunichtgut von Franzmann anbettele, sich um meine starrsinnige Nichte zu kümmern, habt ihr euch gewaltig geirrt!"

„Vivian geht doch heute Abend auf den Ball der Ashleys“, überlegte Sophie zögernd. „Wimsey hat mir erzählt, dass er und sein Sohn auch eingeladen sind und beabsichtigen hinzugehen. Ich könnte mir vorstellen, dass sie Dupont mitbringen.“

„Das wäre großartig!“, strahlte Vivian. „Dann könnte ich mit ihm reden!“

„Eine Bannister bettelt fremde Männer nicht um Hilfe an!“, empörte sich Sir William.

Vivian reckte das Kinn vor. „Eine Darcy auch nicht! Aber es wird sich überhaupt keine Gelegenheit zum Betteln ergeben! Captain Dupont hatte vollstes Verständnis für meinen Wunsch, nach Amerika heimzukehren. Er wird sicher nicht ablehnen, mit mir gemein zu reisen!“

„Freu dich nicht zu früh, liebes Kind“, mahnte auch Elise. „Noch wissen wir gar nicht, wie die konkreten Pläne des Captains aussehen. Es wäre durchaus denkbar, dass er das Ansinnen, sich um dich zu kümmern, ablehnt.“

„Ich kann mir keinen Grund denken, weshalb er das tun sollte“, tat Vivian Elises Einwand mit einem Lachen ab.

„Nun, warten wir es ab“, seufzte Sophie. „Denn ich fürchte fast, wenn er ablehnt, wird nichts aus deiner Reise. Denn ohne männliche Begleitung, Vivian, wirst du in unserem guten, alten England bleiben müssen. Und genau wie du weiß ich nicht, wo wir einen anderen Begleiter hernehmen sollten.“

„Er wird nicht ablehnen“, lächelte Vivian und drückte ihrer Tante einen Kuss auf die Wange, um ihrer Vorfreude Luft zu machen. Sofern Captain Dupont tatsächlich auf Lady Ashleys Ball erschien, war es nur noch eine Frage von Stunden, bis sie anfangen konnte, erste Reisevorbereitungen zu treffen. Und sie würde den Captain wiedersehen, eine Aussicht, die ihr nicht nur wegen ihrer Reisepläne ein aufgeregtes Kribbeln in der Magengegend verursachte. Es war beinahe zu schön, um wahr zu sein, überlegte sie mit einem Anflug von Verunsicherung. Aber hatte sie nicht schon bei ihrem Abschied im Park geahnt, dass Gérard Dupont noch für manche Überraschung sorgen würde? Wie es schien, hatte sie mit ihrer Vorahnung recht behalten!

Nach einem nicht enden wollenden Tag war es dann endlich so weit. Vivian stand lächelnd ein wenig abseits der Tanzfläche im Ballsaal der Ashleys und ließ ihren Blick durch den Saal gleiten, der im festlichen Glanz Hunderter von Kerzen erstrahlte. Glitzernde Kristallleuchter und unzählige kleinere Leuchter an den Wänden warfen ihr warmes Licht auf die Tanzfläche, wo sich elegant gekleidete Paare zu den Klängen einer munteren Allemande drehten. Ihre Bewegungen wurden von mannshohen, goldumrandeten Spiegeln an den Wänden reflektiert, sodass die Anzahl der Tanzenden noch größer erschien, als sie war. Zwischen den Spiegeln waren Stühle aufgereiht, auf denen diejenigen saßen, die sich lieber unterhielten oder vom Tanzen erschöpft waren.

Erhitzt vom Tanzen nippte Vivian an einem Glas Limonade, das ihr einer ihrer neuen Bewunderer gebracht hatte. Zu ihrer Überraschung hatte sie sich nicht über einen Mangel an Verehrern beklagen müssen. In den zwei Stunden, die sie nun schon hier war, hatte sie beinahe ununterbrochen getanzt. Sie hatte die

Galanterien der fröhlichen jungen Herren genossen und viel gelacht und sogar ein wenig geflirtet. Für den Augenblick jedoch galt ihre Aufmerksamkeit Lady Agnes, die im Mittelpunkt der heutigen Festlichkeit stand. In ihrem zartrosa Seidenkleid wirkte Lady Agnes beinahe zerbrechlich und war mit ihrem blassen Gesicht und den dunklen, mit Perlen geschmückten Haaren von geradezu ätherischer Schönheit.

Lady Agnes Bräutigam war ein forscher Major der britischen Armee, der in seiner roten Galauniform sehr beeindruckend aussah. Die Ballgäste tuschelten hinter vorgehaltener Hand darüber, dass er bald in die amerikanischen Kolonien in den Krieg ziehen müsste, weshalb die Verlobung und anschließende Hochzeit so schnell wie möglich hintereinander gefeiert werden sollten. Insgeheim beneidete Vivian Lady Agnes ein wenig. Lady Agnes würde nach der Hochzeit ohne Schwierigkeiten nach Amerika gelangen. Andererseits war es natürlich auch möglich, dass Lady Agnes gar keinen Wunsch verspürte, nach Amerika zu gehen. Und wenn sie es recht bedachte, würde Lady Agnes sich wahrscheinlich ständig um ihren Mann sorgen, der als Offizier im Kriegseinsatz immerhin sein Leben riskierte. Nein, bei genauer Überlegung gab es wirklich überhaupt keinen Grund, Lady Agnes zu beneiden. Zumal sie schließlich bald selbst zurück nach Amerika segeln würde. Das Einzige, was sie dazu noch tun musste, war, mit Captain Dupont zu reden.

Jedoch bekam sie inzwischen ernsthafte Zweifel, dass dieser noch auf dem Ball erscheinen würde. Mit einem Anflug von Nervosität fragte sie sich, was sie tun sollte, falls er nicht kam. Sir William würde ihr bestimmt nicht erlauben, ihn im Hause Lord Wimseys aufzusuchen. Einen fremden Gentleman zuhause zu besuchen, war etwas, was eine englische Lady nun wirklich nicht tat, das wusste sogar Vivian.

Um sich abzulenken, nahm sie die nächste Aufforderung zum Tanzen an, doch sie war nicht mehr so begeistert dabei wie zuvor. Ständig schweiften ihre Blicke zur Tür. Gerade noch rechtzeitig bemerkte sie, dass ihr Tanzpartner sie etwas gefragt hatte. Geistesabwesend gab sie eine kurze Antwort und wusste schon zwei Minuten später nicht mehr, was sie gesagt hatte.

Den nächsten Tanz, einen Roger de Coverley, ließ Vivian vorsorglich aus, nicht nur, weil ihr die Schritte unbekannt waren, sondern auch, weil ihr nicht mehr nach Tanzen zumute war. Es war inzwischen so spät, dass sie an ein Erscheinen Gérard Duponts nicht mehr glaubte. Voller Enttäuschung machte sie sich auf den Weg zu den französischen Terrassentüren, um draußen ein wenig frische Luft zu schnappen und ihr erhitztes Gemüt zu beruhigen.

Da die Terrassentüren am anderen Ende des Ballsaals lagen, musste sie sich zunächst durch die Tanzenden wühlen, was ein schwieriges Unterfangen war, weil sich unzählige Gäste auf der Tanzfläche tummelten. Nur mühsam kam sie voran. Sie war noch nicht ganz in der Mitte der Tanzfläche angekommen, als jemand plötzlich von hinten ihren Arm ergriff und eine ihr bekannte Stimme lachend schimpfte: „Na, kleine Lady, nun laufen Sie mir doch nicht ständig davon!"

Ruckartig drehte Vivian sich um und blinzelte sprachlos in die leuchtend blauen Augen Gérard Duponts.

„Eben noch sah ich Sie dort drüben stehen", erklärte er, während er sie bewundernd von oben bis unten musterte. „Kaum machte ich mich auf den Weg zu Ihnen, da verschwanden Sie in der Menge. Und jetzt wollen Sie mir schon wieder entwischen! Wollen Sie mir denn gar nicht die Freude gönnen, mit Ihnen zu tanzen?"

„Gérard!", strahlte Vivian. „Oh, ich meine natürlich Captain Dupont! Wie freue ich mich, Sie zu sehen!"

Mit diesem Überschwang hatte er offensichtlich nicht gerechnet, denn seine Braue zuckte hoch, und für den Bruchteil einer Sekunde blinzelte er verblüfft. Doch dann blitzte ein Lächeln in seinen Augen auf. „Das Vergnügen ist ganz auf meiner Seite, Miss Darcy. Darf ich Ihre Freude, mich zu sehen, dann so verstehen, dass ich Sie um diesen Tanz bitten darf?"

„Mit dem größten Vergnügen, Captain", lachte Vivian und legte ihre Hand auf den ihr dargebotenen Arm.

Die Musiker begannen gerade mit einem Cotillon. Gemeinsam mit ein paar anderen Paaren stellten Vivian und Captain Dupont sich zu dem Tanz auf. Lächelnd legte Dupont einen Arm um Vivians Taille, und schon erklangen die ersten Takte der Musik. Vivian war in Bezug auf die Schritte ein wenig unsicher, aber Dupont führte sie mit einer Leichtigkeit, die ihr über jede Unsicherheit hinweghalf. Gérard Dupont so nahe zu sein, war auf durchaus nicht unangenehme Weise seltsam erregend, und Vivian genoss diesen Tanz mehr als jeden der anderen Tänze zuvor. Vermutlich, sagte sie sich, lag das einfach daran, dass sie so froh war, Dupont endlich gefunden zu haben. Obwohl, kicherte eine innere Stimme, eigentlich hatte ja er sie gefunden!

„Sie sehen ja heute Abend ganz entzückend aus, kleine Lady", stellte er nach einer Weile fest, und seine blauen Augen blitzten. „Es ist geradezu ein Genuss zu beobachten, wie Ihr Haar im Kerzenschein glänzt."

Vivian bedankte sich lachend für das Kompliment. Es schien ihr, als wäre es nahezu Gérards Beruf zu flirten. Sein offensichtliches Gefallen an ihr schmeichelte ihr, doch bildete sie sich nicht ein, dass sein Interesse ausschließlich ihr galt. Mit seinen dunklen Haaren, entgegen der Mode ungepudert wie ihre eigenen, und den leuchtend blauen Augen sah er ohnehin umwerfend attraktiv aus. Dass sich noch dazu unter seinem weißen Rüschenhemd und dunkelblauem Samtrock, silberfarbenen Kniehosen und Strümpfen und Schnallenschuhen aus schwarzem Lack ein beeindruckend männlicher und muskulöser Körper verbarg, fiel gewiss nicht nur ihr auf. Dennoch war das Lächeln, das in seinen Augen lag und um seine Mundwinkel zuckte, von so entwaffnender Wärme, dass es ihr zumindest für den Augenblick das Gefühl gab, etwas Besonderes für ihn zu sein. Außerdem schien er ausgesprochen guter Laune zu sein, worauf auch seine nächsten Worte schließen ließen: „Wie schön, dass Sie heute Abend hier sind, Miss Darcy. Ich hatte keine Ahnung, dass Sie eingeladen sind."

„Ich hätte auch nie gedacht, dass Onkel William mich gehen lassen würde", gestand Vivian mit einem Lachen. „Er hält normalerweise nicht viel von Festlichkeiten wie dieser. Aber diesmal ist er sogar mitgekommen. Natürlich nicht, um zu tanzen. Er spielt irgendwo Schach mit Lord Wimsey."

Dupont zwinkerte ihr zu. „Dann habe ich ja Glück, dass er diesmal eine Ausnahme gemacht hat. Ich freue mich nämlich ungemein, Sie zu sehen."

Mit einem schwachen Erröten entgegnete Vivian: „Ich war Ihnen gegenüber im Vorteil, muss ich gestehen. Ich wusste nämlich, dass Sie kommen würden. Obwohl ich allmählich anfing zu glauben, dass Sie es sich anders überlegt hätten. Sie sind recht spät gekommen, finden Sie nicht?"

„Niemand in London kommt früh zu einem Ball", entgegnete er mit einem belustigten Grinsen. „Mit Ausnahme junger amerikanischer Ladys vielleicht."

Sie lachte verlegen. „Sie haben recht, ich konnte es kaum abwarten. Aber weder meine Tante Elise noch Onkel James oder Onkel William haben erwähnt, dass es üblich ist, später zu kommen."

Dupont lachte leise. „Zugegeben, ich wusste anfangs auch nichts von dieser typisch englischen Sitte. Auf dem Land soll es ja auch anders sein, aber hier in London gehört es in der feinen Gesellschaft zum guten Ton, zu Veranstaltungen wie dieser sehr spät zu erscheinen. Entsprechend kommt jeder, der etwas auf sich hält, dann erst gegen Morgengrauen nach Hause."

„Wie seltsam", kicherte Vivian.

Er warf ihr einen prüfenden Blick zu. „Nichtsdestotrotz interessiert es mich, woher Sie wussten, dass ich kommen würde."

„Na ja, hundertprozentig sicher war ich nicht", gestand sie etwas kleinlauter. „Meine Tante Elise erwähnte, dass Lord Wimseys Sohn eine Einladung zu dem Ball erhalten hatte. Und sie hielt es für möglich, dass er Sie mitbringen würde."

„Wie es scheint, bin ich dann also Gesprächsthema zwischen Ihnen und Ihrer Tante", versetzte er mit einem belustigten Zwinkern.

„Allerdings, und zwar aus einem ganz besonderen Grund", gab Vivian leicht gereizt zurück, denn ihr gefiel es überhaupt nicht, dass Dupont sich über sie lustig machte.

Seine Braue zuckte in die Höhe. „Tatsächlich? Und darf ich diesen Grund auch erfahren?"

Aus irgendeinem Grund hatte Vivian das Gefühl, dass sich an Duponts bis eben entspannter Haltung unmerklich etwas änderte. Leicht verunsichert lächelte sie. „Natürlich dürfen Sie den Grund erfahren. Aber könnten wir vielleicht draußen darüber reden?"

Er schien irritiert. Ohne einen weiteren Kommentar ergriff er ihren Arm und führte sie aus dem Ballsaal hinaus auf die Terrasse. Er lächelte, jedoch wirkte sein Benehmen seltsam gezwungen.

Sobald er die Tür hinter sich geschlossen und sich vergewissert hatte, dass sie allein waren, setzte er sich mit einem Bein lässig auf die Balustrade und erkundigte sich scheinbar gleichmütig: „Nun, kleine Lady, was ist denn so geheimnisvoll an Ihrem Grund, dass ich ihn erst hier draußen erfahren darf?"

Vivian holte tief Luft. Sie musste ihm sagen, worum es ging, darum war sie ja hier, doch nun, da es so weit war, fiel es ihr schwerer, als sie gedacht hatte. Sekundenlang ließ sie ihren Blick durch den von Fackeln erhellten Garten schweifen, auf der Suche nach den richtigen Worten.

„Ich weiß nicht recht, wie ich anfangen soll", begann sie schließlich mit einem verlegenen Lächeln. „Aber um es auf den Punkt zu bringen: Sie wissen doch, dass ich zurück nach Charleston möchte?"

„Ja, aber was hat das mit mir zu tun?"

„Oh, eine ganze Menge", konterte Vivian, insgeheim verärgert über seinen knappen Ton. „Sehen Sie, seit Ihrem Besuch auf Oakfield hat sich einiges geändert. Mein Onkel ist nicht mehr grundsätzlich dagegen, dass ich nach Amerika zurückkehre. Er würde mir die Reise erlauben, sofern ich jemanden fände, der mich begleitet."

„Tatsächlich? Nun, das freut mich für Sie", gab er etwas entspannter zurück. Dennoch war Vivian von seiner Reaktion enttäuscht. Ungeduldig trat sie einen Schritt näher an ihn heran.

„Gérard, verstehen Sie denn nicht, was ich meine? Ohne Begleitung würde Onkel William mich niemals fortlassen! Aber wenn Sie und ich zusammen reisen würden ..." Sie ließ den Satz unbeendet ausklingen.

„Wie kommen Sie darauf, dass ich nach Amerika reisen will?", fragte er, mit einem Mal gefährlich ruhig.

Vivian biss sich nervös auf die Lippen. „Nun, nicht nach Amerika, da haben Sie mich falsch verstanden! Aber mein Onkel hat von Lord Wimsey erfahren, dass Sie eine Passage nach Jamaika gebucht haben. Zumindest bis dorthin könnten wir also gemeinsam reisen. Und von dort aus wäre es für mich nicht mehr weit."

Er wirkte nahezu wie vom Donner gerührt. „Verstehe ich Sie richtig, dass Sie mich bitten, Sie nach Jamaika mitzunehmen? Sie wollen mit mir gemeinsam auf einem Schiff reisen?"

Sie schluckte bei seinem fassungslosen Ton und nickte stumm.

„Ich soll also Ihr ... Beschützer sein?"

„Lieber Himmel, nein!", versuchte sie ihn zu beruhigen. „Onkel William und Tante Sophie meinen nur, wenn Sie mich begleiten würden, wäre die Überfahrt für mich sicherer, und dann würden Sie mich fahren lassen. Aber ich würde Ihnen selbstverständlich in keiner Weise zur Last fallen."

Er kniff die Augen zusammen. „Ich wäre aber für Ihre Sicherheit verantwortlich, nicht wahr?"

„Nun ja, in gewisser Weise vielleicht", gab sie widerstrebend zu und begann nervös auf und ab zu marschieren. „Aber doch nur, um Onkel William zu beruhigen. Ich kann selbstverständlich auf mich selbst aufpassen. Sie brauchen keine Angst zu haben, dass ich Ihnen irgendwie zur Last falle. Ich verspreche Ihnen, Sie werden mich gar nicht bemerken!"

„Selbst wenn es mir gelänge, Sie nicht zu bemerken, was ich bezweifle, wäre ich immer noch Ihrem Onkel gegenüber für Sie verantwortlich."

Vivian wurde blass. Sie hatte so fest damit gerechnet, dass Gérard Dupont in ihre Pläne einwilligen würde! Sein Widerstand war eine herbe Enttäuschung. In dem Bemühen, ihn zu überzeugen, trat sie neben ihn, legte ihm eine Hand auf den Arm und blinzelte in seine erschreckend abweisende Miene.

„Oh, bitte, Gérard! Es ist doch nichts dabei! Sie brauchen meiner Familie gegenüber doch nur vorzugeben, dass Sie mein Begleiter wären! Wenn wir erst einmal auf dem Schiff sind, können Sie doch machen, was Sie wollen. Sie brauchen sich wirklich nicht um mich zu kümmern."

„Ich soll also Ihren Onkel anlügen?", grollte er, mit so zornig blitzenden Augen, dass sie zusammenfuhr. „Ich soll ihn glauben lassen, zu Ihrem Schutz zur Verfügung zu stehen, und Sie dann einfach sich selbst überlassen? Für was für einen niederträchtigen Schurken halten Sie mich eigentlich?"

„Ich halte Sie überhaupt nicht für niederträchtig", protestierte sie entmutigt und trat instinktiv einen Schritt zurück. „Ich verstehe nur nicht, warum Sie nicht mit mir zusammen reisen wollen."

Die Wolken auf seiner Stirn glätteten sich, aber seine nächsten Worte enttäuschten sie maßlos: „Das können Sie auch nicht verstehen, Miss Darcy. Und unglücklicherweise kann ich es Ihnen auch nicht erklären. Nur akzeptieren Sie bitte meine Ablehnung."

In hilfloser Verwirrung starrte sie ihn an. „Aber wieso? Bitte, Gérard, ich verspreche Ihnen hoch und heilig, dass Sie überhaupt nicht merken werden, dass wir auf ein und demselben Schiff sind!"

Er schüttelte den Kopf. „Tut mir leid, kleine Lady, aber es geht nicht."

Ungläubig blinzelte sie in seine undurchdringliche Miene. „Gérard, um Himmels willen, das ... das können Sie doch nicht ernst meinen! Wir wollen beide nach Jamaika! Was also spricht dagegen, dass wir gemeinsam reisen?"

Er machte einen Satz von der Balustrade herunter und stellte sich dicht vor sie. „Vivian, glauben Sie mir, ich würde Ihnen wirklich gern helfen. Aber auch wenn ich es Ihnen nicht erklären kann – es kommt unter gar keinen Umständen in Frage, dass ich die Verantwortung für Ihre Sicherheit übernehme."

Vivian atmete heftig ein. Fassungslos blinzelte sie und reckte das Kinn vor. Nach ein paar sprachlosen Sekunden murmelte sie tonlos: „Mein Onkel hatte also recht. Sie sind nichts weiter als ein nichtsnutziger, oberflächlicher Schürzenjäger. Was bin ich für eine Närrin!"

„Vivian –"

„Oh nein, sparen Sie sich Ihre schönen Worte!", schnaufte sie, als er mit einem finsteren Stirnrunzeln nach ihrem Arm langte. „Sie haben Ihren Standpunkt sehr deutlich klargemacht. Ich verspüre nicht den geringsten Wunsch, mich länger mit jemandem zu unterhalten, der nichts von Verantwortung hält!"

„Sie verdrehen mir die Worte im Munde! Ich habe nicht gesagt, dass ich es prinzipiell ablehne, Verantwortung zu übernehmen! Alles, was ich versuche zu erklären, ist, dass ich nicht die Verantwortung für Ihre persönliche Sicherheit übernehmen kann."

„Sagen Sie lieber, dass Sie nicht wollen! Oh, wie konnte ich mich nur so in Ihnen täuschen!"

„Verdammt nochmal, Vivian –", setzte er an, doch Vivian wirbelte herum und wandte ihm den Rücken zu. Auf keinen Fall sollte er sehen, dass Tränen in ihren Augen schimmerten.

„Hören Sie auf mit Ihren lächerlichen Erklärungen", murmelte sie tonlos.

Er atmete hörbar ein. Sie wusste nicht, warum sie überhaupt noch auf eine Antwort von ihm wartete. Eigentlich war alles gesagt. Doch als sie den ersten Schritt Richtung Terrassentür machte, hörte sie ihn ausdruckslos sagen: „Sie haben recht. Jede Erklärung, die ich Ihnen geben kann, muss Ihnen lächerlich erscheinen. Aber so sehr ich es auch bedaure, ich kann Ihnen nichts anderes sagen, als dass ich nicht Ihr Reisebegleiter sein kann."

Sie lachte hysterisch und wandte sich noch einmal um. „So sehr Sie es bedauern? – Das glauben Sie doch selbst nicht!"

Er zuckte scheinbar gleichmütig die Achseln, doch ein Wangenmuskel in seinem schmalen Gesicht zuckte ebenfalls. „Wenn ich Ihnen versichere, dass ich ernstzunehmende Gründe für mein Verhalten habe, würden Sie mir das glauben?"

„Nur, wenn Sie mir erklären, was das für Gründe sind!", versetzte sie mit einem winzigen Hoffnungsschimmer.

Er presste kurz die Lippen zusammen. „Das kann ich nicht."

„Natürlich nicht", höhnte sie. „Wie sollten Sie auch etwas erklären können, was es nicht gibt!"

Er schüttelte den Kopf und langte nach ihrem Arm. „Vivian, zum letzten Mal, ich –"

Sie riss sich los. „Ich wünschte, Sie wären nie nach Oakfield gekommen, Captain Dupont, dann hätte ich mir keine falschen Hoffnungen gemacht! Aber jetzt weiß ich wenigstens, was ich von Ihnen zu halten habe! Und ich hoffe von Herzen, dass ich Sie nie wiedersehen muss!"

Mit diesen Worten ließ sie ihn stehen und stürmte durch die Terrassentür zurück in den Ballsaal.

Er starrte ihr mit finster zusammengezogenen Brauen hinterher. Für den Bruchteil einer Sekunde war er versucht, ihr nachzugehen. Doch mit einem unterdrückten Fluch auf den Lippen verwarf er diesen

Impuls. Verdammt, er hatte gewusst, dass es unklug war, Vivian Darcy zum Tanzen aufzufordern, sobald er sie erblickt hatte! Aber er war so überrumpelt gewesen, sie auf diesem Fest zu entdecken, wo er eigentlich nur hingegangen war, weil es seiner Tarnung nützte. Entgegen aller Vernunft hatte er der Versuchung nicht widerstehen können, sie wenigstens einmal in den Armen zu halten, bevor er sie verließ, auch wenn er wusste, dass er mit dem Feuer spielte! Mit jeder Minute, die er mit ihr verbrachte, wurde sein Wunsch größer, sie näher kennenzulernen, obgleich die Chancen dafür gleich null standen! Andererseits, wenn sie wirklich in die Kolonien reiste … Allerdings brauchte sie dafür einen Begleiter, wie sie selbst gesagt hatte. Zu seinem Leidwesen schied er in dieser Hinsicht definitiv aus. Aber möglicherweise fand sich ja jemand anders. Doch auch wenn er ihr das von Herzen wünschte und gönnte, gab es ihm einen Stich, dass nicht er derjenige sein konnte, der sie nach Hause brachte. Wie auch immer, Miss Darcys Enttäuschung, dass er ihre Bitte abgelehnt hatte, würde sich legen. Er selbst würde ohnehin bald aus England fort sein. Vermutlich war es am besten, wenn er bis dahin alles tat, damit Vivian keinesfalls auf die Idee kam, dass er seine Ablehnung bereute und ihn ein zweites Mal um seine Begleitung bat. So sehr es ihm auch widerstrebte, er musste dafür sorgen, dass sie sich von ihm fernhielt und seine Begleitung nicht wünschte. Er durfte ihr keine falschen Hoffnungen machen. Er hatte auch schon eine Vorstellung davon, wie sich das am einfachsten bewerkstelligen ließ. Mit eiserner Willenskraft verscheuchte er die Falten von seiner Stirn, setzte sein strahlendstes Lächeln auf und marschierte zurück in den Ballsaal.

Noch während Vivian bei ihrer Rückkehr in den Ballsaal Ausschau nach ihren Tanten hielt, wurde sie erneut von zahlreichen Verehrern umringt, die um den nächsten Tanz baten. In der Hoffnung, dass das Tanzen sie ablenken würde, nahm sie eine Aufforderung an, doch sie merkte schnell, dass das Tanzen ihren Kummer noch verstärkte. Das Gefühl von Lebendigkeit und Freude, dass sie in Duponts Armen empfunden hatte, ließ sich nicht wiederherstellen. So bedankte sie sich bei ihrem Tanzpartner, sobald die Musiker das Stück beendeten, und blickte sich erneut nach Sophie und Elise um.

Von ihrer Tante Sophie war nichts zu sehen, aber sie entdeckte Elise, die in einer Ecke des Ballsaals angeregt mit Lady Ashley und zwei weiteren Damen plauderte. Aus den Augenwinkeln heraus erblickte sie auch Dupont, der offenbar ebenfalls in den Ballsaal zurückgekehrt war und sich in entspannter Haltung und strahlend lächelnd mit einer jungen Dame unterhielt. Da er in unmittelbarer Nähe ihrer Tante stand, musste sie an ihm vorbeigehen, was sie mit dem größtmöglichen Abstand tat. Als er sie bemerkte, wandte er ihr kurz den Blick zu, doch dann setzte er sein Gespräch ungerührt fort und lachte über eine Bemerkung seiner hübschen Gesprächspartnerin. Es war nicht zu übersehen, dass er sich blendend amüsierte, stellte Vivian zähneknirschend fest! Kein Wunder, dass er nicht mit ihr reisen wollte! Er war ja schon mit seiner nächsten Eroberung beschäftigt! Obwohl sie vorgehabt hatte, ihn keines Blickes mehr zu würdigen, hob sie empört den Kopf und funkelte ihn zornig an. Doch Dupont beachtete sie nicht einmal, sondern lachte leise über etwas, was die junge Dame neben ihm sagte, und beugte sich weiter zu ihr vor. Vivians Augen weiteten sich, als er die junge Dame sanft am Arm berührte, was entgegen allen gesellschaftlichen Gepflogenheiten war! Sie schluckte und blinzelte wütend. Sie hatte es nicht ernst gemeint, als sie ihm vorgeworfen hatte, ein Schürzenjäger zu sein, sondern es aus reinem Zorn heraus getan. Doch nun war offensichtlich, dass er seinen Charme jeder Frau gegenüber ausspielte, die ihm über den Weg lief, was sie beinahe mehr verletzte als die Tatsache, dass er nicht mit ihr reisen wollte.

Elise erhob sich unterdessen und eilte ihr entgegen. „Nun, wie sieht es aus? Hast du mit Captain Dupont reden können?"

Vivian warf einen gleichermaßen wütenden wie enttäuschten Blick in Gérard Duponts Richtung, der sich gerade mit der jungen Dame am Arm unter die Tanzenden mischte. Elises Augen folgten ihrem Blick.

„Oh, ich glaube, ich verstehe", murmelte sie leise. „Der Captain will also nicht?"

Vivian würgte einen Kloß hinunter. „Nein, er will nicht. Und er hat noch nicht einmal eine Begründung für seine Unfreundlichkeit!"

Elise blickte Vivian ruhig an. „Er wird schon seine Gründe haben, Vivian. Nimm es nicht zu tragisch."

„Nein, natürlich nicht", murmelte sie.

„Du weißt, dass John plant, demnächst auf einem seiner Schiffe mitzureisen, oder?", fragte Elise unvermittelt.

„Ja, er erwähnte es, als ich neulich bei euch zum Essen war", entgegnete Vivian verwirrt. „Aber –"

„Ich bin mir ziemlich sicher, dass ich John überreden kann, dich mitzunehmen", erklärte Elise ruhig.

Vivian starrte sie an. „Ja, aber –"

„Ich weiß, was du sagen willst", kam Elise ihr zuvor. „Auf Johns Schiffen gibt es nur wenige Kabinen. Aber du bist ein Familienmitglied. Ich bin sicher, dass John schon einen Weg finden wird, dich mit an Bord zu nehmen."

„Ja, aber ... Elise, als wir heute Morgen darüber sprachen, dass ich einen Begleiter brauchen würde – warum hast du denn da nicht ein Wort davon gesagt, dass ich bei deinem Bruder mitfahren könnte?"

Elise lachte. „Ach Vivian, du warst so versessen darauf, Captain Dupont um Hilfe zu bitten ... Ich sah keine Chance, dass du die Idee, dass John dich begleiten könnte, überhaupt in Erwägung ziehen würdest. Ich hatte eher den Eindruck, dass du – nun ja, dass du dich möglicherweise zu dem Captain hingezogen fühlen könntest."

Zu ihrem Unwillen spürte Vivian, wie sie errötete. „Das mag vielleicht für eine ganz kurze Zeit so gewesen sein. Aber nun habe ich nur noch den Wunsch, ihn möglichst nie wiederzusehen."

„War er – ist er dir zu nahe getreten?", fragte Elise.

„Um Himmels willen, nein, überhaupt nicht! Ganz im Gegenteil! Er hätte mir nicht deutlicher zu verstehen geben können, dass ich ihn mit meinem Ansinnen belästigt habe! Du kannst dir sein schockiertes Gesicht nicht vorstellen, als ihm klar wurde, was ich von ihm wollte."

„Tatsächlich? Nun, ich finde das zwar schwer vorstellbar, aber wenn du es sagst ... Aber wie auch immer. Soll ich also mit John reden?"

„Aber unbedingt, Elise!", strahlte Vivian. „Wirklich, du kannst dir nicht vorstellen, wie sehr ich mich freuen würde, mit deinem Bruder reisen zu dürfen!"

Elise lächelte verhalten. „Nun, ich glaube, du wärst nicht die Einzige, die sich freut. – Also, dann ist es beschlossen. Gleich morgen früh werde ich mit ihm reden."

Sir Williams Laune war nicht die beste, als er Vivian zwei Tage später mitteilte, dass Elises Bruder John Chapman eingewilligt habe, Vivian auf einem seiner Schiffe nach Jamaika mitzunehmen. „Chapmans Schiff sticht in ungefähr fünf Wochen in See. Er freut sich auf die gemeinsame Reise mit dir", schloss Sir William mit einem finsteren Stirnrunzeln, während Vivian vor Freude strahlte.

Doch als sie sah, wie nervös ihr Onkel mit einem Blatt Papier spielte, das vor ihm auf seinem Schreibtisch lag, trat sie neben ihn und legte ihm eine Hand auf den Arm. „Onkel William ... es macht dir doch nichts aus, wenn ich nicht mehr hier bin, oder? Ich meine ... du wirst doch nicht traurig sein?"

„Traurig?", donnerte Sir William und schleuderte ihre Hand weg. „So weit kommt es noch! Traurig, weil eine vorlaute, amerikanische Göre weggeht! Das wäre ja noch schöner!"

Mit einem Ruck stand er auf, sodass der Stuhl, auf dem er gesessen hatte, umkippte. Unruhig schritt er im Zimmer auf und ab. Schließlich hielt er in seinem Auf-

und-ab-Gehen inne und schimpfte: „Ach verdammt, gewöhnt hab ich mich doch an dich!"

Vivian war klar, dass es ihrem Onkel nicht leichtgefallen war, diese Worte auszusprechen. Sie trat auf ihn zu und sagte leise: „Onkel William, ich weiß, du hörst so etwas nicht gern, aber ich bin dir wirklich sehr dankbar für alles, was du für mich getan hast. Und wenn ich jetzt bald gehe, dann hat das nichts mit dir zu tun. Ich habe mich hier wohler gefühlt, als ich für möglich gehalten hätte. Aber es war immer eher so, als wäre ich zu Besuch, nicht zuhause."

Sir William blickte mit gerunzelter Stirn zu Boden, ohne etwas zu erwidern. Vivian wusste, dass er nicht gern über Gefühle sprach. Doch heute, entschied sie, musste es sein, und so fuhr sie mit einem unsicheren Lächeln fort: „Also, Onkel William, was ich die ganze Zeit zu sagen versuche, ist, dass ich dich sehr gern habe und dich vermissen werde. Und ich hoffe wirklich, dass wir uns irgendwann einmal wiedersehen."

Sir William räusperte sich geräuschvoll, setzte zum Sprechen an und räusperte sich erneut.

Vivian nahm ihren ganzen Mut zusammen und schlug hoffnungsvoll vor: „Wenn irgendwann der Krieg vorbei ist, könntest du ja mal nach Charleston kommen, Onkel William. Und ich könnte dich in England besuchen. Dann könnte ich auch Tante Sophie wiedersehen. Oder ... oder möchtest du das nicht?"

"Ach, du verdammte Nervensäge! Du weißt doch ganz genau, dass du mir fehlen wirst", schimpfte Sir William. „Warum konnte deine dusselige Tante dich auch nicht in den Kolonien lassen, wo du hingehörst? Dann hätte ich jetzt nicht diesen verdammten Ärger mit dir und würde dich nicht irgendwann vermissen!"

Vivian lächelte zögernd. „Ich glaube, ich werde dich auch vermissen, Onkel William."

Sir William blinzelte. Dann holte er tief Luft. „Genug jetzt mit diesem ganzen Gefasel. Ich will dich heute nicht mehr sehen! Am besten gehst du auf dein Zimmer."

„Aber es ist heute viel zu schön, um sich im Haus zu vergraben."

„So? Ist es das? – Na, dann gehst du eben in den Garten. Ich möchte jetzt jedenfalls allein sein."

„Wie du meinst, Onkel William. Essen wir denn wenigstens nachher zusammen? Oder willst du dann immer noch allein sein?"

„Natürlich essen wir zusammen", brummte Sir William. „Meinst du etwa, ich verzichte deinetwegen auf mein Mittagessen?"

Viel Zeit bis zur Abreise blieb Vivian nun nicht mehr. Die Tage waren angefüllt mit unzähligen noch zu erledigenden Dingen. Vivian kam kaum noch zur Ruhe. Beinahe täglich erschien Elise auf Oakfield, um Vivian noch dieses oder jenes für die Reise vorbeizubringen. An anderen Tagen ließ sie Vivian nach London kommen, wo sie dann gemeinsam Einkäufe erledigten. Vivian fand, dass sie gar nicht so viel brauchte, aber Elise sah das anders. Außer mit neuen Schuhen und Strümpfen, Haarkappen, Miederwaren und einem warmen Mantel versorgte sie Vivian auch noch mit kostbaren Ausgaben der Werke Shakespeares und Marvells, damit Vivian die lange Schiffsreise nicht langweilig wurde.

So viel Fürsorge rührte Vivian. Sie hatte geglaubt, als mittellose Waise nach Amerika reisen zu müssen, und nun besaß sie fast so etwas wie eine Aussteuer. Hinzu kam, dass selbst Sir William von Elises regem Treiben angesteckt wurde. Eines Tages nahm er Vivian mit in ein großes Schlafzimmer, das früher der jeweiligen Herrin auf Oakfield gehört hatte. Die letzte Lady Bannister, die hier geschlafen hatte, war Vivians Großmutter gewesen.

Sir William öffnete eine zierliche Kommode, aus der er eine kleine, rotgoldene Schatulle herausnahm. Feierlich überreichte er sie Vivian.

„Der Schmuck in dieser Schatulle war der Lieblingsschmuck meiner Mutter", erklärte er ernst. „Eigentlich hätte ihn deine Mutter erben sollen, doch da deine Großmutter sie überlebt hat, hat sie bestimmt, dass dieser Schmuck eines Tages dir gehören soll."

Behutsam öffnete Vivian das kleine Schmuckkästchen. In seinem Inneren glänzte eine doppelreihige Perlenkette mit einem fingernagelgroßen Saphir als Anhänger. Der funkelnde blaue Stein war von winzigen Brillanten eingefasst. Neben der Kette lagen ein ebenfalls doppelreihiges Perlenarmband und dazu passende Ohrhänger aus Perlen und Saphiren.

Vivian blinzelte in die regungslose, leicht verlegene Miene ihres Onkels. „Die Kette ist wunderschön, Onkel William! Darf ich sie kurz anlegen?"

„Natürlich", brummte Sir William. „Diese Schmuckstücke gehören jetzt dir."

Mit zitternden Fingern legte Vivian den Schmuck an. Sie hatte noch nie etwas so Kostbares besessen, und dass dieser Schmuck jetzt ihr gehören sollte, wollte ihr noch nicht so recht in den Kopf. Prüfend blickte sie in den Spiegel.

„Gib immer sorgsam acht auf diesen Schmuck", mahnte Sir William schließlich. „Falls du dich entschließt, nicht nach England zurückzukehren, ist es vielleicht das Einzige, was dir von deinen Vorfahren bleibt."

Mit einem Kloß im Hals versprach Vivian, dass sie gut auf den Schmuck aufpassen würde. Nach wie vor konnte sie kaum fassen, wie großzügig ihre Verwandten alle zu ihr waren. Beinahe war es ihr ein wenig unheimlich, wie viel Glück ihr in den letzten Wochen beschieden war. Eigentlich konnte es kaum so weitergehen. Doch sie wollte sich ihr Hochgefühl nicht verderben lassen und schob schnell jeden unangenehmen Gedanken beiseite.

Auch die letzten Tage vor der Abreise vergingen wie im Fluge. Vivian hatte inzwischen alles, was sie brauchte, ja, sogar weit mehr als das. Außerdem hatte sie an Ann geschrieben, um sie über ihre geplante Abreise aus England zu informieren. Sie wusste zwar nicht genau, wann sie in Charleston ankommen würde, aber Ann war eine patente Frau und würde sicherlich rechtzeitig alles für Vivians Ankunft vorbereiten.

Und endlich war der heißersehnte Tag da. Auf einem Dock des Londoner Hafens stand Vivian in ihrem Reisekleid aus dunkelblauer Wolle zwischen ihren Verwandten und betrachtete aufgeregt die imposanten vor Anker liegenden Schiffe. Von London bis zu ihrer Mündung im Atlantik war die Themse selbst für die größten Seeschiffe befahrbar. Briggs und Fregatten sowie einige Schoner lagen im Hafen. Vivian bewunderte die mächtigen Takelagen all dieser Schiffe und ihr elegantes Aussehen. Der Anblick der Schiffe selbst war ihr dabei nichts Neues, da auch Charleston, wo sie aufgewachsen war, eine Hafenstadt war. Vivian war als Kind oft zu den Docks gegangen. Es hatte ihr Spaß gemacht zuzusehen, wie die Schiffe beladen wurden. Wenn dann die Segel gesetzt wurden und ein Schiff den Charlestoner Hafen verließ, war das immer ein interessantes Schauspiel gewesen.

In einen schlichten, dunklen Rock gekleidet und mit einem Dreispitz auf dem Kopf, trat John Chapman an ihre Seite und zeigte ihr den Dreimaster, mit dem sie segeln würden. Das große Handelsschiff, das viel Platz für die Güter bot, die es laden würde, war mindestens doppelt so groß wie die Brigg, mit der Vivian zwei Jahre zuvor von Amerika nach England gereist war. Vivian war insgeheim sehr froh, dass das Schiff so einen vertrauenerweckenden Eindruck machte.

„Und Vivian, vergiss nicht, du musst uns unbedingt schreiben!", erinnerte die aufgeregte Sophie Vivian mindestens zum fünften Mal, wobei sie zum Schutz vor der Sonne ihr mit Bändern verziertes Käppchen tiefer ins Gesicht zog.

Vivian nickte und umarmte lachend ihre unmerklich zitternde Tante. Anschließend kamen ihre übrigen Familienmitglieder an die Reihe. Vivian konnte es kaum fassen, dass sie tatsächlich alle gekommen waren, um sich von ihr zu verabschieden: Sir William, Sophie, Elise und James, ja selbst deren Kinder.

„Ach, Vivian, wenn ich nur wüsste, dass ich das Richtige getan habe!", stöhnte Elise, während sie Vivian an sich drückte. „Ich fühle mich einfach schrecklich!

Immerhin bin ich ja in gewisser Weise für diese entsetzliche Reise verantwortlich. Wenn ich mich doch nur nicht eingemischt hätte!"

„Aber Elise", lachte Vivian. „Diese Reise ist doch nicht entsetzlich! Es wird bestimmt die wundervollste Seereise, die man sich vorstellen kann!"

Elise lächelte kläglich und biss sich nervös auf die Lippen. „Das hoffe ich. Du weißt nicht, wie sehr! Und vielleicht kommst du ja auch zurück! Ich meine ... Nun, wie auch immer. John wird gut auf dich aufpassen, du wirst sehen. Ich hoffe sehr, du wirst ihn mögen!"

„Das werde ich bestimmt", versicherte Vivian mit einem Seitenblick auf den grinsenden John Chapman. „Wie sollte ich ihn nicht mögen, wenn er so nett ist, mich mitzunehmen. Trotzdem will ich ihm natürlich nicht zur Last fallen. Auf mich aufpassen muss Mr. Chapman wirklich nicht."

„Das wird sich noch zeigen", brummte Sir William mit gerunzelter Stirn. „Ich zumindest bin froh und dankbar, dass John auf dich achtgibt! Mit der Unbekümmertheit, mit der du auf alles zugehst ... Du würdest doch mitten in jede Gefahr hineinrennen!"

Vivian war zu gut gelaunt, um die Bemerkung ihres Onkels übelzunehmen. Sie widersprach lediglich sanft: „Aber Onkel William, so naiv bin ich doch nun auch wieder nicht!"

„Nein, nicht naiv, aber absolut unerfahren! Als du zu mir kamst, warst du noch ein halbes Kind – und ein Wildfang obendrein. Inzwischen siehst du vielleicht etwas erwachsener aus, aber ob du es auch wirklich bist ... Letztendlich hattest du auf Oakfield nicht viele Gelegenheiten, deine Menschenkenntnis zu erweitern."

Vivian verkniff sich nur mit Mühe ein Lachen. „Keine Angst, Onkel William, irgendwie wird schon alles gut gehen."

„Irgendwie bestimmt", stöhnte Sir William. „Die Frage ist, wie." Er beendete das Thema, indem er sich umdrehte und scheinbar aufmerksam eine einlaufende Fregatte beobachtete.

Sophie nutzte die Gelegenheit, sich noch einmal zu erkundigen: „Also, ich soll das Geld für dich an Ann Welsey schicken, nicht wahr?"

„Ja, Tante Sophie. Die Adresse kennst du doch, und ich habe sie bestimmt schon drei Mal aufgeschrieben."

„Ja, ja, ich weiß. Aber man muss ja immer auf Nummer sicher gehen".

„Natürlich, Tante Sophie", entgegnete Vivian mit zuckenden Mundwinkeln.

Augenblicke später verkündete John Chapman, dass es Zeit wäre, an Bord zu gehen. Daraufhin setzte sich die kleine Gruppe in Bewegung, um Vivian in ihre Kabine zu geleiten.

Vivian war von der Größe der für sie hergerichteten Kabine überrascht. John Chapmans Beschreibung nach hatte sie mit einer deutlich beengteren Unterkunft gerechnet.

John lachte über ihr Erstaunen und meinte: „Sie haben natürlich recht, man kann sich in dieser Kabine relativ gut bewegen. Aber Luxus sucht man hier vergeblich. Wie Sie sehen, Vivian, ist das Bett recht schmal, und weiche Teppiche und seidene Vorhänge gibt es auch nicht."

Nun war es Vivian, die lachte. „Also, deswegen brauchen Sie sich nun wirklich keine Gedanken zu machen. Ich finde die Kabine sehr schön, so wie sie ist.“

„Umso besser“, freute sich John.

Eine Weile noch plauderte Vivian mit ihren Verwandten. Dann war es so weit. Das Schiff war klar zum Auslaufen, und es hieß endgültig Abschied zu nehmen.

Der Reihe nach umarmte Vivian noch einmal ihre Angehörigen. Sophie schluchzte laut auf, während sie Vivian in die Arme schloss, und auch Elise rieb sich mit einem Taschentuch die Augen. Selbst Sir William ließ sich Vivians Umarmung widerstandslos gefallen, ja, er drückte sie sogar fest an sich.

„Und dass du ja auf dich aufpasst, du dummes Ding!“, brummte er in seinem üblichen missgelaunten Tonfall und räusperte sich kräftig.

Vivian schluckte. „Jawohl, Onkel William.“

Jetzt, da es hieß, endgültig fortzugehen, merkte sie, dass sie sich doch mehr an ihren knurrigen Onkel gewöhnt hatte, als sie geglaubt hatte. Auch sie hatte mit den Tränen zu kämpfen, als die Besucher nach ein paar letzten Umarmungen das Schiff verließen.

An der Reling stehend, warf Vivian einen langen Blick auf London und die ihr vertraut gewordenen Verwandten. Während das Schiff langsam den Hafen verließ, winkte sie ihnen zu, solange sie sie sehen konnte, und Sir William, Elise und die anderen winkten kräftig zurück. Doch schnell wurden die am Dock stehenden Gestalten kleiner. Es dauerte nicht lange, bis Vivian niemanden mehr erkennen konnte.

Von nun an war sie auf sich gestellt. Mit einem kurzen Anflug von Wehmut fragte sie sich, ob sie England je wiedersehen würde. Zwei Jahre lang war dieses Land ihre Heimat gewesen. Nun verließ sie es in eine ungewisse Zukunft, ohne zu wissen, was in Charleston auf sie zukam.

Der Wind spielte mit ihren Haaren und zerrte am Rock ihres Kleides. Sie wickelte ihr Schultertuch fester um Kopf und Hals. Ausnahmsweise war es einmal nicht neblig, so als wollte sich London zum Abschied noch einmal von seiner besten Seite zeigen. Die Sonne stand hoch am Himmel und ließ das Wasser der Themse glitzern und funkeln, sodass Vivian blinzeln musste, weil es blendete. Weiße Schaumkronen leuchteten aus dem dunklen Blau des Wassers hervor, und kleine Gischttropfen spritzten Vivian ins Gesicht. Und je länger sie den Wind und die Sonne spürte, desto mehr schüttelte sie die Wehmut des Abschieds von sich ab. Die prickelnden Wassertropfen auf ihrer Haut belebten sie und ließen sie vergnügt auflachen. Und während sie lachte, schalt sie sich eine Närrin, dass ihr überhaupt irgendwelche Zweifel an der Richtigkeit ihrer Entscheidung gekommen waren. Sie war unterwegs nach Amerika, ihrer Heimat, ihrem Zuhause, wie konnte sie da auch nur ansatzweise Trübsal blasen! Je weiter sie auf die Themse hinausfuhren, desto mehr begann sie die Fahrt zu genießen. Ein warmer Strom der Vorfreude auf das, was sie erwartete, breitete sich in ihr aus. Noch konnte sie das Ufer sehen, englisches Ufer. Solange sie die Themse entlangfuhren, wären sie immer noch in England. Doch bald würden sie den Atlantik erreichen, den großen Atlantik, der England mit Amerika verband. Und dort wäre Vivian am Ziel ihrer

Wünsche angelangt. Ja, lachte Vivian, ich komme heim!
Ich komme endlich heim!

3

Vivian war in ihrer Kabine damit beschäftigt, ein beige-farbenes Leinenkleid mit kleinen Steppstichen zu verzieren, als es klopfte. Um ihre Handarbeit nicht unterbrechen zu müssen, rief sie dem Besucher zu, er möge ruhig eintreten. Sofort darauf öffnete sich die Tür und John Chapman trat nach einem kurzen Zögern in ihre Kabine.

„Guten Morgen, Vivian", grüßte er gutgelaunt, mit einem fragenden Blick auf ihre Näharbeit. „Wie ich sehe, sind Sie beschäftigt?"

„Ich bin fast fertig", lächelte Vivian. „Ich muss nur noch ein paar Stiche hier unten am Saum machen. Dann kann ich das Kleid beiseitelegen und wenn es wärmer wird anziehen."

„Dann wollen Sie bestimmt heute noch an Deck kommen, nehme ich an? Es regnet nicht mehr, und wärmer ist es auch geworden."

„Ja, ich komme gern hoch", bestätigte Vivian. „So gemütlich es hier unten in der Kabine auch ist, ich bin trotzdem froh, wenn ich endlich einmal etwas länger frische Luft schnappen kann."

John lächelte entschuldigend. „Es war ausgesprochenes Pech, dass es nach dem schönen Wetter bei der

Abfahrt anschließend drei Tage lang durchgeregnet hat. So haben Sie sich die Reise auf der Dolphin bestimmt nicht vorgestellt."

Vivian lachte. „Ach, so schlimm ist es nicht. Zum Glück werde ich ja zumindest nicht seekrank."

„Nein, für eine Lady sind Sie erstaunlich seefest", grinste John. „Dennoch – auch wenn es Ihnen vielleicht seltsam vorkommen mag – ich muss zugeben, dass ich eigentlich ganz froh über das schlechte Wetter war, das Sie in die Kabine verbannt hat."

„Froh? Aber – wieso denn das?"

John lächelte verlegen. „Nun, die Sache ist ein wenig heikel. Ich muss Ihnen nämlich etwas erklären. Und ich weiß, offen gesagt, nicht ganz, wie ich es Ihnen beibringen soll."

„Ach du lieber Himmel", lachte Vivian verblüfft. „Was, um alles in der Welt, kann denn so kompliziert sein, dass Sie nicht wissen, wie Sie es mir sagen sollen?"

Er grinste schief. „Nun ja … Um es kurz zu machen: Wir haben noch einen weiteren Passagier an Bord. Einen Mann, den Sie –"

„Oh, das wusste ich ja gar nicht. Aber wieso habe ich den Mann dann noch gar nicht gesehen?", unterbrach Vivian verwundert.

„Nun, zum einen waren Sie wegen des schlechten Wetters bisher ja relativ selten an Deck, sodass der Mann Ihnen leicht aus dem Weg gehen konnte. Und was die Mahlzeiten betrifft – die hat er in seiner Kabine eingenommen, statt mit uns und dem Kapitän und den Offizieren zusammen zu speisen."

„Du lieber Himmel! Geht dieser Passagier mir etwa absichtlich aus dem Weg?"

„Das nicht gerade", versetzte John zögernd. „Ehrlich gesagt, ich glaube, er hätte schon gern einmal mit Ihnen gesprochen. Aber ich habe ihn gebeten, einer Begegnung mit Ihnen auszuweichen, bis ich Gelegenheit hatte, mit Ihnen zu reden. Ich meine, ungestört zu reden, wenn nicht gerade der Kapitän oder die Schiffsoffiziere anwesend sind. Ich wollte gern eine Gelegenheit wie jetzt abpassen, nachdem endlich alle Dinge erledigt sind, die mich in den letzten Tagen noch beschäftigt gehalten haben."

„Wissen Sie, John, ich glaube, ich verstehe gerade überhaupt nichts mehr", klagte Vivian mit einem unsicheren Lachen. „Ich meine, ich weiß, dass Sie sehr beschäftigt waren, was ich Ihnen auch überhaupt nicht übelnehme. Aber warum, um alles in der Welt, haben Sie verhindern wollen, dass der andere Passagier mit mir redet?"

„Nun, ich wollte einfach nicht riskieren, dass Sie womöglich von Bord gehen, wenn Sie von der Anwesenheit dieses Mannes auf der Dolphin erfahren. Solange noch Land in Sicht war, wäre das nämlich leicht möglich gewesen."

Vivian legte ihre Näharbeit beiseite und starrte John Chapman entgeistert an. „Lieber Himmel, John, Sie wissen genau, dass ich um nichts in der Welt dieses Schiff verlassen würde!"

„Ich bin mir nicht sicher, ob Sie das immer noch sagen, wenn Sie erfahren, wer der Mann ist", zweifelte John.

„Großer Gott! Hat der Mann etwa die Pest oder so etwas?"

„Natürlich nicht! Aber – sehen Sie, ich weiß, dass es zwischen ihm und Ihnen einige ... nun, sagen wir ... Missverständnisse gegeben hat."

Ein Name schoss Vivian in den Kopf, doch nein – das konnte nicht sein!

Ihr Gedankengang musste sich auf ihrem Gesicht abgezeichnet haben, denn John nickte. „Ich glaube, Sie ahnen, von wem ich rede, nicht wahr? Und Sie haben ganz recht: Unser zweiter Passagier ist Mr. Dupont."

Vivian atmete scharf ein und schlug kopfschüttelnd die Hände vors Gesicht. „Gütiger Himmel, Sie machen Witze! John, das kann doch nicht sein! Sie wollen doch nicht allen Ernstes behaupten, dass ausgerechnet dieses empörende Individuum hier an Bord ist!"

John räusperte sich. „Nun, sehen Sie ... er hatte die Kabine schon seit geraumer Zeit gebucht. Lange bevor Elise mich bat, Sie mitzunehmen. Und selbst nachdem klar war, dass Sie und ich zusammen reisen würden, da wusste ich noch lange nicht, dass Sie und Dupont sich kennen! Und schon gar nicht, dass er ... nun ja, Sie verletzt hat. – Es tut mir wirklich leid, Vivian."

Vivian starrte John sekundenlang ausdruckslos an. Doch noch während sie nach der passenden Antwort suchte, überkam sie auf einmal ein überwältigender Drang zu kichern. Sie kämpfte dagegen an, doch es gelang ihr nicht. Ehe sie sich versah, brach sie in glucksendes Lachen aus.

„Nun, ich bin ja froh, dass Sie es so leichtnehmen", bemerkte John mit einem verblüfften Blinzeln. „Ehrlich gesagt, hatte ich mit dem Schlimmsten gerechnet, wenn ich Ihnen eröffne, dass Dupont an Bord ist. Ich hatte beinahe befürchtet, Sie würden von mir verlangen, ihn über Bord zu werfen, wenn Sie es erfahren. Stattdessen sitzen Sie da und schütten sich aus vor Lachen. Allerdings verstehe ich nicht ganz, weshalb."

„Oh, das ist ganz einfach", entgegnete Vivian, immer noch glucksend. „Captain Dupont hat es ausdrücklich abgelehnt, mit mir gemeinsam zu reisen! Und nun ist er nicht nur auf demselben Schiff wie ich, sondern muss meinetwegen auch noch in seiner Kabine ausharren und sogar die Mahlzeiten einsam und allein einnehmen! Finden Sie das etwa nicht zum Lachen?"

„Nicht unbedingt", versetzte John trocken. „Wenn der Kerl Ihnen zu nahe getreten ist, wie Elise meinte, dann –"

„Zu nahe getreten? – So ein Unfug. Da müssen Sie Ihre Schwester falsch verstanden haben."

John warf ihr einen scharfen Blick zu. „Als Elise erfuhr, dass Dupont ebenfalls mit der Dolphin reist, war sie schockiert. So schockiert, dass ich wissen wollte, was los war. Sie wollte nicht recht mit der Sprache raus, aber so wie ich sie verstanden habe, musste ich davon ausgehen, dass Dupont Sie ... nun, sagen wir, beleidigt hat."

„Das hat er ganz entschieden nicht", wies Vivian John verärgert zurecht. „Der einzige Grund, weshalb ich Captain Dupont böse bin, ist der, dass er mich nicht nach Jamaika begleiten wollte. Ich hatte ihn gebeten, mein Reisebegleiter zu sein. Aber er wollte davon nichts wissen. Auch wenn ich ihm das sehr übelnehme und ihn am liebsten dahin wünsche, wo der Pfeffer wächst, kann ich ihm trotzdem nicht vorwerfen, dass er in irgendeiner Weise Sitte und Anstand verletzt hätte."

„Sind Sie sicher?“, fragte John irritiert. „Elise ließ durchblicken, dass er sich alles andere als ehrenhaft verhalten hätte. Sie hat mich ausdrücklich gebeten, dafür zu sorgen, dass dieser Bursche Sie nicht weiter belästigt.“

„Wirklich? – Also, das kann ich mir überhaupt nicht vorstellen! Ich meine, natürlich war ich verärgert. Das bin ich immer noch. Aber das hat nicht das Geringste damit zu tun, dass Captain Dupont mich belästigt hätte! Ganz im Gegenteil! Seine Weigerung, mit mir zusammen zu reisen, bringt doch deutlich genug zum Ausdruck, dass er nicht viel von mir wissen will!“

„Den Eindruck hatte ich eigentlich nicht.“

Vivian zupfte ein paar Fäden von ihrem Rock. „Nach seiner beharrlichen Weigerung, mit mir zusammen zu reisen, muss es für Captain Dupont doch ein noch größerer Schock gewesen sein als für mich, dass wir jetzt beide hier an Bord sind.“

John zog die Stirn kraus. „Ganz im Gegenteil. Dupont schien sich sogar ausgesprochen zu freuen, als er erfuhr, dass Sie an Bord sind.“

„Er freute sich?“

„Ich hatte den Eindruck, ja. Obschon er natürlich wenig begeistert war, als ich ihm erklärte, dass er Ihnen erst einmal aus dem Weg gehen müsste.“

„Womit haben Sie das begründet?“

John zuckte die Achseln. „Ich stellte ihm frei, sich entweder von Ihnen fernzuhalten, bis ich Gelegenheit gehabt hätte, mit Ihnen zu reden, oder von Bord zu gehen.“

„Und das hat er einfach so hingenommen?“

„Zähneknirschend, wie mir schien. Aber ihm blieb ja nichts anderes übrig. Die Dolphin ist mein Schiff. Nur Captain Robbarts hat an Bord mehr zu sagen als ich." John schüttelte verärgert den Kopf. „Nichtsdestotrotz scheine ich Dupont ungerecht behandelt zu haben. Wenn er Sie wirklich nicht belästigt hat –"

„Nein, hat er nicht", seufzte Vivian. „Er wollte einfach nur keine Verantwortung tragen. Kein sehr guter Charakterzug, wie ich finde, aber nichts, was es rechtfertigen würde, dass Sie mich vor ihm schützen müssten."

„Dann kann ich ihm also sagen, dass er Sie künftig nicht mehr meiden muss?"

Sie zuckte die Achseln. „Ich lege keinen großen Wert darauf, ihn zu sehen. Jedoch können wir wohl kaum von ihm verlangen, sich für den Rest der Reise in seiner Kabine zu vergraben."

„Nein, können wir nicht", bekräftigte John. „Ich bin froh, dass sich die Situation geklärt hat, Vivian. Es ist nicht gut, wenn es auf einem Schiff Streit gibt."

„Nein, das kann ich mir vorstellen. Aber erwarten Sie trotzdem nicht von mir, dass ich besonders freundlich zu Captain Dupont bin. Dafür hat es mich zu sehr gekränkt, dass er mir meinen Wunsch abgeschlagen hat."

„Das erwarte ich auf keinen Fall", lächelte John. „Obwohl ich schon froh wäre, wenn Sie sich mit Dupont vertragen könnten, solange Sie an Bord sind. Allein schon wegen der Stimmung in der Mannschaft. Sie müssen ja nicht gleich Freundschaft mit ihm schließen."

„Ich werde versuchen, ihm nach Möglichkeit aus dem Weg zu gehen", entgegnete Vivian ausweichend. „Obwohl es schön gewesen wäre, sich mit einem anderen

Passagier unterhalten zu können. Schade, dass es ausgerechnet Captain Dupont sein musste."

„Wenn Ihnen der Sinn nach Unterhaltung steht, bin ich ja auch noch da", grinste John. „Sie brauchen Dupont nicht."

Obwohl John Chapman Gérard Dupont von der Verpflichtung entbunden hatte, sich von Vivian fernzuhalten, dauerte es noch einen weiteren Tag, bis Vivian Dupont tatsächlich zu Gesicht bekam. Die Dolphin befand sich längst auf dem offenen Meer. Das Wetter war gut, der Wind wehte kräftig. Der Kapitän des Schiffes erklärte, bei diesem Wetter mache die Dolphin gute Fahrt, und sie kämen gut voran.

Vivian stand auf dem Vorderdeck und beobachtete, wie die Wellen am Bug hochschlugen. Kleine Spritzer gelangten bis zu der Stelle, an der sie stand. Sie drehte sich um, um sich einen trockeneren Platz zu suchen.

Und da erblickte sie ihn. Er lehnte auf der gegenüberliegenden Seite an der Reling. Mit verschränkten Armen, gekleidet in einen schlichten dunkelblauen Rock und helle Breeches, bot er ein Bild lässiger Arroganz. Vivian konnte es nicht fassen, wie gut er wieder aussah, mochte seine Gegenwart sie auch noch so sehr stören. Mit offenem Grinsen und spöttisch hochgezogener Augenbraue sah er zu ihr herüber. Voller Empörung wandte sie den Blick ab. Dieser unverschämte Kerl! Er sollte ja nicht glauben, dass sie sich noch mit ihm abgeben würde! Dafür hatte er sie viel zu sehr enttäuscht. Mit ihm zu segeln war eine Sache, aber mit ihm zu reden eine ganz andere!

Doch so leicht war Dupont nicht loszuwerden. Gemächlich kam er zu ihr herübergeschlendert und sprach sie mit einem vergnügten Funkeln in den blauen Augen an: „Nun, kleine Lady, Sie haben es ja doch noch geschafft, Ihre Reise anzutreten, wie ich sehe. Wen haben Sie sich denn diesmal als Begleiter auserkoren?"

Schon lag Vivian eine patzige Antwort auf der Zunge, doch sie riss sich zusammen. Wenn Captain Dupont sich schon nicht wie ein Gentleman benehmen wollte, sie selbst würde sich jedenfalls nicht zu undamenhaften Äußerungen hinreißen lassen! Dennoch verdiente seine Arroganz zumindest einen Dämpfer: „Sie wissen doch ganz genau, dass Mr. Chapman so freundlich war, mich mitzunehmen. Ihm fehlt es jedenfalls nicht an der nötigen Kinderstube!"

„Aber mir wohl, meinen Sie?", lachte er leise. „Gut, sei's drum. Dabei hatte ich gar nicht den Eindruck, dass Sie auch schon so dachten, als ich bei Ihrem Onkel William zu Besuch war."

„Natürlich nicht! Da haben Sie ja auch noch sehr geschickt Ihr wahres Ich verborgen!"

„Mein wahres Ich?", wiederholte er mit spöttisch hochgezogener Braue. „Meine liebe Miss Darcy, Sie wissen weniger über mein wahres Ich, als Sie vielleicht denken!"

„Das, was ich weiß, reicht!", schimpfte Vivian. „Wenn Sie also jetzt bitte die Güte hätten, mich allein zu lassen ... Ich möchte wirklich nichts weiter mit Ihnen zu tun haben!"

Für den Bruchteil einer Sekunde wirkte er perplex. Doch dann blitzte wieder sein spöttisches Lächeln auf. „Wie es aussieht, bin ich bei Ihnen tiefer in Ungnade gefallen, als ich dachte. Dabei waren Sie doch auf Lady

Ashleys Ball noch ganz erpicht auf meine Begleitung, wenn ich das richtig in Erinnerung habe."

„Oh, Sie sind kein Gentleman! Sie wissen genau, warum ich es war! Mir irgendetwas anderes zu unterstellen –"

„Aber, aber, ich unterstelle rein gar nichts!", lachte er und lehnte sich entspannt an die Reling. „Ich stelle nur fest. Oder darf ich aus Ihrer Aufregung schließen, dass Sie mit Ihrem Ansinnen damals noch andere Absichten verbanden?"

„Wie können Sie sich unterstehen, so etwas auch nur anzudeuten!", knirschte Vivian zwischen zusammengebissenen Zähnen.

Seine Augen blitzen übermütig. „Oh, jetzt war ich schon wieder nicht Gentleman! Aber, meine liebe Miss Darcy, es war doch nur mein Hoffen auf Ihre Zuneigung, das mich solch kühne Worte sprechen ließ!"

Geflissentlich überhörte Vivian den Spott in seiner tiefen Stimme und musterte ihn so hochmütig wie möglich. „Zuneigung, ach wirklich! Wenn ich nicht genau wüsste, dass Sie scherzen, wäre Ihre Dreistigkeit geradezu empörend!"

„Tatsächlich? Ich hatte nicht erwartet, dass Sie so hartherzig sein würden."

„Was haben Sie dann erwartet? Dass ich mich freuen würde, Sie zu sehen?"

Ein spöttisches Grinsen huschte über sein Gesicht. „Warum nicht?"

„Warum nicht? Was für eine Unverschämtheit! Erst lehnen Sie es ab, mich zu begleiten, und dann tauchen Sie hier auf, als wäre nichts geschehen! Finden Sie nicht, dass Sie mir eher aus dem Weg gehen sollten?"

„Das habe ich mehr als drei Tage lang getan, und ich muss gestehen, es war sehr lästig!"

„Lästig! Oh!", keuchte Vivian.

Er zwinkerte ihr belustigt zu. „Sie müssen zugeben, dass ein Schiff nicht gerade der geeignete Ort ist, um sich aus dem Weg zu gehen. Und ich verspüre, offen gesagt, keine große Neigung, mich für den Rest der Reise in meiner Kabine zu vergraben."

„Nun, ich kann nicht behaupten, dass mich Ihre Neigungen sonderlich interessieren!", versetzte Vivian giftig. „Aber da es Mr. Chapman sehr wichtig ist, dass es auf seinem Schiff friedlich zugeht, will ich Sie nicht daran hindern, sich auf diesem Schiff frei zu bewegen."

„Darf ich das so verstehen, dass Sie nichts dagegen hätten, wenn ich künftig die Mahlzeiten nicht mehr in meiner Kabine, sondern gemeinsam mit Ihnen und den Offizieren in der Offiziersmesse einnehme?", fragte er lächelnd.

Sie reckte das Kinn vor und versetzte schnippisch: „Nun bitte, wenn es sein muss."

Mit vergnügt blitzenden Augen deutete er eine Verbeugung an. „Besten Dank!"

Sie fand es ungeheuerlich, wie er sich über sie lustig machte, und maß ihn voller Herablassung. „Sie brauchen sich nicht zu bedanken. Denn es gibt Dinge, die ich Ihnen nie verzeihen werde!"

Um seine Lippen zuckte es amüsiert. „So wie Sie mich nie wiedersehen wollten und jetzt hier mit mir plaudern?"

„Ich hätte nicht mit Ihnen gesprochen, wenn John mich nicht gebeten hätte, freundlich zu Ihnen zu sein!", konterte sie bissig. „Und ich bereue schon jetzt, dass ich es getan habe! Und wenn es nach mir geht, wird es auch nie wieder vorkommen!"

Zu ihrem Verdruss zeigte er nicht die geringste Spur von Zerknirschung, ganz im Gegenteil. „Und wie lange wird Ihr ‚Nie' dann diesmal dauern? Es interessiert mich, damit ich weiß, wann Sie zugänglicher sind."

„Oh, Sie sind unmöglich!", fauchte sie und drehte sich wütend auf dem Absatz um.

Hinter sich hörte sie ihn leise lachen. „Miss Darcy! – Wir sehen uns beim Dinner!"

Sie ballte die Hände zu Fäusten, aber sie verkniff sich einen Kommentar. An den belustigt dreinschauenden Matrosen vorbei stürmte sie vom Deck hinunter in ihre Kabine und schloss geräuschvoll die Tür hinter sich. Heftig atmend lehnte sie sich mit dem Rücken dagegen und fragte sich, wie es Dupont gelungen war, sie derart aus der Fassung zu bringen. Am liebsten hätte sie etwas gegen die Wand geworfen, so zornig war sie auf ihn, aber auch auf sich selbst. Um ihrem Ärger Luft zu machen, begnügte sie sich damit, heftig mit dem Fuß aufzustampfen. Wie konnte dieser Flegel es wagen, sich zu allem Überfluss auch noch über sie lustig zu machen! Nicht genug, dass er sie gekränkt hatte, nein, jetzt setzte er dem auch noch die Krone auf, indem er sie offen verspottete. Und sie selbst vergaß in seiner Gegenwart sofort all die wohldurchdachten Worte, die sie ihm hatte sagen wollen und ließ sich zu Wutausbrüchen hinreißen. Sie musste wirklich lernen, ihr Temperament zu zügeln, sonst würde es ihr nie gelingen, ihm zu zeigen, was sie wirklich von ihm hielt. Nämlich gar nichts! Ein Taugenichts war er, ein Herumtreiber! Was machte er denn schon? Reiste in der Weltgeschichte umher und

machte sich einen Spaß daraus, sich über andere lustig
zu machen!

Und doch war etwas Wahres daran, als er angedeutet
hatte, früher hätte ihr seine Art gefallen. Aber da hatte
er sie auch noch nicht zurückgewiesen und gleich im
Anschluss daran unverdrossen mit einer anderen Frau
geflirtet! Oh Gott, schimpfte sie, warum musste er auch
ausgerechnet auf demselben Schiff fahren wie sie! Alles
wäre viel einfach gewesen, wenn sie ihn nie wiedergesehen hätte!

Es ließ sich nicht vermeiden, dass Vivian Gérard Dupont von nun an häufiger begegnete. Nach ihrer ersten
Begegnung an der Reling schien es ihn zu ihrem Ärger
zu amüsieren, ihr bei jeder nur möglichen Gelegenheit
über den Weg zu laufen. Wann immer sie auch an Deck
ging, war er schon da und lächelte sie spöttisch an. Und
da sie jetzt wusste, dass er an Bord war, nahm er auch,
wie er es angekündigt hatte, an den gemeinsamen
Mahlzeiten mit den Schiffsoffizieren teil.

Vivian versuchte, ihm aus dem Weg zu gehen, so gut
es ging. Sobald sie ihn auf sich zukommen sah, hob sie
den Kopf und rauschte an ihm vorbei. Doch irgendwie
tauchte er immer wieder auf, und sie musste von
neuem die Position wechseln, was auf Dauer sehr lästig
war. Entnervt von seiner Hartnäckigkeit wagte sie sich
schon beinahe nicht mehr an Deck. Doch andererseits
verbot es ihr Stolz, dass sie sich in ihrer Kabine verkroch. Ihr blieb nichts anderes übrig, als ihn, so gut es
ging, zu ignorieren, was ihr aber nicht wirklich gelang.
So sehr sie sich auch dagegen sträubte, sie spürte ein
seltsames Prickeln, sobald er in ihrer Nähe war, was natürlich nur daran lag, dass er ihr so entsetzlich auf die

Nerven ging! Und dennoch ertappte sie sich wiederholt dabei, dass sie sich suchend nach ihm umsah, wenn er einmal nicht auftauchte.

Völlig frustriert von ihrem eigenen Verhalten suchte sie immer häufiger Zuflucht bei John Chapman oder bei einem der Schiffsoffiziere, die sich jedes Mal erfreut zeigten, mit ihr plaudern zu dürfen. Doch immer wieder gesellte sich auch Dupont dazu, und dann blieb Vivian nichts anderes übrig, als auch ein paar belanglose Worte mit ihm zu wechseln. Jedoch hütete sie sich, über Persönliches mit ihm zu sprechen, sie wollte auf gar keinen Fall neuen Ärger provozieren. Soweit es ging, vermied sie es, das Wort direkt an ihn zu richten. Sie bemühte sich, ihm gegenüber kühl, aber höflich zu bleiben. Dupont seinerseits konnte sich in Gegenwart der Offiziere kaum eine Unhöflichkeit einer Dame gegenüber erlauben. Zwar zwinkerten seine Augen stets amüsiert, sobald er sie sah, doch brachte auch er das Thema nicht mehr auf den vorangegangenen Zwist. So herrschte zwischen ihnen eine Art Waffenstillstand, doch war Vivian überzeugt, dass es sich nur um eine Ruhe auf Zeit handelte. Sie vermied es daher nach wie vor, mit Dupont allein zu sein, und war zufrieden, dass jede Art von vertrauter Unterhaltung zwischen ihnen unterblieb.

Doch auch das änderte sich. Als Vivian an einem windigen Nachmittag an Deck stieg, stand Dupont schon bereit, ihr die Treppe hinaufzuhelfen. Sie machte eine ruckartige Bewegung, um dieser unerwarteten und unerwünschten Hilfe zu entgehen. Dabei blieb der Ärmel ihres Kleides an einem Nagel hängen. Sie mühte sich freizukommen, doch es gelang ihr nicht. Verärgert musste sie es hinnehmen, dass Dupont ihr half.

„Warum weichen Sie mir eigentlich ständig aus?", erkundigte er sich in überraschend sanftem Ton, während seine Finger sich damit abmühten, den Stoff von dem Nagel zu lösen. „Habe ich denn wirklich etwas so Schlimmes getan, dass Sie es nicht einmal ertragen können, mit mir zu reden?"

„Das wissen Sie nicht?", gab Vivian entrüstet zurück.

„Nein, das weiß ich nicht." Es war das erste Mal, dass seine Stimme frei von jeglichem Spott war und in seinen Augen ein nachdenklicher Ausdruck lag. „Falls Sie sich immer noch so verhalten, nur weil ich Sie damals nicht begleiten wollte, so finde ich das, gelinde gesagt, einigermaßen absurd."

„Absurd, ach wirklich!", schnaufte sie. „Und dass Sie hier auf der Dolphin sind, obwohl Sie nicht mit mir zusammen reisen wollten, das finden Sie nicht absurd?"

„Nun, die Dolphin segelt nach Jamaika. Und wie Sie mir selbst anvertraut haben, wussten Sie ganz genau, dass ich dorthin will. Was also ist absurd daran, dass ich hier bin?"

„Das wissen Sie ganz genau! Auf Lady Ashleys Ball haben Sie mir sehr deutlich klargemacht, dass Sie nichts mit mir zu tun haben wollen! Und jetzt belästigen Sie mich bei jeder nur erdenklichen Gelegenheit mit Ihrer Gegenwart!"

Er kniff die Augen zusammen. „Ich habe nie behauptet, nichts mit Ihnen zu tun haben zu wollen! Es ging mir lediglich darum, dass ich nicht die Verantwortung für Ihre Sicherheit übernehmen kann."

„Nein, wie konnte ich auch auf die Idee kommen, dass Sie jemand wären, der Verantwortung übernehmen könnte! Das wäre wohl wirklich zu viel verlangt gewesen!", ätzte Vivian und funkelte ihn herausfordernd an.

„Ich hätte nicht gedacht, dass Sie so nachtragend sind", tadelte er mit einem Kopfschütteln. „Hat meine Weigerung, zu Ihrem Schutz zur Verfügung zu stehen, Sie wirklich so sehr gekränkt?"

„Nicht die Spur", log sie. „Aber sie hat mir die Augen darüber geöffnet, was für ein charakterloser Mensch Sie sind!"

„Ah … ja", entgegnete er gedehnt. Und setzte nach kurzem Überlegen hinzu: „Sie messen den Charakter eines Menschen also daran, ob er Ihnen zu Willen ist?"

„Natürlich nicht. Ich messe ihn an dem, was jemand tut. Und genau das ist der Punkt! Sie haben nichts getan, um mir zu helfen. Obwohl es Ihnen ein Leichtes gewesen wäre!"

„Eben da irren Sie sich, Miss Darcy", versetzte er nachdrücklich. „Es gibt jede Menge Gründe, weshalb ich der falsche Ansprechpartner für Sie war."

„Oh ja, da haben Sie ausnahmsweise recht!", schimpfte sie. „Sie um Hilfe zu bitten, war der größte Fehler, den ich je begehen konnte! Aber haben Sie keine Angst, ich werde nicht noch einmal so dumm sein, auf Ihre schönen Worte hereinzufallen!"

„Also gut, so kommen wir nicht weiter", seufzte er und maß sie mit einem abschätzenden Blick. „Ich weiß nicht, ob es klug ist, aber vielleicht sollte ich Ihnen erklären –"

„Gar nichts brauchen Sie mir zu erklären!", fuhr sie ihn an und verschränkte trotzig die Arme. „Wenn Sie glauben, Sie bräuchten nur ein wenig Ihre Taktik zu ändern und ein bisschen schönzutun, dann irren Sie sich gewaltig! Ich habe Ihnen schon einmal gesagt, dass mich Ihre Ausreden nicht beeindrucken!"

Er schüttelte missbilligend den Kopf. „Es sind keine Ausreden, Vivian. Und wenn Sie mir eine Chance geben würden, Ihnen die Situation zu erklären –"

„Ich wüsste nicht, warum", unterbrach sie kurz angebunden.

Unterdessen war es Dupont gelungen, das Kleid von dem Nagel zu befreien. Vivian atmete unmerklich auf. Ohne Dupont für seine Hilfe zu danken, raffte sie ihre Röcke und eilte die letzten Treppenstufen hoch, Duponts ausgestreckte Hand bewusst ignorierend. Tief atmete sie an Deck die salzige Seeluft ein, um ihr aufgebrachtes Gemüt zu beruhigen.

Doch Dupont war schon wieder hinter ihr. „Sie sind wirklich das dickköpfigste Geschöpf, das mir je begegnet ist!", stöhnte er.

„Das Gleiche könnte ich von Ihnen behaupten!", gab Vivian mit trotzig vorgerecktem Kinn zurück. „Wann werden Sie endlich aufhören, mich zu belästigen?"

„Wenn wir Frieden geschlossen haben", erklärte er schleppend, wobei sein Blick herausfordernd auf ihr ruhte. Sie hielt diesem Blick stand, leicht verwundert und nicht ganz sicher, ob sie es richtig deutete, darin auch einen Anflug von Ratlosigkeit zu entdecken. Irritiert fragte sie sich, ob Dupont wirklich nicht wusste, wie sehr er sie mit seiner Weigerung, sie mitzunehmen, gekränkt hatte. Oder war ihre eigene Reaktion tatsächlich überempfindlich? Andererseits, was bildete er sich eigentlich ein? Dass er nur ein wenig liebtun musste, und dann war alles vergeben und vergessen?

Unterdessen trat Dupont dichter an sie heran, legte einen Finger unter ihr Kinn und hob es leicht an. Um seine Lippen zuckte ein vorsichtiges Lächeln. „Vivian? – Meinen Sie nicht, wir könnten endlich wieder zu einem normalen Umgang miteinander finden?"

Sie widerstand der Versuchung nachzugeben und schob energisch seinen Finger beiseite. „Wenn Sie unter normal verstehen, dass Sie mich nach Lust und Laune manipulieren können, wie Sie es auf Oakfield getan haben, dann ist die Antwort Nein! Und was Ihre erste Frage betrifft: Es wird wohl lange dauern, bis wir Frieden schließen werden, Captain Dupont. Sie hätten mich ja mitnehmen können!"

Sein Lächeln erstarb. Schlagartig trat er einen Schritt zurück und verschränkte die Arme. Die Enttäuschung stand ihm deutlich ins Gesicht geschrieben. Kurz schien er mit sich zu kämpfen, ob er noch etwas sagen sollte, doch dann zuckte er scheinbar gleichmütig die Achseln.

„Nun, wie Sie wollen. Vermutlich ist es sogar besser so. Lassen wir das Ganze also. Gehen Sie Ihrer Wege, Miss Darcy. Ich werde Sie nicht wieder belästigen."

Zu Vivians Überraschung wandte er sich abrupt ab und starrte gedankenverloren aufs offene Meer hinaus. Verwirrt und widersinnigerweise zutiefst niedergeschlagen blinzelte sie. Sie hatte erreicht, was sie wollte. Er war bereit, sie in Ruhe zu lassen. Doch seltsamerweise empfand sie keine Genugtuung. Im Gegenteil. Während sie regungslos zusah, wie der Wind seine dunklen Haare zerzauste, kam sie sich plötzlich albern und kindisch vor.

Zögernd trat sie auf ihn zu und stellte sich neben ihm an die Reling. „Gérard?"

Er wandte ihr widerwillig den Blick zu. Der Ausdruck seiner sonst so leuchtenden Augen wirkte seltsam verschlossen, und statt zu antworten, hob er lediglich fragend eine Braue.

„Gérard, ich ... ich habe es nicht so gemeint."

„Was haben Sie nicht so gemeint?"

„Nun, dass ... dass ich nicht hören will, was Sie mir erklären möchten", gestand sie leise und spähte unter den Wimpern vorsichtig in seine ungewohnt abweisende Miene. „Ich meine, vielleicht ... vielleicht haben Sie ja wirklich gute Gründe für Ihr Verhalten. Wenn Sie also wollen, dann ... dann höre ich Ihnen jetzt zu."

„Das ist ja ein plötzlicher Sinneswandel."

„Dann eben nicht, wenn Sie nicht wollen!"

Peinlich berührt, dass sie offenbar schon wieder das Falsche gesagt hatte, wirbelte sie herum. Doch noch ehe sie einen Schritt gemacht hatte, spürte sie seine Hand an ihrem Arm, als er sie festhielt. „Zum Teufel nochmal, nun laufen Sie doch nicht gleich davon! Ich habe nicht gesagt, dass ich nicht will!"

Vivian befreite sich aus seinem Griff, unterdrückte den Impuls, ihn für sein ungebührliches Benehmen zu tadeln, und sah ihn erwartungsvoll an. „Gut, dann höre ich."

Er nickte, doch statt etwas zu sagen, ließ er den Blick bemerkenswert langsam über das Schiff schweifen. Vivian wunderte sich, wie angespannt er plötzlich wirkte.

Es war fast, als wollte er sich vergewissern, dass ihnen niemand zuhörte.

„Bevor ich Ihnen alles erkläre, müssen Sie mir erst noch etwas versprechen!", verlangte er endlich leise, als Vivian schon begonnen hatte, ungeduldig mit den Fingern auf die hölzerne Reling zu trommeln.

„Also, das ist doch nicht zu fassen!", entfuhr es ihr mit einem Anflug neuerlichen Ärgers. „Wieso sollte ich Ihnen irgendetwas versprechen?"

„Weil es ungemein wichtig ist, dass Sie mit niemandem über das reden, was ich Ihnen jetzt sage!", betonte er nachdrücklich und sah sie unverwandt an.

„Ja, aber ... das ist ja wohl die Höhe!", schnaubte Vivian. Allmählich verlor sie mit diesem Menschen wirklich die Geduld! „Was, um Himmels willen, soll denn diese Geheimnistuerei?"

„Sie werden es verstehen, wenn Sie erst alles gehört haben!", versicherte er und ergriff ihre Hand. „Also, Vivian – habe ich Ihr Versprechen?"

Sie entzog ihm hastig ihre Hand. „Wie komme ich dazu, Ihnen irgendetwas zu versprechen! Und nur mal angenommen, ich würde es tun – woher wollen Sie wissen, dass ich mein Versprechen dann auch halte?"

Sein Blick bohrte sich geradezu in ihren. „Ich weiß, dass Sie es halten würden, falls Sie es geben."

„Woher wollen Sie das wissen? Ich könnte Ihnen ja auch etwas vormachen und mein Wort brechen, nachdem ich es gegeben habe!"

„Das würden Sie nicht tun, denke ich", entgegnete er, unmerklich verunsichert.

„Nein, natürlich würde ich das nicht tun!", gab sie gereizt zurück. „Nur widerstrebt mir Ihre idiotische

Geheimnistuerei, und ich fange an zu glauben, dass Sie mir gar nicht wirklich irgendetwas erklären wollen! Doch selbst wenn – ich sehe absolut nicht ein, weshalb ich irgendetwas tun sollte, worum Sie mich bitten! Nein wirklich, ich denke gar nicht daran, Ihnen auch nur das Geringste zu versprechen!"

Seine Brauen zogen sich so bedrohlich zusammen, dass sie beinahe zu atmen vergaß. „Sie kleine Närrin!", grollte er und schüttelte fassungslos den Kopf. „Müssen Sie eigentlich immer Ihren Kopf durchsetzen?"

„Wann sollte ich das je getan haben?", konterte sie mit ebenso zornig blitzenden Augen.

Er atmete heftig ein und sah aus, als wollte er etwas erwidern. Doch dann presste er die Lippen zusammen und schüttelte kurz den Kopf. Vivian blinzelte verblüfft, als er unmittelbar darauf einen Schritt zurücktrat, die Achseln zuckte und mit einer Mischung aus Verärgerung und Nachdenklichkeit schleppend versetzte: „Nun gut. Vielleicht haben Sie mich gerade vor einer riesengroßen Dummheit bewahrt. Vermutlich sollte ich mich bei Ihnen bedanken."

Noch verwirrter als zuvor warf Vivian ihm einen ratlosen Blick zu. Sie hatte mit einer weiteren wütenden Erwiderung gerechnet, aber nicht damit, dass er plötzlich klein beigab.

„Ich nehme an, dann ist unser Gespräch jetzt beendet", bemerkte er mit eisiger Höflichkeit in ihre Gedanken hinein und verbeugte sich knapp. „Wenn Sie mich also bitte entschuldigen würden, Miss Darcy."

Ohne ihre Antwort abzuwarten, wandte er sich ab und marschierte mit energischen Schritten davon. Völlig perplex blinzelte Vivian ihm hinterher, als er in der

Luke verschwand, die unter Deck führte. In hilfloser Verwirrung schüttelte sie den Kopf. Was für ein merkwürdiger Mensch! Was hatte er nur gewollt? Und warum hatte er so überraschend aufgegeben? Ich will Ihnen erklären ... Ich will Ihnen nicht erklären ... Das war ja nicht zum Aushalten! Verstimmt starrte sie aufs Meer hinaus.

Die nächsten Tage schien ihr Dupont aus dem Weg zu gehen, zumindest begegnete sie ihm nicht wieder an Deck. Bei den Mahlzeiten in der Offiziersmesse war er zwar anwesend und beteiligte sich an den Gesprächen, jedoch ohne das Wort direkt an sie zu richten. Zu Anfang war Vivian froh darüber, doch irgendwann fing sie an, sich zu ärgern. Sie fühlte sich auf eine seltsame Art von Dupont ignoriert, was natürlich idiotisch war, wie ihr sehr wohl bewusst war. Sie selbst hatte von ihm verlangt, dass er sie in Ruhe ließ, und nun, da er es tat, war sie auch nicht zufrieden.

Eines Abends war sie so niedergeschlagen angesichts seiner offensichtlichen Bemühungen, keine Notiz mehr von ihr zu nehmen, dass sie missmutig ihren Teller hin und her schob. Ohne auch nur einen einzigen Bissen zu essen, starrte sie finster auf die strahlend weiße Tischdecke.

„Nanu, kein Appetit, Miss Darcy? Sie werden doch nicht etwa seekrank?"

Ihr Kopf ruckte hoch. So unvermittelt und unerwartet hatte Dupont das Wort an sie gerichtet, dass sie ihn sprachlos anblinzelte. In seinen Augen schimmerte ein verstecktes Lächeln, und um seine Mundwinkel zuckte es leicht. Vivian war so überrumpelt von seiner plötzlichen Aufmerksamkeit, dass sie zaghaft zurücklächelte.

Diese schwache Ermutigung schien alles zu sein, was Dupont brauchte. Das Lächeln in seinen Augen vertiefte sich zu einem Strahlen, das Vivian den Atem anhalten ließ. Sekundenlang erwiderte sie wie gebannt seinen Blick, ohne von den übrigen Anwesenden bei Tisch noch weiter Notiz zu nehmen.

„Ich hoffe doch sehr, dass Captain Dupont sich irrt, liebste Vivian", drang John Chapmans leicht verärgerte Stimme an ihr Ohr. „Sie werden doch nicht etwa wirklich seekrank? Wir haben noch nicht einmal starken Seegang."

„Lieber Himmel, nein!", entschuldigte sie hastig ihr Benehmen, ohne ihren Blick von Duponts leuchtenden Augen abwenden zu können. „Ich war wohl nur ... ein wenig zerstreut!"

„Ja, offensichtlich", brummte John und ließ seinen Blick stirnrunzelnd zwischen Vivian und Dupont hin- und herwandern.

Vivian nickte abwesend und begann langsam zu essen. Dupont unterdrückte ein Grinsen und widmete seine Aufmerksamkeit wieder den anwesenden Schiffsoffizieren. Hin und wieder spähte sie zu ihm herüber, während er ungezwungen mit ihnen über die neuesten nautischen Gerätschaften plauderte. Doch anders als in den letzten Tagen schenkte er ihr dabei durchaus Beachtung, denn hin und wieder blickte er zu ihr herüber, und jedes Mal zuckte ein Lächeln um seine Lippen. Auch wenn sie nicht ergründen wollte weshalb, war Vivian ungemein froh, dass er offenbar endlich beschlossen hatte, seine Taktik wieder zu ändern. Ohne dass es ihr bewusst war, lächelte sie weit herzlicher zurück, als sie es bei nüchterner Betrachtung hätte tun wollen.

In den folgenden Tagen war Dupont stets gutgelaunt und zeigte sich von seiner charmantesten Seite. Auch wenn sie es sich nur ungern eingestand, freute Vivian sich insgeheim, wenn sie ihm an Deck begegnete und er sie mit leuchtenden Augen grüßte. Immer öfter ertappte sie sich dabei, dass sie lächelte, sobald er auf sie zukam. Es fiel ihr zunehmend schwerer, die Distanz zu wahren, die sie zu Beginn ihrer Reise hatte aufbauen wollen. Widerstrebend gestand sie sich ein, dass sie sich, trotz all seiner Fehler, auf unvernünftig starke Art und Weise zu ihm hingezogen fühlte. Er übte eine Faszination auf sie aus, die sie sich zunächst weder erklären konnte noch wollte.

Dupont seinerseits schien zu spüren, dass ihre Abwehr bröckelte. Suchte er anfangs nur das Gespräch mit ihr, wenn andere dabei waren und sie keine privaten Worte wechseln konnten, fing er schon bald an, sich zu ihr zu gesellen, auch wenn außer den Matrosen niemand an Deck war. Anfangs war Vivian etwas unbehaglich zumute, wenn sie sich plötzlich mit ihm allein an Deck wiederfand und er sie in eine unverfängliche Unterhaltung über das Wetter oder die beeindruckenden Schiffsaufbauten zog. Doch mit der Zeit begann sie, ihre Gespräche zu genießen. Dupont verstand es vortrefflich, ihr die Langeweile zu nehmen, die während der langen Schiffsreise unweigerlich aufkam. Vivian konnte nicht umhin, seine unverkennbare Intelligenz zu bewundern, die bei den gemeinsamen Mahlzeiten in der Offiziersmesse aufblitzte oder wenn ihre Gespräche ernsthaftere Themen berührte. Ebenso wenig entging ihr sein feiner Sinn für Humor. Ja, selbst ein erstaunliches Einfühlungsvermögen konnte sie ihm nicht abstreiten, vor allem, wenn sie an ihre erste Begegnung mit ihm zurückdachte. Auch damals schon, auf Oakfield, war ihr aufgefallen, dass Dupont unter seiner lebenssprühenden und offenen Art eine verblüffend ernste Seite und ein paar Geheimnisse verbarg. Und damals wie heute verspürte sie den Wunsch, diese ernste Seite und seine Geheimnisse näher zu ergründen. Vor allem brannte ihr die Frage auf der Seele, weshalb er sich geweigert hatte, sie auf ihrer Reise zu begleiten. Nun, da ihr erster Zorn verraucht war, war ihr sein ungalantes Verhalten ein immer größeres Rätsel. Je besser sie ihn kennenlernte, desto weniger passte es ihrer Meinung nach zu ihm. Etliche Male sann sie über seine Beweggründe nach. Doch sie blieben ein Rätsel, genau wie der ganze Mann. Dass er keine Verantwortung tragen konnte oder wollte – dieser Gedanke jedenfalls erschien ihr inzwischen einigermaßen absurd. Jedoch würde ihre gemeinsame Reise noch eine Weile dauern. Nichts sprach dagegen, dass sie diese Zeit nicht genießen und sich auf Duponts Gesellschaft freuen durfte. Und irgendwann würde sich dann auch bestimmt eine Gelegenheit finden, hinter dieses Rätsel mit Namen Dupont zu kommen.

Jedoch wurde das Wetter bald wieder so schlecht, dass Vivian die meisten Stunden des Tages unter Deck in ihrer Kabine verbrachte. Sie nutzte diese Zeit, um kleine Ausbesserungen an ihrer Garderobe vorzunehmen, die sie vor ihrer Abreise nicht mehr geschafft hatte, und las hin und wieder in den Shakespeare-Komödien, die sie von Elise erhalten hatte.

Oft genug hatte sie jedoch auch Gesellschaft, manchmal von einem der Schiffsoffiziere, manchmal auch von John Chapman. Einzig Dupont ließ sich nicht in ihrer Kabine blicken. Nicht, dass es sie gestört hätte, wie sie sich einzureden versuchte. Aber sie wunderte sich schon. Nichtsdestotrotz erwies sich auch John Chapman als äußerst angenehmer und interessanter Gesellschafter. Es gab kaum ein Thema, über das er nicht annähernd Bescheid wusste. Am spannendsten wurde es, wenn er von seiner Handelsfirma, seinen Schiffen und Westindien sprach.

„Erzählen Sie mir doch etwas über Jamaika", bat Vivian ihn einmal. „Treibt Ihre Familie dort schon lange Handel?"

„Meine Familie gehörte zu den ersten, die überhaupt mit Jamaika Handel trieben", erklärte er mit einem breiten Grinsen. „Wie Sie vielleicht wissen, ist Jamaika Mitte des siebzehnten Jahrhunderts unter Cromwells Herrschaft erobert worden. Und schon zwanzig Jahre später sind meine Vorfahren nach Jamaika gesegelt. Von da an haben sie regelmäßig Schiffe dorthin entsandt, um Gewürze, Tabak, Kakao und Zitrusfrüchte nach England zu importieren. Aber dann wurde mein Großvater für seine Verdienste in den Adelsstand erhoben und hielt es für unter seiner Würde, weiterhin Handel zu treiben. Erst mein Vater hat die Tradition wieder fortgesetzt und die Reederei wiederaufgebaut, nachdem er selbst einige Jahre lang als Kapitän zur See gefahren war. Auch von mir hat er verlangt, mein Kapitänspatent zu erwerben, ehe er mir tieferen Einblick in die Geschäfte der Reederei gewährte."

„Oh. Dann haben Sie schon einmal selbst ein Schiff befehligt?“

„Sicher“, lachte er. „Ich bin einige Jahre als Kapitän zur See gefahren, als mein Vater noch lebte. Doch inzwischen habe ich die Reederei übernommen. Die Geschäfte erfordern viel Aufmerksamkeit. Da bleibt nicht viel Zeit für die Seefahrt.“

„Und dennoch sind Sie jetzt hier an Bord“, bemerkte Vivian verblüfft.

„Ja, hin und wieder packt mich das Fernweh“, lachte er. „Dann fahre ich auch mal mit. Und diesmal gab es sogar einen guten Grund, da einige Verträge mit den Plantagenbesitzern auf Jamaika auslaufen. In manchen Fällen ist es einfach besser, wenn man sich persönlich um die Erneuerung der Verträge kümmert.“

„Besteht ganz Jamaika aus Plantagen?“

„Nein, wo denken Sie hin! Im Landesinneren ist eine Plantagenwirtschaft völlig unmöglich. Dort treiben sich viele entlaufene Sklaven herum, die den Kolonialisten auf Jamaika schwer zu schaffen machen. Oft werden dort erbitterte Kämpfe geführt. Aber an der Küste lässt es sich recht gut leben, denke ich. Sie brauchen sich also keine Sorgen zu machen, dass Ihnen von diesen Sklaven irgendeine Gefahr droht. Gefährlicher sind da schon eher die Piraten.“

„Gibt es viele Piraten in Westindien?“, erkundigte Vivian sich besorgt.

John zuckte die Achseln. „Die vielen kleinen Inseln in der Karibik sind für Piraten ein wahres Paradies. Überall gibt es verborgene Häfen, wo Piratenschiffe Zuflucht finden. Selbst in die freien holländischen Häfen trauen sich einige von ihnen hinein, insbesondere die amerikanischen Freibeuter, die im Namen der amerikanischen Revolution englische Schiffe kapern. Diese Halunken machen die Gewässer sogar bis vor die englische Küste unsicher. Aber vor allem hier in den karibischen Gewässern tobt ein wahrer Seekrieg zwischen unserer Royal Navy, amerikanischen Freibeutern und der französischen Flotte."

„Dann grenzt es ja fast an ein Wunder, dass wir da noch nicht hineingeraten sind", bemerkte Vivian mit einem Anflug von Unsicherheit.

„Ein wenig schon", grinste John schief. „Obwohl Captain Crawlings ein ausgezeichneter Kapitän ist, der es versteht, feindlichen Schiffen aus dem Weg zu gehen. Und Gott sei Dank waren alle Segel, die unser Ausguck bisher gesichtet hat, in so großer Ferne, dass bisher niemand Notiz von uns genommen hat. Für ein einzelnes Schiff ist es mitunter einfacher, unentdeckt zu bleiben, als für einen großen Konvoi von Handelsschiffen. Was mit ein Grund dafür ist, dass ich meine Schiffe stets allein segeln lasse. Wie auch immer, ich wollte Sie nicht ängstigen, Vivian. Auch wenn es in der Gegend viele feindliche Schiffe gibt, so dominiert doch die Royal Navy hier die See. Außerdem haben wir unser Ziel ja bald erreicht. Es besteht also wirklich kein Grund zur Sorge."

John wirkte so überzeugend, dass Vivians Besorgnis, was Piraten oder feindliche Schiffe anging, sich schnell wieder legte. Wesentlich beunruhigender fand sie dagegen den heftigen Sturm, der seit einigen Tagen tobte und das Schiff von einer Seite auf die andere schaukeln ließ. Das Wasser klatschte laut gegen den Bug, und Vivian konnte selbst unten in ihrer Kabine das Knirschen der Taue hören. Sie war von Natur aus nicht ängstlich, doch als das Schiff von einigen besonders heftigen Wogen erfasst wurde und sich übermäßig stark zur Seite neigte, wurde sie blass. John Chapman bemerkte es und legte ihr mit einem Lächeln eine Hand auf den Arm.

„Kein Grund zur Besorgnis, Vivian. Die Dolphin ist das beste Schiff, das je gebaut wurde. Und einen besseren Seemann als Captain Crawlings gibt es nicht"!

Vivian lächelte pflichtschuldigst, auch wenn sie John Chapmans Hand auf ihrem Arm störte. Doch da sie wusste, dass er sie nur aufmuntern und ihr Mut machen wollte, nahm sie es hin. Außerdem sollte sie ihm eigentlich dankbar sein, dass er so nett war, sagte sie sich mit dem Anflug eines schlechten Gewissens. Säße Dupont jetzt neben ihr, würde er sich wahrscheinlich über ihre Angst vor dem Sturm lustig machen! John Chapman war wirklich viel wohlerzogener als Dupont. Wie hatte der sie doch einst genannt? – Kleine Närrin! Nein, so etwas würde John nie zu ihr sagen, dafür war er viel zu höflich. Und doch ertappte sie sich schon wieder dabei, dass sie Duponts lebenssprühende Art vermisste und jetzt nur schlecht auf ihn zu sprechen war, weil er sich nicht bei ihr blicken ließ. John Chapman konnte sich noch so sehr bemühen, sie bei dem schlechten Wetter bei Laune zu halten. Sie hätte Duponts Gesellschaft vorgezogen.

Dupont bekam sie während des Sturms indessen nur bei den Mahlzeiten zu Gesicht. Jedoch ergab sich in Anwesenheit der Schiffsoffiziere, des Kapitäns und John Chapmans natürlich keine Gelegenheit für private Gespräche. Einmal jedoch zwinkerte Dupont ihr zu, was sie ein wenig aus der Fassung brachte. Sie konnte nur hoffen, dass niemand von dieser Vertraulichkeit Notiz nahm. Und dennoch belebte es ihr Gemüt.

Dank des Sturms machte die Dolphin gute Fahrt. Captain Crawlings erklärte ihr beim Abendessen, dass der Sturm viel besser wäre als ein klarer Himmel und Windstille. Das leuchtete Vivian durchaus ein, und dennoch wünschte sie, dass der Sturm zumindest ein bisschen nachlassen würde.

Ein paar Tage später war das dann auch endlich der Fall, und Vivian konnte wieder an Deck gehen. Es war immer noch ziemlich windig, aber die Sonne schien, und sie genoss es, die klare, salzige Meeresluft einzuatmen. Am Bug erblickte sie Dupont, der in ein Gespräch mit einigen der Matrosen vertieft war. Sie hatte nicht gedacht, dass er sie bemerken würde, doch er blickte auf, als sie zur Reling ging und nickte ihr mit einem strahlenden Lächeln zu. Fröhlich winkte sie ihm zu. Insgeheim freute sie sich schon auf das gemeinsame Abendessen am Kapitänstisch.

Und dann kam doch noch die Flaute, die der Kapitän gefürchtet hatte. Mit heruntergezogenen Mundwinkeln warteten die Seeleute darauf, dass der Wind wieder auffrischte und sie erneut die Segel hissen konnten. Solange die See spiegelglatt war, mussten sie rudern, und das war eine Arbeit, die jeder von ihnen hasste. Immerhin hatte Captain Crawlings berechnet, dass sie jetzt nicht mehr allzu weit von Jamaika entfernt sein konnten, doch die Stimmung blieb getrübt.

Am dritten Tag kam ein leichter Windhauch auf, der jedoch nicht reichte, um wirklich Fahrt zu machen. Aber immerhin mussten die Seeleute nicht länger rudern, auch wenn es unter Segel nur langsam voranging.

Am Nachmittag desselben Tages tauchte dann plötzlich eine französische Brigg in Sichtweite auf. Captain Crawlings zeigte sich darüber mäßig erstaunt. Als Vivian nach dem Grund fragte, erklärte er, dass die Franzosen normalerweise eine andere Route benutzten, wenn sie zu ihren Besitzungen in Westindien segelten. Obendrein war Captain Crawlings verärgert, dass der Ausguck die Brigg nicht eher bemerkt hatte. Indessen zeigte die Brigg keinerlei feindliche Absicht, was auch noch verwunderlicher gewesen wäre, da es sich um ein Handelsschiff wie die Dolphin handelte. Captain Crawlings äußerte die Vermutung, dass das Schiff möglicherweise wegen der Flaute vom Kurs abgekommen war und ohne ausreichend kräftigen Wind nicht auf die richtige Route zurückkehren konnte. Wie auch immer, die Anwesenheit der Brigg störte bald niemanden mehr, und die übliche Routine auf der Dolphin setzte sich fort.

Auch Vivian verlor schon bald das Interesse an dem Schiff. Sie hörte nur noch halb hin, als Captain Crawlings fortfuhr zu erklären, in welchen Gewässern die Franzosen normalerweise segelten. Sie war erleichtert, als der Kapitän nach einiger Zeit ans Ruder gerufen wurde.

Da es bis zum Abendessen noch eine Weile hin war, beschloss sie, sich bei einem Rundgang über das Schiff noch ein wenig Bewegung zu verschaffen. Wie sie insgeheim gehofft hatte, traf sie dabei auf Dupont. Mit beiden Armen auf die Reling gestützt, sah er nachdenklich und unverwandt zu dem französischen Segler hinüber.

Lächelnd schritt Vivian zu ihm. Er blickte bei ihrem freundlichen Gruß auf und wandte sich um, aber der

Ausdruck seiner Augen war seltsam verschlossen. Ihr Versuch, ein paar nette Worte mit ihm zu wechseln, blieb überraschend erfolglos, denn Dupont war äußerst einsilbig, so wie sie ihn eigentlich nicht kannte. Nach einem kurzen Gespräch über Belanglosigkeiten beendete sie dieses frustriert, um ihn sich selbst zu überlassen. Während sie darüber rätselte, was für eine Laus ihm wohl über die Leber gelaufen sein mochte, schlenderte sie weiter zum Achterdeck, wo sie eine Zeitlang mit dem Ersten Offizier plauderte.

Als sie später zurück in ihre Kabine gehen wollte, stand Dupont immer noch da, wo sie ihn verlassen hatte. Stirnrunzelnd blickte er ihr entgegen. Er hatte die Hände in den Hosentaschen vergraben und wirkte beinahe noch missgestimmter als zuvor. Vivian überlegte kurz, ob sie ihn fragen sollte, was der Grund für seine schlechte Laune war, entschied sich aber mit einem Achselzucken dagegen. So finster wie Dupont sie gerade ansah, war es vermutlich am besten, ihm für die Zeit bis zum Abendessen aus dem Wege zu gehen. Mit einem knappen Kopfnicken marschierte sie daher an ihm vorbei in Richtung der Luke, die unter Deck führte.

Doch sie kam nicht weit. Sie hatte Dupont gerade erst passiert, als sie überrascht fühlte, wie er ihren Arm ergriff und sie aufhielt. „Vivian", murmelte er leise.

Wie elektrisiert von seiner Berührung fuhr sie herum. Verwirrt starrte sie auf seine Hand auf ihrem Arm. „Captain Dupont?"

Als er nicht antwortete, blickte sie auf zu seinem Gesicht – und hielt den Atem an. Sie brachte kein weiteres Wort hervor, denn Gérard Duponts blaue Augen leuchteten in einer Intensität, die eine verheerende Wirkung auf ihren Herzschlag hatte. Seinen Gesichtsausdruck konnte sie nicht deuten, was kein Wunder war, da sie unter seinem glühenden Blick kaum noch einen klaren Gedanken fassen konnte. Alles, was sie begriff, war, dass auch Dupont unter einem seltsamen Bann zu stehen schien, denn er atmete schneller als normal und machte den Eindruck, als würde in seinem Inneren ein Kampf toben!

„Kleine Lady!", flüsterte er heiser, ehe er sie unvermittelt in seine Arme zog.

Zuerst wusste Vivian nicht, wie ihr geschah. Duponts Lippen senkten sich auf ihre und drängten sie sanft, aber beharrlich, den Kuss zu erwidern. Seine Hände schienen überall zu sein. Vivian war durchaus schon ein paarmal geküsst worden, als sie noch in Charleston gelebt hatte, aber Gérard Duponts Kuss war berauschend anders und hatte nichts gemein mit den harmlosen, schnellen Küssen aus ihrer Jungmädchenzeit. Noch nie war sie so geküsst worden – so hart und fordernd und voll stürmischer Leidenschaft, dass ihr Verstand aussetzte! Ein heißer Schauer jagte ihr über den Rücken, die Knie wurden ihr weich, und ein seltsamer, herrlicher Schwindel ergriff Besitz von ihr. Gérards Küsse wanderten ihren Hals hinab, während seine Hand mit ihrem Haar spielte und er zärtlich ihren Namen flüsterte. Alles in ihr drängte danach, diesem süßen Gefühl der Schwäche, das so neu und so erregend war, nachzugeben. Wie von selbst legten sich ihre Arme um Gérards Nacken. Zaghaft begann sie, seine Küsse zu erwidern.

Gérard stöhnte und presste sie fester an sich, als er merkte, wie sehr sie ihm entgegenkam. Seine Hände wanderten ihren Körper hinab und streichelten die nackte Haut an ihren Armen, während sein Mund zärtlich über ihre Lippen fuhr. Als Vivian irgendwann nur noch ein Bündel neuer, verwirrender Gefühle war, hob er den Kopf und blickte auf sie hinab mit Augen, aus denen blaue Funken zu leuchten schienen.

Vivian blinzelte stumm zu ihm hoch, atemlos und seltsam kraftlos in seinen Armen, die der einzige feste Halt in einer augenblicklich schwankenden Welt zu sein schienen.

Doch inmitten all ihrer Verwirrtheit meldete sich plötzlich die Stimme der Vernunft, die sie zusammenzucken ließ. Wie konnte sie sich von Dupont so küssen lassen! Von einem Mann, der, wenn auch kein übler Taugenichts, so doch bestenfalls ein charmanter Schürzenjäger war! Hier standen sie, mitten an Deck der Dolphin, und wenn nur ein Matrose vorbeikam oder einen Blick in ihre Richtung warf, dann würde es morgen wie ein Lauffeuer über das Schiff gehen, dass sie, Vivian Darcy, die Geliebte dieses Mannes wäre!

Mit einem Ruck befreite sie sich aus Duponts Umarmung und fuhr ihn an: „Was, um alles in der Welt, fällt Ihnen ein!"

Dupont atmete scharf ein. Das Leuchten in seinen Augen erlosch und wich einem Stirnrunzeln. „Kleine Lady ... Das lag wirklich nicht in meiner Absicht, aber –"

„Wie bitte?", unterbrach Vivian und starrte ihn entgeistert an.

Er trat einen Schritt zurück und räusperte sich, aber seine Stimme klang nach wie vor heiser, als er mit verschränkten Armen versetzte: „Lieber Himmel, Vivian, sieh mich nicht so entgeistert an! Ich wollte dich nicht küssen! Und ich wollte mich erst recht nicht in dich verlieben. Aber es ist nun einmal geschehen."

Wie vom Donner gerührt, blinzelte sie und lehnte sich mit zittrigen Knien gegen die Reling. „Was reden Sie denn da? Sie sind ja verrückt!"

Er lächelte matt. „Schon möglich. Aber das ändert nichts."

„So, meinen Sie? – Nun, für mich schon!"

„Ich gebe ja zu, der Zeitpunkt, von Liebe zu sprechen, ist denkbar ungünstig", gestand er mit einem leisen Auflachen. „Offen gestanden, hatte ich es auch überhaupt nicht vor. Wenn du mir nicht hoffnungslos den Kopf verdreht hättest, wäre es mir bestimmt nicht einfach so herausgerutscht."

Vivian schnaubte verächtlich. „Und das nennen Sie Liebe? Dass ich Ihnen den Kopf verdreht habe?"

„Nenn es, wie du willst. Tatsache ist, dass ich mehr für dich empfinde, als mir augenblicklich lieb ist."

„Oh, das wird ja immer besser!", schimpfte Vivian. „Wenn Sie mir jetzt noch sagen, dass Sie mich nur deshalb nicht auf dieser Reise begleiten wollten, weil Sie Angst hatten, sich in mich zu verlieben, kriege ich einen Anfall!"

„Nun, äh … Die Sache ist komplizierter, fürchte ich", erklärte er mit einem bedauernden Kopfschütteln. „Nichtsdestotrotz hast du recht, wenn du glaubst, dass ich mich nicht verlieben wollte. Auch wenn ich schon bei unserer ersten Begegnung geahnt habe, dass es unweigerlich geschehen würde, wenn wir uns öfter sehen."

„Das ist nicht Ihr Ernst!", keuchte Vivian und schüttelte den Kopf.

Er lächelte schief. „Meinst du? Und wenn ich dir sage, dass ich dir aus dem Weg gegangen bin, so gut ich es konnte, um mich nicht hoffnungslos zu verlieben? Und doch war es zwecklos. Mehrere Wochen mit dir auf einem Schiff zu sein, das konnte ja nicht gut gehen."

„Das ist ja lächerlich!", fuhr Vivian ihn an.

„Wenn etwas lächerlich ist, dann höchstens mein Verhalten", räumte er augenzwinkernd ein. „Ich fürchte, ich benehme mich gerade wie ein dummer Schuljunge. Aber egal, wie unklug es auch war, ich konnte einfach nicht länger widerstehen, als du eben hocherhobenen Hauptes an mir vorbeigingst. Du hast keine Ahnung, wie sehr ich dich begehre, kleine Lady."

„Schuljunge!", schnaubte Vivian. „Ihr Benehmen ist eher das eines ... eines wildgewordenen Lüstlings!" Seine Brauen schnappten zusammen, und er sah sie sichtlich verärgert an. Dennoch fuhr Vivian ungerührt fort: „Und davon abgesehen, wenn Sie sich wirklich in mich verliebt hätten, hätten Sie damals eingewilligt, mich auf dieser Reise zu begleiten!"

„Lieber Himmel, fängst du schon wieder damit an! Ich habe dir doch gerade erklärt, warum ich versucht habe, deine Nähe zu meiden! Mal ganz davon abgesehen, dass ich weit wichtigere Gründe hatte, dich nicht mitzunehmen, als du auch nur im Entferntesten ahnst!"

„Ach!", entfuhr es Vivian, und sie legte den Kopf in den Nacken und funkelte ihn herausfordernd an. „Und wie kommt es, dass Sie mir nicht einen dieser Gründe nennen können? Liegt das möglicherweise daran, dass Sie diese Gründe nur erfinden, um mich milde zu stimmen?"

Er verdrehte die Augen. „Wenn du versprochen hättest, zu schweigen, hätte ich dir die Gründe längst genannt."

„Das glauben Sie doch selbst nicht!"

Er zog finster die Brauen zusammen und trat einen Schritt auf sie zu. „Und ob ich das glaube! Obwohl ich im Nachhinein wahrscheinlich froh sein kann, einem kindischen Sturkopf wie dir keine Geheimnisse anvertraut zu haben!"

Vivian streckte empört die Nase in die Luft. „Was fällt Ihnen eigentlich ein! Nur weil Ihnen die Argumente fehlen, werden Sie jetzt impertinent!"

Er lehnte sich neben ihr mit einem Arm auf die Reling und betrachtete sie lange. Mit vorgerecktem Kinn hielt sie seinem forschenden Blick stand, bis ein flüchtiges Grinsen in seinem schmalen Gesicht aufblitzte und er kopfschüttelnd erklärte: „Wenn du versprechen würdest zu schweigen, könnte ich dir genügend Gründe für mein damaliges Verhalten nennen, Vivian. Und wenn es nur um mich persönlich ginge, würde ich es vielleicht sogar tun, selbst wenn du mir dieses Versprechen nicht geben willst. Da aber mehr auf dem Spiel steht, nur so viel: Ich hatte eine Aufgabe zu erledigen. Und das Letzte, was ich dabei gebrauchen konnte, war, mich in eine junge, hitzköpfige Lady zu verlieben."

Vivian stieß ein zorniges Schnauben aus. „Und jetzt ist diese Aufgabe erledigt, und Sie können sich bedenkenlos in mich verlieben? Machen Sie sich nicht lächerlich!"

Um seine Lippen zuckte ein unterdrücktes Grinsen. „Nun, wenn man es genau nimmt ..."

Das war doch die Höhe! Er behauptete, in sie verliebt zu sein, aber er konnte sie nicht gebrauchen! In ihrem ganzen Leben hatte sie sich noch nicht so gedemütigt gefühlt! Von maßloser Wut erfasst, schrie sie ihn an: „Ich will das nicht! Ich will nichts hören von Ihrer ... Liebe! Ich will nicht, dass Sie mich lieben!"

Er zog scharf den Atem ein, und seine Augen blitzten verärgert auf. Einen Augenblick lang glaubte Vivian, er würde sie erneut packen, diesmal aber vermutlich, um sie zu schlagen. Stattdessen verschränkte er die Arme, zog die Brauen zusammen und knurrte gereizt: „Musst du denn so schreien? Muss unbedingt die ganze Besatzung hören, worüber wir reden?"

„Verzeihung", höhnte sie bissig. „Natürlich nicht! Wenn es Ihnen unangenehm ist ..."

„Unangenehm? – Unangenehm! So kann man es natürlich auch nennen!"

Brüsk wirbelte er herum und lehnte sich mit beiden Armen auf die Reling. Stumm und schwer atmend, starrte er aufs offene Meer hinaus, wo in gar nicht so weiter Ferne immer noch die französische Brigg neben ihnen hersegelte. Seine ganze Haltung drückte Anspannung und mühsam unterdrückten Zorn aus.

Vivian war sprachlos. Ihre maßlose Empörung schlug um in hilflose Ratlosigkeit, da es ihr allmählich dämmerte, dass es Gérard mit seinen Worten durchaus ernst war. Gewiss, mit wahrer Liebe hatten seine Gefühle für sie sicherlich nichts zu tun. Seine Behauptung, dass er sie begehrte, konnte sie dagegen schon eher glauben. Aber wie, um Himmels willen, sollte sie darauf reagieren?

Sie schrak zusammen, als er sich ihr plötzlich wieder zuwandte. Unsicher, was er jetzt tun würde, blinzelte sie ihm entgegen. Sie war überrascht, so etwas wie ein verlegenes Lächeln über sein Gesicht huschen zu sehen. Vorsichtig streckte er eine Hand nach ihrem Haar aus und berührte es sanft. „Vivian, wirklich, es tut mir leid, wenn ich dich mit meinen Gefühlen überrumpelt habe. Ich hätte es auch niemals getan, wenn –"

„Nein, hören Sie endlich auf, davon zu reden!", unterbrach sie ihn hastig. „Ich will das alles nicht!"

In seinen Augen begann es gefährlich zu glitzern. Er beugte sich leicht zu ihr vor und fragte schleppend: „Was willst du nicht? Dass ich von meinen Gefühlen für dich rede?"

„Genau das", gab sie mit einem flauen Gefühl in der Magengegend zurück.

„Und warum nicht?"

Unbehaglich wich Vivian seinem Blick aus. Seine vorgetäuschte Gelassenheit täuschte sie nicht darüber hinweg, dass es in seinem Inneren brodelte. Ihr war klar, dass sie ihn verletzt hatte, was ihr unvermittelt und verwirrenderweise leidtat. Dennoch entgegnete sie, schroffer als eigentlich beabsichtigt: „Ich will es einfach nicht!"

Er trat einen Schritt zurück und lehnte sich mit verschränkten Armen an die Reling. In seinen Augen schimmerte ein undeutbarer Ausdruck, doch Vivian war sicher, einen Anflug von Unsicherheit darin zu entdecken. „Nun gut. Könntest du mir dann wenigstens erklären, warum es dich so abstößt, wenn ich davon rede?"

Sie biss sich kurz auf die Lippen. „Ich ... Es stößt mich nicht ab! Aber ... oh, bitte, Gérard ...! Versuchen Sie doch, mich zu verstehen! Endlich bin ich auf dem Weg nach Amerika. Es hat so lange gedauert, bis ich endlich dorthin zurückkehren durfte. Und nun kommen Sie und ... und sprechen von Liebe!“

„Ich verstehe nicht ganz, was das eine mit dem anderen zu tun hat“, entgegnete er stirnrunzelnd.

Sie atmete tief durch, bemüht, sich nicht von dem verwirrend ernsten Ausdruck seiner Augen durcheinanderbringen zu lassen. „Ich weiß, es ist schwer zu verstehen. Aber, sehen Sie, wenn ... wenn ich mich jetzt in einen Europäer verlieben und heiraten würde, würde ich Amerika wahrscheinlich nie wiedersehen. Oder ich müsste schon nach kurzer Zeit nach England zurückkehren und für den Rest meines Lebens dort leben. Und das will ich nicht.“

Schleppend versetzte er: „Falls es Ihnen entgangen sein sollte, Miss Darcy, von Heirat war bisher keineswegs die Rede. Und davon abgesehen: Ich bin kein Engländer! Ich würde Sie gewiss nicht zwingen, nach England zurückzukehren.“

„Bitte, Gérard, machen Sie es mir doch nicht so schwer!“, rebellierte sie, ohne sich von Gérards eisigem Tonfall und seinen abfälligen Worten über eine Heirat täuschen zu lassen. „Ob Engländer, Belgier oder Franzose, das ist doch alles gleich! Ihr Zuhause ist Europa, meines Amerika. Das macht eine Liebe zwischen uns unmöglich!“

Er zog die Brauen hoch und musterte sie eindringlich. Vivian konnte den Ausdruck seiner Augen nicht deuten und biss sich erneut nervös auf die Lippen.

Schließlich atmete er tief durch und bemerkte mit einem bitteren Lachen: „Ich wusste ja schon immer, dass Sie eine kleine Patriotin sind, aber wie sehr, geht mir tatsächlich erst jetzt auf."

Sie hielt seinem Blick stand, aber ihre Stimme zitterte leicht, als sie sehr leise entgegnete: „Ich weiß nicht, was ich bin. Ich weiß nur, wo ich hingehöre. Und das ist Amerika."

„Und wenn ich Amerikaner wäre, würde das etwas ändern?", fragte er unvermittelt.

Vivian blinzelte verwirrt. Was für eine merkwürdige Frage! Meinte er damit, ob sie ihn lieben würde, wenn er Amerikaner wäre? Aber sie wollte ihn doch gar nicht lieben! Oh gewiss, sie fühlte sich zu ihm hingezogen, daran bestand kein Zweifel, und manchmal, wenn er sie mit diesem speziellen Glitzern in den blauen Augen ansah, so wie jetzt gerade, dann hatte er etwas an sich, dass sie beinahe die Welt um ihn herum vergaß. Und wenn er Amerikaner wäre ... Nun, er war aber kein Amerikaner! Und es würde auch nichts ändern, denn sie liebte ihn nicht, nein, wirklich nicht!

Gérards Geduld wurde auf eine harte Probe gestellt. Offenbar dauerte es ihm zu lang, bis sie die richtigen Worte für ihre Antwort fand, denn plötzlich zog er sie zu sich heran, hob ihr Kinn mit einer Hand und forschte in ihrer Miene nach der Antwort auf seine Frage.

Vivian fühlte ein Flattern im Bauch und brachte kein Wort über die Lippen. Sie war nahe daran, sich zu wünschen, dass er sie in die Arme ziehen und ihren Widerstand mit einem Kuss brechen würde, und erschrak im gleichen Augenblick über ihren eigenen Wunsch.

Gérard sah das Erschrecken in ihren Augen und resignierte. Seine Hand fiel herab, und das Leuchten in seinen Augen erlosch. „Ich verstehe schon. Am besten, Sie vergessen alles, was ich eben gesagt habe."

„Ich ... Gérard, es tut mir leid! Ich wollte Sie nicht verletzen!"

„Vermutlich nicht." Er zuckte die Achseln und warf einen gedankenverlorenen Blick zu der französischen Brigg hinüber. „Aber letztendlich spielt es keine Rolle."

„Nein, wohl nicht, aber –"

„Vergessen Sie es, Miss Darcy", schnitt er ihr sofort das Wort ab. „Sie haben vollkommen recht mit dem, was Sie sagten. Unsere Wege trennen sich, und da von Liebe zu sprechen ... Eine Dummheit meinerseits, für die ich mich entschuldige!"

„Ich ... ich wollte Sie wirklich nicht verletzen!", stammelte Vivian. „Aber Sie müssen verstehen, dass ich –"

„Was auch immer geschieht, Miss Darcy, machen Sie sich bitte keine Sorgen um mich", unterbrach er sie mit einem sonderbaren Gesichtsausdruck, der gleichermaßen spöttisch wie ernst wirkte. „Ein ... hm – wildgewordener Lüstling sollte wohl auch mit einer Abfuhr fertig werden."

Eine verlegene Röte schoss ihr in die Wangen. Nichtsdestotrotz reckte sie das Kinn vor. „Ich wüsste nicht, weshalb ich mir Sorgen um Sie machen sollte, Captain Dupont. Eine Abfuhr, wie Sie es nennen, ist absolut nichts Ungewöhnliches, auch wenn Sie daran vermutlich nicht gewöhnt sind."

Ein Schatten seines frechen Grinsens blitzte auf. „Mit Ihrer letzten Bemerkung haben Sie absolut recht.

Gleichwohl weigere ich mich, mich widerspruchslos als Lüstling hinstellen zu lassen.“

Unendlich erleichtert, dass er einen leichteren Ton anschlug, brachte sie ein Lächeln zustande. „Wäre Ihnen Schürzenjäger lieber?“

„Nicht unbedingt“, lächelte er spöttisch. „Dennoch gebe ich zu bedenken, dass Schürzenjäger ihr Ziel in den meisten Fällen beharrlich verfolgen.“

„Und es aufgeben, sobald sie es erreicht haben“, konterte sie.

„Würden Sie sich vom Gegenteil überzeugen lassen, wenn jemand es ernsthaft versuchte?“

„Aber gewiss. Nur werden Sie dieser Jemand nicht sein, da sich unsere Wege trennen, sobald wir Jamaika erreicht haben, und wir uns vermutlich nie wiedersehen.“

„Was Ihnen nicht allzu viel auszumachen scheint“, versetzte er mit einem neuerlichen Anflug von Missmut in der Stimme.

„Selbst wenn es mir etwas ausmachte – es ließe sich nicht ändern, oder?“, bemerkte sie leise und konnte nicht verhindern, dass sich ein Anflug von Traurigkeit in ihre Stimme schlich.

Er sah sie lange an. Dann streckte er eine Hand aus und strich ihr sanft über die Wange. „Wir müssen unserer Wege gehen, manchmal ohne zu wissen, wozu es gut ist ... Nun denn, Miss Darcy ... Vielleicht denken Sie ja hin und wieder mal an mich, wenn Sie in Charleston sind.“

Mit einem wehmütigen Lächeln wandte er sich unversehens ab und machte Anstalten fortzugehen. Ohne zu wissen, was sie eigentlich wollte, lief Vivian ihm hinterher. „Gérard, ich –"

„Grüßen Sie Sankt Michael von mir", unterbrach er sie mit einem augenzwinkernden Blick über die Schulter, ehe er weiter Richtung Deckluke schlenderte.

Vivian schluckte und blinzelte ihm verwirrt und unschlüssig hinterher. Als ob er ihren Blick bemerkte, drehte er sich noch einmal zu ihr um und sah sie mit einem rätselhaften Lächeln an. Dann nickte er ihr kurz zu und stieg in die Luke.

Auf Vivian wirkte es, als würde er Abschied nehmen. Unbehaglich fragte sie sich, ob sie ihn womöglich so tief verletzt hatte, dass er beabsichtigte, sie künftig zu meiden. Grüßen Sie Sankt Michael von mir ... Seltsam, dass Dupont sich so gut an den Namen von Charlestons bedeutendster Kirche erinnerte – sie hatte ihn nur ein einziges Mal ganz flüchtig erwähnt!

Am nächsten Morgen war die französische Brigg verschwunden. In der Nacht war Wind aufgekommen, und Captain Crawlings äußerte die Vermutung, dass die französischen Seeleute ihn genutzt hätten, wieder auf ihren richtigen Kurs zurückzukehren. Bis Mitternacht, so erklärte er, seien die Lichter der Brigg noch zu erkennen gewesen, dann aber nach und nach verschwunden. Jetzt waren am Horizont nur noch der strahlend blaue Himmel und einige Federwolken zu sehen.

Auch die Dolphin hatte wieder Segel gesetzt und näherte sich mit erfreulicher Geschwindigkeit Jamaika. Die Seeleute waren ausnahmslos guter Laune, vor allem, weil sie nach wie vor keine feindlichen Schiffe sichteten und das Wetter so gut war. Es war jetzt fast

Oktober, und um diese Jahreszeit wüteten in Westindien oft verheerende Stürme. Es sei fast ein Wunder, lachte der Kapitän, dass es noch keinen heftigen Regen gegeben habe, denn die Monate August bis Oktober seien in dieser Region normalerweise am stärksten von Regenfällen betroffen. Auf ihre Frage, wie weit sie noch von ihrem Ziel entfernt waren, zeigte Captain Crawlings Vivian auf einer Karte ihre augenblickliche Position. Wie Vivian erkennen konnte, segelten sie parallel zur Südküste Saint Domingues, das Captain Crawlings zufolge wohl das Ziel der französischen Brigg war.

Eigentlich wäre Vivian ganz froh gewesen, wenn etwas Regen gefallen wäre, denn die Hitze an Bord der Dolphin war jetzt beinahe unerträglich. Unbarmherzig strahlte die Sonne den ganzen Tag lang von einem azurblauen Himmel. Nur der Fahrtwind brachte eine leichte Abkühlung. Schon nachdem sie die kleinen Antillen passiert hatten, hatte Vivian ihre warmen englischen Kleider in ihrer großen Reisetasche verstaut und stattdessen ein paar leichtere Sommerkleider aus Musselin herausgeholt, die sie früher in Charleston getragen hatte. Gott sei Dank hatte sie nicht auf ihren Onkel gehört, der ihr geraten hatte, den, wie er es nannte, alten Plunder wegzuschmeißen!

Die Hitze war typisch für diese Region, erläuterte Captain Crawlings Vivian während des Frühstücks. Nur durch die hohen Temperaturen und den vielen Regen gediehen auf Jamaika Pflanzen, die in kühleren Regionen längst eingegangen wären. Palmen und meterhohe Farne verliehen den Inseln einen eigenen Reiz, erklärte er. Und doch war es gut, dass es jetzt nicht regnete und stürmte, denn das hätte die Fahrt durch die Korallenriffe erheblich erschwert.

Dem konnte auch John Chapman nur beipflichten. Er fragte Vivian, ob sie nicht auch schon bemerkt habe, dass das Wasser hier in der Karibischen See eine ganz andere Färbung hatte als auf dem offenen Atlantik. Es war Vivian in der Tat aufgefallen. Das Wasser zeigte einen Stich ins Grüne, war beinahe Türkis gefärbt, wohingegen der Atlantik stets tiefblau ausgesehen hatte. Vivian hatte eine Farbe wie hier noch nie in der Natur gesehen. John erklärte ihr, die Ursache für dieses Phänomen seien die Korallenbänke, welche in der gesamten Karibik die Inseln umsäumten.

Vivian fand das alles äußerst beeindruckend. Dennoch konnte sie den Anblick des Meeres nicht richtig genießen, und auch die Aussicht, bald Jamaika zu erreichen, begeisterte sie nicht so sehr, wie sie gedacht hatte. Sie fragte sich, woran das liegen mochte. Nach langem Grübeln kam sie zu dem Schluss, dass ihr letztes Gespräch mit Gérard Dupont daran schuld war. Sie hatte das ungute Gefühl, dass sie ihn gar zu schroff abgewiesen hatte. Doch es war nicht nur das. Der Gedanke, ihn nicht mehr wiederzusehen, wenn sie das Schiff erst verlassen hätten, bedrückte sie. Widerwillig musste sie sich eingestehen, dass ihr an Gérard mehr lag, als ihr recht war. Eine beunruhigende Erkenntnis, zumal sie noch nicht einmal wusste, was sie eigentlich von ihm halten sollte. Und dann seine überraschende Liebeserklärung: Konnte sie ihm das glauben? Doch selbst wenn, was bedeutete das dann für sie? Sie wollte nach Amerika, das hatte sie ihm deutlich genug gesagt. Da wäre er ihr nur hinderlich. Gérard schien das begriffen

zu haben, denn wie sonst ließe sich seine Frage erklären, ob sie ihn lieben könnte, wenn er Amerikaner
wäre. Vivian hatte darauf gestern keine Antwort gewusst, und sie wusste auch jetzt keine. Dennoch war es
nicht recht von ihr, ihm seine Gefühle zu ihr vorzuwerfen. Wenn er wirklich in sie verliebt war, war das gewiss kein Vergehen, das sie ihm vorwerfen konnte,
selbst wenn sie seine Liebe nicht wollte. Tatsächlich
war sie sich nicht einmal in dieser Hinsicht so sicher:
Wollte sie seine Liebe wirklich nicht? Oder hatte sie nur
Angst davor, sich ihrerseits so heftig zu verlieben, dass
sie all ihre Pläne aufgeben und mit ihm nach Frankreich gehen würde, nur um bei ihm zu sein? Sie musste
ja zugeben, dass ihr sein Kuss gefallen hatte, auch wenn
sie sich noch so heftig dagegen gewehrt hatte. Könnte
sie ihn eines Tages vielleicht sogar von Herzen lieben,
wenn er – doch nein! Gérard war mit Sicherheit ein
Frauenheld und Schürzenjäger! Mit seinen dunklen
Haaren und den leuchtend blauen Augen war er viel zu
attraktiv und bestimmt viel zu überzeugt von sich, um
sich längere Zeit nur für eine einzige Frau zu interessieren. Selbst auf Lady Ashleys Ball hatte er eine junge
Lady im Arm gehabt, kaum dass Vivian ihn stehen lassen hatte. Was hätte es da für einen Sinn, sich ernsthaft
in ihn zu verlieben?

Ärgerlich seufzte Vivian auf. Warum nur hatte
Gérard von Liebe sprechen müssen? Nun wanderten
ihre Gedanken in einer Art und Weise umher, die überaus lästig war. Zwei Jahre lang hatten ihre Überlegun-
gen um nichts anderes gekreist als die Frage, wie sie
nach Charleston heimkehren könnte. Und nun, wo sie

endlich auf dem Weg nach Hause war, reichten ein paar Worte aus, dass alles auf den Kopf gestellt war!

Und dennoch, sie musste unbedingt noch einmal mit ihm reden. Irgendetwas an ihm war seltsam gewesen, als er gestern in seine Kabine gegangen war. Und sie hatte das bedrückende Gefühl, dass ihr abweisendes Verhalten daran schuld war.

Ihr beim Frühstück gefasster Vorsatz, ein paar versöhnliche Worte mit ihm zu wechseln, gestaltete sich indessen als schwierig. Obwohl sie lange am Frühstückstisch sitzen blieb und auf ihn wartete, ließ sich Gérard zu ihrer Enttäuschung nicht blicken. Auch den Vormittag über hoffte sie vergeblich, dass er irgendwann an Deck auftauchen würde. Als er auch das Mittagessen in der Offiziersmesse ausfallen ließ, begann sie ernstlich nervös zu werden. Niedergedrückt ging sie nach der Mahlzeit in ihre Kabine, legte sich aufs Bett und starrte aus dem Bullauge auf das offene Meer hinaus, das sich in endloser Weite bis an den Horizont erstreckte. Irgendwo in weiter Ferne lag die amerikanische Küste. Mit etwas Glück würde sie Charleston bald erreichen. Und dann wäre Gérard Dupont für immer aus ihrem Leben verschwunden. Ein niederschmetternder Gedanke, wenn sie darüber nachdachte, dass sie ihn sogar schon jetzt vermisste, obwohl sie ihn nur ein paar Stunden lang nicht gesehen hatte. Womit sie wieder bei der Frage angelangt war, weshalb sie Gérard heute noch nicht zu Gesicht bekommen hatte!

Die Hitze war unerträglich, sodass sie zu der kleinen Kommode in der Kabinenecke ging, auf der eine blecherne Waschschüssel stand. Sie feuchtete sich Gesicht und Hände mit etwas Wasser an, um sich abzukühlen, während ihre Gedanken weiter auf Wanderschaft gingen. Sie konnte es sich eigentlich nicht vorstellen, aber war es tatsächlich möglich, dass sie Gérard Dupont mit ihrer Abfuhr am Vortag so tief verletzt hatte, dass er ihr nun absichtlich aus dem Weg ging? Gérard hatte einen ausgesprochen merkwürdigen Eindruck gemacht, als er sich am Abend von ihr verabschiedet hatte. Wollte er jetzt tatsächlich nichts mehr von ihr wissen? Im Grunde war das ein abwegiger und lächerlicher Gedanke. Aber irgendeinen Grund musste es geben, dass er sich plötzlich rarmachte.

Nun, es gab nur eine Möglichkeit herauszufinden, woran es lag: Wenn er nicht von sich aus ihre Gesellschaft suchte, musste sie eben zu ihm gehen. Und wenn sie mit ihrer Befürchtung, dass er sie bewusst mied, recht behielt, würde sie die Sache klären.

Resolut legte sie sich zum Schutz vor der Sonne ein leichtes Tuch um die Schultern, öffnete die Kabinentür und eilte an Deck. Wie befürchtet, war Gérard immer noch nirgends zu entdecken, aber John Chapman stand auf dem Achterdeck, und sie ging zu ihm und fragte ihn, ob er wüsste, wo Gérard Dupont wäre.

John wirkte verärgert. „Ich weiß es nicht. Ich habe ihn heute noch nicht gesehen. Vermutlich ist er noch in seiner Kabine."

„Ich fürchte, es wäre unschicklich, wenn ich Captain Dupont allein in seiner Kabine aufsuche", stellte Vivian nachdenklich fest. „Würden Sie mich dorthin begleiten, Mr. Chapman? Ich muss dringend mit Captain Dupont sprechen."

John kniff die Augen zusammen. Vivians Vorhaben schien ihm nicht zu gefallen, nichtsdestotrotz stimmte er zu und machte sich mit ihr zusammen auf den Weg. Mit energischen Schritten marschierte Vivian neben ihm her. Was kümmerte es sie, was John Chapman dachte! Herauszufinden, was mit Gérard los war, war wichtiger als Chapmans Meinung von ihr!

Ihre Entschlossenheit verließ sie jedoch, als sie vor Gérards Kabine stand. Zaghaft klopfte sie an die Tür. Im Inneren war kein Laut zu hören. Sie klopfte noch einmal, diesmal etwas nachdrücklicher. Doch es geschah nichts. Die Tür blieb verschlossen.

„Wie merkwürdig", stellte sie mit einem beunruhigten Stirnrunzeln fest. „Sie haben doch gesagt, Captain Dupont wäre in seiner Kabine! Wieso reagiert er dann überhaupt nicht?"

„Vielleicht hat er einen tiefen Schlaf", brummte John und klopfte seinerseits energisch an die Tür.

Obwohl sein Klopfen unüberhörbar war, tat sich wiederum nichts! Mit einem Kopfschütteln drückte John daraufhin kurzentschlossen die Klinke herunter. Doch die Tür war verschlossen.

„Seltsam, ich habe Dupont nirgends an Deck gesehen", murmelte John verblüfft. „Am besten fragen wir mal Captain Crawlings und die Mannschaft, ob jemand weiß, wo er steckt."

Vivian nickte eifrig, von einer seltsamen Unruhe ergriffen.

Gemeinsam suchten sie den Kapitän auf der Brücke auf. Doch Captain Crawlings schüttelte bedauernd den Kopf. Auch von den Offizieren hatte keiner Gérard Dupont seit dem vergangenen Abend zu Gesicht bekommen. Der Letzte, der ihn gesehen hatte, war der erste Maat, der während seiner Wache am späten Abend beobachtet hatte, wie Dupont, an der Reling stehend, aufs Meer hinausgeblickt hatte. Als der Maat auf seiner Wachrunde ein zweites Mal an der Stelle vorbeigekommen war, an der Dupont gestanden hatte, war dieser fort gewesen. Der Maat hatte sich nichts dabei gedacht, sondern lediglich angenommen, dass Dupont in seine Kabine zurückgekehrt wäre, um sich schlafen zu legen.

„Nun, dann gehen wir eben noch einmal zu seiner Kabine", bemerkte John mit einem leicht verärgerten Gesichtsausdruck. „Wie es aussieht, hat der Bursche einen bewundernswert tiefen Schlaf."

„Bis in den späten Nachmittag hinein?", lachte Captain Crawlings. „Das kann sich auch nur ein Franzose erlauben!"

„In der Tat", brummte John, ergriff Vivians Arm und geleitete sie ein zweites Mal zu Gérard Duponts Kabine hinunter. Vivian hatte den Eindruck, dass er aus einem unerfindlichen Grund verärgert war.

Als sich auch diesmal auf Johns energisches Klopfen hin im Inneren der Kabine nichts rührte, holte John einen Zweitschlüssel aus seiner Rocktasche und schloss ohne weitere Umstände die Tür auf.

„Na, da hol mich doch der Teufel!", entfuhr es ihm verblüfft bei seinem Eintritt in die enge Kabine.

Vivian spähte an seiner breiten Schulter vorbei in den leeren Raum. Sekundenlang blieb ihr entgeisterter Blick auf der unbenutzten Koje hängen, in der mit Sicherheit in der vergangenen Nacht niemand geschlafen hatte. Ein paar geöffnete, leere Koffer standen herum, aber nichts Persönliches war zu entdecken, das auch nur im Entferntesten darauf hätte schließen lassen, dass diese Kabine bewohnt war.

„Das gibt es doch nicht!", entfuhr es ihr fassungslos. „Großer Gott, John, wo ist er hin?"

„Auf und davon, würde ich sagen", versetzte John, mit einer bemerkenswerten Mischung aus Belustigung und Verblüffung in der Stimme.

„Auf und davon? Wohin?", fragte sie verständnislos.

„Von Bord!", erklärte John mit einem unterdrückten Lachen. „Fort vom Schiff. Verschwunden auf Nimmerwiedersehen!"

„Ich weiß nicht, was es da zu lachen gibt!", empörte Vivian sich, wobei sie John wie vom Donner gerührt anstarrte. „Ein Mann verschwindet mitten in der Nacht von Bord Ihres Schiffes, und Sie sind noch nicht einmal beunruhigt?"

„Warum sollte ich, wenn der Bursche doch offensichtlich freiwillig verschwunden ist?", grinste John achselzuckend.

Sie starrte ihn an. „Freiwillig?"

„Sehen Sie sich doch mal um! Sämtliche Koffer sind leer, keine persönlichen Gegenstände mehr vorhanden. Kein Wunder, dass Dupont auf dieser Reise nicht als Begleitung für Sie zur Verfügung stehen wollte! Offenbar hatte dieser durchtriebene Franzose gar nicht vor, bis zum Ende der Fahrt auf der Dolphin mitzufahren."

Mit weichen Knien ließ Vivian sich auf die unberührte Koje sinken und setzte sich auf die Kante. „Aber ... aber wie sollte er die Dolphin verlassen haben? Rundherum ist doch nichts als Wasser!"

„Jetzt schon", versetzte John achselzuckend. „Aber heute Nacht war die Brigg da."

„Die Brigg? – Lieber Himmel, John, Sie meinen doch nicht etwa –"

„Ich meine, dass wir heute Nacht nicht nur Wasser um uns herum hatten“, unterbrach John gelassen. „Es war ein Schiff in der Nähe, nämlich die französische Brigg. Wenn Sie mich fragen, hat der Bursche ganz einfach das Schiff gewechselt.“

„Ich … ich verstehe nicht“, stammelte Vivian. „Sie meinen, er … er soll zu der Brigg hinübergeschwommen sein?“

„Entweder das, oder ein Ruderboot hat ihn abgeholt. Da seine Koffer leer sind und er sein Gepäck offenbar mitgenommen hat, halte ich das für wahrscheinlicher. Eines von unseren Ruderbooten fehlt jedenfalls nicht, das wäre mir aufgefallen.“

Sie blinzelte bestürzt. „Ja, aber … das kann doch nicht sein! Warum sollte er so etwas Verrücktes getan haben? Ich dachte, Dupont wollte nach Jamaika!“

„Dupont ist halber Franzose. Vielleicht will er nach Saint Domingue, wo er auf Landsleute trifft. Jedenfalls scheint er es vorgezogen zu haben, auf einem französischen Schiff weiterzureisen.“

Vivian schüttelte den Kopf. „Und warum ist er dann nicht gleich in ein Schiff gestiegen, das nach Saint Domingue segelt?“

„Zum Teufel, woher soll ich das wissen“, entfuhr es John mit einem Anflug von Verärgerung. „Tatsache ist, der Kerl ist verschwunden. Da er nicht aussieht wie jemand, der aus Versehen über Bord fällt, bleibt nur die Möglichkeit, dass er das Schiff absichtlich verlassen hat. Wofür auch der Umstand spricht, dass er sein Gepäck mitgenommen hat. Was für mich wiederum nur den Schluss zulässt, dass Dupont uns etwas vorgemacht hat. Wer weiß, vielleicht ist der Bursche in

Wirklichkeit nicht nur zur Hälfte Franzose. Vielleicht war die Geschichte von seiner belgischen Herkunft nur eine Tarnung, damit er sich ungehindert in England bewegen konnte."

„Meinen Sie? Sie glauben wirklich, er wäre Franzose und somit ein Feind?"

„Es wäre naheliegend, finden Sie nicht? Warum sonst sollte er sich heimlich davonstehlen?"

Vivian starrte John schockiert an. Hatte sie bei ihrer ersten Begegnung mit Gérard nicht selbst den Verdacht gehabt, er wäre Franzose? Auch wenn ihr Onkel etwas anderes behauptet hatte, so sah sie sich in diesem Verdacht nun bestätigt. Und doch änderte es nicht das Geringste daran, dass sein Verschwinden sie entsetzte!

John jedoch schien ihr Entsetzen nicht zu teilen, denn er betonte nachdrücklich: „Wenn Sie mich fragen, besteht wirklich kein Grund, dass Sie sich Duponts wegen verrückt machen, Vivian."

„Nein, vermutlich nicht", stimmte Vivian ohne rechte Überzeugung zu.

John bemerkte ihre Zerknirschung und seufzte. „Nun kommen Sie schon, Vivian, machen Sie nicht so ein Gesicht! Dupont geht es gut, da bin ich sicher."

„Sie haben mir vor ein paar Tagen erzählt, in diesen Gewässern gäbe es Haie", flüsterte Vivian.

John zuckte die Achseln. „Wenn er wirklich geschwommen ist, birgt das ein Risiko. Aber ich glaube nach wie vor eher, dass er ein Boot zur Verfügung hatte."

„Aber woher hätte jemand an Bord der Brigg wissen sollen, dass er das Schiff wechseln will?", begehrte

Vivian voller Panik auf. „Wieso hätten die ein Boot schicken sollen?“

„Vivian, ich weiß es nicht“, stöhnte John. „Und so wie es aussieht, werden wir das wohl auch nicht erfahren. Aber da Dupont auf mich nicht den Eindruck eines Dummkopfes machte, wird er schon gewusst haben, was er tut, als er von Bord gegangen ist. Wie auch immer er es angestellt hat.“

„Sie haben wahrscheinlich recht“, schluckte Vivian. „Und trotzdem ...“

„Ja, ich weiß.“ John warf ihr einen prüfenden Blick zu. „Sie und Dupont ... Sie haben sich in letzter Zeit recht gut verstanden, oder? Es ist kein Wunder, dass sein Verschwinden Sie mitnimmt. Vielleicht sollte ich Sie zu Ihrer Kabine bringen, damit Sie sich ein bisschen ausruhen können. Oder ich leiste Ihnen ein wenig Gesellschaft, damit Sie auf andere Gedanken kommen.“

Vivian straffte den Rücken. „Nein, danke, ich ... ich komme schon allein klar. Gehen Sie nur wieder an Deck.“

John betrachtete sie nachdenklich. „Nun, wie Sie meinen. Dann setze ich Crawlings ins Bild. Und Sie hören auf, sich so viele Gedanken zu machen, hören Sie? Über Dinge zu grübeln, die man nicht ändern kann, macht nur krank.“

Augenblicke später sank Vivian in ihrer Kabine aufs Bett. Unendlich niedergeschmettert, streckte sie sich lang aus und starrte an die Kabinendecke. Auch wenn sie John versprochen hatte, aufzuhören zu grübeln, kehrten ihre Gedanken immer wieder zu Gérard zurück. Warum nur hatte er das Schiff verlassen? Etwa ihretwegen? Sie hatte seine Liebeserklärung viel zu brüsk zurückgewiesen, vielleicht hatte sie ihn tiefer verletzt, als es ihre Absicht gewesen war. Und doch erschien ihr Gérard eigentlich nicht als ein Mann, der wegen einer Enttäuschung einfach so fortlaufen würde.

Dann fiel ihr die Aufgabe ein, von der Gérard gesprochen hatte. Konnte sie der Grund für sein Verschwinden sein? Onkel William hatte erwähnt, Gérard wäre Offizier bei der niederländischen Armee. Aber wenn er nun stattdessen in Wahrheit für die Franzosen kämpfte? Immerhin hatte er eine Französin zur Mutter, da wäre das durchaus denkbar. Dann aber wäre Gérard für die Engländer ein Feind, womit sich die Frage stellte, was er überhaupt im feindlichen England und anschließend auf der Dolphin zu suchen gehabt hätte!

Angestrengt runzelte sie die Stirn. Wenn sie doch nur versprochen hätte, nicht über das zu reden, was Gérard ihr hatte anvertrauen wollen, vielleicht wüsste sie dann jetzt, warum er in England gewesen war und weshalb er die Dolphin verlassen hatte. Er war bereit gewesen, ihr zu vertrauen, wenn sie ihm ein einziges, einfaches Versprechen gegeben hätte. Doch sie war so dumm und hochmütig gewesen, das abzulehnen! Sie hatte die Chance vertan, mehr über ihn zu erfahren, und nun war er fort, wahrscheinlich für immer, was eine so deprimierende Vorstellung war, dass ihr ein dicker Kloß die Kehle zuschnürte.

Sie blinzelte ein paarmal, fest entschlossen, nicht in Tränen auszubrechen. Irgendwie musste sie sich von der bohrenden Sorge und den Selbstvorwürfen ablenken, sodass sie sich kurzentschlossen erhob. Hastig stürzte sie noch ein großes Glas Wasser hinunter, ehe sie an Deck ging, wo sie tief die klare Seeluft einatmete. Später am Abend nahm sie am Abendessen in der Offiziersmesse teil und beteiligte sich nach außen hin am Tischgespräch, als wäre nichts geschehen. Nach dem Essen schlug John vor, eine Partie Whist zu spielen, und Vivian ging darauf ein, in der Hoffnung, dass es sie auf andere Gedanken bringen würde. Jedoch merkte sie bald, dass sich das Gefühl bedrückender Leere und Teilnahmslosigkeit, das sie seit Gérards Verschwinden gepackt hatte, auch nicht durch das Kartenspiel beseitigen ließ. So schützte sie schließlich Müdigkeit vor und zog sich in ihre Kabine zurück.

Doch als sie dann in ihrem Bett lag, wollte der Schlaf nicht kommen. Mitternacht war lange vorbei, als sie immer noch mit offenen Augen in die Dunkelheit starrte. Immer wieder erschien Gérards Gesicht mit dem strahlenden Lächeln vor ihrem geistigen Auge. Sie fragte sich, wo er jetzt wohl sein mochte. Und vor allem fragte sie sich, ob er noch lebte. Seine seltsamen Worte fielen ihr wieder ein: „Was auch immer geschieht, machen Sie sich keine Sorgen um mich." Schlagartig wurde ihr klar, dass er gar nicht von seinem Gemütszustand gesprochen hatte! Er hatte gewusst, dass er fortgehen würde. Und er hatte ihr die Sorge nehmen wollen, wenn sie sein Verschwinden entdeckte.

Dieser Gedanke beruhigte sie ein wenig. Sie war immer noch niedergeschmettert, dass sie ihn nie wiedersehen würde, und sie war verletzt und verwirrt, dass Gérard sich einfach so davongeschlichen hatte. Aber zumindest wagte sie jetzt zu hoffen, dass es ihm gut ging.

4

Vivian kam auf andere Gedanken, als sie endlich in Port Royal einliefen, dem Hafen von Jamaika. Es war nur ein kleiner Hafen, denn die ganze Insel war nicht besonders groß. Schon als die Dolphin sich dem Eiland näherte, konnte Vivian erkennen, wie hügelig und dicht bewaldet die Insel war. Als sie dann schließlich im Hafenbecken ankerten, waren die Hitze und Feuchtigkeit deutlich zu spüren. Es fehlte der kühlende Fahrtwind, der die Schwüle bis dahin erträglich gemacht hatte. Die Kleider klebten am Körper, die Haare waren feucht und schwer, und Vivian hatte das Gefühl, vor Hitze ersticken zu müssen. Dabei waren es weniger die hohen Temperaturen, die ihr zu schaffen machten, als vielmehr die hohe Luftfeuchtigkeit. Vivian war, als legte sich eine lähmende Fessel um ihren ganzen Körper. Schon während sie von der Dolphin zur Insel herübergerudert wurde und diese noch gar nicht betreten hatte, wünschte sie, möglichst bald wieder fort zu sein.

Schon den Tag ihrer Ankunft nutzte sie, um sich nach Möglichkeiten der Weiterreise umzusehen. John begleitete sie zu Fuß zum Amtssitz des Gouverneurs von Jamaika. Ihr Weg dorthin führte sie durchs Hafengelände, dessen hektisches Gedränge Vivian ein klein wenig an Charleston erinnerte, auch wenn Charlestons Hafen in ihren Augen größer und schöner war. Im Hafen von Jamaika stank es nach Fisch und Essensresten. Matrosen mit bloßem Oberkörper entluden einige der Fischerboote, die von ihren Fangausfahrten in den Hafen heimgekehrt waren. Schwarze Sklaven schleppten Kisten zu den Lagerräumen, die sich gleich hinter den Docks befanden. Die Rücken der Männer glänzten vor Schweiß.

Nach kurzer Zeit kamen sie in ein Viertel, das gepflegter wirkte, bis John sie in ein weiß gestrichenes, imposantes Gebäude mit Säulen im Eingang führte. Hier zeigte Vivian einem Beamten ihr Schreiben vor, das sie als Nichte eines englischen Baronets und treue Untertanin Georg III. auswies. Daraufhin führte der Beamte sie und John zum Gouverneur, der sie mit einem ungeduldigen Lächeln empfing. John erklärte ihm, dass seine junge Verwandte in dringenden familiären Angelegenheiten in die amerikanischen Kolonien reisen müsste und überaus dankbar wäre, wenn man ihr und ihm weiterhelfen könnte.

Die Antwort des Konsuls war niederschmetternd. Entgegen allem, was Vivian gehört und gehofft hatte, waren seit dem Kriegseintritt Frankreichs im vergangenen Jahr sämtliche Schiffsverbindungen in die amerikanischen Kolonien und zu den französischen Inseln eingestellt worden. Wenn es die Absicht der jungen Lady wäre, in die Kolonien zu reisen, erklärte der Konsul mit einem Kopfschütteln, hätte sie dieses gleich von England aus tun müssen, zum Beispiel auf einem Kriegsschiff seiner Majestät. Überhaupt sei es erstaunlich, dass sie sich getraut habe, in diesen Zeiten in diese

Gewässer zu reisen, da Kriegsschiffe der amerikanischen Rebellen vermehrt ihr Unwesen trieben und schon so manches englische Schiff versenkt hätten. Natürlich würde sich die Royal Navy das nicht gefallen lassen und dementsprechend zurückschlagen. Er könne also nur raten, dass sie von ihrem Vorhaben einer Weiterreise absehen würde. Er selbst sei außerdem sehr beschäftigt und könne bedauerlicherweise nichts für sie tun. Er müsse sie daher leider bitten zu gehen und mit dem Schiff, auf dem sie gekommen wäre, nach England zurückzureisen.

Maßlos enttäuscht verließ Vivian an Johns Arm das Regierungsgebäude. Sie hatte zwar gewusst, dass es schwierig sein würde, nach Charleston zu gelangen, doch hatte sie geglaubt, wenn sie erst einmal Jamaika erreicht hätte, das Schlimmste geschafft zu haben. Und dennoch, so schnell war sie nicht bereit aufzugeben!

„Wenn der Gouverneur mir nicht helfen will, werde ich eben selbst ein Schiff finden müssen, das mich nach Saint Domingue bringt", erklärte sie John, als sie neben ihm zum Hafen zurückging. „Im Hafen habe ich genügend kleine Schiffe und Yachten gesehen. Da wird es doch bestimmt irgendeinen Privatkapitän geben, der bereit ist, mich für ein Entgelt nach Saint Domingue zu bringen."

„Da wäre ich nicht so sicher", entgegnete John stirnrunzelnd. „Warum sollte irgendeiner der einheimischen Kapitäne riskieren, dass sein Schiff zwischen die Fronten der Engländer und Amerikaner gerät? Und ein englisches Schiff wird es nicht wagen, einen französischen oder amerikanischen Hafen anzulaufen."

„Großer Gott, was soll ich denn dann nur tun?", klagte Vivian. „Ich bin fast zuhause! Und doch scheinbar weiter entfernt als je zuvor!"

„Wie Sie wissen, muss ich zu ein paar Pflanzern und einige Verträge erneuern", versetzte John trocken. „Das wird ungefähr zwei Wochen dauern. Wenn ich zurück bin, sehen wir weiter. Bis dahin bleiben Sie auf der Dolphin."

Vivian nickte niedergeschlagen. „Es bleibt mir ja wohl nichts anderes übrig."

John streckte eine Hand aus und schob sanft eine Haarsträhne, die sich aus ihrer Frisur gelöst hatte, unter ihren Hut zurück. „Kopf hoch, Vivian. Wir finden schon eine Lösung."

„Meinen Sie?"

Er grinste sie an, und seine grüngrauen Augen blitzten. „Ich finde immer eine Lösung. Also, nun machen sie nicht so ein Gesicht."

Vivian brachte ein Lächeln zustande. „Nein, sie haben recht. – Danke, dass Sie mir helfen, John."

Er betrachtete sie mit einem forschenden Lächeln. „Gern geschehen. Und nun ab zur Dolphin. Es wird Zeit, dass ich mich um meine Geschäfte kümmere."

Zwei Wochen später kehrte John aus dem Landesinneren zurück. Vivian hatte die Wochen in einem Zustand nervöser Unruhe verbracht. Zum einen quälte sie der Gedanke, dass sie Charleston nicht erreichen würde. Zum anderen dachte sie immer noch an Gérard Dupont. Sie bekam ihn nicht aus ihrem Kopf, was nicht nur unvernünftig, sondern auch schmerzlich war. Sie war daher so froh, als John eines Nachmittags durchgeschwitzt und verschmutzt wieder auf der Dolphin erschien, dass sie ihn mit einem strahlenden Lächeln begrüßte, als er über die Gangway auf sein Schiff marschierte.

„Oh, John, wie schön Sie zu sehen! Ich freue mich, dass Sie wieder da sind!"

Er grinste, warf einem Matrosen seinen Hut zu und begrüßte sie mit einem Handkuss. „Ich freue mich auch. Lieber Himmel, ich habe Sie vermisst, Vivian."

Sie blinzelte verwirrt. „Oh. Ja, ich … ich habe Sie auch vermisst, John. Aber Sie sind sicher erschöpft. Wollen Sie sich nicht erst einmal erholen?"

Er lachte unbekümmert. „Ich werde mich frisch machen und dann können wir eine Kleinigkeit zusammen essen. Ich bin weniger erschöpft als ausgesprochen hungrig. Sagen wir, in zehn Minuten in der Messe, ja?"

Sie nickte lächelnd und blickte ihm mit einem leichten Unbehagen hinterher, als er mit energischen Schritten zu seiner Kajüte marschierte. John Chapman war in einer geradezu euphorischen Stimmung, wie sie ihn noch nie erlebt hatte. Sie konnte nur hoffen, dass seine erfolgreichen Geschäfte der Grund dafür waren.

Zehn Minuten später saßen sie sich in der Offiziersmesse gegenüber. Während Vivian eine Tasse Tee trank, machte John sich voller Begeisterung über einen Teller Spiegeleier und Schinken her.

„Ich glaube, ich habe mich noch nie so sehr gefreut, zurück an Bord zu kommen", bemerkte er mit einem herzlichen Lächeln. „Ich habe Sie vermisst, Vivian. Es wird mir schwerfallen, Sie irgendwann gehen zu lassen."

„Oh, und ich hatte geglaubt, Sie wären froh, mich loszuwerden", lachte Vivian verlegen.

„Wie könnte ich. Es ist eine Freude, Sie an Bord zu haben.“

Etwas unbehaglich wich Vivian Johns seltsam zärtlichen Blick aus und wechselte rasch das Thema: „Waren Ihre geschäftlichen Besprechungen heute erfolgreich?“

„Nein, leider nicht“, entgegnete er achselzuckend, und ein Teil seiner guten Laune schwand. „Sehen Sie, die meisten Plantagenbesitzer hier bauen Zuckerrohr und Tabak an. Ich glaube aber, dass sich das Klima hier auch für die Reiszucht gut eignen müsste. Bestimmt ließen sich mit Reis gute Geschäfte machen, daher suche ich jemanden, der ihn anbauen könnte. Doch die Leute hier sind stur. Es ist ein Jammer, denn mit Reis ließe sich eine Menge Geld verdienen.“

Vivian lehnte sich gegen die Stuhllehne. „Wenn sich England und Amerika nicht im Kriegszustand befänden, könnten Sie es in Charleston versuchen. Ein Freund meines Vaters, der selbst Reisbauer ist, hat mir einmal erklärt, dass Charleston der wichtigste Reishafen überhaupt ist. Das liegt daran, sagte er, dass sich die Sümpfe in Süd-Karolina hervorragend für den Reisanbau eignen. Dort kann man daher auch jede Menge Reis bekommen.“

„Ja, aber dummerweise gibt es diesen Krieg. Und solange er andauert, gibt es keine Möglichkeit des Handels mit Amerika. Und hier in Westindien will man die Zweckmäßigkeit des Reisanbaus einfach nicht so recht einsehen.“

„Würden Sie denn mit Amerika Handel treiben, wenn der Krieg vorbei wäre?“

„Oh ja, unbedingt. Ich hätte es längst getan, wenn ich nicht schon vor Ausbruch der Kampfhandlungen geahnt hätte, wohin es mit den Kolonien einmal führen würde. Tatsächlich hatte ich vor einigen Jahren schon einmal erwogen, ganz nach Amerika zu gehen und dort zu leben."

„Wirklich?", entfuhr es Vivian verblüfft. „Ihre Reederei in England läuft doch gut. Warum wollen Sie da fort aus England? Außerdem dachte ich, Sie wären Engländer durch und durch!"

John lachte leise. „Ein reizendes Kompliment von jemandem, der eine erklärte Abneigung gegen alles Britische hat! Nein, im Ernst: Es reizt mich schon lange, die Produkte, die ich verkaufe, selbst anzubauen. Auf Jamaika ist kein Land mehr zu haben, jedenfalls nicht so viel, wie mir vorschwebt. Aber in Amerika soll es ja noch jede Menge unberührte Flächen geben. Und Geld genug, um Land zu kaufen, hätte ich."

„Vielleicht könnten Sie ja nach dem Krieg nach Charleston kommen", schlug Vivian lächelnd vor. „Ich könnte Sie einigen Leuten vorstellen. Ich meine, sofern ich irgendwie nach Hause komme."

„Sie werden schon nach Charleston kommen", entgegnete er mit leuchtenden Augen. „Und ob Sie es glauben oder nicht, vielleicht bin auch ich eher da, als Sie denken."

„Sie wollen wirklich versuchen, mit Amerika Geschäfte zu treiben?", lachte Vivian.

Er legte seine Gabel beiseite und wirkte auf einmal sehr ernst. „Ja, ich denke schon. Es gibt einiges, was mich in den Kolonien reizt. Ich könnte mir vorstellen, dass es sich lohnt. Meinen Sie nicht?"

Sie wusste nicht, weshalb, aber sie fühlte sich unter Johns forschendem Blick auf einmal unbehaglich und schlug die Wimpern nieder. „Ja, vermutlich. Aber, offen gestanden, ich verstehe nicht viel von Geschäften. Und außerdem wird es ja wohl noch eine Weile dauern, ehe so etwas möglich ist. Wie es aussieht, komme ja noch nicht einmal ich nach Charleston. Für Sie als Geschäftsmann sieht es da wahrscheinlich noch schlechter aus.“

Unvermittelt schob John seinen Stuhl zurück und erhob sich. Auf seinen Lippen lag ein versonnenes Lächeln, als er neben ihr stehenblieb und ihr sanft übers Haar strich. Vivian blickte überrascht auf.

„Keine Sorge, liebste Vivian“, murmelte er. „Ich habe doch gesagt, wir finden eine Möglichkeit. Und ich glaube, ich habe sogar schon eine gefunden.“

„Sie meinen … Sie haben eine Idee, wie ich nach Charleston kommen könnte?“, wagte Vivian zu hoffen, ohne auf Johns seltsames Verhalten einzugehen.

„Ja, und ich weiß gar nicht, warum mir die Idee nicht schon früher gekommen ist. Eigentlich ist es sogar die einfachste Lösung.“

„Oh John, sprechen Sie doch nicht in Rätseln!“

Er grinste, verschränkte die Arme und setzte sich mit einem Bein auf die Tischkante. „Nun, ich habe mir überlegt, dass wir doch eigentlich mit der Dolphin zu einer der freien holländischen Inseln segeln könnten, nach Sint Eustatius zum Beispiel. Soweit ich gehört habe, wird Oranjestad, Sint Eustatius Handelshafen, sogar von den amerikanischen Blockadebrechern angelaufen. Schiffe aus aller Welt sollen dort willkommen sein, also wieso nicht auch die Dolphin?“

Ungläubig starrte sie John an. „Oh, John, das würden Sie wirklich tun?“

„Wieso nicht? Sint Eustatius liegt dicht an der Route nach England. Es wäre kein großer Umweg. Wenn ich geahnt hätte, dass es so schwer werden würde, von Jamaika aus nach Saint Domingue zu kommen, hätte ich Crawlings schon auf der Hinfahrt Sint Eustatius anlaufen lassen.“

„Woher hätten Sie wissen sollen, dass es schwer werden würde?“, lächelte Vivian. „Ich habe ja auch nicht damit gerechnet.“

„Es ist auch nicht Ihre Aufgabe, sich um derartige Probleme zu kümmern“, versetzte John gereizt. „Als ich zugesagt habe, Sie in Ihre Heimat zu bringen, hätte ich mir über die konkrete Reiseroute mehr Gedanken machen sollen. Hätte ich es getan, säßen wir jetzt nicht hier fest. Es ist gewissermaßen meine Schuld.“

„Wie können Sie so etwas sagen, das ist es keinesfalls!“

„Oh doch, das ist es auf jeden Fall! Aber der Fehler lässt sich wiedergutmachen. In ein paar Tagen laufen wir wieder aus, und dann nehmen wir Kurs auf Sint Eustatius. Und im Handumdrehen sind Sie dann zuhause.“ Er warf ihr einen nachdenklichen Blick zu. „Ich weiß nicht, ob Ihnen das wirklich klar ist, aber – Sie wissen schon, dass ich vorhabe, Sie bis nach Charleston zu begleiten, oder?“

„Nach Charleston?“, staunte Vivian mit großen Augen. „Aber ... John, das ist doch Wahnsinn!“

„Nein, ist es nicht“, widersprach John gelassen. „Ich hatte es von Anfang an vor. Oder glauben Sie allen Ernstes, Ihr Onkel William oder Elise hätten Sie aus England fortgelassen, wenn ich nicht zugesagt hätte, Sie bis ans endgültige Ziel Ihrer Reise zu begleiten?

Glauben Sie wirklich, als englische Lady hätten Sie von Jamaika aus allein weiterreisen können?"

Vivian starrte John wie vom Donner gerührt an. „Aber ... großer Gott, John, was ... wie ... wie wollen Sie dann je wieder nach England zurückkommen?"

Er lächelte unterdrückt. „Wenn wir hier auf Jamaika ein Schiff gefunden hätten, dass uns nach Saint Domingue gebracht hätte, hätte die Dolphin hier auf mich gewartet, bis ich Sie von Saint Domingue aus sicher nach Charleston gebracht hätte und auf dem gleichen Weg wieder hierher zurückgekommen wäre. Nun wird die Dolphin eben in Oranjestad auf mich warten."

„Gütiger Himmel, John, da verlieren Sie doch viel zu viel Zeit!", entfuhr es Vivian fassungslos.

Er zuckte die Achseln. „Unsere Hinreise nach Jamaika verlief überraschend schnell. Auf ein paar Wochen mehr oder weniger kommt es bei der Rückfahrt nicht an."

„Vielleicht sollten Sie es trotzdem lieber lassen, mich nach Sint Eustatius zu bringen", überlegte Vivian zögernd. „So gern ich auch nach Charleston will, ich möchte auf keinen Fall, dass Sie und die Dolphin meinetwegen in Gefahr geraten. Wenn diese holländische Insel auch von Amerikanern und Piraten angelaufen wird –"

„Ach was. Oranjestad ist ein freier Handelshafen. Der Dolphin geschieht nichts. Das Einzige, was mir nicht behagt, ist, dass wir von dort aus wahrscheinlich auf einem amerikanischen Blockadebrecher weiterreisen müssen. Das ist etwas, was ich noch mit meinem englischen Gewissen unter einen Hut bringen muss."

Vivian entging nicht sein verzerrtes Grinsen, sodass sie leise seufzte. „John, ich ... Sie haben schon schrecklich viel für mich getan, und Sie haben keine Ahnung, wie viel mir das bedeutet. Aber ich glaube, ich kann wirklich nicht von Ihnen verlangen, dass Sie meinetwegen mit nach Charleston kommen. Was ist, wenn man Sie dort nicht wieder weglassen würde?“

„Sie glauben, Ihre geliebten Rebellen würden es wagen, mich dort gegen meinen Willen festzuhalten, nur weil ich Engländer bin?“

„Sie wären ein Feind, John, das wissen Sie doch.“

„Auch für Sie?“, fragte er leise.

„Natürlich nicht!“, fuhr Vivian empört auf. „Wie können Sie so etwas auch nur denken!“

„Dann bin ich beruhigt“, entgegnete er mit einem liebevollen Zwinkern und beugte sich leicht zu ihr vor. „Ich habe Sie nämlich sehr gern, wissen Sie.“

Vivian blinzelte verlegen. „Ja, ich weiß, John. Und ich bin Ihnen auch wirklich sehr dankbar. Aber –“

„Nur dankbar?“, unterbrach er in einem Ton, der Vivian aufhorchen ließ. Lieber Himmel, John klang beinahe so wie Gérard bei seiner Liebeserklärung! Das hatte ihr gerade noch gefehlt!

„Nun, nicht nur dankbar, das wissen Sie, John“, entgegnete sie daher mit einem leicht nervösen Lächeln. „Ich mag Sie auch sehr gern. Sie sind ein wunderbarer Freund.“

„Ein wunderbarer Freund?“, lachte John, doch es klang nicht fröhlich. Und mit einem finsteren Stirnrunzeln setzte er hinzu: „Vivian, was empfinden Sie eigentlich für Dupont? Haben Sie sich in ihn verliebt?“

„Um Himmels willen, wie kommen Sie denn darauf?“

Offenbar entging ihm nicht die verräterische Röte, die sich über ihren Hals und Gesicht ausbreitete, denn mit einem resignierenden Schulterzucken stand er auf und brummte: „Vergessen Sie die Frage."

Er wollte sich abwenden, doch einem Impuls folgend, legte Vivian ihm eine Hand auf den Arm und hielt ihn auf. „John – Sie wissen genauso gut wie ich, dass ich Dupont vermutlich nie wiedersehen werde. Was spielt es für eine Rolle, was ich für ihn empfinde?"

Er warf einen langen, nachdenklichen Blick auf ihre Hand und zuckte die Achseln. „Keine, vermutlich. Vergessen Sie die Frage trotzdem."

„John? – Wir sind doch Freunde, oder?"

Er seufzte und schenkte ihr ein zögerndes Lächeln. „Ja, wir sind Freunde. Was vermutlich mehr ist, als manche von sich behaupten können."

Vivian lächelte sanft. „Ich bin sehr froh, Sie als Freund zu haben, John."

Ein belustigter Funke glomm in seinen grüngrauen Augen auf. „Na, das ist doch immerhin etwas. Aber wenn wir Freunde sind, bestehe ich darauf, dass wir weniger förmlich miteinander umgehen."

„Wie ... wie meinen Sie das?", fragte Vivian argwöhnisch.

Er grinste und drückte ihr einen freundschaftlichen Kuss auf die Stirn. „So meine ich das. Als Freund und mehr oder weniger naher Verwandter nehme ich mir heraus, dir meine Zuneigung offen zu zeigen. Ich hoffe, du hast nichts dagegen?"

Vivian lachte unsicher. „Natürlich nicht. Aber wieso Verwandter?"

„Wenn auch nur angeheiratet, aber Elise ist deine Tante, oder etwa nicht? Und ich als ihr Bruder ...“

Vivian schüttelte lachend den Kopf. „Dann soll ich dich jetzt etwa als meinen Onkel betrachten?“

„Gott bewahre!“, stöhnte John, aber seine Augen funkelten belustigt. Dann schüttelte er den Kopf und schritt langsam zur Tür. „Ich werde Crawlings sagen, dass wir noch eine Ladung Zuckerrohr aufnehmen, die ich gestern erworben habe. Es wird ein paar Tage dauern, bis alles an Bord ist, aber spätestens nächste Woche stechen wir Richtung Sint Eustatius in See. Wie es von dort aus weitergeht, werden wir sehen. Aber mit etwas Glück dauert es nicht mehr lange, und du bist in Charleston.“

Sechs Tage später stachen sie in See. Die Dolphin war beladen mit Zuckerrohr, Tabak und Gewürzen, mit denen John in England gute Geschäfte machen würde. Er konnte also zufrieden sein. Trotzdem merkte Vivian an ihm eine feine Veränderung. Sie hatte den Eindruck, dass Johns Verhalten ihr gegenüber widersprüchlicher geworden war. Mal war er offen und freundlich, wie zu Beginn ihrer Reise, dann wieder in sich gekehrt und verschlossen. Dann wieder gab es Momente, wo er offen mit ihr zu flirten versuchte, was sie mit wachsendem Unbehagen zur Kenntnis nahm. Doch da er ihre Zurückhaltung bemerkte und respektierte, gab er diese Versuche irgendwann auf. In der Folge war sein Verhalten dann von höflicher Zuvorkommenheit geprägt, die sie in ihrer Förmlichkeit schreckte.

Dennoch war Vivian mit dem restlichen Verlauf ihrer Reise mehr als zufrieden, denn sie näherte sich ihrem nächsten Reiseziel nun mit berauschender Geschwindigkeit. Gegenüber der Fahrt von England nach Jamaika war die Überfahrt nach Sint Eustatius ein Katzensprung, so jedenfalls kam es ihr vor. Zwar erschwerten einige heftige Stürme die Fahrt durch die Korallenriffe, aber Captain Crawlings meisterte alle Gefahren mit absoluter Ruhe und Gelassenheit und strahlte eine Sicherheit aus, die keine Angst aufkommen ließ. Feindlichen Schiffen begegneten sie glücklicherweise auch diesmal nicht, auch wenn ein- oder zweimal in der Ferne das dumpfe Grollen von schweren Kanonenschüssen zu hören war. Doch anders als Captain Crawlings und John schenkte Vivian diesen Schüssen kaum Beachtung, da sie immer aufgeregter wurde, je näher sie Sint Eustatius kamen. Beinahe stündlich fragte sie den Kapitän oder John, wie weit es noch wäre, bis John irgendwann entnervt aufstöhnte.

„Meine Güte, Vivian! Du kannst es wohl wirklich kaum noch abwarten, endlich von Bord zu kommen!"

„Wundert dich das?", lachte Vivian. „Dann bin ich doch endlich bald in Charleston!"

„Ja, ja, ich weiß", murrte John. „Aber du könntest wenigstens hin und wieder so tun, als ob du gern an Bord meines Schiffes wärst."

Sein bitterer Unterton bestürzte sie, sodass sie ihm einen scharfen Blick zuwarf. „Aber das bin ich doch, John! Dass ich mich auf Charleston freue, heißt doch nicht, dass ich nicht gern hier an Bord wäre! Lieber Himmel, ich hatte geglaubt, du würdest mich verstehen!"

Er sah an ihr vorbei und zuckte die Achseln. „Ich verstehe dich ja auch. Aber das muss ja nicht unbedingt heißen, dass mir das alles gefällt."

Bevor Vivian antworten konnte, wurde er von einem der Schiffsleute gerufen und ließ Vivian stehen. Verwirrt blinzelte sie ihm hinterher. Was meinte er mit – das alles? Von Tag zu Tag verstand sie sein Verhalten weniger.

Tatsächlich wurde ihr Verständnis auf eine noch härtere Probe gestellt, als er einen Tag später mit einem zögernden Lächeln fragte: „Wie ist es, Vivian, willst du es dir nicht doch noch einmal überlegen und mit mir nach England zurückkehren? Noch ist es nicht zu spät, deine Pläne zu ändern."

„Was soll ich?", keuchte sie entgeistert. „Jetzt, wo ich schon so weit gekommen bin? Weißt du, wie viel Überredung es brauchte, bis Onkel William mich überhaupt gehen ließ? Und da fragst du, ob ich mit zurückwill?"

John zögerte. Auf seiner Stirn erschien eine steile Falte, während er unruhig an den Knöpfen seiner Weste zupfte. „Du müsstest ja nicht unbedingt wieder bei deinem Onkel wohnen. Wenn es dir dort so wenig gefallen hat, findet sich auch eine andere Lösung."

„Du meinst Elise und Onkel James? – Nein, besten Dank! Die beiden sind sehr nett, aber Tante Sophie wohnt auch bei ihnen, und in ihre Hände möchte ich nun wirklich nicht wieder fallen. Sie ist lieb und nett, aber ... oh nein! Da wäre es ja selbst bei Onkel William noch besser."

„Ich dachte eher –"

„John, vergiss es! Ich gehe zu keinem meiner Verwandten zurück, wen du auch vorschlagen magst!"

Ein Wangenmuskel in seinem Gesicht begann nervös zu zucken. „Verdammt, Vivian, du könntest dir meinen

Vorschlag ja wenigstens einmal anhören! Ich möchte –
"

„John, bitte!", fuhr Vivian erregt dazwischen. „Es liegt doch nicht an meiner Familie! Versteh das doch bitte, ich will einfach nicht zurück nach England. Ich will nach Hause! Ich will nach Charleston, und das liegt in Süd-Karolina auf dem amerikanischen Kontinent! Nicht in Europa!"

John presste die Lippen zusammen und warf ihr einen finsteren Blick zu. „Also gut, vergiss es. Es war nur ein Vorschlag."

„Es tut mir leid, John", flüsterte Vivian. „Vielleicht wenn ... wenn ich mich nicht so schrecklich nach Hause sehnen würde ..."

„Oder wenn du nicht zuerst Dupont kennengelernt hättest", bemerkte er bitter.

Sie schüttelte den Kopf. „Ich wäre auch seinetwegen nicht umgekehrt. Das habe ich ihm auch gesagt."

„Tatsächlich?", staunte John, und sein müder Ausdruck belebte sich ein wenig. „Wie hat er reagiert?"

„Er ist vom Schiff verschwunden", entgegnete sie mit einem vorsichtigen Lächeln.

John starrte sie an. Dann zuckten seine Mundwinkel. „Bemerkenswert. Du erwartest hoffentlich nicht, dass ich es ihm nachmache?"

„Ein Freund würde so etwas nicht tun", stellte sie fest und sah ihn ruhig an.

John schloss kurz die Augen und atmete tief durch. „Nein, würde er nicht. Und um auf meinen Vorschlag zur Rückkehr zurückzukommen – vergiss ihn einfach. Es war nur ein letzter Versuch, dir die Möglichkeit zur

Umkehr zu geben, aber – ich sehe ein, wie unsinnig der Einfall war."

„Du weißt, dass mir deine Freundschaft immer viel bedeuten wird, John", erklärte sie sanft.

Er nickte, und es war, als fiele ein Teil einer angestauten Anspannung von ihm ab. „Ja. Und das Gleiche gilt umgekehrt. Und nun geh schlafen, Vivian. Es ist schon spät. Wir sehen uns morgen beim Frühstück."

Sie lächelte und wollte sich abwenden, doch John hielt sie noch einmal mit müder Stimme auf: „Übrigens, Vivian – morgen erreichen wir Sint Eustatius."

Am Nachmittag des nächsten Tages ging die Dolphin unterhalb Fort Oranjes im Hafen von Sint Eustatius vor Anker. Vivian wusste noch aus den Zeitungsberichten, die sie vor ihrer Abreise aus Charleston gelesen hatte, dass die Kanonen des Forts im November 1776 die unter amerikanischer Flagge segelnde Andrea Doria mit Kanonenschüssen begrüßt hatte. Die Holländer waren damit die Ersten, welche die Vereinigten Staaten als eigenständige Nation anerkannt hatten.

Wie von John vermutet, lagen Schiffe unterschiedlichster Nationen im Hafen. Französische Handelsschiffe, amerikanische Kaperschiffe und englische Schiffe ankerten friedlich nebeneinander, so als gäbe es keinen Krieg zwischen ihren Heimatländern.

Die Insel selbst war bedeutend kleiner als Jamaika und durchaus hübsch anzusehen. Ein mächtiger Vulkan, von Weitem schon sichtbar, erhob sich im Südosten der Insel, während im Nordwesten eine nicht ganz so hohe Hügelgruppe erkennbar war.

John ließ sich zusammen mit Vivian von ein paar Matrosen an Land rudern, sobald die Dolphin Anker geworfen hatte. Er brauchte nicht lange, um die notwendigen Formalitäten zu erledigen, und brachte in kürzester Zeit in Erfahrung, dass von den drei amerikanischen Schiffen, die im Hafen lagen, eines aus Charleston kam.

„Oh, John!“, jubelte Vivian beim Anblick der schnittigen Fregatte. „Das ist kaum zu fassen! Ohne lange Umwege direkt nach Hause! Das wäre zu schön, um wahr zu sein!“

John nickte grimmig. „Ja. Gehen wir an Bord und reden mit dem Kapitän der Eagle. Mal sehen, ob er bereit ist, zwei Engländer mitzunehmen.“

Vivian warf John einen vorwurfsvollen Blick zu, sagte aber nichts. Wenn John es wirklich wagen sollte, sie vor einem amerikanischen Kapitän als Engländerin hinzustellen, dann könnte er was erleben!

Zu ihrer großen Erleichterung stellte es sich heraus, dass John sich an Bord der amerikanischen Fregatte deutlich weniger feindselig gab, als sie befürchtet hatte. Zwar runzelten einige der Matrosen bei seinem britischen Akzent argwöhnisch die Stirn. Dennoch fügten sie sich seinem Wunsch, den Kapitän an Deck zu holen, sodass John und Vivian mit ihm sprechen konnten.

Der hochgewachsene, noch recht jung wirkende Kapitän stellte sich Vivian mit einer höflichen Verbeugung und einem Augenzwinkern als Captain Beagle vor. Vivian kicherte insgeheim über die Ähnlichkeit der Namen zwischen dem offensichtlich humorvollen Kapitän und seinem Schiff und fragte sich, ob der Kapitän wohl einen Einfluss auf den Namen des Schiffes gehabt haben könnte. Der freundliche, belustigte Ausdruck in dem attraktiven Gesicht des Kapitäns machte jedoch eisiger Höflichkeit Platz, sobald er sich John zuwandte:

„Meine Männer sagten mir, dass ein Engländer in Begleitung einer jungen Lady an Bord gekommen wäre. Darf ich fragen, was Sie auf mein Schiff führt, Sir?"

Vivian zuckte zusammen bei dem unvermittelt harten Tonfall, aber John maß sein Gegenüber gleichermaßen herablassend. „Sie dürfen", entgegnete er knapp. „Miss Darcy stammt aus Charleston. Sie wurde gegen ihren Willen zu Verwandten nach England gebracht und würde nun gerne in ihre Heimat zurückkehren."

Captain Beagle warf Vivian einen prüfenden Blick zu. „Ist das so, Miss Darcy?"

Vivian nickte energisch. „Allerdings! Und Sie brauchen mich gar nicht so skeptisch zu mustern, Captain, nur weil ich in Begleitung eines Engländers bin! Mr. Chapman war so freundlich, mich auf meiner Reise zu begleiten, weil meine Familie in England nichts davon hören wollte, dass ich allein reise! Aber ich bin Amerikanerin, und ich –"

Mitten im Satz hielt sie inne, als sie bemerkte, dass einer der Schiffsoffiziere sie interessiert musterte. Er kam ihr vage bekannt vor, aber sie konnte ihn nicht sofort einordnen und runzelte kurz verwundert die Stirn. Doch Captain Beagle hatte ihre Verblüffung und die auffallende Neugierde des jungen Lieutenants schon bemerkt, sodass er ihn heranrief und fragte, was es gäbe.

„Ich will nicht aufdringlich erscheinen, Sir", erwiderte der Lieutenant respektvoll, mit einem verlegenen Seitenblick auf Vivian. „Aber ich glaube, ich kenne die junge Dame, mit der Sie gerade sprechen."

„Aber natürlich!", rief Vivian, als sie den Lieutenant im selben Augenblick erkannte. Begeistert streckte sie ihm beide Hände entgegen. „Sie sind Robert Maine, nicht wahr? Sie waren oft bei Ann Welsey zu Gast! Aber da waren Sie doch noch ein halbes Kind! Und jetzt sind Sie ein Schiffsoffizier!"

„Ein halbes Kind ist er auch jetzt noch", bemerkte Captain Beagle, dessen Haltung sich schlagartig entspannte, grinsend. „Aber ein guter Lieutenant ist er ebenfalls. Einer der besten, die ich je hatte."

Lieutenant Maine lief krebsrot an, schlug die Hacken zusammen und deutete eine Verbeugung an. „Vielen Dank, Sir!"

Anschließend ergriff er höflich Vivians rechte Hand und deutete einen Kuss an. „Ja, ich bin Robert Maine. Und Sie sind Miss Vivian Darcy, nicht wahr? Die Tochter von George Darcy aus Charleston? Und Ziehtochter von Ann!"

„Ja, Sie erinnern sich!", strahlte Vivian. „Und – oh bitte, Robert, verzeihen Sie mir meine Worte! Ich bin einfach nur so froh, ein bekanntes Gesicht zu sehen!"

„Na, dieses Gesicht werden Sie noch öfter sehen", lachte der Kapitän. „Lieutenant Maine wird sich nämlich um Ihre Unterbringung kümmern und Ihnen während Ihres Aufenthalts hier im Hafen als Begleitung zur Verfügung stehen."

„Das heißt, Sie ... Sie nehmen mich mit?", vergewisserte Vivian sich, ihre Begeisterung nur mühsam im Zaum haltend.

„Na, was dachten Sie denn!", grinste der Captain. „Wenn Sie wirklich die Ziehtochter der Welseys sind, bringe ich Sie selbstverständlich nach Hause! Ich habe von den Welseys gehört, und an ihrer patriotischen Gesinnung gibt es nicht den geringsten Zweifel. Warum sollte ich Sie also nicht mitnehmen."

„Oh, das ist wunderbar!", rief Vivian begeistert aus. „Ich danke Ihnen, Captain Beagle."

Robert Maine straffte den Rücken und brachte ein verlegenes Grinsen zustande. „Ich werde mein Bestes geben, um Miss Darcy gut zu unterhalten, Sir. Und wenn ich das noch sagen darf – ich freue mich riesig, Sie wiederzusehen, Miss Darcy! Ich werde nie vergessen, wie wir damals zusammen mit Simon und seinen Brüdern auf die Bäume im Garten der Welseys geklettert sind!"

Vivian kicherte belustigt. „Ja, das war herrlich, nicht wahr? Auch wenn meine Tante Sophie beinahe einen Anfall bekam, als sie später davon erfuhr."

Sie hätte die Unterhaltung mit Robert Maine nur zu gern fortgesetzt, aber der grinsende Kapitän hinderte seinen jungen Offizier mit einer kurzen Handbewegung an einer Antwort und erklärte amüsiert: „Sie dürfen wegtreten, Lieutenant Maine. Kümmern Sie sich darum, dass eine Kabine für Miss Darcy vorbereitet wird."

Der Lieutenant tat wie ihm geheißen und entfernte sich mit einer knappen Verbeugung und einem verlegenen Lächeln.

„Nun, Miss Darcy", richtete der Kapitän daraufhin erneut das Wort an Vivian. „Ich nehme an, Sie möchten jetzt Ihr Gepäck holen. Ich werde Ihnen ein paar Matrosen mitgeben, die –"

„Kommt nicht in Frage!", unterbrach John barsch. „Ich habe eigene Männer auf der Dolphin, die unser

Gepäck bringen können. Es wird höchstens zwei Stunden dauern, bis Miss Darcy und ich wieder hier sind."

Captain Beagle warf ihm einen gleichmütigen Blick zu. „Sie sind der Kapitän der Dolphin, Sir?"

„Ich bin der Eigner. Aber –"

„Nun, dann werden Sie sich bestimmt freuen, dass Sie mit Ihrem eigenen Schiff nach England zurückkehren können", erklärte Captain Beagle mit einem arroganten Lächeln.

„Zum Teufel!", fuhr John hoch, als er begriff, was der Kapitän meinte. „Erwarten Sie etwa, dass ich Miss Darcy allein auf einem verdammten Blockadebrecher mitfahren lasse?"

„Ich erwarte, dass Sie mein Schiff verlassen, Mr. Chapman", versetzte Captain Beagle achselzuckend. „Was Miss Darcy angeht – sie ist nicht allein. Lieutenant Maine wird sich zuvorkommend und respektvoll um sie kümmern. Und wenn es Sie beruhigt, dann gebe ich Ihnen mein Wort, dass Miss Darcy weder von mir noch von meinen Männern etwas zu befürchten hat."

„Und geben Sie mir auch Ihr Wort, dass Sie nicht zusammen mit Ihnen und Ihrem Schiff von unserer Navy versenkt wird?", ätzte John frustriert.

Captain Beagle hob eine Braue und lächelte mokant. „Auch Ihre Anwesenheit an Bord, Mr. Chapman, würde nicht helfen, wenn wir von englischen Kriegsschiffen angegriffen und versenkt werden. Aber ich werde mir Mühe geben, dass es nicht so weit kommt."

John kniff die Lippen zusammen und richtete seinen finsteren Blick auf Vivian. „Ich kann dich nicht umstimmen, oder? Du willst unbedingt mitfahren, nehme ich an?"

„Ich dachte, du verstehst das, John", seufzte Vivian niedergeschmettert. „Bitte, mach es doch nicht so schwer."

John sah sie lange an, dann zuckte er resigniert die Achseln. „Nun denn. Dann holen wir jetzt wohl besser dein Gepäck."

Innerhalb von einer Stunde hatte Vivian ihre Sachen fertig gepackt und überreichte sie den fröhlich grinsenden Matrosen der Eagle, die in einem kleinen Ruderboot neben der Dolphin warteten und alles entgegennahmen. Nach einem letzten, wehmütigen Blick in ihre Kajüte, die ihr mehrere Wochen lang ein Zuhause gewesen war, machte sie sich schweren Herzens daran, sich endgültig von der Mannschaft und dem Kapitän der Dolphin zu verabschieden.

Am längsten dauerte der Abschied von John. Er war schlecht gelaunt, weil er nicht mit ihr zurück auf die Eagle durfte. Auch Vivian hätte sich gewünscht, dass der Abschied nicht ganz so abrupt gewesen wäre. Mit Tränen in den Augen umarmte sie ihn, und er presste sie an sich, sichtlich um Fassung bemüht.

„Verdammt, Vivian, ich wünschte so sehr, ich könnte mit nach Charleston kommen. Pass ja auf dich auf, hörst du?"

„Was denkst du denn", lächelte sie zittrig. „Und ich werde euch schreiben, sobald ich in Charleston bin."

„Tu das, denn wenn du es vergisst, komme ich persönlich nach Charleston und hole dich heim nach England, wo du hingehörst!", drohte John mit einem heiseren Unterton in der Stimme.

Vivian lachte unsicher. „Ach, John! Ich wünschte so sehr, du könntest mitkommen. Ich würde dir so gerne meine Heimatstadt zeigen."

Er strich ihr sanft eine Träne aus dem Gesicht. „Würdest du dich freuen, wenn ich irgendwann käme? Ich meine, wenn der Charlestoner Hafen für englische Schiffe wieder frei ist?"

„Du kannst dir nicht vorstellen, wie sehr ich mich freuen würde!", beteuerte sie. „Und wenn du kämst, könntest du mir erzählen, wie es Onkel William und allen anderen in England geht. Ach, es wäre so viel schöner, als nur Briefe zu schreiben."

„Ja, nichts geht über persönliche Boten, nicht wahr?", versetzte John spöttisch. „Die Post ist so unzuverlässig. Wie auch immer, das Ganze ist nur eine vage Idee. Ich kann dir nicht versprechen, dass ich wirklich kommen werde."

Sie schluckte, verwundert, dass er plötzlich so verärgert wirkte. Zaghaft löste sie sich von ihm und warf einen Blick über die Reling auf das wartende Ruderboot. „Ich fürchte, ich muss jetzt gehen, John."

„Ja", sagte er nur und begleitete sie zu der Trittleiter, die an der Steuerbordseite an der Schiffswand baumelte. Dort nahm er ihre Hände und küsste zärtlich ihre Innenflächen. „Ich hoffe, der Krieg ist bald vorbei", murmelte er heiser. „Auf Wiedersehen, Vivian. Und alles Gute."

„Auf Wiedersehen, John. Ich hoffe das auch. Und ich freue mich darauf, dich in Charleston zu sehen. Wirklich!"

Sie kletterte die Leiter hinab und nahm in dem schaukelnden kleinen Ruderboot Platz. Sofort legten die

Matrosen der Eagle ab und fingen an zu rudern. Gleichzeitig begannen die Männer der Dolphin, den Anker einzuziehen und die Segel zu setzen.

Die Tränen fort blinzelnd, rief Vivian: „Grüß alle in England von mir, ja, John? Und alles Gute! Eine gute Heimfahrt! Leb wohl!"

„Nein! Auf Wiedersehen!", rief John zurück.

Er blieb an der Reling stehen und winkte ihr zu, während das kleine Ruderboot sie zur Eagle brachte. Vivian winkte zurück, bis sie das amerikanische Schiff erreichten. Nachdem sie aus dem Boot gestiegen und an Deck des Blockadebrechers geklettert war, sah sie, wie die Dolphin langsam abdrehte und auf ihren Kurs nach England ging. Bald waren die weißen Segel nur noch kleine Punkte auf dem endlos weiten, leuchtend blauen Wasser. Schließlich verschwand das Schiff ganz vom Horizont. Für Vivian bedeutete es das endgültige Ende ihres behüteten Daseins. Von nun an musste sie für sich selbst sorgen und sehen, wie sie zurechtkam. Ein wenig mulmig war ihr schon zumute. Noch nie in ihrem Leben war sie so allein gewesen, noch dazu in der Fremde. Sie fühlte sich schrecklich einsam und verlassen, und die Hochstimmung, die sie während der Fahrt von Jamaika nach Sint Eustatius empfunden hatte, verflog im Handumdrehen. Ein winziger Teil von ihr fragte sich, ob es besser gewesen wäre, wenn sie Johns Vorschlag angenommen hätte und mit ihm nach England zurückgekehrt wäre. Doch sie unterdrückte diesen Gedanken sofort. Wie sie John gesagt hatte: Sie gehörte nach Charleston! Es wurde Zeit, dass sie heimkam!

Es war Captain Beagle, der sie aus ihren trübseligen Gedanken riss: „Wie ist es, Miss Darcy, möchten Sie jetzt vielleicht einen Rundgang über das Schiff machen? Oder ziehen Sie es vor, Ihre Kabine in Augenschein zu nehmen?"

Vivian lächelte verlegen. „Am liebsten würde ich sofort mein Gepäck auspacken, aber ... vorher hätte ich noch eine Frage. Ich weiß, ich hätte es eigentlich zuerst fragen sollen, aber ... was soll die Überfahrt nach Charleston denn eigentlich kosten? Und möchten Sie das Geld im Voraus oder hinterher?"

In Captain Beagles Augen blitzte ein Lächeln auf. „Es fällt mir schwer, einer schönen Lady einen Fahrpreis abzuverlangen, muss ich gestehen. Dennoch muss ich es tun. Nichts im Leben ist umsonst, wie Sie vermutlich wissen."

„Ich weiß", seufzte Vivian. „Und was nehmen Sie?"

„Ich würde sagen, achtzig Dollar wären angemessen. Ich weiß, das ist viel Geld. Aber der Krieg hat die Preise leider in die Höhe getrieben."

„Ach du lieber Himmel!"

Captain Beagle warf Vivian bei ihrem entsetzten Ausruf einen prüfenden Blick zu. „Sie haben wohl nicht so viel Geld dabei? Dann sagen Sie mir, was Sie aufbringen können."

Vivian biss sich verlegen auf die Lippen. „Nein, das ist es nicht. Wissen Sie, ich ... ich habe eigentlich genug Geld. Aber es ist englisches Geld. Pfundnoten, die ich von meinen Verwandten in England bekommen habe. Ich habe nicht einen einzigen amerikanischen Dollar."

„Pfund!", entfuhr es Captain Beagle mit einem verächtlichen Schnauben. „Großer Gott, Lady, hat Ihnen niemand gesagt, dass Sie damit in Amerika nichts anfangen können? Es gibt sogar ein Einfuhrverbot für Pfundnoten, wussten Sie das nicht?"

Vivian wurde blass. „Nein, ich ... ich hatte keine Ahnung."

Captain Beagle schüttelte den Kopf. „Besonders gut informiert scheinen Sie ja nicht zu sein! Nun gut, wie auch immer. Ich nehme Sie mit. Schließlich kann ich nicht zulassen, dass eine Landsmännin in Not hier auf der Insel strandet und nicht nach Hause gelangt."

„Oh, ich kann Ihnen nicht sagen, wie dankbar ich Ihnen bin!", entfuhr es Vivian voller Erleichterung. Impulsiv stellte sie sich auf die Zehenspitzen und küsste den grinsenden Kapitän auf die Wange. „Sobald ich in Charleston bin, werde ich versuchen, die Pfundnoten zu tauschen, um Ihnen die Fahrt zu bezahlen, das verspreche ich Ihnen!"

„Sie werden niemanden finden, der Ihnen das Geld tauscht", versetzte Captain Beagle achselzuckend. „Vergessen Sie nicht das Einfuhrverbot für britische Banknoten. Aber, wie schon gesagt, Sie können an Bord bleiben. Ich würde niemals eine junge Lady in Not zurücklassen. Zumal Sie auch noch eine Jugendfreundin meines besten Offiziers zu sein scheinen."

„Sie haben keine Ahnung, was für ein Stein mir vom Herzen fällt!", seufzte Vivian und strahlte den Kapitän an.

„Nun, dann steht Ihrer Heimkehr nach Charleston jetzt nichts mehr im Wege außer ein paar englischen Kriegsschiffen, die uns gerne an der Passage nach Charleston hindern würden", lachte der Captain. „Aber machen Sie sich keine Sorgen. Bisher konnten wir die

Blockade der Briten jedes Mal ohne größere Schwierigkeiten durchbrechen.“

„Wie gefährlich ist es?“, fragte Vivian stirnrunzelnd.

„Na ja, ganz ohne ist es nicht“, erklärte Captain Beagle leichthin. „Hin und wieder haben wir schon mal ein paar Schüsse vor den Bug bekommen. Aber die Eagle ist ein schnelles Schiff, und wir kennen die englischen Kriegsschiffe und deren Taktik. Wenn ich nicht glauben würde, dass wir durchkommen, würde ich nicht lossegeln.“

„Ich verstehe.“

Captain Beagle musterte sie abschätzend und erklärte: „Wie auch immer, Miss Darcy, wir werden noch einige Tage im Hafen liegen und Ladung an Bord nehmen. Es ist also für Sie nicht zu spät umzukehren, falls Sie es sich doch noch anders überlegen. Im Hafen liegen genügend französische Schiffe, die Sie sicher zurück nach Europa bringen könnten.“

„Um Himmels willen, nein!“, entfuhr es Vivian. „Ich bin doch nicht so weit gereist, um jetzt feige umzukehren! Nein, Captain, ich will nach Hause! Und da wird mich auch keine britische Seeblockade dran hindern!“

Auflachend nickte er. „Gut. Dann rufe ich jetzt Lieutenant Maine, damit er Ihnen Ihre Kabine zeigt. Richten Sie sich in aller Ruhe ein.“

Gemeinsam mit Robert Maine stieg Vivian kurz darauf unter Deck. Eigentlich war die Kabine, die sie erhielt, groß und komfortabel, doch Robert erklärte ihr, dass das nicht so bleiben würde. Wenn das Schiff erst seine Ladung erhielt, würde ein großer Teil davon auch in den Kabinen verstaut werden. Die Fahrten zwischen Charleston und Westindien waren gefährlich, wegen der englischen Kriegsschiffe, die versuchten, die amerikanischen Häfen zu blockieren. Das Durchbrechen der Blockade war für die amerikanischen Schiffe höchst riskant, leicht konnten sie versenkt werden. Deshalb waren die amerikanischen Reeder daran interessiert, mit jeder Fahrt so viel Ware wie möglich zu transportieren.

Robert ließ Vivian schließlich allein, damit sie in Ruhe ihre Sachen auspacken konnte. Vivian hätte gern noch länger mit ihm geredet. Sie brannte darauf, Neuigkeiten aus Charleston zu erfahren, und außerdem unterhielt sie sich gern mit Robert. Er war ein junger Mann von vierundzwanzig Jahren mit guten Manieren und einem offenen Jungengesicht, das ihn mindestens fünf Jahre jünger erscheinen ließ, als er eigentlich war. Er war der Sohn einer Cousine von Ann und war oft im Haus der Welseys zu Gast gewesen. Er war immer sehr schüchtern gewesen und hatte dazu geneigt, bei jeder Gelegenheit rot anzulaufen, was ihn aber nicht daran gehindert hatte, gemeinsam mit Vivian und den Welsey-Söhnen abenteuerliche Spiele zu spielen oder wild mit ihnen um die Wette zu reiten. Dann, mit siebzehn Jahren, hatte er zu aller Überraschung als Kadett auf einem Schiff angeheuert, und seitdem hatte Vivian ihn nicht mehr gesehen. Rot wurde Robert auch jetzt noch, wie Vivian festgestellt hatte, aber er verstand es inzwischen wesentlich besser, seine Schüchternheit zu überspielen.

Nachdem sie alles fertig verstaut hatte, ging sie zurück an Deck. Robert legte das Schiffsbesteck, das er gerade in der Hand hielt, beiseite und kam sogleich auf sie zu.

„Der Captain hat mich beauftragt, mich weiter um Sie zu kümmern, Madam“, erklärte er mit einem Anflug von Unsicherheit in der Stimme. „Selbstverständlich mit allem Respekt, Madam. Ich hoffe, es ist Ihnen recht?“

Vivian nickte stumm und verkniff sich nur mit Mühe ein Lachen.

„Gut“, entgegnete Robert und bot ihr seinen Arm. „Dann gestatten Sie, dass ich Ihnen jetzt das Schiff und anschließend einen kleinen Teil von Sint Eustatius zeige, Madam?“

„Gern“, gelang es Vivian glucksend hervorzubringen. „Aber Robert, kannst du nicht dieses ständige ‚Madam‘ weglassen? Es bringt mich ganz durcheinander. Vor ein paar Jahren in Charleston hast du Vivian gesagt. Das kannst du doch jetzt auch tun. Sonst komme ich mir noch vor wie eine alte Matrone.“

Robert wurde knallrot. Schweigend und stocksteif stand er da. Doch auf einmal begann es in seinen Augen zu blitzen, und er lachte erleichtert auf. „Danke, Vivian. Ich glaube, du hast mich aus einer äußerst peinlichen Lage befreit. Ich wusste einfach nicht, wie ich dich anreden soll. Vorhin sagtest du, wir seien beide noch Kinder gewesen, als wir uns das letzte Mal begegnet sind ... Und jetzt steht eine junge Dame vor mir! Und dann hat der Captain auch noch gesagt, ich sollte respektvoll sein, dir gegenüber. Da wusste ich wirklich nicht genau, wie weit es mit dem Respekt nun gehen muss.“

Vivian lachte fröhlich. „Oh, keine Sorge, Robert. Ich nehme es mit dem Respekt nicht genauer als vor einigen Jahren auch. Und soweit ich mich erinnere, waren wir doch damals Freunde!“

Robert grinste schief und atmete hörbar erleichtert auf. „Vivian, ich glaube, wir werden uns verstehen. Wie früher." Dann setzte er plötzlich eine strenge Miene auf, schlug die Hacken zusammen und fragte mit einer übertrieben förmlichen Verbeugung: „Dann darf ich annehmen, dass Sie meine Gesellschaft nicht stört und Sie jetzt die Eagle besichtigen wollen, Madam? Und danach wäre vielleicht noch ein kleiner Landgang gefällig?"

„Sehr gern, Herr Lieutenant!", prustete Vivian, ergriff ihre Röcke und sank in einen tiefen, ehrerbietigen Knicks.

Robert grinste fröhlich, bot ihr unter den neugierigen Blicken einiger umstehender Matrosen seinen Arm und begann mit ihr eine kurze Führung über die Eagle. Für den Rundgang durch den Hafen nahmen sie sich im Anschluss etwas mehr Zeit. Vivian war beeindruckt von dem imposanten Fort Oranje, dessen Mauern bis zum Strand hin abfielen, und den vielen malerischen Gassen, die vor Menschen überquollen. Sie schnappte französische Wortfetzen auf, genauso wie spanische, holländische und englische. Offenbar war Sint Eustatius tatsächlich ein Treffpunkt unterschiedlichster Nationen. Irgendwann bekam Vivian müde Füße, und sie machten sich auf den Rückweg zur Eagle. Als sie sich ihr näherten, fiel Vivians Blick auf eine französische Brigg, die sie vorher nicht gesehen hatte, vermutlich weil zwischen ihr und der Eagle noch drei andere Schiffe lagen, die ihr die Sicht versperrt hatten. Doch nun betrachtete Vivian das Schiff genauer, und eine seltsame Erregung ergriff Besitz von ihr. Beinahe atemlos fragte sie Robert, wann die Brigg in den Hafen eingelaufen war.

„Oh, vor zwei Wochen ungefähr, habe ich gehört. Warum fragst du?", gab Robert, verwundert über Vivians drängenden Ton, zurück.

Statt eine Antwort zu geben, musterte Vivian das Schiff genauer. Eine Brigg, die vor zwei Wochen hier angekommen war ... Lieber Himmel, das konnte hinkommen!

„Bitte, Robert, können wir uns das Schiff einmal genauer ansehen?", drängte sie. „Lass uns näher herangehen, ja?"

„Gern, aber was ist denn so interessant an der Brigg?"

„Das erkläre ich dir später. Meinst du, wir könnten den Kapitän des Schiffes sprechen?"

„Warum denn das, in aller Welt? Du kannst nicht einfach auf ein fremdes Schiff marschieren und sagen, du willst den Kapitän sprechen, es sei denn, du hast wichtige Gründe dafür!"

„Nun, die habe ich", erklärte Vivian kurzerhand. „Bitte, Robert, bring mich zu dem Kapitän."

„Das kann ich nicht! Ich gehöre nicht zur Mannschaft dieses Schiffes. Ich muss genauso darum bitten, vorgelassen zu werden, wie du."

Vivian verdrehte die Augen. „Dann warte hier. Oder komm mit, ganz wie du willst. Ich gehe jedenfalls an Bord."

Robert schüttelte verständnislos den Kopf, aber er half Vivian, an Bord zu gelangen.

Eine Schiffswache fragte auf Französisch, was sie wollten. Jetzt war Vivian froh, auf einer so guten Schule erzogen worden zu sein, dass sie das Französische einigermaßen beherrschte. Höflich bat sie darum, den Kapitän in einer dringenden Angelegenheit sprechen zu dürfen. Erfreulicherweise fragte der Mann nicht nach, was sie wollte, sondern wies schon nach wenigen Worten einen zweiten Matrosen an, den Kapitän zu holen.

Dieser war ein großer, hagerer Mann mit strengen Gesichtszügen. Jedoch wurde sein Blick sogleich milder, als er Vivian erblickte. Mit vollendeter Höflichkeit und einem überraschend charmanten Lächeln begrüßte er sie in einwandfreiem Englisch und erkundigte sich umgehend nach dem Grund für ihren Besuch.

„Nun, sehen Sie, es ist so", erklärte Vivian aufgeregt, „vor Kurzem bin ich auf einem englischen Schiff von England aus nach Jamaika gereist. Kurz vor Saint Domingue ist uns eine französische Brigg begegnet, und ich glaube, dass das dieses Schiff war. Erinnern Sie sich vielleicht daran, dass Sie ein englisches Schiff getroffen haben? Es war übrigens beinahe windstill bei unserer Begegnung."

Der Kapitän lächelte. „Mais oui, ich erinnere mich, dass wir unterwegs ein britisches Schiff trafen. Ich glaube, der Name des Engländers war Dolphin."

„Ja, genau!", strahlte Vivian und fuhr atemlos fort: „An Bord der Dolphin war ein französischer Passagier, der genau in der Nacht, als Ihr Schiff neben unserem Schiff hersegelte, verschwand!"

„Sie meinen, er verschwand von Ihrem Schiff?", vergewisserte sich der Kapitän stirnrunzelnd.

„Ja, genau. Sehen Sie, niemand an Bord konnte sich erklären, wo er geblieben sein könnte. Die einzige

Erklärung war, dass er zu Ihrem Schiff hinübergeschwommen sein könnte oder dass Sie ihm ein Ruderboot geschickt hätten. Oh, bitte, sagen Sie mir, ob er auf Ihrem Schiff aufgetaucht ist! Sein Name ist Gérard Dupont!"

„Es tut mir sehr leid, Mademoiselle, aber einen Gérard Dupont kenne ich nicht", entgegnete der Kapitän, dessen Gesichtsausdruck sich unmerklich verfinstert hatte. „Und ich versichere Ihnen, es ist kein Franzose bei uns aufgetaucht."

„Aber ... aber das ist vollkommen unmöglich!", entfuhr es Vivian mit vor Entsetzen zitternder Stimme. Ihr war, als hätte ihr jemand einen Schlag in die Magengrube versetzt. Ihr wurde schwindlig und schwarz vor Augen, und sie musste sich an der Reling festhalten. „Sind ... sind Sie wirklich ganz sicher? Ich meine ... wenn Sie ihn nicht an Bord genommen haben, dann bedeutet das, dass ... dann muss er ... ich meine, dann kann er nur ..."

Sie brachte es nicht fertig, den Satz zu Ende zu bringen. Ihre Finger krallten sich um die Reling, und sie starrte wie blind aufs Meer hinaus. Robert trat neben sie und sagte irgendetwas, aber sie hörte die Worte nicht. Der Kapitän murmelte ebenfalls ein paar Worte, die sie nicht wahrnahm. Alles, was sie hörte, war ein Dröhnen in ihrem Kopf und das Rauschen ihres eigenen Blutes in ihren Ohren. Instinktiv spürte sie, dass sie kurz davor war, zum ersten Mal in ihrem Leben in eine Ohnmacht zu fallen.

Sie wusste nicht, wie lange sie so dagestanden hatte, doch irgendwann bemerkte sie, dass der Kapitän noch immer neben ihr stand und sie mitfühlend musterte.

Als sie den Kopf hob und ihr Blick seinen traf, räusperte er sich.

„Nun, äh, Mademoiselle, es tut mir wirklich sehr leid, dass ich Ihnen nicht weiterhelfen konnte. Aber, wie ich schon sagte: Ich kenne keinen Gérard Dupont.“

„Ja, ich … ich verstehe“, stammelte Vivian. Oh Gott, es war einfach unfassbar! Sie war so überzeugt gewesen, dass Gérard die Brigg erreicht hätte! Sie schluckte und kämpfte gegen die Tränen an, die ihr den Hals zuschnürten.

„Mademoiselle, so leid es mir tut, dass meine Auskunft Sie offenbar aus der Fassung bringt, ich muss Sie trotzdem bitten, mein Schiff zu verlassen“, versetzte der Kapitän mit einem höflichen Lächeln. „Der Wind steht günstig, und wir laufen bald aus.“

Vivian reagierte nicht, aber Robert ergriff ihren Arm. „Komm, Vivian. Ich bringe dich von Bord.“

Irgendwie brachte sie ein Nicken zustande. Wie aus weiter Ferne nahm sie wahr, dass der Kapitän eine knappe Verbeugung andeutete und dass Robert sie anschließend von Bord führte.

Sie bewegte sich mechanisch, jegliches Gefühl ausblendend, während Robert schweigend neben ihr herschritt. Sie war froh über seinen stützenden Arm, denn ihre Knie fühlten sich so weich an, dass sie kaum einen Fuß vor den anderen bekam.

Zunächst nahm sie kaum wahr, wohin er sie führte, doch nach und nach fiel die Erstarrung von ihr ab, und eine tiefe Traurigkeit ergriff Besitz von ihr. Nur mühsam gelang es ihr, die aufsteigenden Tränen niederzublinzeln.

Sie bereute zutiefst, überhaupt auf die Brigg gegangen zu sein. Bis jetzt hatte wenigstens die Hoffnung bestanden, dass Gérard die Brigg erreicht hatte und am Leben war. Das Wissen, dass er es nicht geschafft hatte, war so erschütternd, dass sie das Gefühl hatte, zu ersticken. Auch wenn sie Gérard nicht liebte, wie sie sich immer wieder sagte, so hatte sie doch viel für ihn empfunden, ja, vielleicht sogar mehr, als sie sich einzugestehen bereit war. Und nun war er tot, für immer fort, und das war einfach unfassbar. Warum er die Dolphin damals verlassen hatte – sie würde es nie erfahren. Und ebenso wenig würde sie je wissen, was ihm zugestoßen war. Sie war so sicher gewesen, dass die Brigg ihm ein Boot geschickt hatte, John hatte sie mehr oder weniger davon überzeugt! Und nun wusste sie, dass es nicht so gewesen war, womit jede Möglichkeit, dass Gérard noch lebte, ausgeschlossen schien.

Und dennoch, alles in ihr rebellierte gegen die Vorstellung, dass er tot sein sollte. Es konnte nicht sein, es durfte nicht sein! Ihre Gefühle wehrten sich vehement gegen diesen Gedanken, so sehr ihr Verstand es ihr auch klarmachen wollte. Mit wenig Überzeugung versuchte sie sich einzureden, dass ihn ein anderes Boot aufgenommen haben könnte. Immerhin gab es vor Saint Domingue viele Fischer. Doch sie wusste, wie verschwindend gering die Chancen waren, dass es so gewesen war. Nichtsdestotrotz blieb der Umstand, dass Gérard sein Gepäck mitgenommen hatte! Sprach das nicht trotz allem dafür, dass er eine Möglichkeit gehabt hatte, die Dolphin zu verlassen, ohne dafür ins Meer springen zu müssen? So verzweifelt klammerte sie sich an diesen winzigen Strohhalm, dass sie am Ende beinahe daran glaubte.

Sie hörte Roberts Stimme neben sich, aber sie horchte erst auf, als er sie zum dritten oder vierten Mal ansprach.

„Vivian, wir sind gleich auf der Eagle. Wenn du dich nicht wohlfühlst, kann ich irgendetwas für dich tun?"

Mit letzter Kraft riss sie sich zusammen. „Nein. Nein, es geht schon. Danke, Robert."

Sie war erleichtert, als sie endlich allein in ihrer Kabine war. Sie war froh, mit niemandem mehr reden zu müssen. Später würde sie Robert erklären, was ihr Verhalten zu bedeuten hatte, aber nicht jetzt. Jetzt wollte sie überhaupt nicht reden, mit niemandem. Sie legte sich auf das Bett, vergrub ihr Gesicht in den Kissen und weinte.

Am nächsten Morgen war Vivian früh auf den Beinen. Robert Maine war es auch. Vivian traf ihn, als sie an Deck erschien. Zögernd kam er auf sie zu. Vivian lächelte ihm zu, woraufhin seine Schritte sicherer wurden.

„Guten Morgen, Vivian. Du bist ja früh aufgestanden! Hast du dich schon so sehr an das Leben und den Tagesablauf auf einem Schiff gewöhnt?"

„Ich habe nicht gut geschlafen und war früh wach. Da hielt ich es für besser, gleich aufzustehen, statt noch lange im Bett herumzuliegen."

„Das tut mir leid." Er warf ihr einen prüfenden Blick zu. „Ist es ... wegen der Sache gestern auf der Brigg?"

Vivian wandte sich brüsk ab und blickte auf die anderen Schiffe im Hafen. „Ja, auch. Aber vor allem wegen der Hitze. Was das mit Gérard Dupont angeht, da ... da habe ich mich beruhigt, keine Angst."

„Ist dieser Dupont ein Freund von dir?"

Sie straffte die Schultern. „Ich weiß nicht. Nicht direkt. Eigentlich ... Er fuhr auf demselben Schiff wie ich. Und in England war er einmal kurz zu Gast bei meinem Onkel. Das ist alles."

„Ach so. Ich dachte nur ..."

„Was dachtest du?"

„Ach, nichts. – Ich freue mich, dass es dir besser geht."

„Ja, danke", lächelte Vivian.

Im Grunde fühlte sie sich überhaupt nicht besser, aber auf keinen Fall sollte Robert merken, wie es wirklich in ihr aussah. Jeder Gedanke an Gérard und das, was ihm womöglich zugestoßen war, tat weh, und ihr einziger Wunsch war es, nicht mehr daran erinnert zu werden.

„Robert, bitte erzähl mir etwas von Charleston", bat sie, als sie merkte, dass Robert von sich aus nichts mehr sagte. „Wie geht es Ann? Wann hast du sie das letzte Mal gesehen? Und was macht der Krieg? Geben die Briten immer noch nicht auf?"

Robert lachte, froh über den Themenwechsel. „Als ich Ann das letzte Mal gesehen habe, ging es ihr ausgezeichnet. Das war kurz vor meiner Abreise. Sie hatte gerade alle Hände voll zu tun, weil Simon im Begriff war zu heiraten. Irgendwie ging das mit der Hochzeit wohl ziemlich Hals über Kopf."

„Wie? Simon hat geheiratet? Das ist ja wundervoll!", rief Vivian verblüfft aus. „Kennst du seine Braut?"

„Oh ja, ein hübsches Mädchen! Sie muss ungefähr in deinem Alter sein. Allerdings ist sie schrecklich verwöhnt und verzogen, meint Ann. Sie sagt, das kommt daher, weil sie als einziges Mädchen zwischen drei Brüdern aufgewachsen ist. Und weil ihre Eltern eine große Plantage besitzen, hat sie ein vollkommen sorgloses Leben führen können, sagt Ann."

„Dann mag Ann sie also nicht?"

„Oh doch. Sie findet nur, dass man sie noch ein bisschen zurechtbiegen und erziehen müsste."

Vivian lächelte. Sie konnte sich gut vorstellen, wie die resolute Ann ihrer Schwiegertochter ihre Vorstellungen vom Leben beibrachte. Sie erinnerte sich noch gut an ihre eigenen Erfahrungen mit Anns Erziehungsmethoden. Ann war immer herzlich, aber sehr energisch gewesen, und sie hatte ihr so manchen Ratschlag gegeben. Allerdings war es nicht immer der richtige gewesen.

„Und wieso ging alles Hals über Kopf? Was meinst du damit?"

„Ach, nichts Schlimmes. Es hat schon alles seinen Anstand. Aber Simon ist doch bei der Miliz, er hat sich ja schon gleich bei Kriegsbeginn freiwillig gemeldet. Augenblicklich ist er in Charleston stationiert, aber er weiß weder, wie lange er noch in Charleston bleiben kann, noch wie lange er anschließend fort sein wird, daher wollte er so schnell wie möglich heiraten. Ann hätte es zwar lieber gesehen, wenn er noch ein wenig gewartet hätte, denn die beiden kannten sich noch nicht sehr lange. Aber wenn Simon etwas will, dann setzt er es auch durch. Zwei Tage bevor ich abgefahren bin, hat er geheiratet."

„Wie heißt denn das Mädchen? Vielleicht kenne ich sie", überlegte Vivian.

„Nein, das glaube ich nicht. Sie stammt nicht aus Charleston. Sie ist zwar auf einer Plantage in der Nähe aufgewachsen, hat aber früher nur ganz selten die Stadt besucht. Ihr Name ist Georgia Meunier. Nein, das heißt, jetzt ist ihr Name ja Georgia Welsey.“

„Oh, dann hat sie französische Vorfahren?“

Robert nickte. „Ja, ihre Eltern. Oder ihre Großeltern, das weiß ich nicht so genau. Aber Georgia selbst ist auf alle Fälle in den Kolonien geboren.“

„Ach, Robert“, seufzte Vivian unvermittelt. „Du hast keine Ahnung, wie sehr ich mich nach Charleston sehne. Ich wünschte, ich wäre schon bei Ann und den Welseys.“

Robert lächelte herzlich. „Ja, das verstehe ich. Und weißt du was, du wirst sogar sehr bald schon zuhause sein. Wir laufen nämlich übermorgen aus, und wenn alles gut geht, sind wir in zwei Wochen in Charleston.“

Vivian atmete tief durch. Nun war ihr Ziel endlich in greifbare Nähe gerückt. Nur noch wenige Tage, und sie wäre in Charleston, ihrem geliebten Charleston. Und doch konnte sie sich nicht wirklich freuen. Schuld war der bohrende Schmerz in ihrem Inneren, der beständig an ihr nagte, seit sie wusste, dass Gérard Dupont tot war. Warum nur hatte er die Dolphin verlassen müssen? Wieso hatte er in einer Nacht-und-Nebel-Aktion sein Leben riskiert und verloren? Sie konnte sich einfach nicht damit abfinden. Sie wollte sich über ihre Heimkehr freuen. Und stattdessen war ihr nur noch zum Heulen zumute!

5

Wie Robert gesagt hatte, lief das Schiff zwei Tage später aus, nachdem die Ladung in sämtlichen Räumen und Ecken der Eagle verstaut worden war. Es gab nicht einen Winkel des Schiffes, der nicht mit Tee, Gewürzen oder Seidenstoffen vollgestopft war. Auch Vivians Kabine glich inzwischen eher einem Kolonialwarenhandel als einer Schiffskabine, doch das störte sie nicht.

Die Überfahrt nach Charleston verlief glatt und ohne nennenswerte Probleme. Es schien für Captain Beagle nichts Leichteres zu geben, als die Engländer an der Nase herumzuführen und ihre Blockade zu durchbrechen. Er nutzte die Dunkelheit der Nacht, um den Schiffen der Engländer zu entwischen. Nach zweiwöchiger Seefahrt lief die Eagle bei Morgengrauen im Charlestoner Hafen ein.

Noch bevor sie anlegten, klopfte Robert an Vivians Kabinentür, damit sie schon aus der Ferne einen Blick auf Charleston werfen konnte. Im Eilschritt folgte sie ihm an Deck. Während die Eagle sich den Hafenanlagen näherte, wurde Vivian von einer Erregung erfasst, die kaum zu ertragen war. Sie hatte Charleston noch nie von der Seeseite aus gesehen, und der Anblick der Stadt, die von den ersten Sonnenstrahlen beleuchtet wurde, erschien ihr in diesem Augenblick als der schönste der Welt. Der vertraute Turm von Sankt Michael hob sich weiß leuchtend vom Himmel ab. Er überragte die Stadt, die auf einer durch den Ashley River und den Cooper River abgegrenzten Halbinsel lag, und war von jedem Punkt aus zu sehen. Vivian konnte Fort Sumter entdecken, das direkt vor Charlestons Toren auf einer Insel lag, und auch Fort Moultry war zu erkennen. Wie sie wusste, verteidigten diese beiden Forts Charleston zur Seeseite hin gegen etwaige Angriffe.

Vivian sog jede Einzelheit in sich auf und vergaß zum ersten Mal seit Tagen für einen Augenblick sogar ihren Kummer um Gérard. Beglückt atmete sie die klare Seeluft ein. Sie glaubte Charleston förmlich riechen zu können, so nah war sie ihrem Heimatort jetzt.

Endlich hörte sie ein lautes Rasseln. Befehle wurden gebrüllt, und die Eagle warf Anker. Sie war weder besonders groß noch hatte sie starken Tiefgang, und so konnte sie bequem im Hafen vor Anker gehen. Viele Schiffe größerer Tonnage mussten auf dem Meer Anker werfen und konnten nicht in den Hafen einlaufen, da das Wasser im Hafenbecken nicht besonders tief war.

Dann endlich, nach weiteren hektischen Minuten an Bord, lag die Eagle fest vertäut an den Charlestoner Docks. Vivian konnte kaum fassen, dass sie endlich angekommen war. Sie verspürte ein aufgeregtes Kribbeln im Bauch, Tränen schossen ihr in die Augen, während sie gleichzeitig einen beinahe hysterischen Drang zu lachen unterdrückte. Unwillkürlich fragte sie sich, ob noch alles so war, wie sie es kannte, oder ob es in den zweieinhalb Jahren ihrer Abwesenheit viele Veränderungen gegeben hatte. Sie konnte es kaum noch erwarten, endlich an Land zu kommen.

Aufgeregt verabschiedete sie sich wenig später von Captain Beagle und versprach ihm das Geld für die Überfahrt, das sie ihm schuldete, in zwei Tagen zu bringen. Dann endlich konnte sie die Eagle verlassen und das erste Mal seit zwei Jahren ihren Fuß auf amerikanischen Boden setzen.

Zu ihrer Freude hatte Robert die Erlaubnis erhalten, sie zu begleiten, und trug ihr Gepäck. Sie war dankbar für seine Hilfe, denn allein hätte sie es kaum geschafft, die vielen Koffer und Taschen von Bord zu bringen, und hätte einen Teil ihres Gepäcks erst einmal auf dem Schiff lassen müssen.

Im Vorbeigehen beobachte Vivian das muntere Treiben im Hafen. Sie sah Ruderboote, die Soldaten zu den Forts hinausbrachten. Junge Männer in blauen Uniformen saßen darin. Als sie Vivian erblickten, winkten sie ihr fröhlich zu. Vivian kannte die Männer nicht, aber sie winkte lachend zurück.

Es waren die blauen Uniformen, die Vivian daran erinnerten, dass Charleston sich im Kriegszustand befand. Ansonsten wies jedoch nicht viel darauf hin. Das geschäftige Treiben in der Meeting Street und Tradd Street war nicht weniger lebhaft als vor ihrer Abreise auch. Die Meeting Street durchkreuzte die Stadt von Norden nach Süden. Hier lagen die wichtigsten öffentlichen Gebäude. In der parallel laufenden Charles Street hingegen waren die eleganten Läden zu finden. Vivian betrachtete voller Neugier die Auslagen. Obwohl Ann ihr geschrieben hatte, dass man trotz des

Krieges alles bekommen konnte, war Vivian doch erstaunt über die Fülle der angebotenen Waren.

Robert, der sich klaglos mit ihren Koffern abmühte, atmete auf, als sie endlich vor dem Haus der Welseys standen. Es war ein zierliches Backsteingebäude, zu dessen gemaserter Mahagonitür eine Steintreppe mit schmiedeeisernem Geländer empor führte. Die Mauer rechts neben der Tür war zum großen Teil mit wild wucherndem Efeu bewachsen, und die linke Mauer wurde von wildem Wein geschmückt. Vivian hatte das Haus schon gemocht, als sie noch ein kleines Mädchen gewesen war, doch erst jetzt wurde ihr bewusst, wie viel es ihr wirklich bedeutete. Das Haus ihrer Eltern war ähnlich gebaut, nur etwas kleiner, und vielleicht hing damit Vivians Gefühl zusammen, hier zuhause zu sein.

Plötzlich, als sie gerade den Klopfer betätigen wollte, fingen die Glocken von Sankt Michael an zu läuten. Vivian lief ein Schauer über den Rücken. Es war, als wollten die Glocken sie begrüßen! Wie oft war sie als kleines Mädchen am Sonntagmorgen von den Glocken geweckt worden. Sie hatte ihren Klang immer geliebt. Mit Tränen der Freude in den Augen überlegte sie, was für ein Tag heute war. Es war Sonntag! Der erste Sonntag im Dezember des Jahres 1779. Sie hätte sich keinen schöneren Tag für ihre Heimkehr aussuchen können!

Sie lächelte Robert ein wenig zittrig an und klopfte. Auch für Robert war es heute eine Heimkehr, wenn er auch kürzer fort gewesen war als sie. Doch die Seereisen, die er unternahm, waren nicht ungefährlich, und Ann würde sich auch über seine Rückkehr freuen.

Endlich öffnete ein junges Hausmädchen die Tür und blickte ihnen interessiert entgegen. „Mr. Maine!“, strahlte die hübsche Mulattin, als sie Robert erkannte. „Wir haben schon gehört, dass ein Schiff in den Hafen eingelaufen sein soll! Dann war es Ihr Schiff! Mrs. Welsey wird sich riesig freuen, Sir!"

„Ich habe jemanden mitgebracht", lächelte Robert und forderte Vivian mit einem Handzeichen auf, vor ihm über die Schwelle zu treten.

Das Hausmädchen warf erst einen neugierigen Blick auf Vivian, dann auf die vielen Koffer.

„Ich glaube, wir kennen uns noch nicht", lächelte Vivian das Mädchen freundlich an. „Sie haben hier noch nicht gearbeitet, als ich noch in Charleston wohnte. Mein Name ist Vivian Darcy."

„Miss Darcy!", entfuhr es dem Mädchen mit großen Augen. „Nein, da wird sich Mrs. Welsey aber freuen! Ich habe schon so viel von Ihnen gehört! Mein Name ist Vanessa, Miss! Und ich werde Mrs. Welsey sofort Bescheid sagen, dass Sie da sind!"

„Ich werde erst einmal die Koffer reinbringen", bemerkte Robert trocken. „Vanessa, Miss Darcy wird hier wohnen."

„Jawohl, Sir, das dachte ich mir. Mrs. Welsey hat immer gesagt, wenn Miss Darcy irgendwann zurückkommen würde, dann –"

Vanessa wurde unterbrochen, da die Salontür aufflog und eine etwas rundliche, immer noch hübsche Frau um die fünfzig herausgestürmt kam.

„Vivian, liebe Vivian!", rief Ann und strahlte dabei über das ganze Gesicht. „Ich habe deine Stimme gehört! Mein Gott, Kind, dass du wieder da bist!"

„Oh ja, Ann, ich bin wieder da! Ich bin endlich wieder da!", lachte Vivian, doch im nächsten Moment schossen ihr schon wieder die Tränen in die Augen.

Ann lief auf sie zu und zog Vivian lachend in die Arme. „Oh, Vivian, wie ich mich freue! Wenn ich das gewusst hätte, dass du kommst! Warum hast du denn nicht geschrieben? Glaub mir, ich hätte den halben Hausstand auf den Kopf gestellt, um dir einen schönen Empfang zu bereiten!"

„Oh, Ann!", schluchzte Vivian und kuschelte sich fest in die Arme ihrer mütterlichen Freundin, die ihr beruhigend über das Haar strich. „Es ist so schön, zuhause zu sein! Oh, ich habe euch alle ja so vermisst!"

„Na, und wir dich erst!", schniefte Ann, die nun auch die Freudentränen nicht länger zurückhalten konnte. Dann fiel ihr Blick auf Robert, der gerade die letzten Koffer hereinbrachte.

„Lieber Himmel, Robert, entschuldige, dass ich dich völlig übersehen habe!", lachte Ann. „Wie schön, dass du heil und gesund zurück bist! Und wie wird sich erst deine Mutter freuen! Aber wie kommt es, dass du mit Vivian zusammen hier auftauchst?"

„Na, weil sie doch auf der Eagle mitgefahren ist", grinste Robert.

„Also, das gibt es ja gar nicht!", lachte Ann. „Oh, was ist das doch für ein schöner Tag!"

„Ihr habt euch bestimmt jede Menge zu erzählen", bemerkte Robert mit einem breiten Lächeln. „Dann werde ich mich mal auf den Weg zu Mutter machen. Du weißt ja, was sie sich immer für Sorgen macht, wenn ich unterwegs bin."

„Ja, und zu Recht!", versetzte Ann energisch. „Allerdings wird sie bestimmt schon wissen, dass die Eagle eingelaufen ist. Die Ankunft eines Blockadebrechers spricht sich ja immer schnell herum. Und bestimmt hat sie, genau wie ich, auch schon einen Dienstboten zum Hafen geschickt, um sich ein paar nützliche Dinge zu sichern."

„Davon bin ich überzeugt", grinste Robert. „Obwohl es überflüssig ist. Wir haben genug geladen, dass jeder in Charleston etwas bekommen kann. Die meisten Luxusartikel bleiben doch sowieso in der Stadt."

„Wieso bleiben sie in der Stadt?", fragte Vivian verblüfft.

„Weil der Transport ins Inland zu gefährlich ist", erklärte Robert achselzuckend. „Dorthin werden hauptsächlich Waffen und Munition gebracht, um die kämpfenden Truppen weiter im Norden zu versorgen. Aber wie auch immer, ich muss jetzt wirklich los. War eine schöne Reise mit dir, Vivian. Bevor ich wieder in See steche, komme ich nochmal vorbei."

„Ja, das wäre schön", lachte Vivian. „Ich freue mich, Robert!"

Dann war er fort, worüber Vivian in diesem Augenblick nicht unglücklich war, da sie sich danach sehnte, für eine Weile mit Ann allein zu sein. Es gab so viel zu bereden, was sie in Roberts Gegenwart nicht hätte sagen mögen, auch wenn sie ihn noch so gernhatte.

Ann führte Vivian in das für sie bestimmte Schlafzimmer und setzte sich mit ihr zusammen auf ein kleines Sofa am Fenster. Durch hellgelbe Vorhänge fiel der Blick in den hinter dem Haus liegenden Garten. Vivian lächelte glücklich, während sie ihr Zimmer weiter in

Augenschein nahm. Ein großes Bett mit einer handgearbeiteten Tagesdecke stand dem Fenster gegenüber, daneben eine zierliche Kommode aus Mahagoniholz. Vanessa war bereits dabei, Vivians Kleider in den großen Kleiderschrank an der seitlichen Wand zu hängen.

„Danke, den Rest packe ich schon selbst aus“, entließ Vivian das junge Mädchen mit einem freundlichen Lächeln, denn sie brannte darauf, mit Ann in Ruhe reden zu können.

Sobald Vanessa das Zimmer verlassen hatte, erkundigte Vivian sich als Erstes nach Anns Söhnen.

„Ich habe von Robert gehört, dass Simon geheiratet hat, Ann. Robert sagte, er wäre bei der Miliz. Aber was ist mit Paul und Tom? Wieso sind sie denn gar nicht zuhause? Und wo ist Herbert?“

„Herbert ist für ein paar Tage nach Lakewood gefahren“, erklärte Ann lächelnd. „Er wollte auf der Plantage mal wieder nach dem Rechten sehen.“

„Und die Jungs?“

Ann seufzte, und ihr Lächeln wurde etwas trüber. „Sie sind beide bei der Miliz. Da sie jung und unverheiratet sind, hat man ihnen die gefährliche Aufgabe zugewiesen, Wagenkolonnen mit Waffen und Munition in den Norden nach New York zu bringen.“

„Gütiger Himmel!“, entfuhr es Vivian entsetzt. „Da musst du doch schreckliche Angst haben!“

„Oh ja, und wie“, bestätigte Ann mit einem energischen Kopfnicken. „Weißt du, die Jungs sind ständig in Gefahr, von den Engländern gefangen genommen oder erschossen zu werden! Diese schrecklichen Rotröcke versuchen mit allen Mitteln die Wagenkolonnen aufzuhalten, um die Versorgung der kämpfenden Truppen im Norden zu unterbrechen. Aber es war ja klar, dass Paul und Tom sich auf so etwas Waghalsiges einlassen würden!"

„Und was ist mit Simon? Er ist doch auch bei der Miliz. Ist es für ihn nicht auch gefährlich?"

„Ja, natürlich. Aber weil er verheiratet ist, durfte er in Charleston bleiben. Man hat ihm irgendwelche Aufgaben zugewiesen, die ihn vorerst nicht aus der Stadt führen. Im Augenblick hat er Wachdienst in Fort Moultry." Ann lachte kurz. „Du kennst ja Simon. Er hat sich mal wieder das Beste ausgesucht. Er meint zwar, er kommt dort um vor Langeweile, aber ich bin froh, dass ich mir wenigstens um ihn keine Sorgen machen muss."

„Ja, das verstehe ich", nickte Vivian. „Dieser fürchterliche Krieg."

„Nun lass uns mal das Thema wechseln", schlug Ann mit einem herzlichen Lächeln vor. „Was ist mit dir, Kind? Erzähl mal, wie deine Reise war. Und wie es dir in England so ergangen ist."

„Ach, von England gibt es nicht viel zu erzählen. Das meiste habe ich dir schon geschrieben."

„Ja, ich weiß, aber ich würde trotzdem gern noch einmal alles hören. Außerdem ist ja nicht jeder Brief von dir angekommen, wegen dieses dummen Handelsverbots mit England."

„Na gut", lachte Vivian. „Aber dann sollten wir uns eine Tasse Tee kommen lassen, denn es wird etwas dauern, bis ich alles erzählt habe."

„Tee?", fragte Ann mit einem Schmunzeln. „Das trinken doch nur noch die Tories! In einem guten amerikanischen Haushalt wird Kaffee getrunken!"

„Dann eben Kaffee", stimmte Vivian sofort zu. „Den mag ich eigentlich auch viel lieber. Ich habe mich eben nur in England so ans Teetrinken gewöhnt, dass es mir so herausgerutscht ist."

Ann lachte unterdrückt. „Schon gut, Vivian. Niemand hier würde dir einen Vorwurf machen, wenn du Tee trinken möchtest. Aber ich habe gar keinen mehr im Haus. Also trinken wir doch lieber Kaffee!"

Als Vanessa zehn Minuten später eine Kanne dampfend heißen Kaffee und ein paar Kekse brachte, war Vivian bereits mitten in der Beschreibung ihres Lebens auf Oakfield bei ihrem Onkel. Sie erzählte, wie es gekommen war, dass sie England verlassen konnte, und berichtete voller Begeisterung von den ersten Eindrücken während ihrer Reise. Sie geriet jedoch ins Stocken, als sie von Gérard Duponts Verschwinden von der Dolphin erzählte. Ein paarmal musste sie tief Luft holen, ehe sie weitersprechen konnte, und als sie am Ende ihrer Erzählung angekommen war, zitterten ihre Hände.

„Das ist ja in der Tat ein sehr rätselhafter Vorfall", bemerkte Ann kopfschüttelnd. „Und du bist ganz sicher, dass dieser Dupont nicht eines der Rettungsboote genommen hat?"

„Ich ... ich weiß es nicht. Aber dann hätte John das doch bemerkt. Oder der Kapitän."

„Ja, das ist wahr. Andererseits ... ein Mann springt doch nicht mit seinem gesamten Gepäck ins Wasser. Da muss es doch noch eine andere Erklärung geben."

„Ja, aber ... welche denn?"

„Keine Ahnung", versetzte Ann schulterzuckend und enttäuschte damit Vivians Hoffnung auf eine plausible

Erklärung. „Aber du solltest dir darum nicht so viele Gedanken machen. Schließlich scheint der Mann ja selbst
schuld an seinem Schicksal gewesen zu sein, so gemein,
wie er dich behandelt hat."

Vivian blickte stumm zu Boden.

„Vivian?"

„Ach, ich weiß nicht!", jammerte Vivian und warf sich
in Anns Arme. „Ich habe so ein schlechtes Gewissen!
Wenn ich nur nicht so hart mit ihm gewesen wäre!"

Ann strich ihr tröstend über das Haar. „Nun sei nicht
albern, Kind! Nach allem, was du mir über diesen
Mann erzählt hast, hat er es doch gar nicht anders verdient! Sich über ein hilfloses, junges Ding wie dich lustig zu machen. Und so unhöflich zu sein, nicht mit dir
reisen zu wollen, um dann bei jeder Gelegenheit seine
Späße mit dir zu treiben! Nein, nun gräm dich mal
nicht. Vermutlich hat der Kerl sich mit seinem Verschwinden nur einen weiteren Spaß erlaubt. Vielleicht
steckt dein Engländer, dieser John, ja sogar mit ihm unter einer Decke."

„Nie und nimmer!", widersprach Vivian heftig. „Das
hätte John nie getan! Er war die Höflichkeit in Person.
Und ich glaube auch nicht, dass ... dass Gérard so weit
gegangen wäre, sich solch einen grausamen Scherz mit
mir zu erlauben."

„Nun, ich fürchte, das werden wir so bald nicht herausfinden. Aber was auch immer passiert ist, du solltest
diesen Mann vergessen. Ein Mann, der einer Dame eine
Liebeserklärung macht und sich dann mir nichts dir
nichts aus dem Staube macht – ja, wo hat man denn so
etwas schon gehört!"

„Ach, Ann, wenn es nur so einfach wäre! Weißt du, das Problem ist, dass ich ... nun ja, was ich sagen will, ist, dass ich ..." Hilflos brach sie ab.

„Was du sagen willst, ist, dass du ihn gernhattest!", versetzte Ann ruhig, und Vivian nickte. Ann zog sie in die Arme. „Vivian, ich habe es dir eben schon einmal gesagt, und ich sage es gern noch einmal: Ich kann mir nicht vorstellen, dass jemand mit seinem gesamten Gepäck ins Meer springt. Ich bin sicher, dass dieser mysteriöse Franzose schon irgendwie überlebt hat."

„Ich ... ich würde ja nur gern wissen, dass es ihm gut geht", seufzte Vivian. „Aber ich weiß, wie unwahrscheinlich es ist, dass ich das je erfahre. Vermutlich ist es das Beste, wenn ich vergesse, dass ich ihm je begegnet bin."

„Das ist es ganz bestimmt!", nickte Ann entschieden. „Und am besten fängst du gleich damit an. Also erzähl mir mal, was du jetzt für Pläne hast."

Vivian biss sich kurz auf die Lippen. Sie würde Gérard nicht vergessen können. Auch nicht, wenn Ann und sie selbst wussten, dass es besser wäre. Aber zumindest für den Augenblick würde sie nicht an ihn denken!

Sie blinzelte daher entschlossen die letzten Tränen fort und erläuterte mit mehr Munterkeit, als sie empfand: „Nun, ich denke, ich werde zunächst einmal feststellen, was aus unserem alten Haus hier in Charleston geworden ist. Tante Sophie sagte, dass sie es nach Vaters Tod nicht verkauft hat, also müsste ich es eigentlich beziehen können. Ich hoffe nur, es ist nicht allzu heruntergekommen."

„Oh nein, das ist es nicht. Ich wusste immer, dass du eines Tages zurückkehren würdest, also habe ich jeden

Monat einige meiner Dienstboten herübergeschickt, um dort alles in Schuss zu halten. Aber –"

„Das hast du getan?", staunte Vivian. „Aber das ist ja wunderbar."

„Leider nicht ganz so wunderbar, wie du denkst. Vor einigen Monaten kam ein Mitarbeiter einer Anwaltskanzlei zu mir. Er hatte gehört, dass Herbert und ich uns um das Haus kümmerten."

„Nun ja. Und?"

„Nun, wie es scheint, hat dein Vater, als er die Plantage deines Onkels übernahm, eine erhebliche Hypothek auf euer Haus aufgenommen. Er brauchte Geld, um das Anwesen instand setzen zu können. Wozu es dann ja tragischerweise nicht gekommen ist. Diese Hypothek ist nach dem Tod deines Vaters natürlich nie zurückgezahlt worden. Sophie und ich hatten keine Ahnung davon, dein Vater hatte alles allein abgewickelt. Und dann ist vor einigen Monaten irgendeine Frist abgelaufen, und das Haus ist an einen neuen Besitzer gefallen."

Vivian schluckte und lehnte sich niedergeschlagen zurück. „Und ich hatte gehofft, dass ich dort wohnen könnte. Ich wusste nicht, dass ... dass ich nicht einmal mehr das Haus habe."

Ann strich ihr sanft über den Arm. „Mach dir nichts draus, Vivian. Du kannst selbstverständlich, so lange du willst, bei uns wohnen. Du warst ja sowieso fast immer so etwas wie eine Tochter für mich."

„Was ist mit Sam?", fragte Vivian niedergeschlagen. „Tante Sophie hatte ihm vor unserer Abreise die Freiheit geschenkt und ihm gesagt, er könne in dem Haus wohnen bleiben und sich eine Arbeit suchen."

„Die Freiheit hat Sam wenig genützt, Vivian", erklärte Ann bedauernd. „Niemand wollte einen freigelassenen Sklaven anstellen. Simon hat ihm schließlich eine Stelle auf einer Plantage besorgt."

Vivian reckte das Kinn vor. „Als ich in England war, habe ich immer behauptet, hier wäre alles besser! Aber das stimmt nicht!"

„Wie meinst du das, Kind?", fragte Ann verwundert.

„Ich meine, dass wir Sklaven halten, Ann! Es ist nicht recht, dass wir anderen Menschen ihre Freiheit nehmen und sie als unser Eigentum betrachten!"

Ann zog verärgert eine Braue hoch. „Es ist unsere Art zu leben, Vivian! Wir halten selbst Sklaven. Die Meuniers halten Sklaven. Dein Großvater und dein Onkel hielten Sklaven und lebten gut davon! Und selbst dein Vater hatte Sam!"

„Ja, aber –"

„Vivian, wie sollten wir unsere Plantagen bewirtschaften ohne die Schwarzen?"

„Ich weiß es nicht! Aber es müsste doch möglich sein! In England gibt es keine Sklaverei, und trotzdem bewirtschaften die Menschen dort ihre Ländereien! Und Onkel William hat oft über die Sklavenhaltung geschimpft! Er hat immer gesagt, sie sei menschenverachtend, und deshalb wäre es gut, dass England sie nach langer politischer Auseinandersetzung irgendwann abgeschafft habe!"

„Willst du damit sagen, in England wäre alles besser?", fragte Ann entgeistert.

„Natürlich nicht!", fuhr Vivian auf. „Aber zumindest sind die Menschen dort frei! Ich habe Zeitungsartikel

gelesen, in denen über die Sklavenhaltung geschrieben
wurde, und –"

„Gibt es in England etwa keine Armut, keine Ausbeu-
tung oder Unterdrückung?", setzte Ann mit blitzenden
Augen nach.

„Doch natürlich, aber –"

„Vivian, glaub mir, ich bin gewiss kein Mensch, der
anderen Übles will! Aber ohne Sklaven – das würde
hier einfach nicht gehen! Und wir behandeln sie doch
gut, das kannst du nicht abstreiten."

„Ja, du und Herbert und alle, die ich kenne. Aber in
England habe ich von Fällen gelesen ... Und außerdem
ist es einfach nicht richtig!"

„Richtig oder nicht, wir werden nichts daran ändern
können", gab Ann achselzuckend zurück. „Die Dinge
sind, wie sie sind, Vivian. Und im Augenblick, mit den
Engländern vor der Haustür, haben wir wirklich Wichtigeres zu tun, als über den Umgang mit unseren Sklaven nachzudenken!"

„Ja, wahrscheinlich", räumte Vivian bedrückt ein.
„Und trotzdem ..."

Ann legte ihr eine Hand auf den Arm. „Nun mach
nicht so ein Gesicht, Vivian. Wichtig ist doch erst einmal, dass du wieder hier bist. Was die Sklavenfrage angeht, da können wir immer noch drüber nachdenken,
wenn wir die Engländer los sind. Und wenn du dich
erst einmal wieder eingelebt hast, wirst du schon zur
Vernunft kommen."

Vivian warf Ann einen schrägen Blick unter den
Wimpern zu. Für sie war Ann immer der Inbegriff von
Weitsicht gewesen. Aber diesmal lag Ann falsch!

„Du hast recht, die Welt lässt sich nicht an einem Tag verbessern", räumte sie nichtsdestotrotz ein. „Aber ich kann auch nicht einfach alles so hinnehmen, wenn es falsch ist."

„Kind, das sollst du doch auch gar nicht!", lachte Ann. „Nur bringt es nichts, zu träumen! Ich finde es ja selbst erbärmlich, dass wir es nötig haben, Sklaven zu beschäftigen! Aber es lässt sich nun einmal nicht ändern."

„Ich weiß", seufzte Vivian. „Aber –"

„Dann lass uns jetzt lieber wieder zu unserem ursprünglichen Thema zurückkehren", unterbrach Ann energisch. „Du wirst also hier wohnen, das war eigentlich schon klar, ehe du zurückgekehrt bist. Und ich freue mich, Vivian."

Vivian rang sich ein Lächeln ab. „Vorerst wird mir wohl nichts anderes übrig bleiben. Aber es soll nicht auf Dauer sein, Ann. Ich werde schon etwas anderes finden. Schließlich habe ich ja noch das Geld von Tante Sophie. Sie hat versprochen, mir alle sechs Monate hundert Pfund zu schicken. Ich weiß zwar nicht, wie viel Dollar das sind, aber ich denke doch, dass sich damit etwas anfangen lässt. Und gleich morgen werde ich die Pfundnoten, die ich schon von ihr habe, in Dollar umtauschen."

„Das wird dir nicht gelingen", gab Ann kopfschüttelnd zurück. „Pfundnoten will hier niemand mehr haben. Mal ganz abgesehen davon, dass die Einfuhr von englischem Geld unter Strafe verboten ist. Also erzähl lieber niemandem, dass du britisches Geld ins Land geschmuggelt hast."

„Geld ist Geld", beharrte Vivian. „Ich werde morgen zur Bank gehen, und die Pfundnoten in Dollar umtauschen."

„Kind, hast du nicht zugehört? Keine einzige amerikanische Bank wird deine Pfundnoten annehmen! Du würdest dich nur in den Verdacht bringen, keine Patriotin zu sein!"

„Lieber Himmel!", stöhnte Vivian. „Jeder in England hat mich eine Rebellin geschimpft, wenn ich das Wort Amerika nur in den Mund genommen habe! Und nun soll ich hier in Verdacht geraten, keine Patriotin zu sein, nur weil ich englisches Geld dabeihabe? Das ist doch lächerlich!"

„Vivian –", setzte Ann an, doch Vivian unterbrach sie sofort.

„Ganz egal, was du sagst, Ann, ich muss zumindest versuchen, das Geld zu wechseln. Ich habe nicht vor, dir und Herbert auf der Tasche zu liegen!"

„Vivian, das ist doch wirklich albern!"

„Mag schon sein", lächelte Vivian gequält. „Aber zur Bank gehe ich morgen trotzdem!"

Gleich am nächsten Vormittag machte Vivian sich, wie angekündigt, auf den Weg. Was sie dabei erlebte, war ein bitterer, wenn auch zu erwartender Rückschlag.

Der Bankangestellte lächelte Vivian freundlich an, als sie sich ihm näherte. Doch seine Miene verfinsterte sich sofort, als Vivian die Pfundnoten auf den Tisch legte.

„Ich hätte das gern in amerikanische Dollar gewechselt", erklärte sie höflich.

„Halten Sie mich für die Bank von England?", kam es
grob zurück.

„Ist das hier etwa keine Bank?"

„Ja, aber eine amerikanische!"

Vivian tat, als verstünde sie nicht, was der Mann
meinte. „Nun ja, und? Ich dachte, in einer Bank könnte
man Geld wechseln. Dazu ist eine Bank doch unter an-
derem da, oder etwa nicht?"

Der Bankangestellte machte eine ungeduldige Handbewegung. „Hören Sie, Lady, nehmen Sie Ihr Geld und
verschwinden Sie. Wir wollen hier nichts mit einer verfluchten Tory zu tun haben!"

Vivian schnappte nach Luft. „Tory? Aber ich bin keine
Tory!" Sie war maßlos verärgert. Als Torys bezeichnete
man in England eine politische Partei. Hier in den amerikanischen Kolonien aber wurde der Begriff als
Schimpfwort für die königstreuen Amerikaner ver-
wendet.

„Dann nehmen Sie Ihr verdammtes Torygeld hier
weg!", fuhr der Mann sie an.

Wütend steckte Vivian das Geld wieder ein und
wollte gehen.

„Hören Sie, Miss!", rief ihr der Bankangestellte nach,
und sie wandte sich fragend um. „Wenn Sie wirklich
keine Tory sind, dann gehen Sie mit Ihrem Geld besser
zu keiner anderen amerikanischen Bank. Wir haben
das nicht so gern, dass man uns britisches Geld andre-
hen will. Sie könnten sonst Ärger kriegen, auch wenn
Sie keine Tory sind."

„Und wo soll ich mein Geld dann umtauschen?"

Der Mann zuckte gleichgültig mit den Schultern. „Ich
weiß es nicht, Miss. Versuchen Sie es bei einer

Torybank. Vielleicht nehmen die es. Aber ich glaub's nicht. Man kann ja doch nichts mit dem Geld anfangen."

Vivian ging wortlos hinaus. Sie hatte kein Haus mehr, kein Geld und wusste nicht einmal, wie sie nun Captain Beagle das Geld für den Fahrpreis geben sollte, das sie ihm schuldete! Wenn es nicht so traurig wäre, überlegte sie, müsste sie lachen. In England sagten die Königstreuen, sie sei eine Rebellin – und in Amerika behaupteten die Rebellen, sie sei eine Königstreue! Vielleicht hätte sie mit Gérard Dupont nach Frankreich gehen sollen, dort wäre sie vor solchen Anschuldigungen sicher gewesen! Doch sie hatte diesen Gedanken kaum zu Ende gedacht, da überkam sie schon wieder diese tiefe Traurigkeit, die sie jedes Mal bei der Erinnerung an Gérard überfiel. Sie würde niemals mit Gérard irgendwo hingehen können. Selbst wenn er nicht tot sein sollte – was nicht sehr wahrscheinlich war –, so würde sie ihn trotzdem niemals wiedersehen. Nach wie vor kam sie mit dieser Vorstellung nicht klar. Und dennoch wusste sie, dass sie sich irgendwie damit abfinden musste.

Als sie nach Hause kam, wartete Ann schon im Salon auf sie mit der Nachricht, dass sie zum Silvesterball der Meuniers auf deren Plantage Bellarbres eingeladen waren. Simons Schwiegereltern, die zurzeit in ihrem Stadthaus in Charleston weilten, waren während Vivians Gang zur Bank kurz da gewesen und hatten die Einladung persönlich überbracht. Vivian sagte, sie freue sich und würde gern mitkommen. Doch Ann entging nicht, dass etwas nicht stimmte.

„Was ist los, Vivian, du machst so ein bedrücktes Gesicht?"

„Ach, Ann, du hattest recht! Die Bank will die Pfundnoten nicht tauschen! Wovon bezahlte ich denn nun nur Captain Beagle?"

„Ach, das ist doch alles halb so schlimm", lachte Ann. „Die Kosten für deine Überfahrt übernehme selbstverständlich ich."

„Ich bin so froh, dass du mir hilfst, Ann. Aber ich will dir eigentlich nicht zur Last fallen! Gleich im Januar werde ich mir eine Arbeit suchen."

„Ja, um Himmels willen, Vivian!", entfuhr es Ann mit einem Lachen. „Hast du den Verstand verloren? Was willst du denn arbeiten?"

„Ich weiß noch nicht", entgegnete Vivian zögernd. „Ich kann nähen. Oder als Gouvernante arbeiten. Ich weiß noch nicht genau. Es muss sich finden."

„Na ja", erwiderte Ann nach einiger Überlegung. „Vielleicht ist die Idee gar nicht mal so schlecht, dann kommst du wenigstens mal auf andere Gedanken und trauerst nicht ständig deinem Franzosen hinterher! Aber es muss eine anständige, ordentliche Arbeit sein. Und Gouvernante kommt nicht in Frage, da würdest du ja in einem fremden Haushalt leben! Du wirst auf jeden Fall unter meinen Fittichen bleiben!"

„Ja, Ann", lächelte Vivian. „Als ob ich –"

Sie brach ab, als die Salontür geöffnet wurde. Gekleidet in den dunkelblauen Rock eines Offiziers der amerikanischen Miliz, marschierte ein hochgewachsener, junger Mann in den Raum und sah sich suchend um. Als er Vivian erblickte, blitzten seine hellgrauen Augen auf, und er breitete lächelnd die Arme aus.

„Willkommen zuhause, Schwesterherz!", sagte er ruhig.

„Simon!", jubelte Vivian und war im nächsten Moment in seinen Armen.

„Gütiger Himmel, ist das schön, dich zu sehen!", lachte Simon Welsey und drückte ihr einen herzhaften Kuss auf die Stirn. „Nach Mutters Nachricht, dass du hier bist, bin ich gekommen, sobald ich freibekam! Und, lieber Himmel, die haben ja in England eine richtige Lady aus dir gemacht! Wo ist der jungenhafte Wildfang geblieben, mit dem ich auf Bäume geklettert bin?"

„Oh, der versteckt sich nur unter diesem eleganten Kleid!", lachte Vivian, und ihre Augen strahlten. Dann jedoch fiel ihr Blick auf die schwarzhaarige Schönheit, die hinter Simon den Salon betreten hatte.

„Sie müssen Georgia sein", lächelte Vivian, mit einem Anflug von Verlegenheit, da sie nicht wusste, wie Simons Frau auf ihre und Simons überschwängliche Begrüßung reagieren würde.

Doch Georgia lachte herzlich und streckte ihr beide Hände entgegen. „Oh ja, und Sie sind Simons kleine Schwester! So jedenfalls nennt er Sie immer, wenn er von Ihnen spricht! Oh, ich freue mich so, Sie endlich kennenzulernen! Simon hat so viel von Ihnen erzählt!"

„Ich freue mich so sehr für Sie und Simon!", lächelte Vivian, während sie insgeheim bewunderte, mit welcher Anmut Georgia ihre Hände bewegte. Sie wirkte sehr französisch, stellte Vivian fest, was nicht nur an Georgias dunklen Haaren, sondern vor allem an ihrer lebhaften Art lag.

Tatsächlich gelang es Georgia, Vivian in weniger als fünf Minuten in ein endloses Gespräch über die neueste Mode und die interessantesten Entwicklungen in der Stadt zu verwickeln. Georgia redete dabei beinahe ununterbrochen, war aber so charmant und liebenswert, dass Vivian des Öfteren lachen musste. Zum Abschied umarmte Georgia Vivian und küsste sie auf beide Wangen.

„Liebe Vivian, ich freue mich so, Sie auf unserem Silvesterball wiederzusehen. Es wird Ihnen bestimmt gefallen. Es sind viele Offiziere da – Rebellenoffiziere natürlich, von den Milizeinheiten, so wie Simon. Einer von ihnen ist gerade erst aus dem Norden zurückgekehrt, stellen Sie sich das einmal vor. Soviel ich weiß, soll dort ja heftig gekämpft werden. Ist das nicht aufregend? Überhaupt ist er ein sehr aufregender Mann. Wenn auch natürlich nicht so sehr wie Simon. Simon ist einzigartig. Ich glaube, so einen wunderbaren Mann wie ihn gibt es nur einmal."

Vivian lächelte wehmütig, den Gedanken an ein Paar lachender, blauer Augen verdrängend. „Simon kann glücklich sein, Sie für sich gewonnen zu haben, Georgia."

„Ja, nicht wahr?", kicherte Georgia. „Aber ich bin es auch. Obwohl ich natürlich weiß, dass ich übertreibe. Es gibt wirklich viele wunderbare Männer. Selbst mein eigener Vater und natürlich meine Brüder. Und dann habe ich auch noch ein paar ganz großartige Cousins und Onkel!"

Vivian musste lachen. „Ich glaube, ich hätte auch gern ein paar Verwandte, von denen ich so schwärmen könnte. Meine Onkel und Tanten sind leider alle eher langweilig."

„Wirklich?" Georgia lächelte schelmisch. „Ach, wissen Sie, so aufregend ist meine Familie nun auch wieder nicht. Ich übertreibe manchmal eben nur ganz gern. Das ist eine dumme Angewohnheit."

„Nun, zumindest bin ich neugierig auf Ihren Silvesterball!", erwiderte Vivian belustigt.

Ein spitzbübisches Lächeln huschte über Georgias hübsches Gesicht. „Nun, das können Sie auch wirklich sein. Es erwartet Sie dort nämlich eine Überraschung."

Vivian hatte keine Zeit, sich Gedanken darüber zu machen, was für eine Überraschung Georgia wohl gemeint haben könnte. Viel zu angefüllt waren die nächsten Tage mit all den kleinen Weihnachtsvorbereitungen, die sie noch zu erledigen hatte. Zwar besaß sie kein amerikanisches Geld, um Weihnachtsgeschenke zu kaufen, aber sie trennte ein altes Kleid auf, das altmodisch, jedoch aus guter Qualität war, und nähte aus dem Stoff hübsche Kleinigkeiten für Ann und ihre Familie. Sie hatte fast alles fertig, bis auf eine kleine Tasche, die Ann bekommen sollte. Irgendwie fehlte der Tasche der letzte Schliff. Vivian beschloss, sich in den großen Modeläden in der Charles Street ein paar Anregungen zu holen.

Zwei Tage waren es nur noch bis Weihnachten, als Vivian an Brugsby's Moden vorbeischlenderte. Mehrere Täschchen lagen in der Auslage, doch keines gefiel ihr so recht. War die Form des einen Täschchens hübsch, so gefiel ihr die Stickerei nicht. Und gefiel ihr die Stickerei, war die Form nicht schön. Immer wieder blickte Vivian von einer Tasche zur anderen, ohne zu einer Entscheidung zu kommen, was am besten aussah.

Sie war so vertieft in ihre Betrachtungen, dass sie kein Auge mehr für die Menschen um sich herum hatte. Leute gingen in den Laden hinein und wieder hinaus, ohne dass sie es bemerkte. Auch was sich auf dem Bürgersteig neben und hinter ihr tat, sah sie nicht.

„Guten Morgen, kleine Lady!", grüßte plötzlich eine tiefe, verwirrend vertraut klingende Stimme hinter ihrem Rücken. „Was für eine nette Überraschung, dass wir uns hier begegnen!"

Beim Klang dieser leicht amüsierten Stimme fuhr Vivian wie vom Donner gerührt herum. Sie hatte das Gefühl, ihre Knie würden nachgeben, und ihr Pulsschlag beschleunigte sich wie rasend, als sie fassungslos in die funkelnden, blauen Augen ihres Gegenübers starrte.

„Vivian, was ist denn? Ist Ihnen nicht gut?", hörte sie die Stimme sagen, in der nun statt Belustigung eine Spur von Besorgnis mitschwang.

Vivian rang vergeblich nach Worten, denn sie konnte keinen einzigen klaren Gedanken fassen. Alles schien sich wie rasend in ihrem Kopf zu drehen, sie konnte überhaupt nichts mehr sehen und hatte das Gefühl, den Halt zu verlieren. Aber blitzschnell war ein stützender Arm da, der sie hielt.

„Gütiger Himmel! – Vivian? Ist alles in Ordnung?"

Vivian blinzelte ein paarmal. Irgendwie brachte sie es nicht fertig, ihre zitternden Knie unter Kontrolle zu bekommen, aber zumindest wurde ihre verschwommene Sicht klarer. Nur ihre Stimme wollte ihr offenbar immer noch nicht gehorchen, denn ihr verstörter Ausruf war kaum mehr als ein Krächzen:

„Gérard! – Oh Gott!"

Sie räusperte sich und versuchte angestrengt, ihre sieben Sinne zu sammeln. Gérards Gesicht schwebte irgendwo über ihr, und in seinen blauen Augen war überhaupt kein Spott zu erkennen, sondern nur eine zärtliche Besorgnis, die ihren Puls noch mehr rasen ließ, als er es gerade ohnehin schon tat.

„Großer Gott, Sie sind bleich wie ein Bettlaken", stellte er in einem deutlich alarmierten Tonfall fest, während er behutsam seinen Arm um ihre schlanke Taille schlang. „Lassen Sie uns zu einer Bank gehen, wo Sie sich setzen können, Vivian."

Sie schüttelte matt den Kopf und schaffte es endlich, ein paar halbwegs zusammenhängende Worte herauszubringen: „Nein, ich ... es geht schon, aber ... oh Gott, Gérard, ich ... ich dachte, Sie wären tot!"

„Ach du großer Gott!", stöhnte er, und für einen Augenblick starrte er sie geradezu entgeistert an. Doch dann begann ein spöttisches Lächeln um seine Lippen zu zucken. „Ich fühle mich aber eigentlich recht lebendig!"

Vivian umklammerte krampfhaft ihren Rock, als ob sie sich daran festhalten könnte. „Dann ... dann sind Sie also gar nicht ertrunken?"

„Nein, wie es den Anschein hat, wohl nicht", entgegnete er mit einem belustigten Lächeln, trotz seines Entsetzens, dass sie das gedacht hatte. „Und es tut mir mehr leid, als ich sagen kann, wenn Sie das wirklich geglaubt haben."

Vivian starrte ihn an. Ihr Herz hämmerte pausenlos, während die Erkenntnis, dass Gérard Dupont keineswegs tot war, sondern quicklebendig hier in Charleston vor ihr stand, abwechselnd Wellen der Freude und der

Verwirrung durch ihren Körper sandte. Es war so unfassbar, dass er lebte! Und wie gut er aussah, braungebrannt und attraktiver denn je! Benommen blinzelte sie.

„Oh Gott! Lieber Himmel, Gérard, ich … Aber wie ist das möglich? Sie sind mitten in der Nacht von der Dolphin verschwunden!"

„Aber deshalb muss ich doch nicht gleich ertrunken sein!", entgegnete er mit einem Kopfschütteln, wobei er sie mit einer eigentümlichen Mischung aus Belustigung und Interesse aufmerksam musterte. „Offen gestanden, ich hatte eigentlich nicht gedacht, dass Sie mich für so dumm halten würden, im Dunkeln über Bord zu springen und bei dem Versuch, die Brigg zu erreichen, zu ertrinken. Zumal ich versucht habe, Ihnen zu verstehen zu geben, dass Sie sich keine Sorgen machen sollten, falls irgendetwas Ungewöhnliches geschieht."

„Ich erinnere mich, dass Sie so etwas in der Art sagten, aber … Oh Gott! Ich kann es nicht fassen!"

„Nein, das ist nicht zu übersehen."

Er warf ihr einen prüfenden Blick zu, wobei ein vorsichtiges Lächeln seine Lippen umspielte. „Ich glaube, es gibt eine Menge, was ich Ihnen vermutlich erklären sollte, Vivian. Vielleicht sollten wir irgendwo hingehen, wo wir in Ruhe reden können. Wie wär's mit einem Kaffeehaus?"

Sie spähte unsicher und immer noch halb verstört zu ihm hoch. Lieber Himmel, er war wirklich am Leben! Sie war kurz davor, sich zu kneifen, um sicherzugehen, dass sie nicht träumte. „Nein, das … das geht nicht. Ich muss zurück nach Hause. Ich ... ich habe gesagt, ich wäre zum Kaffee um vier Uhr zurück."

„Dann bringe ich Sie nach Hause. Wo wohnen Sie?"

„Bei den Welseys am King's Square."

„Gut, das kenne ich. Also kommen Sie."

Gemeinsam setzten sie sich in Bewegung. Vivian war froh, dass Gérard sie unterhakte, denn das flaue Gefühl in ihren Beinen hatte noch längst nicht nachgelassen. Immer wieder spähte sie verstohlen zu ihm hoch, um sich zu vergewissern, dass er tatsächlich neben ihr ging, obwohl sein fester Griff um ihren Arm eigentlich Beweis genug war.

Mit einem Winkel ihres Unterbewusstseins registrierte sie, dass er sie mit einer Sicherheit durch Charlestons Straßen führte, die für jemanden, der die Stadt nicht kannte, verblüffend war. Doch sie war zu durcheinander und aufgeregt, um darüber nachzudenken, und fragte stattdessen das, was sie am meisten beschäftigte: „Gérard, wie haben Sie es nur geschafft, von der Dolphin zu verschwinden, ohne zu ertrinken? Und warum sind Sie überhaupt verschwunden?"

„Das ist eine längere und komplizierte Geschichte", entgegnete er mit einem eigentümlichen Lächeln. „Bevor ich damit beginne, sollte ich Ihnen vielleicht erst einmal erklären, dass ich –"

„Es macht mir nichts aus, wenn Ihre Geschichte kompliziert ist", fiel Vivian ihm mit einem ungeduldigen Kopfschütteln ins Wort.

Seine Braue zuckte spöttisch nach oben. „Nun, das wollte ich auch keineswegs andeuten. Allerdings würde ich Ihnen, bevor ich mit der Vorgeschichte anfange, gern erst einmal erklären, wer ich –"

„Gérard!", unterbrach Vivian ein zweites Mal, mit einem nervösen Lachen in der Stimme. „Machen Sie es doch um Himmels willen nicht so spannend! Können Sie mir nicht einfach erklären, wieso Sie damals von der Dolphin verschwunden sind?"

Er sah kurz aus, als wollte er widersprechen, doch dann zuckte er die Achseln und lächelte resignierend. „Nun gut, wie Sie wollen. Ich nehme an, was ich Ihnen eigentlich zuerst sagen wollte, kann auch noch warten. Letztendlich ändert es nicht viel. Beginnen wir also mit dem Grund für mein Verschwinden."

„Ja, bitte", drängte Vivian und sah ihn mit großen Augen an.

Er warf ihr einen fragenden Blick von der Seite zu. „Erinnern Sie sich, dass ich an unserem letzten gemeinsamen Abend auf der Dolphin einen Auftrag erwähnte, den ich zu erledigen hätte?"

„Ja, natürlich", gab sie knapp zurück und versuchte dabei, den ungebetenen Gedanken zu verdrängen, dass er im selben Atemzug davon gesprochen hatte, dass er sie nicht gebrauchen konnte!

„Nun, dieser Auftrag bestand darin, bestimmte Informationen, die ich in England erhalten hatte, auf dem schnellsten Weg an General Washington zu übermitteln."

„Informationen für Washington!" Vivian schnappte vor Überraschung nach Luft und blieb ruckartig stehen. „Sie meinen ... Gütiger Himmel! Sie meinen, Sie haben in England spioniert?"

Er grinste. „Genau das, kleine Lady."

„Lieber Himmel! Und ich dachte ...", begann sie und brach vollkommen verwirrt ab. Sie hatte das Gefühl, dass gerade ein Schock dem nächsten folgte, und wusste kaum noch, wie sie je wieder Ordnung in ihre wirren Gedanken bekommen sollte. Sie starrte Gérard sekundenlang an, bis sie endlich eine halbwegs vernünftige Frage formulieren konnte: „Aber war das nicht sehr gefährlich?"

Er warf ihr einen vergnügten Blick zu und drängte sie sanft zum Weitergehen. „Nein, eigentlich nicht. Wer rechnet in England schon mit einem amerikanischen Spion? Die meisten Spionagefälle ereignen sich direkt hier vor Ort. Im Nachhinein weiß ich nicht einmal, ob das Ganze überhaupt so sinnvoll war. Immerhin hat es recht lange gedauert, bis Washington die Informationen bekam, die er haben wollte."

„Wie haben Sie es denn angestellt, überhaupt an irgendwelche Informationen heranzukommen?", fragte sie verwundert, als der anfängliche Schock allmählich nachzulassen begann.

„Das war halb so schwer. Ich hatte ein paar Vertrauensleute in Antwerpen, die mich mit ein paar jungen Engländern bekannt machten. Mit einem von ihnen reiste ich nach England."

„Lord Wimseys Sohn?"

„Ja, ganz recht, woher wissen Sie das?"

Errötend zuckte Vivian die Achseln und schwieg.

Er lachte leise und zwinkerte ihr zu. „Nun, wie auch immer. – Der junge Wimsey stellte mich seinem Vater vor, und der wiederum führte mich in die Kreise ein, die für mich von Bedeutung waren. Es dauerte nicht lange, bis ich die Informationen hatte, die ich brauchte. Nun hieß es nur noch, sie so schnell wie möglich zu überbringen."

„Und was waren das für Informationen?“

„Das darf ich Ihnen leider nicht verraten“, lächelte Gérard. „Militärgeheimnisse unterliegen der Geheimhaltung, wissen Sie.“

„Nun ja, gewiss“, entgegnete Vivian enttäuscht, wobei sie sich insgeheim fragte, wieso Washington ausgerechnet einen Franzosen oder Belgier, oder was auch immer Dupont nun wirklich war, mit der Informationsbeschaffung beauftragt hatte. „Ich wollte nicht neugierig sein, Captain Dupont. Eigentlich habe ich ja auch nur gefragt, wie Sie es angestellt haben, von der Dolphin zu verschwinden.“

Mit einem unterdrückten Grinsen entgegnete er: „Das will ich Ihnen ja auch gerade erklären, Miss Darcy. Nur muss ich dazu leider ein bisschen ausholen.“

Sie blinzelte unter den Wimpern unsicher zu ihm hoch. Mit einem gewissen Staunen stellte sie fest, wie spielend leicht es Gérard schon wieder gelang, sie aus der Fassung zu bringen, kaum dass er wieder da war. Nur dass sie im Augenblick so glücklich über sein Überleben war, dass sie sich mehr darüber freute, als verärgert zu sein, und daher mit einem vorsichtigen Lächeln entgegnete:

„Nun, dann ... dann entschuldigen Sie bitte meine Ungeduld. Ich würde mich freuen, wenn Sie fortfahren.“

„Gern“, stimmte er mit zuckenden Mundwinkeln zu. „Also, wie ich Ihnen eben erklären wollte, ich musste nach dem Erhalt der Informationen so schnell wie möglich zurück in die Kolonien. Aber schon die Hinreise nach Europa auf einem amerikanischen Freibeuterschiff war nicht ungefährlich gewesen. Die britische Navy dominiert augenblicklich im Ärmelkanal und auch auf dem Atlantik vor der englischen Küste, und amerikanische und französische Schiffe laufen dort ständig Gefahr, entdeckt und versenkt zu werden. Meine Kontaktleute hielten es daher für klüger, wenn ich vorsorglich die Rückreise auf einem englischen Schiff antrat, das mich bis in die Karibik bringen sollte."

„Was Sie auf die Dolphin verschlagen hat?", unterbrach Vivian stirnrunzelnd.

„Ganz recht", lächelte Gérard. „Wie der es Zufall wollte, hatte ich meine Informationen allerdings deutlich eher zusammen, als ich vorher gedacht hatte, und natürlich wäre ich daraufhin gerne so schnell wie möglich aus England verschwunden. Aber mit meinen Kontaktleuten in Frankreich war bereits ausgemacht, dass ich mit der Dolphin reisen würde. An den vereinbarten Reiseplänen ließ sich nichts mehr ändern."

„Woraufhin Sie sich London und England ein bisschen genauer angesehen haben?", wagte Vivian mit einem zögernden Lächeln zu fragen.

„Hätten Sie eine bessere Idee gehabt?"

„Nein. Aber ich denke trotzdem, dass es unglaublich gefährlich gewesen sein muss. Man hätte Sie jederzeit entlarven können."

Er zuckte die Achseln. „Wie Sie sehen, bin ich hier."

Ihr Lächeln zitterte leicht, als sie nickte. „Ja, und das ist so erstaunlich, dass ich es kaum glauben kann. Aber trotzdem, wie ging es weiter? Ich meine, wie wollten Sie Ihre Reise von Jamaika aus fortsetzen?"

„Ich hatte nie vor, bis Jamaika auf der Dolphin zu bleiben", entgegnete Gérard mit einem unterdrückten Grinsen, sodass Vivian verblüfft blinzelte. Er lachte leise. „Trotz der Seemacht der Briten entsenden die Franzosen ständig Schiffe in die Karibik. Die französische Kriegsflotte war über meine Anwesenheit auf der Dolphin informiert und hatte Anweisung, bei einer eventuellen Begegnung nicht anzugreifen. Den Handelsschiffen und Freibeutern wurde aufgetragen, den Kontakt auf friedliche Weise zu suchen und irgendwie zu versuchen, mich von Bord zu holen. Wie das vonstattengehen sollte, wusste ich nicht genau, aber ... als die Brigg auftauchte, ahnte ich sofort, dass sie meinetwegen da war. Vor allem, als sie so lange auf unserem Kurs blieb.“

„Gütiger Himmel!“, flüsterte Vivian.

Gérard lachte, und seine blauen Augen blitzten. Vivian, die noch vor weniger als einer Stunde geglaubt hatte, nie wieder in diese lachenden Augen zu blicken, hatte auf einmal einen Kloß im Hals.

Gérard schien ihre veränderte Stimmung zu bemerken, denn ein nachdenklicher Ausdruck schlich sich in seine Augen, während er weitersprach: „Nachdem die Brigg aufgetaucht war, packte ich meine Sachen zusammen. Und wie ich vermutet hatte, schickte der Kapitän der Brigg in der Nacht still und heimlich ein Ruderboot zur Dolphin herüber. Ich musste nur noch einen günstigen Moment abpassen, um unbemerkt von Bord zu klettern. Was kein großes Problem war, da die Dolphin nur einen Wachgänger hatte.“

Vivian schüttelte fassungslos den Kopf. „So sind Sie also von Bord gekommen!“

„Genau so. Und der Rest war dann ein Kinderspiel. Die Franzosen brachten mich direkt nach Sint Eustatius, wo ich an Bord eines amerikanischen

Blockadebrechers ging, der nach New York segelte. Dort traf ich dann Washington, und mein Auftrag war erledigt."

„Ja, aber … als ich den Kapitän der Brigg fragte, ob er Sie an Bord genommen hätte, behauptete er, er würde Sie nicht kennen!", wunderte sich Vivian.

Gérards Braue zuckte hoch, er blieb stehen und fragte mit offensichtlicher Verblüffung: „Sie haben sich nach mir erkundigt? Bei dem Kapitän der französischen Brigg?"

„Ja", gab Vivian zögernd zu. „Auf Jamaika gab es kein Schiff, das mich nach Amerika gebracht hätte, also ließ John Chapman die Dolphin nach Sint Eustatius segeln. Als ich dann dort diese Brigg im Hafen liegen sah, dachte ich … nun ja, ich dachte eben, ich könnte mich mal erkundigen, ob man Sie gerettet hatte. Immerhin hatte ich geglaubt, Sie … Sie hätten versucht, zu der Brigg zu schwimmen. Und als mir der Kapitän dann sagte, Sie wären nicht auf seinem Schiff aufgetaucht … Sie können sich nicht vorstellen, wie mir zumute war!"

Die ungläubige Verblüffung, die über Gérards Züge glitt, wich ganz allmählich einem vorsichtigen Lächeln. Er trat näher an Vivian heran und spähte ihr forschend ins Gesicht. „Ich nehme an, als Kapitän eines nach außen hin friedlichen Handelsschiffes hatte der Mann nicht die Absicht, in Verdacht zu geraten, einen amerikanischen Spion an Bord gehabt zu haben, und so die Aufmerksamkeit der britischen Flotte auf sein Schiff zu ziehen. Nichtsdestotrotz hatte ich keine Ahnung, dass Sie sich meinetwegen solche Mühe machen würden. Kann es sein, dass Ihnen doch mehr an mir lag, als Sie sich manchmal den Anschein geben wollten?"

Sie zupfte unsicher an ihrem Rock. Wenn sie ihm jetzt sagte, wie sehr sie gelitten hatte, schloss er womöglich falsche Schlüsse. Andererseits wäre es gelogen, wenn sie sagte, ihr läge gar nichts an ihm!

„Ach, bilden Sie sich bloß nicht zu viel ein“, widersprach sie schließlich unfreundlicher, als sie eigentlich beabsichtigte. „Ich fand einfach nur den Gedanken schrecklich, dass jemand, den ich kenne, auf so fürchterliche Weise ums Leben gekommen sein könnte.“

Gérard lachte auf und trat einen Schritt zurück. „Na, dann ist es ja gut. Es hätte mir leidgetan, wenn Sie sich meinetwegen Sorgen gemacht hätten!“

Verwirrt blinzelte Vivian ihn an. Machte es ihm denn wirklich überhaupt nichts aus, dass ihr sein Schicksal so gleichgültig war? Zumindest war es ja das, was sie ihn eben glauben machen wollte. „Wieso haben Sie Ihre Koffer nicht mitgenommen?“, fragte sie, um ihre Verwirrung zu überspielen.

„So, so, in meiner Kabine haben Sie also auch geschnüffelt“, versetzte er grinsend. „Aber wenn es Sie interessiert: Es war einfacher, alles in einen großen Seesack zu packen. Der ließ sich viel einfacher mit von Bord nehmen.“

„Und wieso sind Sie jetzt in Charleston? Sie sagten doch, das Schiff hätte Sie nach New York gebracht.“

„Meine Aufgabe war erledigt, ich konnte also gehen, wohin ich wollte. – Ich glaube, das hier ist das Haus der Welseys, nicht wahr?“

„Ja, woher wissen Sie das?“

Er zuckte die Achseln. „Jeder in Charleston kennt die Welseys.“

Vivian wollte die Tür öffnen, doch Gérard sagte: „Warten Sie noch einen Augenblick."

Verwundert sah sie ihn an, und er lächelte. „Ich weiß, es fällt Ihnen schwer, mir irgendwelche Versprechungen zu geben, und dennoch ... Ich möchte Sie bitten, über das, was ich Ihnen gerade erzählt habe, Stillschweigen zu bewahren. Es muss nicht jeder wissen, dass ich als Spion in England war."

Seltsam berührt, dass er ihr trotz allem anscheinend doch vertraute, nickte sie. „Sie meinen, wenn die Tories das erfahren, könnten Sie Ihnen schaden?"

„Nicht, solange Charleston in unserer Hand ist. Aber falls die Engländer doch noch einmal herkommen, wäre es mir lieber, wenn möglichst niemand davon weiß, dass ich ein Spion war. Die Engländer gehen mit Spionen nicht gerade zimperlich um, wissen Sie."

„Ja, das ... das verstehe ich", stimmte Vivian zu. Einem Impuls folgend setzte sie hinzu: „Möchten Sie ... möchten Sie vielleicht einen Augenblick mit hereinkommen? Ich fürchte allerdings, dass außer dem Hausmädchen niemand zuhause ist. Die Jungs sind bei der Miliz, und Ann und ihr Mann wollten heute Freunde besuchen."

„Ich dachte, Sie werden zum Kaffee zurückerwartet?"

„Ich hatte vergessen, dass Ann und Herbert erst später kommen. Ich war vorhin wohl ... etwas durcheinander", gestand sie kleinlaut.

Der Blick, mit dem er sie musterte, war unergründlich. Vivian, die widersinnigerweise ein schlechtes Gewissen hatte, dass sie vor ein paar Minuten schon wieder so unfreundlich gewesen war, lächelte zaghaft. „Ich würde mich freuen, wenn Sie noch einen Augenblick bleiben könnten. Ich ... ich könnte Ihnen einen Kaffee anbieten. Sie wollten doch in ein Kaffeehaus."

„Sie erwähnten nur das Hausmädchen. Sind keine anderen Dienstboten im Haus?"

Verwundert, dass er das fragte, schüttelte sie den Kopf. „Ann hat ihnen freigegeben, damit sie ihre Weihnachtseinkäufe erledigen können. Aber das Hausmädchen ist da und könnte uns einen Kaffee machen."

Er schien kurz zu überlegen, ehe er zögernd nickte. „Nun, warum nicht. Aber nur für ein paar Minuten, ich habe noch etwas zu erledigen."

Irritiert von seiner untypischen Zurückhaltung, öffnete Vivian die Haustür. „Die Tür dort hinten rechts führt in den Salon. Wenn Sie schon einmal hineingehen wollen ... Ich gebe nur schnell Vanessa Bescheid, dass wir da sind, und werde sie bitten, uns Kaffee und ein paar Kekse zu bringen."

Er nickte, ohne etwas zu sagen, und marschierte zielstrebig auf die Salontür zu.

Vivian legte unterdessen ihr Schultertuch und ihr Käppchen ab und läutete nach Vanessa. Nachdem sie dem Hausmädchen ihre Wünsche aufgetragen hatte, machte sie sich auf den Weg zu Gérard in den Salon.

Er stand bei ihrem Eintritt am Fenster und blickte durch die bodentiefen Fenster in den Garten der Welseys. Bei ihrem Eintritt wandte er sich um und sah ihr lächelnd entgegen. Vivians Herz schlug unwillkürlich schneller, und wie von selbst verlangsamte sich ihr Schritt, und sie blieb zögernd stehen.

Der Bann währte indes nur kurz, denn binnen weniger Sekunden öffnete sich die Tür, und Vanessa trat mit einem Tablett in das Zimmer. Sofort wandte Gérard sich ab und sah ein weiteres Mal minutenlang stumm aus dem Fenster, bis das Hausmädchen den Raum wieder verlassen hatte.

Mehr als verwundert über sein seltsames Verhalten, ließ Vivian sich zögernd auf einem der zierlichen Ohrensessel nieder. Gérard verließ seinen Platz am Fenster und nahm kommentarlos auf dem gegenüberstehenden Sofa Platz. Steif und förmlich saßen sie sich daraufhin gegenüber. Gérard schien nicht das Bedürfnis zu haben, von allein weitere Erklärungen abzugeben. Entspannt zurückgelehnt, nippte er an seinem Kaffee und ließ seinen Blick in aller Ruhe über Vivian gleiten. Vivian ihrerseits zermarterte sich das Hirn, wie sie das Gespräch fortsetzen sollte. Als ihr das Schweigen schließlich zu drückend wurde, platzte sie unvermittelt heraus:

„Gérard, eines verstehe ich nicht: All das, was Sie mir vorhin erzählt haben – warum haben Sie mir das alles nicht schon auf der Dolphin erklärt, ehe Sie verschwanden? Ich hätte mir nicht solche Sorgen zu machen brauchen!"

Kaum war der letzte Satz heraus, biss Vivian sich auf die Lippe.

Gérard ließ es sich natürlich nicht entgehen, sofort bedeutungsvoll die Brauen zu heben und leicht spöttisch zu fragen: „Nanu, doch Sorgen? Sie scheinen mir ein sehr wankelmütiges Geschöpf zu sein, Miss Darcy."

„Nicht im Geringsten", konterte Vivian, wobei sie sich verärgert bewusst war, dass sie schon wieder errötete. „Ich wäre um jeden besorgt, der des Nachts von einem Schiff verschwindet! Wobei Sie mir diese Sorge hätten ersparen können. Aber leider hielten Sie es ja nicht für nötig, mir vorher zu sagen, was Sie vorhaben."

Er betrachtete sie mit einem abschätzenden Lächeln. „Nein, ich hielt es nicht für nötig, Miss Darcy! Oder besser gesagt, ich sah keine Möglichkeit, es Ihnen zu sagen, ohne zu riskieren, dass jemand davon erfuhr, der meine Pläne hätte durchkreuzen können."

„Glauben Sie etwa, ich hätte Sie verraten?", begehrte sie empört auf.

Um seine Lippen zuckte es kurz. „Woher hätte ich das wissen sollen? Als ich Ihnen meine Pläne anvertrauen wollte und Sie um Ihr Schweigen bat, haben Sie mir das verweigert."

„Das hätte ich niemals getan, wenn Sie nicht in solchen Rätseln gesprochen hätten! Wenn Sie mir klipp und klar gesagt hätten, worum es geht, hätte ich selbstverständlich versprochen, nichts davon zu verraten."

„Vielleicht", stimmte er augenzwinkernd zu. „Aber das Risiko war einfach zu groß. Sie wollten mir nicht versprechen, über das, was ich Ihnen sagen wollte, zu schweigen. Und ich konnte nicht riskieren, dass ein Engländer von meinem Vorhaben erfuhr. Denn erstens hänge ich am Leben ... und zweitens wäre mein Auftrag in Gefahr gewesen."

Zu ihrem unsäglichen Verdruss musste Vivian zugeben, dass das stimmte. Doch ihr lag noch eine andere Frage auf dem Herzen. „Gérard, werden Sie weiter für Frankreich kämpfen?"

„Für Frankreich?", entfuhr es ihm, und beinahe verschluckte er sich an seinem Kaffee. „Nein, bestimmt nicht!"

Enttäuscht langte Vivian nach einem Keks. „Schade. Ich hatte gehofft, Sie würden sich weiter für die Revolution einsetzen. – Aber was werden Sie dann tun? Sie werden doch nicht etwa zu den Engländern überlaufen, oder?“

Gérard stellte prustend seine Kaffeetasse ab und lachte aus vollem Hals. „Sie haben wirklich eine lebhafte Phantasie! – Nein, weiß Gott, das erst recht nicht!“

Vivian hatte keine Ahnung, was an ihrer Frage so komisch war, aber Gérard hörte nicht auf, sich vor Lachen zu schütteln. „Wenn ich Ihnen eines schwören kann, Vivian“, gluckste er, „dann ist das, dass ich nicht für die Briten kämpfe!“

Nach einem kurzen Blick auf die Uhr erhob er sich und ging zur Tür. Vivian folgte ihm. „Ich muss jetzt gehen, Vivian.“

„Ja, aber …“, begann sie, brach aber ab.

Seine Lippen zuckten amüsiert. „Was aber? Haben Sie noch eine Frage?“

„Oh, nichts. Schon gut.“

Da tauchte Gérard plötzlich in Charleston auf, nachdem er ihr allen Anlass gegeben hatte, ihn für tot zu halten, sprach kurz mit ihr, und dann wollte er auch schon wieder fort! Dabei gab es so viel, was sie noch wissen wollte!

Als ob er ihren Gedankengang erraten könnte, lächelte er unvermittelt und strich mit dem Handrücken sanft ihre Wange entlang. „Eigentlich hätte ich Ihnen noch etwas erklären wollen, Vivian. Ich hatte es gleich vorhin vor Brugsby's Moden vor, aber … Nun, was soll's. Ich muss jetzt wirklich los, fürchte ich.“

Vivian hielt den Atem an unter seiner sanften Berührung. Verwirrt und mit einem Flattern im Bauch spähte sie zu ihm hoch und entdeckte leuchtende Sterne in seinen Augen. Sie wusste nicht, was sie von dem rätselhaften Lächeln halten sollte, das seine Lippen umspielte, aber sie spürte, dass es ihm schwerfiel zu gehen. Nur zu gern hätte sie ihn zum Bleiben überredet, um zu erfahren, was er ihr hatte erklären wollen, doch sie ahnte, dass er sich nicht ohne einen zwingenden Grund so schnell von ihr verabschiedete.

„Werde ich Sie wiedersehen?", war schließlich das Einzige, was sie zu fragen wagte.

Er grinste frech, und in seinen Augen funkelte es. „Das wird sich nicht vermeiden lassen."

„Wie meinen Sie das?"

„Warten Sie's ab." Seine Antwort war knapp, aber in seinen Augen blitzten fröhliche Lichter.

„Und Sie kämpfen wirklich nicht für England?", vergewisserte Vivian sich noch einmal.

„Wirklich nicht!", entgegnete er lachend und drückte die Klinke der Haustür hinunter. Dann ging er hinaus, doch ehe er die Tür hinter sich zuzog, steckte er plötzlich noch einmal den Kopf durch den Türspalt und zwinkerte ihr zu. „Wirklich, kleine Lady, ich schwör's!"

Verwirrter als je zuvor blieb Vivian in der Halle stehen und starrte auf die Tür, durch die Gérard hinausgegangen war.

Er war also am Leben! Und er war in Charleston! Was für ein merkwürdiger Zufall, dass er ausgerechnet in ihre Heimatstadt gekommen war. Was mochte ihn hergeführt haben? Unwillkürlich dachte sie an ihre erste Begegnung mit ihm zurück. Damals hatte sie geglaubt, dass er noch für manche Überraschung sorgen würde. Seltsamerweise schien sich dieser Eindruck immer wieder zu bestätigen. Er verschwand und tauchte auf, wie es ihm gefiel, und tat auch noch so, als wäre das die natürlichste Sache von der Welt! Und mit welcher Selbstverständlichkeit er sie vor Brugsby's Moden angesprochen hatte. Als wäre seine Anwesenheit in Charleston völlig normal. Ganz offensichtlich hatte er sich außerdem über das Wiedersehen gefreut. Ihr letztes Gespräch auf der Dolphin hatte er jedoch mit kaum einem Wort erwähnt. Nun, vielleicht war das aber auch besser so. Sie war sich keineswegs sicher, was sie eigentlich wirklich für ihn empfand, und war froh, dass Gérard nicht wieder von Liebe gesprochen hatte. Nichtsdestotrotz fragte sie sich, warum er es nicht getan hatte. Hatte er es damit auf der Dolphin doch nicht ernst gemeint? Oder hatte sie mit ihrer Ablehnung seinen Stolz doch tiefer getroffen, als es den Anschein hatte? Immerhin wirkte er keineswegs so, als hätte sie ihm das Herz gebrochen, ganz im Gegenteil. Voller Spott und Lachen war er gewesen, also brauchte sie sich um seinen Gemütszustand wohl wirklich keine Sorgen zu machen. Darüber hinaus sprach er mal wieder in Rätseln. Es würde sich nicht vermeiden lassen, dass sie sich wiedersehen, hatte er gesagt. Was meinte er bloß damit? Kaum war er wieder da, beschäftigte er schon wieder ihre Gedanken mit seinem seltsamen Verhalten. Aber immerhin, überlegte sie mit einem leisen Lächeln, war er wieder da! Irgendwie war das doch ein gutes Gefühl. Ja, genau genommen war das sogar ein überwältigend gutes Gefühl!

6

Am Vormittag des ersten Weihnachtstages kam Tom nach Hause, mit dreiundzwanzig Jahren Anns und Herberts jüngster Sohn. Er hatte gerade eine Ladung Munition nach Norden gebracht, und nun war er in die Hafenstadt zurückgekehrt, um erneut eine Lieferung zusammenzustellen. Ann war natürlich selig, ihn eine Weile zuhause bei sich zu haben.

Tom war freudig überrascht, Vivian in seinem Vaterhaus vorzufinden. Er hatte geglaubt, sie wäre noch in England. Nun begrüßte er sie herzlich, und auch Vivians Begrüßung fiel überschwänglich aus.

Tom hatte sich in den drei Jahren, die sie ihn nicht gesehen hatte, kaum verändert. Mit seinen braunen Locken glich er äußerlich Simon, aber an Wildheit und Abenteuerlust übertraf er ihn noch. Gemeinsam hatten er und Vivian früher manch lustigen Streich ausgeheckt.

Nachmittags kamen dann auch Simon und Georgia vorbei. In ausgelassener Stimmung feierten sie alle gemeinsam den Weihnachtstag. Der einzige Wermutstropfen war Pauls Abwesenheit. Anders als seine Brüder hatte Paul nicht zum Fest nach Hause kommen können, da er noch mit einer Wagenkolonne im

Norden unterwegs war. Zumindest wusste Tom zu berichten, dass es Paul gut ging, worüber nicht nur Ann ausgesprochen froh war.

Die Weihnachtstage vergingen ebenso rasch, wie sie gekommen waren, und der Silvesterball bei den Meuniers nahte. Simon und Georgia machten sich schon einen Tag nach Weihnachten auf den Weg nach Bellarbres. Am Silvestermorgen brachen dann auch Ann, Herbert, Vivian und Tom mit einigen Bediensteten auf. Sie fuhren auf Herberts kleiner Yacht den Ashley River hoch, an dessen oberem Lauf die Plantage der Meuniers lag. Nach etwas mehr als sechs Stunden trafen sie am frühen Nachmittag auf Bellarbres ein.

Georgias Mutter hieß sie alle herzlich willkommen. Sie war eine nette, rundliche Frau um die fünfzig, die wenig Ähnlichkeit mit ihrer Tochter hatte. Sie machte auf Vivian den Eindruck, als würde sie mit beiden Beinen fest im Leben stehen, was Vivian von der quirligen Georgia nicht unbedingt sagen konnte. Ihre Verwunderung darüber legte sich allerdings, als sie erfuhr, dass Mrs. Meunier die zweite Ehefrau von Georgias Vater und somit Georgias Stiefmutter war. Dennoch wirkte das Verhältnis der beiden zueinander so tief und innig, als wären sie leibhaftig Mutter und Tochter. Sie scherzten und lachten miteinander, dass es eine Freude war, sie zu beobachten.

Georgias Vater hingegen war bei der Begrüßung der Gäste nicht anwesend. Wie sie von Mrs. Meunier erfuhren, war er damit beschäftigt, die richtigen Weine für den Ballabend auszusuchen.

Vivian konnte es kaum noch erwarten, dass das Fest begann. Es war ihr zweiter Ball innerhalb weniger

Monate, aber um wie vieles anders war an diesem Abend alles als beim Ball der Ashleys! Was war ein Ball im fremden London im Vergleich zu einem Ball in ihrer Heimat, wo sie unter Verwandten und Freunden war! Einige ihrer früheren Freunde würden heute Abend zwar nicht kommen können, wie Simon ihr erzählt hatte, weil sie als Soldaten weiter oben im Norden kämpften. Aber es gab auch viele, die wie Simon bei der Miliz in Charleston dienten und für den Silvesterabend freigestellt waren.

„Wie schön, Vivian, dass Sie den Jahresbeginn in der Heimat begehen können", bemerkte Georgia, als sie am Nachmittag mit Vivian durch den üppig bepflanzten Garten von Bellarbres schlenderte.

Garten, fand Vivian, war eigentlich der falsche Begriff, denn was Georgia als solchen bezeichnete, glich eher einem riesigen Park.

„Natürlich ist der Garten im Sommer viel schöner", schwärmte Georgia. „Dann müssten Sie ihn einmal sehen, wenn die ganzen Blumen blühen. Sie werden uns dann doch hoffentlich auch einmal besuchen?"

„Oh ja, sehr gern", lächelte Vivian, während sie voller Interesse die weiß gestrichenen, kleinen Häuschen betrachtete, denen sie sich schlendernd näherten.

„Das sind die Unterkünfte für unsere Sklaven", erklärte Georgia. „Papa legt großen Wert darauf, dass seine Arbeiter sich wohlfühlen, damit sie gute Arbeit leisten. Wie Sie sehen, hat jedes Haus seine eigene kleine Veranda und einen hübschen Vorgarten. Papa ist es wichtig, dass seine Leute ein normales Familienleben führen können, wenn sie Feierabend haben. Er hält nichts von großen Gemeinschaftsunterkünften."

Vivian sah sich aufmerksam um. Einige Schwarze saßen vor ihren Häuschen auf den Veranden und nickten ihnen freundlich zu, und vor einigen der Häuser spielten Kinder.

Georgia zwinkerte schelmisch und zog Vivian sanft am Arm. „Kommen Sie, ich würde Ihnen gern zeigen, wer in dem Haus dort drüben wohnt."

Verwundert, wie geheimnisvoll Georgia auf einmal tat, folgte Vivian ihr zu dem Haus, auf das Georgia zeigte.

Als sie sich dem Häuschen näherten, wurde die Tür geöffnet, und ein großer, kräftiger Schwarzer trat über die Schwelle. Zunächst starrte er Vivian sprachlos an, doch dann machte sich ein breites Strahlen auf seinem gutmütigen Gesicht breit.

Vivian stieß einen überraschten Ruf aus. „Sam! Oh, Sam!"

Lachend fiel sie dem großen Schwarzen in die Arme. Dem Hünen liefen die Tränen übers Gesicht, während er Vivian durch die Luft wirbelte.

„Miss Vivian! Dass Sie wieder da sind!", strahlte Sam, der ehemalige einzige Sklave ihres Vaters, während er Vivian behutsam wieder auf die Füße stellte.

Mit einem glücklichen Lachen wirbelte Vivian zu Georgia herum: „Liebe Georgia! Ist das die Überraschung, von der Sie neulich gesprochen haben? Wie kommt denn Sam hierher? Oh, ich freue mich so!"

Georgia lächelte spitzbübisch. „Wie es scheint, ist die Überraschung ja gelungen! – Wissen Sie, nachdem Sie damals Charleston verlassen hatten, saß Sam mehr oder weniger auf der Straße. Ann wird Ihnen ja erzählt haben, dass niemand einen Freigelassenen einstellen wollte. Simon und meine Schwiegereltern nahmen ihn daraufhin bei sich auf, ehe Simon auf die Idee kam, Sam nach Bellarbres zu schicken. – Aber ich glaube, Sam kann Ihnen den Rest lieber selber erzählen, nicht wahr, Sam? Du kannst das bestimmt viel besser als ich. Ich gehe dann schon mal ins Haus zurück und sehe, was ich Mutter noch helfen kann. Du kannst dann nachher Miss Vivian zum Haus bringen, Sam."

Vivian warf Georgia einen dankbaren Blick zu, denn sie brannte darauf, ungestört mit Sam zu reden. Ungeduldig wartete sie darauf, dass er etwas sagte.

Sam lud sie ein, sich auf den Schaukelstuhl auf seiner Veranda zu setzen, schenkte ihr und sich selbst ein Glas Orangenlimonade ein und setzte sich ihr gegenüber auf die Stufen, ehe er anfing zu erzählen:

„Als Sie weg waren, Miss Vivian, da wusste ich nicht, was ich tun sollte. Ihre Tante hat gesagt, dass ich frei bin, aber viel anfangen konnte ich mit meiner Freiheit nicht. Niemand wollte mich haben, verstehen Sie. Ich war so froh, als Mr. Simon mich dann zu seinem persönlichen Diener gemacht hat. Ich meine, eigentlich hätte ich ja viel lieber weiter für Sie gearbeitet! Aber Sie waren weg, und Ihr Vater war tot! Was sollte ich also machen? Und Mr. Simon, der ist ja auch sehr nett, aber das wissen Sie ja. Ja, und als Mr. Simon dann Miss Georgia geheiratet hat, da hab ich dieses Haus hier bekommen. Ist ein hübsches Haus, finden Sie nicht? Und es gehört mir ganz allein, sagt Mr. Simon."

„Ach, Sam", lächelte Vivian. „Ich bin so froh, dass es dir gut geht. Und es tut mir so leid, dass man es dir so schwer gemacht hat."

„Das muss Ihnen nicht leidtun, Miss Vivian", entgegnete Sam mit einem breiten Grinsen. „Mir geht es doch gut. Und jetzt, wo Sie wieder hier sind, da komme ich natürlich mit Ihnen."

„Nein, Sam, das geht nicht", erklärte sie sanft. „Ich habe kein Geld. Ich kann dir kein so schönes Häuschen bieten. Ich weiß ja kaum, wohin ich selbst soll."

„Miss Vivian, bevor Ihr Vater zu seiner neuen Plantage aufbrach, da sagte er mir, ich solle gut auf Sie aufpassen, solange er weg ist. Ich wollte das immer tun. Aber Ihre Tante hat mich nicht gelassen, weil sie Sie fortgebracht hat. Aber jetzt sind Sie wieder da, Miss Vivian. Ihr Vater hätte gewollt, dass ich mich um Sie kümmere."

Vivian blinzelte gerührt. „Das mag schon sein, Sam. Aber du bist ein freier Mann, und ich kann dich nicht bezahlen."

„Miss Vivian, Ihr Vater hat mich nie wie einen Sklaven behandelt. Er hat immer gesagt, ich gehöre zur Familie. Er hat mir vertraut, Miss Vivian. Ich habe sogar seine Bücher geführt und in seiner Anwaltskanzlei geholfen."

„Sam, das weiß ich doch! Und glaub mir, ich wäre unendlich glücklich, wenn du wieder bei mir sein könntest! Aber –"

„Sie wären glücklich, ich wäre glücklich. Und Ihr Vater wäre es auch. Nehmen Sie mich mit, Miss Vivian. Ich will kein Geld. Ich will nur auf Sie aufpassen, wie Ihr Vater es mir aufgetragen hat."

„Sam, du gehörst für mich genauso zur Familie wie mein Vater oder meine Verwandten in England, und wenn du wirklich mit mir kommen willst ... Aber ich kann dir keinen Lohn zahlen, und du würdest von Mr. und Mrs. Welsey abhängig sein, so wie ich im Moment auch."

Sam grinste breit. „Sind das alle Gründe, die dagegensprechen, dass ich mitkomme, Miss Vivian?"

„Reichen sie dir nicht?", fragte Vivian mit einem hoffnungsvollen Lächeln.

„Ganz und gar nicht", lachte Sam. „Ich habe ein bisschen gespart. Mr. Simon hat mich gut bezahlt. Ich brauche nicht mehr zum Leben als etwas zu essen und ein Dach über dem Kopf. Das werden Mr. und Mrs. Welsey mir bestimmt geben, wenn ich im Gegenzug für sie arbeite. Wäre ich noch ein Sklave, müssten sie mich ja auch versorgen."

„Ach, Sam!", strahlte Vivian. „Dann ist es beschlossen. Du kommst mit mir nach Charleston! Irgendwie werden wir es schon schaffen, nicht wahr?"

„Genau so ist es, Miss Vivian", lächelte Sam. „Und jetzt begleite ich Sie ins Haus. Und heute Abend genießen Sie erst einmal den Ball!"

Und endlich war der Abend da. Im Laufe des Tages waren immer mehr Gäste eingetroffen, die sich jetzt nach und nach im großen Salon, wo der Ball stattfinden sollte, einfanden. Viele Pflanzer aus der Gegend waren eingeladen worden, aber auch junge Leute aus Simons und Georgias Bekanntenkreis, unter denen sich zahlreiche Milizsoldaten befanden. Vivian fand, dass sie prächtig aussahen in ihren feschen, blauen Uniformen. Ältere Herren, die nicht mehr zu kämpfen brauchten, waren zivil gekleidet und trugen bunte Röcke mit glitzernder Stickerei, strahlend weiße Rüschenhemden und enganliegende, knielange Breeches mit seidenen Strümpfen, die in hohen Schuhen mit silbernen Schnallen steckten.

Beinahe noch festlicher wirkten die weit schwingenden, glänzenden Kleider der Damen. Vivian fiel auf, dass die Ballroben eher nach der französischen Mode geschneidert waren, mit vielen Falten und Rüschen und aus edelsten Materialien wie Seide und Samt. Da ihr eigenes Ballkleid aus zartblauer Seide und blassgoldener Spitze in England angefertigt worden war, fiel es schon durch seinen besonderen Sitz auf, doch Vivian war sich aufgrund der bewundernden Blicke, die ihr zugeworfen wurden, bewusst, dass sie auch eine gute Figur darin machte. Passend zu ihrem kostbaren Kleid hatte sie ihre Haare zu einer eleganten Frisur hochgesteckt, aus der einzelne goldblonde Locken auf ihre Schulter fielen. Genau wie Georgia hatte Vivian darauf verzichtet, ihre Haare zu pudern. Die meisten Anwesenden jedoch, egal ob alt oder jung, hatten ihre Haare gepudert oder trugen Perücken, wie es auch in England üblich gewesen war.

Vivian fand, dass dieser Ball tausendmal festlicher war als die Feier im Hause der Ashleys. Ihre Augen strahlten mit den Kerzen um die Wette, als sie von einem Verehrer nach dem anderen beim Tanzen umhergewirbelt wurde. Manche kannte sie noch von früher, viele andere waren ihr aber auch fremd.

„Miss Vivian, Sie haben die schönsten Haare, die ich je gesehen habe", schwärmte der junge Brad Meunier, Georgias jüngster Bruder, als Vivian einen lebhaften Country Dance mit ihm tanzte. Vivian lachte unbekümmert. Brad Meunier war kaum achtzehn Jahre alt und flirtete schon wie ein ausgekochter Schürzenjäger!

Nach dem Tanz führte Brad sie von der Tanzfläche. Erschöpft und verschwitzt lehnte sie sich gegen den Kaminsims, auf dem das Glas Champagner stand, das sie vor dem Tanz dort abgestellt hatte. Sie trank es in einem Zug aus. Der Champagner war herrlich kühl und erfrischend, doch beim Abstellen des Glases merkte Vivian, dass er auch schnell zu Kopf stieg. Mit einem erheiterten Kopfschütteln über ihre eigene Unvernunft stellte sie das Glas wieder ab und drehte sich um, nur um sogleich erschrocken zusammenzufahren, als wie aus dem Nichts Gérard Dupont vor ihr stand.

Galant verbeugte er sich, und seine Augen glitzerten. „Guten Abend, kleine Lady, wie geht's?"

„Gérard! Was machen Sie denn hier?", stieß Vivian mit plötzlich rasendem Pulsschlag hervor, während sie ihm ihre Finger zum Handkuss reichte.

„Oh, ich bin eingeladen, genau wie Sie", bemerkte er mit einem leicht spöttischen Lächeln und lehnte sich mit einem Ellenbogen entspannt auf den Kaminsims.

Vivian biss sich nervös auf die Lippe. In seiner eleganten Kleidung – einem dunkelblauen Frack mit weiß blitzendem Rüschenhemd darunter, hellgrauen Breeches und silbern bestickten Strümpfen – wirkte Gérard attraktiver und männlicher denn je. Anders als die meisten Männer trug er keine Perücke, sah aber mit seinen dunklen Haaren und den blitzenden blauen Augen einfach umwerfend aus. Wie immer ließ seine Gegenwart sie seltsam unsicher werden.

„Dann sind Sie wohl mit den Meuniers gut bekannt?", stellte sie die erstbeste Frage, die ihr in den Sinn kam.

Er lächelte rätselhaft. „Nicht direkt. Nur mit einem ihrer Verwandten."

„Ach. Nun, das erklärt dann vermutlich zumindest die Einladung", entgegnete sie, wobei sie mit dem Anflug eines schlechten Gewissens merkte, wie unfreundlich das klang, obwohl sie eigentlich nur darauf hatte anspielen wollen, dass er als Europäer in Charleston im Grunde kaum jemanden kennen konnte.

Um Gérards Lippen zuckte es. „Vermutlich. – Und Sie? Ich nehme an, Sie sind mit den Welseys hier?"

„Ja, sie müssen hier irgendwo sein. Ich kann Sie gerne vorstellen, wenn Sie möchten."

Suchend sah sie sich nach Ann und Herbert um, konnte sie aber im Gewühl der Menge nicht entdecken. Doch Gérard winkte bereits mit einem seltsamen Gesichtsausdruck ab. „Machen Sie sich keine Mühe. Um ehrlich zu sein, ich –"

„Es wäre keine Mühe gewesen, aber wenn Sie nicht wollen …", fiel sie ihm ins Wort, verletzt, dass er offenbar ihre besten Freunde nicht kennenlernen wollte, sodass ihr schlechtes Gewissen über ihre vorherige Unfreundlichkeit abrupt schwand. Unter den Wimpern warf sie ihm einen schrägen Blick zu. „Wahrscheinlich lohnt es sich ja auch gar nicht für Sie, sich mit den Menschen hier näher abzugeben. Sie werden ja vermutlich nicht lange in Charleston bleiben."

„Nun, ich kann zwar nicht genau sagen, wie lange ich in Charleston bleiben kann", versetzte er mit zuckenden Mundwinkeln. „Aber ich versichere Ihnen, dass ich, auch wenn Sie mir gerade etwas anderes unterstellen, durchaus an meinen Mitmenschen interessiert bin! Die Welseys eingeschlossen! Und wenn ich Ihnen erst –"

„Tatsächlich?", unterbrach sie ihn erneut. „Nehmen Sie es mir nicht übel, wenn ich das nicht ganz glauben kann! Denn erstens haben Sie es eben rundheraus abgelehnt, Ann und Herbert vorgestellt zu werden! Und zweitens werden Sie ja wohl sowieso bald nach Europa zurückkehren. Oder etwa nicht?"

„Das scheint Sie ja mächtig zu interessieren, was ich künftig tun werde", stellte er mit hochgezogener Augenbraue fest.

„Oh, überhaupt nicht!", log Vivian indigniert. „Ich dachte nur, da Sie Franzose sind, wäre es nur logisch, wenn Sie bald heimkehren möchten."

„Ich nehme an, für einen Franzosen wäre es logisch, ja", stimmte er mit einem unterdrückten Grinsen zu. „Allerdings gibt es da immer noch etwas, was ich Ihnen eigentlich schon neulich erklär-"

„Wollen Sie meine Frage nicht beantworten, oder warum weichen Sie mir eigentlich immer wieder aus?", schnitt sie ihm ein weiteres Mal das Wort ab, sodass er verblüfft blinzelte.

„Selbstverständlich will ich Ihre Frage beantworten! Und genau deshalb versuche ich Ihnen ja schon zum wiederholten Male zu erklären, dass ich –"

„Sie schaffen es offenbar wirklich nicht, ein einfaches Ja oder Nein von sich zu geben!", brauste Vivian auf. „Also, werden Sie nach Frankreich zurückkehren oder nicht? Oder ist es etwa zu viel verlangt, dass Sie mir diese Frage beantworten?"

„Lieber Himmel, Vivian", stöhnte er mit einem Kopfschütteln. „Wie wär's, wenn du mich einmal ausreden lassen würdest?"

Vivian hatte das Gefühl, sie würde bis zu den Fußspitzen erröten. Sekundenlang starrte sie Gérard sprachlos an, während er sie mit einer Mischung aus Belustigung und Verwunderung aufmerksam musterte. Er hatte recht!, überlegte sie entsetzt, sie war ihm tatsächlich ständig ins Wort gefallen, was allerdings nur daran lag, dass sie irgendwie überhaupt nicht mehr klar denken konnte! Es musste am Champagner liegen, den sie viel zu hastig getrunken hatte!

Um ihre Verlegenheit zu überspielen, reckte sie trotzig das Kinn vor und versuchte, ihre Stimme möglichst unbeteiligt klingen zu lassen, was ihr aber nicht gelang.

„Es tut mir leid, dass ich Sie unterbrochen habe, aber nichtsdestotrotz haben Sie meine Frage immer noch nicht beantwortet! Ich meine, wann Sie nach Frankreich zurückkehren werden. Nur für den Fall, dass Sie die Frage vergessen haben sollten!"

„Ich wüsste nicht, warum ich die Frage vergessen haben sollte", stellte er mit einem unterdrückten Lachen fest. „Mir scheint eher, Sie sind diejenige, die heute Abend in Gefahr geraten könnte, zu vergessen, was sie gesagt hat. Kann es sein, Miss Darcy, dass Sie ... hm, ein bisschen zu viel Champagner genossen haben?"

„Nun ja, ein ganz kleines bisschen vielleicht", gestand sie mit einem verlegenen Lachen. „In England habe ich überhaupt keinen Alkohol getrunken, wissen Sie! Aber das heißt noch lange nicht, dass ich vergessen würde, was ich gefragt habe! Und Sie haben meine Frage immer noch nicht beantwortet! Werden Sie demnächst nach Frankreich zurückkehren oder nicht?"

In Gérards Augen blitzte es verdächtig. „Nein."

Sie starrte ihn an. „Nein? Meinen Sie damit jetzt, ‚nein, jetzt nicht‘ oder ‚nein, überhaupt nicht‘?“

Das Glitzern in seinen Augen vertiefte sich noch. „Nein, überhaupt nicht.“

Verwirrt schüttelte Vivian den Kopf. „Und ... warum nicht?“

Er zwinkerte ihr vergnügt zu. „Weil ich kein Franzose bin! Ich habe nie gesagt, ich wäre einer.“

Vivian blieb fast der Mund offen stehen. Wie vom Donner gerührt blinzelte sie in Gérards lachende Miene. „Aber ... Sie haben mir doch nie widersprochen, als ich sagte, Sie wären Franzose!“

„Nein, denn es lag damals durchaus nicht in meiner Absicht, Sie so genau über meine Herkunft aufzuklären.“

„Ja, aber ... wenn Sie kein Franzose sind, dann ... Was sind Sie denn dann?“

Mit einem geradezu unverschämten Grinsen und übermütig funkelnden Augen beugte Gérard sich leicht zu ihr vor und raunte in ihr Ohr: „Amerikaner.“

Vivian schnappte entgeistert nach Luft. Für den Bruchteil einer Sekunde musste sie sich mit einer Hand am Kaminsims festhalten, da ihr so schwindlig wurde, dass sie fürchtete, gleich in Gérards Arme zu sinken.

Gérard schien nur mit Mühe den Drang zu bewältigen, in schallendes Gelächter auszubrechen, was Vivian maßlos empörte. Wenn das nicht der Gipfel der Unverschämtheit war, dass er sich nach seinem ungeheuerlichen Geständnis auch noch köstlich amüsierte!

„Das glaube ich nicht!“, fuhr sie ihn an. „Wenn Sie wirklich Amerikaner wären, dann ... dann hätten Sie mir das doch schon gleich auf der Dolphin sagen können, als Sie …“ Hastig verschluckte sie den Rest des Satzes.

„Als ich was? – Als ich sagte, ich liebte Sie?“

Sehr vorsichtig nickte sie.

„Und was wäre dann anders gewesen, Miss Darcy?“, erkundigte er sich, wobei das Lachen in seinen Augen einem Stirnrunzeln wich. „Hätten Sie mich dann weniger brüsk zurückgewiesen? – Wohl kaum!“

„Vermutlich nicht“, gestand sie mit einem neuerlichen Anflug eines schlechten Gewissens. „Aber … nichtsdestotrotz tut es mir leid, wenn ich damals so hart mit Ihnen war.“

„Auch wenn Ihnen die Art, wie Sie es sagten, vielleicht leidtut, ändert es nichts daran, dass Sie jedes Wort ganz genau so meinten“, versetzte er mit hochgezogener Braue. „Oder etwa nicht?“

„Nun ja, schon, aber –“

„Dann hören Sie auf, sich zu entschuldigen“, unterbrach er sie unwirsch. „Im Übrigen sehen Sie ja, dass ich trotz Ihrer Ablehnung damals noch lebe.“

„Ja, und wahrscheinlich haben Sie sich längst irgendwo eine andere Liebschaft gesucht!“, entfuhr es ihr, obwohl sie es schon im selben Augenblick bereute.

Er stützte seinen Arm auf den Kaminsims und sah sie durchdringend an. „Und wenn’s so wäre: Machte es Ihnen etwas aus?“

„Warum sollte es?“, konterte sie schnippisch.

Die Spannung fiel von ihm ab, und er stieß ein scharfes Lachen aus. „Na, sehen Sie, dann ist doch alles gut!“

„Gut?“, schnaufte Vivian fassungslos. „Das finde ich ganz und gar nicht! Denn auch wenn es mir leidtut, wie ich auf der Dolphin mit Ihnen umgegangen bin, ist das nichts im Vergleich zu dem, was Sie sich herausgenommen haben!"

„Was, bitte schön, habe ich mir herausgenommen?", fragte er irritiert.

„Das fragen Sie noch?", keuchte Vivian. „Was sind Sie nur für ein hinterhältiges Individuum! Sich anzuhören, wie sehr ich mich nach Amerika sehne, ohne auch nur mit einem einzigen Wort zu erwähnen, dass es auch Ihre Heimat ist!"

„Sie werden wohl einsehen, dass ich als Gast bei Ihrem königstreuen, englischen Onkel kaum damit herausrücken konnte, wer ich wirklich bin", gab er mit einem spöttischen Lächeln zu Bedenken.

„Nun, Onkel William gegenüber vermutlich nicht, aber ..."

„Aber?"

Sie bedachte ihn mit einem vorwurfsvollen Blick. „Ich hätte hellhörig werden müssen, als Sie neulich sagten, Sie wären als Spion in England gewesen. Spione lügen, das weiß jedes Kind."

„Nicht in jeder Situation", korrigierte er schleppend.

„Tatsächlich nicht? Und woher soll ich wissen, wann Sie lügen und wann Sie die Wahrheit sagen? Vermutlich haben Sie noch nicht ein einziges wahres Wort zu mir gesprochen."

„Wie kommen Sie denn auf diese lächerliche Idee?", fragte er mit zusammengekniffenen Augen.

„Das ist doch sonnenklar. Sie haben mich von Anfang an belogen. Schon als Sie zu Gast bei Onkel William waren. Sie haben mir nicht gesagt, dass Sie Amerikaner sind."

Fassungslos und sichtlich verärgert, starrte er sie an. „Lieber Himmel, Vivian, glaubst du wirklich, ich könnte in England spionieren und mich dabei überall munter als amerikanischer Rebell ausgeben? Was glaubst du denn, wo ich da gelandet wäre!"

Sie blinzelte und biss sich kurz auf die Lippen. Konnte sie Gérard wirklich vorhalten, dass er als amerikanischer Spion in England seine Herkunft hatte verschweigen müssen? Er wäre als Verräter gehängt worden, wenn man ihn erwischt hätte. Wie, um Himmels willen, konnte sie ihm da Vorhaltungen machen? Sie musste wirklich den Verstand verloren haben!

„Sie haben recht, es war dumm von mir, Ihnen das vorzuwerfen", gestand sie daher kleinlaut. „Natürlich konnten Sie einer wildfremden Frau, die ich ja für Sie war, nicht einfach vertrauen. Obwohl ich Sie niemals verraten hätte! Nur, dass Sie das natürlich nicht wissen konnten."

„Nein, ich konnte es nicht wissen", bestätigte er nach einem kurzen Zögern. „Obwohl ich es mir tatsächlich nicht hätte vorstellen können. Nicht bei einer so glühenden Patriotin wie Sie es ganz offensichtlich sind. Nichtsdestotrotz diente ich meinem Land und war es ihm schuldig, dass ich kein Risiko einging. Ich konnte Ihnen die Wahrheit über mich einfach nicht anvertrauen."

„Ich weiß", murmelte Vivian und senkte beschämt die Augenlider. „Man hätte Sie hingerichtet, wenn … wenn man Sie erwischt hätte. Das wäre das Letzte, was ich gewollt hätte!"

„Wie außerordentlich beruhigend."

Geflissentlich überhörte sie den Spott in seiner tiefen Stimme und starrte verunsichert auf ihre Schuhspitzen, während sie auf eine weitere Bemerkung von Gérard wartete. Doch Gérard schwieg. Die Sekunden verstrichen, ohne dass ein Wort über seine oder ihre Lippen kam. Als Vivian es schließlich wagte, wieder aufzublicken, registrierte sie verwirrt, dass Gérards Blick voll herzlicher Wärme auf ihr ruhte.

Mit einem entwaffnenden Lächeln, das seine Augen so zum Leuchten brachte, dass ihr Herzschlag anfing, seltsam zu flattern, bot er ihr seinen Arm. „Na komm, kleine Lady, lass uns tanzen! Der Abend ist doch viel zu schön, um ihn mit Streitigkeiten zu verderben."

Sein Lächeln vorsichtig erwidernd, nickte sie und legte ihre Hand auf seinen Arm, um sich von ihm auf die Tanzfläche führen zu lassen.

Wie schon auf Lady Ashleys Ball war es ein verwirrendes und gleichzeitig berauschendes Gefühl, Gérard so nahe zu sein. Sie spürte seinen festen, muskulösen Körper, sah sein schmales, männliches Gesicht über sich und fühlte sich widersinnigerweise unglaublich wohl. Sie legte den Kopf leicht in den Nacken, um zu ihm aufzublicken, und stellte fest, dass in seinen Augen ein belustigtes Funkeln zu erkennen war. Ungemein froh, dass er seine gute Laune offenbar wiedergefunden hatte, riskierte sie ein verhaltenes Lächeln.

Seine Augen blitzten auf, und er schlang seinen Arm fester um ihre schlanke Taille. „Ich glaube, ich habe dir noch gar nicht gesagt, wie bezaubernd du heute Abend wieder aussiehst, kleine Lady. Ganz besonders, wenn du mich so anlächelst wie gerade jetzt."

„Fangen Sie jetzt ja nicht an zu flirten, Captain Dupont!", tadelte sie mit einem verlegenen Lachen.

Er lachte leise. „Ich weiß zwar nicht, was du dagegen hast, aber meinetwegen! Aber dann lass mich dein Lächeln wenigstens als ermutigendes Zeichen werten, dass du mir nicht allzu böse sein wirst, wenn ich dir gleich noch etwas gestehen muss, was dich möglicherweise ein wenig aus der Fassung bringt. Es ist nämlich so, dass ich –"

„Noch etwas?", stöhnte Vivian mit einem unsicheren Lächeln. „Lieber Himmel, Gérard, reicht es nicht, dass Sie mir gerade eröffnet haben, dass Sie Amerikaner und kein Franzose sind?"

„Du nennst mich gerade Gérard. Womit wir präzise beim Thema wären. Ich –"

„Oh, darum geht es?", unterbrach sie verblüfft, während Gérard sie eine schwungvolle Drehung vollführen ließ. „Dass Sie sich immer wieder die Freiheit herausnehmen, mich vertraulich mit Vivian anzureden?"

„Es hängt damit zusammen. Obwohl ich eigentlich –"

„Aber ich hatte Ihnen doch schon bei unserer ersten Begegnung auf Oakfield gesagt, dass es mich nicht stört!", erinnerte sie ihn, nicht ohne sich dabei zu fragen, warum es ihr nicht gelang, ihm mehr Widerstand entgegenzubringen. Weshalb sie rasch hinzusetzte: „Obwohl es sich natürlich eigentlich überhaupt nicht gehört. Aber Sie dürfen mich trotzdem Vivian nennen."

„Da bin ich aber ungemein froh", lächelte Gérard mit Unschuldsmiene und senkte das Knie in einer eleganten Tanzbewegung. „Es fällt mir nämlich gerade ausgesprochen schwer, einen Kindskopf wie dich, der offenbar heute Abend nicht ein einziges Mal zu Ende zuhören kann, in aller Form mit Miss Darcy anzureden!“

„Also, wenn das nicht die Höhe ist!“, brauste Vivian auf und vergaß vor Empörung beinahe, die nächste Drehung auszuführen. „Sie ungehobelter Klotz!“

„Was hast du denn von einem Rebellen erwartet?“, spöttelte er. „Dass er den vollendeten Gentleman spielt? Und da du mich ausdrücklich darauf hingewiesen hast, dass ich nicht versuchen soll, mit dir zu flirten ...“

Vivian reckte das Kinn vor. „Ist das alles, woran Sie denken können? Ans Flirten?“

„Nicht unbedingt, aber in deiner Gegenwart kommt es mir hin und wieder in den Sinn. Sofern du dich nicht gerade wie ein Kindskopf benimmst“, setzte er augenzwinkernd hinzu. „Trotzdem würde ich dir jetzt gerne erklä-“

„Ich kann nur sagen, mir gefällt weder Ihr Gedankengang noch Ihre Bezeichnung für mich!“, schnaubte Vivian. „Wirklich, Captain Dupont, Ihr Verhalten ist empörend!“

Um seine Lippen zuckte es, und seine Augen blitzen. „Nun, kleine Lady – ich hoffe, diese Bezeichnung gefällt dir besser –, beruhig dich wieder. Wie gesagt, ich muss dir nämlich etwas gestehen, und ich würde das wirklich gerne hinter mich bringen, sofern du mich endlich einmal ausreden lassen würdest!“

„Nun gut, ich will Sie nicht davon abhalten“, willigte sie mit einem königlichen Neigen des Kopfes ein, sodass er leise lachte.

Er wartete, bis sie ihm gespannt in die Augen sah und erklärte dann lächelnd: „Ich fürchte, kleine Lady, du wirst dich daran gewöhnen müssen, mich mit einem anderen Namen anzureden."

Verständnislos blinzelte sie und starrte ihn an. Vergeblich versuchte sie, in der Tiefe seiner funkelnden, blauen Augen den Sinn seiner Worte zu ergründen, sodass sie schließlich kopfschüttelnd fragte: „Ich soll Sie anders anreden? Aber wieso?"

„Nun, weil ich nicht Gérard heiße", erklärte er grinsend. „Und genauso wenig Dupont!"

Mit einem Ruck blieb Vivian mitten auf der Tanzfläche stehen. „Lieber Himmel, Gérard, was soll denn das schon wieder bedeuten? Was, um Himmels willen, meinen Sie damit?"

Sanft zog er sie am Arm und wirbelte sie erneut munter im Takt der Musik umher, wogegen sie sich energisch sträubte. „Nein, wirklich, Gérard! Ich möchte jetzt Ihre Erklärung hören!"

„Gern, aber wenn du nicht willst, dass wir zum Hindernis für die anderen Tänzer werden, sollten wir weitertanzen", mahnte er, während er ihren Arm ergriff und sie eine weitere schwungvolle Drehung vollführen ließ.

Widerstrebend ließ Vivian ihn gewähren, versetzte aber über die Schulter: „Sie haben meine Frage nicht beantwortet: Was soll das heißen, ich müsste mich daran gewöhnen, Sie mit einem anderen Namen anzureden?"

Er verbeugte sich vor ihr, da der Tanz zu Ende war, und lächelte zögernd. „Lass uns nach draußen gehen, bevor der nächste Tanz beginnt. Ich glaube, ich kann dir alles besser erklären, wenn wir uns dabei nicht permanent drehen müssen."

Zögernd stimmte sie zu, woraufhin er ihren Arm nahm und sie durch die großen Terrassentüren hinaus aus dem Ballsaal führte. Alarmiert registrierte Vivian, dass sie auf der weitläufigen Terrasse, die von aufgestellten Fackeln beleuchtet war, mit Gérard allein war. Doch im Augenblick siegte ihre Neugier, und sie lehnte sich neben ihm an die Balustrade.

„Nun, also, ich höre!", forderte sie ihn nachdrücklich auf, als er nicht sofort anfing zu sprechen, was ihm ein spöttisches, gleichwohl liebevolles Lächeln entlockte.

Dennoch zögerte er noch kurz mit der Antwort. Er setzte sich mit einem Bein auf die Balustrade, ließ das andere baumeln und sah sie nachdenklich an.

„Vor Kurzem habe ich dir gestanden, dass ich als Spion in England war", begann er endlich, leise und in einem ungewohnt ernsten Ton. „Ist es dir seitdem nie in den Sinn gekommen, dass ich als Spion nicht mit meinem eigenen Namen auftreten konnte?"

„Ich weiß nicht ... vielleicht", räumte sie verunsichert ein. „Ich gebe zu, ich habe über die Möglichkeit nachgedacht. Aber eigentlich dachte ich, da Sie zur Hälfte Franzose waren ..."

„Ah, ich verstehe. Nun, aber ich bin kein Franzose, wie du jetzt weißt. Der französische Name diente nur meinem Schutz, damit ich in England nicht als Amerikaner erkannt wurde."

„Und wie sind Sie ausgerechnet auf den Namen Captain Dupont gekommen?"

Er lächelte kurz. „Verbündete in Brüssel verschafften mir die Identität eines Captains der niederländischen Armee, der kurz zuvor verstorben war. Da er keine Verwandten und außerhalb der Armee auch keine

Freunde hatte, bot sich seine Identität an. Niemand würde Verdacht schöpfen, wenn Captain Dupont nicht tot, sondern auf Genesungsurlaub wäre. Auch ein kleiner Abstecher zu Freunden nach England war für einen Offizier auf Genesungsurlaub nichts Auffälliges."

„Gütiger Himmel!", entfuhr es Vivian fassungslos. „Und ich habe anfangs auch noch darüber gerätselt, ob Sie nun Schiffskapitän oder Militäroffizier sind!"

„Ich bin Offizier. Aber nicht in der niederländischen Armee", gab er ruhig zurück.

„Ich hoffe, nicht in der britischen!"

Seine Lippen zuckten kurz. „Hätte ich dann in England spioniert?"

„Oh. Nein. Gewiss nicht. – Aber ... Gérard ... oder wie immer Sie nun heißen ... Wieso haben Sie mir nicht bei unserem Wiedersehen in Charleston schon erzählt, dass Sie ... dass Sie einen anderen Namen tragen?"

Ein sonderbares Lächeln zuckte um seine Lippen. „Ich hatte es eigentlich vor, aber ... Du sahst so bleich und schockiert aus, als ich plötzlich von den Toten zu den Lebenden zurückkehrte. Ich dachte daher, ich gebe dir lieber erst einmal etwas Zeit, dich daran zu gewöhnen, dass es mich noch gibt, ehe die nächste Überraschung folgt."

Vivian schüttelte hilflos den Kopf. „Tatsächlich? Wie rücksichtsvoll! Und wie heißen Sie nun wirklich?"

Er sprang von der Balustrade, schlug lachend die Hacken zusammen und verbeugte sich schwungvoll. „Wenn ich mich vorstellen darf: Captain Cole Ansinger, von der fünften Milizeinheit in Charleston!"

Vivian stieß ein heiseres Lachen aus. Das durfte doch alles nicht wahr sein! Gérard war ein ertrunkener

Franzose, der eigentlich Cole hieß und als amerikanischer Captain in Charleston lebte! Sie fragte sich, ob sie allmählich dabei war, den Verstand zu verlieren oder einfach nur zu viel Champagner getrunken hatte! Was Gérard oder Cole oder wie immer dieser Mann da heißen mochte, sagte, klang jedenfalls zu verrückt!

„Nun, Vivian, gefällt dir mein Name nicht? Oder worauf ist deine Schweigsamkeit sonst zurückzuführen?", erkundigte er sich unterdessen sanft und beugte sich leicht zu ihr vor.

Sie blinzelte und spähte unter den Wimpern in sein schmales Gesicht, auf dem sich ein gleichermaßen gespannter wie belustigter Ausdruck zeigte. „Oh. Nein, er gefällt mir. Eigentlich passt er viel besser zu Ihnen."

„Wie wär's, wenn dann jetzt Miss Vivian Darcy und Captain Cole Ansinger das Kriegsbeil begraben, alles Vorgefallene vergessen und Freunde werden?", schlug er mit glitzernden Augen und einem verhaltenen Lächeln vor.

Widerwillig gestand Vivian sich ein, dass das wohl tatsächlich das Beste war. Jedoch wusste sie ganz genau, dass es ihr unmöglich sein würde, wirklich alles zu vergessen. Gérard Dupont hatte von Liebe gesprochen! Cole Ansinger sprach von Freundschaft! Also war vermutlich auch die Liebeserklärung des Franzosen Gérard nur ein Schachzug des Amerikaners Cole gewesen! Insgeheim fragte sie sich, ob sie über diese Veränderung enttäuscht oder erleichtert sein sollte. Es fiel ihr schwer, ihre Gefühle in den Griff zu bekommen, ein winziger Teil von ihr wünschte beinahe, dass Cole seine Liebeserklärung wiederholt hätte. Doch sie verwarf diesen empörenden Gedanken rasch wieder.

Letztendlich hatte Cole, wie er sich ja nun nannte, deutlich genug gezeigt, dass es ihm nichts ausmachte, dass sie seine Liebe damals nicht erwidert hatte. Kein Wunder, denn nun war ja auch klar, dass er es nicht ernst gemeint hatte. Alles war nur ein Teil seines Täuschungsmanövers gewesen. Diese Erkenntnis war so ernüchternd, dass die Wirkung des Champagners schlagartig nachließ und ihr Verstand wieder glasklar zu arbeiten begann.

Verspätet wurde sie sich bewusst, dass Gérard, nein Cole sie immer noch erwartungsvoll ansah. Sie brachte ein gequältes Lächeln zustande und antwortete auf seine Frage: „Also gut, Captain Ansinger. Vergessen wir alles.“

Das Lächeln, das seine Lippen umspielte, vertiefte sich noch. „Und werden Freunde?“

„Wir ... wir können es ja zumindest versuchen“, gestand sie ihm widerstrebend zu.

Er lachte leise und trat näher an sie heran. Beunruhigend dunkel schimmerte das Blau seiner Augen, und ein seltsamer Glanz lag darin, als er einen Arm ausstreckte und sie zu sich heranzog. „Dann sollten wir unsere Freundschaft mit einem Kuss besiegeln“, raunte er heiser in ihr Ohr.

„Ich glaube, dass wir unterschiedliche Ansichten von Freundschaft haben, Captain Ansinger“, keuchte sie empört.

„Wirklich?“, murmelte er zärtlich. Ihrem Widerstand zum Trotz schlang er seinen zweiten Arm fest um ihre Taille und senkte den Kopf. Seine Lippen trafen ihre, und im selben Augenblick, als er anfing sie zu küssen, spürte Vivian, wie ein wohliger Schauer durch ihren

Körper fuhr. Seltsam losgelöst von der Wirklichkeit fühlte sie sich, ihr Körper schien sich in einem gleichsam schwebenden Zustand zu befinden, während ihr gleichzeitig heiß und kalt wurde und ihr Verstand – wieder einmal! – aufhörte zu arbeiten.

Als er sie schließlich losließ, bebte Vivian am ganzen Körper. Sein Kuss erschütterte sie bis ins Mark, und sie fühlte sich gleichermaßen berauscht wie verletzlich. Ihre Verwirrung entlud sich in einem Wutanfall.

„Was fällt Ihnen eigentlich ein!", fauchte sie und versetzte ihm eine schallende Ohrfeige.

„Ist es das, was du unter Freundschaft verstehst?", fragte er ruhig, ohne eine Miene zu verziehen.

„Nein, ganz gewiss nicht!", konterte Vivian, heftig ein- und ausatmend. „Aber ebenso wenig verstehe ich darunter, in eine Umarmung gezogen und zu einem Kuss gezwungen zu werden, den ich nicht will!"

Sein unergründlicher Blick ruhte so ausdauernd auf ihr, dass sie sich unbehaglich umdrehte und in den unbeleuchteten Garten starrte. Sie spürte, wie er hinter sie trat.

„Wenn dich mein Kuss beleidigt hat, dann tut mir das leid", erklärte er leise. „Ich hatte gedacht, er würde dir gefallen. Aber wenn ich mich geirrt habe, bitte ich um Verzeihung." Er fasste sie an den Schultern, drehte sie zu sich herum und spähte ihr angespannt ins Gesicht. „Habe ich mich geirrt, Vivian?"

Ihr verräterisches Herz pochte heftig, aber sie schaffte es, ihm aufrecht in die Augen zu sehen. „Ja, du hast dich geirrt! Du hast mich um Freundschaft gebeten, und Freundschaft will ich dir gern gewähren! Aber ich habe keine Lust, eine von deinen vielen Liebschaften zu werden!"

„Liebschaften? Wovon, zum Teufel, redest du eigentlich?"

„Ich habe keine Lust, das weiter auszuführen. Es reicht, wenn ich dir sage, dass für mich Freundschaft nicht gleichzusetzen ist mit dem Recht, sich uneingeschränkte Freiheiten herauszunehmen. Also, wenn dir an meiner Freundschaft etwas liegt, versuch nicht wieder, mich zu küssen!"

„Ist das dein Ernst?", fragte er mit einem ungläubigen Blinzeln.

„Natürlich. Oder meinst du etwa, nur weil ich mich freue, dass du nicht ertrunken bist, dass ich deswegen gleich den Wunsch haben muss, dich zu küssen? Lieber Himmel, wenn ich jeden Mann küssen würde, den ich mag, dann –"

„Zum Teufel auch, ich hatte recht, dich als Kindskopf zu bezeichnen!", knurrte er. Mit einem unterdrückten Fluch auf den Lippen trat er einen Schritt zurück und verschränkte die Arme. „Aber meinetwegen, du sollst deine Ruhe vor mir haben! Also Freundschaft, und nichts anderes!"

Vivian fragte sich verwundert, was ihn so wütend machte. Schließlich war er es doch gewesen, der vorgeschlagen hatte, dass sie Freunde wurden! Wenn er nur ein Wort von Liebe gesagt hätte, vielleicht hätte sie dann anders reagiert. Aber so, wie die Dinge lagen, besaß sie genug Selbsterhaltungstrieb, ihm keine weiteren Freiheiten zu gestatten.

„Nun gut", versetzte er schließlich grimmig, gleichwohl um Höflichkeit bemüht. „Vielleicht sollten wir zurück in den Ballsaal gehen. Sicher möchtest du noch tanzen.“

Vivian nickte, obwohl ihr überhaupt nicht mehr nach Tanzen zumute war. Cole schien ähnlich zu empfinden, denn sie waren kaum in den Ballsaal zurückgekehrt, als er sich auch schon mit einer knappen Verbeugung und der Erklärung, dass er zu seiner Einheit nach Charleston zurückmüsste, zu verabschieden versuchte.

„Nach Charleston? Mitten in der Nacht?“, entfuhr es Vivian verblüfft, während er sich bereits zum Gehen umwandte.

„Nein, natürlich nicht“, brummte er und sah über die Schulter zu ihr zurück. „Aber ich muss im Morgengrauen los. Wird also Zeit, dass ich ins Bett komme.“

„Aber es ist Silvester!“

Er drehte sich zu ihr um und hob spöttisch eine Braue. „Was du nicht sagst.“

„Einige der Milizsoldaten hier müssen morgen auch zurück nach Charleston. Wieso willst du nicht wie sie weiterfeiern?“

„Vivian“, versetzte Cole schleppend, „mir ist gerade nicht besonders nach feiern. Wenn du mich jetzt also bitte entschuldigen würdest.“

„Aber –“, setzte sie an, brach aber ab, als sie Coles finsteres Stirnrunzeln registrierte.

Daraufhin bedachte er sie mit einem ratlosen Kopfschütteln. „Vivian, ich soll nicht mit dir flirten, dich nicht küssen und vermutlich nicht einmal mehr mit dir tanzen, wenn ich deinen erleichterten Gesichtsausdruck eben richtig deute. Warum also versuchst du so hartnäckig, mich zum Bleiben zu bewegen?“

„Das versuche ich überhaupt nicht“, gab sie indigniert zurück. „Ich frage mich nur, was dich dazu bewegt, den restlichen Silvesterabend allein auf deinem Zimmer zu verbringen, statt hier im Ballsaal mit fröhlichen Menschen zu feiern.“

„Vielleicht erwartet mich in meinem Zimmer ja eine meiner zahlreichen Geliebten!“, spottete Cole und funkelte sie herausfordernd an.

Mit dem Anflug eines schlechten Gewissens blinzelte sie. „Es tut mir leid, wenn ich dich verärgert habe. Aber du musst wirklich nicht meinetwegen gehen. Wenn du nicht mit mir tanzen willst, weil du mir böse bist, warum forderst du dann nicht eine der hübschen jungen Ladys auf, die –“

„Verdammt nochmal, Vivian!“

„Du … du willst nicht tanzen?“

„Entgegen deiner vorgefassten Meinung gibt es durchaus Situationen, in denen ich auf weitere weibliche Gesellschaft verzichten kann! Eine solche Situation ist diese! Wenn du mich jetzt also bitte entschuldigen würdest!“

„Wie du willst“, seufzte Vivian, während er Anstalten machte zu gehen. „Ich nehme an, du bist der Meinung, ich hätte dir den Abend verdorben.“

Cole blieb noch einmal stehen und sah sie stirnrunzelnd an. Etwas, das beinahe wie ein Hoffnungsschimmer wirkte, blitzte in seinen Augen auf. „Zum Teufel auch, Vivian, ich glaube, du weißt selbst nicht, was du eigentlich willst! Also, nenn mir einen Grund, weshalb ich auf dem Ball bleiben und nicht auf mein Zimmer gehen sollte! Einen einzigen überzeugenden Grund!“

„Wie ich schon sagte, es ... es ist Silvester", stammelte sie, unter seinem funkelnden Blick errötend.

„Das reicht nicht. Fällt dir nichts Besseres ein?"

Sie reckte das Kinn vor. „Du hast gesagt, ich soll dir einen Grund nennen! Und das war einer!"

Cole atmete tief ein und wieder aus, und das Feuer in seinen Augen erlosch. „Ja, aber kein überzeugender. Gute Nacht, Vivian!"

Sie schluckte, doch es war offensichtlich, dass Coles Laune einen Tiefpunkt erreicht hatte, sodass sie niedergeschlagen murmelte: „Nun, dann ... dann gute Nacht, Cole."

Er musterte sie noch einmal lange. Schließlich presste er die Lippen zusammen, nickte ihr kurz zu und marschierte quer durch den Ballsaal davon.

Als er dann tatsächlich fort war, ergriff eine seltsame Traurigkeit Besitz von Vivian, die so gar nicht zu dem ausgelassenen Fest passen wollte. Sie überlegte kurz, ob sie Ann suchen sollte, um sich bei ihr auszuweinen, entschied aber, dass ein solches Verhalten an einem Abend wie diesem vollkommen unangemessen wäre. Am besten war es vermutlich, wenn sie Ann erst einmal überhaupt nichts von ihrer heutigen Begegnung mit Cole alias Gérard erzählte. Ann würde ihr nur wieder raten, ihn so schnell wie möglich zu vergessen, womit sie wahrscheinlich auch recht hätte. Aber trotz der garstigen Worte, die sie an Cole gerichtet hatte, konnte sie sich nicht dazu durchringen, ihn Anns Kritik auszusetzen. Besser war es, sie machte ihren Kummer mit sich allein aus.

Erst als sich Georgia und Simon später am Abend nach weiteren Tänzen, die sie lustlos nacheinander mit zahlreichen Verehrern absolviert hatte, an ihre Seite gesellten, hob sich ihre Stimmung ein wenig. Und schließlich stieß sie um Mitternacht mit vielen Freunden auf ein glückliches neues Jahr an. Gern hätte sie jetzt Gérard, nein Cole, dabeigehabt. Sie hatte das ungute Gefühl, dass sie ihn schon wieder verletzt hatte. Aber was hatte er erwartet? Von Freundschaft statt Liebe zu sprechen und dann Küsse einzufordern – nein, das ging nun einmal nicht an!

Schweren Herzens entschied sie, dass es vermutlich besser für ihren Seelenfrieden wäre, ihm künftig aus dem Weg zu gehen. Viel zu leicht ließ sie sich von ihm um den kleinen Finger wickeln. Doch er hatte klargemacht, dass er nur Freundschaft wollte, nicht mehr. Gewiss war das auch gut so. Aber solange sie ihre eigenen Gefühle nicht unter Kontrolle bekam, war es sicherlich klüger, nicht allzu viel mit ihm zu tun zu haben.

Cole lag derweil vollständig bekleidet auf einem weichen Federbett in einem der großzügigen Gästezimmer des Anwesens und starrte missmutig an die Zimmerdecke. Es war nicht zu fassen, überlegte er stirnrunzelnd, dass er jetzt allein hier oben in seinem Zimmer vor sich hin brütete, statt unten im Ballsaal mit seinen Freunden ausgelassen zu feiern! Verdammt, er war davongelaufen wie ein unreifer Jüngling, nur weil Vivian wieder einmal nicht so reagiert hatte, wie er es sich vorgestellt hatte! Zum Teufel auch, er hatte es gründlich vermasselt! Dabei hatte er doch sonst nicht solche Probleme mit Frauen! Und Vivians Signale waren eindeutig gewesen, davon war er auch jetzt noch überzeugt. Außerdem bestand nicht der geringste Zweifel daran, dass sie auf seinen Kuss reagiert hatte, genau wie damals auf der Dolphin! Und zwar nicht irgendwie reagiert! Sie war geradezu explodiert vor Leidenschaft! Wie er selbst allerdings auch, wie er sich zähneknirschend eingestand. Verdammt, sie würde ihn noch um den Verstand bringen mit ihrem widersprüchlichen Verhalten! Manchmal war er so sicher, dass sie etwas für ihn übrighatte. Und dann wieder zeigte sie ihm die kalte Schulter, als wäre er irgendein dahergelaufener, aufdringlicher Taugenichts! Und vor allem hatte sie offenbar nicht die geringste Vorstellung davon, wie sehr er sie begehrte!

Er unterdrückte ein Gähnen und blinzelte kurz. Nun gut, vermutlich war er zu schnell vorgegangen. Bis zu dem Punkt, an dem er sie geküsst hatte, war doch eigentlich alles nach Plan verlaufen. Danach allerdings ... Lieber Himmel, erwartete sie allen Ernstes von ihm, dass er sie nicht wieder küsste? War eine platonische Freundschaft wirklich alles, was sie wollte? Ein frustrierender Gedanke, den er am besten gar nicht erst zuließ!

Er verschränkte die Hände unter dem Kopf und schloss die Augen. Eines war klar, schlaflos auf dem Bett zu liegen und Trübsal zu blasen, war so ziemlich das Dämlichste, was er tun konnte. Andererseits war er zu verärgert und eigentlich auch zu müde, um wieder aufzustehen und in den Ballsaal zurückzukehren. Ganz davon abgesehen, dass er damit seinem unreifen Verhalten wahrscheinlich noch die Krone aufsetzte!

Trotz seines Ärgers kräuselten sich seine Lippen zu einem spöttischen Lächeln. Gütiger Himmel, er hatte Vivian vorgeworfen, sie wäre ein Kindskopf! Aber wie verhielt er sich denn gerade? Jedenfalls nicht wie der erfahrene, vernunftbegabte Mann, für den er sich eigentlich hielt! Am besten, er versuchte jetzt wirklich zu schlafen. Was Vivian betraf, so würde er beim nächsten Mal besonnener vorgehen. Und dann wollte er doch mal sehen, ob die widerspenstige Miss Darcy am Ende nicht doch mehr für ihn übrighatte, als es heute Abend den Anschein hatte! Kampflos geschlagen geben würde er sich jedenfalls nicht!

Am nächsten Vormittag verließ Vivian Bellarbres wieder zusammen mit den Welseys. Sam begleitete sie. Er ließ es sich nicht nehmen, Vivian von nun an wieder als seine Herrin zu betrachten.

Insgeheim war es Vivian unangenehm, Sam keinen Lohn zahlen zu können, auch wenn Sam immer wieder beteuerte, dass es ihn nicht störte. Dennoch bestärkte es sie in ihrem Vorhaben, sich so schnell wie möglich eine Arbeit zu suchen, damit sie dem treuen Diener zumindest ein kleines Taschengeld zahlen konnte.

Das war jedoch leichter gesagt als getan. Zunächst stellte Vivian sich bei Brugsby's Moden vor, in der Hoffnung, dort eine Stelle als Näherin zu bekommen. Mrs. Brugsby erklärte ihr jedoch unverblümt, dass sie genügend Nähmädchen hatte und schon gar keine Anfängerin gebrauchen konnte. Wütend stapfte Vivian davon. Sie war keine Anfängerin, aber sie konnte keine Berufserfahrung nachweisen, da sie immer nur kleinere Näharbeiten für sich selbst ausgeführt hatte.

Nach ihrem Misserfolg bei Brugsby's Moden versuchte sie es im Charlestoner Lazarett. Die Arbeit als Krankenpflegerin wäre zwar nicht gerade angenehm, aber sie hatte gehört, dass Pflegerinnen gesucht wurden. Doch auch diese Hoffnung wurde enttäuscht. Der zuständige Arzt erklärte ihr, dass im Augenblick genug Krankenpfleger vorhanden wären. Einzig falls Charleston angegriffen werden und es zum Kampf kommen sollte, würden zusätzliche Pflegerinnen gebraucht. Ein Angriff der Engländer auf Charleston sei aber so gut wie ausgeschlossen.

Entmutigt machte Vivian sich auf den Weg nach Hause. Im Vorbeigehen erblickte sie ein großes, elegantes Backsteingebäude, an dessen Vorderfront Arbeiter damit beschäftigt waren, ein blechernes Schild anzubringen. Gilberts Kaffeehaus war darauf zu lesen. Vivian hatte im Wirtschaftsteil der Gazette, der Charlestoner Klatschzeitschrift, bereits von der geplanten Eröffnung dieses Kaffeehauses gelesen. Wenn sie es richtig behalten hatte, müsste es in ungefähr zwei Wochen so weit sein.

Vivians Augen fingen an, aufgeregt zu funkeln. Sie warf den Kopf zurück und marschierte resoluten Schrittes durch die offen stehende Doppeltür. Eine große Frau, nicht mehr ganz schlank und wohl um die vierzig, trat ihr mit einem freundlichen Lächeln entgegen.

„Kann ich etwas für Sie tun, Miss? Wir haben leider noch nicht geöffnet, es ist erst in zwei Wochen so weit."

„Ja, ich weiß", nickte Vivian, während sie erfreut registrierte, dass in dem Gastraum des Kaffeehauses alles blitzblank sauber und gepflegt aussah. Auch wenn das Mobiliar noch fehlte, so ließen die weißen Spitzengardinen vor den großen Fenstern, der helle Eichenfußboden und die frisch gestrichenen Wände bereits auf eine gastliche Atmosphäre schließen. „Ich komme aus einem anderen Grund. Ich suche Arbeit."

„Arbeit?" Der Blick der Frau glitt verwundert über Vivians gepflegte Erscheinung. Mitleidig schüttelte sie den Kopf. „Ich fürchte, ich habe keine Arbeit für Sie, Miss."

„Aber brauchen Sie denn nicht jemanden, der die Gäste bedient? Der ihnen den Kaffee und das Gebäck bringt?"

„Nun, das meiste werden mein Mann und ich selbst machen. Wir haben nicht vor, irgendwelche Kellnerinnen einzustellen", erwiderte die Frau mit einem entschuldigenden Lächeln, sodass Vivian betrübt den Kopf senkte. „Allerdings könnten wir jemanden brauchen, der hinter dem Tresen steht und das Gebäck zum Mitnehmen verkauft. Also das, was die Leute nicht hier essen. Aber ob das das Richtige für Sie ist? Sie wirken doch eher gebildet."

„Oh, es wäre bestimmt das Richtige!", versicherte Vivian mit blitzenden Augen. „Mein Vater war Anwalt, und ich habe eine gute Ausbildung genossen, damit haben Sie recht! Aber jetzt ist er tot, und auch wenn ich Freunde habe, bei denen ich wohnen kann, wäre ich doch froh, wenn ich irgendwie Geld verdienen und für mich selbst sorgen könnte! Und Kuchen und Kekse zu verkaufen, würde mir bestimmt Spaß machen!"

„Also ich weiß nicht ...", zögerte Mrs. Gilbert. „Sind Sie sicher, dass Sie nicht lieber als Gouvernante oder Gesellschafterin arbeiten wollen?"

„Ganz sicher!", lächelte Vivian. „Ich möchte die Familie, bei der ich wohne, nicht verlassen, was ich aber müsste, wenn ich eine Stellung als Gouvernante annehmen würde. Ich bin überzeugt, die Arbeit hier wäre genau das Richtige!"

„Nun, dann können Sie meinetwegen hier anfangen“, erklärte Mrs. Gilbert mit einem Lächeln.

„Oh, Sie sind zu gütig!“, jubelte Vivian.

Mrs. Gilbert lachte belustigt auf. „Nein, keineswegs. Ich denke nur, dass ich froh sein kann, so schnell jemanden gefunden zu haben, der den Keksverkauf übernehmen will! Natürlich muss ich noch mit meinem Mann darüber sprechen. Aber er wird mir zustimmen, da bin ich sicher.“ Sie streckte die Hand aus. „Mein Name ist übrigens Melissa Gilbert. Und wie heißen Sie?“

„Vivian Darcy, Madam.“

„Gut, dann nenne ich Sie Vivian. Und Sie können Melissa sagen. Oder stört Sie das?“

Vivian lachte auf. „Nein, keineswegs. Ich freue mich, Madam!“

„Na fein. Dann lassen Sie aber bitte auch das Madam weg. Mein Mann und ich ziehen einen etwas weniger förmlichen Umgangston vor.“

Vivian spürte, wie sie rot anlief, doch Melissa lachte nur. Sie versprach, dass Vivian in zwei Wochen anfangen könnte, sofern ihr Mann damit einverstanden wäre. Dann verabschiedete sie Vivian, um die restliche Zeit des Tages dem weiteren Umbau des Gebäudes widmen zu können.

Beschwingt eilte Vivian nach Hause. Sie konnte es kaum erwarten, Ann die guten Neuigkeiten zu erzählen. Jedoch bemerkte sie schon beim Betreten des Hauses, dass Besuch da war. Aus dem Salon drangen lebhaftes Stimmengewirr und fröhliches Lachen. Sie würde Ann also nicht sofort von ihrer neuen Arbeit erzählen können, worüber sie ein wenig enttäuscht war.

Andererseits war sie neugierig, wer wohl da war. Ob Paul endlich nach Hause gekommen war? Schwungvoll öffnete sie die Salontür und blickte in die Runde. Simon und sein Bruder Tom waren da und Robert Maine, mit dem Vivian nach Charleston gekommen war. Paul war nicht da, aber stattdessen –

„Gérard!", stieß Vivian verblüfft hervor. „Wie kommen Sie denn hierher?"

Lässig erhob er sich und schlenderte ihr lächelnd entgegen. „Verzeihung, kleine Lady", korrigierte er mit sanftem Spott, „mein Name ist Cole. Cole Ansinger, falls du es vergessen haben solltest."

„Natürlich habe ich das nicht vergessen! Aber dass dein anderer Name mir immer noch etwas vertrauter ist, dürfte dich wohl nicht wundern!", gab Vivian aufbrausend zurück.

Mit einem kurzen Seitenblick registrierte sie, welche Verwirrung dieser kurze Dialog zwischen ihr und Cole bei den übrigen Anwesenden auslöste. Während Cole nach einem flüchtigen Handkuss darauf wartete, dass Vivian sich setzte, um dann in aller Ruhe zu seinem eigenen Platz auf einem Sessel am Kamin zurückzukehren, starrten die Welsey-Brüder Vivian an, als wären ihr Hörner gewachsen. Robert Maine unterdrückte offenbar nur mit Mühe ein Lachen, und Ann hielt es kaum auf ihrem Sessel. Doch sie beherrschte sich und lehnte sich wieder zurück, auch wenn sie ihre Neugierde nicht länger im Zaum halten konnte und sich mit einem erstickten Lachen erkundigte:

„Vivian, wie hast du Cole eben genannt? Gérard? Willst du damit etwa sagen, dass er dieser Gérard ist, von dem du so viel geredet hast?"

Eine verräterische Röte breitete sich über Vivians Gesicht und Nacken aus. „So viel geredet ist wohl etwas übertrieben!", wies sie Ann streng zurecht, wobei ihr Coles triumphierendes Grinsen nicht entging. „Aber falls du meinst, ob er jener Gérard ist, der bei Nacht und Nebel von einem fahrenden Schiff verschwunden ist, dann muss ich Ja sagen!"

„Was?!", brach es aus Robert heraus. „Cole ist dieser Gérard? Wegen dem du mich auf diese französische Brigg geschleppt hast? Wo es dich bald umgehauen hat, weil du glaubtest, er wäre ertrunken?"

„Nun … also … ja, ich fürchte", stammelte Vivian und wäre dabei am liebsten im Erdboden versunken. Unter den Wimpern schielte sie zu Cole herüber. Um seine Lippen zuckte es verräterisch, aber ansonsten bemühte er sich um einen bemerkenswert teilnahmslosen Gesichtsausdruck.

Unterdessen brach Simon in schallendes Gelächter aus, dem sich bald alle außer Vivian anschlossen. „Oh, Vivian, das ist köstlich!", japste er und lachte, dass ihm die Tränen kamen. „Wie konnte es nur zwischen euch zu so einem Missverständnis kommen?"

„Weiß ich doch nicht!", stöhnte Vivian. „Frag doch den da!" Damit zeigte sie auf Cole.

Dieser zuckte entschuldigend, aber mit einem unverschämten Grinsen, die Achseln. „Ihr wisst, dass ich inkognito in England war. Vivian hat mich unter meinem falschen Namen kennengelernt. Zu dem Zeitpunkt konnte ich meine wahre Identität unmöglich preisgeben. Wenn diese junge Lady nicht so verdammt widerspenstig wäre, dann hätte ich ihr auf dem Schiff alles erklärt, aber –"

„Widerspenstig?", unterbrach Vivian mit einem wütenden Schnauben. „Was für eine Unverschämtheit! Ich bin nur nicht gern Spielball in irgendwelchen Lügenmärchen!"

„Das zwischen uns hatte nie etwas mit der Rolle, die ich spielen musste, zu tun", konstatierte Cole entnervt. „Ein Spielball bist du nie gewesen. Dass ich dich in einigen Aspekten anlügen musste, war in meiner Situation unvermeidlich."

„Ach wirklich? Und dass du mir alle Wahrheiten nur häppchenweise präsentierst, das ist auch unvermeidlich, ja?", ätzte Vivian. „Bei unserer ersten Begegnung in Charleston erzählst du mir, dass du als Spion in England warst. Bei der zweiten Begegnung erfahre ich, dass du Amerikaner bist und einen anderen Namen trägst. Und jetzt, bei unserer dritten Begegnung, ist es offensichtlich, dass du meine Freunde hier alle gut kennst. Was kommt denn als Nächstes, wovon ich nichts weiß?"

„Wenn du nicht immer so verdammt starrköpfig wärst, würdest du manche Dinge gewiss schneller erfahren", konterte er. „Versuch's doch zur Abwechslung mal mit etwas Verständnis!"

„Verständnis? – Das wäre ja noch schöner!", schnaubte Vivian und verschränkte die Arme.

Cole verdrehte die Augen.

Ann blickte erheitert von Vivian zu Cole und von Cole zu Vivian. „Na ja", gluckste sie dann, „das ist wohl eine Sache, die ihr unter euch abmachen müsst. Aber hier im Haus seid bitte friedlich. Wenn ihr euch unbedingt streiten müsst, dann bitte woanders."

„Wir streiten nicht, wir haben uns vertragen“ erklärte Vivian, doch ihr kriegerischer Gesichtsausdruck ließ alles andere als das vermuten.

Ann lachte. „Das hoffe ich. Denn du, Vivian, wirst dich daran gewöhnen müssen, dass Cole häufig hier zu Gast ist, da er ein guter Freund von Simon ist. Und du, Cole, weißt ja wohl, dass Vivian hier wohnt.“

Coles Augen blitzten übermütig. „Selbstverständlich weiß ich das. Und ich werde es bestimmt nicht vergessen.“

Vivian bohrte ihren Absatz in den Parkettboden. Simons Freund! Das waren ja heitere Aussichten. Wie sollte sie Cole unter diesen Umständen aus dem Weg gehen können?

Mit einem zornigen Flackern in den Augen wandte sie sich an Cole: „Wieso habe ich dich früher hier nie gesehen, wenn du doch ein so guter Freund der Familie bist?“

Cole streckte die langen Beine weit von sich und lehnte sich mit einem unterdrückten Grinsen im Sessel zurück, bevor er schleppend versetzte: „Simon und ich haben uns vor ein paar Jahren bei der Schlacht von Bunker's Hill im Hafen von Boston kennengelernt. Einige Wochen nach dem Verlust New Yorks sind wir zurück nach Charleston gekommen, wo wir uns der Miliz anschlossen. Zu der Zeit warst du aber bereits fort. Bald darauf gingen wir für eine Weile zurück in den Norden, um dort zu kämpfen. Zwischenzeitlich wurde ich dann, wie du ja weißt, beauftragt, in England die politische Stimmung auszuspionieren. Und nun bin ich wieder hier.“

„Ja, offensichtlich", murmelte Vivian verdrossen. „Aber – wieso hast du dich ausgerechnet der Charlestoner Miliz angeschlossen? Wieso bist du nicht irgendwo anders hingegangen? Zum Beispiel zurück in den Norden?"

„Nun, weil ich aus dieser Gegend hier stamme", entgegnete er mit einem unterdrückten Lachen. „Allerdings nicht direkt aus Charleston, sondern von einem hübschen Stückchen Land im Umland."

„Und wem gehört das Land, von dem du kommst? Deiner Familie?"

Er betrachtete sie mit einem abschätzenden Lächeln. „Kann man so sagen. Warum fragst du?"

„Weil ich dich niemals für einen einfachen Farmer gehalten hätte", erklärte Vivian verwundert.

„Eher für einen Plantagenbesitzer?", fragte Cole augenzwinkernd.

„Mach dich nicht lächerlich!", schnaubte Vivian. „Als Plantagenbesitzer hättest du dich wohl kaum als Spion in England herumgetrieben!"

Simon verschluckte sich an seinem Kaffee und hustete heftig. Gequält blickte er in die Runde. Ann sagte vorwurfsvoll: „Aber, aber Simon! Wie kann man sich nur so verschlucken!", doch in ihren Augen blitzte ein Lachen.

Vivian verstand weder ihr Vergnügen noch Simons Blick, mit dem er diese Bemerkung quittierte. Doch ehe sie weiter darüber nachdenken konnte, versetzte Cole schleppend: „Mit den Landsitzen, die du als Nichte eines englischen Landadeligen gewohnt bist, ist mein Besitz gewiss nicht zu vergleichen, auch wenn er schon etwas größer ist als eine Farm. Aber eigentlich ist das auch nebensächlich, findest du nicht?"

„Nun ja, gewiss", räumte Vivian ein, obwohl sie sich insgeheim ärgerte, dass Cole ihre Neugier offenbar nicht weiter befriedigen wollte.

Cole grinste unterdrückt. „Gut. Dann können wir ja wohl das Thema wechseln."

Vivian wollte erneut aufbrausen, aber Ann kam ihr mit einem Seufzer zuvor: „Weißt du, Vivian, am liebsten hätte ich dich ja gleich auf dem Silvesterball gefragt, woher du Cole eigentlich kennst und warum du ihm so böse Blicke zuwirfst. Aber Cole hatte uns alle gebeten, so zu tun, als würden wir ihn nicht kennen."

„Hat er das!", knirschte Vivian und warf Cole einen vorwurfsvollen Blick zu.

„Ach komm, Vivian, jetzt zieh nicht so ein Gesicht!", grinste Simon. „Cole ist doch ein netter Kerl, auch wenn er sich da einen kleinen Spaß mit dir und uns erlaubt hat."

„Na, wenn du das lustig findest!"

„Ich wollte mir durchaus keinen Spaß mit dir erlauben, Vivian", korrigierte Cole mit einem verhaltenen Lächeln. „Tatsächlich hätte ich nichts lieber getan, als dir sofort zu sagen, wer ich wirklich bin, sobald wir uns in Charleston wiedergesehen haben. Warum ich es dann doch nicht getan habe, habe ich dir schon auf dem Silvesterball erklärt. Und eigentlich wollte ich dir dort auch erklären, dass Simon und ich Freunde sind und ich Simons Familie gut kenne. Nur irgendwie ... nun, du weißt es ja selbst. Der Abend verlief etwas anders, als ich geplant hatte."

„Nun ja. Das mag sein“, räumte Vivian widerwillig ein.

„Du meine Güte!“, lachte Ann. „Ich glaube wirklich, Vivian, du darfst Cole nicht böse sein! Ich will zwar nicht behaupten, dass ich alles verstehe, was sich zwischen euch so abgespielt hat. Aber irgendwie habe ich den Eindruck, dass du Cole gar keine Chance gelassen hast, dir die Wahrheit zu sagen!“

Vivian reckte empört das Kinn vor. „Das ist überhaupt nicht wahr!“

„Ach, Vivian!“, lachte Ann. „Nimm’s nicht so tragisch! Und weißt du, ehrlich gesagt, ich war mir zwar nicht sicher, aber den Verdacht, dass Cole dein mysteriöser Franzose sein könnte, den hatte ich schon länger.“

„Das ist nicht dein Ernst!“, keuchte Vivian. „Lieber Himmel, Ann, wieso hast du mir denn nichts davon gesagt?“

„Na ja, ich war mir ja nicht sicher und wollte keine wilden Gerüchte aufbringen“, lachte Ann. „Aber ich wunderte mich schon, als du mir erzähltest, dass dein Franzose plötzlich hier in Charleston aufgetaucht ist. Und das zeitgleich mit Coles Rückkehr in die Stadt! Wir wussten ja, dass er im Ausland gewesen ist. Und dann Coles seltsame Bitte, so zu tun, als würden wir ihn nicht kennen! Und er ließ sich hier nicht einmal blicken, obwohl er früher bei uns ein und aus gegangen ist, und hat uns nur durch Simon Nachrichten ausrichten lassen! Und trotzdem ... dass er wirklich dein Franzose ist!“

„Er ist nicht mein Franzose!“, empörte sich Vivian und hielt trotzig Coles lachendem Blick stand, obwohl sie das Gefühl hatte, bis zu den Fußspitzen zu erröten. Sie rechnete damit, dass er irgendeine spöttische

Bemerkung auf ihre Kosten machen würde. Doch er verblüffte sie damit, dass er sich mit einem Augenzwinkern erhob und erklärte, dass er gehen müsste.

„Warte, ich komme mit", rief Robert schnell und erhob sich ebenfalls.

Vivian warf ihm einen finsteren Blick zu. „Ihr beide, du und Cole, ihr kennt euch wohl auch, wie?"

„Klar", lachte Robert. „Wir waren als Jungs ein paar Jahre auf derselben Schule."

„Oh. Ich hatte gedacht, dass ... dass Cole älter ist als du."

„Bin ich auch", grinste dieser. „Robert war zwei Jahrgänge unter mir."

„Dann ... dann musst du ungefähr sechsundzwanzig sein", stellte Vivian stirnrunzelnd fest.

„Siebenundzwanzig", lachte Cole. „Und nun lass uns los, Robert. Sonst stellt Vivian noch fest, dass ich selbst das Hausmädchen hier kenne, und bekommt ihren nächsten Wutanfall!"

Vivian schluckte, gab aber trotzig zurück: „Du bist unmöglich!"

Hinausgehend lachte er leise: „Und du, kleine Lady, bist entzückend!"

Nachdem Cole und Robert gegangen waren, zog Vivian sich, um weiterer Fragen zu entgehen, mit der Entschuldigung, dass sie sich umziehen wollte, auf ihr Zimmer zurück. Dort erst atmete sie sehr tief und lange durch, wobei sie sich von innen gegen die Tür lehnte und dort minutenlang stehenblieb. Dann ging sie langsam zu ihrer Frisierkommode und bürstete sich gedankenverloren die Haare. Mechanisch steckte sie die Haarnadeln an die richtigen Stellen, während wie sich wiederholt fragte, wie es jetzt mit ihr und Cole weitergehen sollte. Vor weniger als zwei Wochen erst hatte sie auf dem Silvesterball beschlossen, Cole aus reinem Selbsterhaltungstrieb heraus möglichst aus dem Weg zu gehen. Doch wie sollte das gehen, wenn er ständig und überall irgendwo auftauchte, wo sie nicht mit ihm rechnete? Es war nicht zu fassen, dass er die Welseys kannte! Und nicht nur kannte! Er war ein Freund der Familie!

Obendrein hatte er es allein durch seine Anwesenheit wieder einmal geschafft, sie völlig aus dem Konzept zu bringen! Lieber Himmel, wie stellte er es nur an, dass sie in seiner Gegenwart immer wieder Dinge sagte, die sie hinterher bereute? Er hatte ja recht, sie benahm sich kindisch, wie er ihr auf dem Silvesterball vorgeworfen hatte! Dabei hatten ihr früher immer alle gesagt, sie wäre zwar temperamentvoll, aber liebenswert und warmherzig! Nun, ob Cole sich dieser Meinung anschließen würde – sie hatte da so ihre Zweifel! Andererseits, er hatte natürlich selbst schuld. Wie konnte er von ihr erwarten, eine freundschaftliche Beziehung mit ihm einzugehen, wo allein schon sein Anblick ausreichte, dass sie weiche Knie bekam?

Sie seufzte leise. Es war nicht zu ändern, sie fühlte sich unerträglich zu ihm hingezogen, mochte sie es auch noch so sehr abstreiten. Blieb nur die Frage, ob sie ihn dazu bringen könnte, mehr für sie zu empfinden als bloße Freundschaft. Solange sie diese Frage nicht mit Ja beantworten konnte, würde Coles Gegenwart sie weiter um den Verstand bringen!

Wie Ann es vorausgesagt hatte, kam Cole von nun an häufiger zu Besuch. Vivian bemühte sich erfolglos, locker und entspannt zu bleiben, wenn er da war. Meistens reichte schon der Klang seiner Stimme, dass sie ein seltsames Flattern im Bauch spürte und anfing, nervös zu werden. Sie konnte nur hoffen, dass niemand merkte, wie angespannt sie war, und dass vor allem Cole es nicht merkte. Zuweilen spürte sie seinen prüfenden und abschätzenden Blick auf sich ruhen, aber davon abgesehen ließ er sich kaum anmerken, ob ihm ihre Unruhe auffiel. Völlig ungezwungen lachte und scherzte er mit Ann und Herbert, während er Vivian mit untadeliger Liebenswürdigkeit behandelte. Vivian ihrerseits bemühte sich, es ihm gleichzutun und freundlich und höflich zu bleiben. Jedoch fiel ihr das von Mal zu Mal schwerer. Immer öfter ertappte sie sich dabei, dass sie Coles Besuchen geradezu entgegenfieberte, auch wenn sie das natürlich niemandem gegenüber zugegeben hätte. Sie fühlte sich unbehaglich, wenn er da war, und doch war sie jedes Mal enttäuscht, wenn er wieder ging. Sie ärgerte sich über ihre eigene Launenhaftigkeit, dann wieder war sie zornig auf Cole, dass er sie in diesen Gemütsaufruhr versetzte.

Selbst die Arbeit im Kaffeehaus der Gilberts, die sie an einem strahlend sonnigen Vorfrühlingstag Anfang Februar aufgeregt antrat, brachte sie nicht dauerhaft auf andere Gedanken. Zumindest aber verschaffte sie ihr das gute Gefühl, bis zu einem gewissen Grade auf eigenen Füßen zu stehen!

Auch die Arbeit selbst machte Vivian Spaß, obwohl sie immer wieder die gleichen Tätigkeiten auszuüben hatte. In einem schlichten, cremefarbenen Kleid aus weicher Baumwolle, mit einer sauberen, gestärkten weißen Schürze um die Taille und einem flotten

Käppchen aus weißem Batist auf dem Kopf stand sie jeden Tag von vormittags bis abends hinter dem Kuchentresen und verkaufte Gebäck zum Mitnehmen. Der Tresen, hinter dem sie arbeitete, stand dem Eingang des Cafés gegenüber, sodass sie genau sehen konnte, wer den Raum betrat oder ihn wieder verließ. Außerdem hatte sie von ihrem Platz aus die Gästetische im Auge, an denen von Tag zu Tag mehr Gäste saßen, teils reich gekleidete Paare, aber auch Geschäftsleute, die sich nur eine kurze Erfrischung gönnten.

Melissa Gilbert und ihr Mann, ein ruhiger, älterer Herr mit Glatze, dessen rosige Wangen von ständiger guter Laune zeugten, waren täglich vollauf damit beschäftigt, die Wünsche der einzelnen Gäste zu erfüllen. Eifrig rannten die beiden stundenlang zwischen Küche und Tischen hin und her.

Vivian wunderte es nicht, dass das neueröffnete Kaffeehaus so gut besucht war, denn Melissa Gilbert hatte es geschafft, den einst kahlen Gastraum so geschmackvoll einzurichten, dass er eine behagliche Atmosphäre ausstrahlte. Vor den Fenstern hingen halbhohe weiße Gardinen, die von schweren, grünen Samtvorhängen eingerahmt wurden. Auf den Fensterbänken standen Blumentöpfe und kleine Figuren aus Porzellan. Die Tische aus rötlichem Mahagoniholz waren mit weißen Spitzendecken gedeckt, auf denen Vasen mit bunten Frühlingsblumen neben schweren Kerzenhaltern aus Eisen standen.

Kuchen und Torten backte Mr. Gilbert jeden Tag in den frühen Morgenstunden. Das Kleingebäck, wie Kekse und Biskuits, stammte aus Melissas Fertigung. Serviert wurde alles auf feinstem Porzellan, das, wie

Vivian später erfuhr, Melissa Gilbert extra aus Frankreich hatte kommen lassen.

Auch Vivian selbst hatte jeden Tag alle Hände voll zu tun. Meist herrschte ein solcher Andrang an ihrem Tresen, dass sie kaum mit dem Verkauf hinterherkam. Hätte sie es nicht besser gewusst, hätte sie glauben können, dass es außer dem Gilbert'schen Kaffeehaus kein anderes Café in Charleston gab.

Müde und erschöpft kam sie in den ersten Wochen nach der Eröffnung des Kaffeehauses abends nach Hause. Einen einzigen freien Wochentag hatte sie, als Entschädigung für die Sonntage, an denen sie arbeiten musste. Zunächst fiel es ihr schwer, sich daran zu gewöhnen, plötzlich nur noch so wenig Zeit zur Verfügung zu haben, doch als sie am Monatsende ihren ersten Lohn bekam, wusste sie, wofür sie sich abmühte. Da Ann sich nach wie vor weigerte, Geld von ihr für ihre und Sams Unterkunft anzunehmen, beschloss Vivian, ihr und Sam von ihrem ersten Lohn eine kleine Freude zu bereiten. Gleich am folgenden Montag, ihrem freien Tag, machte sie sich sofort nach dem Frühstück auf zu Brugsby's Moden, um Spitzenstoff zu kaufen, aus dem sie Ann ein Paar neue Handschuhe nähen wollte. Außerdem wollte sie für Sam neue Hemden erstehen, welcher dieser dringend nötig hatte.

Beschwingten Schrittes eilte sie durch die Straßen. Der strahlende Sonnenschein verlangte geradezu nach guter Laune, und der Gedanke, eine Überraschung für Ann besorgen zu können, ließ sie insgeheim lächeln. Ihre Stimmung geriet auf den Höhepunkt, als sie unterwegs Georgia traf, die ebenfalls zu Brugsby's Moden unterwegs war. Sie wollte ein paar Spitzenhäubchen kaufen und noch etwas anderes, wie sie geheimnisvoll verriet. Vivian erkundigte sich, was es war.

Georgia lächelte strahlend. „Versprichst du mir, es für dich zu behalten? Es soll noch ein Geheimnis bleiben!"

„Ja, natürlich", lachte Vivian. „Lieber Himmel, Georgia, du machst mich ja ganz neugierig!"

„Im Juli bekomme ich mein erstes Kind!", verkündete Georgia mit leuchtenden Augen. „Ich hoffe, es wird ein Junge!"

„Oh, Georgia, das ist ja wundervoll!", strahlte Vivian und zog Georgia in eine herzliche Umarmung. „Dann seid ihr beide, du und Simon, bestimmt überglücklich!"

„Und wie!", kicherte Georgia. „Simon kann es kaum abwarten, Vater zu werden. Und deshalb gehe ich jetzt zu Brugsby's, um Babywäsche zu bestellen. Aber das darfst du niemandem verraten!"

„Natürlich nicht", versicherte Vivian mit einem verständnisvollen Lächeln. „Aber was ist mit Ann? Wollt ihr Ann denn nicht sagen, dass sie Großmutter wird?"

Georgia lachte fröhlich. „Doch, natürlich wollen wir das! Wir kommen am nächsten Sonntagnachmittag vorbei, und dann soll sie es erfahren. Bitte sag ihr vorher nichts, Vivian."

„Wo denkst du hin!", lächelte Vivian, während sie und Georgia gemeinsam in den Laden hineingingen.

Innerhalb von wenigen Minuten hatte Vivian sich für einen elfenbeinfarbenen Spitzenstoff entschieden, der ihr für Anns Handschuhe geeignet erschien. Sie schnappte jedoch entsetzt nach Luft, als der Verkäufer zwölf Dollar dafür verlangte.

„Zwölf Dollar!", keuchte sie. „Das muss ein Irrtum sein! Das ist doch viel zu teuer!"

„Alles ist teuer geworden, seit die Engländer unsere Häfen blockieren", erklärte Georgia anstelle des Verkäufers mit einem ungewohnt ernsten Gesichtsausdruck. „In den zwei Jahren, die du fort warst, sind die Preise geradezu explodiert."

„Ich habe natürlich von der Blockade gehört", seufzte Vivian. „Aber ich hatte keine Ahnung, dass es so schlimm geworden ist! Dann wird Sam auf seine Hemden noch warten müssen, und ich kann erst einmal nur den Stoff für Anns Handschuhe kaufen."

„Ja, es ist schrecklich, nicht wahr?", seufzte Georgia. „Andererseits müssen wir wahrscheinlich froh sein, dass es überhaupt noch Waren gibt. Wenngleich das Angebot trotzdem so groß ist, dass ich mich kaum entscheiden kann."

Obwohl sie immer noch verärgert über die hohen Preise war, musste Vivian lachen. „Ja, die Auswahl ist riesig. Aber sieh dir doch den Batist hier an. Der wäre entzückend für ein kleines Baby."

„Ja, vielleicht", überlegte Georgia und nahm den Stoff prüfend in die Hand. „Aber der dort hinten ist auch recht hübsch, findest du nicht? – Ach, ich glaube, ich nehme am besten beide!"

„Ja, das wäre wohl am besten", stimmte Vivian gedankenverloren zu. „Wie ist es, Georgia, kommst du mit mir nach Hause? Ann würde sich bestimmt freuen, dich zu sehen."

„Ich würde zwar gern, aber ich fürchte, daraus wird nichts", kicherte Georgia. „Ich muss noch ein paar Kleider für die Schwangerschaft anprobieren, weißt du! Und dann gibt es dort hinten noch so hübsche Spitzen und Bänder! Ich glaube, ich werde noch eine Weile hierbleiben! Aber grüße Ann und Herbert ganz herzlich von mir, ja? Simon und ich kommen dann, wie geplant, am Sonntag."

„Wie du willst", seufzte Vivian und verabschiedete sich kurz darauf mit einem Lächeln und einer kurzen Umarmung von Georgia.

Beim Öffnen der Tür jedoch wich ihr Lächeln einem Stirnrunzeln. Es war einfach unfassbar, dass sie gerade eben einen beträchtlichen Teil ihres hart verdienten Lohnes für einen winzigen Fetzen Stoff ausgegeben hatte! In Zukunft musste sie wirklich vorsichtiger sein, wie sie ihr Geld verwendete! Sie war so verärgert, dass sie die Tür schwungvoll hinter sich schloss und mit wirbelnden Röcken auf den Bürgersteig trat. Doch schon nach dem ersten Schritt blieb sie wie angewurzelt stehen, als ihr Blick auf die andere Straßenseite und den hochgewachsenen Mann fiel, der sich dort vor dem Eingang eines imposanten Backsteingebäudes angeregt mit einer attraktiven, rothaarigen Dame unterhielt.

Mit rasendem Herzschlag registrierte sie das strahlende Lächeln, mit dem der fesche Milizoffizier, in dem sie niemand anderes als Cole Ansinger erkannte, die junge Frau bedachte. Wie es nicht anders zu erwarten war, wurde das Lächeln von der jungen Frau ebenso strahlend erwidert. Vivians Augen weiteten sich, als Cole die junge Frau in eine herzliche Umarmung zog und auf die Wange küsste, ehe er sich lachend mit einer leichten Verbeugung von ihr verabschiedete und die Frau im Hauseingang verschwand.

Vivian verspürte einen Stich, als sie Cole so ungeniert flirten sah. Gewiss, es ging sie nichts an, was er tat, und dennoch ... Frustriert bohrte sie ihren Absatz in den Boden und wirbelte herum, um mit wippenden Röcken davonzumarschieren.

Zu ihrem Verdruss war sie Sekundenbruchteile zu langsam. Cole hatte sich inzwischen in Bewegung gesetzt und war im Begriff die Straße zu überqueren, als er sie offenbar erblickte, denn er änderte seine Richtung und kam zielstrebig auf sie zu.

Vivian presste kurz verärgert die Lippen zusammen, blieb aber abwartend stehen. Mit wenigen ausholenden Schritten war er bei ihr und zog schwungvoll grüßend den Hut.

„Na, was ist, kleine Lady, was stürmst du denn so schnell los?", lachte er. „Hast du es etwa eilig? Oder läufst du vor mir davon?"

„Bilde dir bloß nichts ein!", gab Vivian kurz angebunden zurück. „Als ob ich vor dir davonlaufen würde!"

Seine Braue zuckte hoch, und sein Lachen wich einem Stirnrunzeln. „Nanu, so unwirsch? Ich dachte, wir hätten das Kriegsbeil begraben!"

„Haben wir auch", stimmte sie zähneknirschend zu, packte ihr Reticule fester und marschierte los.

Wie selbstverständlich begleitete er sie und warf ihr einen prüfenden Blick von der Seite zu. „Du machst ein Gesicht wie drei Tage Regenwetter. Gab es irgendwelchen Ärger im Café?"

Sie wich seinem Blick aus, spähte aber unter den Wimpern vorsichtig zu ihm hoch. „Nein, ich hab heute frei."

„Aha." In seinen Augen fing es an, gefährlich zu glitzern. „Dann darf ich wohl annehmen, dass meine

Gegenwart mal wieder der Grund für deine schlechte Laune ist?"

„Ich ...", setzte Vivian an und brach dann ab, verärgert über sich selbst, dass sie sich so gehen ließ. „Es tut mir leid. Es war nicht so gemeint, Cole. Ich habe es nur eilig, das ist alles."

„Wie du meinst", entgegnete er schleppend. Doch obgleich er darauf verzichtete, um weitere Erklärungen zu bitten, hatte Vivian den Eindruck, dass er ganz genau wusste, dass sie log. Dennoch setzte er mit einem fragenden Lächeln hinzu: „Wie ich sehe, warst du bei Brugsby's. Hast du dort etwas Hübsches erstanden?"

Nicht gewillt, auf seinen lockeren Plauderton einzugehen, entgegnete sie knapp: „Nur eine Kleinigkeit für Ann."

„Verstehe", murmelte Cole. Doch ihre Hoffnung, dass er sich angesichts ihrer Einsilbigkeit verabschieden würde, enttäuschte er mit seiner nächsten Frage: „Der Richtung nach zu urteilen, bist du auf dem Weg nach Hause?"

„Ja, und ... ich habe es eilig."

„Das sagtest du schon", lächelte er mit einem spöttischen Glitzern in den blauen Augen. „Aber wenn du es wünschst, können wir gern etwas schneller gehen."

„Eigentlich meinte ich –"

„Ich weiß, was du meintest", unterbrach er sie mit zuckenden Mundwinkeln. „Nichtsdestotrotz bringe ich dich nach Hause."

„Danke, aber das ist wirklich nicht nötig!"

Cole tat, als hätte er ihren Widerspruch nicht gehört, und schlenderte entspannt neben ihr her. „Was macht die Arbeit, Vivian? Gefällt es dir noch im Kaffeehaus?"

„Ich bin zufrieden“, entgegnete sie knapp, ohne ihn anzusehen.

„Es ist sicher nicht einfach für dich, wenn man bedenkt, dass du es sonst eher gewohnt bist, bedient zu werden, statt selbst zu bedienen“, bemerkte er in einem nachdenklichen Tonfall.

„Willst du damit sagen, ich wäre zu verwöhnt, um mich nützlich zu machen?“, begehrte Vivian auf.

„Großer Gott, nein!“, stöhnte Cole mit einem Lachen. „Das war als Kompliment gemeint, Vivian!“

Zweifelnd wandte sie ihm den Blick zu. Angesichts des belustigten Zwinkerns in Coles leuchtenden Augen vergaß sie die skeptische Bemerkung, die ihr auf der Zunge gelegen hatte. Um ihre Verwirrung zu überspielen, fragte sie stattdessen kritisch: „Und was ist mit dir? Hast du auch eine Arbeit? Ich meine, außer dass du in England spionierst?“

Mit dem Anflug eines Grinsens zeigte er auf seine Kleidung. „Wie du siehst, habe ich im Moment keine Zeit für zivile Arbeit.“

Errötend nickte sie. Natürlich, wie hatte sie vergessen können, dass Cole Offizier war! Noch dazu, wo er heute ausnahmsweise einmal Uniform trug! Tatsächlich war es das erste Mal, dass sie ihn in der dunkelblauen Uniform der Milizeinheiten sah. Und es war geradezu empörend, wie gut er darin aussah! Die Farbe des Rockes betonte das strahlende Blau seiner Augen, der elegante Schnitt seinen muskulösen Körper. Alles in allem stand Cole die maßgeschneiderte Uniform mit ihren glänzenden Messingknöpfen, blitzenden Litzen und goldenen Epauletten im Range eines Hauptmanns auf der rechten Schulter so vortrefflich, dass Vivian geneigt war zu denken, dass Cole attraktiver wirkte denn je!

„Nun, gefällt dir meine Uniform?“, fragte er träge grinsend, da ihm Vivians prüfender Blick keineswegs entging. „Glaubst du jetzt, dass ich wirklich ein amerikanischer Rebell bin?“

„Daran hab ich nie gezweifelt, seit du es gesagt hast.“

„Und warum machst du dann so ein kritisches Gesicht?“, lächelte er. „Fehlt irgendwo ein Knopf?“

Ohne auf seinen Scherz einzugehen, zuckte sie die Achseln. „Ich frage mich nur, wie sich deine Aktivitäten als Spion und Rebell mit den Bedürfnissen eurer Ländereien vertragen. Bleibt da nicht die meiste Arbeit liegen, wenn du so lange fort bist?“

Er lachte, verwundert, dass sie das interessierte. „Nein, mein Onkel kümmert sich dort augenblicklich um alles. Nach dem Tode meines Vaters ist er zu uns aufs Land gekommen, obwohl er eigentlich lieber in der Stadt lebt.“

„Dein Vater ist tot?“

„Er starb kurz nach Kriegsausbruch. Da hatte ich mich schon den kämpfenden Truppen angeschlossen und konnte nicht mehr zurück.“

„Das tut mir sehr leid“, bemerkte sie leise. Sie konnte den kurzen Anflug von Traurigkeit in seiner Stimme gut nachempfinden und fragte sanfter als zuvor: „Und deine Mutter?“

„Sie starb ein paar Jahre vor ihm. Aber ich habe noch eine jüngere Schwester, die oben in Philadelphia verheiratet ist, und jede Menge Cousins und Cousinen, Onkel und Tanten. Doch abgesehen von meinem Onkel auf Topelo Hill und einer Cousine hier in Charleston, leben alle weiter oben im Norden.“

„Aber du bist nicht einsam, oder?“, erkundigte sie sich mit einem forschenden Blick in sein schmales Gesicht, auf dem nun wieder ein Ausdruck entspannter Gelassenheit lag.

„Nein, wie kommst du darauf?“

„Weil du so oft bei den Welseys bist.“

Er lachte leise. „Du weißt genau, weshalb ich so oft bei den Welseys bin.“

Sie hatte das Gefühl, bis zu den Fußspitzen zu erröten, tat aber so, als verstünde sie seine Andeutung nicht: „Ja, richtig, du und Simon, ihr seid gute Freunde.“

„Wir sind auch Freunde“, erinnerte er sie ruhig.

„Ja, aber das ist doch etwas ganz anderes!“

Er blieb stehen und sah sie mit einem rätselhaften Lächeln an. „Ist es das, Vivian? Etwas anderes, meine ich?“

Ihr verräterisches Herz fing schon wieder an, wie wild zu pochen, und so wich sie der Beantwortung seiner Frage lieber aus: „Lass uns weitergehen, Cole. Ich habe Ann gesagt, ich wäre nicht lange fort.“

Cole musterte sie aufmerksam. Vivian versuchte, sich gelassen zu geben, doch die zusammengezogenen Augenbrauen und die funkelnden braunen Augen verrieten, dass es in ihrem Inneren aus einem ihm unbekannten Grund brodelte. Er hätte zu gern gewusst, ob sie es wirklich nur eilig hatte oder ob ihr tatsächlich seine Begleitung, die er ihr mehr oder weniger aufgezwungen hatte, zuwider war. Die zweite Möglichkeit gefiel ihm überhaupt nicht, denn trotz ihrer offensichtlichen Verstimmung wirkte Vivian so verführerisch und anziehend, dass er sie am liebsten mitten auf der Straße geküsst hätte. Da ein solches Benehmen vollkommen indiskutabel war, beschränkte er sich darauf, eine Hand auszustrecken und mit dem Handrücken sanft ihre Wange zu berühren.

Sofort zuckte sie zusammen und blieb abrupt stehen. Ihr empörter Blick hätte ihm Warnung genug sein sollen, und dennoch murmelte er leise: „Weißt du eigentlich, wie schön du bist, kleine Lady?"

„Ich weiß, dass ich es nicht bin!", fuhr sie ihn mit zornig aufblitzenden Augen an und holte tief Luft. „Wenn dir nichts Besseres einfällt, dann verzichte ich lieber auf deine weitere Begleitung!"

„Gütiger Himmel!", stöhnte er und trat hastig einen Schritt zurück. „Habe ich schon wieder etwas Falsches gesagt?"

„Ja, alles! Du redest von Freundschaft, und dann ... dann behauptest du, ich wäre schön!"

Coles hob fragend eine Braue. „Und darüber regst du dich auf? Was ist so schlimm daran? Ich glaube, jede andere Frau würde sich freuen, zu hören, dass sie schön ist!"

„Ich bin aber nicht jede andere Frau!", schimpfte Vivian und funkelte ihn herausfordernd an. „Wenn dir andere Frauen lieber sind, dann geh doch zurück zu dieser Rothaarigen, mit der ich dich vorhin gesehen habe!"

Er starrte sie wie vom Donner gerührt an. Doch dann blitzte es in seinen Augen auf, und ein verhaltenes Lächeln huschte über seine Züge. „Ach, daher weht der Wind! – Vivian, meine Süße, du bist doch nicht etwa eifersüchtig?"

„Eifersüchtig? Ich? Das wäre ja noch schöner!"

„Keine Angst, ich erwarte nicht, dass du es zugibst“, versetzte er mit einem trägen Grinsen. „Nichtsdestotrotz ist die Feststellung nicht ganz uninteressant.“

„Nun, dann kann ich Ihnen nur wünschen, dass Sie möglichst lange Freude an dieser interessanten Feststellung haben, Captain Ansinger, da es die einzige Freude ist, die ich Ihnen heute bereite!“, ätzte Vivian zähneknirschend. „Ansonsten habe ich nämlich keine Lust, weiterhin Ihrer Belustigung zu dienen, sodass Sie mich jetzt bitte entschuldigen!“

Damit wirbelte sie auf dem Absatz herum und wollte davoneilen, was Cole jedoch verhinderte, indem er ihren Arm packte und sie festhielt.

„Vivian, nun lass diesen Blödsinn!“, schnappte er mit einem deutlichen Anflug von Verärgerung. „Ich habe gesagt, ich bringe dich nach Hause, und ich –

„Danke, ich verzichte!“

„Zum Teufel, du wirst doch keinen Aufstand machen, nur weil ich mit meiner Cou-“

„Aufstand!“, keuchte Vivian und funkelte ihn mit vorgerecktem Kinn hochmütig an. „Als ob mich das auch nur im Geringsten interessiert, wenn Sie mit irgendwelchen Frauen flirten, Captain Ansinger! Sie haben wirklich eine viel zu hohe Meinung von sich! Wenn Sie also bitte jetzt Ihre Hand von meinem Arm nehmen und sich weitere Aufdringlichkeiten sparen würden!“

„Vivian“, brummte Cole und ließ kopfschüttelnd ihren Arm los, „irgendwann bringst du mich mit deinem kindischen Verhalten noch um den Verstand! Aber bitte, wenn du unbedingt allein nach Hause gehen möchtest, meinetwegen! Es wird sowieso Zeit, dass ich zu meinem Regiment zurückkehre.“

„Nun, dann einen schönen guten Tag noch, Captain Ansinger!", gab Vivian mit einem knappen Kopfnicken zurück und wandte sich entschlossen von ihm ab.

„Ja, dir auch", hörte sie ihn hinter sich missmutig murmeln.

Sie drehte sich nicht noch einmal zu ihm um, sondern ließ ihn stehen und stürmte mit fliegenden Röcken den Bürgersteig entlang. Sie wusste, sie hatte ihn wieder einmal verärgert. Doch diesmal geschah es ihm recht!

Daheim angekommen, knallte Vivian die Tür so heftig hinter sich zu, dass Ann, die gerade die Treppe hinunterkam, erschrocken zusammenzuckte. „Was ist denn in dich gefahren, Kind? Hattest du mit jemandem Ärger?"

„Wie man's nimmt!", entgegnete Vivian aufgebracht, während sie ihr Käppchen und ihre Handschuhe auf die kleine Kommode in der Eingangshalle warf. „Ich bin Cole begegnet! Erst will er mich unbedingt nach Hause bringen, und dann behauptet er auch noch, ich wäre schön! So eine Unverschämtheit!"

„Was ist denn mit dir los, Vivian?", hörte sie Simon hinter ihrem Rücken fragen, als er nur wenige Sekunden nach ihr zur Tür hereinkam. „Warum knallst du mir eigentlich beinahe die Tür ins Gesicht? Und seit wann ist es unverschämt, einer Frau zu sagen, dass sie schön ist?"

„Weil Cole es nicht meint!", zeterte Vivian. „Er hält mich für einen Kindskopf und flirtet mit anderen Frauen!"

Simon brach in schallendes Gelächter aus, während Ann höflich genug war, ihr Lachen zu unterdrücken.

„Vivian, wieso regst du dich darüber auf, wenn Cole mit anderen Frauen flirtet? Da ist doch nichts dabei!“

„Ich und mich aufregen?“, empörte sich Vivian, während sie zur Treppe marschierte. „Ich denke ja gar nicht daran!“

„Ist auch besser so, denn du hast gar keinen Grund“, lachte Simon. „Ich glaube nämlich schon, dass Cole es meint, wenn er sagt, dass er dich schön findet! Der arme Kerl kann doch kaum die Augen von dir lassen, wenn er hier ist!“

Vivian wandte sich noch einmal mit einem skeptischen Blinzeln zu Simon um. „Meinst du wirklich? – Aber selbst wenn! Dann soll er gefällig nicht andere Frauen umarmen!“

„Armer Cole!“, grinste Simon, woraufhin Vivian wütend und, wie ihr sehr wohl bewusst war, undamenhaft mit dem Fuß aufstampfte.

Ann und Simon schüttelten mitleidig lächelnd die Köpfe. Vivian floh die Treppe hinauf in ihr Zimmer.

7

Vivian bekam Cole in den nächsten Tagen erst einmal nicht mehr zu Gesicht. Auch wenn sie darüber eigentlich erleichtert sein sollte, wie sie sich selbst immer wieder sagte, war sie enttäuscht. Zu ihrem Verdruss musste sie sich eingestehen, dass sie Cole natürlich auch keinen Anlass gegeben hatte, sich noch einmal bei ihr blicken zu lassen. Sie hatte sich wirklich albern und kindisch benommen, wie ihr im Nachhinein klar wurde. Sie und Cole waren übereingekommen, dass sie nur Freundschaft verband. Wie kam sie also dazu, ihm vorzuhalten, dass er seine Aufmerksamkeit einer anderen Frau schenkte? Es ging sie nichts an, was er tat, mochte sie das auch noch so sehr stören!

Jedoch konnte sie ihr garstiges Verhalten kaum wiedergutmachen, wenn Cole jetzt dermaßen verärgert war, dass er nicht mehr kam! Dieser Gedanke setzte ihr so zu, dass sie schließlich Simon fragte, ob er wüsste, wann Cole einmal wieder vorbeikommen würde.

Simon grinste breit, als er ihre Frage hörte. „Wusst ich's doch, dass du ein Auge auf ihn geworfen hast, auch wenn du das noch so sehr abstreitest! Aber du wirst dich gedulden müssen, Schwesterchen. Cole ist im Augenblick unabkömmlich, was seinen Dienst bei der Miliz angeht. Es wird etwas dauern, bis er wiederkommen kann.“

„Wieso ist er unabkömmlich?“, wunderte Vivian sich, insgeheim erleichtert, dass Coles lange Abwesenheit einen plausiblen Grund hatte und nichts mit ihrem kindischen Verhalten zu tun hatte.

„Cole hat Kampferfahrung. Alte Hasen wie er werden augenblicklich gebraucht, um die Ausbildung der neuen Rekruten zu beaufsichtigen. Robert ist übrigens auch unter den neuen Männern bei der Miliz.“

„Robert?“, entfuhr es Vivian verblüfft. „Aber ich dachte, Robert wäre längst wieder auf See!“

Simon schüttelte den Kopf. „Nein, er hat abgemustert, nachdem die ersten Gerüchte von einem Angriff auf Charleston aufkamen. Will dabei sein, falls es zum Kampf um seine Heimatstadt kommt, wie er sagt. Und Leute wie ihn können wir wirklich gebrauchen. Abgesehen von Cole und ein paar anderen kenne ich kaum einen so treffsicheren Schützen wie Robert.“

„Meinst du denn wirklich, dass Charleston angegriffen werden könnte?“, fragte Vivian besorgt.

„Es ist zumindest nicht auszuschließen. Auch wenn wir natürlich immer noch hoffen, dass es nicht dazu kommt. Aber wir sollten wenigstens vorbereitet sein.“

„Ja, natürlich“, murmelte Vivian mit einem flauen Gefühl im Magen.

Simon streckte eine Hand aus und streichelte ihre Wange. „Wird schon nicht dazu kommen, Vivian, also mach nicht so ein Gesicht. Und was Cole angeht, der taucht schon wieder auf, sobald er freibekommt, da kannst du sicher sein.“

Scheinbar gleichmütig zuckte sie die Achseln. „Cole steht es frei, zu tun, was er will. Ich erwarte nicht, dass er extra meinetwegen kommt."

Simon lachte. „Ob du es erwartest oder nicht, er wird kommen! Und wenn du ehrlich bist, willst du es doch gar nicht anders!"

Vivian blinzelte verlegen. Dann seufzte sie leise: „Vielleicht. Aber verrat ihm das ja nicht, hörst du?"

An Vivians nervösem Gemütszustand, was Cole anging, ließ sich nichts ändern, aber zumindest die Arbeit im Kaffeehaus gefiel ihr von Tag zu Tag besser. Der Ansturm der Kundschaft war inzwischen so groß, dass Melissa Gilbert sich gezwungen sah, neben Vivian für die Bedienung an den Tischen noch weiteres Personal einzustellen. Die erste junge Frau, die als Kellnerin arbeiten sollte, hieß Betsy Parker. Mit ihrem blonden Haar, großen, blauen Augen und einem ebenmäßigen Gesicht war sie recht hübsch, auch wenn ihre Sprache ein wenig derb war und auf eine einfache Herkunft schließen ließ. Darüber hinaus war sie außerordentlich redselig, was Vivian anfangs ganz unterhaltsam fand. Als sie aber feststellte, dass Betsys Äußerungen zum Großteil aus Klatsch und Tratsch über andere Leute bestanden, war sie es bald leid, ihr zuzuhören.

Ein paar Tage später stellte Melissa dann noch Olivia Hale ein, die Tochter eines Flachsbauern aus der Nähe von Kingstree. Olivia schwärmte unausgesetzt von ihrer Heimat, die zu verlassen der Geldmangel sie gezwungen hatte. Mit ihren rotgoldenen Haaren und unzähligen Sommersprossen auf ihrer kleinen Stupsnase war sie bald der Liebling der Gäste, vor allem der männlichen.

Vivians Stellung im Café war eine andere als die der beiden neuen Mädchen. Sie arbeitete nach wie vor hinter ihrem Tresen und verkaufte Gebäck. Darüber hinaus teilte sie die Arbeitszeiten der Mädchen ein und vermittelte, wenn es einmal zu Unstimmigkeiten mit einem der Gäste kam. Melissa hatte sie zu ihrer rechten Hand und damit zu einer Art Vorgesetzten für die Kellnerinnen gemacht. Wo es ging, erleichterte sie Melissa die Arbeit, die meistens zusammen mit ihrem Mann in der Küche stand und für frischen Kaffee und Gebäck sorgte und sich obendrein um die Geschäftsleitung, den Einkauf, Zahlungen und Gespräche mit Lieferanten kümmerte.

Wenn Vivian weniger zu tun hatte, was vor allem vormittags der Fall war, lauschte sie hin und wieder unauffällig den Gesprächen der Gäste. Einmal hörte sie, wie die ältliche Mrs. Fletcher, die schon zu den Stammgästen des Cafés gehörte, zu ihrer Tischnachbarin sagte:

„Stellen Sie sich bloß mal vor, es soll doch tatsächlich noch Amerikaner geben, die Tee trinken, obwohl sie sich nicht zu den Tories bekennen! Ist das nicht unglaublich? Also, ich für meinen Teil rühre keinen Tee mehr an! Tee trinken wie die Briten, das ist doch geschmacklos! Außerdem schmeckt Tee mir nicht mehr. Ich mag nur Kaffee.“

Mrs. Fletcher war nicht die Einzige, die so dachte. Viele Gäste des Kaffeehauses sahen es als Unding an, Tee zu trinken, wie aus ihren Gesprächen zu erkennen war. Dennoch bot Melissa auch Tee an, denn es kamen auch einige Tories ins Kaffeehaus. Eine von ihnen war Mrs. Malloghan, die bei jedem ihrer Besuche einen abfälligen Blick auf die Kaffeetrinker warf und deutlich die Nase rümpfte. Sie trug fast ausschließlich grüne Kleider, um ihre Gesinnung zu betonen, obgleich ihr diese nicht standen, da sie ihre kränkliche Gesichtsfarbe betonten. Aber Grün war nun einmal die Farbe der Toryregimenter.

An einem anderen Vormittag, an dem noch nicht viel los war, bekam Vivian im Kaffeehaus überraschend Besuch von Tom Welsey, worüber sie sich ungemein freute. Er brachte einen Freund mit, den er ihr als Arthur Cameron vorstellte. Arthur war ungefähr in Toms Alter, also etwas über zwanzig. Ebenso schlank und hochgewachsen wie Tom und mit attraktiven, männlichen Gesichtszügen zog er sofort die Aufmerksamkeit der jungen Kellnerinnen auf sich, besonders die von Olivia. Auch Vivian konnte nicht umhin festzustellen, wie forsch und schneidig die beiden jungen Männer in ihren blauen Uniformen wirkten, auch wenn sie in ihren Augen bei weitem nicht mit Cole mithalten konnten. Nichtsdestotrotz war ihr Arthurs offene und fröhliche Art sofort sympathisch, sodass es nicht lange dauerte, bis sie in ein angeregtes Gespräch mit Tom und Arthur vertieft war.

Eine Weile plauderten sie über die neuesten Entwicklungen in der Stadt, ehe Tom eher nebenbei bemerkte, dass er sich entschlossen habe, keine weiteren Transporte mehr nach Norden zu bringen. Stattdessen habe er sich einer Einheit zuteilen lassen, die in Charlestons Nähe lag. Vivian wunderte sich insgeheim über diesen Entschluss, da sie immer geglaubt hatte, dass Tom am liebsten dort wäre, wo am meisten los war. Das war in Charlestons Umgebung ja nun wirklich nicht der Fall. Doch als sie Tom verwundert nach seinen Gründen für seinen überraschenden Entschluss fragen wollte, wurde ihre Aufmerksamkeit durch die laute Stimme der am Nebentisch sitzenden Mrs. Malloghan abgelenkt.

„Fräulein, ich bestehe darauf, unverzüglich mit der Geschäftsleitung zu sprechen!", fuhr die offensichtlich aufgebrachte Torydame die in diesem Augenblick ziemlich hilflos und ungewohnt schüchtern wirkende Betsy an, die an ihrem Tisch bediente. Zu Vivians Verwunderung warf Mrs. Malloghan bei ihren Worten einen äußerst missmutigen und abfälligen Blick in ihre eigene Richtung.

Da Vivian sich keinen Reim auf dieses seltsame Verhalten machen konnte, bat sie Tom und Arthur, einen Augenblick zu warten, und ging hinüber zu Mrs. Malloghans Tisch. In der Absicht zu vermitteln, setzte sie ihr freundlichstes Lächeln auf und erkundigte sich höflich: „Ist irgendetwas nicht in Ordnung, Mrs. Malloghan? Kann ich vielleicht irgendwie helfen?"

„Wohl kaum! Ich bestehe darauf, mit dem Inhaber hier zu sprechen!", gab Mrs. Malloghan voll eisiger Verachtung zurück.

„Ich vertrete Mrs. Gilbert in den meisten Dingen. Wenn ich also –"

„Sie haben mich wohl nicht richtig verstanden! Ich bestehe darauf, Mr. Gilbert zu sprechen, und zwar sofort!"

Vivian schluckte ihren Ärger herunter und brachte ein höfliches „Wie Sie wünschen, Madam", hervor. Kopfschüttelnd marschierte sie in die Küche.

Wie erwartet, weigerte Mr. Gilbert sich, seinen Platz am Ofen zu verlassen, und forderte seine Frau auf, sich an seiner Stelle um die Angelegenheit zu kümmern. Melissa Gilbert verdrehte die Augen, legte ein Messer beiseite und wischte sich die Hände ab, ehe sie zu Mrs. Malloghan an den Tisch ging.

Vivian gesellte sich unterdessen wieder zu Tom und Arthur. Zu ihrem Bedauern mussten diese jedoch zurück zu ihren Einheiten und verließen das Café schon wenige Minuten später. Vivian nahm daraufhin ihre Arbeit hinter dem Tresen wieder auf, denn inzwischen war Kundschaft eingetroffen. Aus den Augenwinkeln heraus beobachtete sie Melissa und Mrs. Malloghan, die immer noch debattierten, und fragte sich mit einem leichten Unbehagen, was bloß los sein mochte. Jedoch erfuhr sie erst am Abend, als alle Gäste das Kaffeehaus verlassen hatten und sie am Aufräumen waren, was vorgefallen war.

„Diese Malloghan hat mich doch tatsächlich aufgefordert, dafür zu sorgen, dass die beiden Rebellenoffiziere, die vorhin bei dir waren, das Geschäft verlassen", erklärte Melissa lachend, während sie saubere Tischdecken auf den Tischen verteilte. „Außerdem meinte diese arrogante Person, ich solle doch lieber ein Mädchen hinter den Tresen stellen, das etwas weniger empörende Kontakte hätte."

Vivian schlug erschrocken eine Hand vor den Mund, doch Melissa warf ihr ein beruhigendes Lächeln zu. „Keine Angst, Vivian, ich lasse mir doch nicht von irgendeiner dahergelaufenen Schreckschraube vorschreiben, wen ich beschäftige. Außerdem sahen die beiden Offiziere doch sehr nett aus."

Vivian atmete lächelnd auf. „Das sind sie auch. Und der Dunkelhaarige ist der jüngste Sohn der Welseys."

„Ah, von der Familie, bei der du lebst? Wie interessant!", lachte Melissa. „Schade, dass ich mir den jungen Mann nicht genauer angesehen habe! – Na ja, wie auch immer. Diese Malloghan erklärte mir doch glatt, dass zivile Rebellen hier im Kaffeehaus ja gerade noch zu ertragen wären. Sie aber in Uniform zu sehen, ginge doch entschieden zu weit. Hast du so etwas Dummes schon einmal gehört?"

Vivian schüttelte den Kopf, insgeheim mehr als erleichtert, dass Melissa die Sache so gelassen nahm. Sie war sich bisher nicht sicher gewesen, auf welcher Seite die Sympathien der Gilberts lagen, aber der heutige Vorfall bekräftigte ihren Eindruck, dass zumindest Melissas Herz für die Seite der Rebellen schlug. Jedoch vermieden es die Gilberts, offen für die eine oder andere Seite Partei zu ergreifen, was Vivian durchaus verstehen konnte.

Als schließlich alle Tische für den nächsten Tag frisch eingedeckt waren und Vivian Feierabend machen konnte, ging sie beschwingten Schrittes nach Hause. Trotz des unerfreulichen Zwischenspiels mit Mrs. Malloghan war sie ausgesprochen gelöster Stimmung, und ein Lächeln lag auf ihren Lippen, als sie sich, wenige Minuten nachdem sie sich auf ihrem Zimmer frisch gemacht hatte, zu Ann und ihrer Familie in den Salon begab.

Zu ihrer Überraschung war auch Cole anwesend. Sie hatte ihn seit über zwei Wochen nicht gesehen, und ihr Herz schlug einen wilden Trommelwirbel, als sie ihn bei ihrem Eintritt in das Zimmer lässig und entspannt im Sessel sitzen sah.

Er erhob sich sofort und begrüßte sie mit einem herzlichen, wenn auch etwas fragenden Lächeln. Beschämt erinnerte Vivian sich daran, wie sie ihn bei ihrer letzten Begegnung abgefertigt hatte, sodass auch ihr eigenes Lächeln etwas unsicher ausfiel. Sie war froh, als sie sich setzen und Coles Blick erst einmal ausweichen konnte, da Georgia, die zusammen mit Simon zum Abendessen vorbeigekommen war, sie in eine angeregte Unterhaltung zog. Nichtsdestotrotz warf sie Cole hin und wieder verstohlen einen prüfenden Blick zu und stellte fest, dass auch er sie immer wieder nachdenklich musterte. Sie war überzeugt, dass er ihre letzte Begegnung genauso im Kopf hatte wie sie, und war ihm ausgesprochen dankbar, dass er in Gegenwart der Welseys keine Anspielung darauf machte.

Als Cole jedoch auch während der nächsten halben Stunde auffällig zurückhaltend und abwartend blieb, begann sie sich ein wenig zu wundern. Seine Reserviertheit war so untypisch, dass ihr Blick immer länger an seiner ungewohnt verschlossenen Miene hängenblieb. Natürlich blieb es nicht aus, dass Cole ihre kritische Musterung irgendwann bemerkte und schließlich fragend eine Braue hob. Da es Vivian im selben Augenblick dämmerte, dass er vermutlich auf irgendein ermutigendes Zeichen von ihr wartete, riskierte sie es, verlegen zu lächeln. Als auch das nicht dazu führte, dass Cole gesprächiger wurde, sondern ihm lediglich ein verhaltenes Lächeln entlockte, nahm sie ihren ganzen Mut zusammen und sprach ihn direkt an.

„Simon hat erzählt, dass ihr bei der Miliz im Augenblick viel zu tun habt, Cole. Er meinte, das wäre der

Grund, weshalb du in den letzten Tagen nicht kommen konntest."

Seine Braue zuckte spöttisch hoch, auch wenn in seinen Augen ein Ausdruck schimmerte, der auf Vivian beinahe verletzlich wirkte. „Das stimmt. Aber du willst doch nicht etwa andeuten, dass du mich vermisst hättest?"

Vivian errötete unter seinem durchbringenden Blick und dem versteckten Grinsen von Simon und Georgia, konterte aber mit einem herausfordernden Lächeln: „Du erwartest doch nicht etwa, dass ich das zugeben würde?"

Sie hörte Georgia verhalten kichern und Ann leise hüsteln. Simon schüttelte lachend den Kopf, und Cole musterte sie mit einem Gesichtsausdruck, den sie nur als perplex bezeichnen konnte. Doch ehe er zu einer Antwort ansetzen konnte, fragte Herbert, dem der langanhaltende Blickwechsel zwischen Vivian und Cole offenbar entging:

„Sag mal, Cole, Simon hat in den letzten Tagen so ein paar beunruhigende Andeutungen gemacht ... Stimmt es wirklich, dass ihr mit einem Angriff der Engländer rechnet?"

„Ein Angriff wird von Tag zu Tag wahrscheinlicher", bestätigte Cole, mit schlagartig ernster Miene. „Angeblich ist eine ganze Armada von englischen Schiffen auf dem Weg nach Charleston. Deshalb versuchen wir, uns so gut vorzubereiten, wie es nur irgendwie geht."

„Die Engländer sind doch beim letzten Mal jämmerlich gescheitert!", warf Ann gleichmütig ein. „Bestimmt werdet ihr sie doch auch diesmal zurückschlagen können."

„Ich wünschte, ich könnte das uneingeschränkt bestätigen", entgegnete Cole stirnrunzelnd. „Leider ist die Lage diesmal bedrohlicher. Wenn das, was uns zu Ohren gekommen ist, stimmt, soll Charleston diesmal nicht nur von der Seeseite her, sondern auch vom Land aus angegriffen werden."

„Nun ja, und?", fragte Georgia achselzuckend.

Simon sah seine Frau kopfschüttelnd an. „Du solltest das nicht so leichtnehmen, Georgia. Wie es heißt, hat General Clinton bereits am sechsundzwanzigsten Dezember New York verlassen und sich mit etwa achttausend Mann in Richtung Charleston in Bewegung gesetzt, um die britischen Truppen im Süden zu verstärken. Mit einer Streitmacht dieser Größe haben wir hier in Charleston überhaupt keine Erfahrung. Wir stellen uns daher auf einen harten Kampf ein."

„Zumal Clinton weiter im Norden schon bedeutende Erfolge erzielt hat", warf Cole nachdrücklich ein.

„Ist das der Grund, dass so viele Leute die Stadt verlassen?", fragte Vivian beunruhigt. „Ich habe gehört, dass sogar schon viele Geschäfte geschlossen haben. Und selbst die Kaffee- und Teehäuser sollen mit Ausnahme von Gilberts Kaffeehaus alle den Betrieb eingestellt haben."

Cole nickte grimmig. „Ja. Rebellenfamilien und Tories gleichermaßen fürchten sich vor dem, was Charleston möglicherweise bevorsteht. Falls es zu einer Belagerung kommt –"

„Oh, lasst uns doch um Himmels willen über etwas Erfreulicheres reden als diesen dummen Krieg!", unterbrach Georgia unwillig. „Es wird bestimmt nicht so schlimm werden! Wir sollten uns wirklich nicht diesen schönen Abend damit verderben!“

„Es tut mir leid, wenn ich Sie beunruhigt habe, Georgia“, versetzte Cole ruhig. „Ich hatte nicht vor, über den Krieg zu sprechen, aber da Herbert gefragt hatte ... Und außerdem halte ich es für besser, wenn Sie wissen, was möglicherweise auf Sie zukommt. Simon wird mir da sicherlich zustimmen.“

„Simon hat gesagt, er wird mich nach Bellarbres schicken, falls es zum Schlimmsten kommt“, entgegnete Georgia leichthin. „Aber noch ist es ja nicht so weit. Also sollten wir uns wirklich interessanteren Themen zuwenden, finde ich.“

„Ich kann Georgia nur zustimmen“, bekräftigte Ann. „Falls es wirklich zur Belagerung kommt, erfahren wir es früh genug und können die Stadt verlassen. Und falls nicht – warum sollen wir uns dann unnütz verrückt machen?“

„Das sehe ich anders, Mutter, und Vater auch“, widersprach Simon. „Wenn wir uns nicht rechtzeitig vorbereiten, dann –“

„Simon, um Himmels willen!“, fuhr Ann ihn mit einem tadelnden Kopfschütteln an. „Merkst du nicht, dass deine Frau in ihrem Zustand einfach nicht an Krieg und Elend denken will? Du könntest wirklich etwas rücksichtsvoller sein!“

„Nun ja, gewiss“, murmelte Simon, obgleich er keineswegs überzeugt wirkte. „Nur gut, dass ich morgen wieder zum Dienst muss! Da erwartet wenigstens niemand von mir, im Angesicht der Gefahr rücksichtsvoll zu sein!“

Coles Mundwinkel zuckten, und sein Blick glitt zu Vivian. Doch ehe er zu einem Kommentar ansetzen konnte, der ihm ganz offensichtlich auf der Zunge lag, fragte Ann, ob er zum Abendessen bleiben würde.

Ohne Vivian aus den Augen zu lassen, schüttelte er den Kopf. „Nein, ich muss zurück zum Dienst. Aber vielen Dank für die Einladung, Ann."

„Du weißt, dass du immer gern gesehen bist, Cole", lächelte Ann und erhob sich. „Ich werde mal sehen, wie weit die Köchin ist. Also, dann hoffentlich bis bald."

„Ja, bis bald", nickte Cole und stand gleich danach ebenfalls auf.

„Du willst schon gehen?", fragte Vivian mit einem enttäuschten Blinzeln.

„Sagen wir lieber, ich muss gehen", versetzte Cole, um dann mit einem leicht spöttischen Lächeln fragend hinzuzusetzen: „Wie ist es, würdest du mich zur Tür bringen?"

„Ja, warum nicht", entgegnete Vivian nach einem kurzen Zögern, nickte Simon und Georgia entschuldigend zu und begleitete Cole dann mit einem Anflug von Nervosität in die Eingangshalle. Vor der Tür blieb sie stehen und wartete darauf, dass er sich von ihr verabschiedete.

Sich gegen den Türrahmen lehnend, spähte er ihr forschend ins Gesicht. „Wie sieht es aus, gestattet es dein Stolz, dass ich dich an einem der nächsten Tage zu einer Tasse Kaffee in euer Kaffeehaus einlade? Oder wäre das schon wieder zu aufdringlich?"

„In Gilberts Kaffeehaus?", fragte Vivian mit einem unsicheren Lächeln nach, wobei sie geflissentlich seine zweite Frage überhörte.

„Ich hätte ja nicht ausgerechnet das Kaffeehaus, vorgeschlagen, wo du arbeitest, wenn noch ein anderes geöffnet hätte“, erklärte Cole entschuldigend. „Wenn es dir lieber ist, können wir natürlich auch –“

„Oh, nein, so habe ich es nicht gemeint!“, unterbrach sie hastig. „Ich ... ich war nur überrascht über die Einladung, das ist alles. Ich würde sehr gern mit dir ins Kaffeehaus gehen, Cole.“

Seine Augen blitzten auf, und ein vorsichtiges Lächeln umspielte seine Lippen. „Du hast also nichts dagegen, mit mir auszugehen?“

Obwohl sie spürte, wie sie errötete, hielt sie seinem Blick stand. „Du weißt, dass ich mich freuen würde.“

„Na ja, nach deinem Auftritt vor Brugsby's hatte ich gewisse Zweifel“, gestand er mit einem leisen Lachen. „Umso mehr freue ich mich, dass du meine Einladung annimmst. Also, wie wär's dann mit morgen Nachmittag?“

„Nein, da muss ich arbeiten“, seufzte sie. „Aber am Montag habe ich frei!“

„Dann sagen wir eben Montag.“

„Wie schön!“ Vivian blinzelte zu ihm hoch und lächelte zaghaft. „Vielen Dank, Cole!“

Seine Braue zuckte hoch, während er schleppend nachfragte: „Dank? – Wofür?“

„Dafür, dass du nicht nachtragend bist.“

Ein ungläubiges Lächeln glitt über seine Züge, und er machte einen Schritt auf sie zu. „Soll das etwa heißen, dass du zur Vernunft gekommen bist, was unsere Beziehung betrifft?“

„Das wäre ja noch schöner“, gab Vivian keck zurück, strahlte ihn aber regelrecht entwaffnend an.

„Schon gut, vergiss es", stöhnte er auflachend. „Dann also bis Montag. So gegen drei Uhr bin ich hier."

Sie nickte und blickte ihm stumm hinterher, während er aus der Tür und die Treppe hinunterschritt. Unten angekommen, wandte er sich noch einmal zu ihr um, zog seinen Hut zu einem lächelnden Abschiedsgruß und marschierte davon. Vivian schloss behutsam die Tür, und ein verhaltenes Lächeln lag auch auf ihren Lippen. Sie war unendlich froh, dass Cole ihr nicht böse war. Und auch wenn sie wusste, wie unvernünftig es war – sie konnte es kaum erwarten, ihn wiederzusehen!

Unterdessen verdichteten sich die Gerüchte, dass englische Schiffe und Truppen unterwegs waren, um Charleston anzugreifen. Georgia kam eines Nachmittags, an dem Vivian schon früh zuhause war, atemlos in den Salon gestürmt, als Vivian und Ann dort gerade gemeinsam Kaffee tranken.

„Oh, ihr Lieben, habt ihr das schon gehört? Es heißt, die Briten wären fast schon in Charleston!"

Vivian erbleichte, aber Ann stellte in aller Ruhe ihre Kaffeetasse ab und versetzte mit einem tadelnden Kopfschütteln: „Meine liebe Georgia, könntest du nicht etwas weniger übertreiben? Wo sollen denn die Briten so plötzlich herkommen?"

„Aber ich übertreibe nicht!", protestierte Georgia und ließ sich auf einen Sessel fallen. „Simon hat gesagt, wir sollen Charleston verlassen, weil die Briten kommen. Und wenn Simon das sagt, dann muss es doch stimmen."

„Simon hat das gesagt?", fragte Ann stirnrunzelnd nach. „Woher weiß er das denn?"

„Von seinem Vorgesetzten", erklärte Georgia, während sie nach der Kaffeekanne langte und sich in die für sie bereitgestellte Tasse etwas einschenkte. „Ich glaube wirklich, es ist ernst, Ann. Simon hat immer gesagt, er schickt mich nur fort, wenn es nicht mehr anders geht. Es muss also stimmen, dass die Briten kommen."

Ann langte geistesabwesend nach ihrer Tasse und trank einen Schluck. „Nun, dann stimmt es eben. Aber nur weil die Briten kommen, werde ich Charleston nicht verlassen."

„Ich auch nicht", stimmte Vivian energisch zu, obwohl sie schon ein leichtes Unbehagen bei dem Gedanken an eine bevorstehende Belagerung verspürte. „Die Briten sind schon einmal hier gewesen und mussten wieder gehen. Es wird genauso sein."

„Aber Simon sagt, dass es diesmal viel mehr sein werden! Er sagt, wir sollten am besten sofort nach Bellarbres oder Lakewood gehen."

„Liebe Georgia", widersprach Ann ruhig, „du kannst ruhig nach Bellarbres gehen. Für dich ist es das Beste, schon wegen deines Zustandes. Und natürlich werden auch deine Eltern froh sein, wenn du aus Charleston heraus und in Sicherheit bist. Aber ich bleibe hier."

„Aber Ann, du kannst doch nicht –"

„Doch, meine Liebe, ich kann!", versetzte Ann entschieden. „Ich denke nicht daran, mich von den Engländern verjagen zu lassen! Aber ich helfe dir beim Packen."

„Also gut", seufzte Georgia. „Aber du, Vivian, willst du nicht wenigstens mit nach Bellarbres kommen? Wenn

Charleston erst belagert wird, ist es hier bestimmt nicht mehr schön.“

Vivian schüttelte den Kopf. „Nein, ich bleibe bei Ann.“

„Aber –“, setzte Georgia an, doch Vivian unterbrach sie sofort:

„Sei nicht böse, Georgia. Ich ... ich kann einfach nicht fortgehen. Irgendwie habe ich das Gefühl, es wäre nicht richtig.“

„Das liegt bestimmt nur daran, dass du den letzten Angriff auf Charleston nicht miterlebt hast“, seufzte Georgia. „Bestimmt willst du es dir diesmal nicht wieder entgehen lassen, zuzusehen, wie die Engländer verjagt werden. – Ach, eigentlich kann ich dich ja sogar verstehen! Wahrscheinlich wird es wirklich in Charleston viel interessanter! Wenn ich nicht in anderen Umständen wäre ...“

„Nun, aber du bist es“, versetzte Ann entschieden. „Darum hat Simon recht, wenn er dich lieber aufs Land schickt.“

„Ich weiß“, seufzte Georgia. „Ich wünschte ja nur, ihr würdet mitkommen!“

„Uns wird es hier gut gehen, da bin ich sicher“, lächelte Ann und tätschelte tröstend Georgias Hand. „Und nun sag mir, hat Simon schon eine Idee, wie du am besten aus der Stadt kommst?“

„Mein Bruder Brad ist gerade in Charleston. Simon meint, dass Brad und Tom mich morgen gemeinsam nach Bellarbres bringen könnten. Die beiden wurden einer Einheit zugeteilt, die außerhalb Charlestons kämpft, und Bellarbres liegt beinahe auf dem Weg dorthin.“

„Das ist gut", nickte Ann. „Dann bedeutet es für die beiden Jungs keine Umstände, und du kommst sicher nach Hause. Dann müssen wir uns jetzt nur noch um dein Gepäck kümmern."

Als Simon gegen Abend zusammen mit Tom Welsey und Brad Meunier vorbeikam, reagierte er äußerst ungehalten, als er feststellte, dass Ann, Herbert und Vivian noch nicht gepackt hatten. Ihr Entschluss, in Charleston zu bleiben, ließ ihn ungewohnt heftig aus der Haut fahren:

„Herrgott nochmal, Mutter! Du kannst nicht hierbleiben! Es wird hart gekämpft werden, und es ist längst nicht sicher, dass wir siegen werden!"

Auch Tom schloss sich dieser Meinung an. „Wirklich Mutter, Simon hat recht! Ihr solltet Charleston lieber verlassen."

„Die Sache ist entschieden", gab Ann ruhig zurück. „Ich bleibe hier."

„Und was sagt Vater dazu?", fragte Simon gereizt.

„Er war nicht ganz so überzeugt wie ich", lächelte Ann. „Aber letztendlich hat er eingewilligt zu bleiben."

„Ihr seid ja verrückt!", stöhnte Simon mit einem gequälten Gesichtsausdruck. Dann warf er Vivian einen resignierenden Blick zu, und sie beantwortete ohne zu zögern die unausgesprochene Frage:

„Ich bleibe bei Ann."

„Du musst nicht meinetwegen bleiben, Vivian", bemerkte Ann mit einem milden Lächeln.

„Das tue ich auch nicht. Ich will bleiben."

Die Männer nickten, und Simon hob hilflos die Hände. „Also gut, wenn ihr es partout nicht anders wollt ... Verzeiht mir die Bemerkung, aber ihr seid stur wie die Maulesel! Aber wenn es zu einer Belagerung kommt, dann unternehmt ihr alles zu eurer Sicherheit, was ich euch sage! Und da gibt es keine Diskussion!"

„Selbstverständlich", gab Ann lachend zurück.

Simon blickte zweifelnd zu ihr herüber. Er kannte seine Mutter nur zu genau. Es war kaum anzunehmen, dass sie fügsam sein würde.

Er verabschiedete sich kurze Zeit später mit einem unzufriedenen und besorgten Gesichtsausdruck und verzichtete auf das Abendessen im Haus der Welseys. Tom und Brad blieben über Nacht, um am nächsten Morgen zusammen mit Georgia zeitig aufbrechen zu können. Es war unübersehbar, dass sie ihrem baldigen Einsatz im Kampf gegen die Engländer entgegenfieberten. Sie schienen froh, als sie sich morgens um sieben endlich auf den Weg machen konnten. Ann und Herbert wirkten über den Lauf der Dinge nur mäßig beunruhigt und gingen nach der Abreise der drei jungen Leute ihren normalen Tätigkeiten nach.

Vivian ihrerseits ging scheinbar wie gewohnt zur Arbeit ins Gilbert'sche Kaffeehaus. Auch dort machte sich inzwischen die allgemeine Unruhe bemerkbar. Die Anzahl der Gäste hatte stark abgenommen, und immer öfter hörte Vivian die Leute, die noch da waren, davon reden, dass sie Charleston verlassen wollten. Einige Tories lachten hämisch, dass das Kaffeehaus nun wohl bald seinen Namen ändern müsste. Wenn die Engländer Charleston erst eingenommen hätten, würde man es wohl in Gilberts Teestuben umbenennen müssen.

Melissa reagierte diesen Äußerungen gegenüber gelassen. Noch war es schließlich gar nicht sicher, dass die Briten Charleston in die Hand bekämen, erklärte sie mit einem trotzigen Lachen. Und falls doch, gäbe es wirklich Wichtigeres als den Namen eines Kaffeehauses!

Vivian lachte zwar, aber sie war doch beunruhigt. Wenn die Briten Charleston tatsächlich besetzten, wusste keiner, wie es weitergehen würde. Und für die Gilberts könnte es schwierig werden. Nach Melissas Auseinandersetzung mit Mrs. Malloghan war es allgemein bekannt, dass die Gilberts mit den Rebellen sympathisierten, was ihnen im Fall eines Siegs der Engländer leicht angekreidet werden konnte. Vivian versuchte erfolglos, den Gedanken zu verdrängen, dass ein Sieg der Engländer durchaus vorstellbar war. Was Cole und Simon über die militärische Überlegenheit der Briten gesagt hatten, hatte einfach zu besorgniserregend geklungen. Und dennoch – Männer wie Simon, Robert und auch Cole verteidigten Charleston. Jeder von ihnen würde im Kampf seinen Mann stehen, da war sie sicher. Ganz bestimmt würde keiner von ihnen Charleston so einfach aufgeben. Wenn aber Charleston dennoch fiele – Oh Gott, sie dachte lieber gar nicht erst darüber nach! Und doch wurde ihre Unruhe von Tag zu Tag größer.

Umso froher war sie, als endlich der Montagnachmittag nahte, an dem Cole sie zu ihrem Ausflug ins Kaffeehaus abholen wollte. Ein klein wenig schlummerte die Hoffnung in ihr, dass Coles Gegenwart sie von der Angst vor einem britischen Angriff ablenken würde. Vor allem aber freute sie sich ungemein darauf, ihn zu sehen, ganz egal, wie unvernünftig das auch war.

Auch wenn sie sich sagte, dass es albern war, wählte sie ihr Kleid für den Anlass mit besonderem Bedacht.

Immerhin war es das erste Mal, dass Cole sie zu einer Verabredung abholte. Zwar war er schon zu ungezählten Gelegenheiten überraschend vorbeigekommen. Aber darüber hinaus waren sie sich bisher stets nur zufällig begegnet. Coles Einladung stellte somit etwas Besonderes dar, und sie fand, dass dazu auch ein besonderes Kleid gehörte. Nach langem Anprobieren entschied sie sich letztendlich für ein zartgelbes Kleid aus geblümtem Musselin, das zwar einen etwas gewagten Ausschnitt hatte, dafür aber ihre schlanke Taille besonders gut zur Geltung brachte. Sie legte noch ein passendes Schultertuch aus weicher Baumwolle um und ging dann wenige Minuten vor drei Uhr hinunter in die Halle.

Offenbar war Cole noch pünktlicher gewesen als sie, denn er wartete schon in der Eingangshalle und blickte ihr vom Fuße der Treppe aus mit einem verhaltenen Lächeln entgegen. Vivian war gleichermaßen verlegen wie amüsiert, als er zur Begrüßung den Handkuss etwas länger ausdehnte und augenzwinkernd bemerkte:

„Ich würde dir ja gerne sagen, wie zauberhaft du in diesem Kleid aussiehst, wenn ich nicht befürchten müsste, dass du es dir dann anders überlegst und nicht mit mir ausgehst. Leider habe ich ja die Erfahrung gemacht, dass du auf Komplimente eher etwas … hm, sagen wir, irrational reagierst.“

„Das kommt ganz auf die Situation an“, konterte Vivian, während sie mit beschleunigtem Pulsschlag feststellte, wie beeindruckend und männlich Cole in seiner Rebellenuniform wieder aussah. „Und da ich mir heute ausgesprochene Mühe mit meiner Garderobe gegeben habe, freut es mich natürlich, dass dir das auffällt.“

„Du hast dir Mühe gegeben? Meinetwegen?", lachte Cole. „Na, das ist ja immerhin ermutigend! – Wie ist es, wollen wir los?"

Vivian nickte und hakte sich mit einem unsicheren Lächeln bei Cole ein, als er ihr seinen Arm bot. Cole unterdrückte ein Grinsen, führte sie aber in ansonsten untadeliger Manier aus dem Haus.

Vivian genoss den Spaziergang zum Kaffeehaus an seiner Seite, auch wenn sie sich anfangs leicht befangen fühlte. Aber die Sonne lachte auf sie hinunter, die Luft war herrlich mild und warm und Cole offenbar bester Stimmung. Den ganzen Weg über unterhielt er sie mit lustigen kleinen Geschichten, von denen er eine Unmenge zu kennen schien. Zumindest für den Augenblick schien die Bedrohung durch die bevorstehende Belagerung der Stadt für Vivian in weite Ferne gerückt. Doch dann ging es ihr, wie schon beim Ankleiden, erneut durch den Sinn, dass dies das erste Mal war, dass sie und Cole sich bewusst zu einer Verabredung getroffen hatten. Und eine ungebetene Stimme in einem Winkel ihres Gehirns wagte sie daran zu erinnern, dass es in Anbetracht der anstehenden Gefahren möglicherweise auch die letzte Verabredung war. Doch sie verscheuchte diesen bedrückenden Gedanken ebenso schnell, wie er gekommen war, fest entschlossen, sich die Freude über Coles Gegenwart dadurch nicht verderben zu lassen.

Ehe sie sich versah, hatten sie das Kaffeehaus erreicht, und Cole führte sie hinein. Olivia und Betsy, die beide offenbar nichts zu tun hatten, weil nur wenige Gäste da waren, machten große Augen, als Vivian an Coles Seite den Gastraum betrat. Vivian grüßte beide mit einem fröhlichen Lachen, das von Betsy mit einem kichernden Kopfnicken erwidert wurde. Olivia hingegen ignorierte ihren Gruß und starrte sie stattdessen mit einem seltsamen Gesichtsausdruck an, in dem Vivian fast so etwas wie Neid zu erkennen glaubte. Doch der Eindruck war nur flüchtig, denn im nächsten Moment setzte Olivia ihr strahlendstes Lächeln auf und kam hüftschwingend auf sie zu.

„Nein, Vivian, was für eine Überraschung! Du hier als Gast statt hinter deinem Tresen? Und dann auch noch in so gutaussehender Begleitung! Willst du mich nicht deinem feschen Offizier vorstellen?"

Ehe Vivian zu einer Antwort ansetzen konnte, kam Cole ihr mit einem kühlen Lächeln zuvor: „Sie müssen eine von Miss Darcys Kolleginnen sein. Es freut mich. Miss Darcy und ich werden uns an den freien Tisch dort hinten am Fenster setzen. Wenn Sie uns bitte etwas Kaffee und zwei Stück Käsekuchen dorthin bringen könnten, Miss."

„Gewiss, Sir", murmelte Olivia blinzelnd, sichtlich irritiert. Doch sie fing sich schnell, und lächelte sofort wieder. „Ich werde Ihnen den Kuchen und den Kaffee gleich an den Tisch bringen."

„Danke", versetzte Cole knapp und führte Vivian an den von ihm ausgesuchten Tisch.

Sobald sie Platz genommen hatten, kam Olivia mit einem Tablett mit Kuchen und Kaffee und stellte es vor ihnen auf den Tisch. Während sie Cole Kaffee einschenkte, beugte sie sich so weit vor, dass er unweigerlich ihren Busen betrachten musste, und warf ihm eindeutige Blicke zu. Vivian zog empört die Brauen zusammen, doch Cole verzog nicht eine Miene, sah nur kurz auf, um sich ungerührt zu bedanken, und ließ ansonsten unverwandt seinen Blick auf Vivian ruhen. Vivian ihrerseits war so erleichtert, dass Olivias Aufmerksamkeiten erfolglos an ihm abprallten, dass sie ihn umso strahlender anlächelte.

Cole zwinkerte ihr daraufhin belustigt zu, was sie ein wenig aus der Fassung brachte, sodass sie ihren Blick erst einmal langsam durch den Gastraum schweifen ließ. Es wunderte sie nicht, an einem der Nebentische Mrs. Malloghan sitzen zu sehen, da diese fast jeden ihrer Nachmittage im Kaffeehaus verbrachte. Wie es nicht anders zu erwarten war, warf die überzeugte Torydame mehrfach vernichtende Blicke auf Vivians Begleiter. Vivian war jedoch an diesem Nachmittag zu guter Stimmung, um dem große Bedeutung beizumessen. Sollte die alte Pute sich doch die Augen aus dem Kopf starren, dachte sie lediglich amüsiert. Wenn ihr Coles Anwesenheit nicht passte, konnte sie ja gehen. Vivian jedenfalls würde sich den schönen Nachmittag weder durch Olivia noch durch Mrs. Malloghan zerstören lassen!

Augenblicklich waren sowieso mehr Rebellen als Tories im Kaffee. Die meisten Tories hatten Charleston inzwischen verlassen, um erst zurückzukehren, wenn die Stadt fest in englischer Hand wäre. Als Folge davon waren nun die Rebellen in Charleston in der Überzahl, was sie die Tories nur zu gern spüren ließen. Das schien auch Mrs. Malloghan zu wissen, denn trotz ihrer finsteren Blicke unterließ sie es zumindest, die sonst von ihr gewohnten bissigen Bemerkungen von sich zu geben.

An den übrigen Tischen liefen hauptsächlich Gespräche, die sich auf den bevorstehenden Angriff auf Charleston bezogen. Vivian hörte, wie eine Frau sagte, sie hätte furchtbare Angst um ihren Mann, der in Fort Sumter stationiert war. Das Fort würde von der Seeseite her doch sicherlich zuerst angegriffen werden, und so seien die Aussichten für ihren Mann doch bestimmt sehr ungünstig.

„Cole, wo ... wo wirst du kämpfen, wenn Charleston angegriffen wird?", fragte Vivian, als sie das hörte, während sie mit der Gabel ihren Kuchen zerteilte, um sich ihre plötzliche Nervosität nicht anmerken zu lassen.

„Weiter oben am Cooper River", erklärte Cole gelassen. „Etwas außerhalb Charlestons."

„Oh, aber ich dachte ... Wieso bleibst du denn nicht in Charleston, um zu kämpfen?"

„Der Cooper River ist Charlestons wichtigster Transportweg und muss unbedingt freigehalten werden", erläuterte Cole gleichmütig, nachdem er ein Stück Kuchen zu Ende gekaut hatte. „Oberst Marion hat zahlreiche gute Männer ausgewählt, die dort kämpfen sollen. Dass ich dort hingeschickt werde, steht schon seit längerem fest."

„Hast du überhaupt keine Angst, Cole?", erkundigte Vivian sich mit einem leichten Unbehagen. „Wenn dieser Fluss so wichtig ist, ist es doch bestimmt sehr gefährlich, dort zu kämpfen."

„Natürlich ist es gefährlich", versetzte er achselzuckend. „Aber im Krieg ist es immer gefährlich, egal, wo man eingesetzt wird."

„Ja, vermutlich", murmelte Vivian, langte nach ihrer Kaffeetasse und nippte gedankenverloren daran. Unter den Wimpern warf sie Cole einen prüfenden Blick zu. Er lehnte sich entspannt zurück und lächelte. Vivian fiel auf, wie ruhig und selbstsicher er wirkte. Unwillkürlich fragte sie sich, ob er nach den ersten Kämpfen immer noch so gelassen sein würde, sodass sie sich vorsichtig erkundigte: „Hast du eigentlich schon einmal gekämpft, Cole? Ich meine ... richtig gekämpft?"

Er lachte auf und schüttelte amüsiert den Kopf. „Sicher! – Vivian, du scheinst zu glauben, dass ich nichts anderes tue, als in England zu spionieren und kleinen Mädchen den Kopf zu verdrehen!"

Mit einem entrüsteten Blinzeln fuhr Vivian hoch. „Ich bin kein kleines Mädchen!"

Voller Unschuld im Blick grinste Cole: „Habe ich das denn etwa gesagt?"

„Nein, aber gemeint! Oh, du bist unmöglich!"

Er zwinkerte ihr zu. „Ich glaube, das hast du irgendwann schon einmal zu mir gesagt. Nichtsdestotrotz war meine Bemerkung nicht böse gemeint, Vivian. Tatsächlich finde ich nämlich deine ... hm, impulsive Art ganz entzückend."

„Wenn du mich nicht gerade für kindisch hältst", hielt Vivian ihm mit einem unterdrückten Lächeln vor.

„Im Augenblick kann ich nichts Kindliches an dir entdecken", versicherte Cole mit glitzernden Augen. „Ganz im Gegenteil."

Errötend wich Vivian seinem Blick aus. Sie hatte das Gefühl, dass sie sich gerade auf gefährlichem Terrain bewegten, sodass sie lieber auf ihr ursprüngliches Thema zurückkam: „Jetzt, wo wir darüber sprechen, erinnere ich mich, dass du einmal sagtest, du hättest dich schon kurz nach Kriegsausbruch der kämpfenden

Truppe angeschlossen. Und Simon sagte einmal, du wärst ein erfahrener Kämpfer. Bist du denn wirklich gern Soldat?"

„Nein, aber wie sollen wir eine unabhängige Nation werden, wenn niemand bereit wäre, dafür zu kämpfen?", gab Cole, nun ebenso ernst wie sie, zurück.

„Nein, das geht wohl nicht", stimmte Vivian bedrückt zu. „Dann bist du wohl schon bei vielen Schlachten dabei gewesen?"

„Bevor ich nach England ging, habe ich unter Washington gekämpft", erklärte er widerstrebend, und Vivian bekam den Eindruck, dass er nicht gern über seine Kriegserlebnisse sprach. „Ich war dabei, als er New York aufgeben musste, was eine der bittersten Niederlagen war, die Washington je hinnehmen musste. Washington musste damals die Stadt evakuieren, um nicht eingeschlossen zu werden. Daraufhin besetzte Clinton New York, und unsere Armee ging nach Harlem. Noch heute ist der Gedanke daran bedrückend. Immerhin ist New York eine wichtige Stadt, und die Niederlage dort war ein herber Rückschlag."

„Wann war das alles?", fragte Vivian stirnrunzelnd, da ihr gerade einfiel, dass sie ungefähr zur gleichen Zeit von New York aus nach England abgereist sein musste.

„1776. Ungefähr Mitte September. Warum fragst du?"

„Weil Sie dann eine Mitschuld daran tragen, dass meine Tante mich damals nach England verschleppen konnte, Captain Ansinger", erklärte sie mit einem Lächeln. „Hätte Washington New York nicht aufgegeben, hätten wir dort kein englisches Schiff gefunden."

„Dann war es natürlich unverzeihlich, New York aufzugeben", ging Cole mit zuckenden Mundwinkeln auf ihren Scherz ein.

Sie lachten miteinander, doch dann wurde Vivian schlagartig wieder ernst, als ihr bewusst wurde, dass Cole nun erneut in den Kampf ziehen würde. Eine seltsame, undefinierbare Angst nagte in ihrem Inneren, und beinahe kamen ihr Tränen bei der Vorstellung, dass Cole etwas zustoßen könnte. Da sie sich ihre Sorge auf keinen Fall anmerken lassen wollte, versuchte sie, sich durch betonte Förmlichkeit dagegen zu wappnen: „Sind Sie schon einmal verwundet worden, Captain Ansinger?"

„Natürlich", entgegnete er gleichmütig, während er ein weiteres Stück Kuchen zum Mund führte. „Man kämpft nicht in so vielen Schlachten, ohne irgendwann einmal verwundet zu werden. Aber bis jetzt hatte ich Glück. Es waren immer nur leichte Verletzungen."

„Dann ... dann hoffe ich, dass Sie auch weiterhin Glück haben, Captain", erwiderte Vivian mit einem Beben in der Stimme.

In Coles Augen trat ein warmer Glanz. Mit einer Hand langte er über den Tisch und umfasste Vivians Finger. „Vivian, was soll das jetzt mit diesem Captain Ansinger? Ich dachte, wir wären schon bei Cole angekommen!"

Da sie ihm unmöglich eingestehen konnte, dass es die Sorge um seine Sicherheit war, die sie so aus der Fassung brachte, dass sie einen Schutzschild brauchte, griff sie zu einer Ausrede, die zumindest zur Hälfte der Wahrheit entsprach: „Ich weiß, aber ... aber als du mir damals deinen Vornamen nanntest, da ... da warst du irgendwie so ... so grässlich!"

„Und was bin ich jetzt?", fragte er mit einem leisen Lachen.

„Ich ... ich weiß nicht", brachte Vivian stockend hervor. „Ich glaube, vielleicht ... hat sich das ein bisschen gebessert."

„Oh, ein bisschen gebessert, in der Tat", hörte sie Cole bemerkenswert ruhig sagen. Sie sah auf in seine Augen – und entdeckte lachende Fünkchen darin.

Mit dem Anflug eines schlechten Gewissens lächelte sie zurück. Ihr Herz pochte heftiger als sonst, denn Cole hielt immer noch ihre Hand, und irgendwie war das gleichermaßen angenehm wie verwirrend. Ein winziger Rest an Widerstand ließ sie schließlich ihre Hand zurückziehen, was Cole ein fragendes Lächeln entlockte. Da sie sein Lächeln nur mit einem hilflosen Schulterzucken beantwortete, lehnte er sich zurück und trank einen Schluck Kaffee.

„Cole?", fragte Vivian schließlich, in dem Versuch, ihre Unterhaltung wieder auf neutralere Ebene zu bringen. „Warum bist du damals eigentlich nach England gegangen? Ich meine, wieso ausgerechnet du und kein anderer?"

Cole überzeugte sich mit einem kurzen Blick, dass niemand in der Nähe war, der ihnen zuhören konnte, und erklärte dann leise: „Washington brauchte jemanden, der Französisch spricht und Englisch so sprechen kann, dass man nicht gleich die amerikanische Herkunft heraushört. Und dem er vertraute. Da er mir außerdem zutraute, mich in der englischen Oberschicht

so zu bewegen, dass ich nicht auffiel, hielt er mich wohl
für geeignet."

„Und du? Hast du es gern gemacht?"

„Spioniert?", fragte er sehr leise. „Nein. Eigentlich
wäre ich lieber bei der kämpfenden Truppe geblieben.
Aber irgendjemand musste es machen. Und da ich gerade nicht kampffähig war –"

„Aber du hast doch vorhin gerade gesagt, du wärst immer nur leicht verletzt gewesen!", fuhr Vivian erschrocken hoch.

Er lächelte unterdrückt. „Es war nie lebensbedrohlich, kleine Lady. Nichtsdestotrotz kann man nicht gut
kämpfen, wenn man gerade ein paar gebrochene Rippen und ein Loch in der Schulter hat."

Vivian erschauerte und sah ihn mit großen Augen an.
„Und da wurdest du ... sozusagen zur Genesung ... nach
England geschickt?"

Er lachte leise. „Washington meinte, auf die Art
könnte ich mich nützlich machen, solange ich für den
Kampf ausfiel. Natürlich war ihm ebenso klar wie mir,
dass dieser Auftrag länger dauern würde als meine
Kampfunfähigkeit."

„Und jetzt bist du froh, dass du wieder hier bist?"

„Sehr", entgegnete er mit glitzernden Augen. „Zumal
in Anbetracht gewisser ... veränderter Umstände."

Vivian hielt den Atem an, während ihr Blick an dem
zärtlichen Lächeln hängenblieb, das seine Lippen umspielte. Gerade setzte sie zu einer Erwiderung an, als O-
livia an ihren Tisch trat und mit einem aufreizenden,
an Cole gerichteten Lächeln, fragte, ob sie noch etwas
bringen könnte.

Cole blickte nur kurz auf und lehnte das Angebot höflich, aber bestimmt, ab, sodass Olivia hüftschwingend den Tisch wieder verließ.

„Du scheinst ja eine unwiderstehliche Anziehungskraft auf Rothaarige auszuüben“, konnte Vivian sich nicht verkneifen zu bemerken.

„Tatsächlich?“, grinste Cole, um dann mit einem Augenzwinkern hinzuzusetzen: „Und das, wo ich doch eigentlich eine ausgeprägte Schwäche für goldblonde Locken habe.“

Und als sie nichts erwiderte, sondern nur errötend den Blick abwandte, ergänzte er noch: „Vivian, was dieses rothaarige Mädchen neulich betrifft –“

„Cole, ich ... Du brauchst mir nichts zu erklären. Es geht mich nichts an.“

Er hob eine Braue. „Meinst du? – Wie auch immer, vielleicht interessiert es dich ja trotzdem, was ich dir sagen wollte. Die rothaarige Dame, die du neulich gesehen hast ... Sie ist meine Cousine.“

„Deine Cousine!“, keuchte Vivian mit großen Augen. „Ich dachte ...“

„Ich weiß, was du dachtest“, lachte er.

Beschämt senkte Vivian den Blick. „Ich habe mich wohl sehr albern neulich aufgeführt, Cole. Obwohl ich ... nun ja, genau genommen habe ich gar kein Recht, dir irgendwelche Vorhaltungen zu machen. Ich meine, wir sind schließlich nur Freunde, und –“

„Und Freunde verhalten sich nicht irrational und kindisch.“

Sie warf einen scharfen Blick auf seine zuckenden Mundwinkel, entgegnete aber zögernd: „Genau.“

„Denn sonst könnte ihr Gegenüber auf die Idee kommen, dass sie ... etwas anderes im Sinn haben als nur Freundschaft", nickte er mit spöttisch hochgezogener Braue.

Vivian schluckte. „Dann sollte ich wohl in Zukunft besser aufpassen, was ich sage."

Cole sah sie mit einem eigentümlichen Lächeln an, aber da Olivia ein weiteres Mal auf ihren Tisch zusteuerte, blinzelte er entnervt und ließ die Rechnung kommen.

Es regnete leicht, als sie das Kaffeehaus verließen, und der vorhin noch strahlend blaue Himmel war nun von dichten, grauen Wolken verschleiert. Die Luft war deutlich abgekühlt, und Vivian fing in ihrem leichten Sommerkleid an zu frieren, sobald sie aus der Tür traten. Cole fackelte nicht lange und rief eine in unmittelbarer Nähe des Kaffeehauses wartende Mietkutsche heran. Zuvorkommend half er Vivian hinein, stieg ebenfalls ein und setzte sich in Fahrtrichtung neben sie.

In der Kutsche war es zwar trocken, aber wärmer als draußen war es auch nicht, und Vivian fröstelte es nach wie vor. Cole bemerkte es, zog seine Uniformjacke aus und legte sie ihr behutsam über die Schultern, was ihm ein dankbares Lächeln einbrachte. Doch statt es zu erwidern, wie sie es eigentlich erwartet hatte, wandte er den Blick ab und starrte mit zusammengezogenen Augenbrauen gedankenverloren aus dem Fenster. Verwundert fragte Vivian sich, was der Grund sein mochte, dass seine bisherige gute Laune wie weggeblasen schien. Sie selbst hatte ihm keinen Anlass gegeben, ihr böse zu sein, sodass seine Verstimmtheit eine andere Ursache haben musste. Doch trotz seiner Versunkenheit fühlte sie sich so wohl in seiner Gegenwart – unvernünftigerweise, wie sie sich selbst sagte –, dass sie ihm vorschlug, noch mit ins Haus zu kommen und Ann Guten Tag zu sagen, wenn sie angekommen wären.

Er blickte ungewohnt verwirrt auf. „Wie bitte, was sagtest du eben?"

Verdrossen wiederholte sie ihren Vorschlag. Cole atmete tief durch und schüttelte den Kopf. „Nein, ich hab heute Abend Dienst. Ich muss rechtzeitig bei der Truppe sein."

„Ach so. Na ja, dann ...", murmelte Vivian enttäuscht.

Cole lächelte entschuldigend. Nichtsdestotrotz hatte Vivian den Eindruck, dass er mit den Gedanken woanders war. Ein Eindruck, der sich bei seinen nächsten Worten bestätigte:

„Vivian, ich ... ich wollte dir noch etwas sagen."

Bei seinem Tonfall, der ebenso ernst wie sein Blick und ohne jeglichen Anflug von Spott oder Humor war, horchte sie alarmiert auf. Ihre Hände begannen nervös über ihren Rock zu gleiten, denn irgendwie hatte sie das unbehagliche Gefühl, dass Cole ihr etwas Bedeutendes sagen würde. Und sie ahnte, dass es nichts Gutes sein würde!

Cole räusperte sich unterdessen kurz und bemerkte leise: „Du hast mich vorhin gefragt, wo ich kämpfen würde."

Ein dumpfes Gefühl schlich sich in Vivians Magengegend. „Du sagtest, du würdest am Cooper River kämpfen."

Er nickte. „Genau. Aber ... was ich eigentlich sagen wollte, ist ... nun ja, wir werden am Cooper River ziemlich viel zu tun kriegen. Ich werde wohl eine Weile lang nicht nach Charleston kommen können."

Vivian atmete scharf ein. „Oh, ich ... ich verstehe."

Cole presste kurz die Lippen zusammen, ehe er gedehnt fortfuhr: „Es wird harte Kämpfe geben, aber ... Nun, ich wollte, dass du dich nicht sorgst, falls du nichts von mir hörst. Das Problem ist, ich würde dich ja gern wissen lassen, wie es mir geht, aber ... wir werden kaum private Nachrichten nach Charleston schicken können."

„Ja, ich verstehe", murmelte Vivian dumpf, wobei sie den Blick abwandte und wie blind aus dem Fenster blinzelte, da ihr zu ihrem Entsetzen die Tränen kamen.

„Ich weiß, wie böse du auf mich warst, dass ich von der Dolphin verschwunden bin, ohne dir vorher etwas zu sagen", versetzte Cole leise und drehte mit seinen Fingern ihr Kinn herum, sodass sie ihn ansehen musste. „Ich dachte, dass es dir vielleicht wichtig sein könnte, dass ich es diesmal ankündige, wenn ich gehe."

„Ja, das ... das ist sehr nett von dir", brachte Vivian stockend hervor, während sie vergeblich gegen die Tränen anblinzelte, die ihr die Kehle zuzuschnüren drohten. Sie wollte nicht, dass Cole ging, dass er sich in Gefahr begab. Und doch wusste sie, dass es unvermeidbar war. „Du ... du wirst doch auf dich aufpassen, oder?"

Plötzlich, ohne dass sie wusste, wie ihr geschah, hatte er sie an sich gezogen und die Arme um sie geschlungen. „Ich verspreche, dass ich aufpassen werde, kleine Lady. Schließlich möchte ich dich irgendwann wiedersehen."

Vivian schluckte und presste ihren Kopf gegen Coles harte Brust. So sehr sie auch dagegen ankämpfte, sie konnte die Tränen nicht länger zurückhalten. Cole zog in den Kampf – die Vorstellung war einfach entsetzlich! Nur mit Mühe unterdrückte sie ein Schluchzen.

Cole strich ihr sanft mit einer Hand über das Haar, während er sie mit dem anderen Arm an sich presste. Eigentlich hätte er jetzt Mitleid mit ihr haben müssen, sagte er sich, doch stattdessen empfand er eine widersinnige Freude darüber, dass sie aus Angst um ihn weinte. Sie musste mehr für ihn übrighaben, als sie ihm oft vorzumachen versuchte!

„Cole …", flüsterte Vivian, ohne zu wissen, was sie eigentlich sagen wollte.

„Meine entzückende kleine Lady", murmelte Cole zärtlich, und ein verträumtes Lächeln stahl sich auf seine Lippen, das Vivian, trotz des Gefühlsaufruhrs in ihrem Inneren, nicht entging. Sie wusste sofort, was er vorhatte, noch ehe er den Kopf senkte und seine Lippen ihrem Gesicht immer näher kamen. Sein Atem strich warm über sie hinweg, und sie roch seinen angenehm männlichen Duft, als er anfing, federleichte Küsse über ihre Stirn und ihre Wangen zu streichen. In seinen Augen schienen Tausende von Sternen zu tanzen, die sie in ihren Bann zu ziehen schienen, und Vivian musste ihre ganze Willenskraft aufbieten, um leicht den Kopf wegzudrehen, bevor seine Lippen ihren Mund trafen.

„Cole … bitte nicht", flüsterte sie, denn auch wenn ihr Herz fast zum Zerspringen schlug, so wusste sie doch, dass aller Widerstand in ihr zusammenbrechen würde, wenn sie es zuließ, dass er sie jetzt küsste.

Zunächst reagierte Cole überhaupt nicht. Vivian hatte den Eindruck, dass die Bedeutung ihrer Worte nicht im Geringsten zu ihm durchgedrungen war, denn er fuhr unvermindert fort, mit seinen Lippen ihren Mund zu suchen. Vivians Atem ging schneller, als Cole heiser ihren Namen flüsterte. Sie sah seine vor Leidenschaft und Erregung leuchtenden Augen über sich, und eine ungewohnte, durchaus nicht unangenehme Wärme begann sich in ihr auszubreiten. Sie fühlte sich so schrecklich wohl in seinen Armen! Und auf einmal hatte sie gar nicht mehr den Wunsch, ihm irgendwelchen Widerstand entgegenzubringen. Leise seufzend schloss sie die Augen.

Doch plötzlich gab Cole sie mit einem Ruck frei. Vivian war so überrascht, dass sie rückwärts in die Polster fiel.

„Wir sind da", stellte Cole ausdruckslos fest, schlug den Verschlag auf und stieg umgehend aus. Kommentarlos hielt er ihr die Hand hin, um ihr beim Aussteigen behilflich zu sein.

Vivian zögerte kurz und glättete umständlich ihre Röcke, während sie nach den passenden Worten suchte.

„Besser, du steigst jetzt aus!", wies Cole sie mit gepresster Stimme an.

„Cole, ich ...", stammelte sie.

Ihm entging die Enttäuschung in ihrer Stimme, und so schnitt er ihr kurz angebunden das Wort ab. „Es tut mir leid, dass ich dir wieder einmal zu nahe getreten bin. – Ich muss noch weiter zu meiner Einheit, also wenn du bitte aussteigen würdest."

Niedergeschlagen und verwirrt ließ Vivian sich von ihm aus der Kutsche helfen und reichte ihm seine

Uniformjacke. Unschlüssig blinzelte sie ihn an und überlegte, ob sie ihm gestehen sollte, dass sie überhaupt nichts dagegen hatte, dass er ihr zu nahe getreten war. Aber er wirkte von einer Minute auf die andere so abweisend, dass sie nicht den Mut dazu aufbrachte.

Cole ergriff ihre zum Abschied ausgestreckte Hand und sah sie sekundenlang schweigend an. Schließlich lächelte er matt. „Nun mach nicht so ein bekümmertes Gesicht, kleine Lady. Du bist mich ja jetzt erst einmal für eine Weile los."

Vivian nahm allen Mut zusammen, legte eine Hand an seine glattrasierte Wange und brachte ein zaghaftes Lächeln zustande. „Ja, aber ich weiß gar nicht, ob ich das unbedingt will."

Er atmete scharf ein. Sekundenlang starrte er sie mit einem Ausdruck ungläubiger Überraschung an, in den sich ein Anflug von verhaltener Hoffnung mischte.

„Vielleicht weißt du es ja beim nächsten Mal", entgegnete er nach einem Augenblick heiser, ehe er sich ruckartig abwandte und zurück in die wartende Kutsche stieg.

Sofort darauf setzte sich der Wagen in Bewegung. Der Kutscher schlug ein rasendes Tempo an, und in Windeseile verschwand das Gefährt in der Ferne. Vivian blinzelte dem Wagen und vor allem seinem Insassen voller Verwirrung hinterher. Freundschaft wollte er, und nichts anderes, das hatte Cole auf dem Silvesterball der Meuniers selbst gesagt. Woraufhin sie sich geschworen hatte, ihr Herz nicht an jemanden zu verlieren, der es nicht wollte. Aber Coles Küsse und sein ganzes Verhalten sprachen eindeutig eine andere Sprache! Und

erstaunlicherweise kam sie sogar zu dem Schluss, dass
ihr diese Sprache gefiel!

8

Der nächste Tag war ein Dienstag, der siebte März. Georgia hatte Charleston inzwischen zusammen mit Tom und Brad verlassen und war nach Bellarbres gefahren. Simon war zu seiner Einheit gerufen worden. Sam war mit ihm gegangen und hatte sich Simons Miliztruppe angeschlossen. Die übrigen Dienstboten wurden nach Lakewood geschickt, wo es sicher war. Einzig das Hausmädchen Vanessa blieb, um in der Nähe ihres Verlobten zu sein, der in Charleston kämpfte. Herbert, Ann und Vivian waren von nun an also fast allein in dem großen Haus.

An diesem Tag schloss Melissa das Gilbert'sche Kaffeehaus. Es kamen kaum noch Gäste, denn wie es hieß, standen die Engländer inzwischen unmittelbar vor Charlestons Toren. Melissa schickte daher Vivian, Betsy und Olivia nach Hause, um mit ihrem Mann aufs Land zu Mr. Gilberts Schwester zu fliehen.

Vivian hatte mit dieser Entscheidung der Gilberts gerechnet, auch wenn der Zeitpunkt für sie etwas überraschend kam. Doch auch wenn sie es bedauerte, ihre Arbeit zu verlieren, war es ihr angesichts der aktuellen Bedrohung durch die Briten gar nicht so unrecht, künftig zuhause bleiben zu können. Betsy und Olivia, die beide im oberen Stockwerk des Kaffeehauses ein Zimmer bewohnten, reagierten hingegen höchst unterschiedlich. Betsy, deren Eltern nur wenige Meilen von Charleston entfernt eine Farm betrieben, freute sich auf die Rückkehr nach Hause. Olivia jedoch zeigte sich niedergeschmettert.

„Lieber Himmel, ich weiß überhaupt nicht, wie ich nach Kingstree kommen soll", jammerte sie, während sie zusammen mit Vivian das letzte Geschirr in der Küche der Gilberts in hölzerne Kisten verstaute. „Wenn die Gilberts mich fortschicken, habe ich kein Dach mehr über dem Kopf. Wirklich, Vivian, ich weiß nicht, was ich machen soll! Du bist die Einzige, die mir helfen kann! Du musst mich bei dir wohnen lassen! Du wohnst doch in einem vornehmen Haus!"

„Es tut mir leid, Olivia, ich bin doch dort selbst nur zu Gast", entgegnete Vivian so freundlich wie möglich, was ihr nicht leichtfiel angesichts der Abneigung, die sie für Olivia empfand, seit diese so ungeniert versucht hatte, mit Cole zu flirten. „Ich kann nicht einfach jemanden im Haus der Welseys einquartieren."

„Aber du könntest doch zumindest fragen", beharrte Olivia. „Du verstehst dich doch angeblich so gut mit diesen reichen Welseys! Und das Haus ist riesig, das weiß ich genau! Da ist doch bestimmt irgendwo ein Platz für mich!"

Vivian zerrte ungeduldig einen Stapel Zeitungen auseinander und wickelte eine zerbrechliche Porzellantasse darin ein. „Ich weiß nicht", zögerte sie. „Ich möchte Ann und ihre Familie nicht ausnutzen."

„Aber du nutzt doch niemanden aus, wenn du ein armes, hilfloses Mädchen mitbringst!", klagte Olivia mit einem unschuldigen Augenaufschlag. „Wirklich, Vivian, ich brauche doch irgendeinen Ort, wo ich unterkommen kann! Und wen soll ich denn sonst um Hilfe bitten?"

Hilflos! Wenn Olivia hilflos wäre, wäre sie die Kaiserin von China!, überlegte Vivian zähneknirschend. Doch andererseits war es vermutlich tatsächlich ein Gebot der Menschlichkeit, Olivia nicht auf der Straße landen zu lassen! „Also gut. Ich will sehen, was ich tun kann. Komm heute Abend zu uns, dann kannst du mit Ann persönlich sprechen."

„Oh, danke, du bist so lieb, Vivian", säuselte Olivia und hauchte Vivian einen Kuss auf die Wange.

Vivian hätte sich anschließend am liebsten das Gesicht gewaschen, doch sie riss sich zusammen und fuhr fort, das Geschirr zu verstauen.

Beim Abendessen brachte Vivian Olivias Ansinnen Ann und Herbert gegenüber vor. Herbert meinte lediglich, er würde die Entscheidung Ann überlassen. Ann lachte daraufhin.

„Nun, jetzt wo fast alle Dienstboten auf Lakewood sind, haben wir ja eigentlich genügend Zimmer frei, wo wir jemanden unterbringen könnten. Und in Kriegszeiten ist es nun einmal so, dass man zusammenrücken muss. Davon abgesehen, kann etwas Leben im Haus ja nicht schaden."

„Das stimmt schon", entgegnete Vivian nachdenklich. „Allerdings kann ich mir mit Olivia ein harmonisches Zusammenleben nur schwer vorstellen. Sie ist … nun ja, ich weiß nicht. Irgendwie schwierig. Und ich glaube, sie ist nicht ganz ehrlich."

„Nun mach dir mal keine Gedanken, Vivian“, versetzte Ann gelassen. „Ich werde mir das Mädchen erst einmal ansehen und mir eine eigene Meinung bilden. Immerhin sind wir ja auch in Bezug auf Cole unterschiedlicher Meinung. Vielleicht täuschst du dich ja auch in Miss Hale.“

„Aber das ist doch etwas ganz anderes!“, fuhr Vivian empört auf.

„Oh, ist es das?“, lachte Ann. „Na ja, ich weiß ja, was du meinst. Aber was dieses Mädchen betrifft ... Wenn jemand in Not ist, sollte man helfen.“

„Ja, natürlich“, seufzte Vivian.

Wenig später, nachdem Herbert sich in die Bibliothek zurückgezogen hatte, erschien das Hausmädchen und kündigte Miss Olivia Hale an. Ann und Vivian empfingen sie gemeinsam im Salon, wo Ann auf ihrem Lieblingssessel saß und Vivian auf einer kleinen Couch Platz genommen hatte.

Olivia erschien in dezenter Aufmachung. Sie hatte ihre rotgoldenen Locken züchtig zurückgesteckt und trug ein schlichtes, lindgrünes Kleid aus Baumwolle. Sie gab sich offen und natürlich und beantworte höflich und respektvoll alle Fragen, die Ann ihr stellte. Vivian fragte sich verunsichert, ob sie Olivia gegenüber möglicherweise voreingenommen war, weil sie sie nur aus dem Kaffeehaus kannte, wo ihr Olivias Verhalten oft als übertrieben kokett erschien. Hier in Anns Salon jedenfalls wirkte sie wie ausgewechselt.

„Nun gut, Miss Hale, unser Hausmädchen wird Ihnen Ihre Kammer im Dachgeschoss zeigen“, beendete Ann nach ungefähr einer Viertelstunde die Befragung und erhob sich. „Ich bin sicher, dass Ihnen die Kammer gefallen wird, sie ist hell und freundlich. Sie können dort erst einmal wohnen."

„Sie sind zu freundlich, Mrs. Welsey!", beteuerte Olivia mit einem zufriedenen Lächeln. „Ich liebe helle Zimmer!"

„Das freut mich", versetzte Ann lächelnd. „Dann können Sie zusammen mit Vanessa Ihr Gepäck nach oben bringen. Anschließend nehmen Sie sich erst einmal ein bisschen Zeit für sich. Ich denke, es ist am besten, wenn Sie sich heute erst einmal einleben und Ihren Dienst erst morgen antreten. Ich werde Ihnen dann alles Nötige erklären."

Olivias Augen wurden rund. „Meinen ... Dienst?"

„Ja, natürlich", gab Ann gelassen zurück. „Oder wollen Sie die Stellung nicht, Miss Hale? Sie werden hier nicht mehr arbeiten müssen als im Kaffeehaus, da kann ich Sie beruhigen. Wenn Sie sich trotzdem lieber etwas anderes suchen möchten ..."

„Ich ... oh, nein!", stotterte Olivia zwischen zusammengebissenen Zähnen, warf aber Vivian unter den Wimpern einen wütenden Blick zu. „Ich ... ich will die Stelle."

„Na also", lächelte Ann und tat, als hätte sie Olivias Blick nicht bemerkt. „Dann ist ja alles in Ordnung, Miss Hale."

„Ich hatte nicht damit gerechnet, dass du Olivia eine Stellung anbieten würdest", wandte Vivian sich an Ann, sobald sie mit ihr allein war. „Ich dachte, du würdest sie einfach hier wohnen lassen."

Ann griff nach ihrer Stickerei und runzelte nachdenklich die Stirn. „Ach, weißt du, Vivian, mir ist nicht ganz klar, was ich von Miss Hale halten soll. Vielleicht hattest du mit deinen Bedenken recht, dass sie ein bisschen ... nun ja, berechnend ist. Aber andererseits kann man einen Menschen, der keine Unterkunft hat, auch nicht einfach auf der Straße sitzenlassen. Ich glaube, es ist fair, ihr eine Stellung anzubieten. Miss Hale kann für ihre Unterkunft und einen guten Lohn hier arbeiten und braucht Charleston nicht zu verlassen. Wahrscheinlich wird das sowieso immer schwieriger, jetzt, wo die Engländer schon auf dem Ashley River sind."

„Es ist sehr fair", bestätigte Vivian. „Ich hoffe nur, dass Olivia keinen Ärger macht."

„Wie sollte sie?", lachte Ann. „Sie wird hier als Hausangestellte arbeiten, mehr nicht. Also kein Grund zur Aufregung, Vivian."

Olivia Hale war kaum bei den Welseys eingezogen, da waren im Charlestoner Hafen die ersten britischen Schiffe zu sehen. Olivia kam wild gestikulierend die Treppe von ihrer Kammer heruntergestürmt. „Die Engländer!", rief sie. „Sie sind da!"

Während Vivian und Ann sich noch bestürzt anblickten, kam bereits Vanessa herbeigelaufen. „Engländer? Oh, mein Gott! Wo?"

Olivia wirbelte zu ihr herum. „Im Hafen! So viele Schiffe! Oh, seht euch das an!"

Schon eilte sie zurück ins Dachgeschoss, von wo aus man einen Blick auf den Hafen hatte. Vanessa folgte ihr auf dem Fuße, und auch Vivian und Ann liefen, so schnell es ihre weiten Röcke gestatteten, die Treppe hinauf. Oben beugten sich Vivian und Ann aus einem Fenster, Olivia und Vanessa aus dem anderen. Und tatsächlich, da waren sie! Große, mächtige Schiffe, auf denen es hektisch zuzugehen schien.

„Oh Gott!", stöhnte Vanessa. „Müssen wir jetzt alle sterben?"

„Rede keinen Unsinn!", fuhr Ann sie kopfschüttelnd an. „Niemand muss sterben. Bis jetzt schießen sie ja noch nicht einmal."

Wie um Anns Worte zu widerlegen, ertönte ein donnernder Kanonenschuss. Laut kreischend verkroch Vanessa sich unter einem kleinen Tisch und hielt sich beide Arme schützend über den Kopf, während Olivia weiter wie gebannt in Richtung Hafen starrte.

„Vanessa, nun nimm dich doch zusammen", verlangte Ann gereizt, legte Vanessa einen Arm um die Schulter und zog sie hoch. „Komm, es passiert dir nichts."

Zitternd wie Espenlaub, blieb Vanessa stehen. Immerhin bekam sie sich so weit in den Griff, dass sie nicht mehr kreischte, stellte Vivian dankbar fest. Doch auch ihre eigene Selbstbeherrschung ging beinahe verloren, als ein weiterer dröhnender Kanonenschuss folgte.

Alle vier fuhren sie zusammen, als hinter ihnen plötzlich Herberts Stimme ertönte: „Hier, Ann, nimm den Feldstecher, dann kannst du besser sehen. Die Ankunft der Engländer war zu erwarten, aber es gibt trotzdem ein paar Dinge zu regeln. Ich gehe nochmal kurz fort."

„Großer Gott, wo willst du denn ausgerechnet jetzt hin?", entfuhr es Ann entgeistert.

„Sag ich dir später", brummte Herbert und war schon wieder aus der Tür.

Ann blinzelte ihm verblüfft hinterher, warf einen Blick durch den Feldstecher und reichte ihn dann an Vivian weiter. „Sieh, ob du etwas erkennen kannst. Ich muss erst einmal Vanessa beruhigen."

Voller Neugier richtete Vivian den Feldstecher in Richtung Hafen und blickte hindurch. Was sie sah, ließ sie erschauern. Riesige britische Kriegsschiffe lagen in der Einfahrt zum Charlestoner Hafen. Hunderte von Männern liefen auf den Schiffsdecks umher. Vivian konnte nicht genau erkennen, was sie taten, doch dann sah sie, dass eines der Schiffe brannte.

„Die Engländer haben nicht geschossen!", stieß sie fassungslos hervor. „Es waren unsere Leute!"

„Lass sehen!", rief Olivia und riss ihr den Feldstecher aus der Hand. „Tatsächlich! Eines der Schiffe brennt! Und die Männer auf dem Schiff auch! Da haben unsere Jungs ihnen aber ordentlich eins aufs Fell gebrannt!"

Entgeistert starrte Vivian Olivia an. Ihr lief bei Olivias Worten ein Schauer über den Rücken. Gewiss, die Engländer waren Feinde, aber es waren Menschen wie sie! Es war ungeheuerlich, dass Olivia sich am Anblick brennender Menschen erfreuen konnte! Und, wer konnte es wissen, vielleicht waren unter den Männern, die dort unten jetzt starben, sogar einige, denen sie, Vivian, in England begegnet war! Vielleicht hatte sie sogar auf dem Ball der Ashleys mit einem von ihnen getanzt! Sie erschauerte ein weiteres Mal.

Mit wild pochendem Herzen beobachtete sie, wie Olivias Gesicht vor Aufregung glühte, während sie durch den Feldstecher sah. Vivian sprach sie kurz an und bat um den Feldstecher, um zu sehen, was sonst noch im Hafen geschah, doch Olivia reagierte nicht. Vivian versuchte es ein zweites Mal, doch wieder erfolglos. Schließlich verlor sie die Geduld und entwand Olivia energisch den Feldstecher aus der Hand. Olivia fuhr herum und öffnete den Mund zu einem wütenden

Protest, doch im letzten Moment besann sie sich und schloss ihn mit einer energischen Bewegung wieder.

Vivian richtete das Fernglas weg von dem brennenden Schiff auf die anderen Schiffe. Dort wirbelten Männer in roten und weißen Uniformen umher. Die Männer in Rot, das waren die Engländer. Einige Männer trugen auch Röcke, das mussten Schotten sein. Aber wer, um alles in der Welt, waren die Männer in Weiß?

„Ann, wer trägt weiße Uniformen?", wandte sie sich an Ann, die in einer Ecke mit Vanessa saß und beruhigend auf das Hausmädchen einsprach.

Ann blickte stirnrunzelnd auf. „Weiße Uniformen? – Hessen! Das müssen Hessen sein."

„Hessen?", fragte Vivian schockiert. „Großer Gott! Was geht denn die Hessen dieser Krieg an! Ich meine, dass wir gegen die Briten kämpfen müssen, ist klar, denn schließlich wollen wir uns von der britischen Herrschaft befreien. Aber Hessen!"

Ann hielt verblüfft damit inne, Vanessas Hand zu tätscheln. „Ja, sag mal, Vivian, wusstest du das denn nicht? Die Hessen kämpfen doch schon seit langem für die Briten."

„Ja, aber ... wieso?"

Ann ließ sich in einen Sessel sinken. „Ach, Vivian. Ich weiß es nicht. Ich weiß nur, dass George III. wohl ein sehr reicher König sein muss, dass er es sich leisten kann, fremde Truppen anzuwerben. Genaues kann ich dir auch nicht erklären, aber schon seit Kriegsbeginn kämpfen deutsche Soldaten für England."

„Gütiger Himmel", murmelte Vivian. Doch bevor sie eine weitere Frage stellen konnte, waren schwere

Schritte in der Halle zu hören und eine energische Stimme rief:

„Mutter? Vivian? Wo, zum Teufel, steckt ihr?"

„Simon!", jubelte Vivian und stürmte aus dem Dachzimmer zur Treppe. „Wir sind auf dem Dachboden! Simon, die Engländer sind –"

„Ja, ich weiß!", unterbrach Simon und blickte vom Fuße der Treppe aus zu ihr hoch. „Deshalb bin ich hier. Ich hab schon mit Vater gesprochen. Ihr müsst hier weg."

„Simon!"

„Hol Mutter, dann erklär ich alles!", versetzte er knapp und marschierte in den Salon.

Erschrocken, wie erschöpft und abgekämpft Simon aussah, beeilte Vivian sich, seiner Bitte nachzukommen. Gemeinsam mit Ann kam sie Augenblicke später in den Salon, wo Simon, mit einem Glas Whiskey in der Hand, vor dem Fenster stehend auf sie wartete.

„Hört zu", begann er, sobald sie sich gesetzt hatten und ihn gespannt ansahen. „Die Engländer sind noch viel stärker, als wir gedacht haben. Sie haben mächtige Schiffe, und auch vom Land her sind starke Truppeneinheiten unterwegs. Es –"

„Simon", unterbrach Ann entnervt, „das haben wir doch alles schon einmal besprochen. Ich gehe hier nicht weg wegen ein paar alberner Kanonenschüsse!"

„Mutter, hör bitte zu!", schnappte Simon, sichtlich verärgert. „Es hat erste Scharmützel etwas nördlich von Charleston gegeben, und eben erhielt ich die Nachricht, dass Tom –"

„Was ist mit Tom?", entfuhr es Ann, und alle Farbe wich aus ihrem Gesicht.

Beruhigend legte Simon ihr eine Hand auf den Arm. „Er ist verwundet, Mutter! Nicht schwer, aber es reicht, dass er Pflege braucht. Und die kann er im Lager schlecht bekommen, jetzt, wo alles auf Kampf deutet."

„Verwundet! – Nun, dann bringt ihn her, damit ich mich um ihn kümmern kann!"

„Das geht nicht, Mutter", seufzte Simon. „Die Militärbehörden sind froh über jeden Zivilisten, der Charleston verlässt. Hereingelassen wird niemand mehr."

„Was heißt hier Zivilist?", schnaufte Ann. „Tom ist Soldat! Da wird man ihn doch wohl in die Stadt lassen!"

„Als Verwundeter ist Tom jetzt mehr oder weniger nur noch Zivilist", erklärte Simon mit einem finsteren Stirnrunzeln. „Glaub mir, Mutter, es gibt nicht die geringste Möglichkeit, ihn herzubringen."

„Na wunderbar!", schimpfte Ann. „Kaum ist ein Soldat verwundet, ist er kein Soldat mehr! Aber wo ist Tom jetzt?"

„Ich habe zwei Männer abgestellt, die ihn nach Lakewood bringen. Aber er braucht jemanden, der ihn dort pflegt. Er braucht dich, Mutter."

„Nach Lakewood!", stöhnte Ann. „Du weißt genau, dass ich nicht nach Lakewood wollte! Aber gut, es hilft nichts. Wenn Tom mich braucht, gehe ich natürlich nach Lakewood."

„Danke, Mutter", lächelte Simon erleichtert. „Ich wusste, dass wir uns auf dich verlassen können."

Ann verdrehte die Augen, aber Vivian fragte: „Ann und Herbert werden vorerst nicht nach Charleston zurückkehren können, wenn sie Charleston erst einmal verlassen haben, oder?"

„Nein", bestätigte Simon finster. „Zivilisten kommen nicht mehr in die Stadt. Man wird sie nicht wieder hereinlassen."

„Weiß Herbert schon Bescheid?", wollte Ann wissen.

„Ja, ich hab ihn unterwegs getroffen. Er kommt nach Hause, sobald er alles erledigt hat. Er ist schon dabei, den Schoner klarzumachen."

Ann nickte zögernd. „Also gut. Dann fange ich jetzt gleich mit dem Packen an. – Vivian, wie ist es, willst du mitkommen? Allerdings wäre es mir auch ganz lieb, wenn sich jemand um das Haus hier kümmert, während ich weg bin. Und auf Lakewood werde ich mich ohnehin die meiste Zeit um Tom kümmern müssen."

„Dann bleibe ich", erwiderte Vivian ruhig.

„Vielleicht solltest du lieber mitgehen", bemerkte Simon nachdenklich. „Eine Belagerung ist kein Zuckerschlecken. Und nur weil Mutter Angst um ihr geliebtes Stadthaus hat –"

„Ich bleibe nicht nur wegen des Hauses, Simon", versetzte Vivian nachdenklich. „Ich … nun ja, irgendwie habe ich das Gefühl, ich kann nicht fortgehen, wenn so viele Menschen, an denen mir etwas liegt, hier in Charleston sind und kämpfen. Ihr alle riskiert euer Leben. Irgendwie wäre es nicht richtig, wenn ich fortlaufe. Wenn Ann und Herbert fortgehen, wer wäre dann noch hier, wenn außer Tom noch jemand von euch verwundet wird?"

Simon kam zu ihr herüber und drückte ihr einen Kuss auf die Nasenspitze. „Ich wusste immer, dass du Mumm in den Knochen hast, kleine Schwester. Ich hoffe nur, dass du deine Entscheidung nicht irgendwann bereust."

„Bestimmt nicht", versicherte Vivian, obwohl ihr schon ein wenig unbehaglich dabei zumute war, ganz ohne Ann und Herbert in Charleston zurückzubleiben.

„So, und nun sag mir endlich, wie schlimm Tom verwundet ist", verlangte Ann, als Simon sich ihr wieder zuwandte.

„Er hat einen Hüftschuss, Mutter. Es wird wohl einige Zeit dauern, bis er wieder laufen kann."

„Dieser dumme Bengel!", stöhnte Ann, ihre Angst und Sorge mit einem gequälten Lächeln überspielend. „Warum kann er bloß nie auf sich aufpassen! Ich hätte ihn nie zur Miliz gehen lassen dürfen! Ihr wisst ja, wie er schon als kleiner Junge sämtliche Verletzungen, die es geben kann, geradezu angezogen hat. Keiner meiner Söhne war so oft verletzt wie Tom!"

Simon lächelte und drückte seiner Mutter einen Kuss auf die Wange. „Ich muss los, Mutter."

Ann blinzelte, umarmte ihn und ging mit der Bemerkung aus dem Zimmer, dass sie packen müsste.

„Also dann, Vivian ... ich muss jetzt gehen", wiederholte Simon. „Wenn ich es schaffe, schaue ich ab und zu mal herein. Aber ich kann nichts versprechen."

„Natürlich nicht", nickte Vivian beklommen. „Und Simon? – Pass auf dich auf, ja? Ann sah so entsetzlich traurig aus, als sie das von Tom hörte. Es ... es wäre einfach schrecklich, wenn noch jemandem etwas zustößt!"

„Was denkst du denn!", lächelte Simon, doch auch in seinen Augen schimmerte ein nachdenklicher Ausdruck. Nichtsdestotrotz fasste er ihr aufmunternd unters Kinn. „Na, was ist, Schwesterchen! Nun mach nicht so ein Gesicht!"

„Keine Angst, Simon. Ich mach kein Gesicht. Ich wollte dir nur sagen, dass du vorsichtig sein sollst, das ist alles."

„Werde ich sein", lächelte Simon. „So sehr es nur irgendwie geht. Glaubst du, ich will Georgia zur Witwe machen?"

Zwei Stunden später kehrte Herbert zurück mit der Mitteilung, dass das Schiff startklar wäre und er nur noch schnell ein paar persönliche Sachen zusammenpacken müsste. Anns Gepäck stand schon in der Halle, und kurze Zeit später war auch Herbert reisebereit. Vivian erhielt von Ann alle wichtigen Schlüssel, damit sie während ihrer Abwesenheit das Haus führen konnte. Vanessa fuhr mit den Welseys, froh, dem Kanonendonner und dem, was sonst noch kommen mochte, zu entfliehen. Olivia hingegen blieb, obgleich Ann ihr ebenfalls angeboten hatte, sie mitzunehmen. Ann gab ihr daraufhin die strikte Anweisung, alles zu tun, was Vivian von ihr verlangte. Vivian ihrerseits hätte es lieber gesehen, wenn Olivia mit den Welseys gefahren wäre. Doch da sie nun einmal blieb, würde sie irgendwie mit ihr auskommen müssen.

Beim Abschied vor dem Gartentor schloss Ann Vivian fest in die Arme und flüsterte mit Tränen in den Augen: „Und dass du mir gut auf dich aufpasst, Kind! – Gütiger Himmel, vielleicht hätte ich dich doch nicht bitten sollen hierzubleiben!"

„Es wird alles gut, Ann", beruhigte Vivian, trotz des dicken Kloßes in ihrem Hals. Hastig blinzelte sie ein paar Tränen fort. „Und passt ihr auch gut auf euch auf, hört ihr? Ich werde euch vermissen!"

„Denk dran, Vivian: Wenn es dir hier zu viel wird, kannst du sofort nach Lakewood nachkommen", erinnerte Herbert, als er sie noch einmal an sich drückte. „Es fahren regelmäßig Schiffe den Cooper River hoch."

„Ja danke, Herbert", lächelte Vivian gezwungen. „Ich werde daran denken."

„Tu das!", kam es von Ann. „Aber nicht nur denken, sondern auch handeln, wenn es nötig ist!"

„Aber ja, Ann!", lachte Vivian, mit Tränen in den Augen.

„Nun, dann auf Wiedersehen, Kind", flüsterte Ann. „Du wirst mir fehlen."

„Auf Wiedersehen, Ann. Auf Wiedersehen, Herbert!"

Augenblicke später waren die Welseys fort. Mit einem schrecklichen Gefühl des Verlassenseins schritt Vivian ins Haus zurück und ließ sich im Salon auf Anns Lieblingssessel sinken. Niedergeschmettert versuchte sie sich über ihre augenblickliche Situation klar zu werden. Alles war so schnell gegangen! Vor wenigen Tagen noch hatte sie Cole um sich gehabt, die Welseys, Simon und Georgia. Und nun waren Cole und Simon im Krieg, Georgia auf Bellarbres und die Welseys unterwegs nach Lakewood! Und sie selbst saß mutterseelenallein in Anns Salon und blies Trübsal!

Wie auch immer, es hätte schlimmer kommen können. Sie hatte ein gemütliches Zuhause, Ann war nicht für ewig weg, und auch Cole und Simon würden irgendwann von den Kämpfen zurückkehren! Bis dahin würde sie schon irgendwie allein zurechtkommen. Ann hatte ihr genug Geld dagelassen, damit sie kaufen konnte, was sie brauchte. Außerdem war die Vorratskammer bis an die Decke gefüllt. Von den Vorräten könnte man bestimmt eine ganze Kompanie ernähren, überlegte Vivian, als sie die Vorratsliste, die Ann ihr kurz vor der Abfahrt noch gegeben hatte, durchsah und anschließend in den Keller ging, um zu sehen, wo sie alles fand. Als sie damit fertig war, kehrte sie zurück in den Salon und ließ sich ein weiteres Mal in Anns Sessel fallen. Doch still zu sitzen fiel ihr schwer, denn nun, wo alles ruhig war, begann die Angst und Sorge um ihre Freunde mit neuer Kraft an ihr zu nagen. Schon dass Tom verwundet worden war, war schrecklich, und wer wusste, was auf Paul, Simon oder Robert Maine zukommen würde. Und wie mochte es Cole gerade ergehen? Ob er auch schon in irgendwelche Kämpfe verwickelt war?

Sie merkte, wie sie immer nervöser wurde, und das schon nach so kurzer Zeit, und entschied, dass sie dagegen etwas tun musste. Vielleicht half es, ein wenig zu lesen.

Sie ging in Herberts Bibliothek und sah sich nach einer geeigneten Lektüre um. Doch sie hatte kaum die Hand nach einem Gedichtbändchen ausgestreckt, als die Tür aufging und Olivia hereingestürmt kam.

„Ach, hier bist du! Ich dachte schon, die Sippschaft hätte mich hier allein zurückgelassen!"

„Das fehlte noch!", erwiderte Vivian böse, da sie sich über Olivias respektlosen Ton ärgerte. „Und du solltest nicht so über die Welseys reden!"

„Oho!", kam es von Olivia höhnisch zurück. „Jetzt willst du wohl hier die große Dame spielen, wie? Dabei warst du auch nur ein Kaffeehausmädchen, genau wie ich!"

„Olivia!", schnaubte Vivian stirnrunzelnd.

„Ja, Vivian?", kam es zuckersüß zurück.

„Olivia, wie kannst du so reden!" Vivian maß Olivia mit einem empörten Blick. „Ich weiß, dass ich im Kaffeehaus gearbeitet habe, genau wie du, da hast du recht! Aber die Welseys sind für mich so etwas wie eine Familie, und ich mag es nicht, wenn du abfällig über sie sprichst."

Olivia zuckte die Achseln. „Wen interessiert das im Moment? Sie sind fort, und wir beide sind hier allein."

„Ja, aber Ann hat mir die Verantwortung für dieses Haus übergeben, und ich werde nicht dulden, dass du sie hinter ihrem Rücken beleidigst."

„Hört, hört", höhnte Olivia.

„Olivia, was ist denn nur los mit dir? Ich dachte, du freust dich, dass du hierbleiben kannst!"

„Oh, gewiss freue ich mich! Ich hoffe, dass ich ordentlich etwas erlebe, wenn der Kampf erst richtig losgeht."

„Olivia, ich ... ich glaube, du bist verrückt!", stellte Vivian verärgert fest.

„Wirklich? Warum bleibst du denn hier? Etwa wegen der Ruhe und Gemütlichkeit?"

Olivia drehte sich mit einem spitzen Lachen um und eilte aus der Bibliothek. Vivian atmete tief durch, dann ging sie ihr zögernd hinterher. Olivia war wieder auf den Dachboden gestiegen und lehnte sich halb aus dem Fenster, um das Treiben im Hafen zu beobachten. Vivian stellte sich mit etwas Abstand hinter sie.

„Olivia, ich habe es mir nicht ausgesucht, dass wir hier zusammen wohnen. Aber es ist nun einmal so, und wir müssen sehen, dass wir miteinander zurechtkommen. Ich möchte nicht bereuen, dass ich Ann gebeten habe, dich aufzunehmen."

„Mich aufzunehmen?", lachte Olivia schrill. „Davon kann ja wohl nicht die Rede sein! Eingestellt hat sie mich! Eingestellt! Und du lebst hier wie eine Königin im Schloss!"

Vivian schnappte empört nach Luft. „Olivia, was hast du denn erwartet? Im Kaffeehaus musstest du doch auch arbeiten!"

„Ja, aber du auch! Und jetzt willst du mich herumkommandieren"!

Betroffen blinzelte Vivian. „Das habe ich doch gar nicht vor! Es ist nur einmal so, dass Ann –"

„Ach, hör mir auf mit deiner blöden Ann!", schnappte Olivia mit zusammengekniffenen Augen. „Ich werde mir von dir nichts sagen lassen, dass das mal klar ist!"

Hilflos schüttelte Vivian den Kopf. Wie biestig Olivia sein konnte, hatte sie nicht geahnt. Die Freundlichkeit, mit der Olivia im Kaffeehaus die Gäste bedient hatte, war ihr zwar immer gekünstelt vorgekommen, und genau genommen war Olivia ja auch nur zu den männlichen Gästen nett gewesen. Aber das hier hatte sie trotzdem nicht erwartet!

„Olivia", versuchte sie es noch einmal, „ich will dich wirklich nicht herumkommandieren. Aber wenn du nicht willst, dass unser Zusammenleben hier in einer Katastrophe endet, sollten wir uns vielleicht darüber einigen, wie wir künftig miteinander umgehen wollen."

„Nun ja, vielleicht", gab Olivia nach kurzem Zögern mit einem Achselzucken zu.

„Gut, dann hör zu. Ich werde dir keine neuen Anweisungen geben, aber das, was Ann dir aufgetragen hat, musst du tun. Wenn du damit fertig bist, magst du tun, was du willst, ich werde mich nicht einmischen. Einverstanden?"

Olivia blickte ausdruckslos aus dem Fenster. „Na gut. Meinetwegen."

Erleichtert nickte Vivian und verließ dann ohne einen weiteren Kommentar das Dachgeschoss. Fürs Erste hatten sie eine Lösung gefunden. Fragte sich nur, wie lange ihre Übereinkunft halten würde.

Am Dienstag waren die britischen Schiffe das erste Mal auf dem Ashley River gesehen worden, doch erst am Sonntag wurde leicht geschossen. Dennoch zogen sich die Schusswechsel den ganzen März über zäh hin, ohne dass es zu ernsthaften Kämpfen kam. Simon, der wie versprochen hin und wieder vorbeikam, erklärte Vivian, dass das an dem Westwind lag, der die Engländer daran hinderte, von der Meerseite aus einzulaufen. Die großen britischen Kriegsschiffe lagen auf hoher See, ohne angreifen zu können.

Doch dann, Anfang April, änderte sich die Windrichtung. Die britischen Seeschiffe näherten sich nun dem Hafen. Krachende Detonationen ließen Vivian erschauern, als Fort Moultry, das Charlestons Hafeneinfahrt schützte, seine Geschütze mit voller Kraft feuern ließ. Und die Engländer zögerten nicht, das Feuer mit gleicher Heftigkeit zu erwidern.

Überraschend schnell gewöhnten sich Vivian und Olivia an das andauernde Kanonenkrachen. Waren sie anfangs noch bei jedem einzelnen Schuss zusammengezuckt, so gingen sie inzwischen fast gleichgültig ihren Tätigkeiten nach. Aus dem Haus gingen sie allerdings kaum noch, allenfalls in den Garten, aus Angst vor vereinzelten Kanonenkugeln, die selbst in dem Viertel einschlugen, in welchem das Haus der Welseys lag.

Für den Fall, dass einmal ein Geschoss im Haus einschlug, hatten Vivian und Olivia auf Anraten Simons alle möglichen Gefäße aufgestellt, die bis zum Rand mit Wasser gefüllt waren. Auf diese Weise konnten sie ein etwaiges kleines Feuer leicht löschen.

Vivian war froh, dass die Kanonade wenigstens nachts aufhörte, sodass sie zumindest ungestört schlafen konnte. Tagsüber verbrachte sie viel Zeit damit, kleine Nähereien anzufertigen und zu lesen. So verging ein Tag wie der andere, ohne dass sich irgendetwas tat, was das tägliche Einerlei unterbrochen hätte. Da wegen des Beschusses auch keine Besucher kamen, waren Vivian und Olivia fast immer allein. Ihre Gespräche beschränkten sich jedoch auf das Oberflächlichste, da sie nach wie vor nicht besonders gut miteinander klarkamen.

Vivian stellte im Laufe der Zeit fest, dass Olivias Gedanken einzig um ihre Person und ihr Wohlergehen kreisten. Andere Menschen interessierten sie kaum. Das hinderte Olivia jedoch nicht daran, jedes Mal aufs heftigste zu flirten, wenn ein Soldat am Haus vorbeikam und sie sich zufällig gerade im Vorgarten befand. Dann war Olivia genauso freundlich wie einst im Kaffeehaus. Doch sobald sie mit Vivian allein war, war sie zänkisch und eigensüchtig. Des Öfteren fragte Vivian sich, wie es möglich war, dass jemand zwei so unterschiedliche Seiten haben konnte. Damals, im

Kaffeehaus, war Olivia auch Vivian gegenüber freundlich gewesen. Doch jetzt, wo sie mit ihr in einem Haus lebte, schien sie das nicht mehr für nötig zu halten. Vivian versuchte daher, ihr möglichst aus dem Weg zu gehen. Dies gelang ihr auch meistens, da Olivia zumindest Anns Salon nicht betrat. Wenigstens vor diesem Raum schien sie einen gewissen Respekt zu empfinden. Für Vivian wurde der Salon dadurch zu einem Lieblingszimmer, in welchem sie nähte, las und aß.

Doch auch wenn sich so eine gewisse Routine einstellte, vermisste Vivian jemanden, mit dem sie hätte reden können. Sie sehnte sich von Tag zu Tag mehr nach Gesellschaft und vor allem nach Neuigkeiten, was außerhalb ihrer friedlichen vier Wände geschah. Als sie daher eines Morgens hörte, wie die Haustür aufgestoßen wurde und schwere Schritte in der Eingangshalle ertönten, sprang sie regelrecht hoch. Sie hatte es sich gerade erst in Anns Sessel bequem gemacht, ihr Nähzeug neben sich gestellt und begonnen ein Kinderjäckchen zu nähen, das eine Überraschung für Georgia werden sollte. Nun aber flog das Nähzeug zur Seite, und Vivian stürmte aus dem Zimmer, als sie Paul Welseys Stimme erkannte.

„Mutter?", rief er. „Mutter, ich bin's! Verdammt, wo stecken denn alle? Mutter, ich bin – Vivian!"

Vivian rannte Anns und Herberts zweitältesten Sohn beinahe um und warf ihm die Arme um den Hals. „Paul! Oh, lieber Gott, wie schön dich zu sehen!"

Paul drückte sie kurz an sich, dann schob er sie sofort wieder von sich und musterte sie kopfschüttelnd. „Großer Gott, Vivian! Ich dachte, du wärst noch immer in England!"

„Nein, ich bin schon seit Dezember wieder hier!“, lachte Vivian und ließ dann ihren Blick aufmerksam über Pauls abgespanntes Gesicht gleiten. Er war unrasiert und wirkte unendlich müde und erschöpft. Unter seinen Augen zeichneten sich tiefe, dunkle Ringe ab. Sein Haar, dunkelbraun wie das aller Welseys, hing ihm wirr um den Kopf, und die Uniform eines Lieutenants, die einmal schneidig und elegant ausgesehen haben musste, schlotterte um seinen Körper und war an vielen Stellen verschlissen und zerrissen.

Paul ließ ihre Musterung geduldig über sich ergehen und lächelte dann müde. „Na dann, herzlich willkommen zuhause, Vivian.“

„Lieber Himmel, Paul, du siehst völlig erledigt aus“, stellte Vivian unterdessen fest. „Komm erst einmal mit in den Salon und setz dich. Ich hol dir etwas zu trinken und zu essen.“

„Du kannst dir nicht vorstellen, wie fertig ich bin!“, versetzte Paul mit einem müden Grinsen und marschierte in den Salon, während Vivian eilig Brot und Wasser aus der Küche holte.

Als sie nur eine Minute später zu Paul in den Salon zurückkam, hatte er sich bereits schwer auf das Sofa fallen lassen, die Stiefel ausgezogen und die Beine lang ausgestreckt. Mit einem erschöpften Blinzeln sah er ihr entgegen.

„Ah, etwas Essbares! Himmlisch!“

„Du siehst wirklich sehr hungrig aus“, bemerkte Vivian mitleidig. „Bekommt ihr bei der Miliz nichts zu essen?“

„Doch, klar. Aber
ich bin seit drei Tagen ununterbrochen unterwegs

gewesen! Ehrlich gesagt, weiß ich nicht, was schlimmer ist, der Hunger oder die Müdigkeit! Ich hoffe, mein Bett steht noch an seinem alten Platz?"

„Natürlich, wieso denn nicht", lachte Vivian und schenkte Paul ein Glas voll Wasser ein. „Möchtest du dich gleich schlafen legen, wenn du gegessen hast?"

„Nein, erst will ich Mutter sprechen. Wo steckt sie eigentlich? Wann kommt sie zurück?"

Vivian seufzte. „Sie ist auf Lakewood und wird so schnell nicht zurückkommen. Sie kümmert sich dort um Tom, der einen Hüftschuss auskuriert."

„Typisch, dass Tom es mal wieder geschafft hat, etwas abzubekommen!", stöhnte Paul und schloss kurz müde die Augen. Dann öffnete er sie wieder und sah Vivian kopfschüttelnd an. „Weißt du, Vivian, eigentlich war ich ja einer kleinen Abteilung zugeteilt, die damit beschäftigt war, die Truppenbewegungen im Norden auszukundschaften. Aber als ich dann hörte, dass Charleston angegriffen wird, habe ich um die Erlaubnis gebeten, mich der Charlestoner Miliz anschließen zu dürfen. Ich bin geritten wie der Teufel, um schnell hier zu sein und nicht zu spät zu kommen. Ich wollte mir den Kampf um meine Heimatstadt auf keinen Fall entgehen lassen. Ich wollte hier sein, ehe die verfluchten Rotröcke wieder weg sind. Aber – verdammt, Vivian, als ich dann hier ankam, da ... da wurde mir klar, dass ... dass die Rotröcke so schnell nicht wieder weg sein werden!"

„Gütiger Himmel! Paul, du willst doch nicht etwa sagen, dass ... dass die Briten so schwer zu besiegen sind?"

„Was ich sagen will, ist, dass die Briten alles aufgeboten haben, was sie nur können, um Charleston einzunehmen. Und – Vivian, es wird ihnen gelingen."

Es war warm im Salon, aber Vivian fror plötzlich. „Du meinst, die Briten könnten diesen Kampf gewinnen?"

Paul nickte finster und begann langsam, an einem Stück Brot zu knabbern. „Genau das."

„Aber ... aber das darf nicht sein!", entfuhr es Vivian entsetzt. „Wie ... wie kommst du denn überhaupt darauf, dass sie gewinnen könnten?"

„Das will ich dir sagen", begann Paul mit einem Gähnen. „Aber besser, du setzt dich vorher, denn es wird ein recht niederschmetternder Bericht, fürchte ich."

Mit zittrigen Knien tat Vivian, wie ihr geheißen und nahm auf Anns Lieblingssessel Platz. Paul warf ihr einen ausdruckslosen Blick zu.

„Heute Nacht bin ich über den Cooper River nach Charleston reingekommen, Vivian. Aber vorher hatte ich es schon über verschiedene andere Wege versucht und war jedes Mal jämmerlich gescheitert. Sämtliche Wege waren dicht! Von den verdammten Rotröcken blockiert, egal, wo ich es auch versucht habe!"

„Du meinst, wir ... wir sind so gut wie eingeschlossen?"

Paul nickte finster. „Die Charlestoner kämpfen zwar noch immer wie die Besessenen, um die Wege in die Stadt wieder freizubekommen. Aber, glaub mir, das ist aussichtslos. Die Briten erhalten von außen immer weitere Verstärkung, während Charleston praktisch abgeschlossen und auf sich gestellt ist. Ohne Nachschub, da ... da haben wir einfach keine Chance!"

„Aber ... aber du sagtest doch, der Cooper River wäre noch frei!"

„Das ist richtig. Aber der Weg über den Cooper River ist die einzige Möglichkeit, jetzt noch in die Stadt hineinzukommen oder sie zu verlassen. Und auch dieser Weg wird heftig umkämpft. Ich sag's nicht gern, Vivian, aber meiner Meinung nach ist es nur noch eine Frage der Zeit, bis auch der Weg über den Cooper River versperrt ist.“

„Und dann?“, flüsterte Vivian schockiert.

„Dann wäre Charleston von der Außenwelt völlig abgeschnitten, wie du dir denken kannst. Früher oder später geht uns dann nicht nur die Munition, sondern auch die Nahrung aus. Auf eine längere Belagerung ist die Stadt nicht vorbereitet, Vivian. Irgendwann wird Charleston kapitulieren müssen.“

„Ich hoffe, du irrst dich“, wisperte Vivian mit belegter Stimme. „Ich hoffe so sehr, dass du dich irrst!“

Doch Paul schüttelte den Kopf. „Ich irre mich nicht. Die Männer am Cooper River geben ihr Bestes, aber … sie haben keine Chance, glaub mir. Die Briten sind einfach in der Überzahl, und schon jetzt sind unsere Verluste erschreckend.“

Vivian blinzelte und wandte den Kopf ab. Cole gehörte zu den Männern, die den Cooper River verteidigten! Sie zitterte bei dem Gedanken, dass er vielleicht längst in einem Gefecht gefallen sein könnte oder womöglich schwer verwundet war. Und Simon, der in Charleston kämpfte – was mochte mit ihm sein? Vivian stieß ein raues Lachen aus, sodass Paul, der sich erschöpft zurückgelehnt hatte, zusammenzuckte. Wie sehr hatte sie sich gewünscht, wieder in Charleston zu sein, fort von England, bei ihren Freunden. Nun war sie hier, aber die Engländer auch, und alle ihre Freunde waren fort, entweder im Kampf oder, wie Tom, bereits verwundet. Niedergeschlagen fragte sie sich, ob es immer so war, dass die Dinge sich ganz anders entwickelten, als man es sich eigentlich wünschte.

Paul schlief ein paar Stunden, aber am Abend musste er wieder fort und sich bei seiner neuen Einheit melden. Frisch gebadet und rasiert sah er sogar beinahe erholt aus, doch Vivian ließ ihn trotzdem nur sehr widerstrebend ziehen.

Er war kaum fort, da wurde schon wieder heftig an die Tür geklopft. Verwundert fragte Vivian sich, ob Paul vielleicht etwas vergessen hatte, und ging zur Tür, um zu öffnen. Aber diesmal war es nicht Paul, sondern Robert Maine, der vor der Tür stand. Er sah nicht minder heruntergekommen und erschöpft aus als Paul wenige Stunden zuvor.

Vivian unterdrückte ihre lächerliche Angst, dass etwas passiert sein könnte, und lächelte ihn freundlich an. „Robert, wie nett. Was bringt dich her?"

„Kein Grund zur Panik", beruhigte Robert, der ihren sorgenvollen Blick bemerkte. „Allen geht's gut."

„Wen ... wen meinst du mit allen?", hakte Vivian sofort nach.

Trotz seiner Erschöpfung brachte Robert ein Lächeln zustande, während er sich mit einer Schulter gegen den Türrahmen lehnte. „Nun, Simon und Sam natürlich. Und eben habe ich Paul getroffen, aber dass er in der Stadt ist, weißt du ja schon."

„Hast ... hast du auch etwas von Cole gehört?", fragte Vivian mit angehaltenem Atem.

„Ja, der kämpft am Cooper River, soweit ich weiß“, entgegnete Robert stirnrunzelnd. „Irgendwo bei Monck's Corner, glaube ich.“

„Ja, aber ... weißt du, ob er noch lebt?“

„Ich habe zumindest nicht gehört, dass er gefallen wäre“, entgegnete Robert trocken. Dann setzte er unvermittelt hinzu: „Simon schickt mich, Vivian. Verstehst du etwas von Krankenpflege?“

Vivian riss die Augen auf. „Ich? Nicht das Geringste! Aber du hast doch eben gerade gesagt, es ginge allen gut!“

„Ja, allen, die du kennst. Aber ... Pass auf, die Sache ist die: Wir haben viele Verwundete, aber nicht genug Ärzte. Und erst recht nicht genug Platz in den Lazaretten. Simon meinte, da das Haus hier groß ist und beinahe unbewohnt, könnten wir einige Verwundete hierherbringen lassen.“

„Ja, natürlich“, versicherte Vivian sofort. „Genug Platz haben wir, aber ... wie ist das mit der Pflege der Verletzten geplant?“

„Simon meinte, du wärest bestimmt bereit, dich um ein paar verletzte Männer zu kümmern“, versetzte Robert mit einem müden Blinzeln. „Außerdem soll hier ja noch ein anderes Mädchen wohnen, das helfen könnte. Und außerdem –“

„Aber, lieber Himmel, Robert, ich habe doch überhaupt keine Ahnung, was ich tun muss!“, entfuhr es Vivian mit einem Gefühl hilfloser Schwäche. „Ich habe noch nie einen Verwun-“

„Vivian“, unterbrach Robert energisch, „wenn du dich nicht um die Männer kümmerst, tut es niemand! Es fehlt an Ärzten, es fehlt an Krankenschwestern, es fehlt an allem! Und die meisten Frauen haben Charleston verlassen. Wenn du nicht willst, dass all diese Männer, die Hilfe brauchen, sterben, dann nimm sie hier auf und kümmere dich um sie! Du hilfst damit uns allen und rettest zumindest einige Leben!"

Vivian schluckte und krallte ihre Hände in ihren Rock. Der Gedanke an all das Blut, das sie sehen würde, machte sie jetzt schon krank. Aber dann dachte sie an Simon und Cole. Weder sie noch irgendein anderer der tapferen Männer, die um Charleston kämpften, hatten es verdient, dass sich niemand um ihre Verletzungen kümmerte, wenn sie nicht mehr kämpfen konnten.

„Also gut", seufzte sie. „Natürlich könnt ihr die Verwundeten bringen. Ich will auch alles tun, was ich kann, um ihnen zu helfen! Nur, ich habe so entsetzliche Angst, dass es nicht das Richtige ist! Oh, Robert, ich hab doch wirklich keine Ahnung von Krankenpflege!"

Erleichtert, aber auch unendlich erschöpft, lehnte Robert sich gegen den Türrahmen. „Danke, Vivian. Du wirst es nicht bereuen. Und im Übrigen brauchst du keine Angst zu haben, dass du allzu viel falsch machen könntest. Es werden auch zwei Ärzte kommen, die hier die Leitung übernehmen. Sie werden dir schon zeigen, was du tun kannst."

„Simon hat das wohl schon alles geregelt, ehe er dich herschickte, wie?", bemerkte Vivian mit einem Versuch zu lächeln.

Robert brachte ein Grinsen zustande. „Natürlich. Er kennt dich eben und wusste, dass er sich auf dich verlassen kann. Er wollte dir nur ein wenig Zeit geben, dich schon einmal auf alles einzustellen, ehe die ersten

Verwundeten hier eintreffen. Ich denke, sie werden wohl so in etwa einer Stunde gebracht werden."

„In einer Stunde!", keuchte Vivian und ließ sich kraftlos auf die Treppenstufen vor der Haustür sinken. „Und da behauptest du, Simon wollte mir Zeit geben!"

Robert blinzelte müde. „Ich muss los, Vivian. Es wird höchste Zeit, dass ich wieder zur Truppe komme. Mach's gut, ja?"

„Du auch", flüsterte Vivian erstickt.

Ohne ein weiteres Wort marschierte Robert los. Vivian blickte ihm gedankenverloren hinterher, bis er aus ihrem Sichtfeld verschwand. Dann machte sie sich mit schleppenden Schritten auf den Weg in den Salon, wo sie sich in Anns Lieblingssessel fallen ließ.

Das Haus der Welseys ein Lazarett! Und sie, Vivian, eine Krankenpflegerin! Als ob man mal eben im Handumdrehen lernen könnte, Verwundete richtig zu versorgen! Oh, wäre sie doch bloß mit Ann nach Lakewood gegangen, dann wäre sie jetzt nicht in dieser misslichen Lage! Dennoch war es keineswegs so, dass sie nicht helfen wollte. Die Anstrengung war es auch nicht, die sie schreckte. Aber der Gedanke, dass sie den Verwundeten durch ihre Ungeschicklichkeit womöglich mehr schadete als half, versetzte sie beinahe in Panik. Im Lazarett hatte sie arbeiten wollen, wo genügend andere gewesen wären, die ihr gezeigt hätten, was sie zu tun hatte! Dort hätte sie auch Zeit genug gehabt, sich einzuarbeiten. Aber die Vorstellung, sich als absolute Anfängerin in der Krankenpflege fast allein um zahlreiche Schwerverletzte kümmern zu müssen, ließ sie erschauern und gab ihr das Gefühl, hoffnungslos überfordert zu sein.

Dennoch wusste sie, dass sie keine andere Wahl hatte, als ihr Bestes zu geben, um zu helfen. Und Robert hatte recht: Olivia war auch noch da. Sie musste ihr erzählen, was auf sie beide gleich zukam. Nach einem tiefen Seufzer machte sie sich auf den Weg zu Olivias Zimmer.

Wie Robert gesagt hatte, wurden nach Ablauf von ungefähr einer Stunde die ersten Verwundeten gebracht. Schnell waren sämtliche Betten des Hauses mit Schwerverletzten belegt. Männer, die leichter verwundet waren, wurden auf Decken gelegt, welche Robert und Simon mitgebracht und auf dem Fußboden ausgebreitet hatten. Auch ein Arzt kam mit. Simon stellte ihn Vivian als Dr. Wilson vor.

Es dauerte nicht lange, da roch das ganze sonst so gepflegte Haus der Welseys nach einem Gemisch aus Medikamenten, Blut und Eiter. Beim Anblick der zum Teil stark blutenden Wunden wandte Vivian sich entsetzt ab. Der Anblick und der Geruch zusammen verursachten ihr eine Übelkeit, die kaum zu ertragen war. Um Fassung ringend, lehnte sie sich gegen die Wand. Wie sollte sie diese Leute pflegen, wenn ihr schon der Anblick ihrer Wunden so zu schaffen machte!

Dr. Wilson ließ ihr indessen nicht viel Zeit, über diese Frage nachzudenken. Mit einem Blick in ihr blasses Gesicht schüttelte er den Kopf und versetzte barsch: „Miss Darcy, stehen Sie hier bitte nicht herum! Captain Welsey sagte, Sie wären bereit, als Krankenschwester zu arbeiten. Wenn Sie das wollen, werde ich Ihnen jetzt das Nötige zeigen. Aber falls Sie dazu nicht imstande sind, sind Sie hier nur im Weg, und ich muss Sie bitten, sich auf Ihr Zimmer zurückzuziehen."

Für einen Moment irritierte Vivian der strenge Ton, den der Arzt anschlug. Doch schnell wurde ihr klar, dass Dr. Wilson alle Hände voll zu tun hatte und sie wirklich mehr eine Last als eine Hilfe war, wenn sie zitternd im Weg stand. Angesichts des Leids der Verwundeten gab es nur eine Möglichkeit. Sie atmete tief durch und sah den Arzt fest an.

„Verzeihung, Dr. Wilson. Es geht schon wieder. Ich will arbeiten und den Männern hier helfen, wenn Sie mir zeigen, wie ich es machen muss."

Dr. Wilson nickte, als hätte er es nicht anders erwartet, und führte sie in den Salon, wo auf dem Fußboden ein Verwundeter neben dem anderen auf Decken lag. Nachdem er Vivian angewiesen hatte, eine Wasserschüssel zu halten, begann er vorsichtig, das Hosenbein eines verletzten Soldaten aufzuschneiden.

Vivian sah kurz weg, doch dann riss sie sich zusammen und versuchte zuzusehen, was der Arzt tat, damit sie es beim nächsten Mal vielleicht selbst machen könnte.

„Sagen Sie, hatte Captain Welsey nicht gesagt, dass hier noch eine andere junge Frau lebt, die helfen kann?", erkundigte sich Dr. Wilson, während er prüfend die Gegend um die freigelegte, angeschwollene Wunde am Oberschenkel des jungen Soldaten abtastete, sodass dieser laut stöhnte und Vivian zusammenzuckte.

„Ja, aber ... ich habe mit ihr gesprochen", entgegnete Vivian, gegen ein Würgen in ihrer Kehle ankämpfend. „Sie sagt, sie ... sie will nicht. Sie fürchtet, sie würde umkippen, wenn sie ... wenn sie Blut sieht."

Dr. Wilson runzelte die Stirn. „Ist diesem Mädchen klar, dass die Männer hier ganz anderes auszustehen haben als nur den Anblick von Blut?"

„Ich weiß es nicht, Sir", murmelte Vivian niedergeschlagen. Sie verspürte keinerlei Neigung, Olivia zu verteidigen, wollte sie aber auch nicht anschwärzen, sodass es nicht ganz der Wahrheit entsprach, was sie gerade gesagt hatte. Tatsächlich hatte Olivia rundheraus erklärt, sie hätte keine Lust, sich für irgendwelche verlausten Soldaten aufzuopfern. Sie hätte den Krieg nicht angefangen und wollte ihn auch nicht ausbaden. Und Vivian kannte Olivia inzwischen gut genug, um zu wissen, dass sie nicht umzustimmen wäre.

„Nun gut, dann hoffe ich, dass Sie aus härterem Holz geschnitzt sind, Miss Darcy!", bemerkte Dr. Wilson kopfschüttelnd. „Kommen Sie, gehen wir ans Werk. Diese Wunde hier muss ausgewaschen und verbunden werden. Ich zeige Ihnen jetzt, wie das geht."

Die nächsten Tage wurden für Vivian zu einer nicht enden wollenden Zerreißprobe. Stunde für Stunde, Tag für Tag, wusch sie Kranke, schlug Betten auf, rasierte und kämmte diejenigen, denen es schon besser ging, fütterte die Männer und gab ihnen zu trinken. Viele waren zu schwach oder hatten zu starke Schmerzen, um Vivians Aufmerksamkeiten zu beachten, doch einige der Verwundeten schenkten ihr ein dankbares Lächeln.

Vivians eigenes Lächeln wurde von Tag zu Tag müder. Mit der Zeit begann sie, die Arbeiten mechanisch zu verrichten, und stumpfte gegen die ständig zu hörenden Schmerzenslaute ab. Sie lernte, Verbände fachmännisch zu wechseln und kleinere und nach ein paar

Tagen auch größere Wunden selbst zu versorgen. Während sie es tat, versuchte sie, an ihre Reise nach Charleston zusammen mit Cole oder an den Silvesterball auf Bellarbres zu denken, um sich von dem Anblick der manchmal klaffenden Wunden abzulenken. Auf diese Weise gelang es ihr, ihre Arbeit zu tun, ohne dass ihr jedes Mal übel wurde. Nur wenn sie Dr. Wilson oder Dr. Melling, der inzwischen auch eingetroffen war, beim Operieren assistierte, konnte sie nicht zu dieser Zuflucht greifen, denn dann erforderte es ihre ganze Konzentration, den Ärzten die richtigen Instrumente zu reichen. Sie bekam einen Blick für die verschiedenen Arten von Verletzungen und wusste bald schon im Voraus, wie die Ärzte bei Schussverletzungen, Stichwunden oder abgetrennten Gliedmaßen vorgehen würden. Nach jeder überstandenen Operation hatte Vivian das Bedürfnis, weit fortzulaufen, um nie wieder Leid und Elend sehen zu müssen. Doch schnell holte sie jedes Mal die Pflicht wieder ein, und sie fuhr klaglos fort, sich um die hilflosen Männer zu kümmern. Von Tag zu Tag schlief sie weniger, einfach, weil ihr keine Zeit dazu blieb, und schlang ihr Essen achtlos hinunter. So fiel es ihr auch kaum auf, dass die Portionen täglich kleiner wurden. Erst ein Gespräch mit Simon brachte sie darauf.

Sie hatte sich gerade völlig erschöpft auf die Treppenstufen vor dem Haus gesetzt, um einen Augenblick lang frische Luft zu schnappen und den ekelerregenden Gestank aus der Nase zu bekommen, als Simon auf sie zukam. Mit einem schwachen Lächeln setzte er sich zu ihr auf die Stufen. „Ich war gerade bei Dr. Wilson und hab ein paar Sachen vorbeigebracht", erklärte er müde. „Er sagt, er könnte ohne dich kaum noch auskommen. Wir sind alle unglaublich stolz auf dich, Vivian. Du hältst dich unglaublich tapfer."

„Ach, Simon", seufzte Vivian mit einem erschöpften Lächeln. Ihr war wahrhaftig nicht danach zumute, stolz zu sein. „Wenn du nur wüsstest, wie geschafft ich mich fühle!"

Simon legte ihr kurz einen Arm um die Schultern und atmete tief durch. „Ich weiß es, Vivian. Es geht keinem von uns anders."

„Wann nimmt das alles ein Ende, Simon? Täglich kommen neue Verwundete zu uns. Es müssen ja bald mehr verletzte als gesunde Soldaten in Charleston sein!"

„Würde mich nicht wundern, wenn es so wäre", bestätigte Simon wenig tröstlich. „Hier ins Haus kommen ohnehin nur noch die Schwerverletzten. Jeder Mann, der noch halbwegs kämpfen kann, ist mit der Verteidigung Charlestons beschäftigt."

„Lieber Himmel", murmelte Vivian, und ließ ihren Blick traurig über ihren Jugendfreund gleiten. Er war hager und hohlwangig geworden, die Uniform schlotterte um seinen Körper und war an vielen Stellen zerrissen. Aber wenigstens war er nicht verletzt. Sie rang sich ein gequältes Lächeln ab. „Ich glaube, du solltest mehr essen, Simon. Du siehst völlig verhungert aus."

Simon lachte rau. „Na, dann sieh dich mal im Spiegel an, Schwesterchen! Dein Kleid passt dir auch nicht besser als mir meine Uniform!"

Erstaunt stellte Vivian fest, dass er recht hatte. „Das muss wohl von der vielen Arbeit kommen. Es ist so anstrengend."

„Und von der mangelhaften Ernährung“, ergänzte Simon finster.

„Wieso mangelhaft?“

„Ja, weißt du das denn nicht?“

„Was soll ich wissen?“, fragte Vivian verunsichert.

„Dass es in ganz Charleston kaum nach Nahrung gibt!“

„Ja, aber ... Anns Speisekammer war doch voll, bevor sie abfuhr!“, entfuhr es Vivian mit einem bestürzten Blinzeln. „Und ich habe selbst gesehen, wie ganze Wagenladungen mit Lebensmitteln immer wieder nach Charleston reinkamen!“

„Richtig! Aber im gleichen Maße wurden sie verbraucht. Kämpfende Soldaten sind hungrig, Vivian! Und die Stadt war nicht auf eine Belagerung dieses Ausmaßes vorbereitet. Es ist fast alles aufgebraucht, auch unsere Vorräte. Hinzu kommt noch diese entsetzliche Hitze. Sie hat einen großen Teil unserer Fleischvorräte verdorben.“

„Ja, die Hitze, ich weiß. Aber ... das Fleisch wurde doch bestimmt eingesalzen?“

Simon stieß ein bitteres Lachen aus. „Das Salz reichte nicht. Du musst doch bemerkt haben, dass es in den letzten Tagen nur noch ungesalzene Speisen und außerdem auch nur winzig kleine Portionen gegeben hat!“

Vivian stützte den Kopf in die Hände. Sie hatte das Gefühl, dass er nahe am Zerspringen war. Natürlich, Simon hatte recht! Die Gerichte waren in den letzten Tagen tatsächlich schrecklich fade gewesen. Und wenn sie jetzt darüber nachdachte, war es auch nie viel gewesen. Es war ihr nur nicht aufgefallen, denn der ekelerregende Gestank im Haus hatte ihr jeglichen Appetit genommen.

Sie stieß ein hysterisches Lachen aus. So war das also! Charleston war am Verhungern! Und sie, Vivian Darcy, hatte es nicht einmal bemerkt!

„Simon", flüsterte sie niedergeschlagen, „wir können nicht mehr siegen, oder?"

„Nein", erwiderte Simon mit einem bitteren Zug um den Mund. Und mit belegter Stimme setzte er hinzu: „Monck's Corner ist gestern gefallen. Der Cooper River ist dicht. Charleston ist jetzt komplett eingeschlossen."

„Monck's Corner!", stöhnte Vivian und schlug entsetzt beide Hände vor den Mund. „Simon ... Cole hat dort gekämpft!"

„Ich weiß", nickte Simon mit einem bedrückten Gesichtsausdruck. „Doch das muss nichts heißen, Vivian. Wir hatten einige Verluste, aber ... manche konnten auch entkommen. Obwohl Tarleton dort ziemlich gewütet haben soll."

„Tarleton?"

„Oberleutnant Banastre Tarleton, Befehlshaber der Torytruppen und bekannt für sein grausames Vorgehen", erklärte Simon grimmig.

Vivian fröstelte es. Sie hatte das Gefühl, dass alles kaum noch schlimmer kommen konnte. Und doch hieß es durchhalten, irgendwie versuchen, diesen Albtraum zu überstehen und die Hoffnung nicht aufzugeben. Und vor allem, zu beten, dass Cole nichts geschehen war!

Simon schien ähnlich zu empfinden, denn er lächelte plötzlich und strich ihr vorsichtig über die Wange. „Na komm, Schwesterherz, Kopf hoch. Irgendwann kommt schon alles wieder ins Lot."

Sie nickte müde, doch sie hatte da ihre Zweifel. Traurig verabschiedete sie ihren Jugendfreund.

Dann hörte sie wieder tagelang nichts, weder von Simon noch von einem anderen ihrer Freunde. Doch sie war viel zu beschäftigt, um jemanden zu vermissen. Sie war nur froh darüber, dass sie kein bekanntes Gesicht unter den Schwerverletzten sah.

Unter den Männern, die leichter verwundet waren, befanden sich jedoch einige, die sie kannte. Brad Meunier gehörte dazu, Georgias junger Bruder, der auf dem Silvesterball so glühend versucht hatte, mit ihr zu flirten. Jetzt war er so am Ende seiner Kräfte, dass er nur noch dankbar für die Pflege war, die er von Vivian erhielt. Er hatte einen Metallsplitter in der rechten Schulter. Dr. Melling holte ihn in einer schnellen Operation heraus, und bald schon ging es Brad besser. Laut Dr. Melling war es nur eine Frage der Zeit, wann Brad seinen Arm wieder bewegen konnte. Er würde sich wieder erholen, auch wenn er im Augenblick so blass und erschöpft aussah, dass Vivian ernsthaft besorgt war. Brad war erst achtzehn, aber bei seiner Ankunft im Lazarett hätte sie ihn für mindestens dreißig gehalten, wenn sie es nicht besser gewusst hätte. Und Brad war nicht der Einzige, der gealtert war. Viele Soldaten, die Vivian früher als unbekümmerte junge Männer gekannt hatte, wirkten jetzt verbraucht und ausgelaugt. Ihr Anblick war für Vivian jedes Mal schockierend. Lieber Gott, dachte sie manches Mal, wenn der Krieg sie alle so veränderte, dann hätten sie ihn besser nie angefangen! Was nützte es ihnen, später freie Amerikaner zu sein, wenn sie dann körperlich und seelisch so gealtert wären, dass sie diese Freiheit nicht mehr genießen könnten?

Dann, eines Tages, kam Cole ins Lazarett. Vivian hatte gerade die Verbände eines jungen Soldaten, dem man ein Bein amputiert hatte, gewechselt und wollte sich erheben, als sie neben sich eine heisere, aber dennoch vertraute und so herbeigesehnte Stimme leise sagen hörte: „Hallo, kleine Lady, wie geht's?"

Mit einem Ruck sprang sie auf und ließ beinahe die Schüssel mit dem blutigen Wasser fallen, die sie in der Hand hielt. Vor ihr standen Dr. Wilson in seinem blutbefleckten Kittel und Cole, bleich vor Erschöpfung, aber aufrecht auf beiden Beinen und größtenteils unversehrt.

„Captain Ansinger sagt, er kennt sie", bemerkte Dr. Wilson knapp. „Miss Darcy, der Captain hat einen Streifschuss am Arm. Könnten Sie die Wunde bitte säubern und verbinden?"

Automatisch nickte Vivian. Sie war so unendlich froh und erleichtert, Cole zu sehen, dass sie für Sekundenbruchteile vergaß, was sie tun musste. Doch Dr. Wilsons strenger Blick zwang sie zu handeln, und so bat sie Cole mit belegter Stimme, ihr in die Küche zu folgen, wo frisches Verbandsmaterial und heißes Wasser lagerten.

Cole nickte und folgte ihr schweigend. Als sie dann aber in der Küche angelangt waren, hielt Vivian es nicht mehr aus. Mit einem unterdrückten Schluchzen schlang sie Cole die Arme um den Hals und presste ihr Gesicht an seine Wange, und er legte, ohne ein Wort zu sagen, den gesunden Arm um ihre Taille und zog sie an sich.

Ängstlich erinnerte sie sich aber bald daran, dass Dr. Wilson gesagt hatte, Cole sei verletzt, und so löste sie sich aus seiner Umarmung und wies ihn zittrig an, sich auf einen Stuhl zu setzen. Stumm gehorchte er, augenscheinlich zu müde und abgekämpft, um irgendetwas zu sagen, und auch Vivian sagte nichts weiter, da sie nicht wusste, ob ihre Stimme ihr gehorchen oder sie in Tränen ausbrechen würde.

Behutsam half sie ihm aus seiner Jacke und seinem Hemd und nahm die Wunde an seinem linken Oberarm in Augenschein. Nachdem sie sich überzeugt hatte, dass sie wirklich nicht schwer war, machte sie sich mit zitternden Fingern daran, sie zu säubern. Sie versuchte, so vorsichtig wie möglich vorzugehen, doch konnte sie nicht verhindern, dass sie Cole hin und wieder wehtat und er zusammenzuckte. Dennoch drang kein Laut über seine Lippen, und er ließ die Prozedur mit geschlossenen Augen über sich ergehen.

Es war erschreckend, wie mitgenommen auch er aussah, stellte Vivian mit verschwommenen Augen fest. Von seiner einstigen Gepflegtheit war nicht viel übrig. Tagealte Bartstoppeln bedeckten sein Kinn und die Wangen, das Haar war wirr und ungekämmt, und seine Uniform war über und über beschmutzt und zerrissen. Und auch er war, wie alle anderen, magerer geworden.

Als die Wunde schließlich fest verbunden war und Vivian das Gefühlschaos in ihrem Inneren zumindest so weit im Griff hatte, dass sie glaubte, auch ihrer Stimme wieder Herr zu sein, holte sie ein Glas Wasser und reichte es Cole. Dankbar nahm er es und leerte es in einem Zug. Als er es anschließend abstellte, seufzte er und lächelte zum ersten Mal.

„Geht es dir besser?", fragte Vivian bekümmert und mit einem dicken Kloß im Hals.

Er langte nach seiner Kleidung, schlüpfte vorsichtig wieder hinein und nickte matt. „Ja. Aber – mein Gott, Vivian! Dein Kampf hier ist bestimmt nicht minder hart als der der kämpfenden Soldaten! Vielleicht sogar härter."

Vivian zog sich einen Stuhl heran, setzte sich dicht neben Cole und schüttelte schwach den Kopf. „Es ist alles halb so schlimm."

Cole zog zweifelnd eine Braue hoch, lächelte aber anerkennend.

„Wie sieht es da draußen bei euch aus?", erkundigte Vivian sich mit zittriger Stimme.

Er lehnte müde den Kopf zurück. „Schlecht. Sehr schlecht. Es wird nicht mehr lange dauern. Vielleicht noch ein, zwei Tage, dann müssen wir Charleston aufgeben."

Vivian fand, dass diese Nachricht sie jetzt eigentlich niederschmettern müsste, aber sie hatte nicht mehr die Kraft, niedergeschmettert zu sein. Es war ja ohnehin zu erwarten gewesen.

„Wieso bist du überhaupt in Charleston?", fragte sie nach ein paar schweigsamen Minuten. „Ich ... ich habe gehört, dass Monck's Corner gefallen ist. Ich hatte solche Angst, dass du ... ich meine ..."

Cole streckte eine Hand aus, ergriff ihre Finger und hielt sie mit sanftem Druck fest. „Ich hatte Glück und konnte mit einigen anderen entkommen. Viele von uns wurden gefangen genommen, und einige sind auch gefallen. Und die meisten unserer Pferde sind in Tarletons Hände gefallen."

„Und ... und wieso bist du jetzt hier?"

„Ich hatte eine Meldung nach Charleston zu bringen."

Vivian lehnte ihren Kopf müde auf Coles gesunde Schulter. „Ach, Cole. Was wird geschehen, wenn Charleston fällt? Wird man uns alle einsperren?"

„Nein, nicht alle. Mit Sicherheit keine Frauen und Kinder", entgegnete er nach einem tiefen Atemzug. Sanft strich er ihr mit einer Hand die Wange entlang. „Kopf hoch, kleine Lady. Charleston ist nicht die einzige Stadt, die in die Hände der Briten fällt."

„Was wird aus dir?", flüsterte Vivian.

„Ich werde versuchen, mich zum Santee River zu Colonel White durchzuschlagen", erklärte er ruhig. „Viele von uns haben sich inzwischen seit der Niederlage von Monck's Corner dort gesammelt."

Sie hob den Kopf. „Willst du dich denn nicht ergeben?"

„Nie und nimmer!", versetzte er energisch, und etwas von seiner gewohnten Vitalität belebte seine abgespannten Züge. „Solange es eine Möglichkeit gibt, werde ich kämpfen, Vivian! Gefangen genommen zu werden, ist eine Sache, aber freiwillig aufzugeben, eine andere."

„Aber die anderen geben doch auch auf!"

„Oh nein, nicht alle!", widersprach Cole mit blitzenden Augen. „Sieh, wir müssen Charleston aufgeben, weil es nicht zu halten ist. Das ist in Ordnung, auch wenn es bitter ist. Aber das heißt nicht, dass wir den Krieg aufgeben müssen. Jeder, der die Möglichkeit dazu hat, wird versuchen, der Gefangenschaft durch die Engländer zu entgehen, um weiterzukämpfen. Für die Männer, die hier in Charleston kämpfen, ist das unmöglich, weil Charleston eingeschlossen ist und sie nicht einfach ihren Posten verlassen können. Aber für mich sieht das anders aus."

„Aber ... wie willst du aus Charleston rauskommen, wenn es eingeschlossen ist?", fragte Vivian verwundert.

„So, wie ich reingekommen bin", lächelte Cole. „Für einen einzelnen Mann ist es leichter als für eine ganze Armee."

„Und ... was hast du dann vor?"

„Zunächst einmal werde ich mich wieder in die Sümpfe schlagen und versuchen, zum Santee River durchzukommen", entgegnete er leichthin.

Mit einer Mischung aus Bewunderung und Angst stellte Vivian fest, dass Coles Kampfgeist, trotz seiner augenblicklichen Erschöpfung, offenbar ungebrochen war. Sie war so unendlich erleichtert gewesen, als er vorhin vor ihr gestanden hatte, lebend und nur leicht verletzt. Und nun wollte er sich schon wieder in die nächste Gefahr stürzen.

„Ich wünschte, du müsstest nicht gehen", seufzte sie leise. „Du ... du bist verletzt. Du ... du könntest ein paar Tage hierbleiben."

Cole betrachtete sie lange, mit einer seltsamen Mischung aus Zärtlichkeit und Bedauern. Sehr sanft strich er ihr noch einmal über die Wange. „Wenn ich nicht wegen der Nachricht nach Charleston gekommen wäre, wäre ich gar nicht hier, kleine Lady. Der Streifschuss war harmlos. Aber mir war zu Ohren gekommen, dass dieses Haus hier jetzt ein Lazarett ist und du hier die Verwundeten versorgst. Da dachte ich, wenn ich sowieso schon in der Stadt bin, kann ich ja mal vorbeischauen. Aber das heißt nicht, dass ich bleiben kann."

Vivian schluckte und blinzelte. „Nein, vermutlich nicht. Obwohl deine Verwundung doch eigentlich ein Grund wäre, im Lazarett zu bleiben, findest du nicht? So manch anderer würde sich bestimmt erst einmal schonen."

Er sah ihr tief in die Augen. „Ich kann nicht bleiben, Vivian. Wenn ich bleibe, werde ich gefangen genommen."

„Ich weiß", flüsterte Vivian.

„Was ist eigentlich mit den Welseys? Ich dachte, sie wollten in der Stadt bleiben?", wechselte Cole mit einem Stirnrunzeln das Thema.

„Ann und Herbert sind nach Lakewood gegangen, weil Tom verwundet wurde und Pflege braucht", erklärte Vivian niedergeschmettert. „Aber es ist wohl nicht lebensbedrohlich, meinte Simon. Und ihm und Paul geht es gut, genauso wie Robert. Zumindest, als ich sie vor ein paar Tagen zuletzt gesehen habe."

„Beten wir, dass es so bleibt", murmelte Cole. „Großer Gott, bei dem, was die Engländer hier in Charleston auffahren, ist es ein Wunder, dass die Verluste nicht noch größer sind."

Vivian biss sich auf die Lippen. „Cole? – Hältst du … hältst du es für richtig, dass ich geblieben bin? Ann fand es besser so, aber Simon hätte mich lieber fortgeschickt, glaube ich. Meinst du, ich … ich sollte versuchen, Charleston zu verlassen, ehe es fällt?"

Cole drückte ihre Hand. „Nun, persönlich wäre es mir zwar lieber, du wärst aus der Stadt und auf Lakewood, aber das ist ziemlich egoistisch gedacht. Objektiv betrachtet, ist es sehr gut, dass du hier bist, denn du wirst hier gebraucht, Vivian. Diese Männer hier im Lazarett werden nicht automatisch gesund, nur weil Charleston fällt. Sie brauchen nach wie vor jemanden, der sich um sie kümmert. Indem du bleibst und sie pflegst, trägst du einen Teil zum Kampf bei. Und davon abgesehen, haben Zivilisten nichts zu befürchten.“

„Aber es erscheint alles so sinnlos!“, entfuhr es Vivian. „So viele Menschen sterben! Ist das, wofür wir kämpfen, denn wirklich den Kampf wert?“

„Vivian, Vivian! Ist das dasselbe Mädchen, das mir gesagt hat, es könnte mich nicht lieben, weil ich kein Amerikaner wäre?“, spottete Cole sanft. Die Müdigkeit in seinen Augen war einem lebhaften Funkeln gewichen, und er legte einen Finger unter ihr Kinn, hob es an und lächelte liebevoll. „Damals schienen dir die Ideale viel wert zu sein, kleine Lady. Und sie sind es auch! Oder liegt dir so viel daran, wieder eine treue Untertanin George III. zu werden? – Mir jedenfalls nicht! Wir wollen freie Amerikaner sein, Vivian! Und wir werden es! Trotz aller Rückschläge!“

Mit Tränen in den Augen erwiderte Vivian Coles Lächeln. Sie wusste nicht wie, aber irgendwie schaffte er es jedes Mal, ihre Gedankenwelt durcheinanderzubringen. Doch diesmal war sie ihm dankbar. Sie beugte sich zu ihm herüber und hauchte ihm einen zarten Kuss auf die Wange. „Ich glaube, du hast recht, Cole. Danke, dass du mich so gut aufmuntern kannst.“

„Nichts zu danken, kleine Lady“, versetzte er heiser und musterte sie dabei mit einem so verwirrend intensiven Leuchten in den blauen Augen, dass Vivian zum ersten Mal seit langer Zeit etwas von dem Elend um sich herum vergaß. Cole mochte mitgenommen und erschöpft sein, überlegte sie verwundert, und doch strahlte er eine Lebendigkeit aus, die ansteckend war. Sein Blick ruhte voller Wärme und Zuneigung auf ihr, und sein Lächeln gab ihr für einen Augenblick das Gefühl, wieder ein glückliches junges Mädchen zu sein und nicht eine abgekämpfte, müde Krankenschwester.

Dieses Gefühl währte indes nur kurz. Sie war im Begriff, sich mit einem verträumten Gesichtsausdruck zu Cole herüberzubeugen, ohne sich recht im Klaren zu sein, was sie eigentlich tat, als Dr. Wilson seinen Kopf zur Küchentür hereinstreckte und sie mit einer tadelnden Bemerkung in die Realität zurückholte:

„Miss Darcy, wie lange brauchen Sie eigentlich, um einen simplen Streifschuss zu verbinden? Ich brauche Sie, ich muss in wenigen Minuten einen Hüftschuss operieren!“

„Ich ... ja, ich ... ich komme sofort!“, stammelte Vivian schuldbewusst und beeilte sich, sich von Cole zu lösen.

„Ja, bitte! Beeilen Sie sich, Miss Darcy!“, knurrte Dr. Wilson und wandte sich ungeduldig ab.

Vivian sprang auf die Füße. Cole stöhnte unterdrückt, als sie dabei seinen verwundeten Arm streifte, sodass Dr. Wilson sich noch einmal stirnrunzelnd umsah. Eine Frage schien ihm auf der Zunge zu liegen, doch dann registrierte er Coles sehnsüchtigen Gesichtsausdruck und Vivians verlegenes Erröten. Unvermittelt huschte fast so etwas wie ein Lächeln über sein Gesicht.

„Ich verstehe", brummte er. „Sie beide, Sie sind wohl mehr als Patient und Krankenschwester, wie? Nun gut. Fünf Minuten. Ich gebe Ihnen noch fünf Minuten!"

Cole bedankte sich mit einem knappen Kopfnicken für das unerwartete Verständnis des Arztes, ehe Dr. Wilson wieder verschwand. Anschließend sah er Vivian an, die ihm ein trauriges Lächeln schenkte.

„Cole, ich ... Es tut mir so leid! Ich würde so gern ... Aber du siehst ja, wie es hier zugeht, und ich ..."

Cole seufzte und erhob sich langsam. „Ja. War eigentlich nicht anders zu erwarten. Und ich muss auch sehen, dass ich loskomme. Ich bin schon viel länger in Charleston, als ich vorhatte."

„Ich ... ich bin so unendlich froh, dass du gekommen bist, Cole. Es ... es war so schön, dich zu sehen."

„Für mich waren die Minuten mit dir die schönsten seit langem", versetzte Cole mit belegter Stimme. „Und – kleine Lady ... Du siehst fix und fertig aus. Sieh zu, dass du mal ein bisschen Schlaf bekommst, ja? Sonst fällst du noch um."

„Nein, ich ... ich pass schon auf", entgegnete Vivian matt.

Cole zog zweifelnd eine Braue hoch, doch dann räusperte er sich und wechselte noch einmal das Thema: „Was ist eigentlich mit dem anderen Mädchen, das hier wohnt? Löst sie dich hin und wieder ab?"

„Nein, ich ... ich sehe sie kaum. Sie hält sich meistens in ihrer Dachkammer auf. Manchmal kommt sie runter und flirtet mit den Männern, denen es schon wieder besser geht, aber das kommt eigentlich auch nur selten vor. Sie sagt, sie kann den Gestank hier unten nicht ab."

Cole runzelte die Stirn. „Na, eine große Hilfe scheint sie ja nicht zu sein. Dabei dachte ich, nach dem, was Simon mir erzählte, dass sie als Dienstmädchen hier eingestellt worden wäre?"

Vivian lachte bitter. „Das ist sie auch. Aber sie scheint es vergessen zu haben, gleich nachdem Ann fort war. Sie meint, weil sie und ich beide im Kaffeehaus gearbeitet haben, müssten wir auch hier im Haus gleichgestellt sein."

„Weiß sie denn nicht, dass du eine Freundin von Ann bist? Oder besser, fast so eine Art Tochter?"

„Natürlich weiß sie das. Aber, Cole, es ist doch auch egal! Wenn die Belagerung vorbei und Ann zurück ist, muss Olivia das Haus bestimmt verlassen. Mir ist es gleich, was sie tut, solange sie hier ist, wenn sie mir nur nicht allzu häufig über den Weg läuft. Im Übrigen habe ich viel zu viel zu tun, um mich über Olivia zu ärgern."

„Das ist wohl leider wahr", stimmte Cole nachdenklich zu und ging langsam zur Tür. „Also dann, kleine Lady. Wir sehen uns wieder."

Vivian atmete zitternd ein. „Versprichst du mir das?"

Er streckte eine Hand aus und strich ihr sanft über die Wange. „Du weißt, dass ich das nicht kann. Aber ich verspreche, mein Bestes zu geben."

Vivian nickte, denn sie konnte nicht sprechen, weil ein dicker Kloß ihr die Kehle zuschnürte.

Cole wischte ihr mit einem Finger sanft eine Träne aus dem Gesicht. „Du ... hast mir beim letzten Mal Glück gewünscht, kleine Lady. Wie du siehst, hat es geholfen. Vielleicht ... hilft es ja, wenn du es auch diesmal tust."

„Ich wünsche dir alles Glück der Welt, Cole!“, flüsterte
sie, um Fassung ringend, und hauchte ihm einen weiteren Kuss auf die Wange.

Er schloss kurz die Augen und atmete tief ein und
wieder aus. Mit sichtlicher Mühe brachte er ein zuckendes Lächeln und ein kurzes Zwinkern zustande.
„Also bis dann, kleine Lady. Pass auf dich auf.“

„Du auch“, flüsterte sie, und der Kloß in ihrem Hals
erstickte sie beinahe.

Cole nickte, sein Gesichtsausdruck so ernst wie selten. Dann wandte er sich ab und öffnete die Tür. Augenblicke später war er fort.

Die nächsten Tage und auch halbe Nächte hindurch
gab es erneut nichts anderes als Schmerzensschreie,
Gestank und Elend um Vivian herum. Fast ununterbrochen verband sie Verwundete, assistierte den Ärzten
und funktionierte einfach. An Schlaf war kaum noch
zu denken, und selbst wenn sie einmal einnickte, dauerte es meist nicht lange, bis wieder neue Verwundete
gebracht wurden und der Kreislauf von neuem begann.
Mittlerweile war das Haus so voll mit Verletzten, dass
der Gestank nach Schweiß und Blut kaum noch zu ertragen war. Erst in den frühen Morgenstunden eines
dämmernden Maitages konnte Vivian sich endlich erschöpft in einen Winkel der Bibliothek zurückziehen,
wo keine Verwundeten lagen. Mit einer Decke um die
Schultern lehnte sie sich an die Wand, zu müde, um
nach oben in ihr Zimmer zu gehen. Und doch wollte der
Schlaf nicht kommen, weil die Bilder der letzten Tage
und Wochen sie verfolgten. Wie so oft in letzter Zeit
fragte sie sich, wem das Elend der Männer, die hier litten und starben, etwas nützte. Nachdem Cole da

gewesen war, hatte sie in dem, was um sie herum geschah, zumindest einen gewissen Sinn gesehen. Es hatte ihr gutgetan, mit ihm zu reden, und ihr für ein paar Tage neue Kraft gegeben. Doch diese Kraft war schnell wieder aufgebraucht, und sie fragte sich, ob es wirklich so wichtig war, ob sie in Zukunft Briten oder Amerikaner wären. Und doch konnte es auf diese Frage nur eine Antwort geben. Wenn es unwichtig wäre, hieße das, dass all die tapferen Soldaten umsonst starben, und das durfte nicht sein! Sie versuchte, ihre Zweifel mit dem Wissen zu verscheuchen, dass alle Menschen, an denen ihr etwas lag, an ein freies Amerika glaubten. Sie alle traten für die Rebellion ein, also musste es einfach richtig sein, gegen George III. zu kämpfen. Ja, sprach Vivian sich zu, es war richtig! Wie Cole gesagt hatte, die Briten würden Charleston einnehmen, aber der Kampfgeist seiner Bürger bliebe ungebrochen! Mit aller Macht klammerte sie sich an Coles aufmunternde Worte und bemühte sich eisern, nicht länger zu zweifeln.

Irgendwann, während sie so dasaß, halb schlafend, halb in Gedanken, fiel ihr dann die ungewohnte Stille in der Bibliothek auf. Kaum ein Laut drang an ihr Ohr, nicht einmal mehr das Stöhnen der Verwundeten aus den Nebenräumen war zu hören, denn die massiven Wände und Türen der Bibliothek hielten jedes Geräusch fern. Doch irgendwie hatte die Stille etwas Beängstigendes an sich.

Vivian raffte ihre letzten Kräfte zusammen und schlurfte zum Fenster. Sie öffnete es und lehnte sich weit hinaus. Der Duft der frischen Luft am frühen Morgen drang tief in ihre Lungen und tat ihr gut. In der alten Eiche gegenüber sah sie eine kleine Lerche, die ein fröhliches Liedchen trällerte. Wie merkwürdig, fand Vivian. Überall um sie herum wurde geschossen, und dieser kleine Vogel saß da und pfiff, als gäbe es keinen Krieg.

Und da plötzlich fiel es ihr auf. Es wurde ja gar nicht geschossen! Seit Beginn der Belagerung war das tägliche Donnern des Kanonenfeuers zu einem festen Bestandteil ihres Lebens geworden. Doch heute war es still! Nicht ein einziger Schuss war zu hören. Voller Unbehagen fragte Vivian sich, was das zu bedeuten hatte.

Sie rätselte noch über diese Frage, als sich die Tür öffnete und Dr. Melling eintrat. „Ach, hier sind Sie! Dr. Wilson sucht Sie. Er hat eine Nachricht von Captain Welsey für Sie.“

Vivian straffte die Schultern. „Danke. Ich komme sofort.“

„Nicht nötig, er hat mir die Notiz gegeben.“

Dr. Melling reichte Vivian einen kleinen zusammengefalteten Zettel. Voller Angst, was darin stehen mochte, hielt Vivian ihn unschlüssig in der Hand. Dr. Melling bemerkte ihr Zaudern und ihre Erschöpfung und lächelte aufmunternd.

„Ich denke, es werden bald keine Verwundeten mehr kommen, Miss Darcy. Dann können Sie sich endlich ausruhen. Sie haben es sich auch redlich verdient. Sie haben wirklich Hervorragendes geleistet.“

„Keine Verwundeten mehr?“, wunderte Vivian sich, zu müde, um sich über das Lob zu freuen.

„Ich weiß noch nichts Genaues, aber es heißt, General Lincoln hätte Charleston heute in aller Frühe an Clinton übergeben.“

„Das ... das ist fürchterlich", flüsterte Vivian. Sie hatte zwar gewusst, dass es dazu kommen würde, aber nun, da es so weit war, traf es sie doch wie ein Schlag.

„Ja, fürchterlich", bestätigte Dr. Melling. Er ließ sich in einen Sessel fallen, erhob sich aber schnell wieder, als ihm bewusst wurde, wie blutverschmiert sein Kittel war. „Ich bin in militärischen Dingen nicht groß bewandert, Miss Darcy, aber nach allem, was man so hört, handelt es sich wohl um eine recht schwere Niederlage. Einige behaupten sogar, es habe während des ganzen Krieges bisher keine so schwere Niederlage gegeben wie die von Charleston."

Blass und erschüttert fragte Vivian: „Bedeutet das, dass wir auch den Krieg verlieren?"

Dr. Melling zuckte müde die Achseln. „Das weiß ich nicht. Wie gesagt, ich bin kein Militärexperte. Aber es wird wohl sehr schwer werden, ihn jetzt noch zu gewinnen. – Wie auch immer, im Augenblick muss ich an meine Verwundeten denken. Trotzdem bin ich gespannt, was Clinton jetzt mit der Stadt vorhat."

Vivian dachte mit Grauen daran, was kommen mochte. Dr. Melling sah nicht gerade sehr zuversichtlich aus, was aber auch kein Wunder war, denn auch er war hoffnungslos überarbeitet und erschöpft.

Mit einem Kopfnicken verließ der Arzt die Bibliothek. Vivian faltete voller Angst die Nachricht von Simon auf. Sie war kurz und knapp:

Wir müssen kapitulieren. Charleston wird bald voller Engländer sein. Wenn Dr. Wilson und Dr. Melling dich nicht mehr brauchen, geh nach Lakewood oder Bellarbres. Alles Liebe, Simon.

9

Es war der zwölfte Mai. Eine schwüle Hitze lag über der Stadt, als bekannt wurde, dass Charleston kapituliert hatte. Zwei Monate lang hatten die Engländer Charleston belagert, und nun hatten sie es eingenommen.

Die plötzliche Stille war verwirrend. Manchmal glaubte Vivian, noch das Donnern der Kanonen zu hören, doch dann wurde ihr bewusst, dass es nur noch in ihrer Phantasie existierte. Die realen Kanonen schwiegen.

Die aufständischen Truppen der Kontinentalarmee marschierten aus der Stadt heraus und wurden in Kriegsgefangenenlager gebracht. Wie es hieß, sollten sie nach und nach gegen britische Gefangene ausgetauscht werden. Die Milizsoldaten hingegen wurden registriert und dann nach Hause entlassen. Sie galten als Kriegsgefangene auf Bewährung und mussten sich verpflichten, nicht mehr gegen George III. zu kämpfen. Auch viele Verwundete im Haus der Welseys wurden von dieser Regelung erfasst. Diejenigen, die auf dem Weg der Besserung waren, wurden nach ihrer Registrierung nach Hause geschickt, während die immer noch Schwerverletzten in ein von den Engländern eilig eingerichtetes Lazarett überführt wurden. Dr. Melling und Dr. Wilson wurde gestattet, ihre Arbeit dort unter Aufsicht fortzuführen.

Nachdem die letzten Verwundeten abtransportiert worden waren, erschien ein Beauftragter der britischen Armee, der das Haus inspizierte. Die Besatzer brauchten Unterkünfte, und während die einfachen Soldaten in den ehemaligen Quartieren der amerikanischen Armee untergebracht wurden, wurden für die höheren Offiziere die vornehmsten Häuser der Stadt beschlagnahmt. Durch die Nutzung als Lazarett war das Haus der Welseys in einem leicht mitgenommenen Zustand, doch es war kein Schaden angerichtet worden, der sich nicht wieder beheben ließ. Der Quartiermeister kündigte an, dass er zwei englische Offiziere einquartieren würde, welche Vivian und Olivia als Gäste zu behandeln hätten.

Der Quartiermeister war kaum fort, da tauchten die neuen Hausbewohner auch schon auf. Lieutenant Darrington, von eher mittelgroßer und drahtiger Statur und blondhaarig, war ein wohlerzogener junger Mann mit einem offenen Jungengesicht. Er behandelte Vivian mit der gleichen zuvorkommenden Höflichkeit, die er sicherlich auch einer vornehmen Lady daheim in England angedeihen lassen hätte. Obwohl er im Augenblick ein Feind war, fand Vivian ihn sympathisch. Anders verhielt es sich mit Lieutenant Milford. Zwar war sein Benehmen Vivian und Olivia gegenüber gleichermaßen höflich und zuvorkommend wie das Lieutenant Darringtons. Doch seinem Blick haftete etwas Unberechenbares an, das Vivian zur Vorsicht gemahnte. Obendrein schien der hochgewachsene, braunhaarige Lieutenant ausgesprochen überzeugt von seinem guten

Aussehen zu sein. Tatsächlich hatte er recht hübsch geschnittene Gesichtszüge. Der hochmütige, gelangweilte Ausdruck jedoch, den er, selbst wenn er lächelte, zur Schau trug, stieß Vivian ab.

Vivian hätte unter diesen Umständen gern Simons Rat befolgt und Charleston verlassen. Zu gern wäre sie zu Ann gefahren, um sich von ihr eine Zeitlang umsorgen zu lassen und wieder zu Kräften zu kommen. Doch so sehr sie sich auch bemühte, sie konnte kein Schiff finden, das sie aus Charleston herausgebracht hätte. Bis auf wenige Ausnahmen waren alle privaten Schiffe von den Engländern beschlagnahmt worden, und die wenigen Boote, die noch in Privatbesitz waren, gehörten ausnahmslos Tories. Für Vivian kam es nicht in Frage, zusammen mit einer Toryfamilie zu reisen. Ebenso wenig gab es Kutschen oder Wagen, auf denen sie hätte mitfahren können, und für einen tagelangen Fußmarsch fühlte sie sich nicht nur zu erschöpft, sondern im Augenblick auch zu ängstlich. So richtete sie sich wohl oder übel darauf ein, die nächsten Tage mit Olivia und zwei britischen Offizieren unter einem Dach zu leben.

Nun, da die Verwundeten fort waren, ließ sich auch Olivia wieder häufiger im Erdgeschoss blicken. Mit ihrem honigsüßen Lächeln gab sie den beiden Offizieren schnellstens zu verstehen, dass sie im Grunde nichts mit ihrer Mitbewohnerin zu tun hatte. Tatsächlich sei sie nur durch widrige Umstände gezwungen gewesen, während des Angriffs auf Charleston Zuflucht in diesem Haus zu suchen. Selbstverständlich wäre sie aber in Wirklichkeit eine treue Untertanin des Königs, auch wenn dies hier ein verabscheuungswürdiger Rebellenhaushalt wäre. Vivian, die sich daran erinnerte, wie Olivia frohlockt hatte, als einige der Engländer auf ihren Schiffen verbrannten, konnte über so viel Falschheit nur den Kopf schütteln. Mehr denn je sehnte sie den Tag herbei, an dem Olivia auszog.

Zu Vivians Enttäuschung zeigte Olivia jedoch keinerlei Absicht, das Haus zu verlassen, im Gegenteil. Jetzt, da Vivian im Haushalt nichts mehr zu bestimmen hatte, nutzte Olivia die Situation geschickt zu ihren Gunsten aus. Vom ersten Tag an flirtete sie so unverschämt mit Lieutenant Milford, dass dieser sie schon nach wenigen Tagen das Haus führen ließ. Einzig Lieutenant Darringtons Anwesenheit machte das Zusammenleben mit Olivia und Lieutenant Milford für Vivian halbwegs erträglich.

So unangenehm die Einquartierung der Offiziere auch war, einen Vorteil brachte sie dennoch mit sich: Sie hatten endlich wieder genug zu essen. Weder Lieutenant Darrington noch Lieutenant Milford waren kleinlich. Beide gaben großzügig von ihren Lebensmitteln ab. Da die Engländer nicht unter Nachschubproblemen litten, waren es reichliche und nahrhafte Speisen, die von nun an auf dem Tisch standen. Gleich nach der Ankunft der beiden jungen Männer gab es gebratenes Hühnchen mit Reis, auf das sich Vivian und Olivia heißhungrig stürzen durften. Täglich gab es nun so viel zu essen, wie sie wollten. Vivian merkte, wie ihre Energie zurückkehrte, und als sie nach einigen Tagen wieder in den Spiegel blickte, sah sie nicht mehr das ausgehungerte, fahle Gesicht mit dem stumpfen Haar, sondern eine hübsche junge Frau mit rosigen Wangen und glänzenden, goldblonden Locken. Ja, fast sah sie wieder aus wie früher, nur dass immer noch ein sorgenvoller Ausdruck ihr Antlitz verdüsterte.

Es war vor allem die Angst um Cole und ihre Freunde, die nach wie vor an ihr nagte. Wie sie aus den Gesprächen der Offiziere bei Tisch heraushörte, waren inzwischen viele Milizsoldaten zu ihren Familien heimgekehrt. Dennoch hatte Vivian bisher weder etwas von Simon noch von Paul oder Robert gehört. Dass sie von Cole nichts hörte, war nicht weiter verwunderlich, da er sich in die Wälder hatte schlagen wollen. Doch sie hatte geglaubt, dass zumindest die Welsey-Brüder, die ja in Charleston gekämpft hatten, nach dem Fall der Stadt nach Hause kommen würden. Doch nun waren schon zwei Wochen seit der Kapitulation vergangen, ohne dass einer von ihnen auftauchte. Und mit jedem weiteren Tag, der verstrich, ohne dass jemand erschien, wuchs Vivians Besorgnis.

Dann kam eines Tages wenigstens Sam nach Hause. Vivian erschrak, wie ausgemergelt der sonst so hünenhafte Schwarze wirkte. Sie stellte ihm nach einer freudigen Begrüßung erst einmal eine große Portion Eier mit Schinken hin, die Sam gierig verschlang, ehe er anfing zu erzählen.

Bis zum Schluss, so berichtete Sam, hatte er neben Simon gekämpft. Kurz vor der Kapitulation seien sie beide verwundet und dann in ein Lazarett der Engländer gebracht worden. Während Sam mit einem leichten Streifschuss an der Schulter heute Morgen entlassen worden war, musste Simon noch mindestens ein paar Tage im Lazarett bleiben, da er einen Schuss ins Bein bekommen hatte und noch nicht wieder richtig laufen konnte. Aber auch Simon ging es schon besser, und in wenigen Tagen würde auch er entlassen werden.

„Oh, Gott sei Dank!", entfuhr es Vivian. „Dann ist Simon also in Sicherheit. Aber was ist mit Paul und Robert Maine?"

„Von Master Robert weiß ich nichts", entgegnete Sam mit einem bedauernden Kopfschütteln. „Aber Master Paul, der hat Charleston vor ein paar Tagen zu Fuß verlassen, zusammen mit dem jungen Brad Meunier. Master Simon sagte, die beiden wollen erst nach Bellarbres, und dann will Master Paul weiter nach Lakewood zu seinen Eltern."

„Gütiger Himmel, Sam, du kannst dir nicht vorstellen, wie froh ich bin, das zu hören!", strahlte Vivian. „Dann sind zumindest alle Welsey-Jungs bald wieder wohlauf! Und was Simon betrifft, so werde ich gleich morgen zu ihm gehen und ihn im Lazarett besuchen!"

„Da wird er sich aber bestimmt freuen, Miss Vivian", lächelte Sam, während er das letzte große Stück Schinken verspeiste.

Vivian nickte, doch ihre Erleichterung über das Schicksal ihrer Freunde währte nur kurz, da noch eine weitere bohrende Sorge an ihr nagte: „Sag, Sam, hast du auch etwas von Captain Ansinger gehört? Er wollte sich nach dem Fall von Monck's Corner zum Santee River durchschlagen und sich Colonel White anschließen, glaube ich."

Sam blinzelte unbehaglich. „Es tut mir sehr leid, Miss Vivian, aber alles, was ich weiß, ist, dass nur wenige entkommen sind, da wo Mr. Cole gekämpft hat."

Vivian schlug eine Hand vor den Mund und starrte Sam voller Entsetzen an. „Wie ... wie meinst du das, Sam?"

Sam hörte auf zu kauen und lehnte sich schweratmend zurück. „Nun ja. Ich sag's nicht gern, Miss Vivian. Aber ... na ja, es heißt, dass Colonel White den Santee River bei Lenud's Ferry überquert und einige Engländer gefangen genommen hat. Danach ist er dann wieder auf die andere Flussseite zurückgekehrt. Davon hat irgendwie Tarleton, der Schlächter, Wind bekommen und ist wie der Teufel mit seinen Reitern nach Lenud's Ferry gejagt. Als er dort eintraf, machten White und seine Leute gerade Rast, und viele Pferde waren abgesattelt. Die Tarleton-Reiter sind wie die Wilden ins Lager gesprengt und haben unsere Leute mit ihren Säbeln brutal niedergemetzelt. Viele Tote soll es gegeben haben und viele Verletzte. Ich weiß nicht, was mit Mr. Cole geschehen ist, Miss Vivian, aber unter den Verletzten ist er nicht, denn dann hätte ich ihn im Lazarett treffen müssen."

Vivian starrte Sam sprachlos und völlig entgeistert an. Sam sah die Angst und den Kummer in ihren Augen und legte zaghaft seine große Hand auf ihre. „Seien Sie nicht traurig, Miss Vivian. Ein paar von den Männern am Santee River sollen in die Sümpfe entkommen sein. Vielleicht hatte Mr. Cole ja Glück und ist entwischt. Oder er hat sich White gar nicht erst angeschlossen, auch wenn er es vorgehabt hatte."

„Ja, vielleicht", murmelte Vivian dumpf und erhob sich schwerfällig. „Ich glaube, ich ... ich gehe jetzt für ein paar Minuten auf mein Zimmer. Iss du nur zu Ende. Ich ... ich komme gleich wieder."

Am Abend fragte Vivian Lieutenant Darrington, ob Sam bei ihr bleiben und im Haus wohnen könnte. Sie erklärte dem Lieutenant, dass Sam vor der Belagerung als Dienstbote zum Haushalt der Welseys gehört hatte.

„Ich habe nichts dagegen, Miss Darcy“, lächelte der Lieutenant freundlich. „Vorausgesetzt, Ihr Dienstbote erkennt auch Lieutenant Milford und mich als Dienstherren an. Offen gesagt, er machte nicht gerade ein begeistertes Gesicht, als wir uns vorhin kurz in der Halle begegneten.“

„Was haben Sie denn erwartet?“, entfuhr es Vivian gereizt. „Dass er einen Freudentanz aufführt?“

„Gewiss nicht“, versetzte Lieutenant Darrington gelassen und warf ihr einen durchdringenden Blick zu. „Aber er muss unsere Anwesenheit hier respektieren und sich entsprechend benehmen. Vergessen Sie bitte nicht, dass Ihr Diener ein Gefangener auf Bewährung ist, Miss Darcy.“

„Natürlich nicht“, murmelte Vivian, während sie sich insgeheim über ihren unvernünftigen Ausbruch ärgerte. „Ich vergesse es nicht, und Sam wird es auch nicht vergessen.“

„Bestens. Dann steht einem friedlichen Zusammenleben ja nichts im Wege“, lächelte Lieutenant Darrington.

Vivian nickte erleichtert und wandte sich hastig ab, um das Zimmer zu verlassen – und stieß unvermittelt mit Lieutenant Milford zusammen, der, von ihr unbemerkt, zur Tür hereingekommen war. Mit einem überraschten Keuchen trat sie rasch einen Schritt zurück.

„Aber, aber!“, lachte Lieutenant Milford und lehnte sich gegen den Türrahmen. „Wer wird denn gleich davonlaufen? Unser Zusammenstoß war doch sehr angenehm!"

Unverschämter Kerl, grollte Vivian innerlich, sagte aber laut: „Verzeihung, Herr Lieutenant, ich hatte Sie nicht gesehen. Wenn ich bitte vorbeikönnte ..."

Der Lieutenant machte keinerlei Anstalten, den Türrahmen, den er breitbeinig ausfüllte, freizugeben. „Warum so eilig? Warum weichen Sie mir denn immer aus?"

Vivian schluckte die bissige Antwort, die ihr auf der Zunge lag, herunter und murmelte höflich: „Ich habe noch zu tun, Sir. Ich muss Sam zeigen, wo er schlafen kann."

„Das kann doch auch Ihre reizende Freundin tun! Warum machen wir nicht einen kleinen Spaziergang in die Stadt?"

Mit einem feindlichen Offizier? Das hatte gerade noch gefehlt! „Nein, danke."

Lieutenant Milford zog ein Taschentuch heraus und wischte sich damit über die schweißnasse Stirn. Vivian frohlockte insgeheim, dass er anscheinend das Klima in Charleston nicht gut vertrug. Doch zu ihrem Verdruss gab er immer noch nicht auf. „Nun komm schon, Mädchen, stell dich nicht so an. Es ist doch –"

„Charles!" Lieutenant Darringtons Stimme fuhr dazwischen wie ein Peitschenhieb. „Wir wollten zusammen diese Papiere durchsehen. Und außerdem scheinst du zu vergessen, dass du heute Abend noch zum Dienst musst!"

Lieutenant Milfords Augenbraue zuckte verärgert. Sehr langsam und widerstrebend wandte er sich Lieutenant Darrington zu. „Nun gut, ich komme."

Vivian warf Lieutenant Darrington einen dankbaren Blick zu. Er nickte kurz, und Vivian verabschiedete sich mit einem Lächeln. Doch als sie an Lieutenant Milford vorbeiging, zischte dieser ihr zornig über die Schulter zu: „Wir sprechen uns noch, Miss Darcy. Verlassen Sie sich darauf!"

Am Vormittag des nächsten Tages besuchte Vivian Simon im Lazarett. Er saß aufrecht im Bett, etwas blass noch, aber strahlend, als er Vivian eintreten sah.

„Vivian! Wie schön, dass du kommst! Ich freue mich!"

Auf Vivians Frage antwortete er, er fühle sich schon wieder ausgezeichnet, nur sein Bein schmerze noch etwas. Er wäre aber schon wieder so kräftig, dass er es kaum abwarten könne, wieder aufzustehen. Leider würde es aber wohl noch etwas dauern, bis er wieder richtig laufen könne.

Simon sagte, dass er bereits von den Engländern aus der Miliz entlassen worden war. Sobald er gesund sei, könne er daher Charleston verlassen, Georgia von Bellarbres abholen und nach Lakewood gehen, wo sich seine Eltern und Tom befanden. Simon hoffte, dass es Tom mittlerweile wieder gut ging und dass auch Ann und Herbert wohlauf waren. Er zweifelte jedoch nicht daran, dass seine Mutter auf Lakewood alles fest im Griff hatte. Wenn er nach Hause ginge, könnte Vivian ihn selbstverständlich begleiten, denn sicherlich sei auch sie froh, wenn sie endlich aus Charleston herauskäme. Bis es so weit wäre, würde Simon sich erst einmal ins Stadthaus der Welseys verlegen lassen, damit Vivian mit den bei ihr einquartierten Offizieren nicht allein wäre.

Vivian lachte. „Ach, Simon, es tut so gut, mit dir zu reden! Ich bekomme fast das Gefühl, dass alles tatsächlich wieder in Ordnung kommt, wenn ich dir zuhöre!"

„Natürlich kommt alles in Ordnung", grinste Simon. „Du bist bald bei Mutter und Vater und weit weg von deinen beiden schrecklichen Rotröcken. Verdammt, wenn ich nur daran denke, dass die jetzt in unserem Haus hausen! Aber was soll's. Wir haben Lakewood. Ich bin froh, wenn wir erst dort sind."

„Ich auch", lächelte Vivian. Dann atmete sie tief durch. „Simon, du … du hast nicht zufällig etwas von Cole gehört, oder?"

„Nein", entgegnete Simon mit schlagartig ernster Miene. „Nur dass sich viele der Männer, die bei Monck's Corner entkommen konnten, später Colonel White angeschlossen haben und bei Lenud's Ferry erneut versprengt wurden. Ich könnte mir vorstellen, dass Cole unter diesen Männern war."

„Ja, aber … nach Lenud's Ferry. Es … es soll dort entsetzlich viele Tote gegeben haben!"

„Ich weiß es nicht, Vivian. Lenud's Ferry war ein Gemetzel, mindestens fünf Offiziere sind tot und über dreißig Soldaten. Aber einige Offiziere und Soldaten sind auch zusammen mit White und Washington schwimmend durch den Fluss entkommen, wie ich gehört habe. Wenn Cole bei Lenud's Ferry dabei war, heißt das also noch lange nicht, dass ihm etwas zugestoßen sein muss. Ich bin sicher, dass er zu den Überlebenden gehört, Vivian."

Vivian wandte niedergeschmettert den Blick ab. „Ich bete, dass es so ist. Es ist nur … Die Ungewissheit ist so … so zermürbend, weißt du."

„Ich weiß", seufzte Simon und drückte ihre Hand. „Besonders wenn man jemanden sehr gern hat, nicht wahr? Aber Cole geht's gut, da bin ich sicher."

„Was ist mit Robert? Hast du wenigstens von ihm etwas gehört?", fragte Vivian, als sie es einfach nicht länger ertrug, über das, was Cole zugestoßen sein könnte, nachzudenken.

Simons Miene hellte sich auf. „Ja, Paul war hier, bevor er mit Brad nach Bellarbres aufgebrochen ist, und hat mir von Robert erzählt. Angeblich hat Robert sich nach Charlestons Fall in die Sümpfe abgesetzt und konnte der Gefangenschaft entgehen. Obwohl sie für ihn als Milizangehörigen nicht lang gewesen wäre. Genauso wenig wie für mich. Der einzige Jammer ist, dass wir nicht wieder gegen die Engländer kämpfen können, nachdem wir unser Wort geben mussten, nicht mehr die Waffen gegen sie zu erheben. Andererseits gibt es vermutlich Schlimmeres, als nach Hause entlassen zu werden. Großer Gott, du kannst dir nicht vorstellen, wie sehr ich mich nach Georgia sehne!"

Vivian nickte gedankenverloren und lächelte verhalten. „Du liebst sie sehr, oder?"

„Mehr als mein Leben", entgegnete Simon ruhig.

„Dann sei froh, dass du nicht mehr kämpfen musst, Simon", entgegnete Vivian mit einem wehmütigen Blinzeln. „Zumal Georgia ein Kind erwartet. Sie wird sehr froh sein, wenn sie dich endlich wieder bei sich hat."

„Da bin ich sicher", grinste Simon, und eine beinahe verlegene Röte huschte über sein Gesicht. „Aber nun zurück zu dir. Hast du eigentlich immer noch diese fürchterliche Miss Hale am Hals?"

„Ja, leider“, lachte Vivian, bemüht, endlich ihre lächerlichen Ängste unter Kontrolle zu bekommen.

„Ich werde dich von ihr befreien, sobald ich zuhause bin“, bemerkte Simon stirnrunzelnd. „Jetzt, da Charleston besetzt ist, werden die Geschäfte wieder öffnen. Da wird sich für jemanden wie Miss Hale sicherlich eine passende Anstellung finden lassen.“

„Das wäre schön“, lächelte Vivian.

„Gut. In drei bis vier Tagen werde ich so weit wiederhergestellt sein, dass ich das Lazarett verlassen kann“, verkündete Simon voller Optimismus, obgleich ihm vor Erschöpfung inzwischen die Augen über die Lider fielen. „Dann komm ich nach Hause, und alles kommt in Ordnung. Miss Hale wird dir nicht mehr lange zur Last fallen, das verspreche ich dir.“

„Ich kann dir nicht sagen, wie sehr ich mich darauf freue, dass du kommst“, lächelte Vivian und erhob sich. „Aber jetzt musst du schlafen, und ich muss nach Hause.“

„Wir sehen uns in drei Tagen“, murmelte Simon, halb am Einschlafen.

„Ja. In drei Tagen. Ich freue mich riesig, Simon.“

Zu Hause angekommen, stellte Vivian erleichtert fest, dass außer Sam alle das Haus verlassen hatten. Wie Sam erklärte, war Olivia mit den beiden Offizieren spazieren gegangen. Sam drückte seine Verwunderung aus, dass es ihr offenbar nichts ausmachte, in der Gesellschaft von Briten gesehen zu werden. Vivian zuckte die Achseln. Insgeheim vermutete sie, dass Olivia sich gewisse Vorteile ausrechnete, wenn sie nett zu den Engländern war. Sollte sie nur!, sagte sie sich. Was Olivia tat, war ihr egal, solange es nichts mit ihr zu tun hatte.

„Ich würde gern in die Stadt gehen und sehen, ob ich etwas über Mr. Robert und Mr. Cole und ein paar andere herausfinden kann", erklärte Sam daraufhin. „Hätten Sie etwas dagegen, Miss Vivian?"

„Natürlich nicht", entgegnete Vivian. „Du hast keine Ahnung, Sam, wie sehr ich mir wünsche zu wissen, was mit Mr. Cole und Mr. Robert passiert ist! Ob es ihnen gut geht, meine ich."

„Dann mache ich mich jetzt auf den Weg", nickte Sam. „In spätestens einer Stunde bin ich zurück, Miss Vivian. Ich will Sie nicht zu lange allein lassen, falls Lieutenant Milford und Miss Hale zurückkommen."

Vivian warf Sam einen lächelnden Blick über die Schulter zu, während sie langsam zu ihrem Zimmer ging. „Das ist lieb von dir, Sam. Dann setze ich mir erst einmal einen Kaffee auf, sobald ich mich frischgemacht und umgezogen habe. Mit etwas Glück kann ich ihn in Ruhe trinken, ehe unsere lästigen Mitbewohner wieder auftauchen."

„Tun Sie das nur, Miss Vivian", grinste Sam. „Und wenn ich wieder da bin, trink ich auch eine Tasse, wenn es Ihnen recht ist."

„Ja, sicher", lachte Vivian. „Dann beeil dich nur, Sam. Sonst ist der Kaffee später kalt."

Wie es sich zeigte, erfüllte sich Vivians Hoffnung, dass sie eine Weile allein sein würde, nicht. Sam war gerade erst eine halbe Stunde fort, und Vivian war im Begriff, das Wasser für den Kaffee aufzusetzen, als Lieutenant Milford überraschend in der Küche erschien.

„Miss Darcy, sieh an! Ich dachte, Sie wären gar nicht zuhause!", feixte er, sodass sie herumwirbelte und ihn mit einer Schulter im Türrahmen lehnen sah.

„Das Gleiche dachte ich von Ihnen!“, gab sie gereizt zurück und wandte ihm ruckartig wieder den Rücken zu, denn der starke Alkoholgeruch, den der Lieutenant ausströmte, während er gemächlich auf sie zuschlenderte, ließ sie bereits das Schlimmste befürchten.

„Dann sind wir wohl, wie es scheint, allein im Haus!“, stellte Lieutenant Milford mit einem höhnischen Lachen fest.

„Wie klug Sie sind!“, konterte Vivian, ohne sich umzudrehen.

„Aber wer wird denn so bissig sein? Haben Sie vergessen, dass einquartierte Offiziere als Gäste zu behandeln sind?“, säuselte der Lieutenant, wobei er dicht hinter sie trat, sodass sie seinen Atem in ihrem Nacken spürte.

„Wenn Sie als Gast behandelt werden wollen, dann benehmen Sie sich entsprechend!“, gab Vivian hochmütig zurück, trotz ihrer Furcht, was der Lieutenant als Nächstes tun würde. Umständlich hantierte sie mit dem Kessel, in dem Bemühen, Lieutenant Milfords Nähe, so gut es ging, auszuweichen. Doch wie sie sich auch drehte, er war schon wieder hinter ihr.

„Sie scheinen nicht gerade viel für mich übrigzuhaben, Miss Darcy!“, schimpfte er und zwang Vivian mit einem blitzschnellen Griff um ihre Schultern, sich umzudrehen.

„Was fällt Ihnen ein!“, keuchte Vivian empört. „Lieutenant Milford, lassen Sie mich sofort los!“

Ohne seinen Griff zu lockern, murmelte er: „Wie widerspenstig Sie doch sind, Miss Darcy. Liegt das nun an meiner Person oder daran, dass ich Engländer bin?“

Ungeachtet des heimtückischen Funkelns in seinen Augen reckte Vivian das Kinn vor und gab voller Verachtung zurück: „Dreimal dürfen Sie raten!"

„Ach, so ist das!", grinste Lieutenant Milford. „Aber na warte nur, dir werde ich's zeigen! Glaub ja nicht, dass du so einfach davonkommst!"

„Lieutenant Milford! Lassen Sie mich sofort los!", wiederholte Vivian, und ihre Empörung steigerte sich zu aufkeimender Panik, als er langsam den Kopf senkte, und seine Lippen ihrem Gesicht immer näher kamen. Vergeblich versuchte sie, ihm auszuweichen. Aber so sehr sie auch kämpfte, er blieb stärker als sie. Mit dem Mut der Verzweiflung stützte sie sich mit beiden Händen auf dem Schrank hinter ihrem Rücken ab und stieß ihr rechtes Knie mit aller ihr zu Gebote stehenden Kraft hoch.

Mit einem Ruck und einem Schmerzensschrei gab Lieutenant Milford sie frei, wobei der Ärmel ihrer Bluse zerriss. Tief Luft holend, rannte sie zur Tür, doch da war er schon wieder hinter ihr und langte nach ihrem Arm. Mit einer geschickten Wendung gelang es ihr, ihm auszuweichen, doch nur, um in die Küche zurückgedrängt zu werden. Und nun schien Lieutenant Milford völlig außer Kontrolle geraten zu sein. Wie ein Wilder jagte er sie um den Tisch herum. Mehr und mehr geriet Vivian außer Atem, während Lieutenant Milford immer hämischer grinste.

„Warum wehren Sie sich so, Miss Darcy?", lachte er böse. „Wenn Sie sich mir freiwillig hingeben, würde ich Ihnen als meiner Geliebten eine Menge Vorteile verschaffen. Ich habe einflussreiche Freunde."

„Scheren Sie sich zum Teufel!", keuchte Vivian empört. „Lieber Himmel, Sie müssen völlig den Verstand verloren haben!"

Sein Blick wurde hart. „Wie Sie wollen. Aber bedenken Sie, dass ich Sie nach diesem kleinen Kampf hier nicht einfach laufen lassen kann. Sie verstehen bestimmt, dass das meinem Ruf schaden würde. Also geben Sie besser nach!"

„Nie im Leben!"

„Wie Sie wünschen! Aber das werden Sie noch bereuen!"

Ehe Vivian noch zu einer Antwort ansetzen konnte, stützte Lieutenant Milford sich auf dem Tisch ab und sprang mit einem Satz direkt vor ihre Füße. Erschrocken schrie sie auf und wich instinktiv einen Schritt zurück, nur um gegen den Herd hinter ihrem Rücken zu stoßen. Lieutenant Milford versperrte ihr mit seinem großen Körper jegliche Fluchtmöglichkeit. Einer letzten, verzweifelten Eingebung folgend, tastete sie mit zittrigen Fingern nach dem hinter ihr stehenden Wasserkessel, ängstlich bemüht, sich nicht zu verbrennen. Sobald sie den Holzgriff des Kessels zu fassen hatte, schwang sie ihn nach vorn.

Lieutenant Milford reagierte mit einem Wutschnauben. Doch sein Versuch, ihr den Kessel aus der Hand zu schlagen, schlug fehl und führte nur dazu, dass der Deckel herunterfiel und das siedende Wasser aus dem Kessel schoss. Unflätig fluchend machte Milford einen Hechtsprung zur Seite, aber nicht schnell und nicht weit genug. Der kochend heiße Inhalt des Kessels schwappte ihm über den Hals und die linke Schulter, aber zumindest nicht ins Gesicht. Laut aufjaulend ließ er sich auf den Boden fallen und wälzte sich vor Schmerzen hin und her.

Für den Bruchteil einer Sekunde verharrte Vivian voller Entsetzen, ehe sie ihre Röcke raffte und aus der Küche stürmte. Doch trotz seiner Schmerzen kam der Lieutenant fast gleichzeitig wieder auf die Beine und lief ihr, wie von Sinnen pöbelnd, hinterher. Verzweifelt rannte Vivian durch die Eingangshalle, um zur Haustür zu gelangen. Milford folgte ihr dicht auf dem Fuße und hatte sie fast erreicht, als die Haustür von außen geöffnet wurde und Sam hereinkam.

„Sam, hilf mir!", schrie Vivian in allerhöchster Not.

Mit einem Blick erfasste Sam die Situation. Mit einem wütenden Grollen stürzte er sich auf den tobenden Lieutenant. Mit seinen großen Händen packte er den englischen Offizier, der nur kurz verblüfft blinzeln konnte, und versetzte ihm einen solchen Hieb unter das Kinn, dass er bewusstlos zusammensackte.

Vivian blieb wie angewurzelt stehen und starrte erst den besinnungslosen Lieutenant und dann Sam an. Keuchend schnappte sie nach Luft.

Sam wandte sich sehr langsam zu ihr um, und sein Gesichtsausdruck sagte deutlich, dass ihm die ganze Tragweite der Situation ebenso klar war wie ihr.

„Mein Gott! Oh, mein Gott!", wimmerte Vivian.

„Beruhigen Sie sich, Miss Vivian", sagte Sam mit seiner tiefen Stimme ruhig. „Der Mann hat es verdient."

„Daran besteht überhaupt kein Zweifel! Es ist ein Wunder, dass du im letzten Augenblick aufgetaucht bist, Sam! Sonst wäre Milford über mich hergefallen! Aber ... oh Gott, das Problem, das wir jetzt am Hals haben, das ... das ist ja fast noch größer! Gütiger Himmel, Sam, was sollen wir denn jetzt bloß tun?“

„Weiß nicht, Miss Vivian. Vielleicht sollten wir den Lieutenant erst einmal auf sein Zimmer bringen. Das sieht nach schlimmen Verbrennungen aus. Bestimmt wird er schön krank.“

„Ich fürchte, wir ... wir müssen einen Arzt holen“, schlug Vivian halbherzig vor.

„Müssen wir wohl“, stimmte Sam wenig begeistert zu und warf einen verächtlichen Blick auf den am Boden liegenden Mann. „Obwohl das nichts als Probleme bringen wird. Der Engländer hier wird es verstehen, alles so hinzubiegen, dass wir die Angreifer waren und nicht er, da können Sie sicher sein, Miss Vivian. Am Ende sind wir schuld und alle werden uns für Feinde halten. Wer weiß, womöglich müssen Sie ins Gefängnis, Miss Vivian. Und ich auch. Das ist nicht gut, Miss Vivian. Ich glaube, wenn ich genauer darüber nachdenke, sollten wir erstmal gut überlegen, bevor wir einen Arzt holen.“

„Ich weiß nicht ...“, murmelte Vivian unentschlossen. „Wenn wir keinen Arzt holen, stirbt er womöglich, und egal, wie niederträchtig er auch ist, ich möchte nicht schuld am Tod eines Menschen sein! Und außerdem können jeden Augenblick Lieutenant Darrington und Olivia zurückkommen.“

„Nein, glaub ich nicht. Miss Olivia hab ich gerade gesehen. Sie unterhielt sich mitten auf der Straße mit ganz vielen Engländern. Sie benimmt sich wirklich nicht wie eine Dame, Miss Vivian. Und was Lieutenant Milford betrifft, der stirbt nicht so schnell. Die

Verbrennungen sind schlimm, aber bestimmt nicht tödlich. Wir können sie erst einmal kühlen."

„Also gut", seufzte Vivian. „Dann sollten wir ihn wenigstens erst einmal nach oben auf sein Zimmer bringen. Wenn du ihn trägst, hole ich kaltes Wasser."

Sam nickte, bückte sich und schwang sich den schlaffen Körper des Lieutenants mühelos über die Schultern.

„Was, zum Teufel, ist hier los?", brüllte da eine Donnerstimme hinter ihnen.

Wie von einer Tarantel gestochen, fuhr Vivian herum. Im Türrahmen stand Lieutenant Darrington, breitbeinig und mit finster zusammengezogenen Augenbrauen. Vivian spürte, wie ihr das Blut wegsackte und ihre Knie nachgaben. Sie brachte kein Wort hervor und konnte nur wie gebannt in die fragenden Augen des Lieutenants starren. Ihr Puls raste, sie konnte es fühlen! Unzusammenhängend stammelte sie: „Lieutenant Darrington! Ich ... wir ..."

Weiter kam sie nicht. Ihre Stimme wollte ihr einfach nicht gehorchen und war kaum mehr als ein Krächzen. Ihre Gedanken hingegen waren klar. Lieber Himmel, schoss es ihr durch den Kopf, sie hatte sich immer für stark gehalten. Und nun schaffte sie es nicht einmal, diesem verfluchten britischen Offizier Rede und Antwort zu stehen!

Sam hatte in der Zwischenzeit Lieutenant Milfords leblosen Körper langsam zurück auf den Boden gleiten lassen. Mit verschränkten Armen stellte er sich, ohne ein Wort zu sagen, zwischen Lieutenant Darrington und Vivian.

Der Lieutenant ignorierte Sams drohende Pose und ließ seinen Blick in aller Ruhe über Vivians zerrissenen Blusenärmel und Lieutenant Milfords krebsroten Hals gleiten. Seiner Stimme haftete ein resignierender Unterton an, als er stirnrunzelnd feststellte: „Ich nehme an, Miss Darcy, dass Lieutenant Milford Ihnen gegenüber zudringlich geworden ist?"

Vivian nickte, und die Knie wurden ihr weich vor Erleichterung über die rasche Auffassungsgabe des Offiziers. „Ja, ich ... ich konnte ihn kaum abwehren. Ich griff nach dem Wasserkessel und –"

„Ja, ich sehe schon", unterbrach Lieutenant Darrington, schritt zu dem Verletzten und sah sich die Wunden genauer an. „Schmerzhafte Verbrennungen, aber weniger schlimm als er es vermutlich verdient hätte. Die Wunden werden verheilen, aber wir müssen sie kühlen. Doch sagen Sie, wie kommt es, dass er bewusstlos ist? Das liegt doch nicht an den Verbrennungen!"

„Ich habe ihn niedergeschlagen, Sir", erklärte Sam, den Blick fest auf Lieutenant Darringtons strenge Miene gerichtet. „Ich kam gerade nach Hause, als Lieutenant Milford hinter Miss Vivian her war."

„Verstehe", seufzte Lieutenant Darrington. Sein Blick glitt abschätzend über Sam und Vivian. „In der Tat spricht die Situation für sich. Unter den gegebenen Umständen ist Ihnen beiden wohl kein Vorwurf zu machen."

„Oh, Gott sei Dank!", entfuhr es Vivian mit einem tiefen Stoßseufzer. Doch der sorgenvolle Zug um Lieutenant Darringtons Mund gefiel ihr gar nicht, sodass sie, erneut beunruhigt, vorsichtig fragte: „Lieutenant Darrington, gibt ... gibt es da noch irgendein Problem"?

„Allerdings!“, kam es prompt zurück. „Aber ich glaube, bevor wir darüber reden, bringen wir Milford erst einmal ins Bett! Besser, er sieht Sie nicht, wenn er wieder aufwacht.“

„Soll ich ihn nach oben tragen, Sir?“, erkundigte Sam sich widerstrebend.

„Ja, ich bitte darum. Ich komme mit. Miss Darcy, bringen Sie mir einen Krug kaltes Wasser und ein paar Wickel nach oben, und dann warten Sie bitte im Salon. Wir unterhalten uns, sobald ich den Lieutenant versorgt habe.“

Vivian marschierte unruhig im Salon auf und ab, als Lieutenant Darrington und Sam zehn Minuten später dort erschienen. Nervös an ihren Röcken zupfend, wandte sie sich dem Lieutenant zu und sah ihn erwartungsvoll an. Doch dieser ging erst einmal zu einem kleinen Schränkchen, holte eine Flasche Whiskey und ein Glas daraus hervor und schenkte sich etwas ein. Er leerte es in einem Zug, ehe er sich zu Vivian umdrehte.

„Nun, Sir? Sie ... Sie erwähnten vorhin ein Problem“, sprach Vivian ihn unsicher an, als er sie sekundenlang stirnrunzelnd betrachtete.

„Ja, leider“, seufzte der Lieutenant mit einem Gesichtsausdruck, der sowohl bedauernd als auch verärgert wirkte. „Sehen Sie, wie ich schon sagte, die Umstände sprechen für sich, und ich bin überzeugt, dass Lieutenant Milford sich seine Verletzungen selbst zuzuschreiben hat. Sie sind nicht die erste junge Dame, die er belästigt hat, was mir selbst und auch seinen und meinen unmittelbaren Vorgesetzten durchaus bekannt ist. Man würde ihm also kaum glauben, wenn er

sich in diesem Fall als Opfer präsentierte. Aber es gibt
da ein anderes Problem.“

„Und ... was wäre das?“, fragte Vivian mit einem unbehaglichen Gefühl in der Magengegend.

Lieutenant Darrington straffte die Schultern und lächelte mitfühlend. „Ich kenne Lieutenant Milford gut,
Miss Darcy, und leider muss ich Ihnen sagen, dass er
ungewöhnlich nachtragend ist. Ich bin überzeugt, dass
er versuchen wird, sich an Ihnen und Sam zu rächen,
sobald er dazu fähig ist.“

„Sich rächen?“, keuchte Vivian fassungslos. „Gütiger
Himmel, der Mann hat ... hat versucht, mich zu ... zu ...“

„Mir ist klar, was er versucht hat, Miss Darcy, und ich
kann Ihnen dafür nur mein aufrichtigstes Bedauern
ausdrücken!“, unterbrach Lieutenant Darrington energisch. „Es ist eine Schande, dass ein Offizier der britischen Armee ein derart unehrenhaftes Verhalten an
den Tag legt. Und wenn es nach mir ginge ... Aber das
tut es nicht. Milford hat einflussreiche Freunde, sowohl
beim Militär als auch im britischen Oberhaus. Er ist
noch nie dafür belangt worden, wenn er den Ruf einer
Lady ruiniert hat, im Gegenteil. Glauben Sie mir, er
kann und wird Ihnen das Leben zur Hölle machen,
wenn Sie nicht aus seiner Reichweite verschwinden.“

Völlig entgeistert starrte Vivian Lieutenant Darrington an. Es war offensichtlich, dass er jedes Wort ernst
meinte. „Und was soll ich Ihrer Meinung nach tun?“,
spottete sie gereizt. „Mich in Luft auflösen?“

„Was Sie tun sollen? Charleston verlassen, und das
auf dem schnellsten Wege!“, entgegnete er resolut.
„Und sehen Sie zu, dass Milford nicht so schnell herausbekommt, wo Sie sind. Ich bin sicher, dass Sie in zwei,

drei Monaten zurückkehren können. Milford wird bald wieder in den Kampf ziehen, und dann kann er Ihnen hier in Charleston nichts mehr antun. Aber bis dahin sorgen Sie besser dafür, dass er nicht erfährt, wo Sie sind."

„Oh Gott, das kann doch alles nicht wahr sein!", stöhnte Vivian mit einem Gefühl hilfloser Ohnmacht.

Sam legte eine Hand auf ihren Arm und erklärte niedergeschlagen: „Der Lieutenant hat recht, Miss Vivian. Wir sollten Charleston verlassen."

Vivian lächelte verzerrt. „Nun gut. Wenigstens gehen wir gemeinsam. Und eigentlich bin ich sogar froh, wenn ich aus Charleston herauskomme. Dann sehen wir Ann wieder und –"

„Sagen Sie's nicht, Miss Vivian", mahnte Sam ruhig. „Lieutenant Darrington möchte bestimmt nicht wissen, wo wir hingehen. Nur für den Fall, dass Lieutenant Milford ihn danach fragt."

„Sehr richtig", versetzte Lieutenant Darrington mit dem Anflug eines Grinsens.

„Oh! Ja, natürlich!", entgegnete Vivian erschrocken. „Aber ... wir haben trotzdem ein Problem! Ohne Pferd oder Boot – wie sollen wir da nur aus der Stadt kommen? Wir können doch nicht ganz bis nach ... ich meine, ganz bis zu unserem Ziel zu Fuß gehen!"

„Oh, ich kenne ein paar Leute, die Charleston verlassen wollen", bemerkte Lieutenant Darrington zu ihrer Überraschung. „Wenn es Ihnen nichts ausmacht, sich eine Zeitlang als Königstreue auszugeben, kann ich Ihnen ohne große Schwierigkeiten eine Mitfahrgelegenheit besorgen. Fahren Sie aber besser nur einen Teil der Strecke mit, damit Milford Ihre Spur nicht so leicht verfolgen kann.“

„Ich soll eine Tory spielen?“, entfuhr es Vivian, doch dann siegte die Vernunft, und sie setzte besonnener hinzu: „Nun gut, wenn es sein muss.“

„Vergessen Sie nicht, dass Ihre Sicherheit auf dem Spiel steht“, mahnte Lieutenant Darrington mit einem Lächeln.

Sie nickte, auch wenn sie innerlich mit den Zähnen knirschte.

Minuten später war sie auf ihrem Zimmer und packte die nötigsten Sachen zusammen. Seufzend überlegte sie, dass sie den Großteil ihrer Garderobe zurücklassen müsste. Viel mitnehmen konnte sie nicht, da ihr und Sam vermutlich noch ein anstrengender Fußmarsch bevorstand, selbst wenn sie eine Mitfahrgelegenheit für die ersten Meilen fanden. Lieutenant Darrington war bereits auf dem Weg, um mit ein paar Leuten zu sprechen, sodass sie spätestens morgen die Stadt verlassen konnten. Nach wie vor behagte ihr die Vorstellung, mit Tories reisen zu müssen, überhaupt nicht. Doch sie wusste, dass der Lieutenant recht hatte und sie praktisch denken musste. Wenn sie aus Charleston herauskommen wollte, war sie nun einmal auf die Hilfe anderer angewiesen.

Missmutig verstaute sie ein leichtes Kleid zum Wechseln und ein paar Wäschestücke in einer handlichen Reisetasche. Sie wusste nicht, was stärker war, ihr Zorn auf Lieutenant Milford oder ihr Kummer, dass sie Charleston so überstürzt verlassen musste. Nur ein paar Tage später wäre Simon nach Hause gekommen, und sie hätten gemeinsam zu Ann und Herbert nach

Lakewood gehen können. Stattdessen hatte sie Sam mit einer Nachricht zu ihm schicken müssen, dass Simons Elternhaus für sie und vielleicht auch für ihn dank Lieutenant Milford nicht mehr sicher war!

Niedergeschlagen verstaute sie eine Bürste und ein paar weitere Habseligkeiten in ihrer Tasche, doch dann schüttelte sie, verärgert über ihre eigene Verzagtheit, den Kopf. Wie kam sie eigentlich dazu, zu jammern! Alle ihre Freunde mussten den Krieg durchmachen, und den Männern, die kämpften oder sich mit Verletzungen, Ruhr oder Lungenentzündungen herumschlugen, ging es noch viel schlimmer! Da würde sie doch einen Fußmarsch von einigen Tagen überstehen! Und dann wäre sie wieder bei Ann und Herbert. Sie brannte darauf, zu erfahren, wie es ihnen ging! Und vor allem, vielleicht hatte Ann auch etwas von Cole gehört! Sofern er noch lebte – und sie zwang sich einfach, jede andere Möglichkeit auszuschließen –, war es durchaus möglich, dass er sich bei den Welseys gemeldet hatte! Ja, dachte sie mit einem Anflug von Erregung, vielleicht war es ganz gut, dass sie endlich aus Charleston herauskam! Es war zumindest eine Chance, etwas über Coles Schicksal zu erfahren!

Wie versprochen, vermittelte Lieutenant Darrington Vivian eine Reisemöglichkeit auf einem Privatboot. Es stellte sich zu Vivians Ärger heraus, dass es den Malloghans gehörte. Vivian verwünschte das Schicksal, das sie zwang, ausgerechnet mit jener Torydame zu reisen, die sich im Kaffeehaus so abfällig über ihre Rebellenbekanntschaften geäußert hatte. Aber wenn sie die Stadt verlassen wollte, blieb ihr nun einmal keine andere Wahl, als mit getreuen Tories zu reisen. Und die

Malloghans gehörten zu den treuesten Tories, die man sich denken konnte!

Lieutenant Darrington brachte Vivian persönlich an Bord. Er hatte den Malloghans erzählt, Vivian wolle nach Savannah, um dort bei Verwandten zu wohnen. Wohl oder übel hatten die Malloghans zugestimmt, Vivian und Sam auf ihrer Yacht aus Charleston herauszubringen und ein kurzes Stück mitzunehmen, bis sich ihre Richtungen trennten. Vivian ärgerte sich, dass Lieutenant Darrington ausgerechnet Savannah als Reiseziel angegeben hatte. Bei einem anderen Ziel hätten sie vielleicht etwas länger mitfahren können, da die Malloghans eigentlich in genau die Richtung fuhren, in der auch Lakewood lag. Doch es war nun einmal nicht zu ändern.

Die Fahrt verlief erfreulich problemlos. Als angebliche Bedienstete der königstreuen Malloghans hatten auch Vivian und Sam keine Probleme, die Stadtgrenze zu passieren. Wenige Meilen hinter der Stadt mussten sie dann von Bord. Obwohl ihr vor dem bevorstehenden Fußmarsch graute, war Vivian froh, der unangenehmen Gesellschaft der Malloghans zu entkommen.

Auch Sam wirkte eher erleichtert, als sie früh am Vormittag von Bord gingen und ihren Weg von da an zu Fuß fortsetzten. Immerhin hatte Lieutenant Darrington ihnen genug Proviant mitgegeben, der für gut zwei Wochen reichen würde. Bis dahin wären sie bestimmt längst auf Bellarbres bei den Meuniers, wo es sicherlich genug zu essen geben würde, überlegte Vivian, während sie hinter Sam hermarschierte, der den Weg kannte und voranschritt. Sam war es auch, der sie daran erinnert hatte, dass Bellarbres auf dem Weg nach

Lakewood lag und sie dort einen Zwischenstopp einlegen konnten. Vivian hatte begeistert zugestimmt, unendlich froh, dass ihr Fußmarsch deutlich kürzer ausfallen würde als befürchtet. Sicherlich würde Georgias Familie sie und Sam für ein paar Tage aufnehmen, bis sie sich wieder erholt hätten. Und danach würde man ihnen gewiss zwei Pferde zur Verfügung stellen, auf denen sie weiter nach Lakewood reiten könnten.

Davon abgesehen, freute Vivian sich ungemein auf das Wiedersehen mit Georgia. Bestimmt wartete Simons Frau schon ungeduldig auf eine Nachricht von ihm. Vivian war unendlich froh, dass es Simon inzwischen fast wieder gut ging und sie Georgia gute Nachrichten von ihm bringen konnte.

Ihren Fußmarsch begannen Vivian und Sam auf einem schmalen Waldweg. Gelegentlich wurde er breiter, dann wieder schmal und fast unpassierbar. Oft versperrte ihnen wildes Gestrüpp den Weg, sodass Sam ihnen mit seinem großen Jagdmesser den Weg freischlagen musste. Teilweise war das Gelände sumpfig, dann hatte Vivian jedes Mal das Gefühl, dass sie unweigerlich die Orientierung verlieren würden. Doch Sam kannte den Weg genau und führte sie mit verblüffender Sicherheit durch das ihr völlig unbekannte Gelände.

Irgendwann, als sie noch nicht lange unterwegs waren, fragte Vivian, ob es denn keinen besseren Weg gäbe.

„Oh doch, es gibt schon einen besseren Weg", entgegnete Sam mit einem Stirnrunzeln. „Aber auf den großen Straßen soll es von den Reitereien der britischen Armeen nur so wimmeln! Und vor allem sollen sich

Tarletons Grünröcke in der Gegend herumtreiben. Die würden auch nicht davor zurückschrecken, einer jungen Lady etwas anzutun, nach allem, was man so hört. Es ist viel sicherer, auf diesen kleinen Weg, auf dem wir uns befinden, auszuweichen, glauben Sie mir, Miss Vivian".

„Meinst du wirklich nicht, dass deine Vorsicht etwas übertrieben ist?", zweifelte Vivian, trotz eines unbehaglichen Gefühls in ihrer Magengegend. „Ich meine, wir sind doch nur zwei harmlose Reisende. Warum sollten uns irgendwelche Soldaten etwas antun?"

Sam schüttelte beharrlich den Kopf. „Nein, Miss Vivian. Ich hab schon zu viele böse Geschichten gehört. Lieber einen Tag länger unterwegs sein, als den Tarleton-Reitern in die Quere kommen, glauben Sie mir! Die amerikanischen Toryregimenter sind schlimmer als die Rotröcke, und Tarletons Grünröcke die schlimmsten von allen! Wenn wir denen in die Hände fallen ... Nein, Miss Vivian, das kommt nicht in Frage! Ihr Vater würde mir die Ohren lang ziehen, wenn er noch lebte, dass ich nicht gut auf Sie aufgepasst hätte!"

„Na ja, wenn du meinst", seufzte Vivian.

Es dauerte nicht lange, da waren Vivians Schuhe und Strümpfe durchnässt, ihr Rock war schmutzig, und sie fühlte sich am ganzen Körper verschwitzt. Mücken und Fliegen summten um ihre Ohren, und es kribbelte und juckte überall. Sie waren erst wenige Stunden unterwegs, und schon glaubte Vivian, nahezu am Ende ihrer Kräfte zu sein. Fassungslos dachte sie darüber nach, dass sie noch vor wenigen Wochen ein wohlbehütetes Leben geführt hatte, sowohl in England bei Sir William als auch in Charleston bei Ann und den Welseys. Und nun trottete sie mit schmerzenden Füßen hinter Sam her, der unermüdlich voranmarschierte! Wenn sie doch nur Pferde hätten, dachte sie immer wieder, wie viel einfacher wäre dann alles! Aber sie hatten keine Pferde, sie musste sich damit abfinden!

Am Abend, als es langsam anfing, dunkel zu werden, suchte Sam ihnen einen geschützten Lagerplatz im Dickicht, wo es einigermaßen trocken war. Aus alten Ästen und Zweigen bereitete er ihnen ein Lager, auf dem er zwei Decken ausbreitete. Während Vivian sich sofort hinlegte und in eine Decke rollte, zerschnitt Sam ein großes Stück Speck und einen Laib Brot in kleine Stücke und teilte es zwischen ihnen auf. Heißhungrig setzte Vivian sich wieder auf und schlang das Essen gierig hinunter. Erst jetzt fiel ihr auf, wie hohl ihr Magen war, nachdem sie den ganzen Tag über unterwegs gewesen waren, ohne auch nur einen einzigen Bissen zu sich zu nehmen. Anschließend kuschelte sie sich in ihre Decke und schlief erschöpft ein. Sie war so müde, dass sie nicht einmal der harte Untergrund störte. Ein federweiches Himmelbett hätte ihr im Augenblick nicht besser gedient als dieses Lager unter offenem Himmel.

Beim Erwachen am nächsten Morgen spürte Vivian jeden Knochen in ihrem Körper. Vor allem ihr Rückgrat war es, das sich unangenehm bemerkbar machte. Sie streckte Arme und Beine weit von sich, um in Schwung zu kommen, dann setzte sie sich vorsichtig auf und sah sich um.

Sam war schon wach, wie sie feststellte, und grüßte freundlich, als sie sich mühsam auf die Füße rappelte. Anders als sie strotzte er vor Energie und war gerade dabei, seine Decke zusammenzurollen.

Nach einem hastigen Frühstück, das lediglich aus einer trockenen Scheibe Brot und etwas Wasser bestand, brachen sie erneut auf. Zunächst ging es weiter durch den Wald, bis sie gegen Mittag auf offenes Wiesengelände stießen. Nun wurde der Weg breiter und gut begehbar. Bald stieß ein anderer Weg dazu, auf dem noch frische Spuren von Pferdehufen zu sehen waren. Besorgt runzelte Sam die Stirn.

„Meinst du, dass das Feinde waren?", fragte Vivian, da ihr Sams plötzliche Unruhe nicht entging.

„Weiß ich nicht, Miss Vivian. Kann schon sein. Besser, wir halten die Augen offen."

Mit einem zögernden Nicken setzte Vivian sich hinter Sam wieder in Bewegung. Obgleich sie sich nicht gerade für einen besonders furchtsamen Menschen hielt, so wirkte Sams ungewohnte Anspannung doch ansteckend, und sie wünschte mehr denn je, dass sie endlich Bellarbres erreichten. Einmal mehr verwünschte sie Lieutenant Milford, der sie durch sein Handeln in diese missliche Lage gebracht hatte. Und auch wenn sie froh war, dass sie ihn nicht so schlimm verletzt hatte, dass er bleibende Schäden behalten würde, so gönnte sie ihm in diesem Augenblick zumindest seine Schmerzen von Herzen.

Nichtsdestotrotz marschierte sie klaglos hinter Sam her, der sehr aufmerksam und konzentriert immer wieder seinen Blick in die Gegend schweifen ließ und nach Feinden Ausschau hielt. Auch sie selbst sah sich immer wieder unruhig um, bis sie irgendwann zu müde wurde und nur noch stumm hinter Sam hertorkeln konnte. Zu allem Überfluss schmerzten inzwischen auch ihre Füße nahezu unerträglich, denn ihre zierlichen Stadtschuhe eigneten sich nicht zum Marschieren. Auf die Dauer waren sie den Strapazen nicht gewachsen, sodass die Sohlen große Löcher bekamen und Vivian das Gefühl hatte, auf heißen Kohlen zu gehen.

Ihr fiel ein Stein vom Herzen, als Sam bei Einbruch der Abenddämmerung endlich einen geeigneten Lagerplatz suchte und sie erschöpft zu Boden sinken konnte. Diesmal gab es eine kleine Mahlzeit aus Dörrfleisch. Vivian schlang die Bissen hungrig hinunter, ehe sie die mitgeführten Decken ausbreitete, um sich schlafen zu legen. Sam hingegen kündigte an, die Nacht über Wache halten zu wollen.

„Wache halten?", fragte Vivian irritiert. „Lieber Himmel, Sam, du brauchst doch auch etwas Schlaf!"

„Eine Nacht ist nicht schlimm, Miss Vivian", beruhigte Sam. „Bei Charlestons Belagerung gab's noch weniger Schlaf. Wenn wir erst auf Bellarbres sind, kann ich den Schlaf ja nachholen. Ich schätze, morgen Abend sind wir da."

„Dem Himmel sei Dank!", entfuhr es Vivian, wobei sie ein Gähnen unterdrückte.

„Schlafen Sie, Miss Vivian", lächelte Sam. „Ich pass auf Sie auf."

Am späten Nachmittag des nächsten Tages stellte Sam zu Vivians grenzenloser Erleichterung fest, dass sie nun tatsächlich bald auf Bellarbres wären. In ungefähr zwei Stunden wären sie da, erklärte er. Vivian wunderte sich kurz, dass Sam bei dieser Ankündigung eher besorgt als fröhlich wirkte. Sie selbst konnte es jedenfalls kaum erwarten, endlich da zu sein. Mit einem unterdrückten Seufzer dachte sie daran, dass sie auf

Bellarbres endlich wieder in einem richtigen Bett schlafen könnte. Es war ihr sehnlichster Wunsch, sich in die weichen Federn fallen zu lassen und zu schlafen, nur noch zu schlafen. Für einen winzigen Augenblick war es ihr peinlich, wie heruntergekommen sie aussah, mit ihrer beschmutzten Kleidung und den zerfetzten Schuhen. Die Meuniers mussten ja denken, sie wäre eine Landstreicherin. Aber sollten sie doch! Ihr war inzwischen alles egal, solange sie nur endlich heraus aus dieser Wildnis kam!

Vivian hatte nicht gewusst, wie lang zwei Stunden werden konnten. Doch dann endlich lag Bellarbres vor ihnen. Von einem kleinen Hügel aus blickten Vivian und Sam direkt auf die Plantage der Meuniers herab. Aber was Vivian sah, ließ ihr das Blut in den Adern gefrieren. Mit einem erstickten Aufschrei schlug sie die Hand vor den Mund. Alle Worte, die sie zu Sam sagen wollte, blieben ihr im Halse stecken.

Das, was sie dort unten sah, war nicht das gepflegte weiße Herrenhaus mit dem großen Park, das sie bei ihrem Silvesterbesuch gesehen hatte. Stattdessen hob sich in der Dämmerung undeutlich eine dunkle Masse vom Himmel ab, aus deren Mitte ein schwarzer Schornstein herausragte. Die einst so üppigen Obstbäume, die um die Ruinen des Herrenhauses herumstanden, waren jetzt blätterlos und ließen ihre verkohlten Äste traurig herabhängen. Vivian ließ ihren verstörten Blick zu den Sklavenhütten wandern. Auch sie waren niedergebrannt, und nur ihre Überreste zeugten davon, dass dieses einmal ein stattliches Anwesen gewesen sein musste. Jetzt lag alles verbrannt und verlassen da. Nichts erinnerte daran, dass hier einst Menschen gelacht und gefeiert hatten.

Schaudernd blinzelte Vivian zu Sam. Auch er war vor Entsetzen erstarrt und schien nicht fassen zu können, was sich seinem Blick bot. Mit regungsloser Miene und fest zusammengepressten Lippen starrte er auf die verwüstete Plantage, die ihm einst ein Zuhause gewesen war. Wortlos setzte er sich schließlich in Bewegung, und Vivian folgte ihm.

Nicht ein Lebewesen war zu entdecken, als sie sich den Überresten des Herrenhauses näherten. Nicht einmal die Stimme eines Vogels war zu hören. Vivians Nerven waren zum Zerreißen gespannt. Wenn jetzt irgendwo ein Ast knackte, ging es ihr durch den Sinn, würde sie schreien. Großer Gott, was mochte hier nur geschehen sein? Wo waren die Bewohner der Plantage? Wo waren Georgia und ihre Eltern? Wo waren Brad Meunier und Paul Welsey, die auf dem Weg hierher gewesen waren? Gütiger Gott, schrie etwas in Vivian, wo waren sie alle?

Und dann, als sie fast bei der Ruine des Herrenhauses angelangt waren, sah Vivian eine Gestalt aus den Trümmern wanken und mit gesenktem Kopf vor dem abgebrannten Haus stehenbleiben. Oh Gott sei Dank, es war noch jemand am Leben!, schoss es Vivian kurz durch den Kopf, und sie öffnete den Mund zu einem Ruf. Doch schon im selben Augenblick blieb sie ruckartig stehen, und ihr Ruf blieb ihr in der Kehle stecken.

Die Gestalt vor ihr war Georgia. Aber es war nicht die Georgia, die Vivian kannte. Dieses hier war eine gramgebeugte Frau, in deren versteinerter Miene nicht eine

Regung zu erkennen war. Mit hängenden Schultern kam sie schlurfend auf Vivian zu.

„Georgia!", murmelte Vivian, und wiederholte dann etwas lauter: „Georgia!"

Mit ausdrucksloser Miene schleppte sich Georgia weiter voran. Vivian, die vor Fassungslosigkeit wie festgewurzelt stehengeblieben war, riss sich zusammen und machte ein paar Schritte auf sie zu, bis sie und Georgia sich direkt gegenüberstanden. Georgia sagte kein Wort und blickte teilnahmslos durch sie hindurch.

„Georgia?", fragte Vivian mit zitternder Stimme, und obwohl sie Georgia am liebsten fest in die Arme geschlossen hätte, wagte sie es nicht, sie zu berühren. „Georgia, erkennst du mich nicht?"

Georgia blinzelte nicht einmal, sondern blickte starr geradeaus. „Doch, natürlich. Guten Tag, Vivian."

Vivian lief ein Schauer über den Rücken. Georgias Stimme klang so unnatürlich und spröde, wie splitterndes Glas! Es schien fast, als würde Georgia selbst jeden Augenblick zerbrechen. Vivian biss sich voller Angst auf die Lippen und blickte sich blinzelnd zu Sam um, der dicht hinter ihr stand.

„Miss Georgia", murmelte er dumpf, und auch in seinen Augen standen Tränen.

„Guten Tag, Sam. Ich hoffe, es geht dir gut", kam es monoton von Georgia zurück.

„Georgia, um Himmels willen!", brach es erschüttert aus Vivian heraus. „Was ist hier geschehen? Wer hat das getan? Gütiger Himmel, so sag doch endlich etwas! Was ist passiert, Georgia?"

„Passiert? Wieso, was soll denn passiert sein?", fragte Georgia ohne jegliche Regung.

„Was soll …", wiederholte Vivian und brach dann völlig entgeistert ab. Gütiger Himmel, irgendetwas stimmte nicht mit Georgia! Sie, die früher vor Leben nur so übergesprudelt war, stand ihnen jetzt apathisch gegenüber, so, als ginge sie alles um sie herum überhaupt nichts an! Voller Verzweiflung spähte Vivian in Georgias regungslose Miene, als unvermittelt ein Zerrbild eines Lächelns über Georgias blasse Lippen zuckte.

„Wollt ihr denn nicht ins Haus kommen und etwas trinken?", fragte Georgia zu Vivians Fassungslosigkeit. „Ihr seht so erschöpft aus."

Gütiger Himmel, Georgia musste ihren Verstand verloren haben, überlegte Vivian mit einem Anflug von Verzweiflung. Hektisch fuhr sie sich mit den Händen durch die Haare. Irgendetwas musste es doch geben, was sie tun konnte, um Georgia aus ihrer Verwirrung zu reißen!

Behutsam fasste sie Georgia an beiden Oberarmen und drehte sie so, dass sie ihr ins Gesicht sehen musste. „Georgia, Liebes, bitte, versuch dich zu erinnern", redete sie sanft auf sie ein. „Was ist hier passiert, Georgia? Wo sind deine Eltern und die anderen? Wo sind Brad und Paul? Und all eure Sklaven?"

Georgias Augen weiteten sich, und ihre Unterlippe begann zu zittern. Dann wimmerte sie leise: „Mama? Ja, wo ist Mama?"

„Sagen Sie es uns, Miss Georgia", bat Sam leise, mit einem unendlich traurigen Gesichtsausdruck.

Ein gehetzter Ausdruck schlich sich in Georgias Augen, ehe sie anfing zu kreischen: „Mama! Wo ist Mama? Papa? Papa! – Nein! – Das dürft ihr nicht tun! Papa!"

Ihre Stimme überschlug sich, sie fing an zu zittern und sah aus, als wäre sie kurz davor, davonzulaufen.

Vivian zog Georgia hastig in ihre Arme und drückte sie an sich. Beruhigend strich sie ihr über die dunklen, zerzausten Locken, obwohl auch ihr die Knie zitterten und ihr vor Angst beinahe übel war, und Georgia klammerte sich an sie und begann, hemmungslos zu schluchzen.

„Georgia, es ist gut!", flüsterte Vivian. „Alles wird gut, Liebes! Versuch dich zu beruhigen."

„Mama!", schluchzte Georgia erneut. „Oh Gott, Mama!"

Vivian schluckte, kaum noch in der Lage, gegen den dicken Kloß in ihrem Hals anzukommen. Sam stand hilflos mit hängenden Armen daneben und sah gequält zu, wie Vivian mit Tränen in den Augen beruhigende Worte flüsterte und Georgia übers Haar strich.

Endlich beruhigte sich Georgia etwas. Ihr Schluchzen verebbte langsam, doch sie presste sich haltsuchend in Vivians Arme. Als sie dann schließlich aufblickte, war ihr Blick schmerzerfüllt, aber klar, und sie nahm wahr, was um sie herum vorging.

„Vivian!", flüsterte sie erstickt.

Vivian strich ihr sanft übers Haar. „Pst, schon gut. Sei ganz ruhig."

Georgia schaffte es, die Schultern zu strecken und sich aus Vivians Umarmung zu lösen. „Es ... es ist schon gut. Es geht ... schon. Ich ... es ... Ich bin so froh, dass ihr da seid, du und Sam."

Vivian schloss kurz die Augen vor Erleichterung, dass Georgia jetzt wieder bei Sinnen war. Die Unruhe zerriss sie beinahe, sie konnte nicht länger trösten und im

Ungewissen bleiben! Sie musste endlich wissen, was hier geschehen war! „Georgia, bitte, sag doch: Wo sind die anderen? Wo sind deine Eltern? Und …“

Sie verstummte abrupt, als sie Georgias Blick registrierte. Noch ehe Georgia zu einer Antwort ansetzte, wusste Vivian bereits, was sie sagen würde. Und wenn sie ehrlich war, hatte sie es vom ersten Augenblick an befürchtet, als sie Georgia in den Trümmern entdeckt hatte. Und auch Sam wusste es, Vivian erkannte es an der Trauer in seinen Augen.

„Sie … sie sind alle tot. Alle … tot!“, stieß Georgia stockend hervor und brach erneut in Tränen aus.

Genau wie Sam brachte Vivian kein Wort heraus. Auch wenn sie die schreckliche Wahrheit geahnt hatte, war die Gewissheit noch um ein Vielfaches grauenhafter. Mit hängenden Armen verharrte sie stocksteif an ihrem Platz.

„Sie haben … sie alle getötet! … Mama … und Papa und … Brad“, würgte Georgia weinend hervor. „Und die … die Sklaven haben sie … mitgenommen!“

Vivian sah wie durch einen Nebel, wie Sam die Hände zu Fäusten ballte. Sie hatte das Gefühl, nicht wirklich hier zu stehen, sondern irgendwo aus weiter Ferne alles zu beobachten. Und doch war sie hier, stand inmitten einer niedergebrannten Plantage und vernahm äußerlich teilnahmslos Georgias Worte, auch wenn sie innerlich um Fassung rang. Ihr fehlten die Worte, um ihre Erschütterung auszudrücken, doch wusste sie andererseits auch genau, dass es in diesem Moment nichts gab, was sie sagen konnte, um Georgia zu helfen.

„Es … es waren Tories! Niederträchtige Amerikaner!“, stieß Georgia voll Abscheu hervor. Dann kniete sie sich auf den Boden und vergrub ihren Kopf in ihren Händen.

Erst nach einer Weile konnte Vivian Georgia dazu überreden, sich zu einem zusammengefallenen Mauerrest führen zu lassen und sich dort zu setzen. Vivian setzte sich neben sie und legte einen Arm um ihre Schultern. Sam setzte sich ihnen gegenüber im Schneidersitz auf die Erde. Nach ein paar schweigsamen Minuten und ein paar tiefen Atemzügen war Georgia schließlich in der Lage, einigermaßen zusammenhängend zu erzählen, was vorgefallen war.

„Es muss vor ein paar Tagen gewesen sein, ich weiß nicht genau, wie lange es her ist", begann sie mit brüchiger Stimme, den Blick ausdruckslos in die Ferne gerichtet. „Brad und Paul waren gekommen. Brad hatte noch den Arm in einer Schlinge und war noch nicht wieder völlig gesund, darum hatte Paul ihn begleitet. Am nächsten Tag ist Paul dann weiter nach Lakewood geritten. Und an dem Tag passierte dann alles ... kurz nachdem er weg war."

Vivian schloss kurz die Augen und schluckte. Doch so erleichtert sie auch war, zu hören, dass zumindest Paul Welsey vermutlich noch am Leben war, es änderte nichts an dem abgrundtiefen Entsetzen, das im Augenblick ihr gesamtes Inneres erfüllte.

Georgia holte unterdessen tief Luft, bevor sie kaum hörbar weitersprach: „Es war gegen Mittag, ein paar Stunden, nachdem Paul fort war, als ... als plötzlich Reiter auftauchten. Es waren sehr viele, und sie waren alle grün gekleidet. Ein Offizier ritt an ihrer Spitze. Vor dem Haus hielten sie an, und der Offizier befahl, dass alle Hausbewohner auf die Veranda kommen sollten. Wir

… wir waren aber sowieso schon alle draußen: Mama, Papa, Brad und ich. Dann … dann fragte der Offizier, ob nicht noch mehr im Haus wären, und Papa sagte, nein, nur Bedienstete. Ob er keine Söhne hätte, fragte der Offizier, und Papa sagte, doch, aber die wären nicht da, bis auf Brad, der neben ihm stand." Georgias Lippe zitterte, und sie schluchzte unterdrückt auf. „Ich dachte noch, wie … wie gut es war, dass sie nicht da waren. Aber … aber der Offizier meinte, wenn sie nicht da wären, dann … dann wären sie wohl Rebellen, die gegen ihren König kämpften. Papa fragte, woher er das wissen wollte, und dann … dann sagte Papa, sie hätten sich ergeben und … und könnten doch hingehen, wohin sie wollten. Aber der Offizier sagte, nein, das … das könnten sie nicht, und wurde sehr laut. Dann … dann befahl er seinen Leuten, unsere Schwarzen zusammenzutreiben, weil … weil er sie mitnehmen wollte. Er sagte, eine Rebellenfamilie brauchte keine Sklaven, wir könnten froh sein, dass wir nicht selbst zu Sklaven gemacht würden. Und dann schickte er seine Leute ins Haus und sagte, sie … sie sollten sehen, was zu holen wäre. Als Papa hörte, was der Offizier sagte, da … da …"

„Was tat Ihr Vater dann, Miss Georgia?", fragte Sam sehr sanft und leise, als Georgia wimmernd ihren Satz abbrach.

Georgias Brust hob und senkte sich immer schneller, und ihre Worte waren zwischen heftigen Schluchzern gerade eben noch zu verstehen: „Papa ist … ist furchtbar wütend geworden. Er … er schrie, niemand würde … würde seine Leute mitnehmen und … und verschachern. Und er … er würde nicht erlauben, dass auch nur ein einziger mieser Tory seinen Fuß über seine

Schwelle setzt." Georgia schluchzte laut auf. „Ja, das ...
das waren seine Worte. Und als Papa das sagte, da ... da
nahm ... da nahm der Offizier seine Pistole und ... und
lachte. Wenn ... wenn er das nicht erlaubte, dann ...
dann müsste er ihn eben erschießen, sagte er. Und Papa
... Papa schrie, nie und nimmer würde er das erlauben.
Und dann ... dann gab es einen lauten Knall und ... und
Papa fiel um, und ich ... ich konnte gar nichts tun, ich ...
ich stand nur da. Aber Mama schrie und ... und weinte
und ... und warf sich neben ihn. Die Soldaten lachten
über sie. Brad ... lief ins Haus, und als er wieder herauskam, hatte er seine Muskete in der Hand. Er ... er wollte
den Offizier erschießen, aber ... aber er trug ja noch den
Arm in der Schlinge und ... und konnte nicht gut zielen.
Der Offizier war schneller und ... und schoss mit seiner
Pistole auf Brad. Dann ... dann lag auch Brad am Boden.
Er ... er war aber nicht tot, er ... er stöhnte die ganze Zeit,
und ... und Mama weinte so schrecklich, sie ... sie sagte,
Papa wäre tot, und dann ... dann ging sie zu Brad und
weinte noch mehr, weil er so stark am Bauch blutete."

„Großer Gott!", murmelte Sam unterdrückt. Vivian
konnte nichts sagen, weil Tränen ihr die Kehle zuschnürten.

Georgia schlug die Hände vors Gesicht. Erstickt
würgte sie hervor: „Mama schrie den Offizier an, er
sollte doch helfen, aber er hörte nicht, und ... und die
ganze Zeit stöhnte Brad so entsetzlich. Ich flehte den
Offizier an, er möge helfen, ich ... ich kniete vor ihm nieder, aber ... er sagte, Brad brauchte keine Hilfe mehr.
Und dann ... dann brannte plötzlich das Haus. Die
Tories hatten Feuer gelegt, und ... sie sagten, wir sollten
von der Veranda gehen, sonst ... sonst würden wir

verbrennen. Ich bettelte, dass sie … dass sie Papa und Brad heruntertragen sollten, denn ich schaffte es nicht, sie waren zu schwer, aber … aber die Soldaten lachten nur und sagten, sie … sie würden sich doch nicht mit Toten abmühen. Und wenn … wenn wir nicht bald vom Haus weggehen würden, würden wir auch verbrennen und sterben.“

„Oh Gott, Georgia“, flüsterte Vivian.

„Ich hab dann versucht, Mama wegzuziehen, aber … sie hat sich gewehrt, sie wollte nicht, sie … sie sagte, ihr Platz wäre an … an Papas Seite, und … und dann sah ich, wie die Tories das Vieh zusammentrieben, aber keiner kam, um uns zu helfen. Und dann kam doch einer, aber er hat nicht Mama weggetragen, sondern mich! Ich … ich hab ihn angeschrien, dass … er soll mich lassen, ich muss Mama helfen! Aber … er hielt mich einfach fest, ich … ich konnte nicht …“

Georgias Stimme brach. Mit letzter Kraft flüsterte sie: „Ich … sah dann, wie … wie das Haus einstürzte. Mama und Papa und Brad … sie wurden darunter begraben und … und verbrannten. Was … was danach passierte, weiß ich nicht so genau. Ich glaube, ich bin weggelaufen. Und als die Tories weg waren, da bin ich wieder hergekommen. Was danach war, weiß ich nicht. Bis ihr dann irgendwann gekommen seid.“

Eine tödliche Stille lag über der abgebrannten Plantage, als Georgia tränenüberströmt verstummte. Vivian fühlte sich vor Entsetzen wie erstarrt, und auch Sam rührte sich minutenlang nicht. Schließlich war es Georgia, die sich zuerst bewegte. Sie kniete sich auf den Boden und schlang die Arme um ihren Kopf. Daraufhin erhob sich Sam und marschierte kommentarlos davon.

Vivian blinzelte ihm hinterher und sah gedankenverloren zu, wie er ziellos zwischen den Trümmern der einstigen Sklavenhütten umherwanderte. Irgendwann packte er irgendeinen Gegenstand und schleuderte ihn mit einem lauten, langgezogenen Wutschrei weit von sich.

Vivian selbst brachte zunächst kein Wort über die Lippen. Kein Wunder, dass Georgia so verändert war, ging es ihr niedergeschmettert durch den Kopf. Mit ansehen zu müssen, wie ihre Familie auf so grausame Weise getötet wurde ... Und Brad, den sie im Lazarett gepflegt hatte – nur, damit er wenig später ein solches Ende fand! Überwältigendes Mitgefühl für ihre Freundin überkam sie, aber ihr fehlten die Worte, es auszudrücken. Was konnte man nach einem solchen Schauerbericht auch noch Tröstliches sagen? Wie konnte es Trost für jemanden geben, der alle Menschen, die er liebte, verloren hatte?

Doch bei dieser Überlegung schoss es Vivian siedend heiß durch den Kopf: Alle stimmte ja gar nicht!

Sie kniete sich neben Georgia und nahm ihre Hand. „Georgia, ich ... als ich noch in Charleston war, habe ich Simon gesehen. Er liegt im Lazarett und hat ein verletztes Bein, aber es geht ihm schon viel besser.“

„Simon? Er ... es geht ihm gut?“, flüsterte Georgia und starrte Vivian mit großen Augen an.

„Ja, und er lässt dir ausrichten, dass er dich liebt und zu dir kommt, sobald er Charleston verlassen kann“, log Vivian, in der verzweifelten Hoffnung, dass diese kleine Notlüge helfen würde, Georgia zumindest ein wenig Trost zu spenden, sodass sie die nächsten Tage überstand. „Georgia, du musst mit uns nach Lakewood gehen! Simon wird sicher bald dort sein."

„Nach Lakewood …", murmelte Georgia tonlos, doch dann blickte sie auf, und große Tränen rollten über ihre ausgemergelten Wangen. „Ja, nach Lakewood! Simon wird dort sein, nicht wahr?"

Vivian nickte zögernd, von Zweifeln geplagt, ob sie das Richtige tat, wenn sie Georgia anlog. Doch andererseits, wenn es Georgia ein wenig Kraft gab, dann heiligte der Zweck schließlich die Mittel! Und letztendlich würde Simon irgendwann wirklich nach Lakewood kommen, daran bestand überhaupt kein Zweifel!

„Ja, Simon wird nach Lakewood kommen", bekräftigte sie daher, zuversichtlicher, als ihr zumute war. „Und wir gehen auch nach Lakewood, Georgia. Ich kann zwar nicht sagen, dass dann alles wieder gut wird, nach allem, was hier passiert ist. Aber auf Lakewood wird es dir bestimmt bald besser gehen."

„Simon wird da sein …", flüsterte Georgia, und ihr bleiches Antlitz belebte sich ein wenig. „Simon wird da sein …"

Mit einem leichten Unbehagen nickte Vivian. Die Aussicht Simon wiederzusehen, schien Georgia zu beleben, aber wie würde sie reagieren, wenn er später auf Lakewood auftauchte, als sie annahm? Andererseits war das im Augenblick unbedeutend. Alles, was zählte, war, dass sie Georgia von Bellarbres fortbringen mussten. Und je bereitwilliger Georgia mit ihnen ging, desto besser. Die Weiterreise nach Lakewood würde für Georgia ohnehin anstrengend genug werden, denn sie war jetzt in einem weit fortgeschrittenen Zustand ihrer Schwangerschaft und durch die schrecklichen

Erlebnisse so mitgenommen, dass Vivian sich ängstlich fragte, ob sie einen Fußmarsch von mehreren Tagen überhaupt überstehen würde. Womöglich würde sie das Kind verlieren oder vor Entkräftung zusammenbrechen. Jede Belastung konnte nach allem, was sie erlebt hatte, zu viel für sie sein. Obendrein hatte Georgia stark an Gewicht verloren, da sie in den letzten Tagen vermutlich nichts gegessen hatte, sodass jede weitere Strapaze ein unkalkulierbares Risiko darstellte. Ein Fußmarsch kam für Georgia also eigentlich nicht in Frage. Doch die Tories hatten alle Pferde und Boote von Bellarbres mitgenommen. Im Grunde blieb ihnen gar nichts anderes übrig, als sich wieder zu Fuß auf den Weg zu machen. Was sie selbst betraf, so hatte Vivian das Marschieren zwar gründlich satt, aber sie wusste, dass sie und Sam auch noch die Strecke bis Lakewood schaffen würden. Aber Georgia? Doch trotz Georgias Schwäche konnten sie doch auch unmöglich auf einer vollkommen verwüsteten Plantage bleiben, wo jederzeit wieder feindliche Reiter auftauchen konnten!

Der rettende Einfall kam schließlich von Sam. Er hatte zwischen den Trümmern der Hütten eine Axt und ein paar Werkzeuge gefunden.

„Damit können wir ein Floß bauen, Miss Vivian", erklärte er, als er mit finsterer Miene zu ihnen zurückkehrte. „Dann brauchen wir nicht zu laufen, und vor allem Miss Georgia kann ihre Kräfte schonen."

„Oh, Gott sei Dank!", entfuhr es Vivian mit vor Erleichterung zitternder Stimme, wobei sie sich zum wiederholten Mal fragte, was sie wohl ohne Sam gemacht hätte.

Sam streckte einen Arm aus und deutete auf einen Bereich etwas abseits der Trümmer. „Dort hinten habe ich einen geschützten Platz hinter ein paar verkohlten Büschen entdeckt, Miss Vivian. Er eignet sich gut zur Übernachtung, denke ich. Wenn Sie Miss Georgia dahinbringen, trage ich unsere Habseligkeiten und einen Eimer frisches Wasser hinüber. Der Brunnen funktioniert zum Glück noch. Ich glaube, ein paar Dinge, die wir vielleicht gebrauchen können, lassen sich auch noch aus den Ruinen retten. Ich schau mich nochmal um, sobald ich Wasser geholt und ein Feuer in Gang gebracht habe."

„Ja, ist gut, Sam", stimmte Vivian sofort zu. Doch als sie Georgia bat, aufzustehen und mit ihr zu dem geplanten Lagerplatz zu gehen, weigerte Georgia sich mit einem wilden Kopfschütteln.

„Aber Vivian, ich kann doch meine Eltern nicht allein lassen!", jammerte Georgia zu Vivians Fassungslosigkeit. „Jetzt im Sommer ist auf Bellarbres doch viel zu viel zu tun!"

„Ja, aber deine Eltern sind doch –", setzte Vivian an und verstummte dann abrupt. Bekümmert begriff sie, dass Georgia wieder in den gleichen Zustand gefallen war wie vor ihrer Ankunft. Offenbar verdrängte ihr Gehirn zeitweise, was vorgefallen war.

Behutsam strich sie Georgia über den Arm. „Georgia, Simon braucht dich noch viel mehr! Vergiss nicht, dass er verwundet wurde. Als seine Frau solltest du an seiner Seite sein."

„Das stimmt", flüsterte Georgia und erhob sich zögernd. Vivian nahm Georgias Hand und begann sie sanft, aber nachdrücklich mit sich zu ziehen. „Komm mit mir, Georgia. Wir gehen jetzt hinter die Büsche dort hinten."

„Ich kann nicht", wisperte Georgia tonlos.

„Doch du kannst, Georgia!", beharrte Vivian mit einem Anflug von Verzweiflung. „Simon würde auch wollen, dass du mit mir kommst."

„Wenn du meinst ...", murmelte Georgia verunsichert und machte stockend ein paar Schritte.

Vivian atmete tief durch und zog sie weiter. Mit viel Geduld gelang es ihr schließlich, Georgia hinter die Büsche zu führen, wo Sam in der Zwischenzeit ein kleines Feuer entfacht hatte. Nach einem weiteren kurzen Zögern ließ Georgia sich daran nieder. Mit angezogenen Knien und den Kopf auf die Hände gestützt, starrte sie blicklos ins Feuer.

„Miss Vivian, ich weiß, wie erschöpft Sie sind, aber meinen Sie, Sie schaffen es trotzdem, aus unseren Vorräten eine warme Mahlzeit zuzubereiten?", fragte Sam mit einem bekümmerten Seitenblick auf Georgia. „Dann könnte ich schon zum Fluss gehen und mit dem Bau des Floßes anfangen. Ich nehme mir einfach ein Stück kaltes Fleisch mit. Je eher wir morgen hier wegkommen, desto besser."

„Ja, natürlich", entgegnete Vivian mit dem Versuch eines müden Lächelns. „Geh nur, Sam. Ich komme schon klar."

Er nickte kurz, dann machte er sich, mit Werkzeug und etwas Essen bepackt, auf den Weg.

Vivian erhitzte unterdessen ein wenig Dörrfleisch. Als es heiß war, versuchte sie, Georgia zum Essen zu überreden, doch die Antwort war jedes Mal ein stummes Kopfschütteln.

„Georgia, du musst etwas essen!", stieß Vivian schließlich mit einer Mischung aus Kummer und Ärger hervor. „Denk doch an euer Kind!"

„Du ... du glaubst doch nicht, dass ich das Kind verliere?", wimmerte Georgia, mit Augen voller Angst.

„Du wirst es verlieren, wenn du nicht endlich etwas isst!", fuhr Vivian sie an, sodass Georgia zusammenzuckte. Vivian bereute ihren harten Ton sofort und setzte milder hinzu: „Bitte, Georgia!"

Vorsichtig, mit winzigen Bissen, begann Georgia zu essen. Doch schon während sie die ersten Stücke Fleisch herunterwürgte, fing sie an zu weinen.

„Georgia ...", flüsterte Vivian betroffen. „Bitte iss weiter. Dein Körper braucht Nahrung. Und dein Baby auch."

„Ich ... ich will mein Baby nicht verlieren!", schluchzte Georgia, langte aber gehorsam nach einem weiteren Stückchen Fleisch. „Du ... du passt doch auf, nicht wahr, Vivian? Ich ... ich glaube, manchmal weiß ich nicht mehr ganz genau, was ich tue!"

Vivian erhob sich, setzte sich neben Georgia und strich ihr sanft übers Haar. „Natürlich passe ich auf, Georgia. Und nun iss schön!"

Georgia nickte zaghaft und biss ein weiteres Stück Fleisch ab. Vivian lächelte ihr aufmunternd zu, auch wenn ihr zum Heulen elend zumute war. Sie war selbst zu Tode erschöpft und merkte, dass sie zunehmend reizbarer und ungeduldig wurde, obgleich Georgia ihr unendlich leidtat. Mit letzter Kraft bereitete sie ein Lager aus Decken, auf dem Georgia sich sofort nach der kargen Mahlzeit zusammenrollte. Vivian räumte noch das Kochgeschirr zusammen, dann folgte sie widerstrebend ihrem Beispiel. Obwohl sie zum Umfallen müde war, graute ihr bei der Vorstellung, eine Nacht inmitten dieses Orts des Schreckens verbringen zu müssen. Und wenn ihr selbst schon so mulmig dabei zumute war, wie musste sich erst Georgia fühlen, überlegte sie mit einem Schaudern.

Tief durchatmend drehte sie sich auf den Rücken und starrte gedankenverloren in den klaren Sternenhimmel. Der Tod ihrer Eltern und ihres Bruders war eine persönliche Katastrophe für Georgia und damit auch für Simon und seine Familie. Was sie selbst betraf, so hatte sie die Meuniers eigentlich kaum gekannt. Auch wenn sie zutiefst betroffen war von dem, was geschehen war, und die Eindrücke der verwüsteten Plantage so schnell nicht aus dem Kopf bekommen würde, wusste sie doch, dass sie über die Ereignisse hinwegkommen würde. Doch was war, wenn sich auf Lakewood Ähnliches ereignet hatte? Oder wenn jemandem, der ihr näherstand als die Meuniers, etwas zustieß? Wenn Cole Lenud's Ferry nicht überlebt hatte ... Sie konnte diesen Gedankengang nicht zu Ende denken, denn ihr Atem beschleunigte sich, und ein Würgen stieg ihr in die Kehle. Sekundenlang biss sie sich auf die Lippen und kniff die Augenlider fest zusammen, verzweifelt bemüht, den Anfall von Panik unter Kontrolle zu bekommen. Wenn sie es zuließ, dass ihre Ängste die Oberhand gewannen, würde sie verrückt werden! Und außerdem würde es ihr niemals gelingen, Georgia den Halt zu geben, den sie augenblicklich brauchte! Um Georgias willen musste sie stark sein, ganz egal wie ihr dabei zumute war! Und was Cole anging – er musste einfach am Leben sein!

10

Sie brachen früh auf, kaum, dass die Sonne aufgegangen war. Nach einem hastigen Frühstück machten sie sich auf den Weg zum Fluss, dessen Wellen in der ersten Morgensonne glitzerten. Am Ufer, im Schatten einer großen Zypresse, lagerte das hölzerne Floß, auf dem sie nach Lakewood fahren wollten.

Sam hatte das Floß solide gebaut. Hinten hatte er ein starkes Ruder befestigt. Rundherum hatte das Floß eine Umrandung, die einem Holzzaun ähnelte, damit Vivian und Georgia nicht herunterfallen konnten. Das wenige Gepäck, das sie hatten, befestigte Sam mit Seilen daran.

Die Strömung war kräftig, aber nicht gefährlich. Sam, der das Ruder bediente, wurde spielend mit ihr fertig. Das massive Floß tänzelte leicht über die Wellen hinweg und sie kamen gut voran.

Gegen Mittag legten sie eine kurze Rast an der rechten Uferseite ein. Als sie gerade wieder ablegen wollten, kamen einige Reiter auf sie zu, die anscheinend ihre Pferde am Fluss tränken wollten. Georgia schrak bei ihrem Anblick zusammen und fing an zu zittern. Auch Vivian hatte ein mulmiges Gefühl im Magen.

Aber die Reiter waren weder Briten noch Tories. Sie trugen die unterschiedlichste Kleidung, doch einige von ihnen hatten ihre Kleidung blau gefärbt, woran Vivian erkannte, dass es Rebellen waren. Den Männern schien die überraschende Begegnung genauso unwillkommen zu sein wie zunächst Vivian und ihren Begleitern. Vivian sagte sich, dass auch die Reiter ja nicht wussten, ob sie auf Freund oder Feind trafen. Als sie jedoch in Vivian und Georgia Frauen erkannten, entspannte sich ihre Haltung.

Vivian rief ihnen einen kurzen Gruß zu, und der Trupp, der aus acht Reitern bestand, hielt dicht vor ihnen an.

„Guten Morgen, Madam", grüßte der Mann an der Spitze aus dem Sattel heraus und zog höflich seinen Hut. „Ist Ihnen etwas passiert? Sie sehen sehr mitgenommen aus!"

„Mir nicht, aber meiner Freundin", erklärte Vivian ruhig. „Tories haben die Plantage ihrer Eltern verwüstet und ihre Familie getötet."

„Das tut mir sehr leid, Madam", entgegnete der Anführer betroffen. „Bestimmt waren das Tarleton und seine Reiter. Diese verdammten Schweine richten Schaden und Unheil an, wo sie hinkommen."

„Sind hier viele Grünröcke in der Gegend?", fragte Sam mit sichtlicher Nervosität.

„Kann man wohl sagen. Ein großer Trupp hat gerade unsere Leute zerschlagen. Wir waren mit etwa dreißig Mann unterwegs nach Norden, als diese verfluchten Grünröcke auftauchten und aus allen Richtungen auf uns schossen. Wir haben gemacht, dass wir wegkamen. Wir acht hier haben uns durch Zufall wiedergefunden.

Was mit den anderen passiert ist, weiß ich nicht. Ich hoffe, sie sind auch entkommen."

„Das hoffe ich auch", nickte Vivian und fragte dann hoffnungsvoll: „Sagen Sie, war ein Cole Ansinger unter Ihren Leuten? Oder Robert Maine?"

„Nein, Madam." Das Gesicht des Mannes leuchtete auf. „Aber Robert Maine, den kenne ich! Vor zwei Tagen hab ich ihn gesehen, da war er noch quicklebendig und ritt mit einigen Kameraden Richtung Nord-Karolina."

„Oh, dann geht es wenigstens Robert gut!", lächelte Vivian, ohne sich ihre Enttäuschung, dass der Mann nicht auch etwas von Cole gehört hatte, anmerken zu lassen. „Vielen Dank für diese gute Nachricht!"

„Nichts zu danken, Madam. – Gute Reise noch! Und nehmen Sie sich vor den Tories in Acht, die sind unberechenbar!"

Vivian sah zu, wie die Reiter ihren Pferden die Sporen gaben. Im Nu waren sie wieder verschwunden. Sam setzte unterdessen das Floß wieder in Bewegung.

Georgia war von dem kurzen Zwischenspiel völlig aus der Fassung. Zitternd und blass kauerte sie auf den Knien und lehnte sich mit dem Rücken gegen die Floßumrandung. Vivian drückte ihre Hand und versuchte sie zu beruhigen: „Es waren Freunde, Georgia! Du brauchst keine Angst zu haben!"

„Ich ... ich musste an Papa denken. Und an Brad. Und an meine arme Stiefmama!", schluchzte Georgia. „Vivian, ich ... ich kann einfach nicht fassen, dass sie tot sind! Es war so schrecklich, wie sie gestorben sind! Und ich habe solche Angst vor ... vor den Tories!"

„Ich weiß, Georgia“, murmelte Vivian leise. „Aber die Männer eben waren keine Tories. Es waren Freunde. Es ist alles gut.“

„Ach, Vivian, ich wüsste nicht, was ich ohne dich tun sollte!“, weinte Georgia.

Vivian legte ihr einen Arm um die Schulter und summte leise eine beruhigende Melodie, bis Georgia sich ein wenig entspannte. Doch im gleichen Maße, wie sie ruhiger wurde, verschleierte sich auch ihr Blick, bis sie wieder in die inzwischen schon gewohnte Apathie fiel, die auf Vivian geradezu verstörend wirkte. Bekümmert fragte sie sich, ob Georgia je wieder ihr früheres, lebenssprühendes Selbst werden würde. Sie konnte nur hoffen, dass an der alten Weisheit, die Zeit würde alle Wunden heilen, etwas dran war.

Als die Abenddämmerung einsetzte, machte Sam das Floß zwischen den Wurzeln riesiger Sumpfzypressen an einer sanft abfallenden Landzunge fest, wo sie trockenen Fußes an Land gehen konnten.

„Wenn wir weiterhin so gut vorankommen, werden wir Lakewood in ein bis zwei Tagen erreichen“, schätzte Sam, während er erst Vivian und Georgia beim Aussteigen behilflich war, ehe er ihre Vorräte und Decken ablud.

„Gott sei Dank“, seufzte Vivian. „Ich bin heilfroh, wenn wir endlich wieder festen Boden unter den Füßen haben! Ich hätte wirklich nicht gedacht, dass es so anstrengend sein kann, stundenlang auf einem schwankenden Floß zu sitzen! Auch wenn ich das Fahren auf dem Floß um nichts in der Welt gegen einen weiteren Fußmarsch durch den Sumpf eintauschen möchte!“

Sam grinste matt. „Nein, ich auch nicht. Aber ein paar Schritte müssen wir trotzdem noch gehen, Miss Vivian. Da so viele Tories in der Nähe sind, ist es nämlich besser, denke ich, wenn wir das Lager etwas abseits vom Fluss aufschlagen. Nur für den Fall, dass die Tories das Floß entdecken.“

„Wie du meinst“, stimmte Vivian sofort zu. „Wenn ich an Bellarbres denke, können wir wahrscheinlich gar nicht vorsichtig genug sein.“

„Ganz genau, Miss Vivian“, nickte Sam und setzte sich, mit dem Gepäck auf den Schultern, umgehend in Bewegung.

Vivian und Georgia folgten ihm schweigend. Etwa eine halbe Stunde lang wanderten sie landeinwärts, bis Sam einen Platz fand, den er für geeignet hielt, um ihr Lager aufzuschlagen. Todmüde sank Vivian neben Georgia auf ihre Decke.

„Auf ein Feuer sollten wir heute besser verzichten und lieber nur etwas Kaltes essen“, befand Sam mit einem sehr ernsten Gesichtsausdruck. „Ich will nicht riskieren, dass wir Tories auf uns aufmerksam machen.“

„Glaubst du, dass welche in der Nähe sind?“, fragte Vivian beunruhigt.

„Sie haben es doch vorhin gehört, Miss Vivian.“

„Ja, aber das ist Stunden her und war ganz woanders!“

„Die Tories sind beritten, Miss Vivian. Die kommen schneller voran als wir, glauben Sie mir. Ich will Sie nicht ängstigen, aber wir sollten vorsichtig sein.“

„Du hast natürlich recht“, stimmte Vivian bedrückt zu.

„Ich werde Wache halten, Miss Vivian. Haben Sie keine Angst. Aber wir sollten morgen so früh wie möglich weiter. Ich werde gleich bei Morgengrauen das Floß klarmachen. Ein paar Taue müssen nachgezogen werden, damit das Floß nicht irgendwann auseinanderfällt. Vielleicht finde ich auch noch ein paar dickere Stämme, um es zu verstärken."

„Ist das wirklich nötig? Ich dachte, das Floß wäre stabil, so wie es ist."

„Es hat bei der starken Strömung gestern gelitten. Aber machen Sie sich keine Sorgen, Miss Vivian. Ich bessere es aus, und dann hält es wieder."

Vivian rang sich ein Lächeln ab.

Als Vivian am nächsten Morgen erwachte, war Sam schon zum Fluss gegangen, wie er es angekündigt hatte. Allzu lange konnte er jedoch noch nicht fort sein, überlegte Vivian gähnend, da die Sonne gerade eben erst im Aufgehen begriffen war. Vivian reckte sich noch ein wenig, dann rappelte sie sich mit müden Gliedern auf die Füße.

Sie wollte gerade auch Georgia wecken, als plötzlich in der Ferne Schüsse zu hören waren. Sie zuckte zusammen und hielt den Atem an. Um Gottes willen, die Tories kommen, schoss es ihr blitzartig durch den Kopf, und ein Gefühl aufwallender Panik drohte sich ihrer zu bemächtigen. Mit letzter Willenskraft unterdrückte sie ein hysterisches Zittern, um zu horchen, woher die Schüsse kamen. Aber es war still.

Ganz allmählich fiel die ängstliche Starre von ihr ab, und sie atmete unmerklich auf. Doch da folgten schnell hintereinander zwei weitere Schüsse. Oh Gott, stöhnte Vivian, die Schüsse kamen vom Fluss! Und dort war Sam! In hilfloser Ohnmacht presste sie die Handflächen ineinander und horchte.

Dann plötzlich war noch ein anderes Geräusch zu hören. Pferde!, durchfuhr es Vivian. Reiter! Tories! „Lieber Himmel, nein!", entfuhr es ihr, während sie sich in fliegender Eile bückte und Georgia wachzurütteln versuchte.

„Georgia, wach auf! Schnell, um Himmels willen, wach auf!", flehte sie, doch Georgia blinzelte nur müde und drehte sich weg.

Ohne weitere Umstände packte Vivian sie grob am Arm und zog die verständnislose, noch halb schlafende Georgia mit aller Kraft hoch. „Georgia, großer Gott, so komm doch schon!"

„Vivian? Was ...?", wimmerte Georgia.

„Sei leise!", fuhr Vivian sie an, wobei sie sich voller Furcht umsah und lauschte.

Das Schlagen der Hufe war zwar noch in weiter Ferne, aber sie wollte auf keinen Fall regungslos abwarten, bis es näher kam. Sie musste sich mit Georgia irgendwo verstecken! Aber wo? Dort hinten, ein paar hundert Meter entfernt, war eine Ansammlung von Buschwerk, dahinter vielleicht! Sie schubste Georgia vorwärts, bis sie die Büsche erreichten. Dann kauerte sie sich mit ihr dahinter nieder.

„Ich mag dieses Gebüsch nicht", begehrte Georgia matt auf. „Ich will hier nicht sitzen!"

„Georgia, hör zu, du musst jetzt ganz leise sein! Wir müssen erst abwarten, bis die Tories wieder weg sind!"

Sie merkte sofort, dass sie die falschen Worte gewählt hatte. „Tories?", wimmerte Georgia. „Oh Gott! Tories! Vivian, wir müssen hier weg!"

Vivian presste ihr hastig eine Hand auf den Mund, denn Georgias Wimmern steigerte sich mit jedem Ton zu einem panischen Schreien. „Georgia, um Himmels willen, bist du wohl still! Willst du, dass die Tories uns finden?"

Georgia starrte sie geradezu entgeistert an. Doch dann schüttelte sie schwach den Kopf, und Vivian nahm vorsichtig ihre Hand von Georgias Mund. Georgia kauerte sich zusammen und vergrub den Kopf in den Händen. Vivian ihrerseits spähte angespannt durch die Zweige des Buschwerks und versuchte zu erkennen, ob sich irgendjemand näherte. Genau wie Georgia hatte sie eine panische Angst davor, den Tories in die Hände zu fallen. Sie hatte immer noch die Bilder von Bellarbres vor Augen. Außerdem hatte sie noch lebhaft in Erinnerung, was Lieutenant Milford mit ihr versucht hatte. Sie würde eher sterben, als sich von einem Tory anfassen zu lassen! Minutenlang kauerte sie in atemloser Spannung hinter dem Busch, während der Hufschlag der Pferde sich zu ihrer Erleichterung langsam entfernte.

Doch unversehens, als sie schon Hoffnung geschöpft hatte, dass sie unentdeckt bleiben würden, war das Knacken von Zweigen zu hören. Vivians Herz schlug wild gegen ihre Rippen, als ein hochgewachsener Mann in Jagdbekleidung dort erschien, wo sie eben noch gelagert hatten. Sein Gesicht und die Mimik konnte sie nicht erkennen, da er zu weit weg war und das Buschwerk ihr die Sicht erschwerte, aber seine erkennbar angespannte Haltung verhieß nichts Gutes. Mucksmäuschenstill und mit angehaltenem Atem beobachtete sie, was der Mann tat.

Er registrierte offenbar die Decken, die sie in der Eile liegenlassen hatten, und die Feuerstelle. Sehr langsam ging er über den Platz und sah sich um. Wenn er nicht ganz blöd war, ängstigte sich Vivian, würde er erkennen, dass eben noch jemand da gewesen war! Wenn er nur nicht anfing, sie zu suchen!

Seltsamerweise blickte sich der Mann aber auch selbst immer wieder unruhig um, so als rechne er mit irgendeiner Gefahr. Merkwürdig war auch, dass er allein war. Nach allem, was Vivian gehört hatte, ritten Tories und Rotröcke nur zu mehreren. Und dass er zu Fuß unterwegs war, war auch sehr seltsam.

Plötzlich ertönten wieder Schüsse vom Fluss. Der Mann wirbelte geradezu herum und stand dann in einer sehr angespannten Haltung mit dem Rücken zu ihr. Er kann kein Feind sein!, schoss es Vivian durch den Kopf. Es sah ja ganz so aus, als wäre er selbst auf der Flucht! Aber es war trotzdem besser, versteckt zu bleiben, sie konnte sich schließlich auch irren.

Zu ihrem Schrecken drehte der Mann sich erneut um und spähte nun auffallend lange in ihre Richtung. Offenbar erweckte das Buschwerk, hinter dem sie kauerten, sein Interesse. Langsam kam er näher. Vivian unterdrückte ein Zittern und spürte, wie ihre Knie, all ihren Vorsätzen zum Trotz, weich wurden. Wenn er nun doch ein Feind war und sie entdeckte! Ihr Herz klopfte zum Zerspringen. Wieder schaute der Mann nervös hinter sich, dann ging er ein paar Schritte weiter, kniete sich nieder und betrachtete offenbar aufmerksam eine Spur auf dem Boden. Doch dann hob er den Kopf, und für einen winzigen Augenblick glaubte Vivian, ihr Herz würde aufhören zu schlagen, als sie die schmalen, braungebrannten Gesichtszüge des Mannes erkannte. Cole!, jubelte es in ihr. Der Mann war ja Cole!

Ihre Lippen formten seinen Namen, doch sie war so überwältigt, ihn zu sehen, dass sie zunächst keinen Laut über die Lippen brachte und regungslos verharrte.

Dieser Zustand währte indessen nur kurz. Die grenzenlose Erleichterung, dass Cole am Leben und offensichtlich nicht bei Lenud's Ferry gefallen war, ließ Vivian taumeln, als sie sich abrupt erhob, um ihn auf sich aufmerksam zu machen. Ihre Begeisterung ließ sie alle eben noch ausgestandene Angst und alle Vorsicht vergessen. Freudig winkend rief sie seinen Namen.

Cole fuhr wie von einer Tarantel gestochen hoch. Blitzschnell hatte er seine Muskete in Anschlag gebracht. Als er sah, wer ihn gerufen hatte, warf er sich die Muskete über die Schulter und sprintete auf sie zu. Mit wenigen langen Sätzen war er bei ihr und hielt ihr eine Hand vor den Mund, als sie zu einer stürmischen Begrüßung ansetzte.

„Vivian!", stieß er mit blitzenden Augen heiser hervor. „Sei um Himmels willen leise! Es wimmelt in der Gegend nur so vor Feinden!"

„Oh Gott, ja, natürlich!", flüsterte Vivian, während sie sich zitternd in Coles Arme schmiegte, der sie an sich presste, als wollte er sie nie wieder loslassen. Mit dem Gesicht an seiner Brust spürte sie seinen Herzschlag, der genauso wild pochte wie ihr eigener. Tränen schossen ihr in die Augen, die sie mit dem Ärmel ihres Kleides ungeduldig fortwischte.

„Oh Gott, Cole, ich bin so froh, dich zu sehen!", wisperte sie mit einem zittrigen Lächeln, als Cole seine Umarmung nach ein paar Sekunden behutsam lockerte. „Ich ... ich hatte solche Angst um dich! Niemand wusste, ob du noch lebst! Aber sag, wie kommst du hierher?“

„Erklär ich dir später“, versetzte er, so besorgniserregend knapp und ohne jede Spur von Humor oder Lachen, dass Vivian schon wieder Angst bekam. Cole schob sie weiter von sich, ergriff aber ihre Hand und hielt sie fest.

„Lass uns eure Sachen zusammensammeln und von hier verschwinden, Vivian! Wo ist Georgia?“

„Hinter den Büschen. Cole, woher weißt du, dass Georgia –“

„Ich erklär's dir später, Vivian“, entgegnete Cole im Flüsterton, während er ihre Hand losließ und um den Busch herum zu Georgia ging. „Georgia, kommen Sie. Wir müssen machen, dass wir hier wegkommen!“

„Ja, aber ... Cole, Sam ist noch am Fluss!“, protestierte Vivian, ebenso leise wie er. „Wir müssen –“

Cole warf ihr einen kurzen Blick voll schmerzlichen Bedauerns über die Schulter zu, während er ungeduldig Georgias Arm packte, als diese sich nicht rührte. „Sam ist von den Tories gefangen genommen worden, Vivian. Und nun kommt beide weg hier!“

Vivian starrte ihn voller Entsetzen an. Cole wich ihrem Blick aus und wandte seine Aufmerksamkeit abrupt wieder Georgia zu, die sich mit angstvoll geweiteten Augen aus seinem Griff zu befreien versuchte. Sie riss den Mund auf, um zu schreien, sodass Cole ihr blitzschnell eine Hand auf den Mund presste.

„Georgia“, flüsterte er rau. „Bitte, beruhigen Sie sich! Ich bin es, Cole! Cole Ansinger, erinnern Sie sich? Ich bin ein Freund von Simon! Ich werde Sie in Sicherheit bringen, einverstanden?“

Offenbar hatte Cole den richtigen Ton angeschlagen, denn die Angst in Georgias Augen verschwand, und sie nickte zögernd, sodass Cole seine Hand vorsichtig zurückzog und Georgia sprechen konnte: „Hat ... hat Simon Sie geschickt?"

„Ja, Georgia, er hat mich geschickt", log Cole nach einem kurzen Zögern, mit einem fragenden Seitenblick in Vivians Richtung. Sie nickte traurig und bestätigte damit seine deprimierende Vermutung, wie es um Georgia stand. Mit einem aufmunternden Lächeln streckte Cole Georgia seine Hand entgegen. „Wir müssen hier weg, Georgia. Kommen Sie!"

„Oh, wenn Simon Sie geschickt hat, ist ja alles gut", lächelte Georgia und ließ sich bereitwillig auf die Füße helfen.

„Vivian und ich holen jetzt Ihre Habseligkeiten und dann verschwinden wir von hier", erklärte Cole mit gesenkter Stimme. „Und ... bitte, Georgia, versuchen Sie so leise wie möglich zu sein, ja?"

Cole wartete ihre Antwort nicht ab, sondern packte Vivians Hand und zog Vivian mit sich fort Richtung Feuerstelle.

„Cole, bist ... bist du wirklich sicher, dass sie Sam haben?", fragte Vivian leise, während sie neben Cole dahineilte.

„Ja, ich habe gesehen, wie sie ihn geschnappt haben", raunte er und wirkte dabei so betroffen wie selten.

„Du ... du warst dabei?"

„Ich konnte ihm nicht helfen, Vivian, so gern ich es auch getan hätte", entgegnete Cole zerknirscht. „Aber nun sei eine Weile leise, bis wir weiter von den Grünröcken entfernt sind. Später erzähl ich dir alles."

Vivian nickte. Gemeinsam mit Cole sammelte sie hastig ihre Sachen zusammen. Cole lud sich das zusammengeschnürte Bündel auf die Schultern, dann kehrten sie zu Georgia zurück und machten sich schweigend auf den Weg. Cole marschierte voran, Vivian hinterher, das Schlusslicht bildete Georgia. So leise es ging, folgte Vivian Cole durch das Gestrüpp. Unbeirrbar führte er sie durch das dickste Dickicht, das Vivian je gesehen hatte, mitten hinein ins Sumpfgebiet. Mächtige Wurzeln riesiger Sumpfzypressen durchzogen tiefschwarzen Morast, der für Vivian überall gleich aussah. Doch hin und wieder ragten Steine verstreut aus dem Sumpf heraus, die Cole als Weg benutzte. Zu Vivians Überraschung schien Cole genau zu wissen, wohin er wollte. Selbst wenn keine Steine da waren, wusste er offenbar, wo der Boden fester war, wie sie verblüfft feststellte, und setzte seine Schritte mit absoluter Sicherheit. Er wies Vivian und Georgia an, genau in seine Fußstapfen zu treten, was Vivian aber ohnehin getan hätte. Ein Fehltritt, dachte sie mit einem unbehaglichen Blick auf die schlammige Umgebung, und sie würden in dem weichen Boden versinken. Allein hätte sie sich niemals in dieses Gebiet hineingewagt.

Mehrere Stunden waren sie so unterwegs. Vivian kamen sie wie eine halbe Ewigkeit vor. Immer wieder warf sie besorgte Blicke auf Georgia, doch seit Cole gesagt hatte, er wäre von Simon geschickt worden, schien Georgia erstaunlich guter Dinge. Klaglos marschierte sie mit, obwohl es für sie in ihrem Zustand über alle Maßen beschwerlich sein musste.

Und dann hielt Cole plötzlich mitten in der Sumpflandschaft an und deutete auf eine kleine Jagdhütte, die wie aus dem Nichts vor ihnen auftauchte. Mitten in den Sümpfen würde sie von niemandem, der sie nicht kannte, gefunden werden. Cole erklärte, dass sie dort erst einmal Unterschlupf nehmen würden.

„Woher kennst du die Hütte?", fragte Vivian.

„Sie gehört meiner Familie. Wir sind hier oft zur Jagd gegangen", erwiderte er mit müder Stimme. „Wartet hier kurz."

Er ging ein paar Schritte weiter zwischen ein paar Büsche und holte eine lange Leiter daraus hervor.

Die Jagdhütte selbst stand auf vier hölzernen Pfeilern mitten im Wasser. Über die Leiter gelangten sie in das Innere der Hütte. Sie war geräumiger, als Vivian von außen gedacht hatte, und war überall mit Fellen ausgelegt, die Wärme und Behaglichkeit ausstrahlten. In einer Ecke lag ein Stapel Wolldecken, in einer anderen Ecke war eine kleine Kochnische mit Pfannen und Töpfen. Der restliche Raum bot Platz genug zum Schlafen für etwa sechs bis acht Personen. Vivian, die nächtelang nur noch im Freien geschlafen hatte, fühlte sich beinahe wie im Paradies.

Aus einigen Decken bereitete Cole einen gemütlichen Platz für Georgia. Dann bat er Vivian, zu sehen, ob sie in der kleinen Nebenkammer etwas Brauchbares zu essen fand. Er selbst wollte in der Zwischenzeit frisches Wasser holen. Als er zurückkam, hatte Vivian einen Räucherschinken in kleine Stücke geschnitten. Cole setzte sich zu ihr und Georgia auf die Felle, und dann aßen sie stillschweigend.

Vivian hätte Cole jetzt zu gerne jede Menge Fragen gestellt. Sie war unendlich glücklich, dass er hier war, offenbar gesund und unverletzt, aber die Umstände ihres

Wiedersehens bereiteten ihr Kopfzerbrechen. Jedoch schlang Cole die Bissen so heißhungrig in sich hinein, dass sie nicht wagte, ihn während der Mahlzeit zu stören, denn es sah ganz so aus, als hätte er seit Tagen nichts gegessen. Überhaupt sah er sehr verändert aus. Seine verschlissene Uniform hatte er gegen einen rehfarbenen Jagdrock eingetauscht, woher auch immer er den haben mochte, mit Fransen an den Ärmeln und Beinen, und in dem Gürtel, den er locker um die Taille trug, steckten Messer und Pistolen. Die lang gewordenen Haare trug er zu einem Zopf zusammengebunden, aber immerhin war er rasiert. Alles in allem sah er in Vivians Augen eher aus wie ein Waldläufer, aber nicht mehr wie ein Soldat. Allerdings, überlegte sie mitleidig, wie ein sehr hungriger Waldläufer.

Als Cole fertig mit dem Essen war, lächelte er zum ersten Mal. „Ich weiß, ich habe deine Geduld auf eine harte Probe gestellt. Du brennst bestimmt darauf zu hören, was passiert ist."

Vivian erwiderte sein Lächeln und musterte mitleidig sein schmales, wenn auch braungebranntes Gesicht. „Ihr bekommt bestimmt sehr wenig zu essen, oder?"

Cole zuckte die Achseln. „Das ist unterschiedlich. Hin und wieder bekommen wir etwas von den Farmern. Aber im Augenblick schwirren so viele Tories in der Gegend herum, dass wir uns versteckt halten müssen. Und Wild zu erlegen, ist kaum möglich, wenn hinter jedem Busch ein Feind lauern kann. Aber eigentlich wolltest du wohl eher wissen, was geschehen ist, und kein Klagelied über die fehlenden Sieben-Gänge-Menüs hören."

Vivian unterdrückte ein Kichern. Es war offensichtlich, dass Cole das Essen gutgetan hatte, da er einen Anflug von Humor zeigte. Doch ebenso schnell wurde Cole wieder ernst. Mit einem Blick auf Georgia, die sich inzwischen in die Decken gekuschelt hatte und eingeschlafen war, sagte er leise:

„Komm, lass uns in die andere Ecke rücken, damit wir sie nicht stören."

Vivian nickte. Sie setzten sich ein paar Meter entfernt von Georgia nebeneinander auf die Felle, und nun endlich fing Cole an zu erzählen:

„Ich war mit zwei Kameraden unterwegs, als wir am Fluss ein Floß entdeckten. Da wir nicht wussten, ob es Freund oder Feind gehörte, ritten wir sehr vorsichtig heran. Es schien niemand da zu sein, also stiegen wir ab. Du kannst dir bestimmt vorstellen, wie überrascht ich war, als plötzlich Sam aus den Büschen hervorkam. Er hatte trotz unserer Vorsicht bemerkt, dass sich Reiter näherten und sich vorsorglich versteckt. Als er mich dann erkannte, kam er aus seinem Versteck heraus."

Cole erhob sich und begann in der Hütte auf und ab zu gehen. Vivian sah ihm an, wie sehr ihn das, was er zu berichten hatte, aufwühlte. Seine Augen, die sonst so strahlend blau leuchteten, waren dunkel vor Zorn und seine Stimme heiser: „Sam erzählte uns, weshalb ihr Charleston verlassen habt und auch, was auf Bellarbres geschehen ist. Wir hatten inzwischen schon häufiger von solchen Gräueltaten gehört, die meistens von Tarleton und seinen Männern verübt werden. Aber wenn es Freunde trifft ..."

Er hielt kurz inne und warf Vivian einen bitteren Blick zu. „Wir wussten, dass Grünröcke in der Nähe waren, Vivian, und wir hätten schnell wieder verschwinden sollen. Aber nachdem ich wusste, dass du in der Nähe warst, da ließ ich mir von Sam den Weg zu eurem Lagerplatz beschreiben, weil … Nun ja, ich dachte, dass … dass du dich vielleicht freuen würdest, mich zu sehen. Ich meine, ich wollte dir eigentlich nur sagen, dass es mir gut geht.“

Vivian nickte, aber da sie spürte, dass Cole keine Antwort erwartete, schwieg sie. Cole starrte ausdruckslos durch sie hindurch und fuhr tonlos fort: „Da der Weg zu eurem Lagerplatz Sams Beschreibung nach sehr schmal war, ließ ich mein Pferd zurück und machte mich zu Fuß auf den Weg. Ich war noch nicht weit gekommen, da war plötzlich das Schlagen von Pferdehufen zu hören. Ich kauerte mich nieder und entdeckte gleich darauf einen Trupp Grünröcke, der am Flussufer entlangpreschte und sich Sam und meinen Männern rasend schnell näherte.“

„Oh Gott, dann haben die Tories außer Sam noch weitere Gefangene gemacht?“, stöhnte Vivian, wobei sie insgeheim ein dankbares Stoßgebet ausstieß, dass Cole nicht dabei gewesen war. Doch Cole schüttelte den Kopf.

„Nein, anders als Sam konnten meine Leute entkommen. Sie sind in ihre Sättel gesprungen und stoben davon ins Dickicht, ehe die Schüsse der Tories sie erreichen konnten. Aber Sam blieb am Ufer stehen, völlig unbewaffnet. Gott sei Dank haben die Grünröcke zumindest begriffen, dass er wehrlos war, und aufgehört zu schießen!“ Cole fuhr sich mit den Händen durchs Haar, und ein Wangenmuskel in seinem schmalen Gesicht zuckte. „Vivian, glaub mir, ich hätte Sam so gern geholfen! Aber es waren einfach zu viele! Der Großteil der Reiter verfolgte meine Leute, aber es waren immer noch ungefähr zwanzig schwerbewaffnete Männer um Sam herum. Ich wusste, dass du und Georgia in der Nähe wart, und ich wusste, dass jemand euch warnen musste. Wenn ich versucht hätte, Sam zu helfen, wäre das mein und vielleicht auch sein sicherer Tod gewesen. Und was diese Horde euch angetan hätte, möchte ich mir lieber gar nicht erst ausmalen."

„Ja, ich verstehe, Cole. Bitte sprich weiter", wisperte Vivian bekümmert.

„Sam sprach mit den Leuten. Ich konnte nicht verstehen, was gesagt wurde, aber ich glaube, er versuchte ihnen klarzumachen, dass er kein Rebell war. Er zeigte auf das Floß, vielleicht hoffte er, sie damit überzeugen zu können." Cole lachte bitter auf. „Ich hätte mein Pferd mitnehmen sollen, Vivian. Dann wäre Sam vielleicht nicht zum Rebellen abgestempelt worden! So aber sah ich, wie die Grünröcke auf mein Pferd deuteten, das immer noch da stand, wo ich es angebunden hatte. Sie müssen geglaubt haben, es wäre Sams Pferd. Damit war sein Schicksal besiegelt."

Cole hielt in seinem Auf-und-Abgehen inne und lehnte sich abgespannt gegen eine Wand. Mit versteinerter Miene ergänzte er: „Ich sah dann, wie sich eine kleine Gruppe aufmachte, die Gegend abzusuchen. Ich konnte nicht länger am Fluss bleiben. Ich musste euch finden, ehe sie es taten, was mir Gott sei Dank ja auch gelungen ist."

Vivian schluckte und schwieg. Unendlich niedergeschlagen lehnte sie ihren Kopf gegen die Hüttenwand und schloss sekundenlang die Augen. Sie wusste, dass

Cole getan hätte, was er konnte, wenn es eine Chance gegeben hätte, Sam zu helfen. Es war nicht zu übersehen, wie sehr es ihn bedrückte, dass er keine Möglichkeit zum Eingreifen gehabt hatte. Sie konnte Cole keine Vorwürfe machen, und trotzdem machte sie der Gedanke an Sams Gefangenschaft ganz elend.

Sie öffnete die Augen wieder und warf einen Cole einen bekümmerten Blick zu. Verunsichert stellte sie fest, dass er sie mit einem rätselhaften Gesichtsausdruck aufmerksam beobachtete. Nichtsdestotrotz wirkte er ausgesprochen erleichtert, als sie endlich etwas sagte: „Was schätzt du, werden sie jetzt mit Sam machen?"

„Ich denke, sie werden ihn in ein Lager stecken. Oder als Sklaven auf eine Torybesitzung schicken. Er ist ja eine gute Arbeitskraft."

„Ja, das ist er wohl", stimmte Vivian mit einem Kloß im Hals zu. „Aber ... Oh Gott, Cole, es ist einfach so entsetzlich!"

„Ich weiß nicht, ob es dich tröstet, aber ... Schwarze haben es als Gefangene im Allgemeinen besser als Weiße", entgegnete Cole zögernd. „Die Briten meinen, die Schwarzen würden von ihren weißen Besitzern zum Kampf gezwungen. Sie könnten daher eigentlich gar nichts dafür, dass sie kämpfen mussten. Deshalb könnte man sie auch nicht so hart bestrafen wie weiße Rebellen."

„Oh", hauchte Vivian. „Du meinst ... wenn du gefangen genommen werden würdest, wäre das schlimmer?"

„Meine liebe Vivian", lächelte Cole verzerrt, „wenn ich gefangen genommen werde, werde ich gehängt."

Vivian starrte ihn an. „Wieso gehängt? Kriegsgefangene hängt man doch nicht! Die Gefangenen in Charleston hat man doch auch gehenlassen!"

„Oh ja", lachte Cole bitter, „aber das waren noch andere Zeiten! Damals hat Sir Henry Clinton uns noch als kriegsführende Nation betrachtet. Aber alle Männer, die jetzt noch kämpfen, sind für ihn nichts weiter als aufständische Rebellen, die den Strick verdienen. Clinton hat angekündigt, dass er jeden Rebellen in ganz Süd-Karolina hängen lassen würde, der jetzt noch kämpft!"

„Aber sie würden es doch nicht allen Ernstes wagen, dich wirklich zu hängen!", rief Vivian aus und sprang auf die Füße.

„Ich kenne genug Fälle, in denen Clinton seine Drohung schon wahrgemacht hat. Aber –"
„Oh Gott, Cole!"

Er grinste matt: „Mach dir keine Sorgen, kleine Lady, so einfach wirst du mich nicht los. Schon gar nicht, wenn ich weiß, dass es dir leidtäte, mich zu verlieren."

„Leidtäte?", entfuhr es Vivian entgeistert. „Gütiger Himmel, wie ... wie kannst du nur so reden! Du sprichst davon, dass du gehängt werden sollst, und glaubst, es würde mir ... es würde mir einfach nur leidtun?"

Cole sah, dass sie ernsthaft schockiert war, und so kam er zu ihr herüber und nahm sehr sanft ihre Hände in seine. „Nein, das glaube ich nicht", entgegnete er leise, und auch wenn ein Lächeln seine Lippen umspielte, war der Ausdruck seiner Augen absolut ernst. „Eigentlich wage ich sogar allmählich zu hoffen, dass du ... mehr für mich übrighast, als du mir früher manchmal weismachen wolltest."

„Ach bitte, Cole, pass auf dich auf!", wimmerte Vivian mit dünner, brüchiger Stimme. „Wenn sie dich hängen würden, das ... das wäre entsetzlich!"

Er streckte einen Arm aus und strich ihr sanft eine Locke aus dem Gesicht, während sie zu ihm aufsah und kaum noch die Tränen zurückhalten konnte. Zutiefst betroffen, dass sie seinetwegen so litt, brachte Cole dennoch ein zuckendes Lächeln zustande: „Nun komm, kleine Lady, mach nicht so ein bekümmertes Gesicht! Erst einmal müssen die Engländer mich kriegen, bevor sie mich hängen können."

Aber das tröstete Vivian nicht. Auf einmal kam alles in ihr hoch, was sie belastete: Sam war gefangen, Georgia halb verrückt, viele ihrer Freunde gefangen oder tot, sie selbst marschierte seit Tagen durch den Sumpf und wusste nicht, ob und wann sie Lakewood je erreichen würde! Sie fühlte sich so am Ende ihrer Kräfte, ihr war so jämmerlich zumute, und Cole stand da und sprach ganz ruhig davon, dass die Engländer ihn hängten!

Tränen überströmten ihr Gesicht, während sie nicht länger versuchte, gegen ihre Gefühle anzukämpfen. „Ich will aber nicht, dass die Engländer dich hängen!", kreischte sie. „Und ich will nicht länger durch den Sumpf marschieren! Und ich will nicht, dass Sam gefangen ist, und ich ... ich ..."

Plötzlich lag sie in Coles Armen, den Kopf an seiner Brust und sein Gesicht in ihrem Haar. Unendlich sanft und liebevoll strich er mit einer Hand darüber, während er sie mit dem anderen Arm fest an sich drückte.

„Pst, nicht weinen", flüsterte er. „Nicht weinen, es wird ja alles wieder gut! Sam ist bald wieder frei, mein

Liebes. Du bist bald in Lakewood, dann brauchst du auch nicht mehr durch den Sumpf zu marschieren. Und was mich betrifft, meine Süße, so passe ich schon auf mich auf. Du brauchst wirklich keine Angst zu haben!"

Es war unglaublich, wie weich und zärtlich Coles Stimme klingen konnte, dachte Vivian benommen, während sie gegen die Tränen ankämpfte und sich ganz allmählich beruhigte. Der warme, tiefe Klang seiner Stimme hatte etwas so ungemein Tröstliches, dass die eigentlichen Worte beinahe keine Rolle mehr spielten. Und während ihre Tränen allmählich versiegten, spürte sie Coles Körper, der sich dicht an sie drückte, und eine wohlige Wärme begann sie zu durchströmen. Am liebsten wäre sie für immer in Coles Armen geblieben. Sie legte ihm zögernd die Arme um den Hals und blickte zu ihm auf. Cole lächelte liebevoll auf sie herab. Vivian brachte es fertig, zurückzulächeln.

Sie wusste nicht, wie lange sie noch in Coles Armen geblieben wäre, wenn nicht Georgia etwas gesagt hätte. Schuldbewusst fuhr sie herum und löste sich, wenn auch sehr widerstrebend, aus Coles Umarmung. In ihrem eigenen Kummer hatte sie Georgia völlig vergessen. Mit einem schlechten Gewissen ging sie zu ihr hinüber und fragte, was es gäbe.

Georgia jedoch lächelte nur sanft, offenbar überhaupt nicht beunruhigt oder böse, dass sie von Vivians Gefühlsausbruch geweckt worden war. „Ach", sagte sie, „ich dachte nur gerade daran, wie gut diese Hütte Papa gefallen würde. Darf ich sie ihm später einmal zeigen?"

Die Frage war an Cole gerichtet, der sich neben Georgia auf die Felle hockte und freundlich lächelte. „Georgia, wissen Sie, wo Ihr Vater jetzt ist?"

„Ja, natürlich!", erwiderte Georgia erstaunt. „Er ist zuhause. Im Sommer ist doch immer so viel zu tun! Sie wissen doch, wie groß die Plantage ist!"

„Ach ja, natürlich", murmelte Cole sanft. „Verzeihen Sie die Frage, Georgia."

Sie lächelte nachsichtig und legte sich wieder hin.

Cole zog Vivian zurück in die andere Ecke, wo sie sich wieder auf die Felle setzten. Er legte einen Arm um Vivians Schultern, und sie rückte so dicht an ihn heran, wie es nur ging, und blickte leicht verlegen zu ihm auf. Cole lächelte liebevoll, doch inzwischen war auch ihm eine gewisse Erschöpfung anzumerken, denn er schloss kurz die Augen und sah erschreckend müde und abgespannt aus, wie Vivian mitleidig registrierte. Dennoch öffnete er die Augen nach ein paar Sekunden wieder und fragte leise, ohne dass Georgia es hören konnte: „Georgia scheint sich an nichts von dem, was auf Bellarbres passiert ist, zu erinnern. Geht das schon die ganze Zeit so?"

„Es ... es ist unterschiedlich. Manchmal weiß sie alles, und dann wieder ist sie so wie jetzt. Und hin und wieder bekommt sie Panikattacken."

Nachdenklich lehnte Cole den Kopf an die Wand. „Ich habe gestern Simon getroffen", erklärte er leise, und Vivian sah überrascht auf. „Obwohl er sich immer noch kaum auf den Beinen halten kann, hat ihn nichts mehr in Charleston gehalten. Er war unterwegs nach Bellarbres. Wir waren nicht allzu weit davon entfernt, und ich hatte etwas Zeit, also ... habe ich ihn die paar restlichen Meilen dorthin begleitet."

„Dann weiß Simon also, wie es dort aussieht?", stieß Vivian entsetzt hervor.

„Ja, er war vollkommen von Sinnen", seufzte Cole. „Ich glaubte schon, er würde den Verstand verlieren. Aber dann beruhigte er sich, als wir keine Gräber finden konnten. Wir hofften, dass die Meuniers und Georgia vielleicht nach Lakewood geflohen wären. Simon ist wie ein Besessener weitergeritten, um zu sehen, ob Georgia da ist. Ich hätte ihn gern begleitet, aber ich musste zurück zu meinen Leuten."

„Oh Gott!", entfuhr es Vivian voller Entsetzen. „Cole, wenn Simon Lakewood erreicht und Georgia ist nicht dort, wird er glauben, sie wäre –"

„Ich weiß", unterbrach Cole und presste kurz die Lippen zusammen. Er sah genauso besorgt aus, wie Vivian sich fühlte, versuchte aber trotzdem, sie zu beruhigen: „Simon kommt mit seinem Bein nicht schnell voran, Vivian. Er kann das mörderische Tempo, mit dem er losgeritten ist, nicht durchhalten. Er wird höchstens ein, zwei Tage vor Georgia auf Lakewood eintreffen. Und bis sie kommt, werden sich seine Eltern um ihn kümmern, sodass er hoffentlich keine Dummheiten macht."

„Armer Simon", flüsterte Vivian.

Cole streichelte sanft ihre Wange. „Es dauert nicht lange, bis Georgia bei ihm ist, und dann wird es beiden besser gehen."

„Meinst du, Georgia wird sich erholen?", fragte Vivian bedrückt.

„Ich denke schon. Sie ist jung. Und sie hat Simon und das Kind und noch zwei Brüder. Es wird etwas dauern, aber sie wird über das Erlebte hinwegkommen.“

„Ich hoffe so sehr, dass du recht hast“, seufzte Vivian. „Ich habe Georgia und Simon so gern. Es ist einfach schrecklich, was passiert ist.“

„Wo wir von schrecklichen Dingen sprechen“, bemerkte Cole mit finster zusammengezogenen Brauen. „Dieser Milford, von dem Sam mir erzählt hat –“

„Es ... es ist nichts passiert, Cole“, unterbrach Vivian hastig. „Und eigentlich ... würde ich lieber nicht darüber reden.“

„Wenn ich den Kerl erwische ...!“, knurrte Cole, wobei er unbewusst eine Hand zur Faust ballte. Er presste die Lippen zusammen und starrte mit zusammengekniffenen Augen an die gegenüberliegende Wand.

Vivian erschrak über seinen Gesichtsausdruck. Sie hatte nicht gedacht, dass Cole so hart und gefährlich aussehen konnte. Dass er wegen dem, was Lieutenant Milford ihr anzutun versucht hatte, so aufgebracht war, war gleichermaßen verblüffend wie rührend. Immerhin hatte er selbst sich auch einige Freiheiten herausgenommen. Und doch war das etwas ganz anderes gewesen.

„Cole“, flüsterte sie, „ich habe es vergessen. So schlimm war es gar nicht.“

Cole warf ihr einen zweifelnden Blick zu und schnaubte verächtlich. „Der Kerl kann sein Testament machen, wenn er mir zwischen die Finger kommt!“

„Cole, Milford ist es nicht wert, dass du dich seinetwegen aufregst.“

„Nein, wohl nicht", stimmte Cole ohne zu zögern zu, und sein Tonfall wurde unmerklich milder. „Aber du."

Vivian blinzelte und hielt atemlos Coles Blick stand. Der unerbittliche Zorn in seinen Augen wich ganz allmählich einer sehnsüchtigen Zärtlichkeit, die ihre eigenen Gefühle so gut widerspiegelte, als könnte Cole in ihrer Seele lesen. Verlegen lächelte sie und wechselte vorsorglich das Thema: „Cole, wie kommt es eigentlich, dass du im Sumpf alle möglichen Leute triffst? Wir sind unterwegs kaum jemandem begegnet, und du triffst Simon und Sam und wer weiß noch wen. Wie ist das möglich?"

Er lachte leise. „Liebste kleine Lady, was meinst du wohl, wie oft einer oder mehrere von uns in den Baumwipfeln sitzen, während ganze Toryregimenter an uns vorbeiziehen? Wenn man überleben will, muss man über die Aktionen der anderen gut Bescheid wissen und dabei selbst unsichtbar bleiben. Wenn man aber auf Freunde trifft, macht man sich natürlich sichtbar."

Vivian warf den Kopf zurück und lachte. Das war typisch Cole! Man machte sich sichtbar und unsichtbar, ganz wie es einem beliebte!

Cole grinste, und seine Augen blitzten. Er freute sich, dass es ihm gelungen war, Vivian zum Lachen zu bringen, denn in letzter Zeit hatte sie, nach allem was er wusste, wahrlich wenig Grund gehabt zu lachen. Es tat gut, sie wieder fröhlich zu sehen. Doch sie sah auch unendlich müde und erschöpft aus, und so schlug er vor, dass sie sich schlafen legen sollten.

Vivian stimmte bereitwillig zu, nahm sich ein paar Decken und legte sich dicht an der Wand auf die Felle. Die Dunkelheit war inzwischen hereingebrochen, und sie konnte nur noch wenig sehen, doch es reichte, dass sie Georgias Umrisse auf den Fellen in der anderen Ecke der Hütte noch erkennen konnte. Cole machte es sich mit ein wenig Abstand auf den Fellen neben Vivian bequem, und sie schloss die Augen, denn sie war tatsächlich zum Umfallen müde.

Doch als sie dann auf ihrem Lager aus Fellen und Decken lag und keiner mehr ein Wort sagte, konnte sie trotzdem nicht schlafen. Die Bilder der letzten Tage verfolgten sie noch immer, und dann war da dieses bittere Gefühl, schuld an Sams unglücklichem Schicksal zu sein. Wenn er ihr nicht zu Hilfe gekommen wäre, als Lieutenant Milford sich ihr aufdrängte, hätte er nicht aus Charleston fortgehen müssen. Vielleicht hätte sie Lieutenant Milford nicht provozieren dürfen. Vielleicht wäre dann nichts passiert. Vielleicht wäre Sam dann noch frei!

Mit einem Schniefen drehte Vivian sich auf die Seite und kämpfte gegen die aufsteigenden Tränen an, doch vergeblich.

Sie hörte, wie Cole sich neben ihr bewegte. „Du weinst?", fragte er leise, und allein schon der Klang seiner tiefen, warmen Stimme hatte etwas Beruhigendes.

„Ich ... es tut mir leid", flüsterte Vivian. „Ich glaube, es war einfach alles ein bisschen viel. Und ich muss an Sam denken."

Sie spürte, wie Cole näher heranrückte und ihr zärtlich übers Haar strich. „Du könntest zu mir in die Arme kommen, falls dich das tröstet", raunte er in ihr Ohr. „Ich verspreche auch, dass ich nicht versuchen werde, dich zu küssen."

„Das ... das würde ich schrecklich gern tun!"

„Na, dann komm", wisperte Cole, und sie hörte das Lächeln in seiner Stimme. Behutsam schob er einen Arm unter ihre Schulter.

Dankbar für seine Nähe kuschelte sie sich in die Geborgenheit seiner Arme. Sein Atem an ihrem Ohr hatte etwas Beruhigendes, und nach und nach entspannte sie sich. Schließlich verebbten ihre Tränen, und eine wohlige Wärme breitete sich in ihrem Inneren aus.

Sie merkte, dass Cole noch nicht schlief. Von einem Gefühl unendlicher Zärtlichkeit für ihn übermannt, flüsterte sie: „Cole?"

Ein schläfriges „Hm?", kam als Antwort.

„Ich weiß, du ... du willst mich heute nicht küssen, aber ... dürfte ich vielleicht dich küssen?"

Er atmete hörbar scharf ein, und sein Arm unter ihrer Schulter spannte sich unmerklich. „Kleine Lady", erwiderte er nach kurzem Schweigen mit belegter Stimme, „du darfst mich so oft und so lange küssen, wie du nur willst."

Sie küsste ihn sanft auf die Wange. „Danke", flüsterte sie.

Wieder schwieg er einen Augenblick. Dann kam ein heiseres Lachen aus der Dunkelheit. „Bitte!"

Vivian seufzte zufrieden und schmiegte sich dichter an ihn. Augenblicke später schlief sie.

Am nächsten Morgen fühlte Vivian sich zum ersten Mal seit Tagen einigermaßen erholt. Nichtsdestotrotz warf sie einen langen, bedauernden Blick auf die Jagdhütte zurück, als sie diese nach einem kurzen Frühstück, das aus kaltem Dörrfleisch und etwas Zwieback bestand, wieder verließen. Ihr war klar, dass es zu gefährlich gewesen wäre, länger zu bleiben, und dennoch: Sie hatte sich in der bescheidenen Hütte so wohlgefühlt! Insgeheim hatte sie keinen Zweifel daran, dass das zu einem großen Teil auf Coles Anwesenheit zurückzuführen war. Er strahlte eine Sicherheit aus, die sich auf sie übertrug, aber es war nicht nur das: Sie war einfach glücklich, dass er da war. Verwundert fragte sie sich, während sie ihm und Georgia durchs Dickicht hinterhermarschierte, warum das so war. Es hatte Zeiten gegeben, da hatte sie ihn beschimpft und verwünscht, und nun konnte sie ihm gar nicht nah genug sein. Irgendwie hatte Cole es geschafft, dass sie mehr für ihn empfand als für irgendeinen anderen. Die Frage war nur, ob das klug war. Einst hatte sie Cole für einen Schürzenjäger par excellence gehalten. Jetzt war sie sich diesbezüglich zwar nicht mehr so sicher, aber sie wusste trotzdem nicht, was Cole für sie empfand. So zärtlich er auch manchmal war, von Liebe hatte er seit ihrer Reise auf der Dolphin nie wieder gesprochen. Aber vielleicht war es besser, darüber nicht weiter nachzudenken, solange ihr Gemüt durch die Anstrengungen und Ereignisse der letzten Tage und Wochen immer noch in Aufruhr war.

Unter Coles Führung kamen sie schnell voran. Er kannte Schleichwege durch das Sumpfgelände, von denen die Engländer keine Ahnung hatten, dass sie überhaupt existierten. Auch wenn er Vivian erzählt hatte, dass seine Familie in dieser Gegend oft zur Jagd gegangen war, sodass er sich wohl unvermeidlich gut auskennen musste, bewunderte Vivian seine Ortskenntnisse und seinen Orientierungssinn. Sie selbst jedenfalls hätte die meisten Wege, die Cole benutzte, noch nicht einmal als solche erkannt. Gegen Mittag jedoch führte Cole sie aus dem Sumpf heraus, und sie stießen auf einen breiten, von dichten Büschen und Bäumen gesäumten Weg, der Vivian überraschend bekannt vorkam.

„Oh, Cole, diese Straße kenne ich!", entfuhr es ihr erleichtert. „Jetzt weiß ich, wo wir sind! Da können es ja nur noch ein paar Meilen bis Lakewood sein!"

„Richtig. Wir sind bald da."

„Bald da! Oh, Cole, du hast ja keine Ahnung, wie schön das klingt!", lachte Vivian.

Cole lächelte kurz, doch wirkte er deutlich angespannter als zuvor, sodass Vivians Freude sofortiger Sorge wich. „Cole? Ist es nicht viel zu gefährlich, wenn wir auf einer richtigen Straße weitergehen? Vielleicht sollten wir lieber weiter durch den Sumpf marschieren. Ich meine, du hast gesagt, wenn die Engländer dich kriegen –"

„Durch den Sumpf kommen wir von hier an nicht weiter", unterbrach Cole kopfschüttelnd. „Jedenfalls nicht, wenn wir nach Lakewood wollen. Trotzdem besteht kein Grund zur Sorge, Vivian. Rotröcke oder Tories reiten grundsätzlich in größeren Trupps. Wir würden sie eher bemerken als sie uns und könnten uns notfalls rechtzeitig verstecken."

„Ganz sicher?", vergewisserte Vivian sich.

Statt zu antworten, starrte Cole unvermittelt mit angehaltenem Atem in die Ferne und legte warnend einen Finger auf die Lippen. Vivian lauschte angestrengt, und da hörte sie es auch: Hufschläge, noch kaum zu vernehmen, kündigten das Nahen von Reitern an. Cole fackelte nicht lange, packte Vivian mit der einen und

Georgia mit der anderen Hand und zerrte beide hinter ein dichtes Gestrüpp am Wegesrand.

Georgia riss in Panik die Augen auf, aber Cole warf ihr einen warnenden Blick zu. Dennoch öffnete Georgia den Mund zu einem lauten Schrei. Vivian erstickte ihn, indem sie Georgia fest in die Arme zog.

„Georgia, um Himmels willen! Sei leise!"

Georgia atmete zitternd ein, aber ihr Blick wurde klarer, und sie nickte.

Es dauerte nicht lange, bis in der Ferne zwei Reiter auftauchten, die im Schritttempo der Straße folgten. Vivian wagte kaum zu atmen, doch als die Männer näher kamen, blinzelte sie überrascht.

„Cole, das sind die Munroe-Brüder!", flüsterte sie. „Ich kenne sie, sie besitzen eine Plantage in der Nähe von Lakewood. Ich kann mir nicht vorstellen, dass sie auf Seiten der Tories stehen, oder?"

„Ich kenne die Brüder auch", nickte Cole, mit hörbarer Erleichterung in der Stimme. „Die Munroes haben nicht gekämpft, weil sie klein und gebrechlich sind, aber sie sind keine Tories und stehen auf unserer Seite. Wir sollten sie begrüßen und hören, ob es irgendetwas Neues zu erfahren gibt."

Vivian nickte und trat gemeinsam mit Cole auf die Straße, während Georgia ihnen nur zögernd folgte. Die Munroe-Brüder ihrerseits brachten sofort ihre Musketen in Anschlag, senkten sie aber schnell wieder, als sie sahen, wer ihnen da entgegentrat.

„Cole Ansinger, na, wenn das nicht eine Freude ist, dich wohl und munter zu sehen!", begrüßte der Ältere der beiden Cole überschwänglich. „Wir haben gehört, was gestern am Fluss passiert ist! Wir dachten, die Engländer hätten dich erwischt!"

Cole runzelte irritiert die Stirn. „Nein, zum Glück nicht. Wie sieht's in dieser Gegend aus? Schwirren hier irgendwo Tories oder Rotröcke herum?"

„Zuletzt wurden vor einer Woche welche gesichtet", kam es zurück. „Aber die sind alle Mann abgezogen Richtung Norden, Gott sei Dank! Im Augenblick ist hier alles friedlich."

„Wisst ihr, ob auf der Welsey-Plantage alles in Ordnung ist?", erkundigte sich Cole, sodass Vivian vor Anspannung den Atem anhielt.

„Oh ja, alles bestens. Wir waren gerade da. Haben uns diese Pferde hier von Herbert geborgt. Unsere eigenen haben wir vor Kurzem an Oberst Marion und seine Männer abgetreten. Aber ist ja für eine gute Sache."

Vivian hatte das Gefühl, ihr würde sich vor Erleichterung alles drehen. Insgeheim hatte es ihr gegraust bei der Vorstellung, dass sich auf Lakewood Ähnliches ereignet haben könnte wie auf Bellarbres.

„Gut zu wissen, dass Marion in der Gegend ist", entgegnete Cole unterdessen stirnrunzelnd. Doch noch bevor Vivian sich wundern konnte, weshalb er so angespannt wirkte, fragte er etwas, was sie noch weniger verstand: „Übrigens, was ist mit dem Apfelkuchen, den eure Mutter gebacken hat? Ich nehme doch an, es ist noch welcher übrig?"

Mit einem Seitenblick auf Vivian und Georgia entgegnete der ältere Bruder ernst: „Ja, noch ist welcher da, aber nicht mehr lange. Ein paar Reste verteilt Mutter heute noch in der alten Kirche. Wenn du noch etwas abbekommen willst, musst du dich beeilen. Morgen wird keiner mehr da sein.“

„Wieso das?“, fragte Cole, sichtlich verärgert. „Ich dachte, es wäre klar, dass ich … das größte Stück bekomme.“

„Schon“, stimmte der Jüngere der beiden Munroes zu. „Aber es hat eine Planänderung gegeben, nachdem gestern ein paar Leute von dir dazugestoßen sind und von dem Vorfall am Fluss erzählten. Bis heute Abend wollte man abwarten, ob du den Engländern entwischen konntest und noch auftauchst und deinen Kuchen abholst. Aber … falls du morgen erst kommst, wird nichts mehr übrig sein. Dann bekommt der junge Wilson dein Stück.“

„Verdammt!“, fluchte Cole, sodass Vivian ihn verblüfft anblinzelte. Verständnislos schüttelte sie den Kopf. Über was für idiotische und belanglose Dinge sich Männer doch unterhalten und aufregen konnten! Apfelkuchen! Als ob es nichts Wichtigeres gäbe! Und das, wo sie es doch so eilig hatte, endlich nach Lakewood zu kommen!

Ihre Verwunderung steigerte sich zu einem Gefühl drohenden Unheils, als Cole sie bat, mit Georgia kurz zu warten, während er sich mit den Munroes ein paar Schritte entfernte, sodass sie nicht mehr hören konnte, was die Männer zu bereden hatten. Unbehaglich blinzelte sie zu ihnen hinüber, bis Cole wenige Minuten später zu ihr zurückkehrte, während die Brüder abwartend neben ihren Pferden stehenblieben. Zu ihrer Verwunderung nahm Cole ihre Hand und zog sie ein paar Schritte von Georgia fort. Offenbar wollte er nicht, dass Georgia mitbekam, was er ihr zu sagen hatte.

„Lieber Himmel, Cole, was ist denn los?", stieß Vivian ungeduldig hervor. „Warum gehen wir denn nicht weiter? Wir sind doch bald da! Was auch immer du mir sagen willst, kann doch –"

„Vivian, ich kann nicht weiter mitkommen", unterbrach Cole sie zu ihrer Fassungslosigkeit mit einem finsteren Stirnrunzeln. „Aber die Munroes haben eingewilligt, dich und Georgia bis nach Lakewood zu begleiten, also dürfte das kein Problem sein. Du hast –"

„Du ... du willst nicht weiter mitkommen?", entfuhr es Vivian vollkommen entgeistert. „Großer Gott, Cole, wieso denn nicht?"

„Ich kann nicht", versetzte er ruhig. „Ich muss gehen."

„Ja, aber –"

„Ich muss mich einer Rebelleneinheit anschließen, die sich hier in der Nähe trifft, Vivian. Ich war gestern mit meinen Leuten auf dem Weg dorthin, bevor Sam auftauchte und –"

„Ja, aber –", setzte Vivian erneut an.

„Vivian, ich wünschte wirklich, ich könnte dich bis nach Lakewood bringen!", brummte Cole und fuhr sich mit einer Hand durch die Haare. „Aber ich kann meine Leute nicht im Stich lassen! Großer Gott, normalerweise hätte ich sie nicht einmal gestern allein lassen dürfen! Wenn es nicht wegen dir und Georgia gewesen wäre ... Aber ihr seid jetzt so gut wie in Sicherheit, und die Munroes werden gut auf euch achtgeben. Und ihr müsst nicht einmal mehr zu Fuß weiter. Die Munroes werden euch zu sich auf ihre Pferde nehmen. Ich schätze, gegen Abend seid ihr auf Lakewood, wenn ihr dieser Straße weiter folgt."

Vivian starrte Cole voll ungläubigem Entsetzen an. „Cole, das ... das meinst du doch nicht ernst?"

Mit einem tiefen Seufzer streckte er eine Hand aus und streichelte ihre Wange. „Ich fürchte doch, kleine Lady. Wenn ich mehr Zeit hätte, dann ... Aber eben die habe ich nicht, wie ich gerade erfahren habe. Ich muss so schnell wie möglich los, wenn ich meine Leute noch irgendwie erwischen will. Glücklicherweise liegt der Treffpunkt in der Nähe."

„Wie kommst du plötzlich darauf, dass du keine Zeit mehr hättest, uns nach Lakewood zu bringen?", rebellierte Vivian.

Cole grinste schwach. „Die Munroes haben es eben gesagt. Der Apfelkuchen, verstehst du? Wenn ihre Mutter welchen backt, heißt das, dass unsere Leute sich treffen. Und der Ort, wo sie ihn angeblich verteilt, ist unser Treffpunkt. Du verstehst das doch sicher?"

Cole musste scherzen, dachte Vivian entsetzt. Was erzählte er ihr denn da? Von Apfelkuchen und Rebellen? Er musste wirklich den Verstand verloren haben!

„Nein, ich verstehe nicht!", fuhr sie ihn an. „Ich verstehe nur, dass du mich hier sitzenlassen willst! Hilflos und mit einer kranken Frau! Cole, das kannst du doch nicht tun!"

„Vivian", lächelte Cole matt, „du bist nicht hilflos. Du hast schon so viel durchgehalten, dass du diesen kleinen Weg auch noch schaffst. Und glaub mir, ich würde dich bestimmt nicht verlassen, wenn ich dich bei den Munroes nicht in guten Händen wüsste und nicht überzeugt wäre, dass dir unterwegs keine Gefahr droht."

„Ehe die Munroe-Brüder auftauchten, hast du überhaupt nicht gewusst, dass sich irgendwo eine Rebelleneinheit trifft!", protestierte Vivian erzürnt. „Und jetzt willst du plötzlich auf und davon und mich allein lassen!"

„Zum Teufel, natürlich habe ich gewusst, dass sich unsere Einheit trifft!", widersprach Cole erregt. „Das Einzige, was ich nicht wusste, ist, dass die Pläne geändert wurden und die Männer in der Kirche nicht auf mich warten würden, weil sie mich für gefangen oder tot halten! Und außerdem lasse ich dich nicht allein, sondern in der Obhut der Munroes!"

„Ja, aber –"

„Vivian, mir ist das Kommando über diese Männer in der Kirche anvertraut worden!", versuchte Cole sich ihr verständlich zu machen. „Ich sollte die Männer eigentlich schon gestern dort treffen! Und wenn ich jetzt nicht bald in der Kirche auftauche, übernimmt Lieutenant Wilson, ein junger, unerfahrener Bursche, das Kommando und führt die Männer in den Kampf! So sehr es mir auch widerstrebt, dich und Georgia zu verlassen, ich kann nicht zulassen, dass meine Männer unter der Führung eines Anfängers in den Kampf ziehen!"

„Wieso macht es einen so großen Unterschied, ob du die Männer führst oder ein anderer?", fragte Vivian in hilflosem Zorn.

„Zum Teufel, weil ich nun einmal das Kommando habe, ob es mir im Moment gefällt oder nicht!", fluchte Cole, der zusehends die Geduld verlor. „Ich dachte, ich hätte noch einen Tag Zeit, aber den habe ich nicht, wie ich nun weiß! Ich muss zurück zu meinen Männern, Vivian! Wilson ist ein blutjunger Kerl, und die Männer, die er führen soll, einfache Soldaten! Sie brauchen einen fähigen Offizier! Sie im Stich zu lassen, hieße, nicht nur gegen sämtliche militärischen Gesetze, sondern auch gegen alle Regeln von Ehre und Anstand zu verstoßen!"

„Oh, das ist doch nicht zu fassen!", schimpfte Vivian hilflos.

„Na komm, nun mach nicht so ein entsetztes Gesicht", versetzte Cole mit einem müden Schulterzucken. „Du weißt, dass du es auch ohne mich nach Lakewood schaffst. Der restliche Weg ist nichts weiter als ein kleiner Spaziergang, zumal auf dem Rücken eines Pferdes."

„Kleiner Spaziergang!" Neuerlich empört reckte Vivian ihr Kinn vor. „Wenn es nur ein kleiner Spaziergang wäre, könntest du ja mitkommen und danach zu deiner Rebelleneinheit zurückkehren! Oh, ich kann es nicht fassen, dass du uns einfach verlässt, ganz egal, wie berechtigt deine Gründe sein mögen!"

„Nun lass die Widerrede, kleine Lady, es nützt sowieso nichts", seufzte Cole und zog sie an sich.

Widerstrebend ließ Vivian sich von ihm umarmen. Cole presste sein Gesicht in ihr Haar und streichelte sanft ihren Rücken. Vivian spürte, wie sein Körper sich gegen ihren drängte und ihr erschreckend leicht zumute wurde. Auch wenn sie sich noch so sehr dagegen wehrte, sie konnte es nicht ändern: In Coles Armen fühlte sie sich so verwirrend sicher und geborgen, und ihr war, als gehörte sie einfach dorthin! Instinktiv presste sie sich dichter an ihn und hatte immerfort nur den einen Wunsch, dass er bei ihr bleiben möge.

„Küss mich zum Abschied, Vivian", flüsterte Cole und fuhr mit seinen Lippen zärtlich ihre Wange entlang. „Wenigstens dieses eine Mal."

Ein letzter Funken Widerstand flackerte auf und ließ sie den Kopf schütteln. „Nein, nicht wenn du so gemein bist, jetzt fortzugehen!"

Cole fuhr mit den Fingern durch ihr Haar, und seine Lippen wanderten ihren Hals hinab. „Willst du mir nicht wenigstens diesmal eine schöne Erinnerung gönnen?", murmelte er heiser, wobei sein Atem warm über ihre Wange strich. „Oder dir?"

Vivians Herzschlag beschleunigte sich wie rasend, ihr Atem ging schneller, und sie konnte kaum den Blick von Coles funkelnden blauen Augen abwenden, als er mit einer Hand sanft ihr Kinn nahm und es so drehte, dass sie ihn ansehen musste.

„Küss mich, Vivian, bitte!", wisperte er drängend, während er ihr tief in die Augen sah.

Vivian wollte erneut den Kopf schütteln, doch die Erregung und das sehnsüchtige Verlangen in Coles leuchtenden Augen hielten sie davon ab. Das zärtliche Lächeln, das seine Lippen umspielte, ließ ihre Knie weich werden, und jeglicher Widerstand schmolz. Mit einem erstickten Seufzer schlang sie Cole die Arme um den Nacken, sodass es in seinen Augen leidenschaftlich aufblitzte.

Dann küsste er sie, und Vivian hatte das Gefühl, die Zeit würde stehenbleiben. Coles Hände schienen überall zu sein und streichelten sie, bis sie verzückt die Augen schloss und den Kopf in den Nacken fallen ließ. Cole ließ seine Lippen sanft über ihren Mund wandern. Sie waren heiß und brannten auf ihren eigenen Lippen, bis sie willenlos dem suchenden Druck nachgab und ihren Mund einen Spaltbreit öffnete. Sofort wurde Coles Kuss fordernder und intimer, bis Vivian der Atem stockte und ihr schwindelig wurde. Das Herz hämmerte ihr so gewaltig, dass sie glaubte, es müsste zerspringen. Und ehe sie recht wusste, wie ihr geschah, merkte sie, dass sie Cole ebenso leidenschaftlich küsste wie er sie.

Als Cole sie schließlich losließ, hatte Vivian das Gefühl, jeden Halt zu verlieren. Taumelnd stand sie da, während er sie verträumt ansah, ein liebevolles Lächeln auf den Lippen und ein strahlender Glanz in den blauen Augen.

Sekundenlang starrte sie Cole, nach Atem ringend, an, unfähig irgendeinen klaren Gedanken zu fassen. Doch nach und nach kehrte das Bewusstsein zurück und mit ihm ihre ganze missliche Lage. Da stand sie und ließ sich von Cole küssen, während er im Begriff war, sie und Georgia sitzenzulassen! Schlagartig machte das Gefühl der Hilflosigkeit und Schwäche einer aufsteigenden Wut Platz, die ihre Augen dunkel aufblitzen ließ. Mit einem Ruck warf sie den Kopf hoch und streckte das Kinn vor.

„Oh, du Schuft! Da stehst du und küsst mich, und das, wo du ... oh!"

Sie sah, wie er lachte, und das brachte sie vollends in Fahrt. „Dann geh doch zum Teufel! Geh zu deiner Rebellentruppe! Ich will dich nie wiedersehen!"

„Das, mein Liebling", grinste Cole, „wird sich noch zeigen!"

„Nichts wird sich zeigen!", schimpfte sie. „Und ich bin nicht dein Liebling!"

„Meinst du?“, lächelte Cole mit hochgezogener Braue.

Maßlos empört, dass ihr Wutanfall bei ihm nicht das geringste Zeichen von Zerknirschung bewirkt hatte, stampfte sie mit dem Fuß auf. Doch auch das löste bei Cole nicht die gewünschte Reaktion aus.

„Ich fürchte, ich muss jetzt los, kleine Lady“, versetzte er und streckte die Hand nach ihrer Wange aus. Doch Vivian wich seiner Berührung aus, sodass sein Lächeln einem Stirnrunzeln wich. „Vivian, ich –“

„Du wolltest los!“, fiel Vivian ihm hochmütig ins Wort. „Worauf wartest du noch?“

„Zum Teufel nochmal, Vivian, nun sei nicht so ein Kindskopf! Ich –“

„Oh, wenn das nicht die Höhe ist!“

„Vivian –“, setzte Cole ein weiteres Mal an und streckte bittend die Hand nach ihr aus. Doch Vivian wirbelte herum und wandte ihm den Rücken zu.

„Wieso gehst du nicht endlich? Ich dachte, du hättest es so eilig, zu deiner Rebellentruppe zu kommen!“

Er atmete scharf ein. „Findest du wirklich, dass wir uns auf diese Art verabschieden sollten?“

Vivian hörte den Vorwurf ebenso wie den Anflug von Schmerz in seiner tiefen Stimme, und für einen winzigen Augenblick war der Drang, sich in seine Arme zu werfen und ihren Ärger zu vergessen, beinahe überwältigend. Doch ebenso stark waren ihre Angst und ihre Verzweiflung, dass er fortgehen wollte. Sie spürte, dass sie kurz davor war, in Tränen auszubrechen, und der einzige Schutz, den sie dagegen aufbieten konnte, waren ihr Zorn und ihr Trotz, auch wenn ihr das in diesem Augenblick nur sehr vage bewusst war.

„Und ob ich das finde!", gab sie daher mit einem missmutigen Blick über die Schulter störrisch zurück. „Du
bist unmöglich! Ich wünschte, ich wäre dir nie begegnet!"

„Bei allem Verständnis, aber findest du nicht, dass du
allmählich mit diesem Theater aufhören solltest?",
grollte Cole in einem Ton, der Vivian zusammenzucken
ließ.

Widerstrebend drehte sie sich zu ihm um und stellte
beunruhigt fest, dass Cole sie mit einem finsteren Gesichtsausdruck musterte. Seine sonst so leuchtend
blauen Augen waren verärgert zusammengekniffen,
und ein Wangenmuskel in seinem schmalen Gesicht
zuckte. Selten war Cole ihr so hart und unnahbar erschienen. Oder so verletzlich, wie ein kleiner Winkel
ihres Gehirns ihr klarzumachen versuchte!

„Also gut", presste Cole zwischen zusammengebissenen Zähnen hervor, als er unter ihrem, in seinen Augen
störrischem Schweigen die Geduld verlor. „Mir ist klar,
dass du eine harte Zeit hinter dir hast und im Augenblick nicht du selbst bist. Aber ich komme nach Lakewood, sobald ich kann, und dann werden wir uns aus-
führlicher unterhalten. Bis dahin bist du hoffentlich
wieder zur Vernunft gekommen. Und nun entschuldige mich bitte, ich muss jetzt wirklich los!"

Vivian kämpfte gegen einen aufsteigenden Kloß in ihrer Kehle an, als Cole sich von ihr abwandte. In wenigen Minuten wäre er fort, und sie stand hier und stritt
mit ihm! Eigentlich war das das Letzte, was sie wollte!
Ihrer Stimme nicht sicher, würgte sie heiser hervor:
„Du brauchst nicht nach Lakewood zu kommen, Cole.
Ich –"

Cole atmete scharf ein und wirbelte zu ihr herum. Seine Augen blitzten zornig auf, und in Sekundenbruchteilen hatte er ihren Arm gepackt und sie so nah zu sich herangezogen, dass Vivian zu ihm aufblicken musste. Mit grimmiger Miene beugte er sich zu herunter, brachte sein Gesicht sehr nah vor ihres und zischte wütend: „Ich werde kommen, Vivian, verlass dich darauf! Und wenn dir das nicht passt, dann betest du besser, dass die Engländer oder Tories mir ein Ende bereiten, denn ansonsten wird mich nichts davon abhalten!"

Bestürzt, dass Cole sie so missverstanden hatte, blinzelte Vivian. Doch ehe sie seinen Irrtum richtigstellen konnte, kehrte Cole ihr mit einem unterdrückten Fluch auf den Lippen den Rücken zu und marschierte mit einem Kopfschütteln zu Georgia. Mit wenigen Worten und gänzlich verändertem Gesichtsausdruck erklärte er ihr, dass er gehen müsste, aber Vivian sie zu Simon bringen würde. Georgia nickte mit ausdrucksloser Miene.

Danach warf er Vivian einen letzten forschenden Blick zu. Es schien fast, als würde er auf irgendwelche versöhnlichen Worte oder eine Geste von ihr hoffen. Doch im nächsten Augenblick spannten sich seine Schultern. Er atmete tief ein, rief ihr einen resignierenden Abschiedsgruß zu und machte sich auf den Weg.

Vivian war zum Heulen elend zumute, und für einen winzigen Augenblick war sie versucht, ihm nachzulaufen und um Verzeihung zu bitten. Wahrscheinlich hätte sie es sogar getan, wenn nicht der Ältere der beiden Munroes in diesem Moment auf sie zugekommen wäre und darauf hingewiesen hätte, dass es Zeit wurde, aufzubrechen. Widerstrebend ließ Vivian sich von ihm auf den Pferderücken ziehen, während sein Bruder Georgia in den Sattel half. Augenblicke später ritten sie los.

Niedergeschmettert beobachtete sie am Rücken des Mannes im Sattel vor sich vorbei, wie Cole mit großen Schritten den Weg entlangmarschierte und an einer geeigneten Stelle in den Sumpf einbog. Dort wandte er sich noch einmal um und winkte ihr nach einem kurzen Zögern noch einmal zu. Der verschlossene und gleichzeitig verletzte Ausdruck auf seinem Gesicht versetzte Vivian einen Stich. Wenn sie auch nur den geringsten Sinn darin gesehen hätte, wäre sie abgestiegen und zu ihm gelaufen. Aber Cole hatte es eilig, und jeder Versuch, ihn aufzuhalten, würde ihn nur weiter verärgern. Vielleicht war es besser, sie wartete mit einer Entschuldigung, bis sie sich wiedersahen.

Dann war er fort, und Vivian fühlte eine entsetzliche Leere in sich aufsteigen. Zu ihrem Leidwesen spürte sie, wie ihr die Tränen kamen, die sie vergeblich fortzublinzeln versuchte. Und während sie regungslos im Sattel sitzend auf die Stelle starrte, an der Cole vom Weg abgebogen war, wurde ihr die ganze Tragweite seiner Worte klar: Cole zog wieder in den Kampf! An der Spitze der Männer, zu denen er stoßen wollte, würde er sich erneut tödlichen Gefahren aussetzen, bereit, für die Ideale, für die sie kämpften, notfalls sein Leben zu geben! Und sie hatte nichts Besseres zu tun gehabt, als ihn zu beschimpfen!